COLLECTION FOLIO

Laure Murat

Passage de l'Odéon

Sylvia Beach, Adrienne Monnier
et la vie littéraire à Paris
dans l'entre-deux-guerres

Gallimard

Née en 1967, Laure Murat vit et travaille entre Paris et les États-Unis. Elle a fait des pratiques culturelles son domaine de prédilection, et *La Maison du docteur Blanche*, qu'elle a publié en 2001, a reçu un accueil critique et public exceptionnel.

Aux libraires des deux rives de l'Atlantique

PRÉAMBULE

> *Déjà, Midi nous voit, l'une en face de l'autre,*
> *Debout devant nos seuils, au niveau de la rue,*
> *Doux fleuve de soleil qui porte sur ses bords,*
> *Nos Librairies.*

ADRIENNE MONNIER,
« À Sylvia Beach », *La Figure.*

D'après les géographes, l'Atlantique séparerait les États-Unis de la France. Durant près de trente ans, deux femmes ont pourtant réduit l'immensité océane aux proportions plus humaine d'un « doux fleuve de soleil », dont les berges avaient épousé l'arête des trottoirs de la rue de l'Odéon. Au n° 7, Adrienne Monnier tint à partir de 1915 une librairie-bibliothèque de prêt, *La Maison des Amis des Livres*, rendez-vous favori du Tout-Paris littéraire. Côté pair, au n° 12, Sylvia Beach installa en 1921 une boutique fondée deux ans plut tôt sur le même modèle, *Shakespeare and Company*, devenue en quelques années le passage obligé de tous les écrivains anglophones. Aragon, André Breton, Jules

Romains, Paul Claudel, André Gide, Valery Larbaud, Léon-Paul Fargue, Paul Valéry, Walter Benjamin, Simone de Beauvoir, Henri Michaux, Michel Leiris, Nathalie Sarraute, Janet Flanner, Gertrude Stein et Alice B. Toklas, Natalie Clifford Barney, Sherwood Anderson, Francis Scott Fitzgerald, Marianne Moore, Ernest Hemingway, Katherine Ann Porter, Djuna Barnes, et bien sûr James Joyce, seront les habitués de cette Olympe moderne de la rive gauche baptisée : Odéonie.

En 1922, Sylvia Beach, sans aucune expérience de l'édition, publie le livre dont personne ne veut, interdit par la censure dans les pays anglo-saxons et ignoré en France : *Ulysses*, de James Joyce. Adrienne Monnier se charge aussitôt de la version française, publiée sous ses auspices sept ans plus tard. Ce double événement, artisanal et littéraire, unique dans l'histoire, ouvre la porte d'une postérité discrète à la rue de l'Odéon. Une image subsiste, un contraste tentant : le gigantisme de l'œuvre joycienne face à l'anonymat de deux femmes œuvrant à son avènement. Si la validité du symbole demeure, le tableau demandait à être complété, fouillé, enrichi de beaucoup. Or, dans la bibliographie pléthorique consacrée aux années 1920 et 1930, aucun ouvrage d'envergure n'avait encore croisé dans ses pages les itinéraires d'Adrienne Monnier et de Sylvia Beach. Une plaquette sur la première, une biographie en anglais pour la seconde, quelques chapitres ici et là intégrés à des études plus vastes résument l'essentiel des écrits publiés sur elles à ce jour. La richesse des archives inédites, la fertilité d'une époque littéraire étourdissante auraient pu justifier à elles seules l'exigence d'une enquête sur le sujet. Autre chose m'intriguait : la notion de *personnages intermédiaires*.

Voilà plus de deux ans, je consacrais un livre à deux aliénistes célèbres au XIXe siècle, les docteurs Blanche, dont la maison de santé avait reçu Nerval, Gounod, Marie d'Agoult, Théo Van Gogh, Maupassant, parmi beaucoup d'autres. Avec le temps, les Blanche disparurent sans bruit des dictionnaires, recouverts par la gloire de leurs patients. En prenant les librairies d'Adrienne Monnier et de Sylvia Beach pour objet de réflexion à peine *La Maison du docteur Blanche* achevé, j'avais conscience de me tourner vers un topique à certains égards comparable : l'histoire de lieux essentiels et méconnus, croisements de tous les courants de pensée d'une époque, dont le souvenir était aujourd'hui à peu près évanoui, écrasé par la seule renommée de leurs clients ; l'histoire aussi de deux *personnages intermédiaires*, comme figés à l'arrière-plan d'un récit autorisé, et dont le rôle déterminant ressemblait à ces maillons sans quoi les chaînes ne sont pas intelligibles.

Intermédiaires, c'est-à-dire « entre deux ». Entre deux termes (la folie et la raison, l'écriture et la lecture), deux « moments » (l'invention de la psychiatrie et l'avènement de la psychanalyse, la Première et la Seconde Guerre mondiale), deux générations (Nerval et Maupassant, Gide et Sartre). Intermédiaires, c'est-à-dire qui établissent des liens, constituent une transition, assurent une communication entre des individus ou des groupes, concrétisent un *passage*. Leur œuvre, de fait, relèvera surtout de l'écoute et de la parole, du dialogue et de la conversation, autrement dit de ce qui ne se saisit pas en dehors de l'espace et du temps de la performance. Entre deux, dans l'oubli de soi et l'évanescence de l'oralité, est-ce à dire nulle part ? N'appartenant ni au cercle des *grandes figures*, proies d'imposantes biographies, ni au cortège des anonymes et des publiés, matière à

de subtils et savants essais (voyez Arlette Farge ou
Alain Corbin), dans cette position médiane et média-
trice apparemment impréhensible et négligée. Ni au
premier plan, ni *en dernier*, ils sont seconds, personnages secondaires, en somme : une place qui,
pour n'être pas enviée, s'annonce d'autant plus cru-
ciale.

La comparaison s'arrêtait là : qu'ont en commun
d'austères psychiatres, père et fils, amis d'Alfred de
Vigny et des Goncourt, avec un couple de femmes
libraires qui ont reçu Apollinaire et publié Joyce ?
une clinique où l'on soigne les pulsions morbides et
les déviances morales, avec des bibliothèques de prêt
où l'on partage les ferveurs d'Henri Michaux ou de
Djuna Barnes ? Choisir Adrienne Monnier et Sylvia
Beach m'apparut, après des années de travail sur les
hommes en noir du XIXe siècle et pour parler bien
schématiquement, comme opter pour la créativité,
la modernité et les femmes — enthousiaste début,
qui ne fut d'ailleurs jamais démenti par la suite.

Intermédiaires « au service de la littérature et des
grands hommes », femmes et lesbiennes : le sujet, à
mesure qu'il rétrécissait dans l'échelle d'intérêts des
récits canoniques et officiels, prenait une ampleur
insoupçonnée. *Passage de l'Odéon* s'inscrit dans une
histoire qui, mieux que réparer des injustices, espère
ouvrir de nouvelles perspectives, en déplaçant le
point de vue. Le film demeure, mais la caméra s'est
déplacée — disons qu'elle a été *décalée* — pour s'at-
tarder sur les seconds rôles : la marge, ici, est convo-
quée au cœur du problème, la périphérie ramenée
au centre. Ces métaphores spatiales suggèrent le
propos même de ce livre, où il s'agira davantage d'interroger le *génie du lieu*, de dégager une rhétorique
de l'espace — public et intime — de la librairie, plutôt que de refaire encore en détail la fresque, en

outre passionnante, de la rive gauche et de ses protagonistes.

Adrienne Monnier et Sylvia Beach vivent
ensemble et travaillent face à face. Autre défi, non
plus géographique mais géométrique celui-là : exercer le même métier dans des lieux analogues, l'un de
l'autre à portée du regard quotidien, sans jamais risquer la jonction des parallèles, la confusion des
genres ; constituer un couple de femmes en marge
de l'*ordre symbolique*, mais aussi — et surtout — en
dehors des légendes du *même*, de la fusion, de l'osmose ; se dérober à l'effet de miroir provoqué par la
symétrie de leur fonction et de leur position pour se
consacrer plutôt à l'idée de passerelles, de relais,
métaphores de leur activité de libraires, d'éditrices,
de traductrices. Distinctes mais pas séparées,
ensemble mais inassimilables, elles imaginent
chaque jour, dans le mouvement alternatif liant les
deux boutiques, un espace voué au livre qui est aussi
une scène de la construction de soi. En cela, Mademoiselle Monnier et Miss Beach ont inventé une formule parfaitement originale dans l'histoire des
mœurs et de la librairie réunies, qui mérite aujourd-
'hui d'être réévaluée à la lumière des recherches
récentes dans l'analyse des identités, des sexualités
et des pratiques culturelles.

Leur aventure intellectuelle aura eu pour cadre les
plus riches heures de la littérature du XXe siècle.
Aujourd'hui, les librairies n'existent plus, remplacées
par d'autres commerces, ici un salon de coiffure, là
une galerie d'art. Rue de l'Odéon, l'océan a repris ses
droits et, dans ses flots qui creusaient l'écart entre
les deux rives, a charrié avec lui les archives, reje-
tant par vagues à Princeton, Buffalo, New York,
Caen ou Paris, des milliers de documents qui se ressemblent comme des frères divisés : répertoires,

registres d'ouvrages empruntés, agendas, fichiers d'abonnés, invitations à des conférences, correspondances, listes de souscripteurs, pièces comptables, contrats, talons de chèques, brouillons de Mémoires, photographies, recettes de cuisine, publicités, affiches, objets de peu, de rien, traces d'un travail menu, patient, continu, vivant.

Sous la poussière, une œuvre impalpable émerge, immense et dérisoire. C'est cette œuvre invisible, invitation à une archéologie de la lecture au xxᵉ siècle, que ce livre voudrait identifier et comprendre, pour mieux lui rendre hommage.

CHAPITRE PREMIER

« LES POTASSONS
SAVENT CE QUI EST BON »

> *N'oublions pas que le livre fut à l'origine*
> *un objet utilitaire, et même un aliment.*
>
> WALTER BENJAMIN,
> *Je déballe ma bibliothèque.*

Saint-John Perse l'avait surnommée Adrienne
Française. Elle se fût plutôt dite de Savoie, d'où était
sa mère, et avec un père jurassien pouvait se réclamer tout entière de la montagne, qu'elle aimait avec
ferveur pour sa sérénité et « ses perspectives pareilles
à de vastes pensées[1] ». De la France, Adrienne Monnier avait hérité, dit-on, le sens de la mesure, une certaine idée de la littérature et l'amour de la
gastronomie, trois passions qui gouverneront sa vie,
intégralement déroulée à Paris, sa vraie patrie. À
moins que son seul pays n'eût été sa terre d'élection,
le cœur battant de son histoire : l'Odéonie.

---

1. Adrienne Monnier, *Les Gazettes*, Gallimard, « L'Imaginaire », 1996, p. 117 (première édition : René Julliard, 1953).
Tous les livres cités ont été publiés à Paris, sauf mention
contraire. Pour les livres d'Adrienne Monnier, dont la liste
complète figure en bibliographie, nous éviterons de répéter à
chaque fois *op. cit.* par souci d'allégement.

La France, Paris, l'Odéonie : on croit à une dimi-
nution, c'est un élargissement. Car l'Odéonie, ciel des
idées, est un monde sans frontières destiné aux
agapes de l'esprit. Pour y pénétrer, il convient
d'ailleurs de passer par les cuisines, là où les festins
se préparent et se fomentent les complots. Adrienne
règne sur cet univers dédié à la substantifique moelle,
qui associe nourritures terrestres et spirituelles, et
confond les plaisirs de la langue avec ceux du palais.
Témoins, ses livres de comptes qui mêlent, au hasard
de journées ordinaires et dans un joyeux enchevêtre-
ment, recettes commerciales et recettes culinaires, et
imposent face à une liste de courses (« gruyère, saucisses, beurre, oranges... ») les titres vendus dans la
journée (« *L'Immoraliste*, *La Maison des Morts*... »),
égarant l'amateur comptable entre un rôti de porc
(3,40 f.) et un livre d'Havelock Ellis (4 f.), 3 kilos de
pommes de terre et *Cinq prières* de Francis Jammes
(au même prix de 1,50 f.) [1]. Ces rencontres inatten-
dues entre la librairie et les fourneaux, provoquées
par une femme rigoureuse et très organisée, n'ont
rien d'anodin. Pour Adrienne Monnier, qui dévore les
livres avec le même appétit que le poulet rôti, lire et
manger, nécessités vitales, procèdent d'un désir et
d'une propension à la jouissance analogues — une
même gourmandise, en somme.

Ne reconnaît-elle pas la première sa nature « à la
fois mystique et matérielle », qui lui fait aimer, his-
sés sur un même plan, « la viande autant que les
livres, les bons gâteaux autant que les beaux
poèmes » [2] ? Confession un rien malicieuse mais sans

1. Institut Mémoires de l'édition contemporaine (dorénà-
vant : IMEC), Livre de comptes IV, 31 août-7 novembre 1916.
2. Adrienne Monnier, *Rue de l'Odéon*, Albin Michel, 1989,
p. 79 (première édition : Albin Michel, 1960).

ironie. Il y a dans les comparaisons d'Adrienne entre
la Cuisine et les Lettres quelque chose de pénétrant
qui tient d'une philosophie de la vie, dont William
Carlos Williams avait saisi la quintessence, en
conclusion d'une description sans grands ménage-
ments : « Elle était, sans contredit, très française,
sensuelle, avec de grosses jambes. Les Anglais se
croyaient sans doute plus raffinés, mais elle se
léchait les babines et se délectait pendant qu'ils man-
geaient du bout des lèvres : les Français ne se suici-
dent qu'après avoir vidé la cave. Cette femme aimait
manger. Pour elle, tout passait par les sens[1]. »

Pour Adrienne Monnier, dont l'intelligence épicu-
rienne et lucide balaie les hiérarchies de convention,
qu'importe l'objet pourvu qu'on en saisisse la sapi-
dité. D'un livre ou d'un mets, elle retient d'abord le
goût, la qualité, le sel, en analyse les ingrédients
comme la composition, le talent du chef, et exerce
la critique littéraire avec le panache d'un cordon-
bleu : « Les pages que vous venez de publier, écrit-
elle à Jean Paulhan en 1928 à propos de ses *Études*,
sont comme l'apéritif Fernet-Branca : elles sont très
amères et donnent une faim à tout dévorer[2]. » Appétit ou frustration, le choix des images vient toujours
des mêmes mannes : « Une fois de plus, avoue-t-elle
à l'écrivaine britannique Bryher au sujet de ses
Fabula, je souffre de ne pas savoir l'anglais suffisamment pour vous lire ; le livre a l'air si intéressant ;
c'est comme l'odeur d'un poulet rôti qu'on ne peut
pas manger[3]. » Ou encore cette remarque prélimi-
naire à une critique des *Épiphanies* d'Henri Pichette,

---

1. William Carlos Williams, *Autobiographie*, Gallimard,
1973, p. 260.
2. IMEC, Lettre d'A. Monnier à Jean Paulhan, 21 août 1928.
3. *Idem*, Lettre d'A. Monnier à Bryher, 25 mai 1954.

parue dans le *Mercure de France* en 1948 : « Il pourrait être suffisant, quand on parle de poésie, d'affirmer son goût comme on fait pour le café ou le vin.
La parole d'un vrai poète est avant tout saveur —
saveur qui plaît ou qui ne plaît pas. Elle n'est profonde que par ses effets profonds [1]. » « Il pourrait »,
en effet, mais Adrienne ne se contente pas de ces
clins d'œil de gourmet et développe toujours, on le
verra, une pensée forte, argumentée, pour justifier
ses goûts.

La littérature et la gastronomie comme métaphores de la vie et clés premières de sa compréhension : telle pourrait être la devise d'Adrienne, sa
raison d'exister. Ne recommande-t-elle pas à « certaines jeunes femmes neurasthéniques de se rendre
simplement une fois par semaine aux Halles entre
sept heures et huit heures du matin » afin de « débar-
bouille[r] l'esprit de ses fumées » [2] ? Ne prétend-elle
pas qu'il n'y a « point de chagrin qu'un éclair au chocolat ne puisse soulager [3] » ? Principe vital, en vérité.
Comment aurait-elle pu, sinon, publier en février
1942 dans le *Figaro littéraire* une « Lettre aux amis
de zone libre » dont les premiers mots, sous la plume
d'une autre, passeraient pour une provocation :

> Malgré ma gourmandise, j'endure assez bien les res-
> trictions. Mieux que je ne l'eusse supposé. Sans doute
> parce que je savais ce que la nourriture représente.
> J'honorais les saveurs autant que les génies. J'aimais
> les graisses ; je n'avais pas peur d'engraisser ; je voyais
> en elles un des effets de la beauté du monde ; à la façon

1. Adrienne Monnier, *Dernières gazettes*, Mercure de France,
1961, p. 209.
2. *Id.*, p. 176.
3. IMEC, Lettre de Robert Levesque à A. Monnier, 10 janvier 1940.

des Hindous, chaque matin, j'en arrosais mentale[...]
mes dieux. Je ne disais pas : ce n'est que matière vul-
gaire. Je savais que c'était aussi de l'esprit. De même
qu'il est plus facile de se passer d'amour quand on le
conçoit bien et qu'on en aperçoit l'essence, il est plus
facile de se passer des bonnes choses quand on les a
fixées en idées. Je vois avec surprise et amusement
l'ennui de tant de gens qui méprisaient, tout au moins
en paroles, le Manger et ses rites ; ils souffrent maintenant, ils apprennent [1].

« J'aimais les graisses » : qui écrit une telle phrase,
simple et sonore, mérite beaucoup d'attention. Le
Manger et ses rites, de fait, n'ont pas de secrets pour
la « Pomone des livres » (Yves Bonnefoy) qui n'a
jamais dissocié la femme de tête de la femme d'action. Son art de rôtir le poulet — elle s'enfermait à
clé dans sa cuisine pour s'y livrer et refusait de donner la recette — rivalise avec son art de la conversation. James Joyce, Francis Scott Fitzgerald, Jules
Romains, Léon-Paul Fargue, Paul Valéry, Jean Paulhan, André Gide, Jean Prévost, Valery Larbaud et
bien d'autres familiers des dîners de la rue de
l'Odéon (donnés dans l'appartement situé au quatrième étage du n° 18, la librairie étant située au

1. *Les Gazettes*, p. 289. Adrienne Monnier préjugeait sans
doute un peu de ses capacités, à en croire Sylvia Beach qui la
trouva un jour en larmes, dans son appartement, parce qu'elle
n'avait pas de matières grasses pour cuisiner... On compren-
dra d'autant mieux la suspicion d'Ernest Hemingway, le jour
où il « libéra » la rue de l'Odéon, le 26 août 1944, et son insistance auprès d'Adrienne pour savoir si elle n'avait pas « colla-
boré » afin d'obtenir de la nourriture. Suspicion qui ne choqua
pas l'intéressée, pourtant innocente : « Évidemment, devait-il
penser, cette grosse gourmande n'a pas pu endurer les res-
trictions ; elle a dû faiblir à un moment ou à un autre » *(Rue
de l'Odéon*, p. 167).

n° 7) ont tous célébré le fameux poulet, le talent de
la conteuse comme sa très belle faculté d'écoute.
Marcelle Auclair, journaliste et écrivaine, confiant
ses souvenirs dans un livre à deux voix avec sa fille
Françoise Prévost, a raconté ces soirées mémorables, qu'elle ne put jamais évoquer sans émotion :
« Dans la salle à manger, peinte en rosé — elle prétendait que le rosé donnait de l'appétit —, elle apportait pour ses invités un grand plat avec toutes les
parts, et disparaissait dans la cuisine. Elle en reve-
nait avec les carcasses empilées dans un autre plat,
et se régalait en croquant les os[1]. »

Les graisses, les os : Adrienne va à l'essentiel, à ce
qui nourrit et ce qui structure. Elle vante la cuisine
bourgeoise, fondée sur le choix de bons produits,
insiste sur la compétence des fournisseurs comme
de l'acheteur, martèle que tout réside dans l'apti-
tude à savoir *faire son marché*. Elle compose de
même sa bibliothèque, avec des valeurs sûres, des
classiques, des livres de fond et l'élite de la poésie
contemporaine qu'on ne trouve que chez elle. Mais
attention : l'abstraction trop savante, la nouveauté
à tout crin, les provocations de quelques *révolutionnaires sans révolution* attisent sa méfiance. L'art
moderne, par exemple, de son propre aveu et malgré les efforts de Tériade pour l'initier à l'évolution
de la peinture, lui échappe et la laisse « arriérée ».
La grandeur d'Adrienne Monnier, sa générosité, son

1. Marcelle Auclair et Françoise Prévost, *Mémoires à deux
voix*, Seuil, 1978, p. 142. Notons qu'à l'occasion Adrienne ne
rechignait pas à tuer la volaille de ses mains, comme nous
l'apprend sa mère : « J'aurais bien voulu recevoir quelques
photos [...], même celle où tu zigouillais le poulet à Fifine, si
proprement et si nettement d'après les dires de Sylvia » (IMEC,
Lettre de Philiberte Monnier à sa fille Adrienne, 3 septembre
1925).

honnêteté intellectuelle et son discernement butent
parfois sur une modernité trop peu amène ou facilement identifiable. De tous les sens, le goût et
l'odorat écrasent parfois les autres — la vue, notamment.

On me dit qu'avant d'arriver à ses synthèses, Henri
Matisse accumule de substantielles études qu'il ne
conserve pas. Voilà qui me fait penser à cette recette
du rôti à l'impératrice, citée par Horace Raisson dans
son *Code gourmand* : « On prend une olive dont on ôte
le noyau auquel on substitue un filet d'anchois, on met
cette olive dans une mauviette, laquelle entrera dans
une caille, que renfermera une perdrix, cachée dans
les flancs d'un faisan qui disparaîtra à son tour au sein
d'une dinde dont un cochon de lait deviendra la
retraite. On fait rôtir à la broche et, quand la cuisson
est achevée, on jette le tout par la fenêtre, sauf l'olive
devenue centre de quintessence. »
  J'aurais, pour ma part, préféré à l'olive tout le reste,
particulièrement le cochon de lait[1].

Adrienne Monnier aime la chair, elle apprête les
viandes à la perfection. Sans négliger le reste, loin
s'en faut. « Vous n'éloignerez pas les sauces parce
qu'elles sont lourdes à digérer et qu'elles font
engraisser », prévient-elle dans son admirable « Prélude à des conseils de cuisine », paru dans *Marie-
Claire* en 1937 ; « une sauce réussie est, sans aucun
doute, la plus haute expression de l'art culinaire : il
faut en faire et en manger, de temps en temps, avec

---

  1. « Exposition Henri Michaux », article d'A. Monnier pour
le *Figaro littéraire* à l'occasion de l'exposition Michaux à la
galerie de l'Abbaye (12 au 25 juin 1942), cité dans *Correspondance Adrienne Monnier - Henri Michaux*, La Hune, 1995,
p. 37.

application et recueillement, comme on lit un poème[1]. »

De même, elle reproche à la mauvaise littérature les travers qu'elle trouve aux plats immangeables. Si elle recommande l'érudition dans tous les domaines (hygiène, viandes, poissons, fromages, poésie, théâtre, romans), elle sait ce qu'il faut d'inspiration et de grâce pour réussir, là où le soin et la règle ne suffisent pas. « La cuisine de Mlle J. n'est d'ailleurs pas fameuse », se plaint-elle dans une lettre à son assistant Maurice Saillet ; « elle fait cuire ses légumes à l'étouffée, suivant les meilleurs principes scienti-fiques, elle met toutes sortes de légumes dans la cas-serole : blettes, choux, pois, oignons, pommes de terre, asperges même : ça a un goût fort et pas régа-lant. En mon honneur, elle avait fait une crème *sans sucre* et une sorte de pain d'épices qui puait le bicar-bonate de soude. En rentrant, je me suis jetée sur un bout de tomme et une tranche de lard pour me net-toyer l'estomac[2]. » Toujours le bon produit, la matière première de qualité, du simple et du solide. Pour autant, il faut prendre garde à ne pas laisser Adrienne Monnier s'enfermer, avec un brin de com-plaisance presque coquette, dans une image de rus-ticité à la française, de pantagruélisme de bon aloi. Car cette femme à la pensée remarquablement arti-culée élabore la plupart de ses jugements littéraires avec un raffinement, une sensibilité visionnaire que ses contemporains lui envient.

Certains d'entre eux partagent sa passion. En 1928, elle découvre, émerveillée, le Giono de *Colline*. Une amitié se noue, à laquelle n'est pas étranger leur intérêt commun pour la gastronomie. Elle lui envoie

1. *Dernières gazettes*, p. 177.
2. IMEC, Lettre d'A. Monnier à Maurice Saillet, 14 juin 1943.

des marrons glacés, il lui fait parvenir des « saucisses de brigands », avec recette à l'appui [1]. Elle l'emmène déjeuner chez ses parents à Rocfoin, dans l'Eure, il l'invite dans le Midi où l'on attend Adrienne « toute "cuisine" dehors [2] ». Il lui remet ses manuscrits, dont *Regain*, en 1930, afin d'avoir son avis et ses critiques, lui confie ses inquiétudes et ses espoirs, écoute ses conseils.

La culture et l'intuition, outils de sa compréhension du monde, vont de pair avec l'ouverture d'esprit, voire l'absence de préjugés. Adrienne ne rechigne jamais à apprendre, à découvrir un nouvel écrivain, à écouter les plus jeunes. Son spectre d'intérêts est large : la poésie française, l'histoire des religions (et notamment le bouddhisme), les littératures étrangères, le théâtre, la philosophie... Elle reconnaît volontiers ses erreurs lorsque la démonstration est convaincante, admet ses illuminations tardives, à l'image de sa « révélation », à trente-huit ans, de la pâtisserie. Un jour, chez ses parents à la campagne, elle se prend à confectionner des bouchées à la reine et se lance dans la pâte feuilletée,

---

1. Bibliothèque littéraire Jacques-Doucet (dorénavant : BLJD), page dactylographiée, s.d., commençant par ces mots : « SAUCISSES DE BRIGANDS CALABRAIS / Non pas que ce soit la chair des brigands calabrais qui ait été triturée en saucisses, mais, telle quelle, la nourriture homérique de ces brigands. / Ne pas s'effrayer de l'aspect un peu rébarbatif de cette nourriture. Poser ces saucisses dans un plat de fer et mettre "le tout" dans un four, quelques minutes (la cuisson doit être faite en hâte, comme un qui surveille de l'oreille le bruit des bottes de gendarme dans le sentier). Quand la saucisse se plaint et grésille sur sa graisse pleurée, c'est prêt. Vous lui voyez, alors, une aimable rotondité, et, la mangeant, la colline vous apparaîtra, avec sa charge de genévriers et de lièvres, défonçant la table et renversant les murs. »
2. BLJD, Lettre de Jean Giono à A. Monnier, 9 janvier 1930.

exercice redouté des cuisinières professionnelles. Sa
mère lui prédit l'échec — rien de tel pour l'encourager. Ce premier essai réussi lui ouvre les portes d'un
monde nouveau, au point de devenir, selon les mots
de Sylvia Beach, *her great amusement and indoor
sport* («son grand divertissement et sport d'intérieur»). Tout étourdie par sa découverte, elle s'enthousiasme auprès de Paulhan — dont ce n'était
peut-être pas la première préoccupation : «J'espère
vous voir très bientôt, Germaine et vous. Je me suis
mise à faire de la Pâtisserie depuis septembre dernier (je n'en avais jamais fait auparavant) et je puis
dire que cet art a singulièrement embelli ma vie. Je
sais faire des tartes, savarins, galettes, petits pâtés,
gâteaux aux amandes, madeleines, gâteaux au chocolat, biscuits de Savoie, etc. Il n'y a que le glaçage
des éclairs qui me résiste. Quand viendrez-vous
juger de mes talents ? Est-ce que Germaine, en attendant, aimerait 12 petites madeleines façon Com-
mercy ? Oui, n'est-ce pas[1] ? »

Sont-ce les rondeurs épanouies d'Adrienne sous sa
robe de sœur converse aux allures médiévales ? Elle
sera souvent assimilée à cet art singulier : d'André
Gide à Michel Cournot, ses correspondants évo-
quent, nombreux, son souvenir en mangeant des
gâteaux... D'autres s'aventurent plus loin. Stéphane
Hessel, jeune normalien et futur grand résistant, fils
de Franz Hessel et d'Hélène Gründ (qui formeront
avec Henri-Pierre Roché le trio modèle de *Jules et
Jim)*, franchit le pas en déclarant tout de go à la
libraire, depuis sa garnison d'Ancenis, en 1940 :
«Vous n'êtes pas pour moi un gâteau, mais toute une
pâtisserie et comme j'ai presqu'autant d'amour-

---

1. IMEC, Lettre d'A. Monnier à Jean Paulhan, 6 novembre
1930.

propre que vous et certainement davantage d'ambition je désire pénétrer jusqu'aux cuisines, jusqu'aux
fours [1]. »

Ces va-et-vient entre la cuisine et les lettres ne se
limitent pas à des figures de style, des ornements rhé-
toriques. À l'issue de la Seconde Guerre mondiale,
Adrienne Monnier illustre très concrètement l'efficacité des échanges entre denrées alimentaires et littéraires, dans le rôle quelle joue auprès du comité
argentin *Solidaridad con los Escritores franceses*. Le
principe est simple : aider les écrivains français au
moyen de vivres et de vêtements, achetés en partie
grâce au produit d'une vente aux enchères de manuscrits et d'autographes organisée à Buenos Aires. De
l'autre côté de l'Atlantique, Victoria Ocampo préside
le comité, dont Gisèle Freund est la secrétaire. À
Paris, Adrienne Monnier collecte les manuscrits,
photographies ou dessins d'écrivains puis assure la
répartition des biens obtenus en retour.

La librairie, qu'Adrienne concevait en quelque
sorte comme une épicerie bien pensée, devient un
réel magasin d'alimentation, où s'accumulent
300 kilos de café, 200 kilos de chocolat, 5 000 ciga-
rettes, des fromages par centaines et des vêtements
et des chaussures par milliers. Une photographie,
montrant Adrienne Monnier versant du café devant
une balance Roberval, conserve le souvenir de ce
dernier geste public de la libraire. Les fiches d'attribution pour chaque écrivain ont remplacé les fiches
d'abonnés à la bibliothèque de prêt, fermée pendant
la guerre. Le catalogue de la vente réunit, pour une
dernière action collective autour de *La Maison des
Amis des Livres*, les noms de Cocteau, Paulhan,

1. BLJD, Lettre de l'aspirant Hessel à A. Monnier, s. d.
[1940].

Éluard, Cassou, Duhamel, Michaux, Mauriac, Schlumberger, Gide, Supervielle, Larbaud, Joyce, Giraudoux, Romains, Valéry, Breton. Des pépites brillent dans cette vente comme cet extrait du scénario de *L'Espoir* de la main de Malraux, un portrait de Max Jacob par Picasso, ou le manuscrit d'une scène de *L'Échange* de Claudel, issu de la collection personnelle d'Adrienne.

En distribuant judicieusement les paquets, Adrienne Monnier parvient à faire trois cents heureux. Adamov se charge de porter les provisions à Artaud à Rodez, Simone de Beauvoir doit se dépêcher de récupérer son fromage presque entièrement mangé par les souris, Colette accepte « la charmante menace d'un colis » et chante « gloire aux Dames argentines ! » [1], Paulhan s'improvise critique gastronomique en digressant sur le *dulce de leche* qui « donne l'impression qu'on en a pris un peu trop » et sur « ce gruyère qui vous laisse les lèvres tremblantes, piquées » [2].

Les remerciements sont l'occasion de donner des nouvelles. Youki, la compagne de Robert Desnos, charge Adrienne de transmettre aux Argentins sa reconnaissance avec ce message : « Vous leur direz, je vous prie, ce que Robert m'écrivait dans sa dernière lettre de déporté, alors qu'il était dans ce bagne de Flöha en Saxe : "Je me console avec la poësie. Elle est vraiment pour moi le cheval qui galope par-dessus les montagnes" [3] ». Giono annonce à Adrienne la mort de sa mère (« elle est morte doucement dans mes bras, nous étions seuls, elle et moi,

1. BLJD, Lettre de Colette à A. Monnier, s.d. [1946].
2. *Id.*, Lettre de Jean Paulhan à A. Monnier, s.d., « lundi » [1946].
3. *Id.*, Lettre de Youki à A. Monnier, 7 février 1946.

c'était très bien ») et lui révèle ses projets : « J'écris un très vaste roman qui va de 18.. à 1945, vous voyez, avec le choléra, le coup d'état de 51, la Commune de 70, la guerre d'indépendance de la Sardaigne contre l'Autriche et entremêlé à tout ça, des passions, et jusqu'à nos jours où les passions ont changé de sens. J'écris aussi de très longs poèmes. Mais je n'ai absolument plus envie de publier quoi que ce soit[1]. » *Le Hussard sur le toit* paraîtra en 1951, année que choisira Adrienne Monnier pour se retirer des affaires.

François Caradec, qui l'a connue dans ses dernières années, évoquait il y a peu dans un entretien la vie de la librairie après guerre et confirmait : « Je n'avais jamais vu et je n'ai plus jamais revu un tel fonds de librairie, un tel choix de livres : Artaud, Michaux, Roussel, Jarry, Leiris, Queneau remplissaient les rayons, et ce qu'il y avait dans les intervalles les valait bien. [...] Adrienne Monnier venait le matin ; on voyait apparaître "Miss Beach", toute petite et ratatinée, qui remontait la rue de l'Odéon chargée de cabas après avoir fait son marché rue de Buci. Sylvia ouvrait ses sacs pour montrer à Adrienne ce qu'elle avait acheté : je ne les ai jamais vues ensemble parler d'autre chose que de légumes, elles semblaient obsédées par la bouffe[2]. » Il préciserait plus tard : « Elles recherchaient la qualité plutôt que la quantité, les légumes qui se faisaient rares, comme les carottes

1. *Id.*, Lettre de Jean Giono à A. Monnier, 4 mars 1946.
2. « Entretien avec François Caradec », *Histoires littéraires*, revue trimestrielle consacrée à la littérature française des XIXᵉ et XXᵉ siècles, oct.-nov.-déc. 2001, nº 8, p. 3-4. Pour ce qui est de Sylvia Beach, l'obsession de la « bouffe » était beaucoup plus relative. Disons qu'entraînée par Adrienne — qu'elle engageait sans succès au régime — Sylvia pouvait difficilement lutter.

nouvelles par exemple. Ce qui, en période d'après-guerre, où il y avait très peu à manger, était assez surprenant[1]. »

Qu'y a-t-il, en vérité, dans les offices d'Adrienne Monnier, dans son panier de la ménagère ? Quels sont ces produits sains, goûteux, nourrissants, qui font les bonnes bibliothèques ? Pour le savoir, il faut observer la librairie à son enfance et Adrienne dans son jeune âge, à l'heure où elle ouvre *La Maison des Amis des Livres*, grâce à l'indemnité de 10 000 francs que son père, postier ambulant, a reçue à la suite d'un accident de chemin de fer et donnée à sa fille pour quelle réalise son rêve.

« Mon bonheur est né d'une catastrophe », a-t-elle coutume de dire. Elle fonde donc son entreprise *contre* un malheur ; elle va y dispenser un savoir nouveau *contre* l'académisme triomphant, que défend le *Journal de l'Université des Annales* où elle a travaillé trois ans comme secrétaire littéraire. Fin juillet 1915, elle quitte ce poste avec soulagement et, le 2 novembre, elle peut écrire à une amie : « Mme Brisson [Yvonne Sarcey, femme du journaliste Adolphe Brisson, fondatrice de l'Université des Annales en 1907] qui m'avait fait signer de petits comptes rendus dans les Annales croyait bien que cette bonté m'avait attaché pour toujours à sa maison vénérée. Elle ne se doutait vraiment pas qu'il me répugnait d'être obligée de glorifier son Richepin que je déteste. Quand je lui ai dit que je la quittais, elle en est restée verdure (comme on dit dans le monde). Maintenant, je mène une vie de rentière, mais c'est effrayant ce que c'est absorbant de ne rien

---

1. Entretien de l'auteure avec François Caradec, Paris, 2 avril 2002.

faire[1]. » Treize jours plus tard, Adrienne Monnier, assistée de son amie Suzanne Bonnierre, inaugure sa librairie rue de l'Odéon, installée dans une ancienne boutique d'armoires normandes dont le plancher manque de s'effondrer. Dès lors, et pendant trente-cinq ans, elle n'aura plus une minute à elle.

En ouvrant *La Maison des Amis des Livres*, à vingt-trois ans, sans expérience, sans fortune et en pleine guerre, Adrienne Monnier fait œuvre militante, de passion et de foi. Son action vise à se développer sur un front précis : permettre au plus grand nombre l'accès à une littérature contemporaine, mal ou pas du tout diffusée à l'époque, et ce grâce à un système de bibliothèque de prêt, par abonnement et location de volumes. Par « le plus grand nombre », Adrienne entend le plus grand nombre *possible*, car elle a bien conscience de n'intéresser à sa politique qu'un groupe restreint, une élite, même si son « cabinet de lecture » est aussi une librairie traditionnelle, avec ventes d'ouvrages de fond et classiques de rigueur.

Ses goûts en matière de littérature se confondent avec deux maisons : le Mercure de France, « l'antre des symbolistes, des magiciens du verbe[2] », et la Nouvelle Revue française, laboratoire des idées nouvelles. Sa librairie sera la seule à Paris à posséder l'intégralité de leurs catalogues. Initiée au symbolisme par sa mère, l'étonnante « Phi » (Philiberte), mélomane et théosophe, Adrienne voue, enfant, un culte à Maeterlinck et à Debussy, dont l'opéra *Pelléas et Mélisande* lui tire de chaudes larmes à dix ans, en 1902, lors de sa création. Elle restera toujours fidèle à ses émotions de jeunesse, qui se prolongent dans la contemplation

1. IMEC, Lettre d'A. Monnier à Henriette Charasson, 2 novembre 1915.
2. *Rue de l'Odéon*, p. 33

des images de Dante Gabriel Rossetti et de Burne-
Jones, dont les grâces délétères et androgynes la
transportent et font battre son cœur. L'âme de l'ado-
lescente, emportée par la poésie de Mallarmé, Rimbaud, Verlaine, Laforgue, Villiers de l'Isle-Adam, lue
dans un *Mercure* orné de vignettes préraphaélites,
s'épanchera *naturellement* à la découverte de la
deuxième génération, celle des Valéry, Claudel et
Gide, qui a trouvé refuge à la *NRF*, fondée en 1908.

Un an après l'ouverture de la librairie, Adrienne
Monnier, à la recherche d'un introuvable exemplaire
des *Nourritures terrestres* pour ses abonnés, se décide
à écrire à André Gide une lettre qui nous dévoile « ce
qu'on aime le mieux » à *La Maison des Amis des
Livres* : « Nous avons ainsi toute votre œuvre et celle
de Claudel, de Jammes, de Suarès, de Verhaeren, de
Maeterlinck, de Henri de Régnier, de Remy de Gourmont... Nous avons aussi l'œuvre de Jules Romains,
Duhamel, Vildrac, Apollinaire... Je vous cite là
quelques noms pour vous donner un peu le sens de
notre maison[1]. » Dans cette liste, le nom d'Apollinaire jouit d'un relief singulier. C'est à la même
époque, vers 1916, qu'Adrienne fait sa connaissance,
par l'intermédiaire de Paul Léautaud, souvent croisé
au temple du Mercure, à deux pas, rue de Condé. Les
deux écrivains passent rue de l'Odéon, s'arrêtent.
Adrienne lève les yeux.

Je regardais attentivement ce gros homme en uniforme, à la tête en forme de poire, assez père Ubu, couronné d'une curieuse petite lanière de cuir. Les deux
hommes restèrent un bon moment devant la vitrine,
pointant du doigt plusieurs livres et faisant force gri-

1. BLJD, Lettre d'A. Monnier à André Gide, 15 décembre
1916.

maces, puis ils passèrent. Trois minutes après, la porte s'ouvrit brusquement et notre Apollinaire entra en m'aspergeant de ces mots : « C'est tout de même un peu fort qu'il n'y ait pas un seul livre de combattant dans cette vitrine ! » Je ne me déconcertai pas trop et lui répondis assez doucement que c'était bien par le plus méchant des hasards qu'*Alcools* ne se trouvait pas là, que je l'avais vendu la veille et m'apprêtais à le réassortir et à le remettre en vue. Toutefois, qu'il se dise bien que ce n'était pas sa qualité de combattant qui comptait ici, mais celle de poète, de poète vivement admiré. Nous fûmes tout de suite bons amis [1].

La même année, de nouvelles figures surgissent : Cendrars, qui « apportait avec lui une atmosphère de film d'aventures parce qu'il parlait peu et qu'il avait de la gueule [2] », Pierre Reverdy — dont la revue *Nord-Sud*, prise en dépôt à la librairie, est à ses yeux « le type exemplaire des revues d'avant-garde » — à qui elle reconnaîtra la place « d'un vrai poète et d'un chef d'école [3] ». Cette jeunesse la séduit ou plutôt l'intéresse, mais ne la conquiert pas tout entière, comme elle le reconnaîtra bien plus tard avec une sincérité déconcertante, en parlant d'elle à la troisième personne, lors d'une conférence donnée au Club Maintenant en 1946, sur les débuts de sa maison : « Pour une libraire, elle est assez avancée, mais elle a encore du chemin à faire. Elle ne voit pas qu'Apollinaire domine les autres. Elle n'a pas idée de tout ce que représente Jarry. Elle adore Rimbaud, c'est entendu, mais elle ne veut pas admettre que Lautréamont est encore plus important. Pierre Reverdy, Blaise Cen-

1. *Rue de l'Odéon*, p. 58.
2. *Id.*, p. 59.
3. IMEC, Lettre d'A. Monnier à Pierre Reverdy, 25 février 1946.

drars, Max Jacob viennent parfois lui faire visite,
pourquoi ne les préfère-t-elle pas à Fargue et surtout
à Jules Romains ? Ce sont eux les vrais modernes [1]. »

Jules Romains ! le mot — pour la deuxième fois —
est lâché. Adrienne vénère l'auteur de *La Vie una-
nime*. Elle connaît par cœur *Odes et Prières*, les récite
le visage baigné de larmes. C'est par un conte,
« Ancien maître des hommes », paru dans le *Mercure
de France* en 1913 avant d'être intégré à *Vin blanc de
la Villette*, qu'elle eut la révélation de ce nouveau
maître, normalien de cinq ans son aîné destiné à
devenir son « gourou » *(sic)* : « Ce conte m'avait bou-
leversée. J'avais tout enfant la passion du religieux
et de l'occulte. D'instinct je m'étais mise, dès l'âge de
dix, onze ans, à étudier la graphologie, la chiromancie, la physiognomonie. Le mot "magie" avait
sur mon esprit un pouvoir magique [2]. »
Dès lors, elle lit tout ce qui a paru de Romains :
*Mort de quelqu'un, Les Copains, Sur les quais de la
Villette, Puissances de Paris, Un être en marche...*
« L'Unanimisme m'apparut une idée grande,
féconde, vraiment géniale. C'était la réponse la plus
ferme et la plus claire, me semblait-il, qu'on eût
jamais donnée à la question religieuse. [...] Oui,
Romains influença grandement une partie de mes
opinions. Au moment même où je m'apprêtais à former un groupe, il me munit des viatiques les plus
utiles ; il donna une armure à mon esprit trop porté
au quiétisme [3]. »
Forme de cosmogonie lyrique, l'unanimisme,
vibrant du sentiment d'une âme collective des êtres et

1. *Rue de l'Odéon*, p. 80.
2. *Id.*, p. 51
3. *Id.*, p. 52.

des choses, chante le groupe, « les foules contraires à la mort[1] », les états d'âme d'une communauté universelle dont la vie palpite à l'unisson à travers les rues et les villes du monde entier. Cet humanisme utopique et littéraire, traversé par les influences du symbolisme et d'un socialisme pacifiste, emporte l'adhésion immédiate de la jeune libraire, idéologiquement plus proche de ces aspirations à la fraternité que de l'individualisme têtu d'un Barrès ou d'un Gide. L'unanimisme a surtout l'avantage de satisfaire chez elle deux exigences vitales en les conciliant : le sentiment de la religion — l'unanimisme en a l'esprit sans le système — et la modernité — Jules Romains, rappelons-le, est alors considéré comme le chef de la nouvelle école : Gide le salua comme tel à ses débuts, Ponge le préféra toujours à Valéry. Adrienne accueille avec le même enthousiasme les membres du groupe de l'Abbaye[2] que fréquente Romains, formé autour de Georges Duhamel, Charles Vildrac, Georges Chennevière, Luc Durtain — tous publiés, à un moment ou à un autre, sous forme de plaquettes à tirage limité, par La Maison des Amis des Livres.

La ferveur d'Adrienne Monnier pour Jules Romains — et quoi qu'en dise l'intéressé[3] — ne se

1. Dans *Europe*, poème de Jules Romains, dont la lecture par l'auteur à *La Maison des Amis des Livres* le 1er mars 1917 inaugura la série des fameuses « séances » de la librairie.
2. Le groupe de l'Abbaye tenait son nom d'une propriété sise à Créteil, sorte de phalanstère investi par les « copains » entre 1906 et 1908, qui y avaient installé une imprimerie.
3. À la mort d'Adrienne Monnier, Jules Romains envoya un texte pour le numéro d'hommage que préparait le *Mercure de France*. Il y épinglait le « snobisme » et les « concessions à la mode » auxquelles aurait cédé Adrienne avec le temps — sous-entendu : à ses dépens. Disons que de la dévotion totale et prosélyte la libraire était passée à l'admiration fidèle — mais les « maîtres » n'apprécient guère ce genre de glissement.

démentira pas au cours des ans. Il suffit, pour s'en convaincre, de feuilleter les livres de comptes et les registres d'abonnés de la librairie. Les titres de Romains reviennent à toutes les pages. Adrienne mène manifestement campagne auprès de sa clientèle. De *Cromedeyre-le-Vieil* qui « anoblit, à [s]on sens, la langue française plus encore que les plus belles tragédies de Racine [1] » aux *Hommes de bonne volonté* (27 volumes), sa foi demeure intacte, même s'il lui arrive d'émettre quelques réserves sur certaines œuvres, comme *Le Mariage de Monsieur Le Trouhadec* (1925), jugé « peu digne » du maître. En 1932, lorsque paraît le premier volume de l'immense cycle romanesque, elle trouve encore les mots de la passion :

> Cher Ami,
> J'ai passé les deux jours de Pâques avec *Les Hommes de bonne volonté*. Je suis enthousiaste, ravie, comblée ! Je crois, en effet, que ce sera l'œuvre capitale de votre vie et ce sera aussi, certainement, l'œuvre capitale de ce temps.
> Sylvia, qui lisait en même temps que moi, a tout de suite eu l'impression que votre livre était un événement « national ».
> Quelle géniale idée de prendre pour héros Paris lui-même — idée qui ne pouvait venir qu'à vous — cette plus grande ville, ce plus grand Dieu, si familier et si mystérieux. Et vous êtes tellement à l'aise dans votre immense sujet que c'est à crier de bonheur. Que de liberté, de lumière ! [...]

1. Lettre d'A. Monnier à Jules Romains, 25 mai 1919, *in* « Correspondance Adrienne Monnier - Jules Romains, I. 1915-1919 », établie par Sophie Robert, *Bulletin des amis de Jules Romains*, n° 75-76, Saint-Étienne, automne 1995, p. 43.

Ah! Je suis bien curieuse de voir ce que la critique va dire de votre œuvre.

Pour moi, je suis fixée. Romains est Romains. Je voudrais pouvoir faire un petit cantique comme celui qu'on chante en Chine, en l'honneur de Confucius : « Confucius, Confucius, que Confucius est grand! Si Confucius n'était pas né, nous n'aurions pas eu Confucius[1]! »

Un même élan anime Adrienne Monnier pour un écrivain bien différent : Paul Claudel. Comme toujours, la découverte de l'œuvre précède la rencontre avec l'homme et prend le pas sur elle. Adrienne était encore aux *Annales*, lorsque Henriette Charasson, spécialiste des conseils de beauté au journal, lui proposa de l'accompagner pour assister à une représentation de *L'Otage*. « La pièce m'avait vivement émue, mais, je dois l'avouer, l'énorme présence de la religion catholique m'avait gênée », se souviendra-t-elle. Le choc se produisit à la deuxième lecture de *Tête d'or*, en 1915 : « À partir de ce moment, je compris Claudel, ou plutôt je le saisis[2]. » L'exemple illustre bien la façon dont Adrienne procède dans ses approches de la littérature : elle reconnaît d'emblée la grandeur d'une œuvre et, bien que rebutée par une différence idéologique ou personnelle, lutte contre ses préjugés, insiste au besoin jusqu'à « saisir », sentir de tous ses sens et de son entendement conjugués la saveur promise dès la première impression.

---

1. Lettre d'A. Monnier à Jules Romains, 31 mars 1932, *in* « Correspondance Adrienne Monnier - Jules Romains, II. 1910-1947 », établie par Sophie Robert, *Bulletin des amis de Jules Romains*, n° 77-78, Saint-Étienne, printemps 1996, p. 27-28.
2. *Rue de l'Odéon*, p. 55.

La rencontre avec Claudel devait suivre, à son retour de Rio en 1919, par l'intermédiaire de son neveu, le docteur Jacques de Massary, abonné à la bibliothèque de prêt. Toujours dans la même logique, une séance sera organisée quelques mois plus tard, au théâtre du Gymnase cette fois — à tout seigneur, tout honneur — pour une lecture de poèmes inédits et de scènes choisies du *Pain dur* et de *Tête d'or* par des comédiens, dont Édouard De Max et Marguerite Moreno. À la demande d'Adrienne, le maître compose et lit une introduction à ses propres œuvres qui, aussitôt publiée, inaugure la série des *Cahiers des Amis des Livres*, petite collection destinée à diffuser les conférences ou textes courts inédits des auteurs fétiches de la maison — six numéros en tout verront le jour.

Magnétisée par la poésie de Claudel dont elle « boit » le monde, Adrienne sait à quel point la lecture publique, la récitation transfigurent un texte, lui donnent toute sa valeur et sa résonance. Préférant l'admiration sincère à la fascination et peu encline au culte de la personnalité, la libraire se dit volontiers envoûtée par les voix. Celle de Claudel lui inspirera un morceau d'anthologie, qui dit toute son attention et sa capacité à formuler ses passions : « On ne peut la comparer qu'à l'action de manger. Elle se repaît de mots, elle les mâche, elle en éprouve le goût et en assimile la substance ; elle ne les savoure point avec longueur mais elle s'en délecte avec force ; elle y trouve moins des plaisirs subtilement accordés à l'intelligence que des satisfactions profondément organiques ; elle écrase les voyelles et broie les consonnes ; elle est comme la dévoration d'un lion. Il n'y a rien de fluent dans le discours ; toutes les eaux de la salive sont absorbées par le pain du verbe et le dissolvent moins qu'elles ne s'incorporent à sa solidité[1]. »

Pas plus qu'elle ne se limite à une école Adrienne Monnier ne s'attache à un type de personnalité. En témoigne encore son amitié avec Léon-Paul Fargue qui tient, dans son panthéon, une place de choix. Elle le rencontre en 1916, chez la mère d'une de ses clientes où elle a été invitée à prendre le thé. Adrienne a la réputation de savoir lire dans les yeux de ses interlocuteurs, leurs mains et leurs livres. Fargue tend ses paumes : « Je vais devenir fou, n'est-ce pas ? — Oh ! que non, lui répond la divinatrice, vous l'êtes déjà bien assez comme ça[2]. » Une amitié était née. Le poète se présente à la librairie le lendemain, avec une série de son *Tancrède* sous le bras, plaquette rare imprimée grâce à Valery Larbaud et Pierre Haour. Il devient très vite un fidèle de la « voukike », animant d'interminables soirées où sa faconde protéiforme, ornée ici et là de contrepèteries grivoises, hypnotise et épuise son auditoire.

Toujours en retard (parfois de plusieurs heures), brillant, menteur, génial et agaçant, Fargue, esprit vif et piquant sous un physique d'ours, a entrepris de faire l'éducation littéraire des habitués de la rue de l'Odéon. Adrienne elle-même, qui n'a guère besoin de guide, reconnaîtra combien Fargue a fait

1. *Les Gazettes*, p. 11. Notons que Paul Morand, au 28 octobre 1916, notait déjà à propos de Claudel : « Il n'a rien de remarquable au premier abord, si ce n'est une façon frappante de mastiquer sa phrase, puis de cracher ses mots avec humeur et autorité. [...] Quand Claudel vous parle, il est si brusque qu'on a l'impression qu'il vous gifle » (Paul Morand, *Journal d'un attaché d'ambassade*, 1916-1917. Nouvelle édition avec un complément établi, présenté et annoté par Michel Collomb, Gallimard, 1996, p 47-48).
2. *Rue de l'Odéon*, p. 46.

tomber d'écailles de ses yeux, et su lui révéler les beautés méconnues de certains textes. Ses méthodes, rodées, bousculent un peu : « Sa naïveté, comme chez Stendhal, s'accompagnait d'un excès d'étude. Rien ne sortait de lui qui ne fût cuit et recuit. Son cœur vif et saignant dans sa poitrine, il ne le livrait pas sans des préparations qui allaient de la cuisine bourgeoise aux sauces les plus folles. Comme certains chefs, il vous imposait ses plats : ce n'était pas toujours ceux qu'on eût aimés [1]. »

Adrienne est une inconditionnelle de son œuvre, qu'une paresse maladive a résumé à quelques titres arrachés aux forceps par ses éditeurs, et s'émerveille, comme beaucoup, de ses trouvailles verbales qui en font « le plus gros propriétaire de mots qui existe dans ce pays » (Drieu La Rochelle). Elle consacrera deux séances à Fargue, en 1919 et 1920. Leur brouille retentissante en 1924, au sujet de la revue *Commerce*, n'altérera pas son jugement. En 1933, elle défendra *Ludions* avec ardeur.

En évoquant cette période, Adrienne Monnier fait à plusieurs reprises allusion au « groupe » de la rue de l'Odéon. Et précise : « C'était la grande époque des potassons — c'est-à-dire des gens auxquels on peut dire : *o té un janti*. Cette institution, dont Fargue était le père et moi la mère, a connu, de 1918 à 1923, une force et un rayonnement extraordinaire [2]. »

Les potassons, à vrai dire, préexistent à *La Maison des Amis des Livres*. Dès 1910, le mot apparaît dans la correspondance entre Fargue et Larbaud. « Les potassons », titre d'une chronique que Fargue tient dans la revue *Intentions* en 1922, ont leur langage

1. *Id.,* p. 128.
2. *Les Gazettes*, p. 75.

propre, rebaptisent gens et animaux sous des
vocables tels que dépotames, bélodons, goulifons —
pour désigner les plus « grosses bêtes », il suffit de
redoubler certaines syllabes : dépopotames, bélo-
dondons, goulifonfons [1]. Qui sont-ils, que font-ils ?
La confrérie préfère le flou :

> Nous fûmes « potassons » à l'arrière comme on était
> « poilus » à l'avant.
> Le mot « potasson » avait été trouvé par Fargue, du
> vivant de Charles-Louis Philippe. Il désignait, je crois,
> à l'origine, un bon gros chat, carré en soi comme un
> pot. J'ai déjà tenté de le définir, je ne puis que répéter
> à peu près ma définition :
> POTASSON. — Variété de l'espèce humaine se dis-
> tinguant par la gentillesse et le sens de la vie. Pour les
> potassons, le plaisir est un positif : ils sont tout de
> suite à la page, ils ont de la bonhomie et du cran.
> Quand les potassons s'assemblent, tout va bien, tout
> peut s'arranger, on s'amuse sans effort, le monde est
> clair, on le traverse de bout en bout, du commence-
> ment à la fin, depuis les grosses bêtes de l'origine —
> on les a vues, on y était — jusqu'à la fin des fins où
> tout recommence, toujours avec bon appétit et bonne
> humeur [2].

La définition semble accueillante, pourtant,
rares sont les élus. Tout le monde n'entre pas dans
cette maçonnerie très fantaisiste de l'amitié littéraire. Il y a ceux qui n'y accéderont jamais, il y a
les faux potassons — « méfiez-vous-en, ils sont
mortels » — ou encore les « aspirants potassons »,

1. Voir Léon-Paul Fargue - Valery Larbaud, *Correspon-*
dance, 1910-1946, texte établi, présenté et annoté par T. Alajouanine, Gallimard, 1971.
2. *Rue de l'Odéon*, p. 47-48.

que l'on peut maintenir des années au purgatoire en ajournant sans cesse leur nomination. Et puis il y a les *vrais* potassons, comme Larbaud, l'illustrateur Daragnès, l'avocat Charles Chanvin ou Léon Delamarche, fonctionnaire, responsable de la rubrique du « Carnet d'un bibliophile » au quotidien *L'Éclair*. Parmi les femmes, des amies médecins ou juristes d'Adrienne et bien sûr « Sylvia Beach [qui] formait à elle seule une classe un peu sauvage. Je n'aurai garde d'oublier Erik Satie, poursuit la mère du groupe, qui était à Fargue, si l'on veut, ce que le Tachi-Lama est au Dalaï-Lama. C'était Satie qui devait composer la marche des potassons et, à vrai dire, il a pensé à nous en faisant les *Pièces montées* et principalement la *Marche de Cocagne* [1] ».

Larbaud occupe un rôle phare dans l'institution. Apparu en juin 1919 dans la librairie, l'écrivain est accueilli avec chaleur : rue de l'Odéon, on connaît déjà l'œuvre du « riche amateur » et on la défend en disposant, bien en vue dans la vitrine, *Fermina Marquez* (1911), *A. O. Barnabooth, ses œuvres complètes, c'est-à-dire un conte, ses poésies et son journal intime* (1913, dédicacé rétroactivement « à Adrienne Monnier, chez qui M.A.O. Barnabooth a trouvé un asile et une efficace protection au temps où il était en disgrâce. *Ovumbravit super caput*

1. *Rue de l'Odéon*, p. 49. En 1923, Satie composa la *Chanson du Chat* (dernier des cinq *Ludions*, sur des poèmes de Fargue), où le mot « potasson » figure en toutes lettres. « L'Arsace et la Loreille / N'sont qu'un pays de cocus / Tirelu » était la scie des potassons. Voir Erik Satie, *Correspondance presque complète*, réunie et présentée par Ornella Volta, Fayard/IMEC, 2000, et le dossier littéraire *Valery Larbaud* dans le Fonds Adrienne Monnier de l'IMEC.

meum in die belli »), ou son recueil de nouvelles *Enfantines* (1918).

Larbaud trouve une alliée en Adrienne Monnier et un forum idéal dans la librairie pour développer ce qui leur tient tant à cœur : la diffusion de la littérature, des idées et des cultures étrangères, notamment hispaniques et anglo-saxonnes. Par deux fois, il interviendra publiquement à *La Maison des Amis des Livres*, non pour parler de ses livres mais pour honorer ceux des autres : Samuel Butler, en 1920, dont il a traduit les œuvres complètes, et James Joyce, en 1921, dont il s'apprête à transposer en français le monumental *Ulysses*. Cette politesse de Larbaud, qui tient de l'amour oblatif, n'occulte pas pour autant sa propre production à la librairie. Adrienne, qui trouve en lui un interlocuteur hors de pair, goûte son talent à sa juste mesure : « Vous pouvez vous passer la langue sur les lèvres en attendant le délice de le manger, on mange Larbaud en le lisant, comme on mange un beau petit enfant en l'embrassant[1] », promet-elle goulûment à Henri et Hélène Hoppenot en 1923, sans doute à l'occasion de la parution d'*Amants heureux amants*.

Leurs silhouettes l'attestent, *Valéro Larbi*[2] et Adrienne ont encore la gourmandise en commun.

---

1. Lettre d'A. Monnier à Henri et Hélène Hoppenot, 21 août 1923, *in* Adrienne Monnier - Henri et Hélène Hoppenot, *Correspondance*, établie et présentée par Béatrice Mousli, Éditions des Cendres, 1997, p. 32.
2. « Pan, pan, Larbi / Valéro est par ici / Viens dans mes bras mon gros kiki, / Par ici la sortie ! », est la première strophe de la *Sonnerie de Saint-Victor*, poème signé Débiensages [pseudonyme collectif d'Adrienne Monnier, Léon-Paul Fargue et Valery Larbaud, par allusion à l'une des expressions favorites des potassons : des gens « bien sages »], qui clôt le recueil des *Poésies d'Adrienne Monnier*, Mercure de France, 1962, p. 89.

L'une des plus anciennes lettres du premier à la seconde discute longuement des mérites respectifs du *turrón* de Jijona et de celui d'Alicante. «Après les pâtisseries que j'ai mangées chez vous, je ne peux que vous parler très modestement des qualités de notre "turron"», s'excuse-t-il, tout en comptant sur l'avis circonstancié de sa complice. «L'opinion de votre sœur et de votre beau-frère, et de quelques autres potassons, m'intéresse aussi, car les potassons "savent ce qui est bon" (mais c'est une autre histoire, que je vous raconterai quand je vous verrai) [1]. » Hélas ! la rencontre n'ayant pas été enregistrée, l'énigme reste entière. Tout juste sait-on que le miel issu des fleurs bourbonnaises est une «véritable nourriture potassonnique [2]», indice bien maigre pour l'établissement d'une grammaire culinaire sérieuse.

On l'aura compris : les potassons potassonnent, en déclinant une langue riche en potassonneries. Larbaud signe ses lettres «very potassonely» ou «potassonnement vôtre», Félix Vandérem s'excuse de ne pouvoir venir «potassoner en votre aimable compagnie», quand Paul Valéry, sorte de vedette américaine de l'institution, compose cette réponse rimée :

> D'autres préfèrent la prairie
> Mais les plus sages vont nier
> La rose, dans ta librairie,
> Ô Mademoiselle Monnier !

1. Lettre de Valery Larbaud à A. Monnier, 16 avril 1920, *in* Valery Larbaud, *Lettres à Adrienne Monnier et à Sylvia Beach, 1919-1933*, correspondance établie et annotée par Maurice Saillet, IMEC Éditions, 1991, p. 14-15.
2. *Id.*, p. 24.

En foi de quoi je viendrai samedi à vingt heures plus
ou moins quelque chose, dîner avec vous, avec tels
potassons que de droit,
Très heureux d'en être

P. V. [1]

Outre la fine fleur de la littérature des années
1920, les potassons comptent de grands ancêtres.
Stendhal, passion d'Adrienne, a été admis d'office,
ce qui l'eût sans doute un peu surpris. Certains pères
spirituels ont trop tôt disparu comme Charles-Louis
Philippe, l'auteur de *Bubu de Montparnasse*, mort en
1909, un an après la création de la *NRF* qu'il avait
contribué à fonder avec Gide, et dont l'influence
rayonnait sur toute cette génération. Le groupe a
aussi intégré de jeunes recrues inconnues comme
Raymonde Linossier, figure très attachante de l'histoire de la librairie, dont la fierté suprême, à vingt
ans, tenait à son titre de « plus jeune potasson du
monde ». Adrienne Monnier fit sa connaissance à la
fin de l'année 1917. Raymonde Linossier cherchait
un imprimeur pour une œuvre indéfinissable, sorte
d'objet littéraire non identifié, intitulé *Bibi-la-
Bibiste*, par les sœurs X..., dédié à son ami d'enfance
Francis Poulenc. Le premier chapitre, réduit *stricto
sensu* à trois phrases, donne le ton : « Sa naissance

---

1. BLJD, Lettre de Paul Valéry à A. Monnier, « 1917, Jeudi
sans doute ». On notera en passant que, dans les années 1930,
Adrienne Monnier demanda à Valéry, de la part de Walter
Benjamin, quelles avaient été ses lectures de jeunesse. L'académicien donna cette curieuse réponse : « Léon Cahun (oncle
de Schwob), *La Bannière bleue* / Poe, *Le Voleur* / Romans de
V. Hugo éd. Belge « œuvres complètes » arrêtées à 1840/ à
14 ans « le Rhin »/ Théophile Gautier/ Huysmans *À
Rebours*/ pas de philo, *jamais* » (IMEC, notes manuscrites
d'A. Monnier).

fut semblable à celle des autres enfants. C'est pourquoi on la nomma Bibi-la-Bibiste. (Ce fut l'enfance de Bibi-la-Bibiste)[1]. »

Adrienne Monnier prend aussitôt sous son aile cette jeune fille qui l'intrigue, dont « les yeux montraient toute la douceur, toute la retenue qu'on attend des belles âmes féminines » et dont « le cerveau était en beaucoup de points viril »[2]. L'emmène chez un imprimeur de Montmartre où Apollinaire avait porté ses idéogrammes, s'occupe de tout et donne un exemplaire à Ezra Pound... qui publie aussitôt *Bibi-la-Bibiste* dans *The Little Review*, pour vanter « la remarquable économie de moyens » de cette écrivaine révolutionnaire.

Intronisée potasson avec les honneurs, Raymonde Linossier, fille d'un professeur de biochimie qu'elle suit l'été à Vichy où il soigne les curistes, se lamente loin de la rue de l'Odéon, assurant à sa bienfaitrice : « On en meurt, vous savez, d'un potassonnat rentré. » Ailleurs, elle soupire : « Moi aussi je suis amoureuse, Adrienne. Je suis hantée par une pensée qui me rend triste, je soupire, je tousse, je rêve. Et c'est une grande perversion sexuelle (les beaux mots) que d'être amoureuse d'un groupe. Je me languis des potassons comme on dit à Valence. [...] Et j'aimerais tant vous voir aussi, Adrienne. En ce moment vous mangez des sandwichs au saumon et vous hésitez entre deux assiettes de gâteaux avec

---

1. Raymonde Linossier, *Bibi-la-Bibiste*, La Violette noire, 1991 (première édition : La Maison des Amis des Livres, 1918). Cette réédition comporte un «Accompagnement» de l'éditeur résumant l'essentiel de la biographie de l'auteure et un extrait du *Piéton de Paris* de Léon-Paul Fargue évoquant son amie.
2. *Rue de l'Odéon*, p. 66 et 69.

le regard attentif d'une femme qui assortit des échantillons[1]. »

À Vichy, on la traite de «bolchevique» parce qu'elle se promène jambes nues au mois d'août et ne trouve rien d'immoral à *Beauté, mon beau souci*, recueil d'un enfant du pays — Larbaud est l'héritier des sources Saint-Yorre — qui n'a pas l'heur de plaire à la bourgeoisie locale, malgré «son titre si joli». À Paris, elle s'épanouit parmi les potassons, où son sens de la dérision fait merveille. Adrienne aime la discrétion de cette jeune fille brillante, qui «fait son droit» sans en avoir l'air — elle sera avocate à vingt-quatre ans — et ne parle jamais des ouvrages savants qu'elle publie sur l'archéologie bouddhique, l'imagerie tibétaine et autres questions orientales, passion qui la conduira à entrer au musée Guimet. La maladie l'empêche de poursuivre cette carrière exceptionnelle, *a fortiori* pour une femme à l'époque. Elle s'éteint au début de l'année 1930, dans sa trente-troisième année.

Le souvenir de Raymonde Linossier sera toujours attaché à la formidable explosion des années 1920, qui a vu l'épanouissement de la librairie, son âge d'or. Non pas que les affaires marchent si fort — Adrienne se maintiendra sans atteindre jamais la fortune. *La Maison des Amis des Livres*, en tant que «parlement littéraire», est en revanche au firmament de son histoire. La question est devenue rituelle : «Que se passe-t-il rue de l'Odéon?» équivaut à demander où en est la littérature moderne en France. D'aucuns s'en irritent, attribuant à

---

1. BLJD, Lettres de Raymonde Linossier à A. Monnier, s. d. La dernière lettre s'achève par : «Je vous baise les mains, reine. »

Adrienne Monnier une puissance totémique, une influence sans partage.

Dès février 1923, Édouard Dujardin lance, sous le titre « Un scandale littéraire », une polémique dans le n° 7 des *Cahiers idéalistes*. Il accuse, sans la nommer, Adrienne Monnier d'être à l'origine de toutes les idées contenues dans l'*Histoire de la littérature française contemporaine*, de René Lalou. L'auteur se serait tout simplement laissé manipuler par « la directrice d'une petite librairie de la rue de l'Odéon [...] siège d'une coterie, et de quelle coterie ! la plus belle coterie, dirait Molière, de toutes les coteries, du pays des coteries. [...] Le résultat, c'est que les grands hommes de M. Lalou, ce sont les grands hommes de la dite maison ; les écrivains qu'il a maltraités, ce sont ceux qu'on n'y estime pas ou que l'on redoute ; ceux qu'il a ignorés, ce sont ceux dont on n'a pas les livres ». Dujardin souffre surtout de son exclusion personnelle d'un livre qui prétend à l'exhaustivité — il y revient longuement, prêt à produire des lettres élogieuses de grands hommes sur son œuvre... L'année suivante, Henri Béraud, Prix Goncourt 1922 pour *Le Martyre de l'obèse*, choisit le mode pamphlétaire avec *La Croisade des longues figures* pour railler, dans une langue bouffie d'injures, « le gidisme, le suaressisme et la claudélication », soit la *NRF* et ses épigones — dont, évidemment, la chapelle ardente de la rue de l'Odéon, dirigée par une « Mlle M... » encore épinglée dans *L'Initiation de la Reine Dermine*, par « les Trois » (Pierre Dévoluy, Albert Lantoine et Robert Randau), paru en 1925 chez Fasquelle.

Dans ce climat de cordiale détestation qu'affectionne le milieu littéraire, Adrienne Monnier poursuit sa route sans faiblir ni s'émouvoir. Elle répond à Édouard Dujardin, par le biais de la revue *Intentions* (n° 12), une lettre pleine de sérénité et d'humour, avec mise au point de quelques erreurs grossières (Dujardin lui avait notamment reproché de vouer le symbolisme aux oubliettes sinon aux gémonies) et réaffirmation tranquille de ses goûts personnels. Quant à l'auteur, supposément instrumentalisé, la libraire se serait contentée de lui prêter les livres dont il avait besoin pour son étude, épuisés ou introuvables ailleurs.

Que nous apprend, en réalité, ce manuel de sept cents pages, panorama utile mais sans développement de l'histoire des lettres françaises modernes ? Que Romains et le groupe de l'Abbaye ont tracé la voie sacrée — même si Vildrac est égratigné —, Claudel et Valéry constituent les phares de la poésie, quand Gide est intronisé premier prosateur de sa génération, Fargue un maître malgré « ses plaisanteries d'enfant gâté », Larbaud salué pour son incomparable génie de la langue, mais que « la virtuosité d'Apollinaire est parfaitement incapable d'un grand élan créateur » [1]. Voilà qui, à quelques détails près, ne risque pas de dépayser les familiers de la rue de l'Odéon, en effet.

Gide, bien sûr, Claudel, Valéry, Jammes, Suarès, Fargue, nés autour de 1870, Larbaud, Romains, Duhamel, nés dans la décennie suivante, auteurs plébiscités par les *Amis des Livres*, publient tous à la *NRF* où Adrienne Monnier a trouvé une famille d'esprit. C'est en défendant cette modernité-là qu'elle a attiré chez elle une troisième génération qui, autour de 1900, a vu la naissance de Breton, Artaud, Soupault, Aragon, Crevel, Michaux, Leiris.

Parce qu'elle les a tous accueillis à leurs débuts,

1. René Lalou, *Histoire de la littérature française contemporaine*, Crès, 1922, p. 425.

Adrienne Monnier s'est vu attribuer, avec le temps et les déformations paresseuses d'une mémoire prompte à verser dans la légende, un rôle dans la défense du surréalisme. Les images encouragent, il est vrai, à accréditer cette thèse : comment ne pas s'émouvoir de la présence d'un Aragon de dix-neuf ans « alors en pleine possession de son prénom et d'une ombre de moustache[1] », posant chez Adrienne, le regard rêveur, la bouche timide d'un dandy encore sage, cravate et col amidonné, entre une toile d'André Lhote et une gravure du *Soldat laboureur* ? Comment ne pas accorder à *La Maison des Amis des Livres* la place d'un foyer d'avant-garde, lorsque l'on découvre la photographie d'André Breton au côté de Théodore Fraenkel, soldats sanglés dans leur uniforme bleu horizon, au firmament d'une jeunesse un peu hautaine ? L'évidence a l'air de s'imposer : le surréalisme est né en Odéonie. Or, voilà qui demande à être nuancé, surtout si l'on déduit de ces images trop séduisantes qu'un bruissement d'idées révolutionnaires était en faveur rue de l'Odéon.

Si Adrienne Monnier s'est d'emblée entendue avec le jeune Louis Aragon, causeur superbe et lecteur insatiable inscrit trois mois après l'inauguration de la librairie, ses relations avec André Breton prirent dès le début un tour plus rigide : « Nous eûmes tout de suite de grandes conversations », se souviendra-t-elle, pour préciser aussitôt : « Je crois bien que nous ne fûmes jamais d'accord. [...] Je lui paraissais certainement réactionnaire, tandis qu'aux yeux de ma clientèle courante je faisais figure de révolutionnaire [...]. Il essaya bien de me gagner à son clan, mais au lieu d'ébranler mes convictions, il ne fit que

---

1. *Rue de l'Odéon*, p. 97.

les renforcer[1]. » Quant à Soupault, il « était à la fois le plus gracieux et le plus griffu des trois[2] ». Le 20 février 1919, Jean Cocteau lit *Le Cap de Bonne-Espérance* à la librairie. Soupault et Breton sont là, « très droits, rayonnants d'hostilité[3] ».

Que viennent chercher ces jeunes gens à la librairie ? Des livres d'abord. La fiche d'abonné d'Aragon montre une boulimie de lecture, de loin supérieure à celle des autres. Il balaie tous les siècles, tous les genres. Breton a quant à lui une prédilection pour la « Bibliothèque des curieux » où il lit Sade et *Les Liaisons dangereuses*, avec détours par *Les Nourritures terrestres* ou *La Jeune Parque*.

Adrienne Monnier dispose également des meilleures revues, laboratoires d'idées et tremplins des espoirs de la littérature, qu'elle prend en dépôt : *Nord-Sud* de Pierre Reverdy, *Intentions* de Pierre-André May, *SIC* (Sons Idées Couleurs) de Pierre Albert-Birot ont trouvé refuge rue de l'Odéon. Ou encore *Vers et Prose*, la revue de Paul Fort, l'un des premiers poètes à avoir franchi le seuil de la boutique. Il cédera l'intégralité de son stock à *La Maison des Amis des Livres*, si bien que la librairie est le dernier endroit où trouver des exemplaires à Paris. Les futurs surréalistes se jettent dessus. Ils découvrent les textes de Lautréamont ou un Paul Valéry inconnu à travers *La Soirée avec Monsieur Teste*[4]. Aragon signale à Adrienne ces raretés, qu'elle

1. *Rue de l'Odéon*, p. 92-93.
2. *Id.*, p. 99.
3. *Id.*, p. 104.
4. Le texte de Valéry, publié pour la première fois dans *Le Centaure, Recueil trimestriel de Littérature et d'Art* (n° 9, 1896), avait été réédité par Paul Fort dans *Vers et Prose*, t. IV, décembre 1905-janvier 1906. Il était devenu introuvable. À la suite de cette redécouverte, la NRF le publia sous forme de plaquette.

n'avait pas lues. Ou comment s'exhument les chefs-d'œuvre.

D'autres manquèrent de tomber à la trappe, comme les premiers numéros de *Dada*, envoyés de Zurich à Adrienne Monnier. Ils lui firent « horreur » et elle s'apprêtait à les retourner sans en avoir même coupé les pages. C'était sans compter avec l'œil de lynx de Jean Paulhan, qui récupéra les exemplaires, sur lesquels tombèrent Breton et Aragon. Ou comment Dada fut introduit en France.

Ces relations en chaîne, ces successions de hasards (objectifs ?) et de coïncidences heureuses rythment la vie de *La Maison des Amis des Livres*, dont le titre, décomposé, dit bien les intentions et la visée : être une maison, c'est-à-dire un foyer accueillant, pour y réunir sous le sceau de l'amitié des gens qui aiment les livres et la circulation des idées. Car ce que viennent aussi chercher les jeunes littérateurs — et peut-être par-dessus tout —, c'est la possibilité de rencontrer leurs semblables et leurs aînés, leurs lecteurs, leurs rivaux, leurs maîtres ou leurs disciples. Aragon, pilier de la librairie à partir de 16 heures, y donne rendez-vous à Gide, à Breton qui cherche mécène (c'est par le réseau des *Amis des Livres* qu'il obtiendra son poste de secrétaire auprès de Jacques Doucet) et qui vient lire des poèmes de Paul Valéry lors de la séance consacrée au poète. Fargue hume l'air du temps et dit deux mots à Paulhan, Larbaud demande conseil à Adrienne.

Aussi ne faut-il pas s'étonner de voir au premier sommaire de *Littérature* (dirigée par Breton, Aragon et Soupault) les familiers de la rue de l'Odéon, toutes générations confondues : André Gide, Paul Valéry, Léon-Paul Fargue, André Salmon, Max Jacob, Pierre

Reverdy, Blaise Cendrars, Jean Paulhan et même
R. L. [Raymonde Linossier], signataire de la revue
des revues... Mais très vite, Tristan Tzara souffle le
vent d'un nouveau courant. Dès lors, aux yeux
d'Adrienne et à son grand dam, la revue «tourna de
plus en plus, non pas en bourrique, mais en dada[1]».
À partir du numéro 8, la mention «Pour la vente,
s'adresser à *La Maison des Amis des Livres*, 7, rue de
l'Odéon, Paris», qui figurait au verso, disparaît. Les
éditions Au Sans Pareil, fondées par René Hilsum en
1919, destinées à devenir la première maison des
surréalistes, ont pris le relais[2].

Au cours des années 1920, les relations
d'Adrienne Monnier avec le groupe des futurs surréalistes, sans être rompues, se distendent. Leurs
chemins bifurquent. Breton, affranchi de ses aînés
qui formaient le premier noyau de la rue de l'Odéon,
écarte bientôt Tzara dont les provocations nihilistes
ne cadrent plus avec ses ambitions, énoncées de
manière fracassante en 1924 dans le *Manifeste du
surréalisme*.

Si Adrienne concède au surréalisme un sens du
merveilleux, elle résistera toujours, par tempérament, à la «frénésie» révolutionnaire du groupe.

1. *Rue de l'Odéon*, p. 109. Cette rupture idéologique coïncida avec une brouille qui aurait pu n'être que passagère entre
Adrienne Monnier et André Breton, Breton reprochant à
Adrienne de défendre l'œuvre de Claudel parce qu'il était son
ami. Ce à quoi Adrienne opposa un contre-exemple cinglant,
en rétorquant à Breton qu'elle avait de l'affection pour lui mais
qu'elle n'aimait pas son œuvre. Le futur chef du surréalisme
en fut profondément blessé.
2. Après la maison d'édition, une librairie *Au Sans Pareil*,
sur le modèle de *La Maison des Amis des Livres*, ouvrit avenue
Kléber au printemps 1920.

L'élaboration de sa propre revue, *Le Navire d'argent*, en 1925, lui donne l'occasion d'exprimer noir sur blanc ses divergences, dans une lettre à Paul Valéry où elle sollicite sa collaboration et la permission de l'inscrire au programme des futurs sommaires : « Voici les amis des premiers voyages : Claudel, Duhamel, Chennevière, Giraudoux, Larbaud, Morand, Romains. /Je n'en annonce pas d'autres pour le moment. /Et il n'y aura jamais de surréalistes. /Un *oui*, de grâce [1]. » Jamais. Sur les douze numéros que comptera la revue, aucun n'accueillera en effet le moindre membre du groupe vilipendé. Deux ans plus tard, une autre lettre, à Jean Paulhan cette fois, nous renseigne utilement sur les opinions d'Adrienne, auxquelles se ralliaient la majorité des intellectuels de l'époque :

> Toute cette histoire Dada-Surréaliste est vraiment bien difficile à expliquer et à juger. Vous avez raison, il faut démêler leurs œuvres (quand elles sont bonnes, elles sont fort peu conformes à leurs idées) de leur politique. Mais ils ne tolèrent point qu'on fasse de restrictions ni de séparation. Peut-être, alors, est-il préférable de garder le silence à leur sujet. Comme ils font tout pour faire parler d'eux et que l'ambition, quoi qu'ils disent, est leur passion dominante, rien ne peut autant les amener à la raison ; sauf Breton, naturellement, qui n'en a pas et qui, de

---

1. BLJD, Lettre d'A. Monnier à Paul Valéry, 7 mai 1925. Valéry répondit aussitôt : « Mettez mon nom, chère Mademoiselle Monnier. Mais quoi de plus ?? Assassiné par tout ce que je fais et par tout ce que j'ai à faire et qui m'assomme — je me suis juré de ne plus rien promettre de défini et à date déterminée. / Le navire a déjà un bel équipage, ma foi ! / Adieu vat ! / Bien cordialement / P.V. » (BLJD, s.d.). Valéry soutint la revue sans y collaborer.

ce fait, est irréductible, mais s'il était seul sur son rocher, il n'irait pas loin, si j'ose dire[1].

Au-delà des mésententes personnelles, Adrienne Monnier récuse en profondeur le surréalisme. Ici, elle moque « les déclarations pompeuses, les invectives et autres enfantillages assez touchants dont usent les surréalistes quand ils mettent la main à la plume ». Là, elle feint de se demander si leur attitude provocatrice, révoltée, ne correspondrait pas au fond à « l'âge potache (douze à seize ans

---

1. IMEC, Lettre d'A. Monnier à Jean Paulhan, 15 novembre 1927. Une lettre non datée de Jean Paulhan à Adrienne Monnier, conservée à la BLJD, reprend en partie le débat : « Chère amie, / Je crois que vous vous trompez. Ne pensez pas que je sois sensible aux injures de Breton, mais à ses menaces, pourquoi pas ? Breton est fou, soit, mais il a des disciples sensés, et qui lui obéissent : avouez que s'il y a ici une conduite absurde c'est celle de Martin du Gard qui traite les surréalistes de génies jusqu'au jour où il reçoit quelques coups de canne et ne dit plus un mot d'eux dans la suite, c'est celle de tous les journalistes qui encaissent les injures, parfaitement dégoûtantes, de Breton, et ne parlent pas de ses livres, qui sont bons. La *NRF* n'avait qu'un parti à prendre : prévenir, le plus nettement possible, qu'on ne lui ferait pas le coup des Nouv[elles] litt[éraires], qu'elle continuerait à parler des surréalistes quand elle voudrait et comme elle voudrait : c'est ce que j'ai fait. Chère amie, jugez-en en directrice du *Navire*, vous ne pourrez que me donner raison. Que Valéry par ailleurs leur pardonne leurs lettres d'injures, que Fargue ne leur en veuille pas, s'ils l'accusent de les imiter platement et de mener une vie répugnante, que Gide se laisse gentiment traiter d'emmerdeur, je serais bien osé de me fâcher s'ils m'appellent con. Mais ce n'est pas de moi qu'il s'agissait ici, c'était de la *nrf*, que je prends au sérieux, et de l'avenir de la *nrf* que je prends plus au sérieux encore. » À propos de cette « affaire », née d'un article signé Jean Guérin (pseudonyme de Paulhan) sur les surréalistes dans la *NRF*, voir le livre de Laurence Brisset, *La NRF de Paulhan*, Gallimard, 2003, p. 56-57.

environ) [1] ». Son mépris de circonstance se double d'analyses de fond, plus fines mais toujours sévères. Ainsi d'une « formule de génie facile : l'écriture automatique » : « Partant de l'horreur de la banalité — qui est machinale — il [Breton] a abouti à cela même qu'il voulait éviter : il a mécanisé la poésie. Il l'a réduite à un état passif où elle cesse d'être originale, où elle devient informe et sans valeur. Les poèmes surréalistes se ressemblent tous, ils sont bizarres en série, ils sont désespérément monotones [2]. »

La révolution surréaliste ne serait-elle que fausse subversion destinée à épater le bourgeois, miroir aux alouettes et provocations sans suite ? Breton et Tzara, surtout, siègent au banc des accusés. Des grands aînés, Lautréamont, Mallarmé, Rimbaud, Laforgue, ils auraient singé les manies plutôt qu'imité la patience et les sacrifices — erreur fatale ; c'est la dilapidation de cet héritage qu'Adrienne ne leur pardonne pas. Pis, les surréalistes, par leur « action dissipatrice », auraient brouillé les repères de la génération suivante, privée par leur faute des lumières qu'avaient commencé à dispenser les grands voyants du XIXe siècle. Résister à ce chant des sirènes surréaliste aux allures de chant du cygne pour inventer une nouvelle langue qui tienne compte des avancées prodigieuses de la poésie symboliste, voilà la gageure. Leiris, Michaux, « le plus sorcier de tous », compagnons de route occasionnels des surréalistes, figurent en tête de ceux qui, selon Adrienne, ont su relever le défi.

Les réticences de *La Maison des Amis des Livres*

1. *Les Gazettes*, p. 25 et 313.
2. *Dernières gazettes*, p. 227.

vis-à-vis du surréalisme se doublent d'un malentendu. Pour Adrienne, dada et consorts prétendent
inventer, dans le bruit et les coups d'éclat publics,
un mouvement qui s'épanouissait déjà tranquillement rue de l'Odéon. Les tentatives d'un Fargue en
quête d'une « langue matrice » lui apparaissent
autrement fertiles : « Cette expérience au-delà de l'intelligence, cette exploration de la frange que désirait
Bergson, bien peu, sur le plan poétique, l'auront ten-
tée, l'auront réussie comme Fargue ; ce diable
d'homme a atteint cela même que les surréalistes se
donnaient pour but [1]. » La disparition précoce de
Raymonde Linossier lui offre encore l'occasion de
rétablir une préséance qui lui tient à cœur et de se
prémunir contre l'oubli : « Le Bibisme était une sorte
de Dada avant la lettre. Il affirmait le goût du
baroque et du primitif. Il chérissait les arts sauvages
et ces formes d'art populaire qui s'expriment par des
fantaisies sur peluche, coffrets en coquillage, cartes
postales à surprises, tableaux en timbres-poste,
constructions en bouchons, etc. [2] » À ses yeux, la
revue *SIC* aux magiques inventions graphiques et
conceptuelles est même « du bibi qui s'ignore ».

Loin de rejeter la marginalité ou l'inventivité,
Adrienne reproche surtout à Breton et sa bande l'esprit de sérieux, l'agressivité politique, le goût du
scandale et un certain fanatisme dogmatique
contraire à la création. À la dérision grinçante elle
oppose l'humour tendre ; à la prétention du geste, la
discrétion d'une image inattendue. Sans compter
que l'intérêt profond de cette mystique pour la religion — ou plutôt les religions — ne pouvait s'ac-

1. *Les Gazettes*, p. 67.
2. Adrienne Monnier, « Raymonde Linossier », *Les Nouvelles littéraires*, 26 avril 1930.

commoder du dynamitage en règle des croyances prévu par le groupe et son anticléricalisme radical. Les surréalistes le lui rendent bien : ils regardent les potassons comme une confrérie « puérile » et, peu à peu, prennent leurs distances avec une Adrienne jugée « malicieuse ». « C'était un de ses défauts. Elle se croyait plus maligne que ses clients et était très sûre d'elle[1] », tranchera Philippe Soupault.

D'une façon générale, la résistance d'Adrienne Monnier au dadaïsme et au surréalisme, dans le climat de défense de la littérature contemporaine où s'était inscrite la librairie à son origine, soulève un débat qui, pour être rebattu, n'en paraît pas moins pertinent dans l'histoire singulière de *La Maison des Amis des Livres* et la généalogie intellectuelle de sa directrice : que signifie, dans ce contexte, être moderne ?

Il faut rendre cette grâce à Adrienne : sa parfaite authenticité l'engage à ne jamais passer pour ce qu'elle n'est pas, à trahir ses convictions profondes, ni à flirter, par faiblesse ou distraction, avec les modes ; elle ne louvoie pas, préfère même persister dans l'erreur plutôt que de se laisser infléchir par paresse, quitte à reconnaître sur le tard s'être fourvoyée — ainsi de Tristan Tzara, dont elle n'admettra le talent qu'après la Seconde Guerre mondiale. Cette politique, qui tient davantage d'une fidélité morale que d'un entêtement sans objet, force la considération de ses contemporains. « Adrienne était une ter-

---

1. Philippe Soupault, *Mémoires de l'oubli, 1914-1923*, Lachenal et Ritter, 1981, p. 46. Au sujet des potassons, il précise, p. 92 : « C'était assez puéril et Aragon, Breton et moi nous nous étions exclus, volontairement, de cette "confrérie". Ce qui nous étonnait, c'était qu'un ami de Fargue, Valery Larbaud, ne refusait pas de s'associer à ces puérilités. Il m'expliqua, comme je lui en faisais le reproche, qu'il fallait que "jeunesse se passât". »

rienne, qui avait son caractère, ses opinions, se souvient Maurice Nadeau. C'était une femme *respectée*.
Quand elle n'aimait pas un texte ou quelqu'un,
croyez-moi, elle le faisait savoir et le disait en face. »
Et l'éditeur de conclure, faisant pour une fois men-
tir l'adage de la métaphore pâtissière : « Ce n'était
pas exactement une maman gâteau [1]... » Autrement
dit, Adrienne a l'esprit clair et le jugement franc. Ce
qui, dans un débat autour d'une notion aussi complexe et instable que la modernité, s'avère précieux.

Bien qu'elle ne se soit jamais exprimée directement sur le sujet, Adrienne Monnier distille dans sa
correspondance ou ses articles suffisamment d'éléments pour comprendre qu'elle élève le classicisme
au rang de vertu cardinale. Les exemples, qui parlent mieux qu'une définition aléatoire, tracent une
généalogie sans surprise. Platon, Montaigne, Stendhal, Gobineau : tels sont les quatre noms cités par
Jean Prévost, dans une lettre à la directrice du *Navire
d'argent*, pour lui rappeler : « C'est sous leurs auspices que nous avons travaillé ensemble, c'est là que
je veux voir l'"esprit de la rue de l'Odéon" [2]. »

Stendhal, on l'a vu, brille d'un feu particulier dans
la constellation odéonienne. Il n'est pas anodin
qu'Adrienne ait placé au sommet du XIXᵉ siècle
l'homme qui voulait écrire comme le Code civil, et
pas insignifiant non plus qu'elle préfère l'austère
étrangeté d'*Armance* au *Rouge et le Noir* : l'économie
de moyens, la sobriété jusqu'au bizarre participent
d'une érotique de l'écriture à laquelle elle est à tous
égards sensible. Aussi le recommande-t-elle aux
jeunes écrivains avec un enthousiasme qui manque

1. Entretien de l'auteure avec Maurice Nadeau, Paris,
17 mai 2002.
2. BLJD, Lettre de Jean Prévost à A. Monnier, s. d. [fin 1927].

parfois de discernement : « J'ai *Armance* avec moi »,
lui écrit René Crevel, depuis l'hôtel des Alpes, à La
Grave. « Je vous souris de côté et vous rappelle combien vous m'avez engagé à lire Stendhal ; puisque je
parle de lui, il faut bien dire que sa ville natale est
une horreur et qu'on ne peut pas ne pas comprendre
qu'il ait préféré Milan à cette cité asymétrique où les
montagnes descendent gonflées sans pudeur et n'ac-
couchent même pas d'une souris[1]. » On n'en saura
pas plus, sinon que, pour l'heure, l'auteur de *Détours*
a choisi de se plonger dans *Les Frères Karamazov*...

Stendhal, c'est aussi Henry Brulard, l'homme de
l'une des autobiographies intellectuelles les plus exi-
geantes, thème cher au cœur de la libraire. Était-ce
une raison suffisante pour le préconiser à Lucie
Schwob, plus connue sous le nom de Claude Cahun,
à qui elle recommande d'écrire des confessions
« sans tricherie d'aucune sorte » au profit de poèmes
critiqués sans aménité ? « Croyez [...] que je consom-
merai attentivement vos remèdes », promet cette
nièce de Marcel Schwob, abonnée de la première
heure très soucieuse de conserver la « clairvoyante
amitié » de son interlocutrice. « Je n'hésite point à
vous avouer que je connais bien mal les maîtres
recommandés : Il est vrai, Michelet, j'en ai lu des
pages que j'ai fort aimées — mais il y a longtemps.
Curieusement, pour Stendhal et pour Beethoven,
*vous avez une fois de plus mis exactement dans le
noir*. De Stendhal, j'ai lu la moitié d'un livre (il y a
environ six ou sept ans) avec grande révolte — puis
j'ai abandonné la partie. Je ferai l'effort conseillé[2]. »

---

1. *Id.*, Lettre de René Crevel à A. Monnier, s. d. [26 juin 1924].
2. BLJD, Lettre de Lucie Schwob à A. Monnier, 2 juillet 1926. C'est moi qui souligne.

Deux ans plus tard, en 1928, Claude Cahun porte à *La Maison des Amis des Livres* un texte indéfinissable composé de fragments d'une « aventure intérieure », intitulé *Aveux non avenus*. Adrienne Monnier décline la proposition de le publier et d'en écrire la préface. Le livre paraît deux ans plus tard aux Éditions du Carrefour, avec un avant-propos de Pierre Mac Orlan.

Redécouverte au début des années 1980 pour son œuvre photographique, Claude Cahun se distingue tôt par une singularité à la fois spectaculaire et silencieuse qui la rend inassimilable et dont Breton avait saisi la nature, en 1938, à travers cet élogieux reproche : « Vous savez très bien que vous êtes un des esprits les plus curieux de ce temps (des quatre ou cinq) mais vous vous taisez à plaisir[1]. » L'originalité de sa pensée, ses réflexions sur l'identité sexuelle, l'autoportrait, le collage, la performance classaient (ou déclassaient plutôt) son travail dans une région de l'avant-garde, de l'*excentricité*, très difficilement saisissable à l'époque et, en tout cas, étrangère en tous points aux inclinaisons d'Adrienne Monnier.

Non pas que la directrice de *La Maison des Amis des Livres* soit imperméable aux tempéraments insolites, loin s'en faut. Elle est même l'une des premières à soutenir Henri Michaux — grand ami de Claude Cahun — ou à encourager Antonin Artaud. Mais ceux-là forment l'exception, dans un univers où Paul Claudel, Jules Romains, Saint-John Perse — dont elle contribue à révéler l'*Ana-*

---

1. Claude Cahun, *Écrits*, édition présentée et établie par François Leperlier, Éditions Jean-Michel Place, 2002. Voir également François Leperlier, *Claude Cahun, l'écart et la métamorphose*, Éditions Jean-Michel Place, 1992.

base —, André Gide ou Paul Valéry constituent les
figures tutélaires. Sa « modernité » se situe ailleurs,
et presque toujours *a contrario* des opinions d'André Breton. *La Jeune Parque*, qui les divise, éclaire
bien la nature de leurs divergences. Pour Breton,
le retour à l'alexandrin constituait une trahison du
Valéry de *Monsieur Teste*, quand Adrienne au
contraire rétorquait : « Breton était frappé par son
classicisme et je fus frappée par son drame. À travers la forme glacée, je sentais la vie de la Parque
"convulsive", "explosante-fixe", comme aurait pu
dire le futur auteur de *L'Amour fou*[1]. » Ou encore
Apollinaire, que Breton vénérait, et dont l'évocation provoqua ce commentaire de la libraire :
« L'esprit nouveau... mais l'esprit est toujours nouveau. Ce sont les formes dans lesquelles il s'incarne
et qu'il laisse derrière lui qui vieillissent. L'invention sans répit entasse les défroques et ne donne
même pas à la surprise le temps d'être une surprise[2]. »

Cette irritation un peu lasse devant une nouveauté
de principe — sous laquelle Adrienne soupçonne
toujours un conformisme déguisé — et cette prédilection pour les élégances classiques, la pérennité de
sujets universels, le souci métaphysique, l'ordre et
la mesure, une certaine grandeur de la langue creusent parfois entre Adrienne Monnier et son public
un écart sans gravité mais probablement sans

1. *Rue de l'Odéon*, p. 94. Rappelons que Paul Valéry, témoin
au mariage de Breton, était très admiré de la nouvelle génération. C'est lui qui proposa, par une ironie bien dans sa
manière, le titre de la revue lancée par les jeunes surréalistes :
Littérature. Sa réponse à la fameuse enquête « Pourquoi écri-
vez-vous ? » : « — Par faiblesse », figurait parmi les meilleures
dans le classement.
2. *Id.*, p. 93.

remèdes : « La gentille Adrienne Monnier et sa gentille amie Sylvia Beach m'avaient fait de bons compliments qui m'avaient fait bien plaisir, mais elles parlaient de style alerte à la française, de langue pure et classique, etc., or moi c'est autre chose à quoi je vise mais enfin passons [1] », se résignera Jean Dubuffet.

Le temps n'émousse ni son intérêt, ni sa lucidité, même si la grande époque de *La Maison des Amis des Livres* s'enracine dans les années 1916-1926, période de découvertes dont la décennie suivante verra la confirmation et l'épanouissement. De nouveaux abonnés s'inscrivent : Maurice Merleau-Ponty en 1932, Nathalie Sarraute en 1936. De nouvelles amitiés naissent, comme avec Walter Benjamin, interlocuteur privilégié, introduit à la librairie par Pierre Klossowski en janvier 1930. Benjamin initie Adrienne à Bachofen, théoricien suisse du matriarcat, l'encourage à lire *Le Banquet* et l'initie à Brecht, essaie en vain de la convertir au génie de Proust auquel elle a toujours été curieuse rétive [2]. La libraire, en revanche, comprend tout de suite l'envergure du père de *L'Œuvre d'art à l'ère de sa reproductibilité technique*, dont elle admire sans réserve la pensée. Elle publie un article de lui, sur *Le Regard*

1. IMEC, Lettre de Jean Dubuffet à Maurice Saillet, 9 novembre 1946.
2. En mai 1920, à l'occasion d'une séance consacrée à Léon-Paul Fargue à la librairie, deux chaises avaient été réservées pour Proust qui était attendu mais qui ne vint pas. Cette rencontre ratée, du reste, n'aurait sans doute rien changé à l'opinion d'Adrienne, que personne ne put jamais convertir à *La Recherche*. Rappelons que Benjamin avait traduit en allemand *À l'ombre des jeunes filles en fleurs*, avec la collaboration de Franz Hessel.

de Georges Salles, transmet au *Mercure de France* un texte que Benjamin lui avait confié à sa sortie du camp des travailleurs de Nevers — d'où il avait été libéré grâce à elle : *Le Narrateur, réflexions à propos de l'œuvre de Leskov* [1].

Les séances se font plus rares à la librairie mais les publications, discrètes, se poursuivent. En 1936, Gisèle Freund publie sa thèse sur *La Photographie en France au XIXᵉ siècle*. L'année suivante paraît *La Mante religieuse* de Roger Caillois. Le 1ᵉʳ avril 1940, Adrienne Monnier répond à une interview de *Toute l'édition* pour recommander quelques titres : *Un barbare en Asie* de Henri Michaux, *Le Piéton de Paris* de Léon-Paul Fargue, *Un rude hiver* de Raymond Queneau et *Septième* d'Audiberti. Elle suit le parcours de Jean-Paul Sartre, abonné à la bibliothèque de prêt à plusieurs reprises à partir de 1927 avec Simone de Beauvoir. La jeune fille rangée, qui prépare alors son agrégation de philosophie, avouera plus tard dans ses *Mémoires* : « Je m'abonnai à *La Maison des Amis des Livres* où trônait en longue robe de bure grise Adrienne Monnier ; j'étais si goulue que je ne me contentais pas des deux volumes auxquels j'avais droit ; j'en enfouissais clandestinement plus d'une demi-douzaine dans ma serviette ; la difficulté était de les remettre ensuite sur leurs rayons, et je crains bien de ne pas les avoir tous restitués [2]. » Elle y reviendra dans *La Force de l'âge*, pour évoquer ces « brassées de volumes empruntés, plus ou moins licitement » qu'elle apportait chaque dimanche à Sartre.

---

1. Le texte sur *Le Regard* de Georges Salles fut publié dans la *Gazette des Amis des Livres* en mai 1940 et le texte sur Leskov dans le *Mercure de France* du 1ᵉʳ juillet 1952.
2. Simone de Beauvoir, *Mémoires d'une jeune fille rangée*, Gallimard, 1958, p.186.

La gourmandise un peu désinvolte de l'étudiante sera compensée par d'autres comportements : Jean Genet, qui fréquenta occasionnellement la librairie, n'y déroba jamais un volume...

Adrienne lit les textes de Sartre parus en revue avant guerre (« Le Mur » dans la *NRF*, « La Chambre » dans *Mesures*, « Nourritures » dans *Verve*, etc.), mais ne trouve pas le temps de s'intéresser à *La Nausée* dont Paul Nizan lui a déposé le manuscrit, long-temps avant sa publication chez Gallimard en 1938. Elle n'en saluera pas moins l'importance dans une « Lettre à André Gide sur les jeunes », publiée en avril 1942, dans le *Figaro littéraire*.

Mobilisé en 1939, le philosophe est resté en contact avec Adrienne, à qui il confie son emploi du temps durant la drôle de guerre :

> Mon travail consiste ici à lancer des ballons en l'air et à les suivre à la lorgnette, ça s'appelle « faire un son-dage météorologique ». Ensuite de quoi je téléphone la direction du vent aux officiers des batteries d'artille-rie, qui en font ce qu'ils veulent. [...] Ce travail extrê-mement pacifique (je ne vois que les colombophiles, s'il y en a encore dans l'armée, pour avoir une fonc-tion plus douce et poétique) me laisse de très grands loisirs que j'emploie à terminer mon roman. J'espère qu'il paraîtra d'ici quelques mois et je ne vois pas trop ce que la censure pourrait lui reprocher, sinon mon manque de « santé morale » ; mais on ne se refait pas [1].

Les années passant, Adrienne Monnier aura ten-dance à se méfier du « milieu Sartre. » Son jugement

1. IMEC, Lettre de Jean-Paul Sartre à A. Monnier, 23 février 1940. Le 21 juin, Sartre fut fait prisonnier. Il fut libéré à la mi-mars 1941 et termina alors le roman évoqué, *L'Âge de raison*, qui parut en 1945.

sur l'œuvre continue de faire la part des choses : « Je n'ai pas encore lu la dernière partie de *Qu'est-ce que la littérature ?* de Sartre, écrit-elle à Maurice Saillet, mais j'ai lu les quatre précédents crayon en main. C'est comme toujours : les parties de démolition sont épatantes, la "construction" est jobarde et prétentieuse[1]. » Et lorsqu'elle s'exprime publiquement, dans les *Lettres nouvelles* en 1953, le ton n'est pas très différent : « Bien sûr, Sartre est un professeur, mais c'est aussi un écrivain véritable et un dramaturge étonnant. C'est s'exposer au ridicule que d'affirmer qu'il est étranger à la littérature, même quand il entend la mettre au service de ses "conceptions". On peut lui dire que souvent il abuse, ou qu'il se goure, et qu'il écrit trop — mais il n'y a qu'à faire comme moi et bien d'autres : en prendre et en laisser[2]. »

L'après-guerre la laisse un peu désorientée, mais toujours attentive : « *L'Étranger* de Camus est sans doute le roman le plus remarquable paru ces dernières années, écrit-elle à Bryher, à qui elle recommande aussi la lecture d'*Aurélien*. [...] Breton, revenu d'Amérique, a toujours beaucoup de vogue. Il y a un regain de surréalisme avec moins de fantaisie et un certain souci de se *ranger*, sans trop en avoir l'air ; dans l'ensemble, tout est plus déséquilibré que jamais. Prévert, qui a une magnifique nature populaire, est un cas bien attachant[3]. »

La poésie, sa primitive passion, l'incline à repérer, dans la grande tradition allant de Baudelaire à Valéry, le talent d'Yves Bonnefoy, qui a rompu avec le surréalisme en 1947. Elle lui obtient la bourse

1. *Id.*, Lettre d'A. Monnier à Maurice Saillet, 4 septembre 1947.
2. *Dernières Gazettes*, p. 20.
3. IMEC, Lettre d'A. Monnier à Bryher, 15 décembre 1946.

Beowulf en 1951, encourageant le jeune poète à publier deux ans plus tard *Du mouvement et de l'immobilité de Douve*. Elle reste aussi en éveil du côté des romans dont toute la presse s'empare, de *Léon Morin, prêtre*, par Béatrix Beck, prix Goncourt 1952, au premier livre d'une débutante de dix-huit ans, surgi avec un fracas inaccoutumé :

« Lu *Bonjour tristesse* avec plaisir, c'est d'une réussite extraordinaire, ça mérite bien son succès. Sylvia ne l'a pas aimé du tout, elle a dit : "C'est le Prisunic du Printemps : plus chic que les autres "[1]. »

Fin 1953, paraissent chez René Julliard *Les Gazettes d'Adrienne Monnier*, recueil de ses articles passant en revue vingt ans de vie littéraire. La critique salue unanimement la lucidité et la détermination de la libraire qui a su promouvoir le meilleur de la production française de l'entre-deux-guerres. Le seul bémol, parmi de très nombreux articles vibrants d'éloges, vient de Robert Kanters, qui attribue une signification politique à la « lacune surréaliste », bien sûr épinglée. Tout en reconnaissant les éminents mérites de la directrice de *La Maison des Amis des Livres*, il suggère : « Peut-être ces limitations à droite et à gauche du petit monde de Mme Monnier sont-elles instructives d'ailleurs d'une manière plus large ; elles permettent dans une certaine mesure de saisir une limitation de tout le mouvement littéraire de la NRF. C'est le monde de l'audace concertée, qui pourrait bien, la première et la seconde génération passées, devenir le monde de l'audace stérile, puis du conformisme[2]. »

1. *Id.* Lettre d'A. Monnier à Maurice Saillet, 25 juillet 1954.
2. Robert Kanters, « Journal d'une bourgeoise de Paris », *Preuves*, mars 1954.

L'audace concertée : la formule ne manque pas de sel mais n'est-elle pas bien trop sévère pour définir le goût d'une femme qui a découvert si jeune les « classiques » de demain, et tant d'esprits originaux de son époque ? Car ils n'étaient pas nombreux, alors, à discerner la « modernité » de Michaux, d'Artaud ou de Benjamin. Plus pertinent, peut-être, serait de s'interroger sur l'absence de deux géants du XXe siècle, ignorés en Odéonie : Proust et Céline[1]. Adrienne Monnier avait sans doute autant de difficultés — et peut-être pour les mêmes raisons — avec une autre œuvre aussi titanesque, révolutionnaire, que la *Recherche* et *Voyage au bout de la nuit* : l'*Ulysse* de Joyce, qu'elle introduisit pourtant en France. Mais cela est une autre histoire.

---

1. « Céline, c'est de la rigolade, nous ne le prenons pas au sérieux, et lui encore moins que nous » est, *a priori*, la seule réflexion qu'Adrienne Monnier fit de l'auteur de *Mort à crédit*... (*Les Gazettes*, p. 182).

CHAPITRE II

LE COMMERCE DE L'ESPRIT

> *Commerce, n. m., d'abord* commerque
> *(v. 1370), est emprunté au latin* commer-
> cium, *« négoce, lieu où se fait un échange
> économique, droit de commercer », par
> extension « relations humaines » et spéciale-
> ment « relations charnelles ».*
>
> Le Robert, *Dictionnaire historique
> de la langue française,* sous la
> direction d'ALAIN REY.

Voyager dans la bibliothèque et la correspondance personnelles d'Adrienne Monnier donne le vertige. Les centaines de livres dédicacés, les milliers de lettres permettent seuls aujourd'hui de retrouver le chemin de l'Odéonie, d'entrouvrir la porte de la librairie et de distinguer, dans une pénombre qui lui aurait sans doute convenu, le portrait d'une femme dont le rôle et l'influence réclament une lumière plus précise.

Que nous dit la masse de ces documents épars? Qu'Adrienne, très prosaïquement, chaque jour, est sollicitée pour des services. C'est cela qui frappe d'abord : la « chère Mademoiselle Monnier » est une femme accablée de demandes. Les uns implorent une recommandation afin de collaborer à telle

revue, les autres aimeraient être introduits chez Gallimard. Ils veulent des conseils pour être publiés, un
avis sur un texte, une idée d'article, un poste de traducteur ou de secrétaire. Certains aimeraient rencontrer Gide, faire passer un message à Valéry.
Adrienne est efficace : la pile de remerciements
s'élève au moins à la hauteur des suppliques.

Tous ont recours à elle, quels que soient leur pouvoir ou l'importance de leur fonction. Paulhan lui-
même, trop fameuse « éminence grise » reconnue
pour son habileté de chat, préfère en passer par
Adrienne pour certaines missions délicates comme
cette requête, suggérée *en passant* dans le post-scriptum d'une lettre, peut-être pour en atténuer l'amicale effronterie : « Ne voudriez-vous pas écrire à Paul
Claudel que vous seriez contente de le voir rentrer à
la *nrf*[1] ? » Mission accomplie quelques semaines plus
tard : « Claudel m'envoie une mort de Judas où vous
verrez, suspendus à la même branche, Goethe et
l'abbé Bremond », confirme le directeur de la *NRF* à
Adrienne au début de l'année 1933. « C'est grâce à
vous, je pense. Merci[2]. »

Pour peu que la médiation échoue, Adrienne n'est
pas responsable : la journaliste Janet Flanner doit
renoncer, à la demande du *New Yorker* qui lui avait
dans un premier temps commandé l'article, à son
entrevue avec Jean-Paul Sartre organisée grâce à
Adrienne, à cause de « la réaction hysteric contre le
Communism en Amérique[3] ». Michaux, qui avait
posé sa candidature à la bourse Beowulf, se ravise

1. BLJD, Lettre de Jean Paulhan à A. Monnier, s. d.
[novembre ou décembre 1932].
2. *Id.*, Carte de J. Paulhan à A. Monnier, s. d. [5 janvier
1933].
3. *Id.*, Lettre de Janet Flanner à A. Monnier, s. d.

lorsqu'il se souvient brusquement de ses déclarations publiques sur son opposition à toute forme de prix... Adrienne, mandatée pour obtenir la voix de Bryher, doit réparer la bévue : « Je lui ai dit qu'il aurait pu penser à tout cela un peu plus tôt ; il en a convenu et m'a priée de vous exprimer ses excuses les plus sincères et de vous dire qu'il fallait le considérer comme un "imbécile", comme un homme qui n'avait pas le cerveau normal. C'est vrai qu'il n'a pas le cerveau normal ; s'il était un homme comme tout le monde, il n'aurait pu faire l'œuvre qu'il a faite[1]. »

Certes, la notion de « service » entre dans le métier même d'Adrienne, d'abord chargée de trouver des livres à ses « clients », de les conseiller, de les aider dans une recherche bibliographique. Mais la libraire excède de beaucoup ce rôle. Cette grande disponibilité, ce talent à établir des relations, à créer des liens et à rendre service risquent aussi de la rendre prisonnière d'une image bien étroite, que Saint-John Perse a contribué à renforcer par une formule malheureuse : « Adrienne Monnier, la "Servante au grand cœur" de nos lettres françaises ». Replacée dans son contexte, la locution, précédée par une description pittoresque mais surtout suivie d'un éclairant éloge, prend une autre tournure, plus conforme à l'esprit de son auteur, qui fut l'un des écrivains à encourager le plus vivement le talent de poète d'Adrienne Monnier.

Assurée dans ses larges jupes de laine crue, coiffée de court et tête ronde, le front têtu contre toute sottise et contre tout snobisme, elle croisait fichu de bonne femme sur sa robuste foi littéraire, comme d'autres, en d'autres temps, eussent coiffé fanchon de

1. IMEC, Lettre d'A. Monnier à Bryher, 5 juin 1953.

« citoyennes ». Elle fut toujours elle-même — Adrienne
Monnier, la « Servante au grand cœur » de nos lettres
françaises, au sein de sa famille littéraire comme en
ces lieux de France favorisés d'eaux vives, où l'on
garde, des sources, assez de goût et de connaissance
pour en étendre la courtoisie à ses voisins de choix. [1]

Mieux que le don : la transmission. Adrienne sait
communiquer ses passions, répercuter, propager,
faire naître ou attiser chez les autres le feu qui
l'anime. Un adage dit que l'on ne fait pas la cuisine
pour soi seul : Adrienne applique ce principe à la lecture qui, pour être comme la gourmandise un vice
impuni, n'en est que plus joyeusement partagé.
Beaucoup lui sont redevables de cette générosité
intelligente : « À Mademoiselle Adrienne Monnier,
par qui seule j'ai connu ce qu'il y a d'existant dans
la littérature contemporaine », s'inclinait, dans une
dédicace en tête de son livre *Le Songe*, paru chez
Grasset en 1922, un Henry de Montherlant de vingt-
sept ans.
    Michel Cournot, lui, n'a que seize ans lorsqu'il
franchit pour la première fois la porte de la librairie. Mais ce n'est qu'à la septième ou huitième visite
qu'Adrienne se décide à engager vraiment la conversation. Le garçon lui avait demandé le *Potomak*.
« Adrienne restait assise, regardait les passants dans
la grande verrière au-dessus des livres présentés à
plat, posait son porte-plume, croisait les doigts :
"Vous êtes bien sensible à l'art de Jean Cocteau ?"
dit-elle en prenant son temps. Les armes étaient
inégales, la lutte fut brève. Un quart d'heure plus

1. Saint-John Perse, « Pour Adrienne Monnier », *in* « Le souvenir d'Adrienne Monnier », *Mercure de France*, n° 1109, jan-
vier-mars l956, p. 12.

tard, assis au Luxembourg [...], le *Potomak* à côté de
moi sur le banc, je lisais *Henri le Vert* [1]. » Le poisson
était ferré. Adrienne pouvait doucement remonter la
ligne.

À la même époque, un jeune homme qui n'aimait
pas les bibliothèques, et que les bouquinistes ne
satisfaisaient pas, trouve rue de l'Odéon un refuge
idéal. Il vient de la librairie Gallimard, boulevard
Raspail, où un préposé autoritaire et prétentieux l'a
rebuté. Il pousse la porte de la petite boutique grise
et trouve pour l'accueillir une femme qui n'a rien
perdu de son ardeur à initier les nouvelles générations d'amis des livres. Claude Roy, puisqu'il s'agit
de lui, gravira dès lors régulièrement la pente de
l'Odéonie.

> Je ne repartais jamais de la rue de l'Odéon sans un
> panier garni affectueusement par une fermière sagace.
> « Connaissez-vous ce livre ? » Je ne connaissais pas.
> J'allais connaître. [...] Adrienne Monnier n'avait rien
> de dictatorial. Elle ne mettait pas les livres entre nos
> mains, de force. Elle me donnait seulement envie de
> découvrir ce dont elle me parlait, de m'inventer pour
> mon compte les plaisirs qu'elle s'était donnés depuis
> longtemps. Je redescendais la rue de l'Odéon, en lisant
> les bouquins que j'avais emportés sous le bras. Nous
> sommes beaucoup à avoir marché très lentement sur
> ce trottoir, parce que tout d'un coup, grâce à la jardi-
> nière du clos *Les Amis des Livres*, l'*Anabase* ou *Pour la
> musique* fleurissaient dans nos mains.

Adrienne fut pour des centaines d'inconnus de ma
génération, et quelques-uns qui ne le restèrent pas,
Yves Bonnefoy, Michel Cournot, Jean Amrouche,

---

1. Michel Cournot, dans *Rue de l'Odéon*, p. 19. *Henri le Vert*
est un roman de Gottfried Keller, traduit pour la première fois
en 1946.

Henri Pichette, une intercesserice presque invisible, parce que modeste. Mais le mot intercesseur a une coloration peut-être trop religieuse. La littérature était sacrée pour Adrienne, mais sa *religion* était ailleurs, pourtant. Ou plutôt, la poésie, la littérature, ce n'était que des reflets de cet amour sans mots dans lequel elle voulait se perdre, en aidant autour d'elle les autres à se trouver. J'emploierai pour remercier Adrienne un mot plus à ras de vie. C'était, comme les abeilles, une *intermédiaire* [1].

Claude Roy va plus loin : Adrienne Monnier, dit-il, fut sa « mère en esprit ». Le symbole, presque inévitable, gagne en pertinence lorsque l'on sait l'attachement d'Adrienne à la maternité au sens large, non pas dans l'acception biologique — nulle trace de désir d'enfant ou de regret de ne pas en avoir eu [2] — mais plutôt dans une perspective de fertilité dans ses rapports au monde. Ses liens très étroits avec une mère au caractère bien trempé, qui s'est occupée de sa formation et l'a ouverte à la littérature, ne sont pas étrangers, bien sûr, à cette tendresse particulière.

De Philiberte, Adrienne et sa sœur Marie, brodeuse réputée, ont hérité la fibre mystique et une grande curiosité de la vie. « Phi » les initie au bouddhisme,

1. Claude Roy, *Moi je*, Gallimard, « Folio », 1978, p. 290-292 (première édition : Gallimard, 1969).
2. Dans une lettre à Gide, Adrienne laisse même entendre qu'elle était soulagée d'avoir échappé à la maternité. Coincée au début de la guerre chez ses parents, avec des cousins et leurs enfants, elle raconte à son retour : « Pendant deux semaines, j'ai cru que j'allais rester là, durant toute la guerre, à cuisiner, à gueuler et à pouponner. [...] En retrouvant ma librairie, au début d'octobre, j'ai embrassé les murs. » (BLJD, Lettre d'A. Monnier à André Gide, 22 novembre 1939).

aux théories d'Hélène Blavatski [1] — elle cotisera à la
Société de théosophie en 1932 —, les emmène très
tôt au théâtre où elles découvrent les Ballets russes
en 1909. Plus tard, elle se fournira chez sa fille aînée,
lui réclamant aussi bien *Oberman* de Senancour que
les Anciens (Platon, Socrate, Épictète), la poésie de
Jean Cocteau comme *Les Grands Initiés* d'Édouard
Schuré. Adrienne lui dédiera *Les Vertus*, son recueil
de poèmes le plus fort. C'est à la figure de la mère
qu'ira sa dernière pensée, formulée dans cette phrase
étrange, quelque temps avant son décès : « Je vais à
la mort sans crainte, sachant que j'ai trouvé une mère
en naissant ici et que je trouverai une mère également
dans l'autre vie [2]. »

D'une façon plus générale, tout ce qui a trait à la
mère, aux yeux d'Adrienne, est non seulement favorable mais intimement lié au livre. « Livre, firmament intérieur. Pays de mémoire, où les Mères nous
bercent et nous sourient toujours [3] », écrit-elle, en

---

1. Hélène Blavatski (1831-1891), femme de lettres russo-
américaine, fondatrice de la Société théosophique, visant à la
connaissance de Dieu par l'approfondissement de la vie intérieure et à l'action sur l'univers par des moyens surnaturels.
Son grand traité mystique, publié en trois volumes entre 1888
et 1897, s'intitule *La Doctrine secrète*. « Selon cette doctrine, un
principe immuable, la Parabrahma, la Conscience absolue, se
révèle sous les deux aspects qui emplissent tout l'Univers
visible : l'esprit ou sujet, et la matière ou objet. Lien mystérieux entre l'esprit et la matière, principe qui anime et vivifie
chaque atome, telle est la Pensée divine, transmise et mani-
festée grâce aux Architectes du Monde visible » (*Dictionnaire
des œuvres*, Robert Laffont). On devine ce que certains principes théosophiques ont pu avoir comme influence sur l'enthousiasme d'Adrienne pour l'unanimisme.

2. IMEC, non daté [mai 1955]. Repris dans *Rue de l'Odéon*,
p. 257.

3. *Les Gazettes*, p. 170.

cédant à un lyrisme inaccoutumé, dans le numéro inaugural de *La Gazette des Amis des Livres*. Ailleurs, celle qui dit « honorer les déesses » évoque, à propos d'un chef-d'œuvre, un « maître-livre, livre mère ». Lorsqu'elle quitte ses fonctions en 1951, c'est toujours à la même métaphore qu'Adrienne a recours en se disant « triste comme peut l'être une mère qui marie sa fille. Je pleure d'un œil et ris de l'autre [1]. »

Au-delà de ces petits signes distillés, il est loisible de voir dans la librairie, lieu clos quoique ouvert sur la rue, et dans la bibliothèque, enclave protectrice, l'emblème traditionnel du ventre de la mère, de la bulle feutrée où les sons arrivent assourdis, à l'abri du monde extérieur. La personnalité d'Adrienne, femme sans âge à la silhouette rassurante, enveloppée dans ces robes immémoriales — d'ailleurs confectionnées par sa mère —, conforte le symbole. Ses contemporains ne s'y trompent pas, les hommes en particulier, trop contents de se glisser dans le rôle de l'enfant, certains, comme Stéphane Hessel, ayant la franchise d'avouer un désir que beaucoup ont dû satisfaire plus d'une fois : « Oh ! que j'ai envie de vous ennuyer ! Vous savez : m'asseoir près de vous et vous poser mes problèmes et vous demander à tout bout de champ : n'est-ce pas que j'ai bien fait ? n'est-ce pas que j'ai raison ? n'est-ce pas que je suis un type formidable [2] ? » Une situation que Jean Paulhan a parfaitement résumée par un dessin envoyé à Adrienne, représentant une mère avec son enfant dans les bras, se promenant le long d'un paysage. Une immense

1. Geneviève Bonnefoi, « Adrienne Monnier abandonne sa librairie mais ne quitte pas la rue de l'Odéon », *Combat*, 28 juin 1951.
2. BLJD, Lettre de l'aspirant Hessel à A. Monnier, s. d. [1940].

figure céleste occupe la partie supérieure de la feuille, tandis qu'une légende précise : « Une jeune mère, reconnaissant chez son enfant des signes de poésie, la place aussitôt sous la protection d'Adrienne Monnier[1]. »

Si elle assume, plutôt amusée, ce rôle maternel, il va de soi qu'Adrienne Monnier ne s'est pas contentée d'être une figure serviable, réconfortante et consolatrice à l'endroit des habitués de sa librairie. Son goût de la transmission se double d'une exigence très haute à maintenir une qualité d'échanges, en regard de laquelle l'amitié, l'affection, fût-elle filiale, jouent un rôle secondaire. Partager avec Adrienne se mérite, s'entretient comme l'on cultive un jardin. Aussi, dans le fier plaisir à être admis en Odéonie, sommeille toujours la menace d'en être exclu[2]. Jean Prévost cède comme Adrienne au plaisir de discussions parfois vives — « Ce n'est pas tout à fait ma faute exclusive si nous sommes tous deux violents. Je devrais seulement mieux me souvenir que je suis le seul insensible », lui écrivait-il. Il a pu craindre un temps d'être écarté ou tout du moins l'at-il feint avec brio, comme nous l'apprend cette lettre instructive :

> Ce qui me ferait une véritable peine, si j'étais brouillé avec vous, vous savez bien que ce ne serait pas de voir une librairie se fermer à mes travaux, puisque votre générosité se pique de surestimer l'œuvre de

1. *Id.*, Dessin de Jean Paulhan à A. Monnier, s. d.
2. Une formule de Simone Guye, comédienne, assistante à mi-temps chez Adrienne et dédicataire de son poème « Comme la religieuse ancienne », a bien résumé la douleur de la rupture, après avoir été renvoyée pour cause d'absentéisme : « Vous me retranchez brutalement de la communauté » (BLJD, s. d. [1924]).

ceux que vous ne voulez plus voir ; ce ne serait pas seulement le souvenir et la gratitude de ma première
année heureuse de vie littéraire. C'est surtout que
votre jugement, donné, expliqué, discuté avec franchise, est pour moi — et pour d'autres aussi sans
doute — l'une des formes de la conscience artistique.
Dans mes Essais du *Navire d'argent*, une bonne partie
de ce qu'il y a de bon vient de vous, et je souhaite, plus
que jamais aujourd'hui, que cela se développe et fruc-
tifie. Ceux qui ont reçu des bienfaits ont quelques
droits sur les bienfaiteurs. [1]

Des années plus tard, le secrétaire de rédaction du
Navire d'argent reviendra sur les qualités d'Adrienne
et son génie particulier à révéler le talent des autres,
dans un bel hommage : « Elle a libéré ce que ma
hargne cachait de joie, de santé, voire de vertus
sociales. Fidèle, et en même temps toujours prête à
se renouveler, d'une loyauté sans pareille, ce vaillant
capitaine trouva en moi un second inégal [2]... » Prévost a surtout mis le doigt sur l'atout majeur de la
personnalité d'Adrienne, l'une des clés de son *style* :
son sens critique, associé à la netteté de sa pensée et
l'économie de sa formulation. Gide qui, pour le
moins, n'en était pas dépourvu, appréciait à leurs
justes mesures ces vertus de l'esprit, y compris lorsqu'elles s'exerçaient à ses dépens [3]. Leurs échanges,

1. *Id.*, Lettre de Jean Prévost à A. Monnier, s. d., « Mardi
après-midi » [fin 1927].
2. Cité par Jérôme Garcin, *Pour Jean Prévost*, Gallimard,
« Folio », 1999, p. 87 (première édition : Gallimard, 1994).
3. Ainsi, à propos des *Faux-Monnayeurs* : « 16 octobre
[1926]. Adrienne Monnier me parle assez longuement et élo-
quemment de la froideur et de la méchanceté foncière que ce
livre laisse paraître et qui doit être le fond de ma nature. Je ne
sais que dire, que penser » (André Gide, *Journal*, 1926-1950, II,
Gallimard, « Bibliothèque de la Pléiade », 1997, p. 19).

qui courent sur trente-cinq ans de vie littéraire, révèlent tout le plaisir de la discussion, du débat et leur amour commun de la précision, qui n'est jamais plus efficace que mise au service de la méchanceté. On en jugera avec un modèle du genre, à la manière drolatique, où Adrienne commente l'*Élise* de Jouhandeau, relu sur les conseils de Gide qui la veille lui en avait fait l'éloge. Hélas, la deuxième lecture lui confirma la mauvaise opinion qu'elle avait de l'auteur, dont elle étrille une première nouvelle (« La Meule brûlée ») avant d'entamer le plat de résistance :

> Passons à « La Crotte » maintenant.
> Que dites-vous de cette enfant, assez maîtresse de certaine fonction, pour pouvoir, à sa volonté, « laisser tomber une crotte ». J'admets qu'il soit possible de se gouverner ainsi, mais si l'on retient le reste, il faut, tout au moins dans un récit de ce genre, en faire état. L'utilisation du reste n'est pas sans importance.
> Nous arrivons à quelque chose de magnifique : « ... je la regardais fumer ». A-t-on jamais vu fumer des crottes, sauf naturellement, s'il arrive de se soulager dehors, par un temps froid ? Pour que la crotte d'Élise pût fumer, il eût fallu : 1° que ce fût l'hiver, 2° que l'appartement ne fût pas chauffé, 3° que les fenêtres fussent ouvertes.
> « Les Poux » n'a rien à envier à « La Crotte ».

Et ainsi de suite, jusqu'à cette conclusion sans appel : « Non, tout cela ne tient pas debout. C'est de la très mauvaise littérature. Sans doute faut-il savoir gré à Jouhandeau d'avoir appelé son héroïne Élise et non Térébenthine, comme il l'eût fait il n'y a pas encore bien longtemps. Sa prose ne sent peut-être plus si fort "l'évier" ou autre chose, mais elle sent le phénol, et c'est pis. Cher Maître, excusez cette petite

sortie. Je souffre de penser que vous, qui écrivez avec
tant de soins, qui arrivez à tant de perfections, puissiez laisser passer de tels à-peu-près [1]. »

La franchise, le verbe clair, le sens critique : autant
de qualités dont Adrienne attend l'équivalent chez
son interlocuteur. Malheur à celui qui l'oublie. Et
gare à ceux qui mêlent à l'amour de la littérature une
arrogance mal à propos. Le jeune Henri Pichette a
beau briller du talent que l'on sait, Adrienne lui
reproche tout net de lui « casser les pieds » (*sic*) avec
ses plaintes et ses ambitions mal placées à vouloir
vivre de sa plume : « La société ne doit rien aux
poètes, tranche-t-elle. Exiger quelque chose d'elle,
c'est se réduire à vivre à ses crochets ou à ses dépens,
ou à ne pas vivre du tout ; c'est s'enfermer dans les
attitudes d'une révolte inutile et démodée — qui n'a
rien à voir avec la révolution. Attention aussi à ne
pas s'habituer à considérer comme des "salauds"
ceux qui ne nous apprécient pas : ça enlaidit [2]. »

La générosité accueillante d'Adrienne, sa force à
transmettre et à révéler n'ont ainsi d'égale que sa fermeté à maintenir les limites de son territoire et de
sa morale personnelle. Il y a, dans cette méthode,
une part de son secret ou, pour le moins, une expli-
cation du respect qu'elle inspire. On s'en doute : cette
autorité intellectuelle souterraine, Adrienne l'exerce
en premier lieu sur la jeune génération — ce ne sont
pas des tempéraments comme Gide ou Claudel
qu'elle va circonvenir. Une question alors se pose :
quelle fut l'influence d'Adrienne Monnier sur les

1. IMEC, Lettre d'A. Monnier à André Gide, 2 décembre
1931.
2. *Id.*, Brouillon de lettre d'A. Monnier à Henri Pichette,
17 avril 1949.

jeunes écrivains qui fréquentaient *La Maison des Amis des Livres*, et comment la déterminer ? A-t-elle eu un rôle sur leur formation littéraire et lequel ? Claude Roy et Jean Prévost ont en partie répondu. Le reste est couché dans les archives, où il est aisé, connaissant les goûts d'Adrienne, de pister ses recommandations de lectures et, de là, dessiner le cercle pâle et discret de son pouvoir.

Louis Aragon, on l'a vu, figure parmi les (très) jeunes fidèles de la librairie à ses débuts. Abonné par intermittence entre février 1916 et juin 1917, l'étudiant de dix-neuf ans a toujours été, depuis l'enfance, un très gros lecteur et n'a guère besoin de guide. Ses fiches le prouvent : de Chesterton (*Le Napoléon de Notting Hill*) à Alfred Jarry (*Le Surmâle, Gestes et opinions du docteur Faustroll, pataphysicien*), Aragon lit tout. En quelques mois passent entre ses mains les canoniques Gide (*L'Immoraliste, Les Caves du Vatican, La Porte étroite*) et Claudel (*Théâtre I, L'Annonce faite à Marie, L'Otage*) mais aussi Pierre Louÿs, Oscar Wilde, Larbaud, Novalis, Thomas de Quincey, etc[1]. La présence d'Adrienne, néanmoins, a bien pu infléchir certains de ses choix : ne dévore-t-il pas aussi les titres plus significatifs de Jules Romains (*Mort de quelqu'un, Les Copains, Un être en marche*), Luc Durtain, Chennevière (*Printemps*), Arcos (*Ce qui naît*), soit le groupe de l'Abbaye, ou encore l'œuvre de Ruysbroeck l'Admirable, théologien et mystique brabançon du XIVe siècle affectionné d'Adrienne ? Parmi ses achats, on trouve encore en 1918 *Les Pléiades* de Gobineau

---

1. IMEC, fiche d'abonné de Louis Aragon, n° 114. Sa première inscription date du 12 février 1916. Il avait alors dix-neuf ans.

ou *Remarques* de Suarès, mais aussi, au mois de mars, le numéro de la revue *SIC* consacré à Apollinaire.

Lorsqu'il fait la connaissance d'André Breton, Aragon découvre un frère en lecture. Il se souviendra cinquante ans plus tard : « Nous nous étions aperçus d'une chose pour nous stupéfiante, l'intérêt que nous portions aux mêmes écrivains : Mallarmé, Rimbaud, Apollinaire, Lautréamont, Alfred Jarry... Qui pouvait alors faire un choix pareil ? Personne. Strictement personne [1]. » André Breton, lui, n'aura pas exactement la même version lorsque, répondant à un entretien radiophonique en 1952, il évoquera la figure de Philippe Soupault, plus proche de lui dans ses affinités littéraires :

> J'avais connu Philippe Soupault par Apollinaire (l'admiration élective que nous lui portions l'un comme l'autre avait été la base de notre rapprochement) ; j'avais rencontré un peu plus tard Louis Aragon à la librairie d'Adrienne Monnier, « La Maison des amis des livres », rue de l'Odéon ; en sortant de là, nous avions fait route ensemble vers le Val-de-Grâce, où nous étions tous deux astreints à des obligations militaires, alternant avec des cours de médecine à l'usage de l'armée. [...] Aragon était de caractère et de formation bien différents. Tout à fait au début de nos relations, il mettait, en poésie, Villon bien au-dessus des modernes et, parmi les contemporains, donnait largement le pas, sur l'Apollinaire d'*Alcools*, au Jules Romains des *Odes et Prières*. On juge de l'hérésie que cela put constituer aux yeux de Soupault et aux miens, mais c'est là une opinion qui avait cours autour d'Adrienne Monnier — qu'elle encourageait au pos-

---

1. « Lautréamont et nous », *Les Lettres françaises*, n° 1185, 1er juin 1967.

sible — et Aragon était des principaux familiers de sa librairie. Il avait tous les dons voulus pour y briller[1].

Malgré la perfidie de cette dernière remarque, les registres d'Adrienne donnent plutôt raison à Breton. N'était-ce pas un Aragon de dix-neuf ans qui contrôlait les tickets à l'entrée de la librairie, le 1er mars 1917, lors de la lecture d'*Europe* de Jules Romains ? Certes, tout cela ne fait pas de lui un suppôt de l'unanimisme. Mais ces amours de jeunesse mériteraient que l'on s'y attardât. A-t-on jamais mesuré, par exemple, l'ascendant exact de l'auteur de *Puissances de Paris* (1919), le chantre de l'onirisme des villes, sur celui du *Paysan de Paris*[2] (1926) ?

La Maison des Amis des Livres, c'est entendu, n'est pas une école où l'on fait pression sur les visiteurs. Adrienne propose et les lecteurs disposent. L'énorme choix de livres modernes de ses rayonnages, unique dans la capitale, attire en revanche une clientèle, ciblée d'avance, d'amateurs éclairés et de futurs auteurs — ceux qui ont une œuvre à produire ne sont-ils pas les premiers inquiets des travaux de

1. « Entretiens radiophoniques III », avec André Parinaud [mars-juin 1952], *in* André Breton, *Œuvres complètes*, III, Gallimard, « Bibliothèque de la Pléiade », 1999, p. 445-447.
2. Aragon transposa ces souvenirs de jeunesse, au début d'*Aurélien* (1944), dans sa description de la promenade de Bérénice à travers Paris, qui soudain s'arrête devant « une petite boutique grise dans la rue de l'Odéon, dont elle aima les femmes qui la tenaient. L'une d'elles, la blonde [Adrienne], lui dit qu'elle était savoyarde et lui vendit une première édition de Jules Romains, et le livre du petit Paul Denis, *Défense d'entrer*. C'était déconcertant, un peu court. Les livres sous les galeries de l'Odéon avaient un attrait différent. On n'était pas sûr d'avoir le droit de les regarder » (Louis Aragon, *Aurélien. Œuvres romanesques complètes*, Gallimard, « Bibliothèque de la Pléiade », 2003, p. 64).

leurs contemporains? Par ailleurs, Adrienne a choisi, rive gauche, un quartier estudiantin où les tarifs modiques de sa bibliothèque de prêt dénouent plus facilement les bourses. Toutes ces raisons ont concouru a mener chez elle une jeunesse avide de connaissances et soucieuse, à l'issue de la Première Guerre mondiale, de participer au siècle.

Rue de l'Odéon, les étudiants ne trouvent pas seulement les livres que les bibliothèques universitaires ignorent : ils peuvent rencontrer les auteurs qu'ils admirent. Madeleine Milhaud, inscrite à dix-huit ans, en 1920, se souvient des causeries avec Fargue, Adrienne et Sylvia, autour du poêle où chauffaient des croissants, dans le fond de la boutique. La jeune fille, cousine et future femme du musicien Darius Milhaud, autre familier de la librairie, n'avait pas de sympathie particulière pour la directrice de *La Maison des Amis des Livres* où régnait, selon elle, «une atmosphère de coterie»; elle avait par ailleurs une bonne librairie de quartier, à côté de la rue de Courcelles où elle habitait, chez ses parents, et pouvait emprunter des livres chez Émile-Paul, rue du faubourg Saint-Honoré. Qu'importe : elle se rendait régulièrement rue de l'Odéon, en autobus, parce que «là-bas, il y avait toujours des gens amusants avec lesquels on pouvait bavarder[1]».

Chez Adrienne, les dieux sont accessibles. Pour de très jeunes gens passionnés, qui peinent à démêler la part d'ambition parfois contenue dans leurs admirations sincères, l'aubaine est unique. Breton, Aragon, Jacques Benoist-Méchin — grand protégé d'Adrienne — doivent une part de leur destin à la rue de l'Odéon, où il est recommandé d'être délié et

1. Entretien de l'auteure avec Madeleine Milhaud, Paris, le 17 octobre 2001.

hardi : Claude Cahun, vaincue par sa timidité, s'en voudra jusqu'à la fin de sa vie de s'être dérobée à une rencontre avec Philippe Soupault, organisée par Breton. Qu'on vienne en ami, en « prétendant », en curieux, on vient toujours, le cœur battant, en observateur à *La Maison des Amis des Livres*, position que l'on imagine bien convenir à un jeune homme inscrit le 14 janvier 1919 : Jacques Lacan.

Âgé de dix-huit ans, Lacan est alors en pleine rupture de ban avec sa famille, dont le modèle bourgeois et très catholique lui fait horreur. Il s'apprête à entamer des études de médecine, ne sait rien des théories de Freud. Il a l'arrogance des brillants élèves et des dandys. Entre 1919 et 1923, client régulier, il emprunte ou achète au gré de ses envies, puisant dans les rayonnages d'Adrienne des titres aussi variés que *Le Neveu de Rameau*, *Du dandysme*, *Connaissance de l'Est*, *Charles Blanchard*, *Ubu*, passant d'Artaud à Maurras avec la même aisance, d'Aloysius Bertrand (*Gaspard de la nuit*) à Kipling (*Kim*), d'Anna de Noailles (*Le Cœur innombrable*) à Paul Valéry (*Charmes*, *Une soirée avec Monsieur Teste*). Gageons que ce n'est pas Adrienne qui lui a recommandé *Du côté de chez Swann* et *Sodome et Gomorrhe*, parions qu'elle l'a encouragé à lire *Puissances de Paris*, *La Symphonie pastorale* ou *Enfantines*, qu'enfin elle lui a glissé entre les mains *Armance* de Stendhal, conte de l'impuissance sexuelle[1]. Au jeu des spéculations, on sera encore libre d'interpréter cette originalité d'un homme qui aimait se distinguer, très caractéristique des détails dérisoires et singuliers qui surgissent des archives : Jacques Lacan était le *seul* client à s'approvisionner en papier cristal auprès d'Adrienne, dont il devait

1. IMEC, Carnets de comptes, 1918-1923.

partager la manie — la libraire recouvrait scrupu-
leusement tous ses livres, renouvelant même l'opération à chaque emprunt, par mesure de propreté...

Chez Adrienne, Lacan navigue donc à sa guise
dans une époque de formation aussi fragile que décisive. Il croise les premiers surréalistes, assiste à la
séance consacrée à *Ulysses* en 1921 : autant d'événements dont il est loisible de mesurer *a posteriori*
la portée, fût-elle symbolique, dans les travaux d'un
homme toute sa vie hanté par les structures du langage, collaborateur de la revue *Le Minotaure* dans les
années 1930 et auteur d'une étude célèbre, intitulée
« Joyce le symptôme [1] ».

Si Aragon et Lacan se construisent et poursuivent
seuls leur route, d'autres reçoivent d'Adrienne des
initiations complètes. C'est le cas de Jacques Prévert,
dont la première visite à *La Maison des Amis des
Livres*, en compagnie d'Yves Tanguy, remonte à
1923. Son biographe l'affirme sans ambiguïté :
« Grâce à Adrienne Monnier il pénétra de plain-pied

---

1. Voir Élisabeth Roudinesco, *Jacques Lacan. Esquisse
d'une vie, histoire d'un système de pensée*, Fayard, « Histoire de
la pensée », 2002, p. 479-483 (première édition : 1993). Cin-
quante-quatre ans séparent la séance *Ulysses* à *La Maison des
Amis des Livres* (1921) de l'élaboration de « Joyce le symptôme » (1975). Il est bien entendu que ce n'est pas le premier
événement, vécu par un étudiant de vingt ans, qui a déclenché
la réflexion du psychanalyste au soir de sa vie. Toujours est-il
que Lacan ne se priva pas de rappeler qu'il avait assisté à cette
séance « historique », comme pour inscrire symboliquement
dans la continuité de sa vie son lien avec Joyce. On trouve également, dans les archives de Sylvia Beach à Princeton, la fiche
de Jacques Lacan mentionnant que le 15 octobre 1941 il
empruntait *A Concise History of Ireland*, par un certain
P. W. Joyce... Voir à ce sujet l'article de Michael Thomas Davis,
« Jacques Lacan and Shakespeare and Company », *James Joyce
Quarterly*, vol. 32, n° 3 et 4, université de Tulsa, Oklahoma,
printemps et été 1995, p. 754-758.

dans le monde de la culture qui jusque-là se limitait pour lui à quelques bribes arrachées, au hasard des rencontres, à un livre, une pièce de théâtre, un tableau [1]... » Le « cancre » y fait en quelque sorte ses humanités, découvre *Maldoror* et *Teste*, les classiques et les étrangers, Fargue et Larbaud dont il dévore *Enfantines* et *Fermina Marquez*, mais aussi les premiers numéros de *La Révolution surréaliste*, quelques mois avant de rencontrer individuellement les membres du groupe rue du Château. Son voyage en Odéonie le laissera rêveur et reconnaissant, comme nous l'indique le texte qu'il livra au numéro d'hommage du *Mercure de France* consacré à Adrienne après sa mort : « Chez elle, c'était aussi un hall de gare, une salle d'attente et de départ où se croisaient de très singuliers voyageurs, [...] Gens de Dublin et de Vulturne, gens de la Grande Garabagne et de Sodome et de Gomorrhe, gens des Vertes Collines, venant le plus simplement du monde le plus compliqué passer avec Adrienne une Nuit au Luxembourg, une Soirée avec Monsieur Teste, une Saison en Enfer, quelques minutes de Sable Mémorial [2]. »

La place d'Adrienne dans l'univers de Prévert a d'autant plus d'importance que le jeune homme n'a encore rien publié. Son premier texte édité le sera grâce à l'insistance de Saint-John Perse, en 1931, qui impose dans le n° 28 de la revue *Commerce* le fameux *Tentative de description d'un dîner de têtes à Paris-France*. Le poème ouvrira en 1946 son recueil le plus connu, *Paroles*. Adrienne, fidèle au poste, en commande par centaines à l'éditeur, devant l'afflux

1. Yves Courrière, *Jacques Prévert en vérité*, Gallimard, « Folio », 2002, p. 133 (première édition : Gallimard, 2000).

2. Jacques Prévert, « La boutique d'Adrienne », *Mercure de France*, n° 1109, *op. cit.*, p. 15.

à la boutique. Par jeu, les employés de la librairie dressent la liste des premiers acheteurs : Michel Cournot, le professeur Jean Bernard (autre fidèle de la librairie), Julien Gracq, Michel Leiris, André Gide (« voui — en personne », note en marge Maurice Saillet). Au 300ᵉ exemplaire vendu, Adrienne reprend l'énumération de sa main mais décrit les amateurs sans les nommer : « dame revêche », « monsieur distingué », « jeune fille bien nourrie », « gentil couillon », « jeune homme un brin con [1] », etc. Une sorte d'inventaire à la Prévert, en somme, joli retour des choses pour celle qui a accompagné les premiers pas du poète en littérature.

Dans le temps, la vie de libraire d'Adrienne Monnier (1915-1951) occupe la presque totalité de sa vie tout court (1892-1955), se confond avec elle sans écarts. Dans l'espace, ce choix se matérialise rue de l'Odéon, où Adrienne a élu domicile (au numéro 18) et boutique (au 7). Mieux : elle a superlativement baptisé son commerce *Maison*, comme pour indiquer qu'elle *l'habitait* autant qu'elle le gérait. Point fixe du monde littéraire pendant quarante-cinq ans et pour plusieurs générations, l'Odéonie a étendu son caractère immuable à sa créatrice — à moins que ce ne soit l'inverse : Adrienne Monnier, dont les longues jupes et les gilets gris ont défié un demi-siècle de mode, incarne un de ces symboles dont on dit familièrement : quand ils ne seront plus là, un monde mourra, « ce sera fini ».

Au fil des années, les clients de la librairie ont pris leur envol ou consolidé une carrière. *La Maison des Amis des Livres* a tracé ou modifié leur itinéraire ; là-

---

1. Cité dans Jacques Prévert, *Œuvres complètes*, I, Gallimard, « Bibliothèque de la Pléiade », 1996, p. 990-991.

bas, des lectures, des rencontres, des conversations ont déterminé des choix, indiqué la voie, tandis qu'Adrienne, inaltérable, se chargeait du plus précieux : leur œuvre. Témoin privilégié, révélatrice de talents, marraine littéraire, interlocutrice de choix : Adrienne, point de référence de leur propre vie, ne « bougeait » pas, ne devait pas bouger sous peine d'emporter avec elle une part d'eux-mêmes. « Croyez que je ne songe jamais qu'avec une tendre amitié à mes amies du côté de l'Odéon, qui m'ont toujours été si fidèles et si dévouées », écrit Paul Valéry dans l'une de ses dernières lettres à Adrienne, en évoquant le couple qu'elle forme avec Sylvia Beach. « Mais elles ne se doutent pas de tout ce qu'elles signifient pour moi. Tout simplement des êtres mythiques et favorables qui ont mission de liaison entre ce que je suis et ce que je fus. Il me semble quand je viens par là que je suis encore le bizarre, le ténébreux, le bavard d'il y a... » Et, dans le renoncement à préciser le nombre des années, il signe : « Le Teste de la rue Gay-Lussac[1] ». Les revendications affectueusement possessives d'un Jean Prévost, la nostalgie d'un Prévert ou même la fidélité distante d'un Breton (qui montra toujours le même respect vis-à-vis de la libraire, malgré son éloignement) disent également, à leur façon et parmi beaucoup d'autres témoignages, la singularité de son rôle : mieux que la mère de quelques écrivains, elle aura été l'amer du fleuve Odéon, comme l'on dit de ces bâtiments visibles sur les côtes et qui servent de points de repère aux navigateurs.

Les archives d'Adrienne Monnier révèlent aussi cela : l'irrégularité de la fréquentation, des abonnements au cabinet de lecture ou de certaines corres-

1. BLJD, Lettre de Paul Valéry à A. Monnier, s. d., « Samedi » [1944 ou 1945].

pondances ne changent rien au statut de la libraire, que certains retrouvent après des années d'absence, de voyages, de fatigues et d'exploits, avec la même complicité. Port d'attache de la vie littéraire, espace de transit, abri provisoire : on revient à *La Maison des Amis des Livres* comme si on ne l'avait jamais quittée. En témoigne la relation insolite d'Antonin Artaud avec Adrienne Monnier, dont il fréquenta la maison par intermittence — intermittence en partie forcée par la maladie. Abonné entre 1921 et 1923, sa présence à la librairie se perd progressivement dans les sables des archives pour réapparaître en 1939, sous la forme d'une lettre-confession très spectaculaire, écrite après avoir été « *transféré* de Sainte-Anne à Ville-Évrard avec quelque chose de plus que de la brusquerie ». L'écrivain y tutoie soudain Adrienne — qui n'avait pas l'habitude de ces familiarités —, développe une longue réflexion mêlant des problèmes de sosies, d'initiés et d'usurpateurs pour demander enfin : « Maintenant, toi qui es une grammairienne et une linguiste consommée explique-moi donc le sens psychologique *exact* de l'expression suivante : " J'AI LA TÊTE PRÈS DU BONNET " car à y réfléchir ce n'est pas si simple que cela. Et pourquoi ne dirait-on pas aussi "J'ai le cœur près du bonnet" puisque pour certaines sectes occultes c'est le cœur qui tient lieu de tête, et la tête n'existe pas. — Voir artère coronale. En ce qui me concerne moi, le cœur pour le peu qui m'en reste est certainement près du bonnet, car sans lui il aurait sauté[1]. »

1. IMEC, Lettre d'Antonin Artaud à A. Monnier, 4 mars 1939. C'est dans cette lettre, publiée par Adrienne dans *La Gazette des Amis des Livres* (n° 6-7, avril 1939, p. 104-106), qu'Antonin Artaud révéla être l'auteur de *Au pays des Tarahumaras*, paru non signé dans le numéro de la *Nouvelle Revue française* d'août 1939.

Cinq ans plus tard, l'écrivain, procédant exactement à la façon de Nerval, c'est-à-dire alternant une lucidité proprement effroyable avec des visions délirantes, s'adresse à Adrienne depuis l'asile de Rodez sur un tout autre ton. Mais une chose n'a pas changé : la confiance qu'il place en elle et dans son jugement, voire la proximité qu'il se sent avec elle. Cet aspect mérite d'être souligné, comme la lettre vaut d'être citée intégralement malgré sa longueur, tant est forte l'impression que l'on en retire.

> Chère mademoiselle et amie,
> Je sais que vous aimiez beaucoup ce qu'Antonin Artaud écrivait mais vous l'avez compris en amie, en cœur et en fait et non seulement mentalement, intellectuellement et cérébralement vous devez croire ce que je vais vous dire ici et ne pas commettre l'erreur criminelle et perverse des médecins de l'administration et de la police française qui s'obstinent à *vouloir* me traiter en névropathe et en aliéné parce que ma vie est un exemple vivant de l'existence de tous les états surnaturels dont la littérature et les livres discutent sans les connaître et que les hommes haïssent parce qu'ils haïssent le surnaturel, le merveilleux et le vrai. Je ne suis plus Antonin Artaud parce que je n'en ai plus le moi, ni la conscience, ni l'être bien que je sois dans le même corps que lui et que civilement et légalement je porte le même nom que lui et que cette lettre-ci soit signée de ce nom-là parce que sur cette terre-ci je ne puis en avoir d'autres. Pourtant je me souviens de toute sa vie point par point mais je sais qu'en réalité je ne l'ai pas vécue et je crois que seule une certaine mémoire corporelle m'est restée parce que je suis dans le même corps mais la conscience est celle d'un autre que personne ne veut reconnaître et que tout le monde s'acharne à nier. Les vies successives existent mais qui par hasard commet la faute de s'en souvenir publiquement et de le proclamer est incarcéré, **torturé,**

encamisolé, *emprisonné* et traité ensuite de monoma-
niaque de la folie de persécution, de délirant et d'hal-
luciné quand il [trois mots illisibles]. C'est ce qui m'est
arrivé. Et il m'arrive en plus que voilà 7 ans que je lutte
contre une monstrueuse coalition de magie noire que
vous connaissez fort bien puisque vous l'avez vue de
vos yeux et que vous avez vue [*sic*] avec moi-même
aujourd'hui vendredi 28 avril vers 10 heures 1/2 du
matin le supplice de Sainte Jeanne d'Arc et la mise en
tranches des catholiques Anglais sous la Renaissance
sur l'ordre d'Henri VIII et d'Élisabeth. Cela est beau
dans les livres et délicatement goûté par le dilettan-
tisme des lecteurs mais affirmé par un homme comme
moi comme *vrai* cela vaut l'enterrement, la camisole,
les piqûres antisyphilitiques, et les traitements électriques de choc (électrochoc) afin de lui enlever toutes
ces idées folles de l'esprit. Mais vous divaguez mon
enfant nous allons vous guérir de votre tête. Le merveilleux n'est pas de ce monde et nous ne l'y avons
jamais vu. Vous vous livrez en plus à des pratiques de
magie et croyez voir des démons ! Voilà où j'en suis,
vous qui savez la vérité Adrienne Monnier confessez-
la vous réaliserez un acte de justice et Dieu vous le rendra certainement car il existe et il est vrai et non
mythique quoi qu'en pense le monde de démons au
milieu duquel nous vivons et qui nous torture parce
que nous croyons en Dieu. Je suis fidèlement vôtre.

ANTONIN ARTAUD [1]

« Fil rouge » dans la vie de beaucoup d'écrivains,
Adrienne Monnier initie, révèle, transmet et récon-
cilie parfois les écrivains avec eux-mêmes. Le mot
qui lui conviendrait le mieux cherche encore un
féminin adéquat et officiel en français : Adrienne fut
un agent de liaison. Ou encore : une passeuse. Au

1. IMEC, Lettre d'Antonin Artaud à A. Monnier, Rodez,
25 avril 1944.

cœur d'une constellation existante (auteurs, éditeurs, lecteurs), elle s'est taillé un rôle à sa mesure : établir des rapports entre les livres et leurs amis, tisser des liens entre les auteurs et leur public. Ce faisant, elle a révélé la nécessité jusque-là impalpable de sa présence dans une « vie littéraire » où, précisément, il n'y avait pas d'intermédiaires entre la création et l'édition ; où la critique était exercée par les écrivains eux-mêmes bien plus que par des journalistes spécialisés dont l'importance irait croissant ; où les éditeurs, à l'image de Bernard Grasset, Gaston Gallimard ou Robert Denoël, œuvraient eux-mêmes très directement à la promotion de leurs publications, sans recours, par exemple, à des attachés de presse ou des conseillers commerciaux d'invention récente.

Son activité de passeuse, Adrienne l'exerça aussi *verticalement*, entre les générations. Chez elle, les futurs surréalistes ont pris langue avec Apollinaire, ils ont discuté avec les grands aînés (Valéry, Gide, Fargue), ils ont croisé leurs ennemis de demain. La libraire organisait aussi dans son appartement des réunions plus discrètes, sous le signe de l'amitié ou à la demande d'un tiers. L'une des plus fameuses parce que des plus emblématiques fut le dîner qu'elle donna, en petit comité, avec Sylvia Beach et Maurice Saillet, pour présenter Jean-Paul Sartre à André Gide, le 16 mai 1939. Des notes inédites d'Adrienne rapportent des bribes de cette rencontre, où chacun campa sur ses positions, entre provocations et esquives, conscient d'être descendu dans l'arène :

> Gide parle de *La Nausée* où il trouve des longueurs. Il l'a lue en même temps que Roger Martin du Gard et ils ont essayé en vain de reconstituer la scène de l'Autodidacte et des deux jeunes garçons dans la Biblio-

thèque. Gide presse Sartre de lui expliquer le manège
des mains des jeunes gens et comment une certaine
chose s'est produite exactement. Sartre répond d'une
manière évasive et amusée. [...] Manière de Sartre de
manger les asperges. Sartre attaque Gide à propos de
Faulkner et trouve qu'il avait été injuste dans son *Jour-*
nal pour *Lumière d'Août*. Il fait un grand éloge de Dos
Passos. Le repas terminé, on fait une projection de
portraits. Sartre nous voyant quelques jours après ce
dîner, dit : ça s'est passé comme une représentation
où tout aurait été répété à l'avance[1].

Cette entrevue devait par la suite auréoler la
libraire d'un prestige particulier auprès de la jeunesse — Stéphane Hessel se souvient aujourd'hui
qu'Adrienne, amie de sa mère Hélène Gründ depuis
le milieu des années 1930, était d'abord à ses yeux
de khâgneux fasciné par le « grantécrivain » et le
jeune philosophe, « celle qui organisa le dîner Gide-
Sartre », sorte de sommet des titans. « À l'époque,
poursuit-il, je distinguerais deux groupes : le collège
de philosophie, avec Georges Bataille, Jean Wahl,
Jean Piel, etc., où l'on avait des discussions très
sérieuses avec des gens très intelligents qui se prenaient très au sérieux, et *La Maison des Amis des*
Livres, consacrée à la seule littérature, où l'on
s'adonnait au plaisir de la conversation et des rencontres[2]. »

Plaisir, conversation, rencontres : Adrienne a
placé sa maison sous cette sainte trinité. Tous les
témoignages convergent : la directrice de *La Maison*
des Amis des Livres excellait dans l'art de la conver-

1. IMEC, « Relations avec Sartre », texte dactylographié
d'A. Monnier, s.d.
2. Entretien de l'auteure avec Stéphane Hessel, Paris,
10 juin 2002.

sation, cœur de son dispositif, auquel elle accordait, comme au Manger et à ses lois, la valeur de rites. En se pliant à cette règle d'or : écouter avec avidité afin d'accroître sans cesse « la part de l'autre ». Adrienne, plongeant son regard clair dans les yeux de son interlocuteur, attendait. De sa voix flûtée et distincte, elle ajoutait une remarque ou développait une idée avec conviction, posait la question qui relançait le débat, détendait l'atmosphère par un éclat de rire sonore, cristallin. Mais respectait toujours ce pacte auquel les plus habiles sont rompus : ne jamais relâcher l'intensité de cette attention qui donne à l'autre l'impression d'être unique au monde. Combien ont évoqué les fameuses « causeries » avec Adrienne, de Valéry à Michaux, en passant par André Breton qui reconnaissait en 1952, malgré leurs différends : « Le beau grain qu'elle savait mettre dans les discussions, les chances qu'elle donnait à la jeunesse et jusqu'à l'excitante partialité de ses goûts : elle ne manquait pas d'atouts dans son jeu[1]. » Il n'est pas jusqu'à William Carlos Williams qui n'ait exprimé son enthousiasme sans réserve pour ces moments privilégiés : « Sans mes amis chers, je travaillerais plutôt que faire quoi que ce soit d'autre. Mais avec des amies comme vous, je serais aussitôt tenté de m'échapper de mon travail et de m'asseoir pour parler pendant quelques années[2]. »

1. « Entretiens radiophoniques, III », avec André Parinaud [mars-juin 1952], *in* André Breton, *Œuvres complètes*, III, *op. cit.*, p. 447.
2. IMEC, Lettre de William Carlos Williams à A. Monnier et S. Beach, 6 octobre 1927. « Without dear friends I would rather work than do anything else that I know. But with friends such as you I might soon be tempted to run away from labor and sit down for a few years to talk. »

De tous ses dons — initier, révéler, partager, établir des liens, formuler une critique, converser — Adrienne a fait un métier : le commerce de l'esprit. La formule a cet avantage de ramasser à la fois toutes les préoccupations et les qualités de la libraire, dont la profession se fonde sur l'échange, économique et spirituel. «Vous êtes aussi rusée, aussi maligne, aussi adroite en affaires que vous êtes sensible, imaginative et impressionnable en art. En général, cela ne va pas ensemble, et quand une pareille symbiose se rencontre chez une jeune fille, qu'on écrit sur elle un article, il faut le signaler, car c'est "un cas intéressant"[1]», insistait déjà en 1919 Jacques de Massary, neveu de Claudel, au sujet d'un article de Rachilde sur Adrienne dans le *Mercure de France*, où l'auteur n'avait pas relevé cet heureux croisement.

Car avec la cohérence et le bon sens qui la caractérisent, Adrienne Monnier commence par prendre sa tâche pour ce qu'elle est, sans affectation inutile : «Être libraire, c'est d'abord un commerce», rappelle-t-elle simplement. Bien sûr, au tout début, la jeune directrice inexpérimentée, de peur de paraître mesquine, avait affecté de négliger ses intérêts. Mais très vite, elle relégua ces «enfantillages» aux oubliettes pour élaborer une véritable mystique du commerce, dont cet extrait de *La Ville* de Claudel lui donna la règle, qu'elle citait à l'envi : «Comme l'or est le signe de la marchandise, la marchandise aussi est un signe. Du besoin qui l'appelle, de l'effort qui la crée. Et ce que tu nommes échange, je le nomme communion.» Dans l'un de ses textes les plus importants sur sa maison, Adrienne revient longuement

---

1. BLJD, Lettre de Jacques de Massary à A. Monnier, 3 février 1919.

sur cet aspect : « Le commerce, pour nous, a un sentiment émouvant et profond. [...] Nous pensons, d'abord, que la foi que nous mettons à vendre des livres, on peut la mettre dans tous les actes quotidiens ; on peut exercer n'importe quel commerce, n'importe quelle profession, avec une satisfaction qui est, à certains moments, du véritable lyrisme[1]. »

Comme toujours chez Adrienne, cette exaltation raisonnée s'assortit d'un pragmatisme à toute épreuve. Elle éprouve même un plaisir non dissimulé à revendiquer le prosaïsme de son activité, par des comparaisons familières : « Un épicier connaît sa marchandise, n'est-ce pas, pourquoi tolérer d'un marchand de livres qu'il ne connaisse pas la sienne[2] ? » s'étonne-t-elle, en répondant à un journaliste, dès 1919. Complaisance ? Adrienne mettrait-elle la même coquetterie dans son portrait de libraire-épicière que dans celui de la religieuse hédoniste et rabelaisienne ? Sa correspondance avec son assistant Maurice Saillet, où elle donne en toute franchise libre cours à ses pensées, incline à penser qu'elle conçoit bien son magasin comme n'importe quel autre négoce, à l'exemple de ce passage, écrit en pleine guerre : « Il paraît qu'il y a un énorme ralentissement dans les affaires ; que les gens ont décidé de garder de l'argent ; *dans la bijouterie, la fourrure, il paraît que presque tout ce mois on n'a pas fait un sou.* Moi, je ne me tourmente pas ; je suis même contente que la marchandise ne parte pas trop vite ; mais il y a un fait, c'est que les gens ne cherchent, pour le moment, que le bon marché. C'est toujours les mêmes bricoles qui partent ; la semaine

1. *Rue de l'Odéon*, p. 219-220.
2. « Une amie des livres », *La Liberté*, 17 juin 1919.

dernière, deux jours de suite *Pierrot mon ami* a été
vendu, et *Gueule de Pierre* et *Le Chiendent*[1]. »

Adrienne n'a cure de s'embarrasser de complexes
déplacés ou de fausse honte à exercer une activité
commerciale. Sa simplicité facilitera grandement
ses rapports avec les auteurs qu'elle est chargée de
rémunérer pour une conférence ou un texte à
publier. Pour autant, elle n'a pas forcément un sens
très développé des affaires et de la rentabilité : honnête gestionnaire, femme organisée et systématique,
elle ignore l'appât du gain, son seul luxe consistant
à vivre — bon an, mal an — de son outil de travail.

Paul Valéry, à plusieurs reprises en « affaires »
avec Adrienne, se piqua au jeu de ces rapports professionnels avec celle qu'il surnommait tantôt
« cher Éditeur », tantôt « Ma bonne nourrice ». Les
premières tractations commencèrent, circonspec-
pectes, au sujet de ses droits d'auteur pour l'*Album
de vers anciens* publié par La Maison des Amis des
Livres en 1920 : « Je m'excuse de vous entretenir
de si mornes sujets, mais vous sais l'esprit assez
précis pour être sûr que leur morose netteté ne
vous choquera pas. Il faut jouer un peu à l'homme
d'affaires ; cela donne à la poésie quelque chose de
plus imposant[2]. » Douze ans plus tard, le registre a
changé : « Folle Adrienne, Je ne sais comment vous
faites vos comptes ou plutôt les miens ! J'ai la sen-
sation que vous m'envoyez beaucoup plus d'argent
que mon dû. Je ne peux pas vérifier, car je ne sais
plus faire les additions. Trop de littérature
détraque le compteur. L'à peu près envahit l'âme

1. Harry Ransom Humanities Research Center, University
of Texas (dorénavant : HRC), Lettre d'A. Monnier à Maurice
Saillet, 30 mars 1943. C'est moi qui souligne.
2. BLJD, Lettre de Paul Valéry à A. Monnier, s. d., [1920].

littéraire ; et quant à vous, je gage que le "Catalogue" vous a radicalement décervelée, et que vous en êtes à deux et deux font huit[1]. » Comme on le constate, le ton s'est nettement assoupli, jusqu'à s'émanciper pour chanter sans vergogne l'essentiel :

> Adrienne, Adrienne,
> Le beurre jaune et nu
> Le beurre d'où qu'il vienne
> Toujours est bienvenu...
> Merci, merci, bon beurre
> Gentiment survenu
> Toi seul n'es pas un leurre
> Ô beurre ferme et nu[2] !

Dans un monde littéraire encore artisanal, Adrienne Monnier, par le commerce de l'esprit, grâce aux rencontres informelles et aux séances organisées dans sa librairie, aura créé une « revue parlée », en quelque sorte, qui n'avait pas d'exemple. Elle aurait pu se contenter d'être la vestale de ce forum unique à Paris. D'emblée, *La Maison des Amis des Livres* s'est pourtant posée comme une pièce discrète, voire confidentielle, sur l'échiquier de l'édition, avec des publications à très faibles tirages (des petites centaines d'exemplaires, dont quelques grands papiers pour bibliophiles), vendues dans la librairie ou hors commerce. En trente ans, une quarantaine de plaquettes verront le jour rue de l'Odéon, reflets parfaits des goûts d'Adrienne : Paul Valéry, Léon-Paul Fargue, Georges Duhamel, Valery Lar-

1. *Id.*, s. d., [1932]. Le « Catalogue » auquel Paul Valéry fait allusion est le catalogue de la bibliothèque de prêt qu'Adrienne était en train d'établir et qui lui prenait alors toute son énergie.
2. BLJD, Lettre de Paul Valéry à A. Monnier, s. d.

baud, Paul Claudel, Jules Romains donnèrent à *La Maison des Amis des Livres*, maison *alternative*, des textes qui n'entraient pas dans l'économie courante de la NRF — dont ils étaient, pour la plupart, des auteurs attitrés. Prolongements de conférences ou des causeries de la librairie, ces opuscules étaient surtout destinés à en garder la trace. Des exceptions toutefois marquent cette production, comme *Bibi-la-Bibiste*, de Raymonde Linossier, surgi de nulle part, ou la thèse « hors série » de Gisèle Freund, *La Photographie en France au XIXe siècle*.

En jouant le rôle d'éditeur, Adrienne Monnier perpétue une tradition ancienne, qui appartient étymologiquement à sa profession : la librairie désigne d'abord une bibliothèque, puis un magasin, une activité commerciale et enfin une maison d'édition — c'est bien à un libraire ayant pignon sur rue que le jeune Lucien Chardon dit de Rubempré propose ses premiers vers, à peine monté à Paris, dans l'espoir d'être publié. Ce sens éditorial prend même parfois le pas sur les autres, ainsi que nous le confirme le titre toujours actuel de « Librairie Arthème Fayard », pour prendre un exemple presque au hasard. Adrienne n'innove donc pas historiquement et s'inscrit dans une lignée dont Alphonse Lemerre, lettré libraire ami des symbolistes tenant boutique passage Choiseul, fournit une illustration assez voisine[1].

La politique d'édition d'Adrienne, à la fois modeste et ambitieuse, épouse la mentalité de l'époque. À l'heure où le livre de poche et les grandes surfaces

1. À regarder les dates et la géographie, il est même loisible de considérer qu'Adrienne a pris un relais ou plutôt incarné un clivage, en ouvrant *La Maison des Amis des Livres* rive gauche en 1915, trois ans après la mort d'Alphonse Lemerre rive droite. La littérature « changeait de camp ».

culturelles n'existent pas, la littérature appartient à une élite qui ne voit aucun caractère infamant à une pratique aujourd'hui fort suspecte : l'édition à compte d'auteur — Proust et Gide, pour ne citer qu'eux, y ont eu recours à leurs débuts. Un autre phénomène constitue alors l'une des clés du débat intellectuel : les revues littéraires, laboratoires d'idées et passages obligés des jeunes auteurs soucieux de se faire connaître. Là encore, Adrienne entre par la grande porte dans son siècle puisqu'elle fut associée, avec des implications diverses, à trois des plus prestigieuses revues de l'entre-deux-guerres.

Ironie du sort, la première expérience d'Adrienne, aussi retentissante dans le Landerneau des lettres qu'éphémère, passera par une revue trimestrielle au nom prédestiné : *Commerce*. Ce titre, choisi en référence à un vers d'*Anabase* de Saint-John Perse (« le pur commerce de mon âme... »), voit le jour en 1924. Une mécène d'origine américaine, Marguerite Gibert-Chapin, épouse du prince de Bassiano, la finance, s'accordant le droit de veto sur certains textes. Trois hommes la dirigent : Paul Valéry, Léon-Paul Fargue et Valery Larbaud. Une femme se charge de l'administration : Adrienne Monnier.

L'administration. Qu'est-ce à dire sinon un nouveau rôle d'intermédiaire, d'agent de liaison, de transparente cheville ouvrière ? Dans le brouillon d'une lettre destinée à la princesse de Bassiano, Adrienne, fidèle à son esprit pratique et son sens de l'organisation, détaille ses fonctions afin d'évaluer au plus près sa rémunération, « comme ferait un menuisier ou un maçon ». À sa charge, elle énumère donc : « rapports avec l'imprimeur et les libraires ; comptabilité, c'est-à-dire état très exact des recettes et des dépenses ; archives ; correspondance concer-

nant à la fois l'administration et la rédaction, ce dernier point étant, naturellement, assumé moralement
par vous et par vos directeurs, et matériellement par
moi et par mes collaboratrices qui répondront aux
lettres suivant vos indications ou les leurs. » Autant
dire qu'Adrienne se charge de tout le secrétariat et
de la gestion, poste considérable en regard du temps
qu'elle consacre à ses propres activités à la librairie.
Sur ce point, elle s'empresse de préciser que seul le
« 7, rue de l'Odéon » doit figurer au verso de la revue,
sans le nom de sa maison ni le sien propre. Invisible
mais omniprésente, elle ajoute encore ce détail
piquant : dans le cas où serait insérée une publicité
pour la NRF, elle demande à ce que la moitié de la
page soit automatiquement attribuée à *La Maison
des Amis des Livres*, ce qui aurait l'avantage « de bien
marquer au public la sympathie et l'entente qui existent entre les deux maisons [1] ». Admirable Adrienne,
qui jamais ne perd le nord.

La combinaison avait tout pour fonctionner : les
moyens assurés, la communauté de pensée des
directeurs, l'efficacité de l'administratrice, l'amitié
déjà ancienne qui liait tous les participants. Mais dès
l'été 1924, Adrienne remet très sérieusement en
question sa présence au sein de la revue. Son grief

1. IMEC, Brouillon de lettre d'A. Monnier à la princesse de
Bassiano, s. d. [1924]. Pour ces travaux, Adrienne demande
« la somme de *5 000 fr.* par an si le tirage de la revue est de
500 exemplaires et 500 fr. de plus par 100 exemplaires tirés en
supplément des 500 premiers, jusqu'à 1 000 exemplaires ; au-
delà, c'est-à-dire pour un tirage de 1 200, 1 500 et même
2 000 ex., nous pourrions nous en tenir à un fixe de *8 000 frs.* »
Et précise que le pourcentage d'usage ne doit pas être supérieur *à ceux des autres commerçants* (soit 20 % sur le prix des
abonnements et 33 % sur le prix des numéros vendus séparément).

porte un nom : Léon-Paul Fargue. Les retards du poète à donner ses textes et son incurie à respecter les délais — Adrienne avait fini par prendre ses poèmes sous sa dictée, parfois jusqu'à trois heures du matin —, ses corrections incessantes — il lui arrivait d'intervenir directement chez l'imprimeur pour imposer deux points de suspension au lieu de trois —, ses mensonges sans fin, ses élucubrations, bref, son inconséquence finissent par avoir raison du sang-froid de l'administratrice. À la mi-août, Adrienne se résout à avertir la princesse de Bassiano.

> Je pense que vous aurez les premiers nᵒˢ de *Commerce* le 25 ou le 26 de ce mois. [...] Je sais que Fargue vous a télégraphié le 5, je crois, que la revue était au brochage, mais cette affirmation était une pure fantaisie. Il n'a donné le bon à tirer de ses poèmes que le 6, et encore a-t-il demandé deux corrections successives pour une page, lesquelles corrections ont été terminées le 8 ; de plus il est allé en cachette, le samedi 9 au soir, porter deux autres pages qui demandaient une dizaine de corrections. [...] Malgré tous ses retards, Fargue a fait preuve d'une bonne volonté admirable ; il n'a pas perdu de temps, étant donné son souci de la perfection, et il y a eu du mérite, je vous assure, car il n'a pas cessé depuis votre départ d'avoir de lourds ennuis d'argent : tous les jours il lui a fallu courir avec ses paniers chez les commissionnaires et il était désespéré à la fois de sa situation et de votre impatience qu'il devinait. C'est pourquoi il vous a envoyé un télégramme « pour vous rassurer », disait-il, sans penser que cela l'entraînerait dans un déluge de mensonges dont il ne pourrait plus se sortir[1].

---

1. IMEC, Lettre d'A. Monnier à la princesse de Bassiano, 12 ou 13 août 1924.

Elle avertit Fargue dans la foulée, en reprenant les mêmes termes. Et conclut : « Voilà, et si ça ne vous va pas, cherchez une autre Adrienne Monnier, portez *Commerce* ailleurs. Je m'en fous. J'aspire à la paix avant tout, j'en ai assez de vos mensonges. Il n'y a pas moyen de travailler avec vous. [...] J'appréciais plus que personne votre charme, votre génie, votre esprit et les admirables qualités de cœur que vous savez montrer quelquefois. Mais vous me faites payer ça trop cher et j'aime mieux être complètement privée de vous que de subir les véritables tortures que vous me faites endurer. Je sais bien que vous allez répondre à ça : "Elle est folle, elle est folle." Soit, alors laissez-moi être folle "en tout confort" comme dit Sylvia et ne m'accablez plus de votre sagesse et de votre infaillibilité[1]. »

Fargue, bien sûr, se démène, gesticule, se rebiffe, essaie par tous les moyens de s'en sortir et de se justifier. Mais le 21 août, Adrienne jette l'éponge. Souffrant de névralgies, d'insomnie et d'une « fébrilité continue », elle démissionne pour « surmenage » tout en s'engageant à s'occuper du numéro jusqu'au bout. Pour sa succession, elle recommande Gallimard, Crès ou Ronald Davis — elle se désistera en faveur de ce dernier. Mais tant que la passation de pouvoir n'est pas réglée, tout le monde se tient sur ses gardes. La revue ayant été inscrite à la chambre de commerce sous son nom, Adrienne en est la propriétaire légale. La princesse de Bassiano, inquiète des conséquences juridiques que cette démission pourrait provoquer, verse 5 000 francs à chacun des directeurs afin de les rassurer et tente de convaincre Adrienne de revenir sur sa décision. En vain. Au mois de novembre, elle confirme à Paul Valéry qu'elle

1. *Id.*, Lettre de la même à Léon-Paul Fargue, 12 août 1924.

renonce dans les règles à la propriété et à l'administration de *Commerce*[1]. Dans le même temps, elle
signifie à Fargue que sa présence n'est plus souhai-
tée à la librairie, puis fait de même avec Larbaud,
qu'elle soupçonne un temps — à tort — d'être de
mèche. L'affaire mettra un terme définitif à l'amitié
entre les deux hommes.

Fargue ne décolère pas : « Je n'arrive pas à voir en
vous ni une martyre, ni une victime, lance-t-il à
Adrienne. Si je me trompe, je le regrette et je m'en
excuse. Passons[2]. » Il essaie encore de recoller les
morceaux, d'échafauder des plans, d'inventer de
nouveaux prétextes. Peine perdue. Dans sa fureur
d'avoir été pris à son propre piège, il va jusqu'à faire
courir la rumeur qu'Adrienne, secrètement amoureuse de lui, aurait provoqué la rupture par dépit,
pour se venger d'un projet de mariage inabouti...,
élucubration d'autant plus sournoise que Fargue est
l'amant affiché de sa sœur, Marie Monnier ! Or, aussi
absurdes soient-elles, les rumeurs ont la vie dure.
Dès le mois de septembre 1924, Valery Larbaud s'efforce de faire quelques mises au point auprès de ses
amis, comme Marcel Ray, en livrant quelques détails
non négligeables :

> Vous vous rappelez ce que je vous disais à Lucques
> à propos du rôle de Fargue dans les retards de la revue.
> C'est pour cela qu'il s'est brouillé avec A. Monnier, ou
> plutôt ç'a été la dernière goutte qui a fait déborder la
> coupe d'amertume d'Adrienne. Depuis longtemps elle
> supportait péniblement les airs de maîtrise qu'il se

1. Bibliothèque nationale de France (dorénavant : BnF),
Département des manuscrits occidentaux. Lettre d'A. Monnier
à Paul Valéry, 16 novembre 1924.
2. BLJD, Lettre de Léon-Paul Fargue à A. Monnier, s.d. [fin
août 1924].

donnait chez elle, l'espionnage auquel il la soumettait, ses médisances, et toute espèce de petites intrigues et de vexations dont elle souffrait. Ceux qui voyaient cela presque tous les jours la félicitent à présent et de sa patience à supporter Fargue, et de l'énergie dont elle a fait preuve en le chassant de sa librairie. Il en paraît assez étonné et chagrin, mais je crois que cela vaut mieux pour lui aussi. Il allait trop rue de l'Odéon, et s'y montrait trop en débraillé. Il médisait publiquement de tous ses confrères, même de ses amis, et se donnait l'apparence d'un raté envieux. Les gens de lettres, à cause de lui, allaient de moins en moins voir Adrienne Monnier, et parmi les lecteurs et les lectrices de la librairie il avait une très mauvaise presse. Naturellement, il ne sait rien de tout cela, n'imagine pas un instant qu'on ait pu le considérer comme un raseur, et commence à raconter une histoire de séduction, d'abandon et de jalousie, une histoire donjuanesque, tout à son honneur, pour expliquer cette rupture [1].

Malgré la fiabilité de ce type de témoignages, le racontar, trop croustillant, fait florès. Fargue supporte très mal de n'être plus « le patron du bordel », qualité dont il se vantait auprès des gens de la *NRF* afin d'accroître sa réputation. Paulhan aurait relayé le ragot, mais Gide ne s'y laisse pas prendre et obtient finalement l'aveu du véritable éconduit, qu'il chapitre en bonne et due forme. L'essentiel demeurant qu'avec cette « brouille » retentissante une époque s'achève : l'ère des potassons est close. La page se tourne sur un incident pénible concomitant à un coup d'éclat, si l'on veut bien considérer l'éblouissant sommaire du n° 1 de *Commerce* : Paul Valéry, *Lettre sur les lettres*; Léon-Paul Fargue,

1. Lettre de Valéry Larbaud à Marcel Ray, Vichy, 13 septembre 1924, *in* Valéry Larbaud - Marcel Ray, *Correspondance, 1899-1937*, t. III (1921-1937), Gallimard, 1980, p. 73-74.

Poèmes; Valery Larbaud, *Ce vice impuni : la lecture;*
Saint-John Perse, *Amitié du Prince;* James Joyce,
Ulysses; fragments, traduction par Auguste Morel.

L'épisode aurait pu décourager Adrienne Monnier.
Il semble au contraire que l'échec de sa collaboration
à *Commerce* ait provoqué chez elle un sursaut d'énergie puisque, dès les premiers mois de 1925, elle élabore un nouveau projet de revue mensuelle : *Le Navire
d'argent.* Délivrée des tyrannies stériles d'un Fargue et
de l'obligation de rendre des comptes, Adrienne, propriétaire, directrice et administratrice, prend seule le
gouvernail. Pour l'assister, elle choisit un jeune normalien dont elle a remarqué les textes dans la *NRF,*
Jean Prévost, qu'elle destine au poste de secrétaire de
rédaction. La rapidité de ce revirement de situation
soulève au moins une question : comment Adrienne
a-t-elle pu passer aussi vite de l'abattement consécu-
tif à *Commerce* — sa mère, dans une lettre à Paul
Valéry, parle même d'une « congestion cérébrale » qui
pourrait lui être « fatale »[1] *(sic)* — à l'effervescence de
la création, où elle occupe tous les rôles ? Le bascule-
ment mérite que l'on s'y attarde. Car ce qui a pris
quelques semaines à être entériné est en réalité le
résultat d'une maturation de plusieurs années.
   Depuis l'ouverture de sa maison, Adrienne Monnier s'était mise à l'écoute des « grands hommes »
soucieux de leur postérité. Par amour pour le commerce de l'esprit et la circulation des idées, patiente
à leurs humeurs, elle tolérait quelques caprices, supportait par indifférence plus que par faiblesse les
gauloiseries potaches d'un Fargue. Elle s'efforçait
par ailleurs de composer avec les « femmes du

   1. BnF, Manuscrits, Lettre de Philiberte Monnier à Paul
Valéry, 27 septembre 1924.

monde », nombreuses à se piquer de belles-lettres et
promptes à subventionner des poètes riches d'avenir
qu'elles prenaient accessoirement pour amants. Elle
servait la littérature, sans perdre son quant-à-soi,
dans les limites fermes de son domaine. Mais surtout
Adrienne, sans tapage, poursuivait une autre ambition, personnelle : elle écrivait. En 1923, elle publia
sous son nom un recueil de poèmes, *La Figure*, qui
fut salué par ceux qui devenaient, du même coup, ses
pairs autant que ses clients. Dès lors, sans ostenta-
tion et en toute légitimité, elle s'identifia comme
auteure — il n'est pas anodin, à cet égard, que *Les
Nouvelles littéraires* aient pris soin de préciser, à l'annonce de la parution de *Commerce* : « L'administrateur en est Mlle Adrienne Monnier, la libraire bien
connue de la Rive-Gauche, le poète de *La Figure*[1]. »
   Par ailleurs, de nombreux changements avaient eu
lieu dans sa vie privée : après quelques hésitations,
des amours de tête et un vague projet de mariage,
elle découvrait en Sylvia Beach la compagne de sa
vie, laquelle emménagea « officiellement » au 18, rue
de l'Odéon en 1921. Cette double prise de conscience
identitaire — être écrivaine et être lesbienne — fut
sans nul doute pour une part invisible, souterraine
et très probablement inconsciente, dans la crise avec
Commerce et peut expliquer la fulgurance de son
dénouement : Adrienne refuse désormais de se cantonner à l'administration d'une revue et d'être l'otage
de décideurs extérieurs ; elle se dissocie d'une princesse de Bassiano, « très charmante, mais absolument incompétente[2] », et rompt avec Fargue qui,

   1. *Les Nouvelles littéraires,* 6 septembre 1924. Notons au passage que seule la fonction de libraire est féminisée.
   2. Lettre d'A. Monnier à Henri et Hélène Hoppenot,
19 novembre 1924, *in* Monnier-Hoppenot, *Correspondance,
op. cit.*, p. 39.

par ses élucubrations mensongères, nie sa sexualité en essayant d'accréditer la thèse selon laquelle une femme, même réputée « saphiste », ne peut être *véritablement* amoureuse *que* d'un homme et désire *forcément* l'épouser. En passant de la gestion au gouvernail, elle prend superlativement son destin en mains. Elle s'affranchit.

L'enthousiasme mis à la création du *Navire d'argent*, le dynamisme de ses sommaires, sa réputation vite acquise corroborent cette évolution dans la vie d'Adrienne Monnier, désormais plus près d'elle-même et dont la personnalité a trouvé son intégrité. La revue lui ressemble. L'aspect extérieur se veut à la fois austère et disert, sans artifice, direct : le sommaire s'inscrit à l'encre noire sur la couverture d'un beige opaque, agrémentée d'un petit écusson pour seul ornement, représentant un navire pareil à la nef de la Ville de Paris. Même sévérité à l'intérieur où, sous la sobriété de façade, le lecteur trouve « beaucoup à manger » : cinq à sept longs textes (points de vue ou fictions d'auteurs de « grande pointure » comme Claudel, Larbaud, Romains, Arland, etc.), une étude d'histoire littéraire (Ramón Fernandez, *Autobiographie et roman chez Stendhal*; Jean Prévost, *La Jeune Génération littéraire*, etc.), une revue de la critique (reprise d'articles sur les livres parus dans la presse), une partie consacrée à des bibliographies étrangères et des inédits.

Dès le premier numéro, sorti le 1er juin 1925, la formule est au point. L'équilibre du sommaire présage heureusement de l'avenir : Valery Larbaud donne *Paris de France*, Jean Prévost analyse *Le Cahier B. 1910 de Paul Valéry*, Jules Supervielle propose son poème *Le Portrait*, André Chamson *L'Abbaye du bonheur*, étude des conditions de la vie intellectuelle en province, J.-M. Sollier (pseudonyme d'Adrienne

Monnier) un court poème en prose tandis que
T. S. Eliot a donné son autorisation pour que
paraisse, pour la première fois en français, *La Chanson d'amour de J. Alfred Prufrock*, traduit par
Adrienne Monnier et Sylvia Beach. La première partie d'une bibliographie de littérature anglaise,
quelques pages de John Donne et de Francis Bacon
complètent l'ensemble.

La princesse de Bassiano, magnanime, félicite
Adrienne : « Je trouve que votre revue comble un
vide [ce] qu'aucune autre revue [n']a réussi à faire.
Quelle idée magnifique par exemple cette bibliographie des traductions faites des langues étrangères, et
vraiment une chose qui manquait sérieusement.
L'article d'ouverture de Larbaud était du meilleur
Larbaud ce qui est beaucoup dire [1]. » Mais deux
semaines plus tard, Jean Prévost répercute un autre
son de cloche à sa *patronne* : « Fargue toujours charmant, mais que j'avais semé ces jours-ci étant plein
de travaux urgents et de mal de tête, m'a rendu visite
samedi. *Commerce* va devenir mensuel, sous la formule suivante : chaque trimestre, un n° dans le genre
des quatre premiers, un autre d'actualités, un autre
de traductions. Cela ressemble à une concurrence
directe [2]. »

Au cœur d'une compétition plutôt rude, Adrienne
Monnier parvient à fédérer des écrivains de tous
horizons, dont elle a gagné depuis longtemps la
confiance et qui accordent la primeur au *Navire*,
comme Larbaud avec *Paris de France* (n° 1) ou Cendrars avec *Moravagine* (n° 11). Jean Prévost, « normalien, c'est-à-dire esprit fort, volontairement laïque

  1. BLJD, Lettre de la princesse de Bassiano à A. Monnier,
3 août [1925].
  2. *Id.*, Lettre de Jean Prévost à A. Monnier, 17 août [1925].

[qui] avait le tempérament d'un encyclopédiste » se
charge de son côté des auteurs encombrants : « L'excellent Rivière étant mort depuis peu, se souviendra
Adrienne, il n'hésitait pas à leur dire que c'était la
lecture de tant de manuscrits et les exigences des
auteurs qui l'avaient tué. Oui, disait-il énergiquement aux jeunes poètes qui se jugeaient injustement
méconnus, Jacques Rivière en est mort, de vos histoires. Nous ne voulons tout de même pas en arriver
là [1] ! » L'équipage du *Navire* sait reconnaître en
revanche les espoirs les plus solides, qui publient
souvent pour la première fois : André Chamson
(*Roux le Bandit*), Joseph Delteil, Marcelle Auclair qui
venait du Chili et « semblait une incarnation de Fermina Marquez [2] » ou le plus glorieux, Antoine de
Saint-Exupéry, qui donnera un long texte, *L'Avia-
teur*, première version de *Courrier Sud*. À partir du
n° 7, Adrienne livre sa *Gazette*, chronique incisive sur
l'air du temps, ses lectures, les spectacles à Paris,
écrite avec une grande liberté de ton.

Le *Navire d'argent* ne vogue pas que sur les eaux
territoriales françaises, loin s'en faut. Les contributions des auteurs étrangers distinguent même la
revue comme l'une des plus exemplaires à l'époque
dans ce domaine. En grande partie grâce au discernement et aux relations de Sylvia Beach, Adrienne
ouvre ses pages à une pléiade d'écrivains anglo-
saxons dont les ouvrages sont encore inédits en français comme T. S. Eliot ou e.e. Cummings (« Sipliss »,
extrait de *The Enormous Room*). Elle introduit le
jeune Ernest Hemingway et lance même sa carrière

1. IMEC, Notes pour les fragments d'une causerie par
A. Monnier sur *Le Navire d'argent*, [1939 ou 1940].
2. *Ibid.* Marcelle Auclair poursuivit sa carrière dans le journalisme. Elle devint la directrice de *Marie-Claire*.

en France avec la publication de « L'Invincible », nouvelle parue dans *The Quarter*, qui sera par la suite insérée dans *Cinquante mille dollars*. Le texte provoque un petit séisme : Claudel se rend tout exprès rue de l'Odéon pour dire son admiration, Paul Hazard compare l'Américain à Mérimée, Gaston Gallimard lui offre un contrat sur-le-champ... Adrienne poursuit ainsi son œuvre de révélatrice opiniâtre, hébergeant sans hésiter des textes refusés ailleurs comme le très fameux « Anna Livia Plurabelle » de James Joyce, tiré de son *Work in progress* (nom de code de *Finnegans Wake)* et que les imprimeurs de *The Calendar* à Londres avaient renoncé à publier dans son intégralité par peur de poursuites judiciaires.

Adrienne sait lire et sait écouter. Elle fait confiance à Valery Larbaud qui plébiscite Ramón Gomez de la Serna dont elle publie *Cinelandia*, traduit par Marcelle Auclair, et s'en remet à Benjamin Crémieux, lecteur chez Gallimard, pour un numéro en majeure partie consacré à Italo Svevo, promis à rester dans les annales de l'histoire littéraire. De son vrai nom Ettore Schmitz, l'écrivain avait publié en 1923, à soixante-deux ans, un chef-d'œuvre passé inaperçu : *La Conscience de Zeno*, premier roman ouvertement marqué par la psychanalyse. Joyce, qui avait été son professeur d'anglais à Trieste, avait très vite remarqué le talent de son ami et l'avait encouragé. Mais en 1926, Svevo demeurait inconnu, y compris dans son propre pays. *Le Navire d'argent* du 1er février 1926 (n° 9), comportant une présentation de Crémieux, un extrait de *Zeno* ainsi qu'un passage de *Senelita* traduit par Larbaud, allait provoquer le premier mouvement en faveur de l'auteur. Il eut notamment pour conséquence d'éveiller l'attention d'Eugenio Montale, auteur d'un article dans *L'Italia che scrive* de juin 1926, point de départ de la reconnaissance de Svevo en Italie.

En recevant ce numéro, un autre étranger de choix, Rainer Maria Rilke, introduit à la librairie par Pierre Klossowski, tire son chapeau à Adrienne. Lui qui regrettait de n'avoir jamais assisté aux séances de *La Maison des Amis des Livres* a soudain l'impression d'y participer grâce à la lecture de la revue : « Ces pages communiquent leur nécessité spontanée et cette tension de la pensée active : on la voit s'accomplir parmi les résistances[1]. » Ou comment le commerce de l'esprit trouve ses prolongements et ses échos par écrit.

Parcourir les sommaires du *Navire d'argent* avec un recul de près ce quatre-vingts ans donne aujourd'hui la mesure du talent d'Adrienne Monnier. Sur les douze numéros qui nous sont parvenus, pas un qui ne contienne un nom mondialement célébré depuis, un texte important. La majorité des revues, on le sait, n'est pas destinée à durer. La croisière du *Navire* fut néanmoins exceptionnellement brève en regard des richesses qu'elle acheminait. Le 1er mai 1926 paraissait en effet le dernier numéro, après un an à peine de voyage[2]. La charge d'une revue mensuelle, trop lourde financièrement, avait ruiné Adrienne. Sylvia Beach ne pouvait plus rien — elle lui avait déjà donné toutes ses économies. Il fallait se rendre.

Pour faire face, la libraire doit se résoudre à un sacrifice de taille : vendre sa bibliothèque personnelle,

1. IMEC, Lettre de Rainer Maria Rilke à A. Monnier, 3 février 1926.
2. À titre de comparaison, rappelons la durée de vie de quelques revues analogues de l'époque : *SIC* (1916-1919) ; *Littérature* (1919-1924) ; *Intentions* (1922-1924) ; *Commerce* (1924-1932).

constituée de centaines d'éditions originales et de quelques manuscrits précieux. L'imposant catalogue, dans le deuil qu'il suppose, a des allures de bilan d'une décennie (1916-1926), dont les dédicaces racontent et colportent la gloire, en dessinant un portrait en creux d'Adrienne « marraine des grands livres » (Jacques-Émile Blanche), « notre camarade à tous » (Claudel), « l'éditeur le plus gracieux du monde » (Paul Valéry). Les remerciements se mêlent aux hommages personnels : Éluard lui envoie *Les Animaux et leurs hommes*, « ce livre qu'elle fut la première à lire, en témoignage de reconnaissance », Natalie C. Barney signe ses *Pensées d'une amazone* « son admiratrice », tandis que Paul Fort salue en elle « un vrai poète de vraie poésie », Cocteau, Mac Orlan ou Mauriac s'inclinant devant l'auteur de *La Figure*. Proches ou lointains, tous expriment leur affection et leur respect pour la libraire, de Rachilde (« son amie préhistorique ») à Radiguet qui lui offre *Le Diable au corps* avec une question malicieuse : « L'amie des livres le sera-t-elle du mien ? » Adrienne se sépare aussi de cadeaux précieux, comme ces quatre pages inédites, réflexions de Claudel sur *Tête d'or*, ou le manuscrit d'*Anabase* que lui avait remis Saint-John Perse [1].

« Respect », « hommage » et « reconnaissance » sont les mots d'usage des dédicaces. Mais ils vont revêtir ici une réalité plus concrète : la majorité des livres d'Adrienne mis aux enchères, rachetés par ses amis, lui reviendront après la vente. Quant à Rilke, aussitôt après avoir appris la nouvelle, il lui dépose ses *Vergers* avec, dans la dédicace, une citation de la

---

1. *Bibliothèque particulière d'Adrienne Monnier, éditions originales et grands papiers d'auteurs contemporains*. Vente des vendredi 14 et samedi 15 mai 1926, Hôtel Drouot, Paris, Librairie Henri Leclerc, L. Giraud-Badin, 1926.

Lettre à un jeune poète, titre d'un texte... d'Adrienne Monnier. Au bas de la page, un «Tournez, s.v.p.» propose de découvrir sur la page suivante un poème inédit, de sa main, «Le grand pardon», dédié à Adrienne. La libraire racontera plus tard l'émotion provoquée par cette offrande dont elle se sentait «indigne» : «Je suis tombée à genoux en pleurant[1].»

Le Navire d'argent scelle une époque prestigieuse de la librairie. Adrienne, échaudée, renoncera dès lors à se lancer dans un autre projet de cette envergure. En 1934, elle réfléchit néanmoins à une proposition de Jean Paulhan :

> Il faut que nous vous demandions qq chose. S'il se fondait en décembre une sorte de nouveau *Commerce* qui défendrait les gens que nous aimons tous les quatre, accepteriez-vous en principe de le prendre chez vous?
> Cela s'appellerait : *Lecture*
> *Lettres*
> *Métamorphose*
> *L'Arche*
> ou quoi? quel titre aimeriez-vous?
> Le premier numéro contiendrait la *Judith* de Claudel, du Pouchkine traduit par Gide, de l'Aragon, et peut-être du Musil (c'est un Allemand extraordinaire, le seul écrivain allemand depuis Kafka).
> Moi, j'aimerais bien que nous puissions travailler ensemble, vous voir un peu plus souvent, et Sylvia. Enfin, dites-moi[2].

La revue, fondée par Henry Church, écrivain et mécène de langue française, s'appellera finalement

1. *Rue de l'Odéon*, p. 151.
2. BLJD, Lettre de Jean Paulhan à A. Monnier, s. d. [29 août 1934].

Mesures et, avec un comité de rédaction composé de Jean Paulhan, Bernard Groethuysen, Henri Michaux et Giuseppe Ungaretti, se détachera comme l'une des revues les plus novatrices des années trente.

Après quelques hésitations, Adrienne accepte. Revanche sur *Commerce*, disparu en 1932, et dont *Mesures* se propose en quelque sorte d'occuper la place vacante ? Elle avouera par la suite que les 500 francs offerts « pour la besogne » n'étaient pas malvenus à cette époque : « À coup sûr, le travail que cela représentait ne me plaisait guère ; cette administration ne devait comporter que comptabilité, manutention, correspondance commerciale... toutes choses dont j'avais déjà plus que ma suffisance avec ma librairie. Beaucoup de gens s'imaginèrent que mon administration était une direction dissimulée et le mal que je me donnai pour les détromper ne servit, en bien des cas, qu'à les fortifier dans leur croyance. J'eus des scènes pénibles avec des auteurs, surtout au moment du prix de poésie ; je reçus même quelques lettres désobligeantes[1]. »

Adrienne aime minimiser son rôle. Cette discrétion, très caractéristique des tempéraments de l'ombre, ne s'assortit pas toujours d'une parfaite sincérité. En témoignent ses archives, bavardes et parfois traîtresses, parmi lesquelles on trouve cette nouvelle lettre de Paulhan, quelques mois plus tard : « Il me semble que tout marche assez bien. Nous avons *Judith*. Nous aurons un très curieux Jouhandeau (une histoire de sa vie) et un Audiberti inattendu et assez parfait. À côté d'eux : Pasternak, Hopkins, Musil et la dame (sur la ponctuation) que vous nous avez promise[2]. » La

---

1. *Les Gazettes*, p. 166-167.
2. BLJD, Lettre de Jean Paulhan à A. Monnier, 8 octobre 1934.

« dame » en question, Dorothy Richardson, publia en effet son texte, « De la ponctuation », traduit par Adrienne Monnier et Sylvia Beach, dans le premier numéro de *Mesures*, sorti le 15 janvier 1935. Même si l'idée venait probablement de Sylvia Beach, c'est bel et bien Adrienne qui sut l'imposer, avec le concours de Maurice Sachs, lecteur chez Gallimard.

Si Adrienne s'acquitte de sa tâche d'administratrice avec rigueur, se félicitant de compter 268 abonnés au mois de septembre, elle excède bien vite ce rôle trop étroit pour occuper, ne lui en déplaise, une place de choix dans l'organisation de la revue. Un an et demi après sa création, une séance consacrée à *Mesures* doit avoir lieu à *La Maison des Amis des Livres*. Or, Adrienne est maîtresse chez elle. Elle choisit le programme et la date, fixée au 1er juillet 1936. Paulhan lit *Les Fleurs de Tarbes*, Calet et Supervielle quelques textes inédits. Succès complet.

Mais l'année suivante, Adrienne, qui une fois de plus s'est épuisée à la tâche, préfère renoncer à l'aventure. Elle passe la main à José Corti, son confrère de la rue de Médicis, qui lui confie : « Vous savez à quel point j'aime les revues. Celle-ci est une des plus belles : et je suis vraiment très heureux de la tenir en quelque sorte de vos mains. Soyez certaine que je ferai de mon mieux pour justifier la bonne opinion que vous avez de moi[1]. » *Mesures*

---

1. *Id.*, Lettre de José Corti à A. Monnier, 13 octobre 1937. La revue eut-elle à souffrir de cette désaffection ? En 1938, Walter Benjamin écrivait : « Je comprends très bien votre déception en recevant "Mesures". La revue a publié des numéros qui méritaient autrement la lecture. Par ailleurs, à la tête du Salon en question, il y a moins une dame qu'un monsieur de maison, un mécène dénommé Church qui glisse de cette façon ses propres écrits à l'impression. Adrienne Monnier a

poursuivit sa route jusqu'en 1940, date à laquelle elle cessa d'exister. Un numéro d'exception, hommage à Henry Church décédé l'année précédente, parut en 1948, comme pour saluer une dernière fois l'effervescence et la créativité d'une période qui faisait désormais partie de l'Histoire.

---

peu d'influence sur la rédaction; l'année finissant, elle a cédé également, comme je l'ai appris depuis peu, l'administration de la librairie Joseph Corti [*sic*]. J'espère beaucoup que les prochains numéros feront meilleure figure. Du reste, Mademoiselle Monnier n'a pas entièrement renoncé au projet de revenir à une revue à elle, comme le fut il y a des années le "Navire d'argent". » Comme quoi Adrienne Monnier ne se sentait jamais aussi à l'aise que *chez elle*. (Lettre n° 293 à Max Horkheimer, San Remo, 6 janvier 1938, *in* Walter Benjamin, *Correspondance, 1929-1940*, t. II, Aubier, 1979, p. 233.)

CHAPITRE III

LE DON DES LANGUES

> Do you ask more?
> Do you ask to travel forever?
>
> ARCHIBALD MACLEISH,
> *Tourist Death : For Sylvia Beach.*

L'Odéonie est un village, l'Odéonie est un monde.
Une Babel miniature, un quartier vaste comme un
royaume, traversé par cent nationalités, dans un
Paris qui ne dort jamais et que l'on surnomme Cos-
mopolis. À raison. Entre 1921 et 1931, les étrangers
en Île-de-France passent de 300 000 à 600 000, soit
de 5,3 à 9,2 % de la population [1]. Cette immigration
massive, le plus souvent motivée par des raisons
politiques ou économiques, enrichit aussi la Ville
lumière d'innombrables artistes qui, venus pour
quelques mois, y demeurent parfois leur vie entière.
   Des Ballets russes ou suédois à la Revue nègre,
Paris change de rythme, danse d'un pied sur l'autre
dans les cabarets où le jazz le dispute au tango, tandis que peintres et poètes de l'Atlantique à l'Oural
fraternisent dans les cafés. Les écrivains qui gravis-

---

1. Cité par Ralph Schor, « Le Paris des libertés », dans *Le
Paris des étrangers*, sous la direction d'André Kaspi et Antoine
Marès, Imprimerie nationale Éditions, 1989, p. 14.

sent la côte de la rue de l'Odéon sont pour la plupart
américains, anglais, irlandais, allemands, russes,
espagnols, argentins, italiens. Ils fuient la censure,
l'intolérance, la prohibition, l'ennui. Ils cherchent la
liberté des mœurs, la tolérance, le plaisir, les idées,
dans une capitale que la dévaluation du franc, pour
les Américains notamment, a rendue accessible.
Adrienne, qui ne parle que le français et n'est pour
ainsi dire pas sortie de l'Hexagone au cours de sa vie,
les accueille dans sa *Maison* et voyage immobile[1].
Cette « monoglotte », têtue à célébrer la langue française, se passionne même pour les littératures étrangères.

Dans ce domaine comme ailleurs, Adrienne se
montre fidèle à sa volonté d'*outiller* toujours les lecteurs. Elle leur concocte des bibliographies savantes
et inédites qui, étrange acharnement du destin,
demeureront toutes inachevées ou à l'état de
brouillon, interrompues par le hasard ou la nécessité.
Après la liste, parue dans *Le Navire d'argent*, des livres
anglais (n° 1 à 6) et américains (nᵒˢ 7, 8 et 10) traduits
en français, Adrienne doit abandonner son travail en
cours de route avec l'Allemagne (nᵒˢ 11 à 12). En 1932,
elle publie le premier volume de son *Catalogue critique de la bibliothèque de prêt* qu'elle a composée
entre 1915 et 1932, consacré à la littérature française
et la culture générale. Le second volume, dédié aux
langues étrangères, ne paraîtra jamais[2]. En 1938
enfin, elle choisit d'inaugurer sa première *Gazette des*

1. Deux séjours à Londres, en 1909 et en 1953, un voyage
en Allemagne et un autre à Venise avec Gisèle Freund furent,
a priori, les seules expéditions hors de France d'Adrienne, qui
passait tous ses étés avec Sylvia Beach dans le chalet familial
des Déserts, à la Féclaz, en Savoie. Elle n'accompagna jamais
Sylvia aux État-Unis.
2. Ce volume est conservé à l'état de manuscrit à l'IMEC.

Amis des Livres avec son grand dessein bibliographique, revu et augmenté. Mais cette fois, l'œuvre, d'ampleur, s'annonce collective : « Mon ambition est de vous aider à vous faire une idée du monde aussi vivante, aussi complète que possible. Pour chaque pays, vous aurez un ensemble d'indications concernant l'histoire de leurs idées et de leurs faits ; vous aurez la bibliographie des traductions existantes que j'ai pu réunir. Je publierai les communications intéressantes qui me parviendront, soit dans un sens d'information, soit dans un sens critique. Car mon dessein est trop vaste pour que je puisse le remplir seule, et du premier coup. Nous y travaillerons ensemble, et peut-être arriverons-nous à doter notre pays d'un instrument culturel pratique et de grande portée[1]. » La guerre interrompra sa tâche.

Pour secs qu'ils soient, il convient de mesurer ce qu'Adrienne a mis d'elle-même, de ferveur, de modestie et d'ambition, dans ces divers projets qui résument, de manière paradigmatique, ses qualités et sa fonction : la curiosité et le souci de l'autre, l'humilité, l'efficacité de travaux patients, pour ainsi dire invisibles, au service de la diffusion des savoirs et d'un idéal presque démesuré. Toujours cette alternance, ce va-et-vient entre l'immense et le dérisoire, l'exhaustif et le minuscule. Il faut être fourmi pour se risquer à l'encyclopédie.

Comme la plupart des intellectuels français de l'époque, Adrienne Monnier confie une grande admiration, fondée sur une amitié culturelle historique,

---

1. *Les Gazettes*, p. 186-187. De janvier 1938 à mai 1940, *La Gazette des Amis des Livres* parvint à publier les bibliographies portant sur l'histoire de l'univers, du monde, de l'Europe et de l'Angleterre.

pour la littérature allemande qu'elle discute avec
Rainer Maria Rilke, Walter Benjamin ou Gisèle
Freund. Mais ces deux derniers lui donneront surtout l'occasion de prendre position sur un problème
crucial, distinct sans être séparé de sa germanophi-
lie — et de sa francophilie : l'antisémitisme, qui va
devenir dans l'esprit de la libraire un cheval de
bataille, emblématique dans une époque où les
admirateurs de Gobineau — dont elle était — seront
acculés à réfléchir *politiquement* aux pièges du natio-
nalisme et à la vanité des théories de « l'inégalité des
races ».

L'idéologie d'Adrienne Monnier ne peut se comprendre sans un détour, fût-il rapide, par ses conceptions politiques et religieuses. Or ici, une fois n'est
pas coutume, le fantasme peut très utilement éclairer la réalité. Le témoignage de l'Irlandais Arthur
Power, admirateur de James Joyce, dit bien, par
exemple, avec toute l'ironie involontaire de ses sup-
positions chimériques, la réputation, aux yeux des
étrangers dans le Paris de l'entre-deux-guerres, de la
libraire rencontrée pour la première fois dans un restaurant des Champs-Elysées : « C'était une grande
femme impressionnante, raconte-t-il, qui portait ce
soir-là un vêtement noir de nonne, ce qui m'a complètement dérouté, jusqu'à ce qu'on m'eût dit que
c'était la tenue officielle des communistes [*sic*]. Je
dois avouer qu'il m'avait paru singulièrement déplacé
en un tel lieu [1]. » Il suffira de préciser que, mystique
sans être croyante, elle jouait certes sur l'ambiguïté
de son habillement, mais que celui-ci ne témoignait
d'aucune appartenance partisane, et qu'en fait de sta-
ture Adrienne mesurait 1,56 m... Plus loin, Arthur

1. Arthur Power, *Entretiens avec James Joyce, et souvenirs
de James Joyce par Philippe Soupault*, Belfond, 1979, p. 42-43.

Power complète le tableau en assurant qu'elle tenait une librairie célèbre : *Le Navire d'argent*.

Rétive à tout « embrigadement », Adrienne Monnier ne cachait pas ses sympathies rêveuses pour le communisme (en effet) : « Je me demande tous les matins, entre 10 et 11, si je ne devrais pas être communiste, avoue-t-elle à Henri Hoppenot en 1928. Ma conclusion est toujours que je dois l'être à fond en ne l'étant pas du tout et vice versa[1]. » Assertion très caractéristique d'un universalisme à la française, qui nourrit des « tendresses de gauche » mais reste soucieux de maintenir une hauteur de vue en toutes circonstances et s'entête à ne jamais se laisser « enfermer » dans les particularismes et les engagements. Sa visite à l'Exposition de 1937, où elle a prêté quelques documents littéraires, le confirme : « J'ai été hier voir l'Exposition, il y a bien peu de choses à voir, mais je me suis beaucoup amusée tout de même. Nous avons commencé nos visites, Sylvia et moi, par le pavillon de l'URSS. Malgré Gide et tout et tout, nous étions très émues, Dieu sait pourquoi[2]. »

Sans prétendre faire concurrence à Dieu, risquons tout de même qu'Adrienne se montrait très sensible à l'utopie communiste, pour une raison essentielle en ces temps de rumeurs de guerre : si elle milita pour une idée, ce fut le pacifisme. L'année suivante,

1. Lettre d'A. Monnier à Henri Hoppenot, 23 avril 1928, *in* Monnier - Hoppenot. *Correspondance, op. cit.*, p. 54-55.
2. IMEC, Lettre d'A. Monnier à Jean Paulhan, 27 mai 1937. Adrienne Monnier avait notamment prêté des lettres de Paul Valéry, André Gide, Jules Romains, Rainer Maria Rilke, Valery Larbaud, les programmes des séances Valéry et Claudel, des photographies du déjeuner « *Ulysse* » de 1929, ainsi que des manuscrits de Jules Romains, Valery Larbaud, Paul Claudel et Léon-Paul Fargue (Classe II, Groupe I, de l'Exposition universelle). Le « malgré Gide » fait évidemment référence au *Retour d'URSS*, récit de son voyage et de sa désillusion idéologique.

elle refuse d'assister au congrès de Prague du Pen Club, où Marinetti occupe la place d'invité d'honneur : «J'ai beaucoup d'admiration pour Marinetti artiste et écrivain, mais tant qu'il n'aura pas renié publiquement certaines affirmations dont, en particulier, celle-ci : que la guerre est l'hygiène du monde, nous ne devons pas l'admettre parmi les PEN, si notre association est sérieuse[1]. »

Tous les textes «engagés» d'Adrienne Monnier le signalent : son idéologie tient en deux mots : littérature et pacifisme, mieux que politique et révolution. Son commentaire du discours de Walt Whitman, « The Eighteenth Presidency », publié dans *Le Navire d'argent*, où l'écrivain rêvait une nouvelle société égalitaire, pointait déjà cette idiosyncrasie : «J'ai l'impression qu'il devait même être un peu gêné de l'avoir prononcé ; ç'avait dû être dans sa vie comme une sorte de débauche. Il avait sûrement remué d'épais sentiments populaires qui l'avaient rempli d'une lourde ivresse puis de confusion. Vous me direz que de tels sentiments n'étaient pas pour lui déplaire, puisqu'il passait sa vie au milieu des gens du peuple, mais justement, il voulait avant tout les éclairer, les élever, et il était trop sage pour ne pas préférer *l'évolution à la révolution*. En tout cas, il avait senti le danger qu'il y aurait à renouveler une pareille expérience, et combien les luttes politiques pouvaient l'éloigner à jamais des vertus du poète[2]. »

Fille de postier ambulant devenue libraire de la rive gauche, Adrienne Monnier n'entendait pas, sous prétexte d'«égalité des chances», tomber dans ce

---

1. Lettre d'A. Monnier à Jules Romains, 23 juin 1938, *Correspondance Adrienne Monnier-Jules Romains*, II. *1919-1947*, in *Bulletin des amis de Jules Romains*, n° 77-78, *op. cit.*, p. 33.
2. Lettre d'A. Monnier à Valery Larbaud, 12 février 1926, *in* Valery Larbaud, *Lettres...*, *op. cit.*, p. 260. C'est moi qui souligne.

qu'elle considérait ni plus ni moins comme de la démagogie, et parvenait sans mal à accommoder sa générosité idéaliste avec un élitisme foncier. Elle se risqua même à donner dans ses *Gazettes* «Une définition de la bourgeoisie», qui ne fit pas l'unanimité :

Et maintenant, je vais ouvrir une parenthèse et essayer de vous dire ce que je pense du Bourgeois.

Vous tremblez, n'est-ce pas, et vous vous dites : ça va chauffer.

Que vous allez donc être déçus !

Car j'aime les bourgeois. J'espère bien être des leurs, quoique je n'en sois pas tout à fait sûre — mais il est vrai que je ne me plais qu'en leur compagnie.

Le Bourgeois, c'est tout le monde, tout monde qui peut l'être.

Personne, en fait, hormis les héros et les saints, n'aspire à autre chose qu'à vivre avec confort et dignité. [...]

Tous les écrivains que nous aimons sont fils de parents, grands, moyens ou petits bourgeois, qui leur ont donné le moyen de faire des études, parfois de longues études. Lequel d'entre eux a été mis en apprentissage à quatorze ans? Lequel a senti peser sur lui une existence sans loisirs?

Quand je pense qu'il y a des gens qui désirent la prolétarisation des bourgeois, au lieu de désirer l'embourgeoisement des prolétaires, ce qui serait tellement plus simple et plus gentil[1] !

L'impressionnante et noire «nonne communiste» d'Arthur Power avait donc ses limites, qui s'arrêtaient là où commençait son aspiration profonde, sincère, à la paix — intérieure ou internationale, Si elle reconnaissait que «la terrible déesse» de 14-18 lui avait été «favorable»[2], époque du lancement de sa librairie, la montée des hostilités vingt ans plus tard provoquera

1. *Les Gazettes*, p. 203-206.
2. *Rue de l'Odéon*, p. 37.

son plus farouche rejet. À quelques semaines des accords de Munich, elle demandait à Sylvia Beach de lui confirmer l'opinion de leur amie Bryher : « Est-elle d'avis, comme moi, que la France devrait s'entendre avec l'Allemagne d'Hitler ? À la Nouvelle Revue Fr., (encore dans le n° d'août) ils sont terriblement belliqueux. Moi, tu comprends, mon avis, c'est que s'il y avait la paix, ça arrangerait *tout ;* je suis sûre que ça stopperait l'antisémitisme en France. J'en suis sûre[1]. »

L'antisémitisme, que tous les pacifistes ne mettaient pas nécessairement au premier plan de leurs préoccupations, allait faire l'objet, chez Adrienne, du plus énergique de ses combats publics. Car ils n'étaient pas nombreux, alors, à prendre aussi fermement position pour une cause qui, pensaient-ils, n'était peut-être pas la leur. C'est avec cette idée d'une France mélangée, déchirée par l'affaire Dreyfus, qui avait tant de mal à se défaire d'un racisme ancestral plus ou moins larvé, qu'il faut relire les « Réflexions sur l'antisémitisme » d'Adrienne Monnier. Car le texte, aujourd'hui, dépouillé de son contexte historique, pourrait paraître pâle, sinon ambigu, et pâtir d'un jugement anachronique.

Rédigé en novembre 1938, près d'un an avant la déclaration de la guerre, cette analyse eut à l'époque un certain retentissement. Adrienne procédait à un décorticage en règle de la question, en recourant à la vertu de l'exemple par ses origines familiales (grand-père antidreyfusard, père dreyfusard) et à son expérience personnelle, pour suivre la piste historico-religieuse du « bouc émissaire », avec détour

1. Princeton Library, Department of Rare Books and Manuscripts of Princeton University, Sylvia Beach Papers (dorénavant : Princeton), Box 47, Lettre d'A. Monnier à S. Beach, Pension « Les Tilleuls », Le Biot (Haute-Savoie), 14 août 1938.

obligé par la littérature et l'évocation de la mère
juive de Montaigne. Les conclusions de son article
souffraient en revanche d'une équivoque pour le
moins dommageable. Ainsi Adrienne concédait-elle :
« Sans doute avons-nous absorbé en France, ces dernières années, lors des premières vagues d'émigra-
tion, un trop grand nombre d'étrangers juifs, et cela
sans méthode et avec peu de discernement. Mais il
n'y avait qu'à faire preuve de méthode et de discernement. » Elle achevait enfin son raisonnement sur
l'appel à une « action mondiale », destinée au
« triomphe du bon sens et de l'équité » [1].

Les réactions furent nombreuses. Une abonnée de
la librairie, philosophe, Rachel Bespaloff, touchée
par le geste, la félicita mais s'étonna néanmoins de
la trop grande indulgence d'Adrienne pour « l'esprit
allemand » qu'elle défendait au nom de la culture.
Une autre fidèle de la rue de l'Odéon, Hilda Hess,
qui n'était autre que la sœur de Rudolf Hess, futur
ministre de Hitler, s'insurgea en revanche, dans une
lettre truffée d'ordures sur les « bacilles » juifs qui
contaminaient son pays, contre ce qu'elle considérait comme un égarement « purement humain » face
à la nécessité de « lois biologiques » [2]. L'acuité critique de Jean Paulhan révéla surtout la faiblesse
d'une démonstration qui, péchant par excès d'application, finissait par se retourner contre elle-même :
« La seule conclusion de votre article, écrivait-il, c'est
la loi spécifiquement antisémite : le numerus clau-
sus [3]. »

Walter Benjamin, lui, plaçait toute sa confiance
dans les intentions d'Adrienne Monnier, dont il

1. *Les Gazettes*, p. 229.
2. BLJD, Lettre de Hilda Hess à A. Monnier, 23 mai 1939.
3. *Id.*, Lettre de Jean Paulhan à A. Monnier, s.d. [décembre 1938].

savait la rigueur et la perspicacité précoce. Dès janvier 1936, ne confiait-il pas à un ami : « Avec le
temps, mes rapports avec Adrienne Monnier ont
pris un tour qui se rapproche beaucoup de l'amitié au sens allemand du terme. Tu te souviendras
peut-être de la sympathie peu ordinaire que je
lui ai toujours témoignée. / Cette sympathie a
grandi grâce à la position politique qu'elle a prise
au cours de l'année dernière [1]. » Benjamin, de l'aveu

1. Lettre n° 273 à Alfred Cohn, Paris, le 26 janvier 1936, *in*
Walter Benjamin, *Correspondance, 1929-1940*, t. II, *op. cit.*,
p. 199. Benjamin ajoutait ce commentaire utile à la compréhension de l'influence d'Adrienne et de ses opinions politiques : « Les six derniers mois ont vu la fondation de
"Vendredi" que tu as déjà feuilleté peut-être. "Vendredi" est un
hebdomadaire très bon marché qui aujourd'hui doit déjà tirer
à 300 000 exemplaires. Il constitue la première tentative de
longue date pour mettre en branle la production littéraire de
gauche en un sens global et dans l'ensemble elle est très heureuse. On m'a dit que Gide y est pour beaucoup, tant du point
de vue de l'inspiration que matériellement. Le fait très important [est] que le fascisme n'a pratiquement pas de précurseurs
littéraires et n'est certainement pas limité à la France. Mais en
France ce fait est pour la première fois placé sous son vrai jour
et ce peut-être encore à temps. Telle est l'action la plus importante de "Vendredi". Ce que ce journal a de meilleur, par-delà
cette clarté dont je parlais, c'est de prouver qu'il n'y a plus ici
de phobie communiste, même de l'avant-garde intellectuelle
du libéralisme. Là même où des auteurs comme Gide et Rolland affichent leur attitude politique, on tombe sur des gens
comme Julien Benda, Alain, Jules Romains, dont les réactions
ne sont guère moins énergiques et sont en tout cas dépourvues
d'ambiguïté. De plus, pour nous qui en France avons si totalement manqué dans les lettres de réagir, justement sur le plan
politique, contre le cryptofascisme, la féroce polémique de
"Vendredi" contre des gens comme Louis Bertrand, Camille
Mauclair, Henri Béraud, Paul Morand fait extraordinairement
plaisir. Adrienne Monnier travaille de temps en temps à "Vendredi" et sans appartenir à la rédaction, elle y joue un rôle difficile à sous-estimer. »

d'Adrienne, fut même l'inspirateur involontaire de son article [1].

Comme Gisèle Freund, jeune étudiante fuyant le nazisme qu'Adrienne recueillit chez elle en 1936, Walter Benjamin incarnait la figure du « juif allemand » et le symbole d'une culture, mêlant le questionnement spirituel à un esprit philosophique de méthode, à laquelle la libraire était à tous égards sensible. Sa description intellectuelle et physique de l'écrivain n'échappe pas à cette partition entre le « génie juif » (qu'il aurait mis tout entier dans *L'Œuvre d'art à l'époque de sa reproduction technique*) et le « génie allemand » (dans *Le Narrateur*), jusqu'à se confondre dans son visage, sous la plume d'une femme obsédée par le portrait — on y reviendra. Pour Adrienne, Benjamin était « juif par sa figure intelligente où se lisait la ruse du sage, et aussi quelque chose de farouche curieusement mêlé de bonhomie. [...] S'il avait porté la barbe, Benjamin aurait eu l'air beaucoup plus juif — bien que le nez fût modérément aquilin. [...] Allemand, Walter Benjamin l'était surtout par son maintien et par sa façon de parler ; fort sérieux et fort poli, naturellement, et d'un abord cérémonieux [2] ». Là encore, le texte doit être réinséré dans son contexte : ce qui frôlerait aujourd'hui le « délit de faciès » était alors considéré comme de simples remarques culturelles.

La passion d'Adrienne Monnier pour l'Allemagne a-t-elle pu la conduire, malgré sa haine de l'antisé-

1. « Il fut pendant dix ans un de mes plus grands amis, celui, peut-être, avec lequel j'eus le commerce intellectuel le plus fécond. C'est beaucoup en pensant à lui que j'ai écrit en 1938 mes réflexions sur l'antisémitisme. Sans doute fut-il touché de mon zèle, mais il n'avait pas d'illusion... » (*Rue de l'Odéon*, p. 174).

2. *Rue de l'Odéon*, p. 176-177.

mitisme, à quelques fourvoiements passagers? En 1935, Benjamin toujours, qui tentait alors de publier *Remarques sur le théâtre chinois* de Bertolt Brecht, aurait voulu donner le texte à *Mesures*, mais regrettait qu'Adrienne, son intermédiaire privilégiée à la revue, n'entendît « pas un mot d'allemand ». Il ajoutait : « Et le plus inquiétant est l'attitude louche de son chargé d'affaires pour les choses allemandes[1]. » Est-ce la présence de Jacques Benoist-Méchin, fidèle de la librairie et germanophile ardent, qui suscita cette remarque? L'Odéonie, inévitablement, était accueillante à des hommes qui s'illustreraient diversement durant la collaboration : Benoist-Méchin, futur secrétaire d'État à Vichy, Paul Morand ou le plus complexe Claudel, un temps séduit par la « révolution nationale » avant de se ranger dans l'autre camp; Drieu La Rochelle et Jouhandeau, pourtant, n'y étaient guère en faveur au contraire de Giono le pacifiste quand Jean Prévost, résistant mort en 1944, figurait comme l'un des piliers de la maison. Trop variée pour être circonscrite politiquement, l'Odéonie se trouva encore sous le feu de la suspicion en novembre 1940, dans le journal de Maria Van Rysselberghe, l'amie de Gide : « Nous apprenons aussi que rue de l'Odéon, chez Adrienne Monnier, on est très pro-allemand, et que Saillet se laisse entraîner sur cette pente[2]. » Mais quelques mois plus tard, « la Petite Dame » admettait sa méprise.

Les gestes concrets d'Adrienne Monnier durant la guerre illustrent mieux son attitude que des propos

1. Lettre n° 267 à Margarethe Steffin, Paris, fin octobre 1935, *in* Walter Benjamin, *Correspondance, op. cit.*, p. 190
2. Maria Van Rysselberghe, *Les Cahiers de la Petite Dame*, III. *1937-1945*, Gallimard, 1975, à la date du 23 novembre 1940.

rapportés[1]. À l'automne 1939, elle a remué ciel et
terre pour faire sortir Walter Benjamin du camp des
travailleurs de Nevers où il était interné ; est inter-
venue auprès de Paul Valéry et Jules Romains pour
qu'ils produisent des lettres de recommandation ; a
demandé personnellement l'intervention de Saint-
John Perse, alors en poste au Quai d'Orsay ; a relayé,
avec Sylvia Beach, sommes et colis fournis par Bryher, pour alléger ses conditions de détention. De
l'aveu même de Benjamin, Adrienne aura été « inlassable et d'une détermination absolue[2] ». Détermination payante, puisque le philosophe sortira du camp
pour rentrer à Paris et remercier de vive voix ses
« divinités protectrices ». Ce succès ne parviendra
pas à contraindre le destin : Walter Benjamin se sui-
cidera l'année suivante à la frontière espagnole, de
peur d'être repris. Adrienne Monnier, encore dans
l'illusion, avait été la seule de ses amis à lui décon-
seiller de partir.

D'autres témoignages viennent confirmer un
comportement qui dépasse les amitiés personnelles. Arthur Koestler se souviendra avec émotion

1. Sans compter ses confidences personnelles, répétant à
l'envi sa position, quand tant de gens prétendaient « ne pas
savoir ». Ainsi de son agenda daté de mai-juillet 1940 : « jeudi
27 — Ce soir, en écoutant la Radio allemande qui relate les
mesures prises en Roumanie contre les juifs (interdiction d'occuper les postes de fonctionnaires), suis prise de désespoir.
J'invoque les dieux d'Israël et leur demande de se manifester
pour que les leurs ne souffrent pas de nouvelles injures et tourments. Je pleure avec tout mon cœur, cela me fait du bien. »
Bien sûr, elle ne pouvait se renier pour autant dès le lendemain. « vendredi 28 — [...] Je mange un riz champignons et
gruyère qui me fait honte, tant il est bon » (*Trois agendas*
[1921, 1940, 1955], hors commerce, 1960, p. 46-47).
2. Lettre n° 323 à Max Horkheimer, Paris, 30 novembre
1939, *in* Walter Benjamin, *Correspondance, op. cit.*, p. 312.
Voir également le dossier conservé à Princeton, Box 186.

qu'Adrienne Monnier lui avait sauvé la vie quand, relâché d'un camp d'internement, sans papiers, il vint se cacher chez elle en juin 1940[1]. Elle le recommanda au président du Pen Club qui lui obtint un laissez-passer, grâce à l'intervention d'Henri Hoppenot. On trouve encore dans sa correspondance telle lettre de Siegfried Kracauer pour la remercier d'avoir obtenu sa libération[2], ou cet échange avec un médecin strasbourgeois, le docteur Marc Klein, pour le convaincre de publier le récit de son expérience à Auschwitz[3]. La dernière lettre de celui-ci pourrait même avoir valeur de conclusion : « Vous êtes à ma connaissance une des rares personnes en France qui trouve quelqu'intérêt à la Naturphilosophie allemande, si intéressante et si dangereuse à tant de points de vue », lui écrivait-il. Il ajoutait joliment : « Est-ce que vous me permettez de devenir votre client régulier ? Est-ce que nos bonnes relations n'en seront pas troublées ? Un proverbe allemand veut qu'on ne doit jamais avoir de relations d'affaires avec les bons amis. Est-ce vrai aussi en librairie[4] ? »

Très ouverte aux sensibilités orientales (du mystique tibétain Milarépa au philosophe indien Rabindranàth Tagore), à la culture italienne qu'elle plébiscite avec Svevo, Adrienne Monnier s'est aussi nourrie de littérature hispanique, en grande partie

1. Lettre d'Arthur Koestler à Gisèle Freund, *Mercure de France*, n° 1109, *op. cit.*, p. 79-80.
2. BLJD, Lettre de Siegfried Kracauer, 24 septembre 1945.
3. BLJD, Lettres du docteur Marc Klein à A. Monnier, 23 décembre 1945 et 11 janvier 1946. Son récit fut publié dans la revue *Terre des Hommes*, le 5 janvier 1946, et repris dans *Dernières gazettes*, p. 186-189.
4. *Id.*, Lettre du docteur Marc Klein à A. Monnier, 3 mars 1946.

conseillée par Larbaud. Si elle ne partage pas la passion du père de *Barnabooth* pour l'Espagnol Ramón
Gomez de la Serna (qu'elle publie néanmoins dans
le *Navire*), elle entretient en revanche des relations
privilégiées avec de nombreux Argentins, comme
Ricardo Güiraldes, fondateur de la revue *Proa*,
auteur de *Xaimaca* (dont Francis de Miomandre
dédiera la traduction française à Adrienne en 1946)
et de *Don Segundo Sombra* (où surgit un personnage
nommé Valerio Larba...) qui le consacre parmi les
meilleurs écrivains de son pays. Après la mort de
Güiraldes à Paris, en 1927, Adrienne restera en
contact avec sa veuve, digne membre étranger de *La
Maison des Amis des Livres*, qui jadis envoyait son
meilleur souvenir «à la Potasserie au complet[1]».

L'Argentine francophile et francophone est en
faveur rue de l'Odéon. De l'avocat Eduardo Bullrich
aux sœurs Dora et Elvira de Alvear, riches héritières
amateures de littérature, Adrienne a tissé un réseau
qui va lui permettre de collaborer efficacement en
1946 avec le comité de *Solidarité avec les écrivains
français*, dirigé par Victoria Ocampo. Son amitié
avec cette dernière, surtout, témoigne de façon
exemplaire des échanges entre les deux pays.

Les deux femmes ont très peu et beaucoup en
commun. Issue d'une famille d'aristocrates liée à la
fondation de l'Argentine, Victoria Ocampo, qui dut
renoncer à sa vocation théâtrale, sut très tôt qu'«il
est difficile d'être une femme sur les rives du Rio de
la Plata». Celles de la Seine et de l'Odéonie lui sont
accueillantes. La directrice de *Sur*, revue largement
ouverte à l'Europe fondée en 1931, correspond régulièrement avec celle du *Navire d'argent*. Elle lui
confie sa passion pour Paris et ses insolubles déchi-

---

1. *Id.*, Lettre d'Adelina Güiraldes à A. Monnier, 10 juin 1923.

rements entre les deux continents : « J'en ai assez de ces éternelles nostalgies qui m'empoisonnent *les deux rives*. Je souffre d'un mal que vous ne connaissez pas, heureusement, et qui s'appelle l'océan Atlantique[1]... » Elle sollicite sa collaboration, lui fait part de son enthousiasme pour le *Journal* de Gide dont elle entend publier des extraits, malgré les ennemis que cela ne manquera pas de lui gagner... Adrienne, de son côté, accueille de longue date le cercle proche de Victoria Ocampo : Güiraldes, le philosophe espagnol Ortega y Gasset, ainsi que les Français qui « font le pont » entre l'Argentine et la France, comme Supervielle, Michaux ou Caillois. En 1946, elle organise à la librairie une séance pour célébrer l'œuvre de son amie, qui refuse de parler de son travail personnel ou de son action d'aide aux écrivains après la guerre : « Le seul mérite que j'ai pu avoir est mon amour fidèle pour la France. Vous voyez bien que je n'en ai aucun ! Car aimer n'est pas un mérite. C'est peut-être une vocation. J'ai beaucoup parlé de la littérature française, j'ai contribué à la faire connaître en Argentine depuis — mettons — vingt ans. Dans ce sens-là, j'ai apporté mon grain de sable. Je le sais[2]. » Un commentaire qu'Adrienne aurait pu, à peu de chose près, reprendre à son compte.

De toutes ces contributions internationales, la promotion de la littérature anglo-saxonne en France reste bien entendu le domaine le plus fort de *La Maison des Amis des Livres* comme du *Navire d'argent*. L'éditrice de Joyce et introductrice de Hemingway en France, on l'a dit, ne parle pas l'anglais. Plus

1. BLJD, Lettre de Victoria Ocampo à A. Monnier, San Isidro, 15 juin 1935. Quinze ans plus tard, elle saignait toujours de la même plaie : « J'ai la nostalgie de Paris à en pleurer », écrivait-elle à Adrienne (*id.*, 12 septembre 1950).
2. *Id.*, Lettre de Victoria Ocampo à A. Monnier, s. d. [1946].

curieux, elle prétend ne pas le *lire* davantage et se
déclare incompétente pour juger une œuvre dans le
texte. En tant que poète, la traduction lui semble un
inévitable appauvrissement, une singerie, presque
une aberration[1]. Et pourtant, combien de textes de
langue anglaise n'a-t-elle pas fait découvrir à ses
compatriotes ! Pour élucider cette énigme, il suffit de
traverser le fleuve Odéon pour voir se profiler, derrière la vitrine de *Shakespeare and Company*, la silhouette d'une femme qui se tient debout, telle « une
passagère du *Mayflower*, le vent soufflant encore
dans ses cheveux[2] », l'Amérique en personne : Sylvia
Beach.

Autre rivage, autre univers. À l'inverse d'Adrienne,
Sylvia Beach, mince et vive jeune femme toujours en
mouvement, a mieux que quiconque le don des

1. On peut s'étonner qu'Adrienne, qui avait séjourné neuf
mois à Londres en 1909, affirmât ne pas même *lire* l'anglais
(plusieurs lettres subsistent, où elle s'excuse d'avoir renoncé à
des œuvres que des auteurs anglo-saxons lui avaient
envoyées). Adrienne, certes, ne montrait pas de prédispositions pour les langues étrangères en général, et peut-être l'anglais en particulier, qu'elle avait dû abandonner pour
apprendre l'italien en quelques mois afin d'obtenir son brevet
supérieur... Mais sans doute était-elle à même, surtout avec
Sylvia Beach à ses côtés, de reconnaître d'intuition et d'oreille
les vrais talents. Quant à la traduction, elle tenait une position
de principe : « De cette épreuve, il [le poète] ne peut en aucun
cas sortir avec avantage : le fruit de son travail est gâté, il est
dépouillé de ses biens les plus précieux, il devient pareil à
l'émigré qui doit recommencer sa vie sur une terre hostile avec
des moyens souvent hasardeux. [...] Et cela, quel que soit le
talent du traducteur » (*Dernières gazettes*, p. 46). Sur sa pratique personnelle, elle confessait encore à Germaine Paulhan :
« À vrai dire, j'ai horreur de faire des traductions » (IMEC,
12 septembre 1935).
2. Bryher, *The Heart of Artemis : a Writer's Memoirs*, New
York, Harcourt, Brace & World, 1962, p. 207.

langues étrangères, le génie des équivalences et des trouvailles linguistiques. Grande voyageuse, engagée pendant la Grande Guerre comme volontaire agricole en Touraine pour aider aux moissons et aux vendanges, puis dans les Balkans au service de la Croix-Rouge, elle a fait le tour de l'Europe. Elle a séjourné à Madrid et en Toscane, parle l'espagnol et l'italien. Le français est devenu sa seconde nature. Élevée par des parents très francophiles, dans une famille de trois filles installée dans le New Jersey, Sylvia a découvert Paris à l'âge de quinze ans, en 1902, année où son père pasteur a été appelé pour assister le révérend de l'église presbytérienne des Américains de Paris. Elle y reviendra régulièrement, jusqu'à s'y fixer à partir de 1916.

Comme beaucoup d'enfants qui ont souffert d'une mauvaise santé, victime de migraines et de crises d'eczéma, Sylvia a eu le loisir de lire beaucoup dès son plus jeune âge, les œuvres de Shakespeare notamment, à l'exception du volume contenant *Hamlet*, brûlé par sa grand-mère à cause d'un passage « that wasn't nice [1] » — piquante entrée en matière pour la future directrice de *Shakespeare and Company* et éditrice d'*Ulysses*, objet de la censure pendant plus de dix ans. Elle n'a pas suivi de réelle scolarité et, jusqu'à l'âge de trente ans, rongée par son « inutilité », s'évertue à employer son insatiable énergie en quête de vocation. Un stage comme assistante d'un professeur d'anglais de Princeton où son père s'est établi à partir de 1905, quelques tentatives sans suite dans le journalisme littéraire, des missions humanitaires

1. Noel Riley Fitch, *Sylvia Beach and the Lost Generation, A History of Literary Paris in the Twenties & Thirties*, Londres et New York, Norton & Company, 1983, p. 22 (dorénavant : Fitch).

occupent son temps à défaut de la convaincre : Sylvia Beach, qui se réclame de neuf générations de pasteurs dans sa famille, se sent une « mission » dont elle n'identifie pas l'objet. Ses prédispositions pour les langues l'inclinent à devenir traductrice, mais on la dirige plutôt vers le secrétariat, tâche considérée comme plus appropriée à son sexe, idée à laquelle elle ne souscrit pas. En 1914, elle rend visite à l'éditeur Ben Huebsch à New York, évoque l'idée d'y avoir une librairie. Mais le projet reste vague. Deux ans plus tard, sa rencontre avec Adrienne Monnier va, à bien des égards, donner à sa vie le sens qu'elle cherchait.

C'est en consultant la revue *Vers et Prose* à la Bibliothèque nationale que Sylvia Beach découvre le nom du ou de la dépositaire, dont elle ne devine pas encore l'identité : A. Monnier. Elle note l'adresse et s'y rend sans tarder. L'entente entre les deux femmes, immédiate, se place d'emblée sous le signe des échanges internationaux et de l'enthousiasme : « J'aime l'Amérique », s'exclame Adrienne. « Et moi, j'aime la France », déclare Sylvia, qui poursuit son récit : « Comme je me trouvais toujours près de la porte ouverte, un coup de vent enleva soudain mon chapeau espagnol qui s'en alla voltiger jusqu'au milieu de la rue. Adrienne Monnier courut après — très vite malgré sa longue jupe. Elle le saisit et, après l'avoir épousseté, revint me le tendre. Puis, toutes deux, nous éclatâmes de rire[1]. » Le 15 mars 1917, au lendemain de ses trente ans, Sylvia Beach reçoit des mains d'Adrienne sa carte de sociétaire des *Amis des Livres*, dûment signée par la directrice. Mais la guerre fait rage et son père se plaint amèrement dans

---

1. Sylvia Beach, « *Shakespeare and Company* », traduit de l'américain par Georges Adam, Mercure de France, 1962, p. 18 (dorénavant : *S & C*).

ses lettres d'avoir « NO SONS TO DIE fighting FOR
LIBERTY [1] ». Sylvia décide de partir pour la Serbie
s'engager dans la Croix-Rouge, où sa sœur aînée
Holly la rejoint.

À son retour, elle passe par Londres où, prenant
modèle sur Adrienne, elle projette d'ouvrir une librairie-bibliothèque de prêt consacrée à la littérature
française. Mais Harold Monro, qui tient la célèbre
Poetry Book Shop, lui déconseille de se lancer dans
une telle entreprise, faute de marché. Sylvia rentre à
Paris où Adrienne, trop heureuse de l'aider à monter,
à l'inverse, une librairie anglophone en France, lui
trouve un local à un jet de pierre de la rue de l'Odéon,
8, rue Dupuytren, avec un petit appartement atte-
nant. *Shakespeare and Company*, fondé sur le même
principe que *La Maison des Amis des Livres*, ouvre le
17 novembre 1919, grâce aux premiers fonds donnés
par Mme Beach. Deux ans plus tard, une boutique se
libère au 12 de la rue de l'Odéon. Sylvia déménage
aussitôt son magasin et s'installe officiellement dans
l'appartement d'Adrienne Monnier, entérinant ainsi
leur relation amoureuse, probablement nouée au
tout début de l'année 1920. Elles ne se quitteront
plus.

En quelques mois, *Shakespeare and Company*
devient le passage obligé de tous les anglophones
résidant ou de passage à Paris. Il y a bien la librairie américaine de la rue de Téhéran, mais elle a le

_____

1. « AUCUN FILS pour se battre et MOURIR POUR LA LIBERTÉ »,
Fitch, p. 36. À Princeton, le révérend Sylvester Beach avait
consolidé son amitié avec le président de l'Université, Thomas
Woodrow Wilson, appelé à devenir le 28e président des États-
Unis en 1912. En 1917, Wilson fit entrer son pays dans la
guerre, avec bien des réticences que ne partageait apparemment pas le très patriote père de Sylvia, connu comme « the
president's pastor ».

mauvais goût d'être située rive droite — une autre planète — comme Brentano's, où Cyprian Beach, la sœur de Sylvia, travaille un temps et d'où elle lui envoie ses premières «marchandises». La richesse du fonds moderne et contemporain l'emporte surtout sur ses pseudo-concurrents, sans compter que la librairie se double d'une bibliothèque de prêt. Les premiers à l'honorer sont des étudiants et des professeurs, auxquels il est accordé une remise de 20 %, et les fidèles de *La Maison des Amis des Livres* envoyés par Adrienne : Thérèse Bertrand, étudiante en médecine, Lucie Schwob et Suzanne Malherbe, qui prennent les premières photographies de Sylvia dans sa boutique et se proposent comme assistantes bénévoles, Raymonde Linossier, Fargue — qui ne sait pas un mot d'anglais —, Gide arrivant avec sa large cape et son chapeau, ou Valéry, le jeudi, après la séance à l'Académie française.

Les Américains et les Anglais se sont vite donné le mot. Gertrude Stein et Alice B. Toklas s'abonnent dès leur première visite, le 15 mars 1920. James Joyce, Ezra Pound, Sherwood Anderson, Ernest Hemingway, Robert McAlmon, Bryher et la poétesse Hilda Doolittle (dite H. D.) débarquent les uns après les autres. Six mois après l'ouverture, Sylvia a franchi la barre des cent abonnés devenus, dans sa langue, ses «Bunnies[1]».

Pour beaucoup d'entre eux, *Shakespeare and Company* concentre le double avantage d'offrir un fonds de littérature classique très important comme les livres et revues les plus récents — partition suggérée, à dessein, dans le nom de la librairie. William Shakespeare («Bill, mon associé», dit Sylvia), Ben

---

1. «Bunnies», équivalent phonétique approximatif d'«abonnés» prononcé à l'anglaise, signifie «lapins».

Jonson, William Blake, Charlotte Brontë, Thomas de
Quincey, Herman Melville précèdent ainsi une
« compagnie » nombreuse où figurent au premier
chef James Joyce, W. B. Yeats, T. S. Eliot, Ernest
Hemingway, Dorothy Richardson, John Steinbeck,
Kay Boyle, Marianne Moore, pour citer les auteurs
favoris de Sylvia [1].

La librairie, qui a failli s'appeler *The Little Book
Club*, représente aussi un lieu de rendez-vous, un
point de repère. André Chamson, en évoquant Sylvia et Adrienne, se souviendra qu'« elles étaient ce
qu'en Provence on appelle le "symbole", le signe de
ralliement, l'enseigne, le point de mire et l'appeau [2] ».
La boutique brille de deux autres qualités improvi-
sées : très vite, elle devient la banque des plus désar-
gentés (« the left bank », disait ironiquement Sylvia
par allusion à la « rive gauche ») et un permanent
bureau de poste, surnommé l'*American Express*.

Mercure des dieux, Sylvia transmet le courrier des
uns et des autres, envoie des paquets et les récep-
tionne, garde les lettres ou les remet à leurs destinataires. Pour beaucoup d'Américains qui voyagent en
Europe et veulent garder un point de chute à Paris,
l'aubaine est inespérée. La diligence de Sylvia ne leur
garantit pas seulement une liberté de mouvement :

1. Dans ses Mémoires, Sylvia Beach apporte cette précision
sur le titre de sa boutique : « Ce nom m'était venu un soir
comme je venais de me coucher. Mon "associé Bill" [...] serait
toujours bienveillant pour ma librairie, je le sentais. De plus,
ses œuvres n'étaient-elles pas des "best-sellers" ? » (*S & C*,
p. 23-24). Avait-elle connaissance de ce texte dédié à André
Gide où Saint-Pol Roux évoque « l'âge utile du rêve, l'indus-
trialisation — Shakespeare and C° — du génie » ? (Saint-Pol
Roux, « Idéoplastie », in *Les Reposoirs de la procession :
La Rose et les épines du chemin*, Mercure de France, 1901).
2. André Chamson, « Le secret de Sylvia », *Mercure de
France*, n° 1198-1199, août-septembre 1963, p. 23.

elle autorise leur anonymat géographique et rend leur localisation improbable — Hemingway, par exemple, faisait appel à Sylvia uniquement parce qu'il détestait qu'on sût son adresse à Paris. Un jour, devant l'avalanche de lettres qui s'empilaient en désordre à la librairie, Bryher, prise de pitié, offrit à son amie un grand panneau de rangement en bois avec autant de casiers qu'il y a de lettres dans l'alphabet. Un geste qui, joignant l'utile à l'agréable, lui permettait sans doute de remercier tacitement Sylvia pour son rôle dans sa vie personnelle : grâce à la poste restante *Shakespeare and Company* qui prenait en charge son courrier, Bryher put faire croire pendant des années à ses parents qu'elle résidait à Paris avec son mari Robert McAlmon, épousé par convenance, alors qu'elle vivait en réalité en Suisse avec son amante Hilda Doolittle... L'Odéonie, univers des correspondances, République des lettres : le titre convient, à tous égards, à nommer le pays de Sylvia-la-messagère comme d'Adrienne-l'épistolière-écrivaine qui, ne l'oublions pas, dut à un père postier ambulant de pouvoir ouvrir *La Maison des Amis des Livres*.

Comme Adrienne Monnier est agent de liaison, Sylvia Beach incarne le trait d'union entre les États-Unis et la France. La position géographique des deux librairies, dans un face-à-face légèrement décalé rue de l'Odéon, concrétise l'union des deux cultures. Séparées par la rue, liées par une diagonale imaginaire, elles sont maisons sœurs sans être jumelles, associées mais distinctes. Cette métonymie s'applique au couple formé par les deux femmes, aux personnalités très différentes, comparables mais en rien symétriques. Dans ce respect des identités, qui interdit l'osmose comme la rivalité, la proximité étouffante ou la distance jalouse, résident en grande partie le charme et le dynamisme d'une collaboration unique à Paris. Justin O'Brien, l'exégète et traducteur américain de Gide, avait bien saisi la fructueuse originalité de l'entreprise : « Tandis qu'en face nous découvrions toute la richesse de la culture française, *Shakespeare and Company* nous apprenait (ou nous rappelait) qu'il y avait aussi de quoi admirer dans notre propre culture. Quelqu'un nous avait devancés, avait même établi un *beach-head* (et le jeu de mots ne lui aurait pas déplu) pour faciliter notre débarquement [1]. » La figure du pont, encore. Une image, un symbole mais aussi une réalité identitaire qui est inscrite au cœur même du *middle name* [2] de la libraire, dont Joyce aimait à décomposer le nom complet : Sylvia (du latin *silva* : forêt) Woodbridge (pont en bois) Beach (plage). Ainsi dans l'épisode des Cyclopes, le père d'*Ulysse* introduira toutes les femmes de la famille, en déclinant la métaphore sylvestre : la mère, lady Sylvester Elmshade (Mme Ombre d'orme), et les trois filles, Mrs Holly Hazeleys (Holly, Mme Yeux Noisette), Mrs Liana Forest (Cyprian, Mme Liane Forêt) et Mrs Gladys Beech (Sylvia — qui avait failli se prénommer Gladys — Hêtre).

Les premiers à accoster trouvent un accueil chaleureux. À partir de 1920, la dévaluation du franc permet à des milliers d'Américains, victimes de la prohibition et du puritanisme, de vivre gaiement à

1. *Beach-head* : tête de pont. Justin O'Brien, « Sylvia Beach trait d'union », *Mercure de France*, n° 1198-1199, *op. cit.*, p. 63-64.
2. Rappelons que la tradition du *middle name*, en Amérique, demeure très souple : nom de jeune fille de la mère ou d'une des deux grand-mères, il peut aussi être celui d'un être cher ou d'un ancêtre lointain. Il peut être attribué à certains enfants et pas à d'autres. Dans le cas des Beach, chacune des trois filles avait un *middle name* différent. Woodbridge, celui de Sylvia, le même que celui de son père, était le nom de jeune fille de sa grand-mère paternelle.

Paris à peu de frais. La plupart se retrouvent naturellement chez Sylvia Beach, à commencer par Sherwood Anderson, qui pousse en confiance la porte de *Shakespeare and Company* après avoir vu en vitrine le seul exemplaire disponible à Paris de son premier recueil de nouvelles, *Winesburg, Ohio* (1919). Le contact s'établit aussitôt entre l'écrivain et la libraire, prélude à une longue amitié. Sylvia l'introduira avec succès dans le cercle de Gertrude Stein, l'accompagnera chez Gallimard pour son premier contrat en 1927, à la demande de Gaston qui ne parle pas l'anglais[1]. Malgré la barrière des langues, Adrienne s'entend à merveille avec Anderson, à qui elle trouve un air de vieille squaw fumant sa pipe devant l'âtre... De retour aux États-Unis, il lui écrit régulièrement, songe même un temps à rédiger un texte sur les broderies de sa sœur, Marie Monnier, projet inabouti. La tendresse qu'il nourrit pour Paris ne peut cependant l'éloigner trop longtemps de sa vie américaine : « Cette vie à la campagne me convient, lui écrit-il. [...] Je suis seulement un homme qui monte à cheval, s'occupe des récoltes, va dans les montagnes avec d'autres hommes retrouver les troupeaux égarés, en regardant les hommes et les femmes au travail dans les champs. Parfois, j'écris jusqu'à ce que mes mains tremblent. Écrire, pour moi, est excitant et cruel. Je n'aime pas être un personnage dans le monde[2]. »

1. Princeton, Box 182, Lettre de Gaston Gallimard à S. Beach, 28 décembre 1926. *Winesburg-en-Ohio* parut chez Gallimard en 1927.
2. Princeton, Box 182, Lettre de Sherwood Anderson à A. Monnier, s. d. [1927 ?] : « This country life just suits me. [...] I'm just a man, horseback riding, attending to the crops, going with other men into the mountains to find stray cattle, seeing men and women at work in the fields. / Some days I write until my hands tremble. Writing is exciting for me and it is cruel. / I don't like being a figure in the world. »

Anderson aussi va jouer l'agent de liaison, puisque
dès le mois de décembre 1921 il envoie à Sylvia une
lettre de recommandation pour un jeune homme destiné à devenir le meilleur ami et client de *Shakespeare
and Company* : Ernest Hemingway. À vingt-trois ans,
Hemingway n'a encore rien publié, sinon des articles
pour le *Star* de Kansas City puis celui de Toronto, dont
il a réussi à se faire nommer correspondant en Europe.
À son arrivée à Paris, avec sa femme Hadley, c'est
l'éblouissement. Abonné à la librairie dès le 9 janvier
1922, il découvre James Joyce, Ezra Pound, Gertrude
Stein, initie en retour Sylvia et Adrienne aux matchs
de boxe à Ménilmontant (la soirée tourne au pugilat
général) et au cyclisme en les entraînant au Vél' d'Hiv'.
Le sport et la littérature, pour le meilleur et pour le
pire : Hemingway se cassera un pouce sur la forte tête
de Jean Prévost, auteur de *Plaisirs des sports*, lors d'un
match amical organisé entre les deux hommes... Loin
de Paris, il dépérit. « Il est impossible de vivre ici, écrit-
il à Sylvia en 1923 depuis le Nouveau Monde. Il m'est
impossible d'écrire pour moi. [...] Encore un peu et je
ne serai plus jamais capable d'écrire du tout. Les gens
sont tous de la *merde*. Peux-tu nous trouver un appartement ? Grâce à Dieu, on retournera à Paris. » Son fils
vient de naître : « Si l'enfant avait été une fille, nous
l'aurions appelée Sylvia. Étant un garçon nous ne pou-
vions l'appeler Shakespeare. John Hadley Nicanor est
son nom. Nicanor Villalta, le torero [1]. »

1. Princeton, Box 201, Lettre d'Ernest Hemingway à S. Beach,
6 novembre 1923 : « It is impossible to live here. [...] It is impossible for me to do any writing of my own. [...] Much longer and
I would never be able to write anymore. Also the people are all
merde. / Can you get us an ap' ? / Thank Gawd we will get back
to Paris. / If the baby had been a girl we would have named her
Sylvia. Being a boy we could not call him Shakespeare. John
Hadley Nicanor is the name. Nicanor Villalta the bull fighter. »

Le rôle de Paris dans la vie de Hemingway est
entré de longue date dans la légende, pour avoir été
le lieu d'une révélation de sa vocation et de l'élaboration de ses meilleurs livres. Les premiers témoins
sont Adrienne et Sylvia, convoquées un soir chez
lui à entendre la lecture de ses écrits personnels.
Elles en ressortent enthousiastes et convaincues,
Adrienne laissant tomber cette sentence définitive :
« Hemingway a un authentique tempérament d'écrivain [1]. » Il venait de leur lire des extraits de *In Our
Time*, publié en 1925, un an avant le livre qui lui
apporterait la gloire, *The Sun Also Rises*. Bien des
années plus tard, à la fin de sa vie, il reviendra sur
cette période, en brossant un émouvant portrait de
Sylvia Beach :

> Sylvia avait un visage animé, aux traits aigus, des
> yeux bruns aussi vifs que ceux d'un petit animal et
> aussi pétillants que ceux d'une jeune fille, et des che-
> veux bruns ondulés qu'elle coiffait en arrière, pour
> dégager son beau front, et qui formaient une masse
> épaisse, coupée net au-dessous des oreilles, à la hau-
> teur du col de la jaquette en velours sombre quelle por-
> tait alors. Elle avait de jolies jambes. Elle était aimable,
> joyeuse et pleine de sympathie pour tous, et friande de
> plaisanteries et de potins. Je n'ai jamais connu per-
> sonne qui se montrât aussi gentil envers moi [2].

Hemingway demeure le plus gros lecteur de *Shakespeare and Company*. Comme Aragon à *La Maison
des Amis des Livres*, l'Américain lit tout, avec une
belle voracité. Parmi les abonnés, il est le seul à
compter sept fiches à lui tout seul : Wilde, Tolstoï,

1. *S & C*, p. 91.
2. Ernest Hemingway, *Paris est une fête*, in *Œuvres romanesques*, II, Gallimard, « Bibliothèque de la Pléiade », 2002,
p. 762.

Dostoïevski, Joyce, Stein, Yeats, D. H. Lawrence, mais aussi les classiques français comme Flaubert ou Maupassant — en anglais —, ainsi que des livres sur le sport ou la peinture[1]. Jusqu'à la fin de la librairie, il enverra tous ses ouvrages à Sylvia Beach, qui sera parfois la première à recevoir ses livres en France et à les proposer sur le marché. Quand il est en Espagne, elle lui fait suivre courrier, livres et revues. Et lorsqu'elle connaît de graves difficultés financières, il répond présent en 1937 pour une séance au profit de *Shakespeare and Company*, où il lit « Fathers and Sons » tiré de *Winner Take Nothing* (1933). En 1944, correspondant de guerre excédant ses fonctions, il « libère » en priorité le bar du Ritz et la rue de l'Odéon, les deux lieux stratégiques de son Paris intime. Avec quelques hommes, il débarrasse les toits des derniers tireurs embusqués et retrouve ses amies comme s'il ne les avait jamais quittées.

Lieu fédérateur des expatriés, *Shakespeare and Company* attise aussi jalousies et rivalités diffuses. Sylvia Beach, à la personnalité généreuse, drôle, directe, tente de limiter les conflits. Ainsi, lorsque le jeune compositeur George Antheil, hébergé à l'entresol du 12 de la rue de l'Odéon, s'irrite de la présence de Hemingway, symbole du faux artiste à ses yeux, et lance : « Les crétins se croient toujours obligés d'avoir quelque chose à dire et d'avoir l'air intelligents. Hemingway est parmi les plus crétins[2] », Sylvia s'efforce de calmer les passions. Plus délicat, elle doit constamment négocier avec les susceptibilités de Ger-

1. Princeton, Box 103, « Lending Library : Borrowers cards ».
2. *Id.*, Box 183, Lettre de George Antheil à S. Beach, s. d. [1923] : « Dumb people must have something to talk about and appear smart. Hemingway is among the dumbest. »

trude Stein, qui vient d'abord à la librairie pour vérifier si ses *Three Lives* (1909) ou *Tender Buttons* (1914)
figurent dans les rayonnages, tandis que son frère Léo
s'avère un lecteur plus gourmand et plus fidèle.

Installée à Paris depuis 1903, Gertrude Stein, dont
le salon rue de Fleurus reçoit toute l'avant-garde artistique, a gagné un statut unique de génie moderne plus
commenté que lu. On vient la voir comme on visite
un monument. De l'aveu même de Sylvia Beach, *Shakespeare and Company* était devenue l'agence de
voyage où l'on prenait son billet pour une rencontre
avec le monstre sacré. La libraire endosse son rôle de
guide avec complaisance, introduit Sherwood Anderson, Ernest Hemingway, Stephen Vincent Benet et
bien d'autres, lors de ses « tournées » du soir. Il lui
arrive aussi de faire découvrir à Gertrude Stein
quelques productions françaises, comme nous l'apprend ce respectueux pneumatique : « Pardonnez-moi
je vous prie. Je croyais que vous connaissiez *Littérature* — c'est devenu plutôt Dada mais certains de ses
éléments restent assez Guillaume Appollinaire[1] [*sic*]. »

Ambassadrice littéraire des États-Unis en France,
Sylvia Beach exerce la diplomatie avec franchise —
paradoxe imprudent. Elle accepte d'organiser une
rencontre entre Larbaud et Stein — cette dernière
espérant obtenir du premier un article sur son œuvre
dans la *NRF* — tout en prévenant les deux parties de
la difficulté de l'entreprise. Elle convainc Larbaud de
venir dîner rue de Fleurus malgré les probables
incompatibilités d'humeur des deux écrivains et pré-
vient Gertrude Stein dans le même mouvement :

1. Beinecke Library, Yale University (dorénavant : Beinecke), Stein Papers, Box 97, Pneumatique de S. Beach à Gertrude Stein, s. d. [1920] : « Please pardon me. I thought you
knew "Literature" — it has gone partly Dada but some of its
elements are still quite Guillaume Appollinaire. »

« Voyez-vous, Larbaud est ce qu'on appelle "très capricieux", alors mieux vaut vous abstenir d'inviter un autre Français. À 9 compatriotes sur 10, Larbaud ferait carrément la tête, alors qu'il est tout sourire avec les Espagnols, les Anglais et les Sud-Américains. Pardonnez-moi, je vous en prie, de vous conseiller quoi que ce soit ! Sans doute vous dites-vous : "Quel toupet !" [1] » La sauce ne prendra pas. Et il n'y aura pas d'article dans la *NRF*.

Les précautions un peu maladroites de Sylvia Beach, en fait, masquent mal une autre réalité, dont elle s'expliquera à la fin de sa vie, dans son unique recueil de Mémoires : « Mes idées et celles de Gertrude Stein ne s'accordaient pas du tout. Je n'étais de son avis ni sur la littérature française, ni sur James Joyce, ni, en somme, sur quoi que ce fût. Elle désapprouvait mes activités joycéennes. Lorsqu'elle apprit mon intention de publier *Ulysse*, elle vint avec Alice à *Shakespeare and Company* pour m'annoncer qu'elle avait transféré son abonnement de lecture à la bibliothèque américaine de la rive droite. J'étais désolée, bien entendu, de perdre à la fois deux amies et deux clientes ; mais qu'y faire [2] ? » Une légende veut que Sylvia Beach ait répondu à ce mouvement d'humeur par un télégramme envoyé à l'auteure de « A rose is a rose is a rose » : « Yes a thorn is a thorn is a thorn [3]... »

---

1. Princeton, Box 228, Lettre de S. Beach à Gertrude Stein, 2 octobre 1920 : « You know Larbaud is what they call "very capricious", so perhaps you had best beware of inviting another Frenchman. To 9 out of 10 Larbaud would behave very morosely while Spanishmen, Englismen and South Americans only excite him pleasantly. / Please excuse my suggesting anything at all ! You probably are thinking "she's gotta nerve". »

2. *S & C*,p. 39-40.

3. « Oui, une épine est une épine est une épine... » Cité par Fitch, p. 127.

Sylvia Beach s'épanouit dans le lien, l'échange, le partage. Sociable, enjouée, toujours active, elle joint à son action de *go-between* un rôle considérable de diffuseur dans une époque qui voit proliférer, dans une joyeuse improvisation, journaux et revues internationaux. Sur les tables de *Shakespeare and Company*, bien des noms d'habitués de la librairie se cachent dans les pages de *The Dial*, dirigé par Scofield Thayer et Marianne Moore, *The Egoist, An Individualist Review*, édité à Londres par Harriet Shaw Weaver, *The Criterion*, trimestriel lancé en 1922 par T. S. Eliot, ou *The Little Review*, « Magazine of Arts, making no compromise with the public », qui paraît à New York par les soins de Margaret Anderson et de Jane Heap. Le nom d'un grand « excitateur d'idées » et découvreur de talents revient dans la plupart des sommaires : Ezra Pound, fondateur du groupe des Imagistes, arrivé d'Angleterre à Paris fin 1920.

Poète de l'universel, « homme de toutes les techniques » et de toutes les langues, Pound le polymorphe, l'hirsute, trouve en *Shakespeare and Company* une plate-forme de plus où exercer son influence et ses talents. Menuisier amateur, il propose à Sylvia de lui bricoler quelques meubles quand sa femme Dorothy Shakespear (sans *e* !) dessine un plan de Paris avec localisation de la librairie à l'usage des expatriés. Collaborateur de *The Egoist* jusqu'à sa fermeture en 1919, et correspondant parisien pour *The Dial* et *The Little Review*, Pound va devenir l'éminence grise de *The Transatlantic Review*, éditée par l'écrivain Ford Madox Ford à Paris en 1924. Sous son impulsion, des écrivains majeurs y participeront, tels e.e. Cummings, T. S. Eliot, Djuna Barnes, Ernest Hemingway ou Gertrude Stein. En 1925, il parraine *This Quarter*, fondé par

Ernest Walsh, poète de Chicago, et Ethel Morehead. Le premier numéro, qui paraît au printemps, lui rend hommage d'emblée avec, notamment, cette présentation de Hemingway : «Voici donc Pound, poète majeur, qui donne un cinquième de son temps à la poésie. Avec le reste, il essaie de faire prospérer la fortune artistique et matérielle de ses amis. Il les défend quand ils sont attaqués, il les fait entrer dans les revues et sortir de prison. Il leur prête de l'argent. Il vend leurs tableaux. Il organise des concerts pour eux. Il écrit des articles sur eux. Il les présente à des femmes riches. Il fait accepter leurs manuscrits par des éditeurs. Il veille toute la nuit à leur chevet quand ils se disent mourants, et il sert de témoin à leur testament. Il leur avance les frais d'hôpital et il les empêche de se suicider.»

Au printemps 1927, depuis Rapallo en Italie où il s'est installé, Pound dirige finalement son propre journal justement nommé *The Exile*, dans un premier temps imprimé par Darantière à Dijon, l'imprimeur de Sylvia Beach et d'Adrienne Monnier. La même année, le journaliste Eugène Jolas, Américain d'origine alsacienne qui parle couramment le français, l'anglais et l'allemand, fonde la très fameuse revue *transition*, où paraîtront la majeure partie du *Work in progress* de James Joyce, mais aussi les textes de Gertrude Stein, Kay Boyle, Marcel Jouhandeau, Hjalmar Söderberg, André Gide, Hart Crane, Robert Desnos, Max Ernst, etc. Jolas révélera Kafka (*Le Procès*, *La Lettre au père*) et Breton (*L'Amour fou*, *Nadja*) au public de langue anglaise, publiera les premiers textes de Beckett et de Dylan Thomas, sous les couvertures en couleurs de sa revue commandées à Léger, Miró, Duchamp...

Dans ce contexte cosmopolite en perpétuelle effervescence, Sylvia Beach est à son aise, elle exerce son rôle de diffuseur avec enthousiasme. L'heure est à l'émulation et aux initiatives. L'éditrice improvisée de Joyce regarde d'un œil bienveillant la multiplication des maisons d'édition, où se marie « l'application de l'artisan à la passion du lettré [1] », fondées par des écrivains anglophones qui ne trouvent pas où publier leurs propres livres en France. Quelques-unes d'entre elles reprennent le nom d'une revue éteinte, pour en perpétuer l'esprit et l'inscrire dans la durée : c'est le cas d'Egoist Press à Londres, dirigée par Harriet Weaver, ou de Contact Editions, créée en 1923 à Paris par Robert McAlmon, fondateur de l'éphémère revue de même nom à New York en 1920.

Figure majeure de la communauté américaine de l'entre-deux-guerres, McAlmon passe presque tous les jours à *Shakespeare and Company*, son quartier général et l'adresse officielle de Contact Editions — toujours des problèmes de courrier. Visage gracile, caractère capricieux, l'écrivain passe pour être potentiellement l'un des plus doués de sa génération. Son mariage de convention avec la Britannique Bryher, née Winifred Ellerman, héritière de la plus grosse fortune d'Angleterre, lui assure une confortable aisance [2] dont il sait faire profit en buvant sans compter et en publiant ses propres œuvres et celles de ses amis. En six ans, soit la durée de vie de sa maison parisienne, il va promouvoir avec beaucoup

1. *Les Écrivains américains à Paris et leurs amis, 1920-1930*. Centre culturel américain, mars-avril 1959, p. 79. Sur toutes ces questions, voir également : Hugh Ford, *Published in Paris. L'édition américaine et anglaise à Paris, 1920-1939*, IMEC Éditions, 1996.
2. Dans le cercle de Natalie Clifford Barney, McAlmon, connu pour profiter sans vergogne des largesses de sa femme dont il divorça en 1927, était même surnommé McAlimony (pension alimentaire).

de discernement et d'originalité la littérature de langue anglaise en éditant *Three Stories and Ten Poems*, le premier livre de Hemingway, *Spring and All* de William Carlos Williams, *Lunar Baedecker* de Mina Loy, *Ashe of Rings* de Mary Butts, *The Making of Americans* de Gertrude Stein, *Palimpsest* de H. D., ou le très singulier *Ladies Almanack written & illustrated by a Lady of Fashion* (Djuna Barnes).

En 1923, une autre maison artisanale est lancée par William Bird, grâce aux loisirs que lui laisse son emploi de responsable européen de la Consolidated Press Association de Washington. Grand amateur de vins français (dont il publiera un guide de bonne réputation), il installe sa propre presse à bras dans un atelier de l'île Saint-Louis, où il compose lui-même et tire les ouvrages de Three Mountains Press. L'aventure dure trois ans, au cours desquels il publie notamment *The Great American Novel* de William Carlos Williams, *In Our Time* de Hemingway et *A Draft of XVI Cantos*, d'Ezra Pound, trois des livres phares de la modernité américaine.

Dans une France ouverte mais prodigue de son sentiment de supériorité, McAlmon et Bird entendent non seulement permettre aux Américains de publier mais veulent aussi faire (re)connaître la littérature de leur pays, trop souvent relégué au rang de nation neuve et sans Histoire. Gertrude Stein leur emboîte le pas tardivement, en 1931, pour fonder avec Alice B. Toklas sa propre maison, Plain Edition, mais celle-ci sera la promotrice exclusive... de ses propres œuvres. D'autres Anglo-Saxons s'ouvrent à l'étranger et se lancent dans les traductions. En 1932, la Black Sun Press de Harry et Caresse Crosby devenue la Crosby Continental Edition, comptant à son catalogue des titres de D. H. Lawrence, Kay Boyle ou Joyce, inscrit *Devil in the Flesh* de Raymond

Radiguet, *Big Meaulnes* d'Alain-Fournier ou *Bubu de Montparnasse* de Charles-Louis Philippe, quand la Britannique Nancy Cunard, avec Hours **Press** fondée en 1928, fait connaître *La Chasse au Snark* de Lewis Carroll dans une traduction de Louis Aragon, ou le *Whoroscope* du jeune Samuel Beckett.

Tous ces hommes et ces femmes passent par *Shakespeare and Company*. Par nécessité professionnelle, pour un service, un conseil, une collaboration, par courtoisie, et le plus souvent par amitié. Sylvia Beach, par sa fonction de libraire et par goût personnel, se retrouve toujours à la croisée de ces activités. Elle y verse elle-même un tribut personnel de taille en introduisant les Américains auprès des Français et inversement, en organisant rencontres, publications et traductions. Dans la communauté des exilés, sa singularité réside dans ce va-et-vient sans parti pris et sans relâche entre les cultures : ni nationaliste, ni fanatiquement pro-française, elle milite, à l'image d'un Jolas ou des Crosby, mais à sa façon propre, pour une forme plus riche de mixité et de réciprocité.

Cette souplesse à passer d'une culture ou d'une langue à une autre frappe et séduit d'emblée son entourage, à commencer par Adrienne Monnier qui évoque « Sylvia, si américaine et si française à la fois. Américaine par sa nature, "jeune, amicale, fraîche, héroïque... électrique" (j'emprunte ces adjectifs à Whitman parlant de ses compatriotes). Française par son attachement passionné à notre pays, par son désir d'en épouser les moindres nuances[1]. » Comme Joséphine Baker, Sylvia Beach peut chanter « J'ai deux amours, mon pays et Paris » (1930) ou dire avec

1. *Les Gazettes*, p. 330.

Gertrude Stein : « America is my country but Paris is my home[1]. » Entre les États-Unis et la France, l'anglais et le français, Sylvia Beach qui, au contraire de la chanteuse ou de l'écrivaine, n'a pas d'« œuvre » circonscrite, choisit de ne pas choisir, option délicate. Défendre sans adhérer aveuglément, diffuser sans préjugés ni favoritisme pour la patrie d'origine ou la terre d'adoption, l'équilibre est périlleux et la figure du pont ressemble parfois à celle de la corde raide du funambule. Pour dominer cette perpétuelle course transatlantique, il faut du talent et une tournure d'esprit que Bryher, Britannique francophone, a parfaitement définie dans ses *Mémoires d'un écrivain* : « Elle aimait la France, elle nous faisait sentir que c'était un privilège d'être à Paris, mais elle ne tombait jamais dans l'erreur habituelle d'essayer de s'identifier de trop près avec un pays étranger dont elle n'avait pas partagé les mythes de l'enfance. Pleine de grandeur et d'humilité, elle préférait nous mélanger tous ensemble, le lien entre nous demeurant que nous étions des découvreurs de talents[2]. » En quarante ans d'amitié, Bryher ne l'a jamais vue perdre de son « détachement » ni s'agréger à aucun groupe. Avec Adrienne Monnier, si soucieuse de son quant-à-soi, mais d'une façon très différente, Sylvia Beach partage une qualité qui les rapproche et les distingue par définition : l'indépendance.

La fertilité de leur collaboration vient aussi de ce

1. « L'Amérique est mon pays mais Paris c'est chez moi. »
2. Bryher, *The Heart of Artemis...*, *op. cit.*, p. 208. « She loved France, she made us feel that it was a privilege to be in Paris, but the common modern mistake never occurred to her, she never tried to identify herself too closely with a foreign land whose childhood myths she had not shared. Great and humble, she mixed us together instead, the bond between us being that we were artists discoverers. »

respect de l'intégrité d'autrui. L'estime est mutuelle. Aussi est-ce en toute confiance qu'Adrienne, qui lit l'anglais par les yeux de Sylvia, accueille les écrivains anglophones à *La Maison des Amis des Livres* ou à bord du *Navire d'argent*, dont les sommaires restent le meilleur témoignage de leur action conjuguée. Dès le premier numéro, en juin 1925, leur traduction de « La Chanson d'amour de J. Alfred Prufrock » de T. S. Eliot, long poème de 1911 publié en 1917 par Egoist Press, crée l'événement. L'auteur, déjà considéré comme un maître de son temps, est pour ainsi dire inconnu en France — c'est Sylvia Beach qui l'a révélé à Adrienne. Critique exigeant, grand connaisseur des littératures européennes et traducteur lui-même de Saint-John Perse, il remercie les libraires de leur travail en ces termes élogieux : « Que les auspices soient favorables à votre revue ! Je veux bien que mon nom figure dans le premier numéro. Je trouve votre traduction excellente : je n'ose pas essayer de l'améliorer ! Je pense que "Prufrock" se traduit en français mieux que "The Waste Land", à cause du fait que l'influence de Laforgue y est pour beaucoup[1]. »

Outre des études ou des traductions occasionnelles, deux numéros complets se détachent de la série du *Navire d'argent*. Le n° 4 (septembre 1925), consacré à William Blake (1757-1827), auteur revenu à la mode en Angleterre et aux États-Unis après un siècle d'oubli, comporte trois études historiques, un choix de poèmes et la reproduction de deux dessins inédits appartenant à Sylvia Beach. Le n° 10 (mars 1926) célèbre l'Amérique avec *La Dix-Huitième Présidence*, un texte inédit de Walt Whitman, et « Quatre jeunes États-Uniens », néologisme très *beachien* qui

---

1. **IMEC**, Lettre de T. S. Eliot à A. Monnier, 29 avril 1925.

ne passera malheureusement pas dans l'usage courant : William Carlos Williams (*Le Grand Roman
américain*, fragments traduits par Auguste Morel) ;
Robert McAlmon (*L'Agence de publicité*, traduction
par Sylvia Beach et Adrienne Monnier) ; Ernest
Hemingway (*L'Invincible*, traduction par Georges
Duplaix) et e. e. Cummings « Sipliss », extrait de *The
Enormous Room* traduits par Georges Duplaix). La
plupart de ces textes ne seront publiés en français
dans leur intégralité qu'après la Seconde Guerre
mondiale. Sylvia Beach a vingt ans d'avance.

Au naufrage du *Navire d'argent*, Adrienne Monnier
et Sylvia Beach ne baissent pas les bras et poursuivent leur action. Elles recommandent Hemingway à
Paulhan pour la *NRF*, qui s'enthousiasme et leur
laisse le choix de l'extrait : « Pour Hemingway, voulez-vous bien choisir vous-même ? J'aime autant la
boxe que les taureaux [1]. » Quelque temps plus tard, il
accuse réception du texte avec satisfaction : « *Cinquante mille dollars* est tout à fait épatant. Merci [2]. »
Paulhan a toute confiance en Sylvia Beach, éminence grise de *Mesures* pour le domaine anglais. Elle
recommande notamment Katherine Ann Porter,
signale *The Dog Beneath the Skin*, la pièce d'Isherwood et Auden, dont un long extrait paraîtra en avril
1937, et dirigera en sous-main le n° 3 du 15 juillet
1939 sur la « ressource américaine » pour lequel elle
demande la reproduction, en bas de page, des textes
originaux. Toutes ses exigences n'obtiennent pas
pour autant gain de cause. Les textes de Nathaniel
West et de Richard Wright qu'elle avait proposés
seront refusés par Henry Church. Qu'à cela ne
tienne : on les retrouvera fin 1944, dans une autre

1. BLJD, Lettre de Jean Paulhan à A. Monnier, 6 mai 1926.
2. *Id.*, s. d. [1926].

revue d'excellence et d'avant-garde, *L'Arbalète*, où Sylvia Beach ne figure qu'à titre de « bibliothécaire » dans le n° 9, consacré a la littérature américaine depuis Gertrude Stein, qui lui est pourtant dû[1].

La traduction incarne le domaine par excellence où Adrienne Monnier et Sylvia Beach peuvent exercer leur complémentarité. La première a une belle maîtrise de la langue française, la seconde une faculté d'adaptation et une intuition des langues remarquables. Adrienne a souvent évoqué dans ses *Gazettes* les émotions attachées à cet exercice commun, ses pièges, ses petites satisfactions, ses contournements : comment rendre le langage populaire de Whitman, l'écriture « parlée » de McAlmon, la puissance d'Eliot ?

Traduction rime avec affection. Leurs liens avec Bryher, véritable amie des livres et des deux libraires, ont fortement contribué aux échanges outre-Manche. En 1935, l'écrivaine britannique reprend la revue *Life & Letters to-day* et introduit un grand nombre de Français familiers de l'Odéonie : Aragon, Cassou, Michaux, Gide, Guilloux, Prévost, Romains, Valéry. Ensemble, Adrienne et Sylvia traduiront encore un récit de Bryher, *Paris 1900*, paru à La Maison des Amis des Livres en 1938, ce qui leur vaut cet élégant compliment : « Le seul de mes écrits que j'aie lu avec plaisir grâce à votre traduction[2]. »

Dans le couple de traductrices, Sylvia a un avantage : elle peut traduire seule du français vers l'amé-

1. IMEC, Lettre de Marc Barbezat à Maurice Saillet, 11 novembre 1944 : « Dites à Sylvia Beach que le numéro américain paraîtra dans un mois et que sa réussite étonnante sera due à ses conseils éclairés et efficaces, appuyés de prêts généreux à Duhamel. Je lui en suis profondément reconnaissant. »
2. Cité par Fitch, p. 380 : « The only writing of mine I have ever read with pleasure thanks to your translation. »

ricain, tandis qu'Adrienne a besoin de son amie pour
rendre en français un texte anglais. Des deux, Sylvia
est sans doute aussi la plus « malicieuse », adjectif
qui, pris dans une acception affectueuse, revient
dans plusieurs témoignages, comme dans cette belle
lettre de Pichette tracée à l'encre rouge : « Il est indispensable de trouver la vie ailleurs qu'en soi, et, vous,
votre vie, fors les migraines acoquinées, c'est un
palais brutal de savoir... on voit comment vont les
planètes quand on rencontre vos yeux. La vie
humaine part d'une grande malice. Vous êtes, peut-
être, sauf votre respect, la plus merveilleuse malicieuse que je rencontrerai jamais [1]. »

Or, avec l'ingénuité, la malice ne définit pas seulement la personnalité de Sylvia Beach : elle caractérise et pointe son « don des langues », grâce qui
demande autant de fraîcheur que de ruse. Sa façon
de parler le français enchantait ses amis, à commencer, évidemment, par Adrienne qui évoque ses souvenirs en 1946 : « Cette jeune Américaine montrait une
figure originale et des plus attachantes. Elle parlait
français couramment avec un accent plus anglais
qu'américain ; ce n'était à vrai dire pas tant un accent
qu'une façon énergique et incisive de prononcer les
mots ; on pensait en l'écoutant moins à un pays qu'à
une race, au caractère d'une race. » Mais surtout, Sylvia invente des mots à mi-chemin entre l'anglais et le
français, pour son plus grand plaisir : « Ses trouvailles
étaient généralement si heureuses, si gentiment
drôles, qu'elles entraient aussitôt dans l'usage —
notre usage — comme si elles avaient toujours
existé [2]. » Adrienne, qui pourrait être soupçonnée de

---

1. Princeton, Box 222, Lettre d'Henri Pichette à S. Beach,
27 juillet 1948.
2. A. Monnier, *Rue de l'Odéon*, p. 84.

tendre partialité, n'est pas la seule. Selon Jackson
Mathews, le spécialiste américain de Paul Valéry,
l'auteur du *Cimetière marin* aimait par-dessus tout
« sa façon si parfaitement américaine de parler le
français le plus sûrement français. On pouvait s'attendre à ce que la moindre de ses remarques se fasse
épigramme ou proverbe par la tournure et la force[1] ».

Dans le numéro d'hommage consacré à Sylvia
Beach paru après sa mort, Maurice Saillet a dévoilé
quelques-unes de ses trouvailles, sous la forme d'un
petit lexique où l'on trouve « enjoyer » (francisation
de *enjoy*, « prendre plaisir à », verbe qu'elle conjugue
à tous les temps dans ses lettres à Adrienne, à l'instar de : « J'ai beaucoup enjoyé mon voyage »). Sylvia
invente aussi des locutions qui dénotent son intré-
pidité (« immédiatement si pas plus tôt » ou « frénésie framboisitaire » pour désigner sa façon de battre
les buissons et de s'agiter sans cesse). Les jeux de
mots abondent (« Il a plus de toupet que de poil »,
accusation portée aux jeunes écrivains plus tapa-
geurs que talentueux), la cuisine aussi, qui devait
inévitablement hanter ce vocabulaire intime. Ainsi
de « veau d'hiver ». Explications de Maurice Saillet :
« Sylvia ne mettait rien au-dessus du rôti de veau fait
par Adrienne. Mais certain dimanche d'hiver, elle
trouva qu'il n'était pas bon. D'où l'expression "veau
d'hiver" pour désigner une viande sans saveur et, par
extension, toute espèce d'ersatz. "Veau d'hiver" était,
pour Sylvia, tel imitateur de Joyce, telle doublure de
Humphrey Bogart et, d'une façon générale, ce qui a
bon aspect mais peu ou point de fond[2]. »

1. Jackson Mathews, « My Sylvia Beach », *Mercure de
France*, n° 1198-1199, *op. cit.*, p. 26.
2. Maurice Saillet, « Mots et locutions de Sylvia », *Mercure
de France*, n° 1198-1199, *op. cit.*, p. 80.

Au-delà de ces *private jokes*, Sylvia montre un réel talent à se fondre dans les subtilités de l'anglais comme du français, c'est-à-dire à explorer deux « états d'esprit », condition indispensable pour opérer la transition de sa propre langue à celle de l'autre, d'en épouser la pensée et la sensibilité, à en repérer les limites et les richesses pour mieux en transcrire les équivalences. Les premières séances de traduction des épisodes « Ithaque » et « Pénélope » de *Ulysses* de James Joyce, destinés au n° 1 de *Commerce*, vaudront ainsi à Sylvia cet éloge qui, placé dans la bouche de Larbaud, prend toute sa valeur : « C'était amusant, oui, cette séance de traduction, dimanche ! Mais je n'étais guère en forme. Sylvia trouvait les expressions les plus françaises, et moi, [...] je faisais des efforts lamentables pour me rappeler des expressions populaires que pourtant je thésaurise dans mon cœur en tout pays. Ma femme de ménage de Paris dit en parlant de sa concierge : C'est une horreur de femme. Voyez-vous une place où cela peut aller ? Mais Molly Bloom n'est pas aussi plébéienne que l'avait faite Fargue. Je crois que le ton trouvé par Sylvia est beaucoup plus juste [1]. » Femme d'instinct et de fantaisies, mieux que de concepts et de système de pensée, Sylvia Beach trouve un vrai plaisir à la traduction et cela transparaît. Qui, mieux qu'elle, pouvait trouver le titre anglais de *Bibi-la-Bibiste*, soit *One's Self the One's Selfist* ?

Malicieuse et modeste, dans le don d'elle-même autant que dans celui des langues, Sylvia Beach mettra longtemps avant de se laisser convaincre de traduire un texte français en anglais. Le premier à le lui proposer est Paul Valéry, à qui la revue *Life and*

1. Lettre de Valery Larbaud à A. Monnier, 17 juin 1924, *in* Valery Larbaud, *Lettres..., op. cit.*, p. 162-163.

Letters to-day a demandé l'autorisation de publier des extraits de *Littérature*. Sylvia se met au travail et, à la première difficulté, se rend chez le maître rue de Villejust, comme il l'y a encouragée. Elle a raconté dans ses Mémoires la progression pour le moins originale de cette collaboration : « "Ici, qu'avez-vous voulu dire exactement ?" demandai-je. Feignant d'étudier attentivement le passage, il répliquait : "Qu'ai-je bien pu vouloir dire ?" ou "Je suis certain n'avoir jamais écrit cela". Confronté avec le texte, il continuait à nier le connaître. Finalement, il me conseillait de sauter le passage, purement et simplement[1]. » Amusée et désespérée, Sylvia « enjoya » néanmoins beaucoup ses séances avec le poète, à qui elle fit parvenir la moitié de la rémunération dévolue à la traduction. Ce qui lui valut une lettre de refus catégorique de Valéry, en anglais, signée Méphisto : « Honourable men only receive money for distinguished and delightful intimate services[2]. »

Une deuxième expérience, très différente, marque sa discrète carrière de traductrice. En 1946, elle entame la traduction d'*Un barbare en Asie* (1933), d'Henri Michaux. Le travail presque achevé, Michaux ajoute une préface de deux pages à l'usage exclusif des Américains, qu'Adrienne juge « sans valeur, inutile et presque nuisible. Les premières lignes sont amusantes, mais après, il se livre à des généralités sur les *civilisations* qui sont un peu connes. [...] Heureusement, le livre a assez de charme pour faire oublier la préface[3] ». Pressée par

---

1. *S & C*, p. 175.
2. Princeton, Box 230, Lettre de Paul Valéry à S. Beach, s. d. [1932] : « Les hommes honorables ne reçoivent d'argent que pour de distingués et charmants services intimes. »
3. IMEC, Lettre d'A. Monnier à Maurice Saillet, 29 juillet 1947.

un Michaux anxieux, Sylvia, qui termine de taper le manuscrit pendant ses vacances en Savoie, lui répond finalement sur le mode humoristique, comme nous le rapporte Adrienne : « Elle ne lui a absolument pas dit un mot sur sa préface. S'il lui demande ce qu'elle en pense, elle lui répondra qu'elle l'a traduite, mais qu'elle ne l'a pas lue. On va rigoler. [...] Puisque la chose est exclusivement à l'usage des Américains, elle va lui dire qu'elle n'est pas sûre d'être assez américaine pour y avoir droit[1]. » Michaux ne lui tiendra pas rigueur de ces malices et conservera tout au long de sa vie une grande estime pour Sylvia Beach qui, toujours prête à aider le poète dans ses recherches, lui fournira notamment en 1953 l'étude introuvable de Havelock Ellis sur le peyotl, premier signe d'intérêt de Michaux pour les écrits sur les drogues[2]. *A Barbarian in Asia* paraîtra enfin à New York, chez New Directions, en 1949. La traduction sera couronnée par le Denise Clairouin Award.

Il n'est pas anodin que Valéry et Michaux aient été, parmi les Français, les deux auteurs élus de Sylvia Beach. À l'heure où Adrienne Monnier quittait ses fonctions de libraire, irritée par les banalités écrites par les « articulistes » à son sujet dans les journaux, Sylvia ne désignait-elle pas les deux écrivains parmi

1. *Id.*, 30 juillet 1947.
2. À ce sujet, voir Henri Michaux, *Œuvres complètes*, II, Gallimard, « Bibliothèque de la Pléiade », 2001, p. XXXII. Par ailleurs, diverses correspondances et témoignages confirment le respect de Michaux pour Sylvia. Dans une lettre à Sylvia Beach, Adrienne nous apprend par exemple : « [Michaux] était inquiet au sujet des réactions que j'avais pu avoir devant tout ce qu'il avait dit contre les Anglais, il a ajouté : "Pour Sylvia, je n'ai pas peur, elle est plus intelligente." Et toc ! » (Princeton, Box 47, 23 octobre 1953).

les plus clairvoyants d'un cercle odéonien très
intime ? « Mais ce sont des gentilles choses sur toi,
tout ça, quoique très très loin de te comprendre et
de deviner ce que tu es. [...] Valéry, lui, savait — et
sans doute Michaux[1]. » Pour ce dernier, Sylvia
Beach va même entreprendre, lors de ses voyages à
New York plus fréquents après la guerre, de l'intro-
duire dans les meilleures maisons américaines et
d'intéresser des mécènes comme la Bollingen Foun-
dation, éditeurs de Claudel et de Saint-John Perse[2].
À sa mort, on découvrira dans ses papiers sa traduction de *Vents et Poussières*, demeurée inédite, à
laquelle elle travaillait les derniers mois de sa vie[3].

Tout au long de sa carrière, Sylvia Beach entre-
tiendra la flamme, soufflant sur les braises entre
l'Ancien et le Nouveau Monde, consciente de la difficulté de faire lire l'anglais aux Français et inversement. Gide lui-même, pourtant traducteur de
Shakespeare et de Wilde, doit s'excuser auprès d'elle,
en 1937, de lire *L'Adieu aux armes* de Hemingway
« avec une *satisfaction* constante et souvent un épa-
tement ravi[4] », mais dans la traduction, excellente
du reste, de Maurice-Edgar Coindreau. Durant
l'entre-deux-guerres, sous des auspices hautement
favorables aux échanges culturels, Américains, Bri-

1. HRC, Box 2, Lettre de S. Beach à A. Monnier, 22 juin
1951.
2. *Id.* De nombreuses lettres de S. Beach à A. Monnier, de
mars à mai 1953, racontent dans ce dossier ses efforts et ses
démarches en faveur de Michaux à New York.
3. Le manuscrit de « Winds & Dusts / 1955-1962 / by Henri
Michaux / Traduit par Sylvia Beach » est conservé au HRC,
Box 2.
4. Princeton, Box 197, Lettre d'André Gide à S. Beach,
10 mai 1937.

tanniques et Français marquent un intérêt réel pour
le voisin, mais les replis sont tentants, les renonce-
ments faciles. Il faut toute la ténacité et la passion
d'un T. S. Eliot pour arriver au bout de sa traduction d'*Anabase* quand Saint-John Perse le laisse des
mois sans réponse et sans assistance, tout le génie et
la générosité de Larbaud pour imposer Samuel Butler ou James Joyce, le plus souvent au détriment de
son œuvre propre. Tout le monde n'a pas leur endurance ni leur curiosité, ni celles d'un Pound, qui
demandait régulièrement à Sylvia de lui envoyer les
nouveautés dont il avait vent de façon parfois un peu
approximative depuis Rapallo, comme *Les Bandes
du Condorcet* [pour *Le Bal du comte d'Orgel* !] de Raymond Radiguet ainsi que « n'importe quel catalogue
de livres français actuels [1] ».

Les expériences varient aussi en fonction des tempéraments. Au contraire de Hemingway, qui se
délecte à peaufiner son argot parisien, Francis Scott
Fitzgerald, symbole du Paris des expatriés des
années folles, ne cherche pas à apprendre la langue
ni à s'intégrer durant ses nombreux séjours. Ses soucis sont ailleurs : « Le pauvre Scott gagnait tellement
d'argent avec ses livres que Zelda et lui étaient obligés, pour s'en débarrasser, de boire d'énormes quan-
tités de champagne à Montmartre [2] », résumait
Sylvia Beach.

Décennies magiques pourtant, électriques, les
années 1920 et 1930 marquent l'apogée d'une circu-
lation des idées et des langues. Après la Seconde
Guerre mondiale, l'enthousiasme retombe. William
Carlos Williams, traducteur des *Dernières nuits de
Paris* de Philippe Soupault, confie son amertume à

1. Princeton, Box 224, Lettre d'Ezra Pound à S. Beach, s.d.
2. *S & C*, p. 131.

Sylvia Beach, constatant qu'il s'agit toujours d'« une transaction unilatérale quand un Américain travaille avec des Français[1] ». Outre-Manche, on se plaint encore à la libraire de la difficulté à faire connaître l'avant-garde française : « Le pire, c'est la terrible ignorance de la poésie en dehors de l'Angleterre. Tout le monde lit les pièces de Sartre mais la poésie de Perse, Jouve ou Emmanuel est à peu près inconnue. J'ai écrit un article assez franc sur "Surréalisme et post-surréalisme" simplement pour faire connaître le travail d'Artaud, Michaux et Pichette. Il est paru dans l'un des plus importants magazines littéraires d'Oxford. Les quelques personnes qui l'ont lu ont eu cette réaction : "Mais qu'est-ce que cela a à voir avec nous ?" Je ne peux pas comprendre pourquoi les Anglais sont si réservés à chaque fois qu'il s'agit d'un texte en langue étrangère[2]. »

Côté français, la situation est tout aussi contrastée. Larbaud demeure une exception, un « cas », dans un pays — un empire colonial — qui développe traditionnellement les échanges culturels via ses ambassades où le français, langue de référence de la diplomatie, est exercé par des fonctionnaires du Quai d'Orsay appelés Paul Claudel, Alexis Léger

---

1. Princeton, Box 235, Lettre de William Carlos Williams à S. Beach, 6 mai 1949 : « It is all a one sided transaction when an American would deal with the French. »
2. Princeton, Box 191, Lettre de John Donne à Sylvia Beach, 24 août 1949 : « Worst of all is the terrible ignorance of any poetry outside England. Everyone reads Sartre's plays but the poetry of Perse, Jouve or Emmanuel is quite unknown. I wrote a rather outspoken article on "Surrealism & Post Surrealism" just to get the work of Artaud, Michaux & Pichette known. It appeared in Oxford's leading literary magazine. The few people who read it have taken the attitude : "Well, what has this got to do with us?" I cannot understand why the English are so shy of anything written in a foreign language. »

(Saint-John Perse), Jean Giraudoux, Paul Morand, Henri Hoppenot... Par ailleurs, le français est encore couramment parlé dans la plupart des pays d'Occident. Cette hégémonie explique sans doute en partie la paresse relative des importations littéraires, malgré les curiosités de certains. Parmi les plus jeunes, Jacques Benoist-Méchin, germaniste et anglophone, est un fidèle de la rue de l'Odéon, trottoir pair ou impair. Il écrit à Sylvia en anglais, comme Maurice Sachs, lecteur chez Gallimard.

L'intérêt pour les États-Unis, victimes de lourds préjugés, se développe au cours de l'entre-deux-guerres, non sans ambivalences. Dans une Europe débitrice de l'Amérique depuis 1918, qui sent monter la menace d'un nouveau conflit, les fantasmes et les réalités politiques suscitent une littérature où l'on voit se profiler un « antagonisme des civilisations[1] » parfois primaire comme chez Luc Durtain (*Quarantième étage*, 1927 ; *Quelques notes d'USA*, 1928) ou Georges Duhamel (*Scènes de la vie future*, 1930). D'autres analyses nuancent des propos le plus souvent centrés sur l'urbanisme et le mythique « way of life » du Nouveau Monde, comme celles de Paul Morand (*New York*, 1930), Lucie Delarue-Mardrus (*L'Amérique chez elle*, 1933), Jules Romains (*Visite aux Américains*, 1936), Jean Prévost (*Usonie, Esquisse de la civilisation américaine*, 1939) ou André Maurois (*En Amérique*, 1933 ; *Histoire des États-Unis : 1492-1954*, 1954), autres fidèles de l'Odéonie, qui contribueront à faire découvrir un pays encore largement ignoré, jusque dans ses classiques. En 1936, André Breton est obligé d'avoir

1. Sur ce sujet, voir le livre de Philippe Roger, *L'Ennemi américain. Généalogie de l'antiaméricanisme français*, Seuil, « La Couleur des Idées », 2002.

recours à Sylvia Beach pour son *Anthologie de l'humour noir*, car il n'existe rien en français sur Lewis Carroll[1]. En 1939, le *Moby Dick* de Melville (1851!) commence seulement à être traduit par les grâces de Jean Giono et de Lucien Jacques dans les *Cahiers de Contadour*. Adrienne, qui en entend merveilles par Sylvia Beach depuis vingt ans, s'enthousiasme et presse Jean Paulhan : « Quand allez-vous publier *Moby Dick* ? Je vous en vendrai des pleines brouettes. C'est un livre plus beau que beau ; je l'ai lu cet été ; j'en suis hantée[2]. »

C'est à cette aune qu'il faut mesurer les efforts et la détermination de Sylvia Beach, et sa place unique dans l'histoire littéraire. Car la situation est paradoxale : si le « cosmopolitisme » si fameux de l'entre-deux-guerres triomphe, pourquoi la libraire doit-elle déployer tant d'énergie à initier et à convaincre, à informer et à traduire ? Ce que l'on nomme cosmopolitisme ne serait-il pas en réalité un universalisme utopique qui, dans le domaine littéraire, se traduit d'abord par la production d'œuvres-monde d'une exceptionnelle densité et d'envergure hors norme, que quelques auteurs mènent seuls ? De l'unani-

---

1. Princeton, Box 187, Lettre d'André Breton à S. Beach, 2 décembre 1936 : « Ne lisant pas l'anglais, je n'ai pu découvrir aucune notice biographique concernant Beddoes et Lewis Carroll, et je comptais vivement sur vous pour m'aider à ce sujet. » Aucun ouvrage n'est alors disponible *sur* Lewis Carroll, mais sont déjà traduits en français *La Chasse au Snark* (traduit pour la première fois par Aragon, Chapelle-Réneville, Eure, The Hours Press, 1929), *Alice au pays des merveilles* et *De l'autre côté du miroir* (traduction de Marie-Madeleine Fayet, Nevers, Les Œuvres représentatives, « Le Magasin des demoiselles », 1930).

2. IMEC, Lettre d'A. Monnier à Jean Paulhan, 4 décembre 1939.

misme de Jules Romains à l'aventure musicale et totalisante de *Finnegans Wake*, dans le spasme qui saisit une génération entre deux conflits mondiaux, la littérature réinvente et redéploie son objet dans des livres-monuments, visant à une refondation de l'univers par un retour au classicisme d'Homère à Dante, à la diversité des langues et des dialectes, et à l'oralité — voir la trinité moderniste : les *Cantos* de Pound (dont la publication s'échelonne entre 1919 et 1959), *The Waste Land* de T. S. Eliot (1922), *Ulysses* de Joyce (1922), poèmes épiques et polyphoniques — ou à l'analyse révolutionnaire de la psyché humaine, dont *À la recherche du temps perdu* (1913-1927), *La Conscience de Zeno* (1923) ou *L'Homme sans qualités* (1931 et 1933) fournissent d'éloquents exemples.

L'œuvre proustienne mise à part, toutes ces tentatives, considérables, croisent à un moment de leur histoire et de leur élaboration la rue de l'Odéon, bien avant leur apparition en français. Car, si les ambitions sont immenses, les traductions suivent avec peine : *La Terre vaine* sortira au Seuil dans la collection « Le Don des langues », dirigée par Pierre Leyris, en 1947, *L'Homme sans qualités* de Robert Musil, dans la même maison, traduit par Philippe Jaccottet, en 1957. *La Conscience de Zeno* offre un cas intéressant dans l'histoire des publications de l'Europe cosmopolite. Italo Svevo, l'ami de Joyce et de Larbaud, introduit en France grâce au *Navire d'argent*, n'avait-il pas toutes les chances d'être rapidement connu du public français et international ? Trois ans après la publication de son roman, l'auteur, âgé de soixante-quatre ans, se désolait pourtant auprès d'Adrienne Monnier : « Pour vous dire la vérité je n'ai aucun espoir de voir mon roman traduit en français. Monsieur Crémieux qui disait vou-

loir s'en occuper certainement n'en fera rien. Il n'a
pas de temps à me dédier, et, étant jeune, il ne sait
pas que moi je n'ai pas le temps d'attendre [1]. » Deux
ans plus tard, en 1928, Svevo mourait des suites d'un
accident d'automobile, laissant à sa veuve, Livia
Schmitz-Svevo, le soin de reprendre le flambeau.
Mais les lenteurs éditoriales auront raison de ses
démarches répétées — *Zeno* ne paraîtra chez Gallimard qu'en 1954.

En 1931, Livia Schmitz-Svevo suppliait encore
Adrienne Monnier et Sylvia Beach de convaincre
Joyce de signer une préface à *Sénilité* (publié en Italie en 1898!) et à *Zeno*, seule condition imposée par
l'éditeur américain pour publier ces deux romans en
anglais [2]. L'auteur de *Ulysses*, qui s'était donné pour
principe de ne commenter aucun de ses contemporains, s'y refusa sans appel. Il n'est évidemment pas
question ici de mettre en accusation Benjamin Crémieux, qui fit tant pour la littérature étrangère à la
NRF, ni même Joyce, mais plutôt d'éveiller l'attention sur les immenses difficultés, dans un climat *a
priori* si favorable, à faire reconnaître les œuvres
venues d'ailleurs. Et d'évaluer à cette échelle, par la
même occasion, la qualité des efforts et des inter-
ventions personnelles d'Adrienne Monnier et de Sylvia Beach.

Le contexte de l'entre-deux-guerres, en effet, ne
manque pas de contradictions, comme si l'intérêt
pour les langues prenait autant de visages qu'il y
avait de figures pour le défendre. À commencer par
Joyce. Joyce, le polyglotte par excellence, l'Irlandais
vagabond dont la course à travers l'Europe le mène

1. IMEC, Lettre d'Italo Svevo à A. Monnier, 14 juin 1926.
2. *Id.*, Lettre de Livia Schmitz-Svevo à A. Monnier et
S. Beach, 14 avril 1931.

à Trieste, Zurich puis à Paris : « L'étude des langues
était apparemment le sport favori de Joyce, se souviendra Sylvia Beach. Je lui demandai combien il en
connaissait : nous en dénombrâmes au moins neuf.
En plus de sa langue maternelle, il parlait l'italien,
le français, l'allemand, le grec, l'espagnol et les trois
langues scandinaves. Il avait appris le norvégien
afin de lire Ibsen dans le texte et il avait continué
par l'étude du suédois et du danois. Il parlait aussi
le yiddish et connaissait l'hébreu. Il ne fit pas allusion au chinois ni au japonais, dont il laissait probablement la connaissance à Pound [1]. » Ce palmarès
surprenant, Joyce le met au service d'une œuvre
unique — la sienne. Avec cet effet, que *Finnegans
Wake* portera à son degré suprême, dans un vertige
presque insoutenable : par absorption, malaxage,
pétrissage, métissage de tous les idiomes et des
styles, de la tragédie classique à l'argot, Joyce
invente la langue joycienne. Dès 1924, Auguste
Morel, à peine sa traduction du premier épisode de
Ulysses achevée, s'en ouvre à Adrienne Monnier,
ébloui : « Je ne suis pas très content de mon travail
mais content — très — du passage travaillé. Joyce
est vraiment le Whitman de la prose, un Whitman
qui parle toutes les langues de Whitman et
quelques-unes encore [2]. » Joyce démultiplie les res-
sources de l'anglais et, ce faisant, fait exploser les
conventions du roman. Le bouleversement sera difficile à assimiler.

   Simultanément, les recherches polyphoniques
d'un Pound, lui si soucieux de faire reconnaître
l'œuvre des autres, se confondent elles aussi avec un

1. *S & C*, p. 46.
2. Lettre d'Auguste Morel à A. Monnier, 6 juin 1924, citée
dans Valery Larbaud, *Lettres...*, *op. cit.*, p. 160, note 1.

nomadisme qui le mène, comme Joyce, à Paris, en 1920. Ce choix de la capitale française, que feront tant d'Anglo-Saxons, n'est pas le fruit du hasard. Au-delà des facilités économiques et des plaisirs qu'elle offre, Paris fait figure, aux yeux de l'Américain, de capitale de la nouvelle renaissance poétique. Il y subit l'influence de Dada et se passionne pour l'una-nimisme, écrit un opéra à partir du *Testament* de Villon avec George Antheil, ferraille avec Gertrude Stein et Hemingway, y défend Joyce et T. S. Eliot. Mais l'illusion (ou plutôt sa projection) ne dure guère. Il repart déjà en 1924, en confiant à Wynd-ham Lewis : « Ai rajeuni de quinze ans en allant à Paris mais me suis redonné dix années de vie en quittant ledit milieu, un peu aride, mais nécessaire, etc.[1] » À la vérité, Pound a été lentement désen-chanté par cette ville « insulaire », selon lui trop cou-pée du monde et des nouvelles de l'étranger, où trône, hiératique, une *NRF* qui lui évoque le « "Bloomsbury" de Londres mélangé à des fraises gâtées à la crème tournée[2] ». Son exil à Rapallo et sa dérive fasciste devaient donner à cette désillusion une plus sinistre tournure, dans le destin d'un homme qui reconnaissait à Paris une grâce entre toutes, celle de n'être pas mercantile : « Et la ville, avec tout son bavardage à la mode du moment et toutes les galeries pleines de peintures faites de toute évidence pour le marché, reste cependant l'en-droit où plus que n'importe quel autre on trouve nombre d'hommes et de choses qui ne sont pas à vendre[3]. »

Un homme comme Valery Larbaud aurait sans

1. Ezra Pound, *Lettres de Paris*, Introduction et notes de Jean-Michel Rabaté, éd. Ulysse fin de siècle, 1988, p. 10.
2. *Id.*, p. 31.
3. *Id.*, p. 55.

doute souscrit à cette idée. Mais au contraire de
Pound, l'auteur de *Barnabooth* voyait bien en Paris
la « Capitale du Monde », selon un cosmopolitisme
littéraire particulier appliqué à l'urbanisme :
« Pour lui, au bout de l'avenue de la Grande-
Armée, il y a Oxford Street et Holborn, d'où se
détache le Corso de Rome avec un embranchement
qui est la Chiaja, coupée à angles droits par la rue
Saint-Lazare qui aboutit à la place du Dôme de
Milan et après Auteuil la pente s'accentue et Gênes
et Naples et Brighton dégringolent vers la mer ; et
ces quartiers que nous n'avons pas encore vus :
Madrid, Vienne... La rue Lhomond mène au tranquille quartier de Pise [1]. » Cette géographie rêveuse
inclut bien sûr dans ses rets l'Odéonie polyglotte
et tout spécialement *Shakespeare and Company*,
qu'il saluait déjà en 1921 comme « la meilleure, la
plus complète et la plus moderne des librairies et
bibliothèques de prêt anglo-américaines que
possède Paris », attribuant à sa directrice « une
place enviable dans l'histoire littéraire des États-
Unis [2] ».

Sylvia Beach remercia aussitôt Larbaud pour son
éloge si chaleureux. L'écrivain lui répondit en retour
cette lettre modèle, symptôme parfait de la richesse
irremplaçable des langues et de l'ironie des traductions pour lesquelles il se dépensait avec tant de
talent : « Indeed, as you say, after that we are bound
together for La Postérité. (Do you know where it is ?)
When I think of that, la mano mi trema, no sé come
decir what I feel, and I do not so en que idioma estoy

1. Valery Larbaud, *Mon plus secret conseil*, *Œuvres com-*
plètes, t. VI, Gallimard, p. 246-247.
2. Valery Larbaud, « La renaissance de la poésie américaine », *La Revue de France*, 15 septembre 1921.

writing ! We shall be the wonder ad il pasmo dei futuri centuries [1]. »

L'exemple dit bien toute la complexité d'un « moment » littéraire, au cœur d'une époque qui vit dans la fièvre la fraternité entre les peuples et assiste à la montée des nationalismes. Moment littéraire dont on peut aussi se demander s'il cherche une forme de langage universel (voir les mots-valises d'*Ulysses*) ou, au contraire, une confrontation des langues dans le respect de leur intégrité qui *interdirait* de facto toute traduction — notons à cet égard que ce n'est pas un hasard si la première version française intégrale de *Finnegans Wake* date de 1982 (Gallimard) et celle des *Cantos* de Pound de 1986 chez Flammarion (*Cantos et Poèmes choisis* avaient paru chez Oswald en 1958, les *Cantos pisans* aux éditions de l'Herne en 1965), Joyce et Pound demeurant les paradigmes de ce passage de l'esperanto à l'intraduisible.

Métropole internationale constituée de villages, Paris offre la liberté anonyme des grandes cités et l'intimité de vies de quartier. Cette *élasticité* de la ville convient tout naturellement aux artistes et aux écrivains, soucieux de participer à la vie intellectuelle comme de préserver le calme nécessaire à l'activité

1. « Certes, comme vous dites, après cela nous somme liés pour la Postérité. (Savez-vous où elle se trouve ?) Quand j'y pense, ma main tremble et je ne peux exprimer ce que je ressens, et je ne sais plus en quelle langue je suis en train d'écrire ! Nous ferons l'admiration et la pâmoison des siècles futurs » (Lettre de Valery Larbaud à S. Beach, 21 septembre 1921, *in* Valery Larbaud, *Lettres...*, *op. cit.*, p. 65). Selon Sylvia Beach, Larbaud était une exception : « Il connaissait si bien l'anglais qu'il pouvait participer, dans les colonnes du *Times Literary Supplement*, à des discussions avec des érudits sur l'utilisation par Shakespeare du mot "motley" [bariolé, bigarré, divers, hétéroclite] » (*S & C*, p. 65).

créatrice. Paris, en vérité, correspond idéalement, comme un calque superposé, à la complexité du climat cosmopolite de l'entre-deux-guerres, à la fois universaliste et vernaculaire, et dont le dynamisme philologique le dispute aux lenteurs éditoriales et aux disparités des traductions. À Paris, Joyce recompose Dublin, Hemingway et Fitzgerald l'Amérique, Ramón Gomez de la Serna l'Espagne, Rilke évoque l'Autriche et Larbaud retrouve l'Europe entière... Terre vierge pour l'imagination, la cité-écritoire autorise toutes les constructions littéraires, toutes les réinventions. Une lettre de Larbaud à Adrienne le dit mieux qu'un long discours : « Oui, j'ai reçu une longue lettre de Ricardo [Güiraldes]. Il semble traverser une crise de découragement, de scrupules littéraires, parle de se plonger dans le folklore argentin pour donner un caractère plus national aux ouvrages qu'il projette. Je lui ai répondu, pour le remonter. Du reste — je ne le lui ai pas dit, mais le plus argentin de tous ses poèmes, "le Condor", est daté de Paris ! C'est au contraire de loin qu'on voit mieux les choses[1]. »

De Paris, Sylvia Beach, qui se disait « citizen of the world », est plus à même de défendre le patrimoine anglo-saxon et de construire aussi son identité propre. D'une inépuisable énergie, on l'a dit, cette femme sans peur et sans reproche, « très fille du shérif » qui donnait l'impression « d'avoir laissé son cheval attaché à la porte[2] » (Saint-John Perse), ne put néanmoins, dans ce contexte déjà chaotique, résister à la crise. Sa barque était fragile. Les exigences de Joyce, le krach

---

1. Lettre de Valery Larbaud à A. Monnier, 11 juillet 1921, *in* Valery Larbaud, *Lettres...*, *op. cit.*, p. 55-56.
2. Cité par Henri Hoppenot, « Pendant près d'un quart de siècle... », *Mercure de France*, n° 1198-1199, *op. cit.*, p. 15.

de 1929 et la dispersion inévitable de la communauté américaine à l'orée des années 1930 devaient lui porter un coup fatal. Désespérée à l'idée d'avoir bientôt « plus d'employées que de clients », elle se résolut à solliciter les pouvoirs publics par une pétition lancée en 1935. Le texte, signé entre autres d'Édouard Herriot, Henri de Jouvenel, Georges Duhamel, André Gide, Jean Giraudoux, François Mauriac, Paul Morand, André Maurois, Jean Paulhan, Jules Romains, André Gide, Paul Valéry, résumait bien les périls attachés à la disparition de *Shakespeare and Company* :

> Ayant suivi pendant bien des années l'œuvre de Mademoiselle Sylvia Beach, les soussignés se permettent d'attirer l'attention de Monsieur le Ministre des Affaires étrangères sur l'importance du rôle quelle a joué comme intermédiaire entre la culture française et celle des pays anglo-saxons. Ils estimeraient profondément regrettable que ce foyer d'échanges intellectuels, qui a exercé son rayonnement malgré des moyens très modestes et auquel le public français doit une meilleure connaissance des principaux auteurs anglais et américains, succombât à la crise de la librairie, dans un moment où les contacts internationaux sont plus nécessaires que jamais [1].

Mais la pétition resta lettre morte et Sylvia Beach songea sérieusement à mettre la clé sous la porte. André Gide, l'un des tout premiers clients français de *Shakespeare and Company*, réagit aussitôt, dans un mouvement spontané remarquable de tact et d'affection :

> J'ai parlé de vous tout dernièrement avec des amis à vous (je crois que vous en avez beaucoup plus que

---

1. Princeton, Box 110.

vous ne savez) qui s'inquiétaient, avec moi, de ce que vous deveniez (commercialement parlant) et de ce qui avait été fait pour vous... Rien, que je sache. Absolument rien. Nous disions alors que le mieux serait sans doute de constituer un groupement d'amis de Sylvia Beach (puisqu'il n'y a lieu, semble-t-il, d'espérer aucune aide ministérielle ou officielle) qui feraient ce que l'on attendait en vain de l'« Instruction publique » ou des « Affaires étrangères ». [...] Je tiens à vous répéter ce que je disais à vos amis : disposez de mon nom et comptez sur moi pour une aide effective. Et, comme vous êtes censée ne rien savoir de tout cela, veuillez transmettre à Adrienne ce billet où je m'engage — et ne retenir que mon affection dévouée [1].

L'acte de naissance des *Amis de Shakespeare and Company* était signé [2]. Les écrivains français se mobilisent, lancent une souscription et proposent des lectures à la librairie. À tout seigneur, tout honneur, Gide ouvre le feu le 1er février 1936 en lisant des fragments inédits de sa *Geneviève* et fait salle comble. Le 29, Valéry se lance avec son *Narcisse*. Le 28 mars, Schlumberger présente sa comédie inédite, *La Tentation de Tati* et, le 9 mai, Paulhan lit *Les Fleurs de Tarbes*.

Depuis les États-Unis, William Bird, qui connaît bien Sylvia Beach et suit l'actualité parisienne, salue le mouvement de solidarité français. Dans un article pour le *New York Sun*, il tente de présenter l'affaire

1. *Id.*, Box 197, Lettre d'André Gide à S. Beach, 27 octobre 1935.
2. Princeton, Box 20. Le « comité de patronage » comptait onze écrivains, dont quatre de l'Académie française (suivis d'un *) : Georges Duhamel*, Luc Durtain, André Gide, Louis Gillet*, Jacques de Lacretelle*, André Maurois, Paul Morand, Jean Paulhan, Jules Romains, Jean Schlumberger, Paul Valéry*. Secrétaire-trésorière : Adrienne Monnier.

en commençant par un parallèle hasardeux : « Il serait peut-être exagéré de comparer la librairie de Sylvia Beach, rue de l'Odéon, à Versailles ou à la cathédrale de Reims, que M. Rockefeller a sauvés de la ruine » — sous entendu : les Français peuvent bien rendre la pareille. Après un historique de la librairie, et avoir rappelé que la dépression avait fait tomber la colonie américaine à Paris de 20 000 à 4 000 personnes, il peut conclure : « Pour la littérature, les Français, non seulement se battraient et se feraient tuer, mais ils iraient jusqu'à souscrire de l'argent [1]. »

Devant la ruine qui menace leur patrimoine, les Américains n'entendent pas être en reste et battent le rappel. Helena Rubinstein envoie 246 dollars, Anne Morgan, la fille du financier, surenchérit à 460 dollars [2]. Les intellectuels s'émeuvent et les écrivains, amis et fidèles, font finalement le voyage. Le 6 juin, T. S. Eliot franchit la Manche pour réciter des extraits de *The Waste Land*, son livre le plus célèbre, et de ce qui allait devenir *The Four Quartets*. Le 12 mai 1937, la séance américano-britannique Ernest Hemingway-Steven Spender remporte un vrai succès, malgré le départ, à peine la lecture terminée, d'un James Joyce bâillant au fond de la salle. La dernière, hommage à *Life & Letters to-day*, aura lieu le 12 juillet, en l'absence de Bryher pourtant parisienne mais trop timide pour assister à la fête. De Gide à Bryher, la boucle est joliment bouclée, par deux des plus grands soutiens, moraux et financiers, amicaux et spirituels, de *Shakespeare and Company* en Europe.

---

1. William Bird, « Souscription française lancée pour préserver une entreprise étrangère », *New York Sun*, 22 avril 1936, traduit par Sylvia Beach (HRC, Box 2).
2. Fitch, p. 361.

1937 est aussi l'année que Sylvia Beach choisit pour entamer la rédaction de ses Mémoires, comme si *Shakespeare and Company* appartenait désormais au passé. Les heures de gloire évanouies, elle poursuit néanmoins sa tâche, refuse de regagner les États-Unis à la déclaration de guerre. Après Pearl Harbor, la situation des Américaines à Paris, obligées de se signaler chaque semaine au commissariat le plus proche, est devenue très critique. Mais Sylvia ne peut se résoudre à abandonner le navire. Jusqu'à ce jour de décembre 1941 où un officier allemand, passant par la rue de l'Odéon, entre et demande l'exemplaire de *Finnegans Wake* en vitrine. Sylvia Beach refuse de le lui vendre, prétextant qu'il s'agit de son exemplaire personnel. L'officier repart en marquant sa colère. Il revient quelques jours plus tard, demande à nouveau le livre de Joyce. La libraire prétend ne plus en disposer. Furieux, il quitte la boutique en menaçant de confisquer tous les livres dans les vingt-quatre heures. Sylvia Beach réagit aussitôt : en deux heures, avec l'aide d'Adrienne, de Maurice Saillet et de la concierge, elle déménage tout le contenu de sa librairie, soit plus de 5 000 livres, ainsi que tout le décor, qu'elle installe quatre étages plus haut, dans un appartement vacant. Le lendemain, *Shakespeare and Company*, dont le bandeau a été recouvert de peinture, n'existe plus. La librairie ne rouvrira jamais[1].

L'histoire ne dit pas si l'officier allemand est revenu pour mettre sa menace à exécution. Il aura

---

1. Malgré une légende tenace, l'actuelle librairie *Shakespeare and Company*, rue de la Bûcherie, sur le quai de Montebello à Paris, fréquentée par la *beat generation*, n'a rien à voir avec l'originale de la rue de l'Odéon. Précisons encore que son propriétaire, George Whitman, n'est pas l'héritier légal, moral ni spirituel de Sylvia Beach.

trouvé un local désaffecté, une librairie vide et aban-
donnée. Les livres ne seront jamais découverts et tra-
verseront la guerre sans encombres. Sylvia Beach
n'aura pas ce privilège. Américaine et donc ennemie
de l'occupant, elle sera arrêtée en 1942 par la Gestapo et passera plus de six mois dans un camp de
prisonnières à Vittel. Libérée grâce à l'intervention
de Jacques Benoist-Méchin, devenu le secrétaire de
l'amiral Darlan à Vichy, elle mènera une vie plus ou
moins recluse à Paris jusqu'en 1944.

À la Libération, ressusciter *Shakespeare and Company* n'avait plus de sens. La France avait perdu la
guerre et Paris son rayonnement de centre culturel,
quand tous les regards se tournaient désormais vers
New York. Sylvia Beach avait cinquante-sept ans. Le
destin de sa librairie, lié à une époque d'exception,
avait pris son envol avec la publication de *Ulysses* et
s'était achevé en deux heures avec le refus de céder
un exemplaire de *Finnegans Wake*, l'année même de
la mort de Joyce. Entre ces deux romans, vingt ans
s'étaient écoulés, vingt ans qui constituent une épo-
pée en soi à l'intérieur de l'Odéonie, un chapitre
unique, à part, de son histoire.

CHAPITRE IV

ULYSSE ET LES AMAZONES

> *Et je veux essayer de m'exprimer, sous*
> *quelque forme d'existence ou d'art, aussi*
> *librement et aussi complètement que pos-*
> *sible, en usant pour ma défense des seules*
> *armes que je m'autorise à employer : le*
> *silence, l'exil et la ruse.*
>
> JAMES JOYCE,
> *Portrait de l'artiste en jeune homme.*

Au commencement, il y a une énigme. Qui, de James Joyce ou de Sylvia Beach, a émis, en ce jour de printemps 1921, la proposition de publier *Ulysses*[1] ? Personne ne le sait, pas même les intéressés qui ont chacun donné plusieurs versions, toutes différentes et successivement contradictoires. Dans les innombrables brouillons de ses Mémoires, Sylvia Beach affirme d'abord qu'elle a accédé avec enthousiasme à la requête de Joyce, pour se rétracter en affirmant qu'il s'agissait en réalité de son initiative personnelle — cette dernière version prévaudra dans l'édition définitive de son livre, *Shakespeare and*

1. J'utiliserai cette orthographe (avec un « s » final) à chaque fois qu'il s'agira de l'édition en langue anglaise. (*N.d.A.*)

Company. Joyce, de son côté, écrit dans sa correspondance qu'il a été sollicité mais des témoignages rapportent qu'il a lui-même fait la démarche. Les exégètes ont fouillé les archives, interprété les textes, échafaudé des hypothèses. L'énigme demeure[1]. Il y a plus troublant : comment la fille d'un pasteur américain de Princeton fraîchement établie à Paris, sans aucune expérience professionnelle, devient-elle l'éditrice du plus scandaleux chef-d'œuvre du XXᵉ siècle ? Et pourquoi ledit chef-d'œuvre doit-il exclusivement sa diffusion à l'énergie de quelques femmes qui, entre Londres, New York et Paris, l'ont porté à bout de bras, dans des conditions artisanales financièrement et juridiquement très risquées ?

Pour être célèbre, l'histoire demande néanmoins à être rappelée dans ses grandes lignes. Elle se noue (ou se dénoue) autour de la rencontre de James Joyce avec Sylvia Beach, le dimanche 11 juillet 1920, lors d'un dîner donné par le poète André Spire dans son appartement de Neuilly. Adrienne Monnier, qui y avait été conviée, avait convaincu son amie de l'accompagner. Quelques jours auparavant, André Spire avait reçu une lettre de la traductrice Ludmila Savitsky, qui relayait la demande d'Ezra Pound de venir avec les Joyce, de passage à Paris[2]. Entre Syl-

---

1. Voir notamment, au sujet de ce dossier, l'article d'Edward L. Bishop, « The "Garbled History" of the First-edition *Ulysses* », *Joyce Studies Annual 1998*, Austin, University of Texas Press, p. 3-36.
2. Dans un très intéressant dossier « André Spire » (Princeton, Box 227), contenant plusieurs éléments destinés à rétablir la vérité historique sur la fameuse rencontre, figure notamment la copie de la lettre de Ludmila Savitsky à André Spire, datée du 4 juillet 1920 : « Chers amis, vu hier les deux Pound. Ils seront des nôtres dimanche prochain. Mais ils attendent, d'un jour à l'autre, l'arrivée de leur ami Joyce, écrivain irlandais dont je viens de commencer un roman extrê-

via Beach et James Joyce, ce fut donc une rencontre de *surnuméraires*, que personne n'avait à l'évidence prémédité de réunir.

La libraire américaine a raconté la scène dans ses Mémoires. Tandis qu'Adrienne se lançait dans une discussion avec Julien Benda au sujet de Valéry, Gide et Claudel à l'issue du dîner, Sylvia Beach s'éloigna du salon.

> Laissant Adrienne à la défense de ses amis, je me glissai dans une petite pièce aux murs tapissés de livres jusqu'au plafond. J'y découvris Joyce languissant contre des rayons.
>
> Timidement, je lui demandai : « N'êtes-vous pas le grand James Joyce ? — James Joyce », répondit-il.
>
> Nous échangeâmes une poignée de main — c'est-à-dire qu'il posa une main sans force dans ma petite patte dure et nerveuse.
>
> Il était de taille moyenne, mince, les épaules légèrement voûtées. Ses mains très étroites attiraient mon attention. Il portait au médius et à l'annulaire gauches des bagues aux pierres lourdement serties. D'un bleu profond et rayonnant de la lumière du génie, ses yeux étaient extrêmement beaux. Je remarquai cependant que le regard de l'œil droit était légèrement anormal et que le verre correspondant de ses lunettes était plus épais que l'autre. [...] Il donnait l'impression d'une sensibilité extrême, la plus grande que j'eusse jamais connue [1].

---

mement intéressant. Joyce habite Trieste et vient à Paris pour peu de temps. » Cette lettre confirme que Joyce n'entendait pas s'installer à Paris, où il resta finalement vingt ans, en grande partie à cause de l'accueil fait à son travail. Ludmila Savitsky, qui prêtait à l'époque un appartement à Passy à la famille Joyce, traduisit en français *A Portrait of the Artist as a Young Man* sous le titre *Dedalus*.

1. *S & C*, p. 43.

Le ton est donné : la jeune femme admirative, timide et discrète mais, semble-t-il, *à poigne* rencontre le grand homme élégant et vulnérable[1]. Sylvia Beach lui décrit ses activités, l'écrivain lui confie ses problèmes de logement, d'argent, et son souci de terminer son manuscrit en cours, *Ulysses*. Il promet de passer la voir, promesse tenue dès le lendemain. Dès lors, l'écrivain prend l'habitude de passer régulièrement à *Shakespeare and Company*, encore installée à cette époque au 8, rue Dupuytren.

Le « grand James Joyce » est alors un auteur reconnu. Ses poèmes, *Chamber music* (1907), son recueil de nouvelles, *Dubliners* (1914), mais surtout son roman *A Portrait of the Artist as a Young Man* (1916) ont fait grosse impression. Célèbre parmi les lettrés mais toujours désargenté, Joyce ne joue pas à l'artiste maudit, loin s'en faut. Il a même à cœur de paraître un père de famille respectable, d'une courtoisie exemplaire, chapeau, cravate et canne de frêne — un « bourjoyce », selon le mot de Sherwood Anderson. En vingt ans d'étroites relations, il n'appellera jamais Sylvia et Adrienne autrement que *Miss Beach* et *Miss Monnier*, celles-ci ne pouvant imaginer s'adresser à lui que par un déférent *Mister Joyce*. Être poli, c'est mettre les autres à distance, disait Gilles Deleuze : Joyce creuse l'écart — il est seul, intouchable.

Seul, mais sachant s'entourer. De sa femme Nora,

1. Notons que ce récit paraît près de quarante ans après les faits, ce qui le rend d'autant plus significatif : toutes les avanies subies par Sylvia Beach dans l'intervalle n'avaient pas altéré sa vision du génie fragile à protéger. Déjà, dans « "Ulysses" à Paris », article paru quelques années avant ses Mémoires, elle avait raconté la scène dans le même esprit, mais avec des nuances éloquentes. Par exemple : « Sa main était petite comme celle d'une femme et sans vigueur ; [...] Non, il ne vous serrait pas la main, il vous la donnait » (*Mercure de France*, n° 1041, 1er mai 1950, p. 14).

d'abord, qui refuse obstinément de lire ses livres et qu'il adule, de ses enfants Giorgio et Lucia, et de nombreux amis, admirateurs fervents prêts à sacrifier beaucoup pour lui. Car Joyce a cette faculté entre toutes : savoir provoquer la sollicitude empressée d'autrui. Si cela tient, évidemment, à l'envergure de son œuvre que les plus lucides ont hâte de faire reconnaître, il y a aussi dans la personnalité de l'écrivain un charme de timide et des faiblesses de rusé qui attisent sans délai la compassion et la sympathie. Du serveur de restaurant à l'éditrice, du mécène au chauffeur de taxi, des dactylographes aux imprimeurs accablés par ses corrections, tous s'échinent à lui porter assistance et à trouver un soulagement à ses maux : un médecin pour ses yeux — il souffrait de glaucome et d'attaques d'iritis (inflammation de l'iris), ce qui lui valut des opérations à répétition et des traitements extrêmement douloureux —, des moyens pour entretenir sa famille — il dépensait l'argent des autres avec un talent consommé — et surtout la possibilité de publier son œuvre dans les meilleures conditions.

À l'heure où il arrive à Paris, les plus grandes préoccupations de Joyce concernent *Ulysses*, ce roman immense décrivant vingt-quatre heures de la vie d'un homme, qu'il a entamé en 1914 sur la trame de l'*Odyssée* d'Homère, découpé en dix-huit épisodes, de « Télémaque » à « Pénélope ». *The Egoist*, édité par Harriet Shaw Weaver à Londres, en a publié d'importants épisodes en 1919. Mais la liberté du livre, jugé obscène, provoque une série de réactions qui vont entraîner la fin de la revue : des lecteurs en colère se désabonnent, les imprimeurs, susceptibles des mêmes poursuites judiciaires que les éditeurs selon la loi britannique, déclarent forfait. Harriet Weaver, elle, ne baisse pas la garde et transforme sa revue en maison d'édition, dans le but de publier l'œuvre complet de Joyce, dont elle a déjà édité, sur ses propres deniers, *A Portrait of the Artist as a Young Man* en 1917 en Angleterre, à la suite de Huebsch à New York l'année précédente.

Parallèlement, de mars 1918 à septembre 1920, *The Little Review*, dirigée par Margaret Anderson et Jane Heap à New York, a sorti une grosse partie du livre qui, à plusieurs reprises, a excité l'ire de la censure qui a confisqué et brûlé trois livraisons. Le numéro de juillet-août 1920, reproduisant une partie de l'épisode « Nausicaa », motive même un procès retentissant qui s'ouvre le 14 février 1921, intenté par la Société pour la suppression du vice, dirigée par John S. Sumner. Défendues par John Quinn, avocat et collectionneur qui achète le manuscrit de Joyce au fur et à mesure de sa progression, Margaret Anderson et Jane Heap échappent à la prison de peu. Elles en seront quittes pour 50 dollars d'amende chacune, verdict estimé un peu « décevant » par les intéressés, y compris Joyce qui rêvait secrètement d'un scandale digne des *Fleurs du mal* ou de *Madame Bovary*. Considéré comme un livre licencieux mais surtout ennuyeux et incompréhensible, *Ulysses*, au mois de mars, n'a plus aucune chance d'être publié dans un pays anglo-saxon, tout du moins sans les modifications substantielles auxquelles Joyce ne peut évidemment se résoudre[1].

La situation semble donc sans issue lorsque James Joyce rend visite à Sylvia Beach, en ce jour d'avril 1921, pour lui conter le détail de ses malheurs. C'est alors que la libraire aurait proposé : « Accorderiez-vous à *Shakespeare and Company* l'honneur de publier

---

1. Sur tout cet épisode, voir notamment Richard Ellmann, *Joyce*, II, Gallimard, « Tel », 1987, p. 129-135 (première édition : Gallimard, 1962), et Margaret Anderson, *My Thirty Years' War*; Westport, Connecticut, Greenwood Press, 1971.

votre *Ulysse* [1] ? », et que Joyce aurait aussitôt accepté. Si l'on veut bien tenir pour acquise cette version très plausible des faits et considérer Sylvia Beach comme l'initiatrice du projet, il faut ici préciser que sa décision, si spontanée soit-elle, est l'aboutissement d'une volonté collective passionnée dont il convient de ne pas négliger les origines et la complexité.

Le contexte donne en effet à réfléchir : comment expliquer, à partir de la fin des années 1910, la détermination de quatre femmes — Harriet Weaver, Margaret Anderson et Jane Heap, Sylvia Beach —, de tempéraments très différents et ne se connaissant pas encore, disséminées entre Londres, New York et Paris, à faire exister *Ulysses* coûte que coûte ? En d'autres termes, qu'ont trouvé ces éditrices novices dans ce livre supposé illisible qui leur donne l'énergie de braver l'opprobre, la loi et la ruine annoncée de leur entreprise ? Ni *The Egoist*, ni *The Little Review*, ni, dans une certaine mesure, *Shakespeare and Company* ne résisteront à terme aux risques encourus pour sa publication. Certes, toutes ont eu le discernement de reconnaître d'emblée le chef-d'œuvre de la modernité, le livre total que Sylvia Beach décrivait encore à sa mère, près de deux ans après sa sortie en France : « ... tout dans le livre est magnifique ! Je le lis toujours avec autant d'enthousiasme et il n'est pas étonnant que les gens l'appellent un monde. Toute la beauté et l'horreur du Monde s'y trouve. Immense et héroïque [2]. » Or, cette

---

1. *S & C*, p. 55.
2. Princeton, Box 19a, Lettre de S. Beach à sa mère, 3 décembre 1923 : « ... everything in the book is wonderful ! I am always reading it and enjoying it and no wonder people call it a world. All the beauty and the ugliness of the World is in it. Vast and heroic. »

totalité révolutionnaire, qui contient une nouvelle conception du langage, de l'espace (Dublin, soit l'univers), du temps (une journée, soit l'histoire de l'humanité), des identités (irlandaise, juive, sexuelle), accompagne, non sans ambivalences, un autre bouleversement : l'émancipation et la libération des femmes, dont Molly Bloom porte la voix et dont les éditrices se trouvent être d'éclatants symboles. L'histoire de la publication de *Ulysses* n'illustre pas seulement les liens entre modernisme et féminisme ; elle souligne tous les paradoxes politiques d'une avant-garde qui met en scène des hommes réputés misogynes et homophobes (Joyce, Pound, Quinn) et des éditrices militantes et lesbiennes.

Si un flou artistique auréole la sexualité de la très britannique Harriet Shaw Weaver[1], son engagement en faveur des suffragettes puis du communisme, bien que sans tapage, ne fait pas mystère. Issue d'une très riche et conservatrice famille anglicane, cette héritière aux manières de nurse anglaise, travailleuse sociale qui vendait le *New Worker* dans Hyde Park, s'est abonnée à *The Freewoman*, hebdomadaire féministe fondé en 1911. De nombreux homosexuels s'y expriment par des articles signés « Uranian », quand « The Freewoman Discussion Circle », club parallèle, organise débats et conférences autour de la sexualité, du célibat, de la prostitution, etc. — Havelock Ellis y interviendra par exemple sur l'eugénisme, Haynes sur le divorce.

1. Tous les renseignements biographiques concernant Harriet Shaw Weaver sont issus du livre de Jane Lidderdale et Mary Nicholson, *Dear Miss Weaver*, Faber & Faber, Londres, 1970, et de l'article de Mary T. Reynolds, « Joyce and Miss Weaver », *James Joyce Quarterly*, vol. 19, n° 4, été 1982, p. 373-404.

Harriet Weaver suit cette actualité avec passion, est de toutes les réunions. Aussi, lorsque le journal subit une grave crise financière et lance une souscription, est-elle la première à proposer son concours. Elle rencontre ainsi la fondatrice et rédactrice en chef, Dora Marsden, militante historique, oratrice hors de pair dont les convictions politiques lui ont valu la prison, et que la discrète Harriet perçoit comme un pur « génie » au visage d'« ange florentin ». En 1913, elle devient la trésorière de la revue, rebaptisée *The New Freewoman*, dont les bureaux sont abrités par l'Institut Blavatsky à Londres. Quelques mois plus tard, le père d'Harriet Weaver meurt. Elle consacre alors la majeure partie de sa fortune au journal, dont elle devient l'une des directrices.

Très vite, Harriet Weaver se met à la recherche de collaborateurs littéraires. L'un des premiers à se signaler s'appelle Ezra Pound. Bien qu'ouvertement antiféministe, le chef des Imagistes est l'un des très rares à encourager H. D. et Marianne Moore. De même, il offre volontiers sa participation à *The New Freewoman*, dont il n'aime pas le titre, remplacé, sur sa proposition, par *The Egoist* en décembre 1913. C'est lui qui introduit Joyce, en transmettant le premier chapitre de *A Portrait...* au journal, qui le publie aussitôt. Car Harriet Weaver a tout de suite été saisie par le talent de Joyce. Si bien que, lorsqu'elle apprend ses difficultés financières, elle se propose de lui verser anonymement une rente conséquente, grâce à laquelle l'écrivain vivra une bonne partie de sa vie. Il apprendra des années plus tard le nom de sa bienfaitrice, qu'il ne rencontrera pour la première fois qu'après la sortie de *Ulysses* à Paris, en 1922. Dès l'origine, Miss Weaver a donc bien milité pour une œuvre, en dehors de toutes

considérations personnelles de sympathie ou de
connivence avec l'homme — dont elle réprouvait
par ailleurs très fermement, en militante acharnée
de la ligue antialcoolisme, les faiblesses accusées
pour le vin blanc...

Outre-Atlantique, la situation est analogue et n'a
rien à voir. Margaret Anderson, fondatrice de *The
Little Review* à vingt et un ans, a conté avec verve
dans son autobiographie, *My Thirty Years' War*, les
débuts laborieux de sa revue, ses déménagements
successifs (Chicago, San Francisco, New York), sa
passion pour l'avant-garde littéraire. Une galerie de
portraits hauts en couleur émaille son livre, de
l'anarchiste Emma Goldman à la chanteuse Georgette Leblanc, mais le plus saillant reste celui de
Jane Hcap, rencontrée en 1916, et dont l'auteure
évoque la redoutable intelligence et l'érotisme
d'une parole structurée, brillante, qui manifestement la subjugue et l'envoûte — de la magie,
insiste-t-elle.

Si les deux femmes partagent la même ferveur
pour le débat d'idées, au physique, tout les sépare :
l'élégante Margaret Anderson, au pur profil, séduit
les hommes comme les femmes quand Jane Heap,
cheveux courts et costume-cravate, revendique
une masculinité sans ambiguïtés. Lorsqu'il les
rencontre, l'avocat et collectionneur John Quinn
ne saisit pourtant pas la situation, tout entier à la
contemplation de Margaret Anderson, qu'il juge
« une femme sacrément attirante, l'une des plus
belles que j'aie jamais vues, très vive, très courageuse et très bien. Et je pense que c'est tout à
leur honneur qu'elles livrent ce combat difficile
décemment et presque seules. Je ne sais pas si j'ai
jamais vu deux femmes moins larmoyantes, moins
sentimentales et moins mélo à ce sujet, et plus

courageuses [1]. » Par « ce combat difficile », l'avocat désigne les efforts déterminés des rédactrices, malgré le manque de moyens, à faire exister la littérature contemporaine, dont la publication de *Ulysses* va devenir la bannière. Malgré la censure, Margaret Anderson décidera en effet sans hésiter de publier le premier épisode dès réception du manuscrit, toujours via Ezra Pound, au début de 1918.

Deux ans et demi plus tard, au moment du procès, le ton a changé — le revirement est même spectaculaire. Quinn, qui a eu le temps de comprendre la nature des liens qui unissent les deux rédactrices, laisse libre cours à ses opinions dans une lettre à Pound, datée d'octobre 1920 : « Je n'ai aucun intérêt a défendre des gens qui stupidement et de façon éhontée et saphiquement et pédérastiquement et urinalement et menstruellement violent la loi et pensent qu'ils sont courageux. » Et d'ajouter, dans une allusion transparente à Oscar Wilde, première victime d'une cause qu'il avait lui-même portée au grand jour : « Tous les pédérastes veulent aller en justice. Chercher des procès en diffamation est le stigmate de la sodomie. Le sodomite et la lesbienne pensent constamment en termes de procès et de défenses [2]. »

1. Cité par Holly Baggett dans le chapitre « The trials of Margaret Anderson and Jane Heap », *in* Susan Albertine, *A Living of Words : American Women in Print Culture*, Knoxville, The University of Tennessee Press, 1995, p. 175 : « a damn attractive young woman, one of the handsomest I have ever seen, very high spirited, very courageous and very fine. And I think it is all to their credit that they are making this uphill fight decently and almost alone. I don't know that I have seen any two women who were less maudlin, less sentimental and slushy about it, and more courageous. »
2. *Id.*, p. 180. « I have no interest at all in defending people who stupidly and brazenly and Sapphoistically and pederastically and urinally, and menstrually violate [*sic*] the law, and

N'aurait-il pas été plus attendu de trouver une telle violence verbale dans la bouche du procureur que dans celle d'un avocat à l'égard de ses clientes ? Sans doute irrité de s'être fourvoyé sur les préférences de Margaret Anderson, Quinn, qui craignait que la publication de *Ulysses* en revue ne compromît sa parution en volume et, qui plus est, irrité par certains passages du livre, supportait de plus en plus mal les initiatives engagées par les deux femmes. Comme Pound, qui avait tendance à considérer Joyce comme sa propriété privée, l'avocat se sentait surtout dépossédé de son bien, dépouillé de son rôle, supplanté par deux « irresponsables » dont il acceptait très difficilement l'audace, l'indocilité et la détermination.

Quoi qu'il en soit, l'homophobie hargneuse de Quinn n'a rien à envier à celle de la Société pour la suppression du vice qui intente le procès. Selon George Chauncey, cette structure à l'ambitieuse mission joua même « le rôle le plus actif en temps de guerre dans la croisade contre l'homosexualité[1] ». L'historien du *Gay New York* rapporte qu'après les quarante ans de règne de son secrétaire Anthony Comstock, d'inspections dans les bars et de perquisitions dans les librairies, la Société redoubla d'activité lors de l'accession au pouvoir, en 1915, de John S. Sumner, responsable, pour la seule année 1920-

---

think they are courageous. » Et : « All pederasts want to go into court. Bringing libel suits is one of the stigmata of buggery. The bugger and the Lesbian constantly think in terms of suits and defenses. »

1. George Chauncey, *Gay New York, Gender, Urban Culture, and the Making of the Gay Male World, 1890-1940*, New York, Basic Books, 1994, p. 146. Voir également p. 230-231. La Société est parfois appelée *Society for the Prevention of the Vice*, intitulé retenu par la Pléiade dans l'édition des *Œuvres* de Joyce (t. II, « Note sur l'histoire du texte », p. 1019-1021).

l921, de plus de deux cents arrestations d'hommes suspects de désordres moraux. Sumner aggrava la répression par des descentes régulières de police dans les établissements de bains, les cafés, les lieux de réunion, mais aussi les théâtres de Broadway où il était interdit de jouer des spectacles burlesques évoquant l'homosexualité. Prompt à faire saisir les revues et les livres — et à les faire brûler sans délai —, il craignait en particulier la récupération du « problème homosexuel » par les médecins et les scientifiques (comme Magnus Hirschfeld, Edward Carpenter, Havelock Ellis ou le Suisse Auguste Forel), décidé à cantonner cette « perversion » dans le domaine de la seule morale, ce qui présentait l'avantage de contraindre à penser en termes de faute, de crime et de condamnation.

Que Sumner, l'homme de toutes les campagnes homophobes, fût celui qui frappa *Ulysses* d'interdiction aux États-Unis n'est pas le fruit du hasard. Non pas que le livre de Joyce fît l'apologie de l'homosexualité, ni même que le lesbianisme des éditrices fût en cause. Objet de moqueries ou d'allusions voilées dans les dialogues, d'angoisses tues ou de références ésotériques, l'homosexualité traverse plutôt le récit sous la forme d'une « inquiétude chuchotée » (*whispered anxiety* [1]), dont la présence, récurrente, s'insinue comme un serpent de mer. La relation triangulaire entre Leopold Bloom, Stephen Dedalus et Buck Mulligan, les conversations autour de « l'amour qui n'ose pas dire son nom », de l'homosexualité supposée de Shakespeare (voir, dans « Cha-

1. Robert Spoo, « Preparatory to anything else... », *James Joyce Quarterly*, vol. 31, n° 3, University of Tulsa, Oklahoma, printemps 1994, p. 135. Le numéro entier porte sur « James Joyce and Homosexuality ».

rybde et Scylla », le passage dans la bibliothèque,
l'une des scènes favorites de Sylvia Beach), les sous-
entendus des monologues de Stephen créent tout au
long du récit une atmosphère chargée d'homoéro-
tisme, où l'amitié virile (*male bonding*) occupe une
place écrasante en regard des relations entre
femmes, illustrées par la relation allusive entre Molly
Bloom et Hester Stanhope[1]. Joyce, d'ailleurs, n'avait
pas de mal à reconnaître auprès de Franck Bugden,
au sujet de Bloom et de ses jeux avec l'androgynie :
« Vous voyez une homosexualité sous-jacente chez
Bloom... et sans aucun doute vous avez raison[2]. »
Mais là n'est sans doute pas l'essentiel.

Si les évocations de l'homosexualité participent au
caractère dit « obscène » du livre comme la voix du
ventriloque se mêlant à celle de la foule, son verbe
libre et lucide sur l'émancipation des deux sexes en
général menace bien davantage les thuriféraires de
la morale conservatrice. Le discours éclaté, pléthorique de Joyce offre en effet un puissant instrument
de libération, un levier universaliste plus efficace
encore qu'une « défense et illustration » de l'homosexualité ou du féminisme. Pétri de préjugés homophobes, antisémites et misogynes, Joyce fait
paradoxalement « plus », pour l'époque, qu'un plaidoyer pour les minorités : il ouvre la voie, octroie
aux hommes *comme aux femmes* une forme d'auto-

1. Dans son article « Signatures of the Invisible : Homo-
sexual Secrecy and Knowledge in *Ulysses* » (*James Joyce Qua-
terly*, même numéro que ci-dessus, p. 352), Colleen Lamos
rappelle que la véritable lady Stanhope s'habillait en homme
(*cross-dresser*) et menait une vie très libre.
2. Franck Bugden, *James Joyce and the Making of « Ulysses »*,
Bloomington, University of Indiana Press, 1960, p. 315. « You
see an undercurrent of homosexuality in Bloom... and no
doubt you are right. »

nomie de corps et de langage, autorise et libère le discours sans limites de la conscience, là où les sexologues et la psychanalyse — qu'il redoutait — semblent vouloir exercer un contrôle.

Dans *Ulysses*, le principe — avalisé — de la subordination des femmes aux hommes résiste mal face à un autre constat, plus terrible : tout le monde est seul ; il n'y a que des êtres séparés — le principe même du monologue intérieur le suggère par définition. C'est cette exaltation de l'individu comme être sexuel libre qui donne accès à toutes les transgressions de genre et permet de définir Bloom, « Everyman or Noman », comme un « new womanly man », Gerty MacDowell comme une « womanly woman », Bella/o Cohen comme la caricature de la « manly woman » et de faire de Molly l'incarnation de la « new woman ». Même si, comme Sandra M. Gilbert et Susan Gubar l'ont bien démontré, la grande scène parodique de travestissement au cœur de « Circé », où Bloom déguisé en femme se soumet aux fantaisies d'un(e) phallique Bella/o Cohen, répond encore au modèle hétéro-/androcentré du patriarcat traditionnel, elle n'en reste pas moins la puissante manifestation d'un possible brouillage des identités, brisant avec la morale sinon avec les tabous ordinaires, et l'établissement d'un dialogue, fût-il ironique, entre individus quelle que soit leur sexualité[1]. Car *Ulysses* vaut *d'abord* pour l'espace presque illimité de projections qu'il offre.

---

1. Sandra M. Gilbert et Susan Gubar, *No Man's Land, The Place of the Woman Writer in the Twentieth Century*, vol. 2, *Sexchanges*, New Haven et Londres, Yale University Press, 1989, p. 333-336. Sur le *gender-crossing* dans *Ulysses*, voir également l'article de Martha Fodaski Black, « S/He-Male Voices in *Ulysses* : Counterpointing the "New Womanly Man" », *Gender in Joyce*, Jolanta W. Wawrzycka et Marlena G. Corcoran éd., University Press of Florida, 1997, p. 62-81.

Sans doute est-ce cette force de subversion qu'ont d'emblée saisie des femmes décidées à sortir de leur condition comme Harriet Weaver, Margaret Andersen, Jane Heap et Sylvia Beach, toutes disposées à entendre à travers le livre, en écho, la traduction poétique de leurs préoccupations politiques. Car en pulvérisant les catégories et en plongeant dans la conscience individuelle pour atteindre à la seule ontologie, Joyce exauçait aussi les vœux d'une frange des féministes et des lesbiennes de l'époque, très attentives à ne pas se laisser ostraciser, « enfermer » dans des types physiologiques ou se laisser « réduire » à un groupe idéologique. Quoi de plus significatif, à cet égard, que l'évolution du sous-titre de *The Freewoman* devenue *The Egoist* ? Sur deux ans, la revue se veut « A weekly feminist review », « A weekly humanist review », puis « An individualist review », glissement sémantique sans ambiguïtés sur ses priorités militantes, universalistes et esthétiques.

On sait qu'en privé Joyce ne montrait guère d'enthousiasme pour les femmes modernes, déclarant ici « haïr les femmes intellectuelles [1] » ou griffant là « les manières de lesbiennes » de Sylvia Beach et d'Adrienne Monnier, « her more intelligent partner [2] ». « Nous avons parlé des femmes, auxquelles il ne semble guère s'intéresser, rapporte Djuna Barnes dans une interview qu'elle fit de l'auteur de *Ulysses* en 1922. Si j'étais vaine, je dirais qu'il les craint, mais je suis certaine qu'il doute simplement de leur existence [3]. » « Il ne sait rien du tout des femmes [4] »,

1. Ellmann, *Joyce*, II, *op. cit.*, p. 162. Ou encore : « Je déteste les femmes savantes », variante citée p. 281.
2. Fitch, p. 322 : « Sa partenaire plus intelligente ».
3. Djuna Barnes, « James Joyce » (avril 1922), *Interviews*, Christian Bourgois, 1989, p. 175.
4. Ellmann, *op. cit.*, p. 275.

déclarait Nora dans un haussement d'épaules. Un avis que ne partageait pas le théoricien de l'*anima* et psychanalyste Carl Gustav Jung : « Je suppose que la grand-mère du démon en sait autant sur la psychologie d'une femme. Pas moi [1]. » Où donc est Joyce ? Qui est cet homme poursuivi pour obscénité que la moindre des grivoiseries embarrasse et fait rougir ? Comment déchiffrer le compagnon des *freewomen* derrière le misogyne ordinaire qui assurait qu'aucune femme ayant cherché à « usurper toutes les fonctions du mâle, en dehors des exigences biologiques [2] », n'avait été capable de créer un système de pensée ? À la vérité, Joyce, dans son cynisme et son ingéniosité à déjouer tous les pièges, est introuvable. Affectant l'indifférence quand il se révèle secrètement fasciné par le pouvoir de la figure féminine, mythique et contemporaine, méprisant les velléités de celles auprès de qui il reconnaît incidemment sa dette dans *Finnegans Wake* [3], glissant des injures contre les « penzies » (*pansy* = pédale) et se réclamant des « sons of sod » (fils de Sodome). Joyce, insaisissable comme le monologue intérieur d'une conscience, d'une puissance désirante, d'une humanité qui serait parvenue à transcender les genres et à exorciser les peurs et les tabous ? Indéniablement, Joyce a soulevé un coin du grand voile.

1. Lettre de Carl Gustav Jung à James Joyce, Zurich s. d. [août 1932], citée dans James Joyce, *Œuvres*, II, Gallimard, « Bibliothèque de la Pléiade », 1995, p. 1014.
2. Ellmann, *op. cit.*, p. 281, n.
3. Bonnie Kime Scott, *Joyce and Feminism*, Indiana, Indiana University Press & Brighton, The Harvester Press Limited, 1984. Voir notamment le chapitre 5, « New Free Women in the Company of Joyce », p. 85-115.

Après Londres et New York, Sylvia Beach trouve très naturellement sa place dans cette généalogie éditoriale féminine. Trop souvent présentée comme la jeune Américaine pétrie d'admiration — ce qu'elle est *aussi* —, la libraire a parfaitement compris l'enjeu d'une telle publication et connaît très bien l'œuvre de Joyce avant de le rencontrer chez André Spire — détail qui, comme pour les trois précédentes éditrices, met à mal le cliché de femmes subjuguées par un « génie » qu'au demeurant elles ne connaissaient pas personnellement.

Comme ses prédécesseures, Sylvia Beach a déjà, à trente-trois ans, un intéressant passé de féministe. Son expérience dans la Croix-Rouge en Serbie, où les postes de responsabilité n'étaient attribués qu'aux hommes, a achevé de la renforcer dans des opinions déjà bien établies, depuis son abonnement, jeune fille, au magazine *Suffragette*. Dès son installation à Paris, elle s'était liée avec Hélène Brion, une institutrice arrêtée en 1917 sous l'inculpation de propagande pacifiste et condamnée le 29 mars 1918 à trois ans de prison avec sursis[1]. Son journal, *La Lutte féministe*, « organe unique et rigoureusement indépendant du Féminisme intégral », portait en épigraphe ces deux injonctions : « Quiconque est vraiment digne de la Liberté n'attend pas qu'on la lui donne, il la prend » (Madeleine Pelletier) et « Femme, ose être ! » (Félix Pécaud). Sur quatre pages hebdomadaires, il défendait avec force la nécessité d'une vie intellectuelle pour les femmes, l'autorisation du port

1. Dans *Shakespeare and Company*, Sylvia Beach raconte avoir assisté à l'explosion d'une bombe près du palais de justice de Paris alors qu'elle se rendait au procès d'une amie. Sans doute était-ce celui d'Hélène Brion, sur laquelle on consultera notamment le livre de Christine Bard, *Les Filles de Marianne. Histoire des féminismes, 1914-1940*, Fayard, 1995.

du pantalon au travail, les vertus du sport pour les
filles et de « la gymnastique en chambre fenêtre
ouverte », et militait déjà sur un thème toujours d'actualité : « À travail égal, salaire égal ». D'inspiration
socialiste (très vite il devient *La Lutte féministe pour
le communisme*), il militait contre la prostitution et
pour le pacifisme dans le monde. Sylvia Beach sou-
tenait activement ce *fanzine* avant la lettre, d'abord
manuscrit, qui circulait de main en main parmi les
abonnées — dont était la libraire depuis le n° 1. Elle
fournit même des renseignements sur les féministes
anglaises et américaines [1].

Cet engagement fervent de Sylvia Beach, évoqué à
de nombreuses reprises dans sa correspondance,
sonne à l'unisson de ses préoccupations littéraires,
comme en témoignera Jacques Mercanton, un temps
secrétaire de Joyce devenu essayiste, alors qu'il l'accompagnait un jour à la poste de la rue de Tournon,
aux portes du Sénat : « Sylvia Beach avait l'âme liber-

---

1. Dans le dossier « Hélène Brion » (Princeton, Box 188), on
retrouve notamment cette lettre d'Hélène Brion à Sylvia
Beach, datée de « Pantin, le 28 avril 1919 », sur papier à en-
tête de « La Lutte féministe » : « Le Journal "progresse" doucement comme le communiqué russe mais il existe et c'est déjà
une victoire : je fais de larges distributions à chaque n° et
continuerai plus que jamais quand je serai employée au *Populaire* ce qui sans doute va se faire. [...] Quant au féminisme il
continue à être au 100 000 000e rang des préoccupations de
ces Messieurs qu'ils soient socialistes ou non. Et si j'avais le
pouvoir d'imprimer directement dans mon cerveau la Lutte
féministe, il sortirait chaque jour 4 pages bien fournies de ce
que je pense et ressens au contact des événements actuels. /
Merci pour les renseignements que vous me donnez sur les
fem. anglaises et américaines ; je mets cela au n° 5. [...] J'ai
repris depuis la manifestation Jaurès ma bonne culotte
cycliste et mes bandes molletières ce qui m'a fait traiter de
"bolchevik" l'autre soir dans le métro par un vieux réactionnaire que j'ai vertement rembarré ! »

taire, en politique comme en littérature. Elle préférait de hautes injures à l'égard des vieux sénateurs comme de leurs vigilants gardiens. Je lui suggérais de les exprimer en anglais, qui se parle peu en France. Alors, enflammée, vengeresse, elle comparait ces représentants de la République aux quatre inquisiteurs de *Finnegans Wake*, qui mettent Yawn en jugement : *Those four claymen climb together to hold their sworn starchamber quiry on him*. Nous ne courions plus aucun risque ; la littérature a de bon côtés [1]... »

Depuis les premières publications de *Ulysses* en revue, Sylvia Beach a très attentivement suivi les rebondissements de l'affaire mais n'a pas attendu l'issue du procès pour éveiller l'attention des intellectuels. Sur ses conseils, Valery Larbaud a lu *A Portrait*..., et il a aussitôt émis le souhait de connaître James Joyce. La rencontre, organisée à la veille de Noël 1920 à *Shakespeare and Company*, est la première étape d'une très longue collaboration. Peu de temps après, profitant d'un moment où Larbaud est grippé, Sylvia lui envoie les numéros de *The Little Review*, tandis que Joyce lui fait parvenir l'épisode XIV (« Les Bœufs du soleil ») dactylographié, encore inédit. La réaction de l'écrivain, immédiate, est entrée dans les annales de l'histoire littéraire : « Dear Sylvia, I am *raving mad* over "Ulysses" [2] », s'exclame-t-il, en appelant à Whitman et à Rabelais, estimant M. Bloom immortel, « like Falstaff ». Il veut sans plus attendre donner une suite, traduire des

1. « *Les quatre santons l'escaladèrent ensemble pour y tenir leur enquête assermentée à la belle étoile.* » Jacques Mercanton, *Ceux qu'on croit sur parole. Essais sur la littérature européenne*, II, Lausanne, Éditions de l'Aire, 1985, p. 23-24.
2. Lettre de Valery Larbaud à S. Beach, 22 février 1921, *in* Valery Larbaud, *Lettres...*, *op. cit.*, p. 40-41. « Chère Sylvia, je suis *absolument fou* d'"Ulysse". »

extraits pour la *NRF*, écrire des **articles**. **Mais**
Jacques Rivière, qui a refusé *A Portrait*... **pour** Gallimard, renonce de même à *Ulysses*. C'est à cette
époque que germe l'idée d'une séance à *La Maison
des Amis des Livres* pour présenter le livre au public
français ; elle aura lieu à la fin de l'année 1921.

Dans l'intervalle, Sylvia Beach se consacre à son
grand projet, dont elle a tout de suite mesuré l'envergure et les retombées. À peine l'accord conclu
avec l'auteur, elle s'empresse de prévenir sa sœur
aînée : « Holly, je suis sur le point de publier *Ulysses*
de James Joyce. Il sortira en octobre... [...] *Ulysses*
va me rendre célèbre. Déjà, la publicité commence
et des masses de gens viennent aux nouvelles à la
boutique. [...] Si tout va bien, j'espère gagner de l'argent avec, pas seulement pour Joyce mais pour moi.
N'es-tu pas excitée [1] ? » De son côté, Joyce précise à
Harriet Weaver les conditions offertes : « J'ai accepté
une proposition que m'a faite *Shakespeare and Co*,
une librairie d'ici, sur les instances de M. Larbaud.
[...] Ils m'offrent 66 % du bénéfice net [2]. » Comment
Sylvia Beach a-t-elle pu un instant imaginer s'enri-

---

1. Princeton, Box 19, Lettre de S. Beach à sa sœur Holly,
23 avril 1921. « Holly I am about to publish *Ulysses* of James
Joyce. It will appear in October... [...]/ *Ulysses* is going to make
my place famous. Already the publicity is beginning and
swarms of people visit the shop on hearing the news. [...] If all
goes well I hope to make money out of it, not only for Joyce
but for me. Aren't you excited ? »
2. Lettre de James Joyce à Harriet Weaver, 10 avril 1921,
citée par Fitch, p. 79. « I accepted a proposal made to me by
Shakespeare and Co, a bookseller's here, at the instance of
Mr. Larbaud. [...] They offer me 66 % of the net profit. » Ce
pourcentage *a priori* astronomique, calculé sur le *bénéfice net*
(et qui peut donc occasionner des pertes), ne doit pas être
confondu avec celui des droits d'auteur traditionnels (entre 10
et 15 %), calculés sur le prix public hors taxes du livre.

chir à partir d'un tel engagement, qui stipulait en prime que l'auteur pouvait corriger ses épreuves *ad libitum* ? De son côté, Joyce, qui préfère invoquer Larbaud plutôt que de nommer son éditrice, désignée par sa librairie ou par un « ils » impersonnel et sans doute plus valorisant, n'a pas l'air surpris outre mesure par une telle générosité. Il est vrai que Harriet Weaver, pour une hypothétique édition anglaise, lui offrait... 90 % du bénéfice net. Quelle que soit la naïveté des appétits financiers, aucun contrat ne formalisa alors ce *gentlemen agreement* passé entre Sylvia Beach et James Joyce, qui jamais n'établirent de comptes officiels et réguliers, l'auteur piochant dans la caisse de la librairie selon ses besoins, qui étaient grands.

Dès lors, comment procéder et par où commencer ? Sylvia Beach, qui de sa vie n'a rien publié, se tourne tout naturellement vers Adrienne Monnier pour lui demander conseil. Celle-ci lui délivre quelques principes de base, acquis à l'occasion de ses publications à tirage limité, et lui recommande Maurice Darantière, imprimeur à Dijon. Fondée en 1870, la maison Darantière s'était d'abord spécialisée dans les ouvrages pour bibliophiles. Avec *Ulysses*, elle se lance un défi de taille : imprimer un ouvrage de plus de 700 pages dans une langue qu'aucun de ses typographes ne parle et qui nécessite en prime l'achat de nombreux « w » supplémentaires, aussi courants en anglais que rares en français. Maurice Darantière accepte aussi par amitié pour Adrienne Monnier, dont il a imprimé *Les Cahiers des Amis des Livres*, et par amour de la littérature moderne en vertu de quoi il accepte de n'être payé qu'une fois rentré l'argent des premières souscriptions. Cette expérience unique et le succès de scandale qui s'ensuivit lui ouvrent une deuxième carrière d'imprimeur attitré de la colonie américaine à Paris. De ses presses sortiront ainsi *Spring and All* de William Carlos Williams, *Three Stories and Ten Poems* de Hemingway, *The Making of the Americans* de Gertrude Stein, la revue *The Exile* dirigée par Ezra Pound, ou encore *Ladies Almanack* en 1928 à titre privé, à la demande de Djuna Barnes [1].

Au mois de juin, Sylvia Beach a mis au point son bulletin de souscription, qui précise que l'ouvrage à paraître l'est dans sa version intégrale («*complete as written*») et qu'il sera tiré à 1 000 exemplaires : 100 exemplaires sur Hollande signés par l'auteur à 350 francs, 150 sur vergé d'Arches à 250 francs et 750 sur papier ordinaire à 150 francs, prix très élevés pour l'époque, signalant une édition de luxe [2]. La libraire accompagne parfois ses envois d'une lettre, destinée au public américain en particulier, où elle précise : «M. Joyce a été si loin dans le traitement des questions psychosexuelles que nos prudes autorités en Amérique ont jugé nécessaire de supprimer son livre, au motif de son obscénité et de ses tendances aphro-

---

1. Maurice Darantière, *Les Années vingt*, bibliographie d'imprimeur établie et présentée par Jean-Michel Rabaté, éd. Ulysse fin de siècle, 1988. On trouve encore au catalogue Darantière : Bryher, H. D., Dorothy Richardson, Ford Madox Ford, Sherwood Anderson, Havelock Ellis, etc. Notons par ailleurs que, dans les brouillons de ses Mémoires, Sylvia Beach brosse un portrait de Maurice Darantière qui confirme, malgré son statut d'homme marié, sa réputation de dandy et ses préférences pour les garçons.

2. Pour donner une échelle de prix, sachons qu'Ezra Pound payait, à l'époque, un loyer mensuel de 300 francs pour un vaste atelier au 71 *bis*, rue Notre-Dame-des-Champs, et que l'on pouvait facilement vivre pour la même somme à Paris pendant un mois. Sur toutes ces questions économiques, voir l'article de Lawrence Rainey, «Consuming Investments : Joyce's *Ulysses* », *James Joyce Quarterly*, vol. 33, n° 4, été 1996, p. 531-568.

disiaques, sans égards pour ses grands mérites littéraires[1]. » Si Sylvia Beach ne s'expose pas à des poursuites en France, pays plus tolérant en matière
littéraire surtout en regard d'éditions à caractère
quasi « privé », il est erroné de dire qu'elle ne court
aucun danger personnel. Beaucoup estiment alors
qu'elle ne pourra plus jamais rentrer aux États-Unis.

La parution était annoncée pour octobre. C'était
sans compter avec les problèmes en cascade qui
allaient survenir dans l'élaboration du livre, assurément l'une des plus rocambolesques de l'histoire de
l'édition. Le premier souci était la mise au net du
manuscrit puis d'épreuves sans cesse surchargées,
révisées, recommencées. La liberté totale de corrections accordée par Sylvia Beach à l'auteur était un
risque énorme et la porte ouverte à tous les surcoûts.
Elle s'avéra surtout la clé de l'envergure du livre
final, la condition même de son avènement puisque
Joyce, grâce à cette possibilité, augmenta de près
d'un tiers son texte sur épreuves... Aucun éditeur traditionnel n'aurait sans doute admis de tels procédés.
Si *Ulysses* existe, et existe *tel qu'il est*, c'est bien grâce
à Sylvia Beach[2].

---

1. « Mr. Joyce has gone so far in his treatment of the psy-
chosexual questions that our prudish authorities in America
deemed it necessary to suppress his book, on the grounds of
obscenity and aphrodisiac tendencies, without regard of its
high literary merits. » Le texte complet a été reproduit dans
l'article d'A. Walton Litz, « The Last Adventures of *Ulysses* »,
Princeton University Library Chronicle, vol. XXVIII, n° 2, hiver
1967, p. 71.
2. La libraire reconnut par la suite : « Je ne conseillerais
jamais à aucun "véritable" éditeur de suivre mon exemple, ni
à aucun écrivain, celui de Joyce. Ce serait la mort de toute maison d'édition. Mais il me paraissait on ne peut plus naturel que
mes efforts et mes sacrifices fussent proportionnés à l'importance de l'œuvre que j'avais entrepris d'éditer » (*S & C*, p. 67).

Les plus gros problèmes devaient survenir avec l'épisode « Circé », appelé aussi « scène du bordel », le plus long et le plus dense du livre, où l'auteur avait eu recours à une technique dite hallucinatoire pour rendre l'invasion de la subjectivité dans la narration et l'effet de télescopage entre onirisme et réalité. Neuf dactylographes s'y étaient épuisées, qui toutes avaient abandonné devant la complexité du travail ou refusé de taper un texte aussi scandaleux — la dernière avait sonné chez Joyce pour jeter les feuillets à terre et s'enfuir à toutes jambes. Sylvia Beach dut donc trouver des volontaires, qui plus est anglophones. Sa sœur Cyprian se proposa, mais bientôt sa jeune carrière d'actrice l'éloigna de Paris pour le tournage de *L'Aiglonne*, d'Émile Keppens. Raymonde Linossier prit le relais, puis transmit le travail à une amie anglaise. Or ladite amie avait un mari, fonctionnaire à l'ambassade britannique qui, lorsqu'il découvrit ce que tapait sa femme, le lui arracha des mains pour le mettre au feu...

« Circé » était perdu. Ou presque. Une partie sauvée avait pu être restituée à l'auteur. Pour le reste, il n'y avait plus qu'un recours : John Quinn, propriétaire du premier état du texte. Mais celui-ci, contacté, refusa net d'envoyer le manuscrit. Selon Sylvia Beach, l'avocat se méfiait de son entreprise de publication. De passage un jour à Paris, il avait fait un détour par la rue Dupuytren. La libraire se souviendrait : « Il est vrai que nous souffrions d'un manque déplorable de meubles de bureau et d'équipement ; le fait que j'étais une femme augmentait encore les vives inquiétudes que tout cela lui inspirait. Je vis tout de suite de quel œil sévère il contemplait mes préparatifs pour sortir *Ulysses*. J'avais vraiment tort d'être "encore une de ces femmes" —

comme il disait[1]. » Après de multiples tractations, il parvint à vaincre ses répugnances et accepta de faire photographier le manuscrit. Le travail put reprendre.

C'est alors que Joyce subit une nouvelle crise d'iritis. Sylvia Beach s'occupa de lui trouver un médecin, un appartement pour sa convalescence (Joyce s'installa un temps avec sa famille chez Larbaud, alors en voyage), lui transmit son courrier, lui fit la lecture, tout en supervisant les va-et-vient des jeux d'épreuves qui s'accumulaient au désespoir de l'imprimeur. Pour l'assister, elle prit une jeune fille, Myrsine Moschos, qui resta neuf ans à *Shakespeare and Company*, et dont la petite sœur jouait les garçons de courses pour Joyce — qui se réjouissait, comme d'un bon présage, que ces nouvelles venues fussent grecques. Superstition ou sens du symbole, l'écrivain accordait beaucoup de prix à ces signes reliant, comme autant de fils de la Vierge, son livre à l'Antiquité et à la patrie d'Homère. Dans le même esprit, il estimait du meilleur augure que sa bienfaitrice et première éditrice s'appelât Miss Weaver (« tisserande » en anglais, comme Pénélope...). On ne s'étonnera donc pas qu'il ait insisté pour obtenir le bleu exact du drapeau grec pour la couverture. Le bleu Darantière ne convenant jamais, Sylvia Beach enquêta jusqu'à trouver la nuance adéquate en Allemagne mais, cette fois, c'était le papier qui ne satisfaisait pas l'auteur. On trouva un compromis en appliquant la nouvelle couleur allemande sur du papier blanc.

À l'été, Joyce n'avait toujours pas achevé le dernier épisode de son livre et continuait de corriger et d'augmenter les premiers placards. Sylvia Beach, qui avait mis un point d'honneur à laisser toute liberté

1. *S & C*, p. 69-70.

à son auteur, s'efforçait de son côté de rassurer Darantière, tout en préparant le déménagement de sa librairie, la mise en caisses des livres, les rangements comptables. Le 27 juillet 1921, après un an et demi d'existence, *Shakespeare and Company* passa en effet du 8, rue Dupuytren au 12, rue de l'Odéon, dans une boutique trouvée par Adrienne, en face de *La Maison des Amis des Livres*, légèrement plus haut sur le trottoir opposé. Cette transition marquait un tournant dans l'histoire des deux librairies, dont les liens intimes et professionnels, connus de beaucoup, devenaient en quelque sorte visibles de tous, concrètement, englobés dans un seul regard. Dès lors, le passage de l'une à l'autre, déjà régulier, se fera continuel.

Il n'est peut-être pas anodin que le rapprochement de *Shakespeare and Company* et de *La Maison des Amis des Livres*, désormais inscrit dans l'espace et la pierre, se soit produit au beau milieu de la préparation de *Ulysses*. Le livre, dès l'origine, ne se dessine-t-il pas comme le symbole même de la collaboration entre Sylvia Beach, l'éditrice, et Adrienne Monnier, la conseillère de la première heure, destinée à devenir l'ordonnatrice de la traduction française ? À peine l'initiative de la publication lancée, cette dernière n'a-t-elle pas proposé d'organiser une lecture à *La Maison des Amis des Livres* pour présenter Joyce au public français ? Mais que peut savoir Adrienne de *Ulysses*, si elle ne lit pas l'anglais — *a fortiori* « le Joyce » ? Elle s'en remet entièrement à son amie, dans une confiance qui est aussi la marque d'un discernement.

Adrienne suit aussi l'avis de Larbaud, qui travaille à sa conférence en vue de la séance — conférence décisive, maintes fois reprise, où l'écrivain trace et développe le parallèle entre *Ulysses* et l'*Odyssée* d'Homère, d'après le plan donné par Joyce lui-même. Écrasé par sa tâche, l'auteur de *Barnabooth* ne peut pas assurer en plus la traduction d'extraits de « Pénélope » qu'il comptait lire en français et demande de l'aide. Un jeune homme de vingt ans se propose : Jacques Benoist-Méchin.

De Jacques Benoist-Méchin, la postérité a davantage retenu le visage du biographe mais aussi du collaborateur, spécialiste de l'*Histoire de l'armée allemande*, condamné à mort à la Libération puis gracié par de Gaulle. Avant d'être tout cela, il fut aussi un grand passionné de littérature et de musique d'une curiosité insatiable — longtemps, il hésita entre les deux carrières, pour se consacrer finalement à la tâche d'historien. Adrienne, qui avait ses têtes, l'aimait beaucoup [1], tout comme Sylvia qui l'initia à Joyce. Une série de lettres conservées à Princeton révèlent sa vive et précoce sensibilité aux écrits de Joyce, commentés en visionnaire :

> Mais surtout ce que je trouve étonnant chez lui, c'est le domaine qu'il s'est donné à explorer. Là où d'autres et des plus grands (Novalis, Valéry) nous donnent l'im-

---

1. Madeleine Milhaud rapporte ce témoignage : « Je me souviens qu'un jour des dessins de Steinlein avaient été retrouvés sur les quais. Ils provenaient de chez Roger Désormière, le chef d'orchestre, grand ami de Benoist-Méchin et mari de Colette Steinlein, la fille du peintre. Cela ne pouvait être que Benoist-Méchin, mythomane et kleptomane avéré, qui avait subtilisé et revendu les dessins, cachés dans une armoire fermée à clef. Mais Désormière, qui était très bon, n'a pas voulu donner suite. Lorsque j'ai appris cette histoire, je l'ai racontée à Adrienne Monnier en lui conseillant seulement de se méfier. Mon Dieu ! Que n'avais-je pas dit là ! Elle était hors d'elle. Il n'était pas question de dire un mot de travers sur Benoist-Méchin. Dès lors, nos relations ont changé » (entretien de l'auteure avec Madeleine Milhaud, Paris, 17 octobre 2001).

pression de vivre sur les confins extrêmes de l'âme humaine, là où elle est toute prête à se transformer, sur le moindre signe, en fumée ou en musique, Joyce, lui, s'installe au centre même de l'homme ; et notre émerveillement est de voir que ce qui fait le milieu même de notre individu nous est plus inconnu encore que nos limites, et que les points les plus intenses de nous-mêmes sont peuplés de rumeurs et de monstres, plus inquiétants encore.

Mais, à mon avis, deux points surtout différencient Joyce de ceux qui sont venus avant lui.

D'abord, une subtilité d'analyse comparable à celle que nous avons parfois en rêve, et qui aboutit à une matérialisation exacte et précise, des sentiments les plus fugaces de notre durée, et ensuite, ceci : c'est qu'il ne suffit pas de nous donner un aperçu très bref, et momentané de notre âme, mais nous faire connaître son visage profond, et à nous associer à son rythme.

Il y aurait encore mille choses à dire, et une étude approfondie sur Joyce s'impose, mais tout cela, vous le savez aussi bien que moi, et il peut sembler bien pédant à moi de vous donner mes impressions d'un livre que je ne connaîtrais pas sans vous [1].

Lorsqu'il apprend la publication imminente de *Ulysses*, Benoist-Méchin s'enthousiasme et écrit à Sylvia Beach depuis Wiesbaden : « Comment va-t-il ce merveilleux sanglier ? et ses yeux dont je l'espère guéri. Je ne vous sépare plus de lui, ni lui de Shakespeare & Company. Vraiment je vous prédis un avenir plus célèbre encore que les Amazones de

1. Princeton, Box 186, Lettre de Jacques Benoist-Méchin à S. Beach, mercredi 20 avril [1921]. Dans ses lettres écrites de l'étranger, Benoist-Méchin a toujours un mot pour regretter la distance qui le sépare de l'Odéonie. À la fin de celle-ci, il ajoute : « D'ailleurs, ce n'est pas ici que je suis, mais dans ce grand pays merveilleux où nous nous rencontrons tous, comme des astres heureux. »

Gourmont, Jeanne d'Arc, ou Hélène de Troie[1]. » Le
choix des références mythologiques ou historiques
en dit long sur l'image de Sylvia et d'Adrienne : guer-
rières et sacrifiées.

Sa proximité avec l'Odéonie, son excellente
connaissance de l'anglais le désignent donc pour
assister Larbaud, avec la collaboration de Léon-Paul
Fargue. On le sait peu, mais c'est à Jacques Benoist-
Méchin que l'on doit le dernier mot d'*Ulysse*, le retentissant « Oui » de Molly. Le texte original se terminait
par *I will*, traduit par « je veux bien », ce qui était
faible et « sonnait mal ». Benoist-Méchin proposa à
Joyce d'ajouter un « Oui » final. Après de longues discussions, l'auteur, qui y avait songé dès l'origine, se
rendit aux arguments de son traducteur : « Vous avez
raison. Le livre doit se terminer sur *Oui*. Il doit se terminer sur le mot le plus positif du langage humain[2]. »

La séance, donnée au bénéfice de Joyce, eut lieu
le 7 décembre 1921 à *La Maison des Amis des Livres*.
Un acteur proche de *The Little Review*, Jimmy Light,
lut un extrait des « Sirènes » en anglais qu'il avait
répété la veille avec l'auteur, dans l'arrière-boutique
de *Shakespeare and Company* d'où l'on entendait
monter leurs voix récitant : « Bald Pat was a waiter
hard of hearing[3]... » Larbaud, maître des cérémo-

1. Princeton, Box 186, Lettre de Jacques Benoist-Méchin à
S. Beach, 20 août 1921. À l'époque, Benoist-Méchin battait le
rappel pour *Ulysses*, comme il le précise plus loin : « J'ai écrit
à Adrienne il y a quelques jours pour lui demander des prospectus pour Joyce. Je voudrais que quelques Allemands sous-
crivent. Cela ferait très bien. Malheureusement je m'aperçois
qu'ils ont encore une telle haine de tout ce qui est anglais, que
cela rend les choses plus difficiles. »
2. Ellmann, *Joyce*, II, *op. cit.*, p. 154-155.
3. *S & C*, p. 67 : « Bald Pat était un garçon de café dur
d'oreille... »

nies, très pâle, essayait de dominer son trac. Avant
sa conférence, un avertissement avait été distribué :
« Nous tenons à prévenir les auditeurs que certaines
des pages qu'on lira sont d'une hardiesse peu commune et qui peut très légitimement choquer[1]. » Malgré ces précautions, Larbaud s'autocensura en
sautant quelques passages qu'il comptait lire, soudain jugés trop osés. Malgré l'absence remarquée
d'Ezra Pound, agacé par la notoriété soudaine de sa
« découverte », la soirée fut un triomphe. Les deux
cent cinquante spectateurs, pressés dans la boutique
qui pouvait en contenir cent, applaudirent sans
réserves. Joyce, dissimulé derrière un paravent par
timidité, dut être poussé sur le devant de la scène,
rouge de confusion.

Ce « lancement », unique dans l'histoire de l'édition, auréola d'une gloire nouvelle un livre qui n'était
pas encore paru mais dont le titre était sur toutes les
lèvres. L'événement relança aussi les souscriptions,
qui venaient de franchir la barre des quatre cents.
Parmi les premières signatures, Sylvia Beach comptait les fidèles de l'Odéonie, abonnés et amis de *La
Maison des Amis des Livres* ou de *Shakespeare and
Company* : André Gide, Raymonde Linossier, Léon-
Paul Fargue, Jules Romains, Robert McAlmon, Ezra
Pound, Ernest Hemingway... Ces deux derniers ne
ménageaient pas leurs efforts pour battre le rappel
de la colonie anglo-saxonne à l'intérieur ou à l'extérieur de Paris. Ainsi Pound vint un jour à la librairie avec un trophée : la souscription de W. B. Yeats,
poète admiré de Joyce, qui se montra ému par ce
geste de son aîné. Elle s'ajoutait à une liste presti-

1. IMEC, Affiche-programme de la séance donnée au profit
de James Joyce, 7 décembre 1921, rédigée par Adrienne Monnier.

gieuse et étonnamment variée, des cercles mondains aux milieux artistiques, qui comptait entre autres Winston Churchill, Natalie C. Barney, Berenice Abbott, la comtesse Greffulhe, Violette Murat, Élisabeth de Clermont-Tonnerre, Djuna Barnes, Peggy Guggenheim, John Dos Passos, etc.

Mais la plus célèbre réponse fut sans aucun doute celle de George Bernard Shaw, objet d'un pari : Sylvia maintenait qu'il souscrirait, Joyce n'y croyait pas. La lettre demeure un modèle du genre :

> Chère Madame,
> J'ai lu des fragments d'*Ulysses*, lors de leur publication en revue. Ce sont les révoltantes annales d'une phase dégoûtante de la civilisation ; mais elles sont fidèles ; et j'aimerais pouvoir entourer Dublin d'un cordon sanitaire pour y enfermer tous les individus mâles de quinze à trente ans et les forcer ensuite à lire ces obscénités aussi pénibles à la bouche qu'à l'esprit. C'est peut-être pour vous de l'art ; vous êtes probablement (je ne vous connais pas, voyez-vous !) une jeune barbare éblouie par l'excitation et l'enthousiasme que l'art suscite chez les esprits passionnés ; mais, pour moi, tout cela est hideusement vrai : j'ai déambulé le long de ces rues et j'ai connu ces boutiques et j'ai entendu et pris part à ces conversations. Je les ai fuies pour l'Angleterre à l'âge de vingt ans ; et quarante ans plus tard j'ai appris par les livres de M. Joyce que Dublin continuait à être ce qu'il avait toujours été et que les jeunes gens continuaient à y radoter entre leurs dents les mêmes polissonneries — exactement comme en 1870. Cependant, on peut trouver quelque consolation dans la pensée que quelqu'un les a ressenties assez en profondeur pour envisager l'horreur de les transcrire et d'utiliser son génie littéraire pour mettre ses lecteurs en face d'elles. En Irlande, on a l'habitude d'essayer de guérir un chat de ses mauvaises habitudes en lui frottant le nez dans son pipi. M. Joyce a essayé

d'appliquer le même traitement à l'être humain. J'espère qu'il verra ses efforts couronnés de succès.

Je sais bien qu'il y a d'autres qualités et d'autres passages dans *Ulysses*; mais ils n'appellent aucun commentaire particulier de ma part.

L'envoi du prospectus suggérant une invitation à souscrire, je dois ajouter que je suis un gentleman irlandais d'un certain âge et si vous imaginez qu'aucun Irlandais, même d'un âge moins certain que moi, consentira à payer cent cinquante francs pour un tel livre, c'est que vous connaissez bien mal mes compatriotes.

Très cordialement à vous,

G. Bernard Shaw[1].

Pari perdu, donc, pour Sylvia Beach qui offrit comme convenu à Joyce une boîte de ses cigares favoris.

D'autres missives incitaient moins à sourire. À l'hiver, nombre de souscripteurs qui s'attendaient à recevoir leur exemplaire dès octobre s'impatientèrent et adressèrent des reproches à l'éditrice. Ainsi du colonel T. E. Lawrence (d'Arabie), auprès duquel Sylvia Beach dut s'excuser comme elle put : « Je n'avais malheureusement pas le temps de lui expliquer que, moi aussi, j'étais en train de livrer une bataille, bien que ce ne fût pas dans le désert[2]. »

Au début de l'année 1922, la lutte de Sylvia Beach

---

1. *S & C*, p. 60-61. Pound insista néanmoins auprès de Shaw, qui finit par lui envoyer une carte postale représentant l'ensevelissement du Christ avec cette légende : « Mise au tombeau de J. J. par ses éditeurs après le refus de G. B. S. de souscrire à *Ulysses* ». Il ajoutait : « Suis-je obligé, Ezra, d'aimer les mêmes choses que vous ? En ce qui me concerne, je m'occupe des "pence" et laisse les "Pounds" se débrouiller tout seuls ! » (*id.*, p. 62).

2. *Id.*, p. 70.

est au bord du dénouement. Sachant le prix accordé par Joyce aux dates anniversaires — et en particulier à celle de sa naissance —, elle presse Darantière de mettre les bouchées doubles pour sortir le livre le 2 février, jour des quarante ans de l'auteur — lequel, le 30 janvier, remettait ses dernières corrections... L'imprimeur honore en partie cette exigence en acheminant deux exemplaires par le train express de Dijon à Paris, au petit matin de la date fatidique. Sylvia Beach reçoit le précieux paquet à la gare et saute dans un taxi pour déposer aussitôt un exemplaire à Joyce. Quant à l'autre, elle l'expose dans sa vitrine — pour regretter aussitôt ce geste imprudent. En quelques heures, la nouvelle se répand comme une traînée de poudre. Tout le monde veut voir le livre, avec sa couverture bleue où se détachent ces seules lettres blanches capitales : ULYSSES / by / JAMES JOYCE. Le volume, de grand format, est d'allure imposante : in-8° de 24 x 20 cm, il pèse 1,550 kg, compte 732 pages et... entre 1 et 6 erreurs typographiques par page, soit une moyenne de 2 500 fautes. Mais *Ulysses* existe. Pour remercier Sylvia Beach de ses efforts, Joyce lui envoie ce poème, librement adapté des *Deux Gentilshommes de Vérone*, de William Shakespeare :

> Who is Sylvia, what is she
> That all our scribes commend her?
> Yankee, young and brave is she
> The West this pace did lend her
> That all books might published be.
>
> Is she rich as she is brave
> For wealth oft daring misses?
> Throngs about her rant and rave
> To subscribe for *Ulysses*
> But, having signed, they ponder grave.

Then to Sylvia let us sing
Her daring lies in selling
She can sell each mortal thing
That's boring beyond telling
To her let us buyers bring.

J. J.
After
W. S.

Qui est Sylvia, qu'est-elle donc
Pour que tous nos scribes la vantent ?
C'est une Yankee, jeune et courageuse
L'Ouest lui prêta cette allure
Afin que tous les livres puissent être publiés.

Est-elle aussi riche qu'elle est brave
Car la richesse manque souvent d'audace ?
Des foules tempêtent et divaguent
Pour souscrire à *Ulysses*
Mais, ayant signé, méditent gravement.

Alors pour Sylvia chantons
Son audace est de vendre.
Elle peut vendre toute chose mortelle
D'un ennui indicible
Amenons-lui des acheteurs [1].

J. J.
d'après
W. S.

1. James Joyce, « Who is Sylvia », poème adapté des *Deux Gentilshommes de Vérone*, acte IV, scène II, de William Shakespeare, reproduit dans le *Mercure de France*, n° 1198-1199, *op. cit.*, p. 102. La traduction est reprise du livre de Hugh Ford, *Published in Paris*, IMEC, 1996, p. 35-36. Dans *Finnegans Wake*, Joyce reprendra ce poème, transformé en « Who is silvier ».

Sur un mode léger, Joyce laisse déjà poindre cette question : Sylvia Beach n'était-elle aux yeux de l'Irlandais que la Yankee chargée de commercialiser son génie ? La suite de l'histoire esquissera la réponse. Dans l'intervalle, Sylvia Beach doit, en effet, assurer la vente de la première édition et veiller à sa promotion, envoyer les exemplaires de *Ulysses* à travers le monde (jusqu'en Chine et aux Indes) et recevoir les journalistes, les admirateurs, les curieux. Or, les articles, fébrilement attendus par Joyce qui se rend tous les jours rue de l'Odéon, n'arrivent pas au rythme escompté. Trop superficiels ou violemment hostiles, jamais assez nombreux et importants. Ses deux grandes consolations seront les études consacrées par Larbaud, dans la *NRF* du mois d'avril 1922, et celle de T. S. Eliot, dans *The Dial*, qui ne paraîtra qu'au mois de novembre de l'année suivante.

Comme tout succès de scandale, la publication de *Ulysses* génère une cascade de malentendus. En quelques mois, Sylvia Beach, « sulfureuse » éditrice d'un roman « pornographique », est devenue l'Américaine la plus célèbre de Paris. Quant à Joyce, son mythe ne fait que s'amplifier : on le dit alcoolique, cocaïnomane, ascétique ; on prétend qu'il se baigne dans la Seine tous les jours, qu'il porte des gants noirs pour dormir, qu'il a quatre montres sur lui et passe son temps à demander l'heure ; sa manie de donner du « Monsieur » ou du « Madame » aux gens qu'il rencontre le fait passer pour un petit-bourgeois quand d'autres l'assimilent à une caricature du poète bohème ; on murmure qu'il est propriétaire de cinémas en Suisse, mourant à New York, aveugle et ruiné à Paris, espion, agent double. On raille ses superstitions (le tonnerre et la vue d'un rat le font s'évanouir de terreur, comme le passage d'un chat noir sur son chemin), on craint ses silences. On s'agace, surtout, de cette notoriété née de tous les fantasmes.

Ce climat, entretenu par la censure, braque tous les projecteurs sur l'Odéonie. Selon Malcolm Cowley, la journée d'un jeune Américain à Paris dans les années 1920 commençait au Dôme et se terminait chez *Shakespeare and Company* : « Les boissons interdites dans le premier, les livres interdits dans le second[1]. » Banni d'Angleterre, d'Irlande et des États-Unis, *Ulysses* a toutes les peines du monde à franchir l'Atlantique. Les exemplaires déjà réglés par correspondance, attendus par les souscripteurs, sont brûlés à la douane de New York. Sylvia Beach doit faire front et improviser. Un ami de Hemingway acheminera les volumes un à un, ficelés sous son pantalon, par bateau, du Canada aux États-Unis... Sa mission accomplie, après des semaines d'un trafic éprouvant, il répondra aux remerciements et au chèque de Sylvia Beach par ces mots : « Vous ne devez pas me remercier. Ma petite performance, aussi risquée fut-elle, m'a simplement permis de rendre service à un collègue artiste et son audacieuse éditrice... Et vous, Miss Beach, vous méritez bien des félicitations pour votre courage à publier ce livre. Toutefois, des amies féministes m'avaient prévenu que l'on pouvait toujours compter sur une femme quand son courage était soumis à des épreuves d'endurance[2]. »

1. Malcolm Cowley, « When a Young American », *Mercure de France*, n° 1198-1999, *op. cit.*, p. 59. Ce lien entre la censure et la prohibition n'est pas anodin. Aux États-Unis, l'autorisation de publier *Ulysses* coïncida exactement avec la levée de la prohibition, décrétée la même semaine.
2. Cité par Fitch, p. 140. « You mustn't thank me. My small performance, dangerous as it was, simply enabled me to be of

L'effervescence autour de *Shakespeare and Company*, devenue le quartier général de Joyce, attise les jalousies, provoque des irritations. Il y a désormais le clan Stein — qu'a rallié Sherwood Andersen — et le clan Joyce — où se range par exemple McAlmon —, Hemingway, grand admirateur de l'une et de l'autre, naviguant entre les deux avec diplomatie. Quant à Ezra Pound, il regarde d'un œil cynique le succès de son « poulain » et ironise sur Miss Bitch (« salope », en anglais), « comme son nom est prononcé par les Parisiens ». Pour ajouter, dans sa lettre à John Quinn : « Elle a été très chouette pour *Ulysses*, mais elle est d'une ignorance crasse et n'a aucun tact. (Ainsi, en ce qui me concerne, quand je vais dans sa boutique, une fois sur deux elle m'offense, et elle en est *parfaitement*, oh, j'en suis convaincu, parfaitement inconsciente.) Elle n'a rien à gagner à m'offenser. Voici, je pense, une juste définition du manque de tact : offenser sans le vouloir[1]. » Le témoignage d'Ezra Pound est, *a priori*, dans l'état actuel des connaissances, le seul à pointer ce trait chez Sylvia Beach.

---

service to a fellow artist and his daring publisher... And you, Miss Beach, merit a good measure of congratulation for your courage in publishing the book. However, I have been told by feminist friends that the woman could always be relied upon when her courage had to be put to any endurance tests. »

1. Lettre d'Ezra Pound à John Quinn, 21 février 1922, *The Selected Letters of Ezra Pound to John Quinn, 1915-1924*, Timothy Materer éd., Durham et Londres, Duke University Press, 1991, Lettre 63, p. 205. « She has been very sporting over *Ulysses*, but she is bone ignorant and lacking in tact. (I mean, in my own case, that she insults me every other time I go into the shop, in *perfect*, oh, I am convinced, in perfect unconsciousness of the fact.) She has nothing to gain by insulting me. / That I think is a fair definition of tactlessness : to insult when you don't mean to. »

Au 1er juillet 1922, la vente de la première édition, quasiment épuisée, totalise 141 781 francs. L'éditrice se félicite de l'accueil réservé à Joyce à Paris : « Les écrivains français, écrit-elle à Harriet Weaver, contrairement à leur tradition de relative étroitesse vis-à-vis des étrangers, l'ont reçu à bras ouverts et ont une grande admiration pour lui[1]. » Opinion corroborée par Joyce lui-même, dans une lettre à son père : « Si je pouvais, je vivrais dans un endroit calme, près de la Méditerranée, mais Nora n'aime pas cette région ; elle a des amis à Paris, Giorgio et Lucia aussi. De plus, il est indéniable que la plus grande partie de ma réputation ici est due à la généreuse admiration des écrivains français[2]. »

Si la République des lettres loue le génie de Joyce, les jugements sur *Ulysses* sont contrastés. Larbaud en est « fou », Claudel le trouve, bien entendu, « diabolique », quand Gide, souscripteur de la première heure, parle en privé de « faux chef-d'œuvre ». Côté anglo-saxon, Gertrude Stein émet de fortes réserves, Hemingway s'enthousiasme, Eliot le porte aux nues, mais Virginia Woolf — qui avait refusé le manuscrit pour Hogarth Press — dissimule mal son mépris. Certains, comme Wyndham Lewis, se dérobent derrière des idées générales sur un « livre d'époque, dérivant de Bergson et d'Einstein qui avaient remplacé le solide par le mouvant[3] ». Ces variations d'opinions, que l'on serait tenté d'indexer au baromètre des rivalités sourdes, rendent d'autant plus

---

1. Princeton, Box 233a, Lettre de S. Beach à Harriet Shaw Weaver, 18 juin 1922. « The French writers, contrary to their rather narrow traditions in regard to foreigners, have received him with open arms and have the greatest admiration for him. »
2. Ellmann, *op. cit.*, p. 176.
3. Ellmann, *op. cit.*, p. 236.

saillante la passion inconditionnelle de Sylvia Beach pour l'œuvre qu'elle porte et défend à bout de bras. La libraire déclarait avoir eu trois amours dans sa vie : Adrienne Monnier, James Joyce et *Shakespeare and Company*. On la croit volontiers.

La célébrité de Sylvia Beach dépasse les frontières. Dans son pays, la honte effarouchée le dispute à la fierté : « Paris ne serait pas un lieu pour la fille d'un ministre du culte ? Balivernes ! Voyez seulement les grandes choses qu'y ont accomplies les jolies sœurs Beach depuis qu'elles ont quitté leur pasteur de père pour les boulevards[1] », s'exclame le *Ogden Standard Examiner* du 7 janvier 1923, associant dans un frisson Sylvia, la libraire téméraire, et Cyprian, la séduisante actrice. Cette soudaine publicité un rien *glamour* autour de son nom laisse dans l'ombre les difficultés quotidiennes de Sylvia Beach aux prises avec les exigences de Joyce et les affaires courantes de sa boutique, les batailles pour l'exportation et les risques encourus pour un livre qui circule, hormis la France, sous le manteau, parfois recouvert d'une couverture illustrée de contes pour enfants... En 1923, 400 exemplaires de la deuxième édition[2] ont brûlé avant d'atteindre leurs destinataires américains, 500 s'en sont allés en fumée dans la « King's Chimney », comme les Britanniques surnommaient l'incinérateur officiel.

En 1924, c'est le manuscrit de *Ulysses* qui subit un

1. Cité par Fitch, p. 141. « Paris No Place for a Minister's Daughter ? Nonsense ! Just see what great things the pretty Beach sisters have accomplished there since they left their parson papa for the boulevards. » Le même article parut dans plusieurs journaux du pays.
2. Cette deuxième édition, imprimée à Paris et financée par Miss Weaver en vertu d'un accord avec Sylvia Beach, disparut presque intégralement, après quoi l'éditrice britannique renonça définitivement à son projet de publier *Ulysses*.

autre feu : celui des enchères. Le 16 janvier, John
Quinn a en effet confié sans regret son bien aux
commissaires-priseurs. Le marchand A. S. W.
Rosenbach remporte le trophée pour 1 975 dollars
seulement, somme jugée « insultante » par Joyce, qui
tente en vain de le racheter. Étrange paradoxe : le
texte d'origine part dans une relative indifférence,
tandis que l'histoire de la publication du livre tourne
à la légende, légende relayée par Jane Heap et Margaret Anderson qui entament en Europe une série de
conférences sur leur aventure d'éditrices et leur procès. C'est sans doute à cette époque que Paul Valéry,
entêté dans sa fâcheuse habitude de ne jamais dater
ses lettres, écrit à Sylvia Beach : « J'aimerais bien to
make acquaintance avec ces femmes charmantes,
Heap et même Hurrah. Mais le temps, mais le
temps, et le moyen de se coucher tard quand il faut
se lever matin[1] ?... » Car Sylvia Beach, au contraire
de Joyce qui partage peu ou prou le mépris de Quinn
pour les directrices de *The Little Review*, comprend
leur amertume d'avoir été trop vite oubliées et organise des rencontres en leur honneur. Mais au fil du
temps, sa sympathie va céder à un sentiment plus
équivoque, notamment lorsqu'elle apprend que Jane
Heap projette de se lancer dans l'édition à Paris,
avec Three Mountains Press et Contact Edition :
« Certaines personnes me haïssent à cause de ma
librairie et de *Ulysses*, écrit Sylvia à sa mère, mais si
elles avaient d'éternels problèmes comme les miens
elles ne penseraient pas que l'on a les choses pour
rien[2]. »

---

1. BLJD, Lettre de Paul Valéry à S. Beach, « Dimanche ».
2. Lettre de S. Beach à sa mère, novembre 1924, citée par
Fitch, *op. cit.*, p. 173. « Some people hate me because of my
shop and *Ulysses*, but if they had an "old trouble" like mine
they wouldn't think they'd got something for nothing. »

Joyce, en effet, n'autorise aucun répit à Sylvia Beach. Il la presse pour relancer les éditions de *Ulysses*, la harcèle pour obtenir des articles, lui demande des services quotidiens, l'accable de demandes — en particulier la veille de ses vacances d'été où, dans l'anxiété de la voir partir en Savoie avec Adrienne pendant un mois, il lui présente ce qu'il appelle sa « grocer's list » (la liste de courses). Pour peu qu'elle se repose ou sorte d'une convalescence, il se réjouit de son rétablissement, car il s'apprêtait à venir la voir, « exhausted, penniless... » (« épuisé, sans un sou »). Toutes ses affaires passent par *Shakespeare and Company*, où la libraire fait désormais office de secrétaire particulière. Toujours à court d'argent, Joyce commence par emprunter dans la caisse, puis ne rembourse plus, assimilant d'autorité ces sommes à des droits d'auteur ou à des avances. Harriet Shaw Weaver augmente ses dons, soulagements provisoires.

Les années passent et, malgré le maintien d'une courtoisie de façade, la tension monte entre Joyce et son éditrice. Un premier pic est atteint en 1927, année noire pour Sylvia Beach qui perd sa mère en juin dans d'obscures conditions[1], et où éclate une pénible affaire qui mûrissait de longue date : le piratage de *Ulysses*. Interdit aux États-Unis, le livre n'est pas protégé par le copyright, ce qui laisse paradoxa-

---

1. La femme du révérend, propriétaire d'un magasin en Californie où elle vivait séparée de son mari, avait été accusée de vol — probablement par négligence. Elle écrivit une longue lettre pour se défendre du grief qui lui était reproché, mais restait écrasée sous le poids de la culpabilité. De passage à Paris pour rendre visite à sa fille, elle absorba une quantité suffisante de médicaments pour provoquer sa mort, survenue à l'Hôpital américain, le 22 juin. Sylvia Beach garda toute sa vie le secret de ce suicide, dont elle cacha la vérité à sa famille.

lement libre cours à n'importe quelles contrefaçons ou publications parallèles. Un homme l'a compris : l'éditeur Samuel Roth, qui a entrepris de publier *Ulysses* sous le manteau dans sa revue *Two Worlds*, sans verser de droits ni à l'auteur ni à *Shakespeare and Company*. De lettres en menaces, Sylvia Beach a tout essayé pour empêcher cette entreprise qui grève lourdement son travail. Le 2 février 1927, une protestation officielle est mise en circulation. Elle est signée de 167 écrivains et artistes du monde entier, parmi lesquels Jacques Benoist-Méchin, Benjamin Crémieux, Georges Duhamel, Édouard Dujardin, T. S. Eliot, Havelock Ellis, Gaston Gallimard, André Gide, Julien Green, Knut Hamsun, Daniel Halévy, Ernest Hemingway, Hugo von Hofmannsthal, Valery Larbaud, Thomas Mann, Mina Loy, Paul Morand, Romain Rolland, Miguel de Unamuno, H. G. Wells, Virginia Woolf, W. B. Yeats. Joyce est surtout touché par deux noms : Benedetto Croce et Albert Einstein. Et frappé par une absence : celle d'Ezra Pound, drapé dans son exil de Rapallo[1].

Mais Roth ne désarme pas, traite Joyce de « juif renégat », Sylvia Beach de « virago vicieuse » responsable d'une conspiration. L'éditrice, elle, sait que la seule façon d'arrêter l'hémorragie serait d'officialiser la publication. Joyce la presse de se rendre aux États-

---

1. Sherwood Anderson, signataire de la pétition, reçut même une lettre de Roth arguant pour sa défense vouloir diffuser et populariser la pensée de Joyce. À quoi l'écrivain lui répondit : « Dear Mr Roth, What right have you to publish the work of any living author without his permission ? » (« Cher M. Roth, Quel droit avez-vous de publier l'œuvre d'un auteur vivant sans sa permission ? ») Réponse de Roth, le 2 mai 1927 : « Your note in its brievety was your first composition which I could read through to a finish. » (« Votre billet dans sa brièveté a été la première de vos compositions que j'aie pu lire jusqu'à la fin. ») (Princeton, Box 182.)

Unis pour négocier dans ce sens, sans égards pour
son travail parisien, d'où ce sursaut d'orgueil : « Shakespeare and Company fut mon invention, et même
si elle le fut à un tout autre niveau que *Ulysses*, je
pourrais pareillement la revendiquer comme
mienne. N'oubliez pas que ma librairie et Compagnie
battait déjà son plein quand Joyce se présenta[1]. »

Aux yeux de Joyce, *Shakespeare and Company* n'est
ni une librairie, ni une bibliothèque de prêt, ni une
« création » : c'est sa maison d'édition personnelle,
chargée de son train de vie et de la diffusion de son
œuvre. Les efforts de Sylvia Beach n'y font rien,
l'écrivain revient toujours à la charge avec les mêmes
demandes, les mêmes exigences, feignant de reconnaître : « C'est merveilleux d'être un "génie", me dit-
on, mais je ne crois pas avoir pour autant le droit de
vous harceler et de vous empoisonner matin, midi et
soir pour avoir de l'argent, encore de l'argent, toujours de l'argent. Vous avez trop à faire déjà pour
que je frappe continuellement à votre porte. J'ai
presque envie de laisser entrer les huissiers et de les
regarder repartir avec les meubles et les animaux de
l'arche[2]. » À la vérité, Sylvia Beach est épuisée. Tou-

1. Cité par Fitch, p. 259-260. « Shakespeare and Company
was my invention, and though it is on a very different level
from *Ulysses*... all the same it was something I could really
claim as mine. Don't forget that my bookshop and Company
was already in full swing when Joyce came along. »
2. Lettre de James Joyce à S. Beach, 17 mars 1927, *James
Joyce's Letters to Sylvia Beach, 1921-1940*, Melissa Banta et
Oscar A. Silverman éd., Indiana, p. 116. (Traduction : Ellmann, *op. cit.*, p. 301). « It is a hard thing, so I am told, to be
a "genius" but I do not think I have the right to plague and
pester you night, noon and morning for money, money, and
money. You are altogether overworked without my rapping at
the door. I am almost inclined to let the bailiffs in and watch
them walk off with the furniture and animals in the ark. »

chée par les gestes de Joyce — qui lui donne nombre
de ses manuscrits comme pour parer d'avance ses
protestations —, toujours aussi admirative de son
talent, dévouée à l'avènement de son œuvre, mais
épuisée par tant d'acide désinvolture. Elle tentera de
le lui dire posément, dans une lettre qui donne la
mesure de sa situation :

> Je crains que moi et mon petit magasin ne soyons
> pas capables d'assurer votre subsistance et celle de
> votre famille d'aujourd'hui à juin, ni de financer le
> voyage de Mme Joyce et vous-même à Londres « avec
> monnaie sonnante et trébuchante en poche ». C'est
> une perspective absolument effrayante pour moi. Je
> dépense déjà pour vous des sommes que vous ne pou-
> vez même pas imaginer, et tout ce que j'ai je vous le
> donne. Parfois je crois que vous ne vous en rendez pas
> compte, comme lorsque vous dites à Miss Weaver que
> mon travail va « s'amenuisant ». La vérité est que mon
> affection et mon admiration pour vous sont sans
> limites, comme le travail dont vous chargez mes
> épaules. Lorsque vous êtes absent, chaque mot que je
> reçois de vous est un ordre. La récompense de mon
> travail incessant pour votre compte est de vous voir
> vous mettre dans un joli pétrin et de vous écouter vous
> plaindre (je suis pauvre et fatiguée aussi) et j'ai remar-
> qué qu'à chaque fois qu'un nouvel effort m'est
> demandé (ma vie est un « six jours » continuel avec des
> sprints tous les dix tours) et que je m'arrange pour
> accomplir la tâche qui m'est impartie, vous essayez de
> voir jusqu'où je pourrais aller plus loin une fois le tra-
> vail fait. Est-ce humain[1] ?

1. Lettre de Sylvia Beach à James Joyce, 12 avril 1927. « I
am affraid I and my little shop will not be able to stand the
struggle to keep you and your family going from now till June,
and to finance the trip of Mrs. Joyce and yourself to London
"with money jingling in your pocket". It is a very terrifying

Ce climat affecte immanquablement l'atmosphère de l'Odéonie. *Ulysses* a apporté la gloire à *Shakespeare and Company*, en deviendrait-il la plaie ? Les caprices de Joyce ne sont pas seuls en cause. La dévotion de Sylvia Beach, entrecoupée de brefs moments d'une révolte vite étouffée, a quelque chose à la fois d'aveugle et de contraint, au point de rendre ses amis perplexes : Sherwood Anderson, qui a « vu clair » dans le jeu de Joyce, est décontenancé par l'attitude de la libraire, chez qui il se rend de moins en moins [1]. La généalogie de Sylvia Beach, petite-fille de missionnaire, fille de pasteur, a parfois été mise en

---

prospect for me. I have already many expenses for you that you do not dream of, and everything I have I give you freely. Sometimes I think you don't realize, as when you said to Miss Weaver that my work was "easing off". The truth is that as my affection and admiration for you are unlimited, so is the work you pile on my shoulders. When you are absent, every word I receive from you is an order. The reward for my unceasing labour on your behalf is to see you tie yourself into a bowk-not and hear you complain (I am poor and tired too) and I have noticed that every time a new terrible effort is required from me (my life is a continual "six hours" with sprints every ten rounds) and I manage to accomplish the task that is set me you try to see how much more I can do while I am about it. Is it human ? » (*James Joyce's Letters to Sylvia Beach, 1921-1940, op. cit.*, p. 209).

1. En 1927, Sherwood Anderson écrit à Adrienne Monnier : « Anyway Paris means to me more your shop and your own and Miss Sylvia's house and the apartment of the Bécats than anything else that gives pleasure. / (I am a bit afraid of Miss Sylvia — alas — I did not like Joyce so much as I saw him clearer — don't tell him). » « Paris, pour moi, c'est bien davantage votre boutique et vous-même et la maison de Miss Sylvia et l'appartement des Bécat [sœur et beau-frère d'Adrienne Monnier] que quoi que ce soit d'autre de plaisant. / (Je suis un peu effrayé par Miss Sylvia — hélas — je n'aimais pas tellement Joyce quand j'ai vu clair dans son jeu — ne lui dites pas) » (Princeton, Box 182).

relief pour justifier ou expliquer sa « foi » à l'endroit
de Joyce et son abnégation. Était-ce le prix à payer
pour faire exister une œuvre à la fois si convoitée et
si rejetée à travers le monde ? Féministe, on l'a dit,
d'un caractère bien trempé et d'une énergie sans
bornes, Sylvia Beach, qui était « l'humour même »
selon Adrienne Monnier, n'a pas le profil d'une
femme soumise, soupçonnée d'être « amoureuse » du
grand homme. Mieux que Joyce, *Ulysses* fut sa
grande passion. Ses « sacrifices », elle en était
consciente, servaient aussi sa cause, l'avant-garde et
son œuvre propre — *Shakespeare and Company*, dont
le nom était désormais gravé dans l'histoire des
lettres modernes.

En sus de *Ulysses*, Sylvia Beach publiera deux
opuscules joyciens : *Pomes Penyeach* en 1927, recueil
de poèmes, et *Our Exagmination Round his Factifi-
cation for Incamination of Work in Progress* en 1929,
volume d'essais sur « l'œuvre en cours » de Joyce, le
futur *Finnegans Wake*, par Samuel Beckett, Marcel
Brion, Franck Bugden, Stuart Gilbert, Eugène Jolas,
Victor Llona, Robert McAlmon, Thomas MacGreevy,
Elliot Paul, John Rodker, Robert Sage et William
Carlos Williams [1]. *Pomes* et *Our Exag* (abréviations
couramment utilisées dans la librairie) sont en
quelque sorte liés « par défaut », si l'on veut bien

1. *Pomes Penyeach* [comprendre : poems 1 penny each], soit
treize petits poèmes à la douzaine, était vendu un shilling
(1 shilling = 12 pences, donc chaque poème à un penny). Le
titre jouait aussi sur l'homophonie de « poème » et « pomme »,
raison pour laquelle le livre porte une couverture verte,
comme les pommes Calville que la marchande du pont de la
Liffey à Dublin vendait treize à la douzaine pour un shilling.
Quant à *Our Exagmination*, il sollicitait douze écrivains
comme les douze apôtres et les douze clients du cabaret d'Ear-
wick.

considérer que leur publication visait en sous-main à démontrer, grossièrement, par une fantaisie poétique et des études sérieuses, que Joyce n'était pas fou et poursuivait un projet littéraire cohérent. Depuis *Ulysses*, ses recherches verbales avaient en effet pris des proportions qui déconcertaient de plus en plus son entourage, enclin à trouver son travail incompréhensible, voire illisible. La fidèle Harriet Weaver la première, bien que très attentive et parfois même accueillante à l'évolution de son œuvre, lui reproche son opacité et confie à Sylvia Beach sa crainte de la voir se ranger bientôt parmi les « curiosités littéraires ». Joyce, qui attache une grande valeur à l'avis de sa bienfaitrice, en conçoit lui-même une anxiété grandissante — il lui arrive, sur une critique de Harriet Weaver, de se mettre au lit avec de la fièvre pendant deux jours.

On a souvent mis en parallèle la cécité progressive de Joyce avec son intérêt accru pour l'oralité et une prosodie de plus en plus complexe, comme si s'opérait dans l'œuvre et la vie un mouvement inversement proportionnel — notons que la musique a toujours tenu une place prépondérante chez l'écrivain qui a par-dessus tout le goût du chant, des ballades irlandaises, des récitals et se met souvent au piano après des dîners entre amis, parfois accompagné par son fils Giorgio, baryton de profession. Lorsque germe chez lui l'idée de *Finnegans Wake*, dès 1922, Joyce continue de creuser la langue (comme Mallarmé voulait « creuser le vers ») à l'aide de tous les idiomes et de tous les sons, exploitant dix-sept langues et toutes les fantaisies sémantiques, poussant la logique d'éclatement à son comble. *Ulysses* était l'histoire d'un jour, *Finnegans Wake* sera l'histoire d'une nuit, qui achèvera l'opéra du monde joycien.

Ces recherches, Joyce les mène au sacrifice de
l'intelligibilité immédiate et paie le prix de son iso-
lement. On s'interroge, on ne comprend plus, on
prend ses distances. Pour Ezra Pound, Joyce
s'égare désormais dans « la description d'une maladie vénérienne » quand Larbaud n'y voit qu'un
« divertissement philologique [1] ». Sylvia Beach, elle,
le soutient et l'encourage. Mais lorsque Joyce lui
proposera de devenir l'éditrice de *Finnegans Wake*,
elle renoncera sans hésiter : l'expérience de *Ulysses*,
de l'exaltation au désenchantement, l'a laissée
exsangue.

Dans l'intervalle, un homme va prendre le relais
en publiant d'importants passages du livre dans sa
revue, fondée en 1927, et justement nommée *transition* : Eugène Jolas, au centre d'un deuxième
cercle d'intimes qui se forme autour de Joyce et va
progressivement se resserrer. Correspondant à Paris
du *Chicago Tribune*, Jolas a tôt fait de se rendre à
Shakespeare and Company et de consacrer un long
article à l'Odéonie dès 1924 [2]. C'est par Sylvia Beach
qu'il rencontre Joyce, grâce à elle qu'il publie les
premiers fragments du *Work in Progress*, par elle
qu'il diffuse *transition*, dont la librairie est la dépositaire officielle. La rue de l'Odéon tiendra naturellement une place de choix dans son autobiographie,
où l'on peut lire : « Dans ces boutiques si intelligemment accueillantes, l'on rencontrait les grands,
les moins grands et les authentiques lecteurs passionnés. [...] Si un écrivain avait obtenu l'imprimatur d'Adrienne ou de Sylvia, il était lancé, du moins

1. Eugène Jolas, *Sur Joyce*, préface de Marc Dachy, Plon,
1990, p. 42-43.
2. Eugène Jolas, « Rambles through Literary Paris », *Chicago Tribune*, Sunday Magazine, 24 août 1924.

rive gauche, et de là, les nouvelles atteignaient vite le monde extérieur[1]. »

Libraire mondialement connue de l'entre-deux-guerres, Sylvia Beach est surtout l'éditrice d'un seul livre, cas unique de l'histoire de l'édition. « Je ne vois pas comment font les éditeurs qui publient plus d'un livre[2] », soupirait-elle à l'envi. La boutade ne fait pas seulement référence à la surcharge de travail que représentait *Ulysses* dans sa vie quotidienne. Elle reflète une volonté très singulière, une politique, une éthique même : Sylvia Beach n'a jamais *voulu* publier d'autres livres, comme pour préserver l'intégrité d'une expérience incomparable, la magie d'une histoire qui n'aurait souffert ni concurrence ni succession.

La renommée de *Ulysses* lui donna, on s'en doute, plus d'une occasion de rebondir, d'élargir un catalogue qui aurait pu compter les meilleurs écrivains anglo-saxons des années 1920 et 1930. Mais elle ne céda jamais. D'abord parce qu'une majorité de manuscrits proposés étaient des œuvres licencieuses et qu'elle voulait désamorcer le malentendu assimilant *Ulysses* à un livre pornographique et *Shakespeare and Company* à une maison d'édition spécialisée. La qualité littéraire d'ailleurs, souvent,

---

1. Eugène Jolas, *Man of Babel*, introduction et notes d'Andreas Kramer et Rainer Rumold éd., New Haven et Londres, Yale University Press, 1998, p. 74. « In these intelligently hospitable shops one met the great, the near-great and the authentic bookworms. [...] If a writer had obtained the imprimatur of Adrienne or of Sylvia, he was made, at least on the Left Bank, and from there news traveled fast to the outside world. »
2. Lettre de S. Beach à sa sœur Holly, citée par Fitch, *op. cit.*, p. 254. « I don't see how publishers of more than one book manage. »

n'était pas en cause : c'est ainsi qu'elle refusa *My Life and Loves* de Franck Harris et *Tropic of Cancer* de Henry Miller, tous deux aiguillés, avec succès, vers Jack Kahane, directeur d'Obelisk Press, les futures éditions du Chêne. De même, elle renonça à publier *Lady Chatterley's Lover* de D. H. Lawrence, victime, lui aussi, d'éditions pirates circulant à Paris. Mais dans ce dernier cas, Sylvia Beach dut reconnaître son manque d'enthousiasme : « Son œuvre me décevait à mesure qu'elle se poursuivait[1]. » Aldous Huxley, d'abord mandaté par l'auteur qui répugnait à venir sur le terrain d'un James Joyce haï, n'obtint pas gain de cause. Lawrence, finalement, rendit visite en personne à Sylvia qui le trouva charmant, mais campa sur ses positions[2].

Ulysses est sans rival, Joyce n'a pas d'équivalent. Sylvia Beach non plus. Car, dès l'origine, elle fut bien plus qu'une éditrice. De la secrétaire à l'agent littéraire, de l'attachée de presse à la conseillère juridique en passant par la représentante de commerce, elle occupe tous les rôles d'intermédiaires entre l'auteur et ses interlocuteurs professionnels, dans un spectre qui va de l'édition à la banque. Tous les projets qui gravitent autour de Joyce passent par elle. Sans compter qu'elle prend elle-même des initiatives :

1. *S & C*, p. 105.
2. Lawrence proposa même une édition à compte d'auteur, dans une lettre datée du 24 décembre 1928 (Princeton, Box 210) : « Je suppose que vous êtes trop occupée pour prendre en charge pour moi l'édition française, si je paie les coûts de production ? Vous connaissez toutes les ficelles du métier et toutes ces choses, et je me sentirais plus en confiance. Mais bien sûr vous devez être débordée. » (« I suppose you are too busy to take charge of the French edition for me, if I pay the costs of production ? You know all the ropes and everything, and I should feel more sure. But of course you may have too much on hand. »)

emmène Joyce à Billancourt pour enregistrer sa voix lisant un extrait de *Ulysses* — le disque est toujours disponible ; l'envoie à Cambridge chez le mathématicien C. K. Ogden, théoricien de la langue basique qui voulait réduire l'anglais à cinq cents mots et expérimente sa méthode avec « Anna Livia Plurabelle », fragment de *Finnegans Wake*, qu'il demande à Joyce d'enregistrer ; se bat, sans succès, pour faire représenter sa pièce, *Exiles*, à Paris [1] ; suit le projet du compositeur George Antheil de mettre « Les cyclopes » en musique pour un opéra qui devait compter treize pianos électriques, tambours, xylophones et cuivres, avec chanteurs dissimulés dans la fosse ; discute avec E. M. Eisenstein, rencontré à la librairie en 1929, d'une éventualité de porter *Ulysses* à l'écran (avec Charles Laughton dans le rôle de Bloom) et de le traduire en russe ; parvient à convaincre l'académicien Louis Gillet, auteur d'un article défavorable sur Joyce dans *La Revue des Deux-Mondes*, de revenir sur ses positions — sa conversion, spectaculaire, le conduira à écrire une *Stèle pour James Joyce*...

Près de dix ans après sa rencontre avec « le grand James Joyce », Sylvia Beach continue donc de tenir en quelque sorte son bureau parisien qui, sans s'être substitué à la librairie, en grève lourdement le budget. Un récapitulatif des dépenses de *Shakespeare and Company*, recopié de la main d'Adrienne Monnier sur une feuille volante conservée à Princeton,

---

1. Sylvia Beach déploya toute son énergie pour ce projet. Mais Lugné-Poe, au théâtre Hébertot, un moment tenté, préféra faire jouer *Le Cocu magnifique*, Louis Jouvet, directeur de la petite salle de la Comédie des Champs-Élysées, ne se voyait pas dans le rôle de Richard, Jacques Copeau au Vieux-Colombier décida brusquement de se retirer à la campagne... La pièce ne fut jouée à Paris qu'en 1954 au théâtre Gramont.

comme un coup de sonde dans des archives à la fois
pléthoriques et lacunaires, suffit à donner un édi-
fiant aperçu de la comptabilité :

1930
October
21/10 : Paid to J[ames]. J[oyce]. (by
    A[drienne] M[onnier].)   1 000
21/10 : Cheque to Ogden for A[nna].
    L[ivia]. P[lurabelle]. disk   259
29/10 : Expenses for changing typewriter   250

November
12/11 : Paid to J. J.   300
    Envois de copies, poste etc.
21/11 : Cash paid to J. J.   300
21/11 : Cash paid to J. J.   1 500
24/11 : Sent to J. J. in Zurich —
    200 fr suisses   994

December
 1/12 : Cash paid to J. J.   100
13/12 : Cash paid to J. J.   100
16/12 : Cash paid to J. J.   100
27/12 : Cash paid to Lucia [Joyce]   500
29/12 : Cash paid to M. Léon
    [chargé d'affaires de Joyce]   300
31/12 : Photos Georgio and Helen
    [fils et belle-fille de Joyce] at Delbos   100

1931
January
13/1 :   taxi to Clinic, J. J's extands   17
17/1 :   paid to Mrs J.   1 000
19/1 :   paid to J. J.   1 000
19/1 :   A.L.P. and postage to Karchner   8,40[1]

1. Princeton, Box 68.

C'est précisément à cette époque que Joyce, subitement, éprouve le besoin d'établir un contrat avec Sylvia Beach. Daté du 9 décembre 1930, le document stipule que l'éditrice imprime et publie le livre à ses risques et périls à travers le monde, octroyant en contrepartie des droits de 25 % à l'auteur. Sylvia Beach l'apprendra bien plus tard : les éditions piratées se multipliant, Joyce craignait de supporter un jour la charge et la responsabilité civile d'un procès, et préférait se défausser sur son éditrice. Quoi qu'il en soit, ce nouveau contrat ne sera pas plus respecté que ne l'avait été le *gentlemen agreement* des débuts.

En 1931, le climat avait changé aux États-Unis, où *Ulysses* était peu ou prou considéré comme un « classique » dans les milieux autorisés. Samuel Roth avait finalement été condamné par la Cour suprême de l'État de New York. Mais le livre n'était toujours pas protégé par le copyright et restait une proie facile. Pour mettre fin à ces paradoxes en bénéficiant de la situation, Bennett Cerf, éditeur à la tête de Random House, allait monter un dossier, réunir des signatures comme celles de Fitzgerald ou de Dos Passos, et susciter un procès afin de récupérer les droits et publier *Ulysses* en toute légalité [1].

L'avocat désigné, Morris L. Ernst, s'était spécialisé dans les affaires d'obscénité littéraire : c'est lui qui avait défendu l'éditeur d'un livre pionnier de la littérature lesbienne, *Le Puits de solitude* de Radclyffe Hall, condamné en 1928, lors d'un procès où Virginia Woolf en personne témoigna au nom de la liberté d'expression. L'homme qui avait déposé plainte s'appelait John S. Sumner, toujours à la tête de cette

---

1. Alfred Haworth Jones, « *Ulysses'* American Odyssey », *American History Illustrated*, vol. XVII, n° 3, mai 1982, p. 10-18.

société qui, comme le disait drôlement Sylvia Beach, « fait enlever les peintures de nus exposées aux vitrines des galeries d'art ; elle interdit la circulation de Rabelais bien qu'elle tolère, on ne sait pas trop pourquoi, la Bible, Shakespeare et Swift[1] ».

Le fantôme par procuration de Sumner et la présence d'Ernst dans le deuxième procès de *Ulysses* tisse un lien supplémentaire intéressant, comme un fil transparent, entre la modernité littéraire et la libération des mœurs, l'aventure éditoriale de *Ulysses* et l'homosexualité féminine. Intéressant car les deux cas n'ont *a priori* rien à voir, le livre de Joyce étant un chef-d'œuvre quand celui de Radclyffe Hall vaut essentiellement pour sa dimension symbolique et sociologique. Pourtant, les deux ouvrages, emblèmes de la censure anglo-saxonne, ont été insultés par les mêmes journalistes et poursuivis selon des critères identiques : « l'obscénité », qui semble n'être, dans les deux cas, qu'un mot-écran pour condamner le pouvoir de subversion de l'autonomie accordée aux femmes en littérature.

Où, en effet, trouver une scène, une phrase « obscène » dans *Le Puits de solitude* ? Car ce n'est pas l'unique évocation d'un baiser entre les deux héroïnes ou la phrase sibylline (« Cette nuit-là, elle ne furent pas divisées ») qui pouvaient suffire à bouleverser les mentalités. Rappelons plutôt l'intrigue en deux mots : une « invertie[2] » prénommée Stephen tombe amoureuse d'une jeune fille, noue une idylle avec elle mais préfère rompre en la poussant à se

---

1. « Allocution prononcée le 24 mai 1927 à l'Institut Radiophonique d'Extension Universitaire de la Sorbonne » par Sylvia Beach, reproduite dans le n° 1198-1199 du *Mercure de France, op. cit.*, p. 93.
2. Rappelons qu'« invertie », à l'époque, désigne celle qui a « une âme d'homme dans un corps de femme ».

marier à l'homme qui l'aime, afin d'assurer son bonheur. Or, cette fin « morale » n'avait pas convenu à
la Cour, qui interdit le livre. Pourquoi ? Sans doute
parce que la moralité eût préféré que la jeune fille
réalisât avec horreur s'être « fourvoyée » et fût « sauvée » par son fiancé. Rien de tel chez Radclyffe Hall,
dans un roman par ailleurs fort conservateur : c'est
Stephen qui décide, *jusqu'au bout*, de son destin et
de celui de son amie. Le juge statua sans surprise :
« Le livre ne peut avoir aucune valeur morale puisqu'il semble justifier le droit au pervers de prendre
comme proie les membres normaux de la communauté[1]. »

L'autonomie des femmes, la conquête de leur
indépendance par rapport aux hommes, ne serait-ce
pas finalement là le cœur innommé, silencieux,
voilé, de nombreux procès pour « obscénité » et
autres « tendances aphrodisiaques », comme dans
Ulysses et *Le Puits de solitude* ? À la même époque,
le scandale de *La Garçonne* (1922), roman de Victor
Margueritte sur une femme « de désir qui éprouve
du plaisir[2] », évita de peu le prétoire à son auteur
mais pas sa destitution de la Légion d'honneur.
D'illustres précédents émaillent l'histoire d'une littérature en procès, où l'affranchissement des
femmes et superlativement celui des lesbiennes
offrent une même cible idéale et tue : souvenons-
nous des pièces condamnées des *Fleurs du mal*

1. Cité par Sally Cline, *Radclyffe Hall, A Woman Called John*,
Woodstock et New York, The Overlook Press, 1997, p. 271.
« The book can have no moral value since it seems to justify
the right of the pervert to prey upon normal members of the
community. »
2. Christine Bard, *Les Garçonnes : modes et fantasmes des
Années folles*, Flammarion, 1998, p. 62. En 1929, *La Garçonne*
avait atteint le million d'exemplaires...

(recueil qui faillit s'appeler *Les Lesbiennes*) ou de *Madame Bovary*, dont « l'obscénité » résidait au moins autant dans l'adultère que dans le geste final, solitaire, le suicide.

La position de Sylvia Beach durant cette période de « révision » n'était pas aisée : si elle appelait de ses vœux l'officialisation et la levée de la censure, elle savait aussi qu'à partir du moment où la décision serait prise *Ulysses* échapperait à *Shakespeare and Company*. Le dénouement lui apporterait surtout l'air dont elle manquait depuis le krach de 1929, qui avait dispersé la colonie américaine de Paris. La librairie tournait mal, l'argent ne rentrait plus dans les caisses — en 1931, Adrienne et Sylvia furent même dans l'obligation de se séparer de leur voiture, faute de moyens. La cession des droits de *Ulysses* lui permettrait peut-être de faire la première halte de sa carrière.

Au 2 février 1932, James Joyce, qui vient de perdre son père et dont la fille Lucia tombe dans la schizo-phrénie, fête à sa façon son cinquantième anniver-saire et les dix ans de la publication de *Ulysses* en envoyant à son éditrice un bouquet de lilas blanc avec un ruban bleu — les couleurs du livre — et deux figurines en bronze représentant des biches — pour l'homonymie avec son patronyme. Délicate atten-tion, qui n'empêche pas l'écrivain de négocier en secret, au même moment, avec Bennett Cerf, dont le dossier s'épaissit aux États-Unis. Le 2 avril, Sylvia Beach apprend ainsi par Paul Léon que Joyce, pré-parant l'éventualité d'une levée des sanctions, vient de signer un contrat avec Random House, sans un mot pour son éditrice, ni un geste en faveur de sa maison. « Comme qui dirait, écrit Sylvia à sa sœur Holly, il ne s'est pas contenté de me voler, il a aussi "nui à ma bonne réputation"[1]. » Elle tente de faire valoir ses droits. En vain. Les éditeurs lui rient au nez. Ses « prétentions » ne sont pas considérées comme sérieuses. Mais lorsqu'elle demande aux professionnels de fixer un prix raisonnable, ils se dérobent. Elle se tourne vers Joyce, qui évite de prendre position.

Le verdict du procès, commencé au mois de novembre, tombe le 6 décembre 1933. La démonstration du juge John M. Woolsey, passée à la postérité, si elle indique que les temps ont changé, révèle surtout l'acuité de lecteur de l'homme de loi. « L'honnêteté » et « la franchise » mais aussi « le talent » de Joyce à évoquer « l'écran de la conscience et ses impressions kaléidoscopiques » en sont les motifs récurrents. Le juge n'y a vu « nulle part le ricanement salace de la sensualité » ; quant aux mots condamnés comme sales, ajoute-t-il, ce « sont de vieux mots saxons connus de presque tous les hommes *et, j'irai jusqu'à le dire, de bien des femmes* ». Conclusions : « En dépit de l'effet sans conteste quelque peu émétique que peuvent avoir bien des passages de *Ulysses*, le livre nulle part ne tend à être un aphrodisiaque. C'est pourquoi *Ulysses* peut être admis aux États-Unis[2]. »

À Paris et dans le monde, cette décision est vécue comme une grande victoire. Random House met aussitôt le livre sous presse pour s'assurer le copy-

1. Lettre de S. Beach à sa sœur Holly, avril 1932, citée par Fitch, p. 329. « So as you might say, he has not only robbed me but "taken away my character". »
2. La *Décision du tribunal de district des États-Unis, rendue le 6 décembre 1933 par l'Honorable John M. Woosley*, est en partie reproduite dans le deuxième volume des *Œuvres* de James Joyce dans la Pléiade, *op. cit.*, p. 1034-1037. C'est moi qui souligne.

right. En un mois, la firme vendra plus d'exemplaires que *Shakespeare and Company* en douze
ans... Sylvia Beach, pour sa part, attend que « sa »
onzième édition de *Ulysses* soit écoulée pour ren-
voyer tous les dossiers de Joyce en cours à Paul
Léon. Le chapitre est clos. Malgré le soutien de Miss
Weaver et de quelques amis, elle a renoncé à se
battre et à faire reconnaître son travail. Seule Alba-
tross Press, pour une édition continentale de *Ulysses*,
lui accordera 25 % pendant cinq ans, puis 7,5 % à
vie. On comprend, dans ces conditions, pourquoi
Sylvia Beach refusera de prendre *Finnegans Wake*,
publié chez Huebsch, le premier éditeur de Joyce.

Dans la préface de l'édition de Random House,
Joyce rendit un bref hommage à Sylvia Beach,
« femme courageuse qui risqua ce que n'osaient pas
faire les éditeurs professionnels, elle prit le manuscrit et le porta chez l'imprimeur[1] ». Le geste était
mince, et la froideur du ton contrastait étrangement
avec la chaleur et l'enthousiasme que l'éditrice avait
déployés pendant plus de dix ans. Si l'homme la
déçut, son admiration pour l'écrivain n'en fut pas
entamée. C'est ce que révèlent ses Mémoires, publiés
en France en 1962, l'année de sa mort. À cette occasion, André Spire, chez qui « tout avait commencé »,
lui écrira en guise de mot de la fin : « Malgré son
génie, Joyce s'est conduit envers vous en salaud[2]. »

1. Cité par Fitch, *op. cit.*, p. 328. « This brave woman risked
what professional publishers did not wish to, she took the
manuscript and handed it to the printers. » La biographe de
Sylvia Beach souligne à raison que « took » et « handed » résument très euphémistiquement la contribution de l'éditrice.
2. Princeton, Box 227, Lettre d'André Spire à S. Beach,
6 septembre 1962.

James Joyce, de son côté, de plus en plus absorbé par les problèmes de santé de sa fille, a pris ses distances à l'égard de l'Odéonie, qu'il regarde désormais comme une chaîne à sa vie. Le 2 février 1934, alors que *Ulysses* court enfin le monde, il fête son anniversaire entre amis, sans Adrienne Monnier et Sylvia Beach qui, pour une fois, ne sont pas invitées. Ses passages à la librairie se font de plus en plus rares. Il s'irrite même des rumeurs qui circulent selon lesquelles Sylvia Beach, ruinée par sa faute, s'apprêterait à vendre les manuscrits qu'il lui a donnés. À ses yeux, il n'a jamais trahi les lois de l'amitié et se justifie auprès de Miss Weaver : « Je lui ai lancé ces MSS [manuscrits] à la tête parce que je ne savais vraiment pas quoi faire entre ses actes d'adulation folle et de rage sans signification[1]. »

Insane adulation and meaningless rage : la formule, pour un homme qui affectait volontiers l'indifférence et répugnait aux superlatifs, est pour le moins violente. Sans doute trahit-elle autant le malaise de Joyce, teinté de lâcheté, que les réactions excessives d'une femme en proie à la « fascination ». Elle est peut-être aussi l'aboutissement inévitable d'une relation installée dès le départ *hors la loi*, entre un « génie » poursuivi par la justice et une libraire sans formation, ignorante des règles de l'art, qui lui laissa toute licence pour la préparation de son manuscrit et n'osa jamais parler de contrat, entre un écrivain universellement reconnu et une éditrice finalement privée de la reconnaissance financière et publique de son travail. En 1935, la vente *officielle* de manuscrits

---

1. Lettre de James Joyce à Harriet Shaw Weaver, avril 1934, citée par Fitch, p. 258. « I threw these MSS at her because I really did not know what to do between her acts of insane adulation and meaningless rage. »

donnés par Joyce renverse et corrige en quelque
sorte une situation qui s'était toujours accommodée
et nourrie du déséquilibre affectif, de l'illégalité et de
l'illégitimité professionnelle.

Sylvia Beach a un temps songé à Sotheby's à
Londres mais, échaudée par la disparition de la
seconde édition de *Ulysses* dans la «King's Chimney» et l'annulation au dernier moment d'une conférence de Harold Nicholson sur Joyce à la BBC, elle
prend ses renseignements et ses précautions. L'affaire étant en effet trop risquée en Angleterre où les
lots pourraient être saisis à la douane, elle renonce
et prépare une exposition-vente à la librairie. Inutile
de préciser qu'elle ne l'organise pas de gaieté de
cœur. Il lui coûte autant de se séparer de ses trésors
que de les démembrer mais, comme elle le précise à
Scott Fitzgerald qu'elle sollicite pour trouver une
bibliothèque universitaire susceptible de s'intéresser
à l'ensemble, c'est une question de vie ou de mort
pour *Shakespeare and Company* [1]. Les amis battent le
rappel. Genêt, pseudonyme de Janet Flanner, avertit dans le *New Yorker* : «Mademoiselle Beach a des
Joyciana uniques, comprenant des pièces de collection que personne au monde ne détient, pas même
M. Joyce [2].» Le catalogue, publié pour l'ouverture le
15 mai 1935, peut faire rêver plus d'un bibliophile.
On y trouve notamment l'exemplaire n° 2 des 100
exemplaires sur Hollande de *Ulysses*, signé par l'auteur, un jeu complet d'épreuves, le manuscrit de
Chamber music et de trois nouvelles de *Dubliners*,

1. Lettre de S. Beach à Francis Scott Fitzgerald, 21 mai
1935. Tout le dossier sur la vente, y inclus cette lettre, se trouve
à Princeton, Box 113.
2. «Miss Beach has unique Joyceiana, comprising collec-
tor's items that no one else on earth has, not even Mr. Joyce»
(*New Yorker*, 16 février 1935, p. 66-67).

dont « Les morts ». Sylvia Beach a même ajouté les deux dessins sépia de William Blake qui ornaient son magasin depuis le premier jour, rue Dupuytren. La page est tournée.

« M. Jouasse » — comme l'appelait la concierge de l'Odéonie en soupirant « Ah ! ces Américains... » — s'éloigna de plus en plus des deux libraires. Prit-il jamais la mesure du travail accompli par Sylvia Beach ? À quelqu'un qui critiquait un jour l'éditrice en sa présence, lors d'un dîner au Fouquet's, Joyce répondit, coupant net : « Tout ce qu'elle a jamais fait fut de me faire cadeau des dix meilleures années de sa vie [1]. »

Le fruit de la vente, les séances et le soutien des *Amis de Shakespeare and Company* parviendront à assurer cahin-caha la subsistance de Sylvia Beach jusqu'au seuil de la guerre. L'année 1941, on s'en souvient, s'ouvrira sur la mort de Joyce, exilé à Zurich, le 13 janvier ; elle se refermera en décembre sur la fermeture définitive de la librairie. Comme il a été dit à la mort de Napoléon : la légende pouvait commencer.

De 1937 à 1959, Sylvia Beach se consacra à la rédaction de ses Mémoires. Vingt-deux ans pour un récit d'à peine 250 pages — les éditeurs successifs, chez Harcourt, Brace & Company à New York, s'arrachèrent les cheveux et suppliaient régulièrement l'auteure de conclure. En 1956, Sylvia Beach, en vacances chez sa sœur dans le Connecticut, reconnaissait dans une carte postale à Maurice Saillet : « Tout ce que je peux faire pour eux [ses éditeurs]

1. Cité par Maria Jolas, « The Joyce I Knew and the Women around Him », *The Crane Bag*, n° 4, 1980, p. 86. « All she ever did was to make me a present of the ten best years of her life. »

maintenant c'est de terminer mon travail — et qu'on [n']en parle plus — car je n'aime pas le métier d'écrivain. Je ne demande qu'à couper du bois[1]. »

Cette difficulté à achever l'histoire de *Shakespeare and Company* trahit bien sûr la difficulté presque insurmontable à raconter une part de sa vie infiniment complexe, exaltante et douloureuse, où Joyce tient un rôle écrasant. Les six boîtes d'archives pleines des brouillons de son livre conservées à Princeton révèlent le malaise dans toute son ampleur : hésitations, repentirs, retours en arrière, corrections, contradictions, suppressions, rajouts, démentis, réserves témoignent de ses efforts à ordonner la trame d'un tissu narratif où affleurent à chaque ligne sa pudeur, ses réticences et sa confusion. Soucieuse de ne pas compromettre les survivants, désireuse d'offrir une image aussi nuancée que possible de sa relation avec Joyce et de laisser à la postérité un récit « positif », Sylvia Beach révèle surtout sa fidélité inébranlable à un projet, un « grand dessein », et à un homme dont elle voulait respecter la mémoire, partageant avec Harriet Shaw Weaver, exécutrice littéraire, le rôle inconfortable de gardienne du temple.

En 1958, Sylvia Beach se sépara finalement du reste de sa collection de manuscrits de Joyce, exposée à la librairie-galerie La Hune en 1949. La Lockwood Library de l'université de Buffalo — dont elle devint docteur honoris causa — se porta acquéreur pour 55 510 dollars. À soixante et onze ans, Sylvia Beach connaissait pour la première fois l'aisance.

---

1. HRC, Box 3, folder 9. Carte postale de S. Beach à Maurice Saillet, Greenwich, Connecticut, 2 août 1956. Précisons qu'en 1956 Sylvia Beach avait presque soixante-dix ans. Plusieurs photographies, conservées à Princeton, la montrent en effet, déjà âgée, coupant du bois à la hache en Savoie.

Cette année-là, elle reçut une lettre de Lucia Joyce,
internée en Angleterre, avec laquelle elle correspondait régulièrement. Lucia lisait l'exemplaire de
Ulysses que la libraire lui avait envoyé sur sa
demande mais, bien que trouvant le texte « original »,
peinait à poursuivre parce que ses yeux, disait-elle,
étaient « trop petits ». Lucia, surtout, demandait, dix-
sept ans après le décès de Joyce : « Chère Miss Beach,
Je n'ai pas bien compris au sujet de mon père. Giorgio m'a écrit quand j'étais en Bretagne pour me dire
qu'il avait un ulcère et je crois qu'il est mort mais
n'en suis pas certaine. J'aimerais en être sûre, si cela
ne vous dérange pas trop[1]. »

1. Princeton, Box 117, folder 4. Lettre de Lucia Joyce à
S. Beach, St Andrews Hospital, Northampton, 21 mai 1958.
« Dear Miss Beach, / I did not understand well about my father.
Georgio wrote to me when I was in Brittany saying he had an
ulcer and I think he died but I am not certain about this. I
would like to know for sure if it is not too much trouble for
you. »

CHAPITRE V

LA GUERRE DE SEPT ANS

HOMME DE PÉCHÉ!
La terre sous ton poids
Défait sa profondeur
[...]
HOMME DE COLÈRE!
Retourne impatient interroger l'oubli!
[...]
HOMME DE PATIENCE
Justement nommé JOIE
Tu as vécu sept ans
Dans le cœur de la Terre,
Tu as écrit sept ans
Sous la dictée des hommes.

ADRIENNE MONNIER,
«James Joyce», *La Figure.*

«Trieste-Zurich-Paris, 1914-1921». En trois villes
et deux dates charnières, la dernière ligne de *Ulysses*
résumait, dans la convention d'une ellipse finale, le
combat livré par James Joyce pour venir à bout de
son livre. Sa parution en 1922 à Paris allait inaugurer une autre guerre de sept ans, nécessaire à l'élaboration d'un monument inégalé : la traduction du
texte intégral en français, orchestrée par Adrienne

Monnier et publiée par La Maison des Amis des
Livres en 1929.

Lien supplémentaire tissé entre Sylvia Beach et
Adrienne Monnier, le travail d'édition autour du chef-
d'œuvre de Joyce opère dans l'histoire de l'Odéonie
un double mouvement, une figure contraire : il renforce le parallèle entre les deux rives et, du même
coup, en révèle l'écart ; rapproche la fonction des
deux librairies pour mieux accuser le contraste de
leurs approches professionnelles. Entre *Ulysses* et
Ulysse, le monde anglo-saxon et l'esprit français, le 12
et le 7 de la rue de l'Odéon, la différence semble tenir
au propre comme au figuré au fil de ce « s » final, ce
petit signe aux virages solidaires mais inverses, qui
esquisse une courbe et la contredit aussitôt. Car la
première guerre n'a rien à voir avec la seconde et
cela, d'abord, parce qu'Adrienne Monnier n'est pas
Sylvia Beach.

L'idée de traduire *Ulysses* s'impose rue de l'Odéon
dès les origines, c'est-à-dire dès 1920-1921, à
l'époque où Sylvia Beach en projette seulement la
publication dans sa version originale. On se souvient que, pour la séance à *La Maison des Amis
des Livres* du 7 décembre 1921, Jacques Benoist-
Méchin se chargea de la traduction des premiers
extraits. Léon-Paul Fargue, dont Joyce se sentait
proche, lui avait été adjoint pour se charger des
« cochonneries » — qu'il corsa inutilement, d'ailleurs —, Valery Larbaud supervisant le tout. Les
retards de Fargue, encore, manquèrent de compromettre l'achèvement du travail. La veille de la
séance, Larbaud, qui venait de recevoir les derniers morceaux de « Pénélope », écrivait à Adrienne
Monnier d'une écriture trahissant la fatigue :
« C'est encore à dégrossir beaucoup, certains passages tout à fait obscurs, pas *sortis* par Benoist-

Méchin[1]. » En 1922, Larbaud donna à la *NRF* le texte de sa conférence et une traduction entièrement revue et corrigée par ses soins. La revue publia la conférence, sans les textes traduits... qui furent égarés.

Lorsque le projet de traduction intégrale prend sérieusement corps, en 1924, à l'occasion de la sortie du premier numéro de *Commerce*, le travail doit donc reprendre de zéro. Mais dans l'intervalle, Larbaud, qui a d'abord accepté, se rétracte devant l'ampleur de la tâche, ainsi qu'il l'écrit à Adrienne le 24 mars 1922 : « Strictement entre vous, Sylvia et moi. Joyce peut le savoir, mais personne en dehors de lui. Il me fait beaucoup d'honneur ; mais je ne veux plus rien traduire[2]. » Qui va donc s'attaquer au monument ? Un inconnu, recommandé par Larbaud, qu'il décrivait ainsi dans une lettre à André Gide : « Auguste Morel est un jeune homme (pas trente ans) qui est né à l'île Bourbon, et ses traductions me semblent excellentes. À part Claudel, comme traducteur de poésie anglaise, je n'ai jamais rien vu d'aussi bien[3]. » Le jeune homme s'était notamment fait remarquer par ses traductions de John Donne et de William Blake, et travaillait à une anthologie bilingue, *La Muse angloise* ; il faisait déjà partie de l'Odéonie pour avoir donné *Une antienne de la terre*, de Francis Thompson, publiée par *Les Cahiers des Amis des Livres* en 1921.

Un peu effarouché par un tel « monstre », Auguste Morel hésite. On lui promet l'assistance de Joyce et

1. Lettre de Valery Larbaud à A. Monnier, 6 décembre 1921, *in* Valery Larbaud, *Lettres...*, *op. cit.*, p. 73.
2. Valery Larbaud, *Lettres...*, p. 97.
3. Lettre de Valery Larbaud à André Gide, 24 janvier 1921, citée par A. Monnier, *Rue de l'Odéon*, p. 157.

celle de Larbaud, qui accepte d'assurer la révision du texte final. Morel ne se met à la tâche qu'en 1924, date à laquelle il livre les premiers extraits de « Télémaque » et d'« Ithaque », prévus pour *Commerce*. Larbaud, malgré sa décision, n'avait pu refuser à la princesse de Bassiano de se mettre personnellement à la (re)traduction de « Pénélope », dont l'original avait été perdu par la *NRF*. Une première séance de travail a lieu au printemps à *La Maison des Amis des Livres*, en présence d'Adrienne Monnier et Sylvia Beach — cette dernière illustrant à cette occasion ses remarquables qualités d'interprète en trouvant « les expressions les plus françaises ».

Joyce, bien entendu, suit de très près l'évolution du chantier. Alors que le texte est à l'imprimerie, l'écrivain, « qui entendait rester le maître des difficultés en tous genres [1] », s'avise soudain de supprimer non seulement la ponctuation mais tous les accents du monologue de Molly Bloom, en se justifiant auprès d'Adrienne dans un pneumatique : « Selon mon plus secret conseil je lui ai enlevé toutes les épines — les graves et les aiguës. Je ne lui ai laissé que la dernière — son accent irlandais. Il ne cédait pas [2]. » Perplexe, Adrienne Monnier rechigne devant une telle incongruité. On demande à Larbaud de trancher qui, solennel, décréta — détail piquant — *en deux langues* afin qu'il n'y ait aucune ambiguïté, depuis l'Italie où il séjournait : « Joyce a raison, Joyce ha ragione [3] [*sic*]. »

Cette première résistance d'Adrienne Monnier, esprit cartésien, est, comme à son habitude, ferme-

1. *Id.*, p. 161.
2. IMEC, pneumatique de James Joyce à A. Monnier, 5 juillet 1924.
3. Télégramme de Valery Larbaud à A. Monnier, Marina di Pisa, 6 juillet 1924, *in* Valery Larbaud, *Lettres...*, *op. cit.*, p. 173.

ment argumentée : « J'étais franchement **contre, pas** contre la suppression de la ponctuation qui était conforme à celle du texte original, mais contre la suppression des accents et des apostrophes *qui n'était pas logique*, l'anglais ne les comportant pas. Ce n'était ni du français ni du Joyce[1]. » Mais, comme à son habitude, Adrienne domine ses réticences, dans le respect des intentions de l'auteur et de son « traducteur en chef », mieux, elle parvient à les vaincre au prix d'une réflexion qu'elle s'impose et qui lui permet de reconnaître : « Après tout, cela rendait assez bien l'intention de Joyce qui était de représenter le déroulement ininterrompu de la terre et son informité[2]. » Toujours est-il que les « épines » seront rétablies dans le texte final de l'édition française...

Courtoises, les relations entre James Joyce et Adrienne Monnier demeurent distinctes du lien complexe, possessif, entre l'écrivain et Sylvia Beach sans en être néanmoins séparées. On ne pourrait trouver meilleur témoignage que cette lettre d'Adrienne à son amie, en plein été 1926, alors que l'affaire du piratage de *Ulysses* commence à devenir alarmante. Tout le détachement d'Adrienne, même s'il n'est pas toujours dénué d'une affectation malicieuse, y affleure, comme sa fermeté et son indépendance résolue, qui devaient sans nul doute intriguer Joyce et le laisser un peu sur ses gardes.

Celui-ci, en l'absence de Sylvia Beach, venait de passer à *Shakespeare and Company* pour demander à son assistante Myrsine Moschos de lui verser 2 000 francs sur-le-champ : « En sortant de chez toi, Mr Joyce est venu me voir, nous n'avons pas parlé d'argent, mais nous avons eu une conversation litté-

1. *Rue de l'Odéon*, p. 161. C'est moi qui souligne.
2. *Id.*, p. 162.

raire extrêmement intéressante avec aperçus philosophiques et métaphysiques où nous avons chacun
brillé "dans notre genre". Il est resté un quart d'heure
au moins ; il a été calme, affectueux, tour à tour
narrateur et auditeur ; j'ajouterai qu'il avait fait à
une chaise l'honneur de lui confier la partie postérieure de son individu ; les membres de son corps se
tenaient chacun à leur place respective ; l'ensemble,
pour un observateur non prévenu, était sensiblement celui d'un causeur français. » Et Adrienne
Monnier d'ajouter en *post-scriptum*, avec la même
ironie résignée : « Je viens de passer voir Myrsine. Je
t'envoie ci-joint son état de caisse. Elle m'a dit que
Joyce était revenu hier soir prendre 1 000 fr, donc
3 000 en total. Dans l'encaisse de 3 500 fr, tout
est compris, ce qu'il y a dans le tiroir et ce que tu
avais mis dans la cachette. Joyce a dit qu'il ne
savait pas quand il partirait en vacances, ni même
s'il partirait[1]. »

À cette époque, la traduction de *Ulysses* bat son
plein. Mais l'atmosphère dans le petit groupe est
devenue délétère. La brouille avec Fargue, au premier numéro de *Commerce*, a jeté un climat de suspicion sur le « milieu Monnier » et Larbaud, accablé
par une tâche qu'il regrette peut-être d'avoir accep-
tée, commence à prendre ses distances. D'autant que
le travail de Morel n'est pas jugé tout à fait satisfai-
sant. Un homme, Stuart Gilbert, magistrat britannique à la retraite, s'en était inquiété en lisant, dans
le premier numéro de *900 : Cahiers d'Italie et d'Europe* (automne 1926), un extrait de « Calypso » traduit par Morel. Les erreurs relevées le poussent à
les signaler à Joyce. Anglais « charmant » au dire de

1. HRC, Box 2, Lettre d'A. Monnier à S. Beach, 27 juillet
1926.

Sylvia Beach, Gilbert, qui a été naguère juge en Birmanie où il faisait pendre une personne par jour (*sic*), offre gracieusement son concours à Adrienne Monnier, qui accepte aussitôt[1]. À partir de 1927, l'équipe se porte donc à trois : Morel traduit, Gilbert corrige et Larbaud révise.

Ce dernier, qui a un temps sérieusement songé à se désister de l'entreprise « pour raisons de santé », y a finalement renoncé devant le refus énergique de Joyce et d'Adrienne qui, au prix d'une discussion orageuse, a réussi à lui faire respecter ses engagements. Larbaud a par ailleurs toute la confiance de Joyce. Un seul exemple suffit à donner la mesure de la difficulté inouïe du projet, comme la conscience professionnelle et les scrupules de l'écrivain :

> Phrase de Joyce : Two shafts of soft daylight fell across the flagged floor.
> Traduction de Morel : Deux flèches de jour tombaient moelleuses sur le sol dallé.
> Révision par Larbaud : Deux javelots de jour adouci tombaient rayant le sol dallé[2].

Larbaud se justifiait ainsi de son choix :

> Javelot pour shaft (« les deux javelots de jour »). On peut objecter qu'un « javelot » est une chose trop courte pour équivaloir aux flèches d'une tour. Mais le

---

1. Gilbert proposa même spontanément à Adrienne, l'été 1928, de lui prêter de l'argent pour la soulager des problèmes matériels qu'elle rencontrait, et la tenait régulièrement au courant de tout ce qui touchait à *Ulysses*. Au début de 1929, il lui écrivit : « J'ai lu dernièrement quelques pages de la traduction allemande : "contraste enchanteur" et réconfortant — en faveur de notre version, naturellement » (IMEC).
2. Cet exemple est reproduit dans l'article de Victor Llona, « La traduction d'*Ulysse* », *Europe*, n° 78, 15 juin 1929.

mot est long. «Lances» n'irait pas, le véritable syno-
nyme de «shaft» étant «trait». Mais alors «trait» ne
serait pas souhaitable en rapport soit avec «jour»
soit avec «lumière» (d'ailleurs «trait de lumière» est
employé uniquement dans une acception morale);
«trait de soleil» serait plus près du texte, et pourrait
être adopté. Malgré tout, je préfère «javelot de jour»
pour plusieurs raisons : 1° c'est plus long (uu-u-);
2° c'est inhabituel et attire l'attention; 3° l'allitération,
j...j, lui donne plus de force; 4° il me semble que cela
suggère le mot «Apollon» mieux que ne le ferait
«traits de soleil», bien qu'il le fasse d'une manière
indirecte[1].

On évalue, à la lumière de cette seule phrase, ce
qu'il en coûta au père de *Barnabooth* pour corriger un livre de près de 900 pages dans sa version
française. A-t-il pris autant de soin à chaque ligne?
Auguste Morel, bien plus tard, s'insurgera violemment contre cette image d'un Larbaud cons-
ciencieux, sévère au moindre détail. À ses yeux,
l'écrivain, «gourmand de gloire s'il en fut», n'avait
fait que se pousser «à la première place dans ce
champ clos d'une traduction qu'il n'avait pas faite,
malgré son titre d'assistant, et qu'il avait révisée
avec tant de soin qu'il n'avait même pas effleuré
en passant l'éclatant contresens laissé, comme par
hasard, c'est-à-dire volontairement par moi, au bon
endroit de ma version[2].» Joyce, qui avait institué
Larbaud «arbitre suprême», lui laissant «le dernier mot dans toutes les discussions», n'était évi-

    1. Lettre de Valery Larbaud à James Joyce, 2 octobre 1928,
reproduite dans Joyce, *Œuvres*, II, *op. cit.*, p. 1008.
    2. IMEC, Notes rassemblées par Auguste Morel, recopiées
par Maurice Saillet d'après le Catalogue de vente n° 128 de la
Librairie A. Bellanger, 6 et 8 passage Pommeraye, lot 458.

demment pas de cet avis. Il s'en expliqua dans une lettre à Harriet Weaver : « Morel, le traducteur, avait pris de grandes licences, incorporant des phrases entières de son cru. Elles ont été supprimées. La traduction est vraiment de lui, faite avec soin et dévotion ; mais comme il arrive souvent, à force d'y penser, il n'a vu qu'un aspect à l'exclusion de tout autre. Dans son cas c'est la grossièreté qui efface le reste ou peut-être devrais-je dire la violence. J'ai dit à A. Monnier, l'éditrice, à ce propos : "Un peu trop de Madagascar là-dedans." En fait, c'est un Français né aux colonies. Peut-être ceci explique-t-il cela. Le travail de Stuart Gilbert a été utile, mais la révision finale de Valery Larbaud était nécessaire, car il est très précis, lent, difficile et assez timide [1]. »

En cet été 1928, Larbaud, qui ne veut plus parler à Morel, travaille désormais seul sur les épreuves remises par les traducteurs. La copie finale remise à l'imprimerie porte cette inscription de sa main : « Lorsqu'une de mes corrections semblera discutable ou inadmissible aux traducteurs, la question sera soumise à Joyce, et résolue d'après cette décision [2]. »

En février 1929 — mois fétiche de Joyce qui avait vu à cette époque, sept ans plus tôt, la première publication de son livre —, *Ulysse*, « Traduit de l'anglais par M. Auguste Morel, assisté par M. Stuart Gilbert, Traduction entièrement revue par M. Valery

1. *Id.*, Lettre de Joyce à Harriet Weaver, 20 septembre 1928 (copie par Maurice Saillet). Auguste Morel était né à la Réunion, anciennement dite "île Bourbon".
2. Cité par Maurice Imbert, « *Ulysses* entre dans la littérature française », *Histoires littéraires*, n° 6, avril-mai-juin 2001, p. 7. Cet article reproduit pour la première fois la liste nominale des premiers souscripteurs d'*Ulysse*.

Larbaud avec la collaboration de l'Auteur[1] », sort des presses de l'imprimerie Durand à Chartres. Toute la République des lettres se rassemble pour saluer le chef-d'œuvre littéraire et le tour de force des traducteurs. Les articles se multiplient, l'Odéonie se mobilise : Jean Cassou dans *Les Nouvelles littéraires* (9 mars), Robert Kemp dans *La Liberté* (22 avril), Marc Chadourne dans *La Revue européenne* (1er mai), Philippe Soupault dans *Europe* (15 juin), Louis Gillet dans *La Revue des Deux-Mondes* (1er septembre) marquent « l'événement », « le choc », « le prodige ».

La souscription, ouverte le 6 octobre 1928, est un grand succès pour La Maison des Amis des Livres. Un mois plus tard, Adrienne, qui corrige les épreuves, se félicite déjà de compter 800 bulletins de commande pour un livre tiré à 1 200 exemplaires (dont 200 hors commerce). Le 26 avril 1929, elle peut écrire à Henri Hoppenot : « *Ulysse* est entièrement distribué ; je vous ai fait envoyer votre exemplaire. — Ça a vraiment marché épatamment, au point de vue commercial j'entends, c'est du nouveau dans la vie de mon existence[2]. »

Les amis s'enthousiasment. Giono parle d'« émerveillement », de « miracle »[3], Paulhan reconnaît auprès d'Adrienne : « Vous aviez raison ; plus je relis la scène du bordel, et plus je la trouve splendide. Il manque ordinairement à l'esprit, dès qu'il est un peu magique, d'abord d'être gai et puis d'être méticuleux et précis. Mais il semble que tout tienne

---

1. En ces temps de dissensions, la formule avait été longuement mûrie par Adrienne Monnier et James Joyce, afin de ne froisser aucune susceptibilité.
2. Lettre d'A. Monnier à Henri Hoppenot, 26 avril 1929, *in* Monnier-Hoppenot, *Correspondance, op. cit.*, p. 62.
3. BLJD, Lettres de Jean Giono à A. Monnier, Manosque, 7 mars et 3 juillet 1929.

à l'aise, dans la tête de Joyce[1]. » Paul Claudel, lui, se distingue autrement, par un geste que la postérité, dans sa malice, se chargera de retenir : « Ma chère Adrienne, / C'est à vous certainement que je dois l'envoi d'*Ulysse* et je vous sais gré de l'attention. Vous me pardonnerez si je vous renvoie le bouquin qui a, je crois, une certaine valeur marchande et qui pour moi n'offre pas le plus petit intérêt. J'ai autrefois perdu quelques heures à lire le "Portrait d'un jeune homme" du même auteur et cela m'a suffi. / Bien affectueusement / P. Claudel[2]. »

L'heure est à la fête. Le 27 juin, un grand déjeuner « Ulysse » est organisé à l'hôtel Léopold des Vaux-de-Cernay pour célébrer la sortie du livre et, à quelques jours près, le 25ᵉ anniversaire du « Bloomsday » (16 juin 1904). Édouard Dujardin, Paul Valéry, Samuel Beckett, Philippe Soupault, Raymonde Linossier, Jules Romains, Léon-Paul Fargue, André Gide, Jacques Benoist-Méchin, Jean Prévost et Marcelle Auclair ont entre autres répondu présent parmi la cinquantaine d'invités, arrivés en car spécialement affrété auprès de « Montmartre Excursions » par Adrienne et Sylvia. Aucun des traducteurs n'est présent.

Entre Valery Larbaud et Adrienne Monnier, la brouille est consommée. À partir de l'été 1928, leur correspondance trahit un écart qui ne fera que se creuser : de « Ma chère Adrienne », Larbaud est passé à « Chère Mademoiselle Monnier » puis, dans des lettres qui ne sont plus destinées qu'à régler des questions de droits d'auteur, à un sec et protocolaire « Mademoiselle ». Si Adrienne n'a laissé aucune trace

1. *Id.*, Lettre de Jean Paulhan à A. Monnier, s. d., 1929.
2. *Id.*, Lettre de Paul Claudel à A. Monnier, Washington, 4 mai 1929.

écrite ni même de témoignage oral d'un quelconque ressentiment, Larbaud a par la suite truffé ses journaux intimes d'insultes contre « la Mère M. » tantôt surnommée « la *Mucca-Sporca* » (la Sale Vache), tantôt « la B. » (pour *bruja* : sorcière, en espagnol), et « les Crasseux de sa bande [1] ».

Une obscure histoire, née quelque temps avant *Commerce* mais dont le souvenir ne passait pas, avait contribué à tendre leurs relations : Fargue, rendant un jour visite à Larbaud à l'improviste, s'était fait ouvrir la porte par Maria Angela Nebbia, la femme qui partageait discrètement sa vie. Rentré chez lui, Larbaud, qui prenait mille précautions pour garder cette liaison secrète — il craignait l'opinion de sa mère, par ailleurs la dame était mariée et avait un enfant —, avait explosé et mis Fargue à la porte [2]. Par la suite, le poète se serait-il vanté d'avoir eu un peu plus qu'une conversation avec elle lors de cette entrevue, insinuant une nouvelle fois ses prouesses de don juan ? Adrienne, qui avait tenté de réconcilier les deux hommes, aurait-elle relayé le ragot et contribué à « salir l'honneur » de ladite dame ? C'est ce que semble suggérer Valery Larbaud, qui ne décolère plus contre « A. », dans des accès de rage inhabituels chez cet homme si mesuré : « Connaissant A., vous voyez de quoi il s'agit, écrit-il à Marcel Ray : médisances, potins, calomnies à guichets ouverts, vente de zizanie en gros et en détail, agence générale de dénigrements, mais dépassant, cette fois-ci, toutes les limites antérieurement atteintes — la cause de cette activité [...] étant une vieille ran-

1. Valery Larbaud, *D'Annecy à Corfou, Journal 1931-1932*, Éditions Claire Paulhan-Éditions du Limon, 1998, p. 97 et 184.
2. Jean-Paul Goujon, *Léon-Paul Fargue*, Gallimard, 1997, p. 195-196.

Adrienne Monnier dans sa librairie, derrière la barrière
de l'arrière-boutique.

Portrait de Sylvia Beach, en 1919, dans sa première librairie située 8, rue Dupuytren. La photographie a été prise par Lucie Schwob et Suzanne Malherbe, plus connues par la suite sous les noms de Claude Cahun et Marcel Moore.

Au Bal des 4 z'arts, mars 1923.
Sylvia Beach, Jacques Benoist-Méchin et Adrienne Monnier.

Louis Aragon, dans la librairie
d'Adrienne Monnier
en 1916 ou 1917.

Registre des premiers abonnés
à la bibliothèque de prêt
de *La Maison des Amis des Livres*

André Breton et Théodore Fraenkel,
dans la librairie d'Adrienne Monnier en 1916 ou 1917.

La fiche de Jean-Paul Sartre
et celle de René Crevel
dans le fichier d'abonnés
de *La Maison des Amis des Livres*.

Suzanne Bonnierre, l'amie d'Adrienne avec qui elle ouvrit
La Maison des Amis des Livres en 1915.

Carnet de comptes de *La Maison des Amis des Livres* (1916),
où Adrienne mêlait volontiers achats de nourriture et de livres.

Sylvia Beach et James Joyce
à l'époque de la publication de *Ulysses*.

La devanture de la librairie 7, rue de l'Odéon.

Adrienne Monnier et ses assistantes, Marie-Louise et Irma,
à *La Maison des Amis des Livres*.

roule pour la foire

Francis Poulenc
et Raymonde Linossier.

PLEASE RETURN :

TO :
SHAKESPEARE AND COMPANY
12, RUE DE L'ODÉON - PARIS - VI°

Carton imaginé par Sylvia Beach,
pour rappeler à l'ordre les lecteurs
qui tardaient à rendre les livres
empruntés – Shakespeare s'arrache
les cheveux !

À Rocfoin, dans l'Eure, chez les parents d'Adrienne Monnier.
Au premier rang, assis : James Joyce et Clovis Monnier, le père d'Adrienne.
Derrière : Adrienne, sa mère Philiberte et Sylvia Beach.

Bryher, l'amie et le plus grand soutien des deux libraires.

Ezra Pound photographié
par Sylvia Beach
dans sa librairie.

Jules Romains,
portrait gravé
par Paul-Émile Bécat,
le beau-frère d'Adrienne.

Myrsine et Hélène Moschos, employées à *Shakespeare and Company*,
Sylvia Beach et Ernest Hemingway en 1928.

Sylvia et Adrienne à *Shakespeare and Company*, dans les années trente.

Adrienne Monnier et Sylvia Beach : en 1926,
ruinée par sa revue *Le Navire d'argent*, Adrienne est contrainte
de vendre sa bibliothèque personnelle.

Adrienne Monnier coupant les cheveux de Sylvia Beach à Rocfoin.

Paul Valéry lisant *Mon Faust* dans l'appartement d'Adrienne Monnier,
le 1er mars 1941.
Au fond à gauche : A. Monnier, Maurice Saillet, Henri Thomas,
Raymond Queneau.

27 juin 1929 : déjeuner *Ulysse* à l'hôtel Léopold des Vaux-de-Cernay
pour fêter la sortie du livre.
Premier rang, de gauche à droite : Philippe Soupault, Mme James Joyce,
Édouard Dujardin, Paul Valéry, James Joyce, Léon-Paul Fargue.
Second rang, debout : Jeanne Bouquet, Mme George Joyce,
Charles de la Morandière, Lucia Joyce, Lucienne Astruc,
Philippe Fontaine, Thomas McGreevy, Léon Pivet, Marc Chadourne,
Sylvia Beach, Adrienne Monnier, Jules Romains, Mme Paul Valéry,
André Chamson, Marie Scheikévitch, Pierre de Lanux.

La distribution des biens alimentaires envoyés par l'Argentine,
à *La Maison des Amis des Livres* : Adrienne, Maurice Saillet
et un inconnu.

Sylvia Beach et Harriet Shaw Weaver, en 1961,
vingt ans après la mort de Joyce.

Au dos, de la main de Sylvia Beach :
« Adrienne et Sylvia at n° 18 rue de l'Odéon
Nothing to cook !
After the liberation. »

cune recuite, couvée sous les dehors d'une grande amitié et de mille compliments, et qui remonte, exactement, à l'époque de la fondation de *Commerce* et de mon refus de me séparer de cette entreprise. » Suivent deux pages de récriminations, frisant la manie de la persécution, accusant Adrienne des pires procédés, comme la double calomnie — « (à X : que j'ai dit du mal de lui ; à moi : que X a dit du mal de moi) » — et autres mesquineries embrouillées, destinées à lui « nuire » et le « ridiculiser ». Larbaud achevant ainsi son réquisitoire : « My wife, qui a été (avec *Commerce*), dans une certaine mesure, la cause innocente et, s'il n'avait tenu qu'à A., la victime, de ces intrigues, se joint à moi pour vous envoyer, à vous et à Suzanne, toutes ses meilleures amitiés[1]. »

En 1935, sa haine confine au délire. S'il refuse de participer à *Mesures*, c'est à cause de la présence d'Adrienne ; s'il s'est éloigné de Joyce, c'est pour éviter de la croiser, même par hasard. Et lorsqu'il apprend que Joyce lui-même a pris ses distances avec l'Odéonie, il vitupère encore :

> En tout cas, s'il [Joyce] ne voit « plus guère » la B., il la voit encore trop pour que je ne craigne pas de la rencontrer chez lui, ou que tous mes propos et mes projets ne lui soient rapportés par Joyce... Comment n'a-t-il pas su voir à quel point la B. et l'autre [Sylvia Beach] l'ont exploité, mal et indignement traité, bafoué, dénigré, lui et sa femme, et sa vie de famille ; et criant à tout venant dans leurs boutiques qu'il les ruinait, que tout l'argent qu'il avait venait d'elles, et que « les grands hommes, ça coûte cher ». Et pendant tout ce temps-là, elles vivaient d'*Ulysses*, et achalan-

---

1. Lettre de Valery Larbaud à Marcel Ray, août 1928, *in* Valery Larbaud - Marcel Ray, *Correspondance, 1899-1937*, t. III (1921-1937), Gallimard, 1980, p. 122-124.

daient leurs librairies avec son nom et sa personne, lui donnant — comme à moi et à quelques autres — des rendez-vous pour des motifs futiles, et en réalité pour le montrer à leurs clients[1].

Quel était donc le grief de Valery Larbaud à l'endroit de ces « boutiques divines » qu'il chantait autrefois, pour de la sorte les agonir d'injures ? Où sont les preuves, dans les archives comptables de *La Maison des Amis des Livres* et de *Shakespeare and Company*, d'une exploitation sauvage de l'œuvre et de la personne de Joyce, qu'elles ont au contraire subventionnées durant plus de dix ans, à leurs risques et périls ? L'affaire de *Commerce*, les ragots et les mensonges de Fargue, les flèches éventuelles d'une Adrienne qui savait se montrer « rosse » à l'occasion ne suffisent peut-être pas à justifier tant d'acharnement paranoïaque. Larbaud a le ton d'un homme pris à son propre piège. Se sentait-il gagné par l'amertume d'avoir participé à un projet titanesque, démesuré, dont il n'avait su se dégager et dont son œuvre personnelle aurait souffert ?

Une blessure secrète dort au cœur de cette histoire, où l'argent, comme souvent, n'est que le prétexte. Le style comminatoire de ses lettres à Adrienne pour réclamer ses droits d'auteur de la traduction d'*Ulysse*, lui-même, se révèle très excessif et sans fondement. La libraire n'avait-elle pas — et c'est précisément ce qui peut devenir agaçant dans certaines circonstances — cet esprit commercial net, « carré », qui lui faisait toujours honorer ses contrats, allant jusqu'à négocier au mieux les intérêts de ses auteurs — dont

1. Valery Larbaud, *Valbois-Berg-op-Zoom-Montagne Ste-Geneviève, Journal 1934-1935*, Éditions Claire Paulhan-Éditions du Limon, 1999, p. 241.

Larbaud, justement, au moment de la cession des
droits à Gallimard ? L'aigre animosité de Larbaud est
aussi celle du potasson d'hier qui se sent «floué» et
qui reproche au «petit clan» de l'avoir attiré dans
une chausse-trape, pour mieux tirer les marrons du
feu. Adrienne Monnier et Sylvia Beach paient ici ce
qui faisait leur valeur et leur attrait : être un lieu stratégique de la vie littéraire, avec ses intrigues et ses
rumeurs inévitables, où l'indulgence n'est pas vertu
cardinale et où les femmes ont vite fait d'être assimilées à une caricature de cancanières hystériques.
Les «coteries», dangereuses, ressemblent aux cercles
de famille : il y a toujours un drame à Noël.

James Joyce, qui pourtant n'épargnait pas les
libraires de ses coups de patte et qui raillait les dissensions entre les traducteurs dans ses lettres à
Harriet Weaver, ne se laissera jamais aller à de
tels excès. Le 4 juillet 1929 — à en croire la dédicace —, il remet à Sylvia Beach son exemplaire
d'*Ulysse* édité par La Maison des Amis des Livres :
«To Sylvia Beach, this trophy after her SEVEN
YEARS WAR. James Joyce. Paris, Independence
Day, 1929.» «Sa» guerre de sept ans, récompensée :
c'est dire toute la place qu'il lui reconnaissait avoir
tenue dans l'aventure depuis les débuts. Habile
stratège, Joyce avait aussi convenu d'une autre dette,
à la façon d'un homme qui accorde une préséance
en toute magnanimité : l'invention du «monologue
intérieur», réclamée par Édouard Dujardin pour
l'avoir élaboré le premier dans son livre *Les lau-
riers sont coupés*. En 1930, Dujardin composera une
dédicace pour l'auteur d'*Ulysse*, dans une nouvelle
édition de son livre «pionnier», où il saluera le
«glorieux nouveau venu», le «suprême romancier
d'âmes». Les choses étaient rentrées dans l'ordre...

Malgré ses irritations à l'endroit de l'Odéonie, Joyce conservera toujours un grand respect pour Adrienne Monnier. Respect parfois mêlé d'intimidation : lorsqu'il répand sa colère à l'idée de voir Sylvia Beach vendre ses manuscrits sous prétexte qu'il l'a ruinée, Adrienne lui demande de s'expliquer : il nie et se rétracte. La publication, puis la traduction, d'« Anna Livia Plurabelle », extrait du *Work in Progress*, offre une autre illustration de leurs relations, et un exemple éloquent des recherches et des *négociations* intellectuelles de la libraire par rapport à l'œuvre de Joyce, objet que sa curiosité interroge sans relâche mais qui ne produit pas cette « fascination », ce charme absolu auquel Sylvia Beach était si sensible.

Le texte avait d'abord été envoyé à deux revues anglaises, *The Calendar* et *Criterion*, mais les imprimeurs refusèrent de composer un passage commençant par : « Two lads in their breeches went through her before that » (« Avant cela, deux garçons en pantalons courts la traversèrent »), quand *The Dial*, dirigé par Marianne Moore également sollicitée, avait demandé des coupes considérables. Il n'y avait plus d'espoir. Adrienne décida en conséquence de le prendre, en anglais, à bord du *Navire d'argent*, pour le numéro du 1er octobre 1925, sous le titre « From *Work in Progress* », introduisant ainsi pour la première fois *Finnegans Wake* en France.

À quelques encablures de l'Odéonie, une maison prestigieuse regardait d'un œil attentif les progrès de cette petite révolution. Autrement dit, Jean Paulhan, avec le temps, s'impatientait, glissant à Adrienne : « Et comment avoir du Joyce dans la revue ? Je le voudrais beaucoup. (Surtout si cela ne devait pas avoir trop l'air d'un fragment, surtout si cela devait apporter quelque chose de nouveau aux amis de

Joyce, surtout si c'était un peu écrit pour la nrf.) [1] »
Adrienne Monnier lui propose des extraits de la traduction d'*Ulysses* en cours (il obtiendra des passages de « Protée », publié en mars 1928), Paulhan
remercie mais insiste, veut de l'inédit, disposé à
offrir une publication bilingue à ses lecteurs. Pourtant, la libraire l'avait prévenu : « Cher Ami, je vous
avais déjà expliqué pour Joyce. Vraiment ce qu'il
écrit, tout ce qu'il a écrit depuis *Ulysse* est *intraduisible*. Le livre auquel il travaille : *Work in progress* (et
il ne travaille à rien en dehors de ça, sous quelque
prétexte que ce soit. Si vous saviez à quel point la
cécité le menace et combien il se dépêche de faire ce
qu'il croit avoir à faire.) Donc, ce *Work in progress*
paraît au fur et à mesure dans *Transition*. [...] Si
jamais vous trouvez quelqu'un qui, ayant lu les chapitres qui paraissent dans *Transition*, les juge tra-
duisibles, il faut lui dire de se mettre à l'œuvre ;
Morel a essayé sans aucun résultat ; Larbaud ne s'y
est jamais risqué [2]. »

C'était sans compter sur James Joyce lui-même,
convaincu qu'il n'existait rien qui ne pût être traduit, quels que fussent la langue ou le contexte.
Fin 1930, la traduction d'« Anna Livia Plurabelle »
est mise en chantier. Samuel Beckett et Alfred Péron
s'y attaquent les premiers, bientôt aidés par Paul
Léon, Eugène Jolas, Ivan Goll, Philippe Soupault et
Adrienne Monnier, soit sept personnes au total (clin
d'œil aux « Septante » du livre, dont ils représen-
taient donc le dixième), sous le contrôle de Joyce.
Richard Ellmann a décrit les séances dans sa grande
biographie :

1. BLJD, Lettre de Jean Paulhan à A. Monnier, s. d. [1927
ou 1928].
2. *Id.* Lettre d'A. Monnier à Jean Paulhan, 21 août 1928.

Joyce fumait dans un fauteuil, Léon lisait le texte anglais, Soupault le texte français et l'un ou l'autre proposait la révision de telle ou telle phrase. Puis Joyce expliquait les doubles sens qu'il avait prémédités et l'on cherchait les équivalents. Son grand souci était le flux du discours et il les étonnait [...] en s'attachant plus aux sons et aux rythmes qu'au sens. Le texte final, fixé en mars après quinze réunions, fut envoyé à Jolas et à Adrienne Monnier, qui à leur tour firent des suggestions dont l'examen eut lieu au cours de deux réunions supplémentaires. Ce texte, publié le 1er mai 1931 dans *La Nouvelle Revue française*, est, plus encore que la traduction d'*Ulysse*, un triomphe remporté sur des obstacles qui paraissent insurmontables[1].

Adrienne, une fois de plus, a passé un col *a priori* infranchissable. Pour marquer l'événement, elle organise l'une de ses fameuses causeries à *La Maison des Amis des Livres*, intitulée « Joyce et le public français ». « Cette séance, écrit Joyce à Harriet Weaver, célébrera peut-être la fin de ma carrière pari-

---

1. Ellmann, *Joyce*, II, p. 279. Le texte, publié par la *NRF* fit l'objet d'un tiré à part, publié à dix exemplaires, sans le consentement de Joyce qui en exigea la destruction. Adrienne se chargea de veiller à l'exécution de l'opération. Le 8 juin 1931, elle écrivait à Paulhan : « Joyce [...] m'a renvoyé les 5 ex. que vous lui aviez envoyés ; j'ai donc, avec le mien, 6 ex. Quel rite allons-nous adopter pour la destruction de l'ensemble* ? [renvoi bas de page]* on pourrait les donner à bouffer aux serpents » (IMEC). L'affaire trouva sa conclusion une dizaine de jours plus tard. Adrienne reçut les derniers exemplaires de chez Gallimard et, pour preuve, envoya les coins gauches du texte découpé à Germaine Paulhan, à qui elle écrivait le 20 juin 1931 : « Je vous envoie les oreilles gauches des dix têtes de la Bête-à-dix-têtes enfin décapitée. "Anna Livia", en langue Joyce, veut dire : "Elle n'a plus rien" » (Beinecke, Joyce Papers, Series II, Box 5, folder 107).

sienne tout comme celle du 7 décembre 1921 l'a ouverte [1]. » Un parfum de bilan flotterait-il en Odéonie ? Le symbole mérite d'être considéré : Adrienne referme la page soulevée par Sylvia Beach, *Finnegans Wake* se détache d'*Ulysses* dans la dernière note du chant en canon qui liait depuis dix ans, autour de Joyce, le 7 et le 12 de la rue de l'Odéon.

La date de la séance était fixée au 26 mars 1931. Le matin même, Joyce rend hommage à la libraire par ce pneumatique :

Pour Adrienne Monnier,
prêtresse d'Anna Livie
de la part de
Homerculinus,
Civis
Parigi,
le 26 mars 1931 [2]

Le programme était composé en plusieurs parties : présentation par Philippe Soupault du travail de traduction d'« Anna Livia Plurabelle », écoute du disque où Joyce récitait son texte en anglais, lecture d'Adrienne en français et enfin conférence de la libraire sur la réception d'*Ulysse* en France.

En réalité, ce dernier texte, fondamental, permet surtout de comprendre à la fois le malaise et l'intérêt d'Adrienne Monnier pour une œuvre qui lui résiste, la prend de court mais qu'elle publie néanmoins, et dont le caractère insaisissable provoque en quelque sorte chez elle des éloges contrariés. Toute son allocution est traversée par ce balancement

---

1. Ellmann, *op. cit.*, p. 283.
2. IMEC, pneumatique de James Joyce à A. Monnier, 26 mars 1931.

intrigué, cette valse-hésitation à convenir intellec-tuellement de la grandeur de l'œuvre et à s'y sentir inconfortable. Après avoir tenté de raccrocher *Ulysse* à l'unanimisme et au mysticisme, elle dit y voir « plu-tôt qu'un chef-d'œuvre, une superposition d'œuvres qui évoque Babel ». Ici, elle regrette qu'il n'y ait pas « un passage comme celui dans *La Guerre et la Paix*, où le prince André, seul et blessé, regarde le ciel » ; là, elle avoue n'être pas « tranquille » à l'idée « que ce livre sans hauteur nous domine et nous juge », même si elle reconnaît que c'est parce qu'il « est seulement vrai, terriblement vrai » qu'il « nous offense »[1].

Décontenancée non par l'obscurité mais par un certain matérialisme de l'œuvre, Adrienne fit surtout ce jour-là la démonstration éclatante des limites de la subjectivité et des richesses que promettent les efforts de la lecture. Comme Œdipe face au Sphinx, elle s'est acharnée sur l'énigme joycienne qu'elle a découverte, ne l'oublions pas, à mesure d'une traduction chaotique et dans la détermina-tion à ne pas se laisser conditionner par l'enthou-siasme sans mélange de deux prédécesseurs de taille : Sylvia Beach et Valery Larbaud. *Ulysse* a passionné Adrienne Monnier pour les victoires que son esprit y remporta contre lui-même, pour les obstacles intimes que le livre lui permit d'écraser. Son tempé-rament — sa « pente », aurait dit Gide — ne l'incli-nait pas aux révolutions. Elle chérissait Romains et Fargue, détestait les surréalistes, ignorait superbe-ment Proust et Céline, dont la prose la laissait froide. Joyce aura été une exception dans sa constellation — une exception de poids.

Est-ce la franchise d'Adrienne Monnier qui lui

1. « L'*Ulysse* de Joyce et le public français », causerie du 26 mars 1931, *Les Gazettes*, p. 230-251.

valut de menus reproches de Paulhan ? Celui-ci se proposait néanmoins, après corrections, de publier sa causerie, nouvelle que l'intéressée accueillit avec soulagement : « Je suis bien émue par ce que vous m'annoncez. J'avais eu l'impression que ma conférence vous avait déçu, et la critique que vous m'aviez adressée, le soir même, n'était que trop juste. Certes, cette conférence manquait de logique, elle laissait en suspens plusieurs points des plus importants. » Mais le temps lui avait manqué, la fatigue, des problèmes de santé et des occupations ordinaires l'avaient empêchée de mener son projet à bien. Elle ajoutait, dans un élan inaccoutumé : « Si vous saviez combien je vois mes défauts et combien j'en souffre [1]. »

Cet aveu ne devait pas pour autant la faire fléchir devant les exigences du directeur de la *NRF*, dont « la petite déception » tenait aux ellipses d'Adrienne Monnier qui, selon lui, passait trop vite de l'examen de ses premières opinions, exposées « d'une façon si touchante, si naïve, si vraie... », à un « jugement sur Joyce, évidemment définitif, plein d'assurance, de philosophie et de sagesse ». Paulhan, suspectant l'embarras d'Adrienne dans cet écart entre « tant de modestie » et « tant d'autorité », entendait lui faire combler « les précipices » [2] que son raisonnement avait éludés. Mais Adrienne se rebiffa, retrouva son quant-à-soi et refusa, comme lorsque Sylvia voulait l'entraîner dans des promenades interminables en montagne lors de leurs vacances en Savoie, de se laisser « mécaniser ». Elle rejeta les objections de Paulhan et renonça à la publication : « Je préfère, pour moi, faire une plaquette. Pour combler les "pré-

---

1. IMEC, Lettre d'A. Monnier à Jean Paulhan, 28 mars 1931.
2. BLJD, Lettre de Jean Paulhan à A. Monnier, 31 mars 1931.

cipices", il suffira de spécifier que j'ai lu "Ulysse" au moins quatre fois en entier, chaque fois avec un plaisir plus vif. Comme tous les grands novateurs, Joyce dépayse et même déplaît à première lecture. Il n'est que de s'y habituer. / Pourquoi dites-vous que j'avais *promis* "d'examiner fidèlement la transformation et le progrès de mes premières opinions". Je n'avais fait aucune promesse. J'avais dit : "Je vais essayer d'exprimer, etc..." / Bon, ne pensons plus à tout cela. Repos pour vous et pour moi[1]. » Rideau. La publication d'*Ulysse* en français allait ouvrir la porte de la postérité à Adrienne Monnier. La Maison des Amis des Livres a accompli un travail non seulement pionnier mais définitif dans la réception de Joyce en France : quand tant de livres « bénéficient » de nouvelles traductions, l'*Ulysse* orchestré par Adrienne Monnier, sous la direction de Larbaud et de l'auteur lui-même, est *par nature* inégalable, indépassable. Aujourd'hui, les exégètes sont unanimes pour reconnaître à Adrienne Monnier une place qui n'a pas d'exemple dans l'histoire littéraire[2]. Le numéro du *Mercure de France* qui lui sera consacré à sa mort, le premier, insistera sur l'originalité de son rôle et son intelligence du texte, par la voix de témoins de premier plan comme Stuart Gilbert : « Adrienne Monnier avait une compréhension intuitive des intentions de James Joyce en ces phrases où des idiomes tour à tour ésotériques et populaires déroutaient même des lecteurs anglo-saxons[3]. »

1. IMEC, Lettre d'A. Monnier à Jean Paulhan, 2 avril 1931.
2. Voir notamment les études de Jacques Aubert, qui a dirigé le Cahier de l'Herne consacré à Joyce et l'édition de ses *Œuvres* dans la Pléiade.
3. Stuart Gilbert, « Presque trente ans... », *Mercure de France*, n° 1109, *op. cit.*, p. 69.

Mais ces hommages, cent fois mérités, ne prennent pas en compte ce qui les légitime d'autant mieux, à savoir la « bataille » interne qu'Adrienne dut livrer pour dompter ses perplexités, elle qui écrivait encore, en 1938 : « Si je n'arrive pas à suivre les expériences des artistes, je comprends ce que fait un Joyce, bien qu'il aille dans son *Work in progress* vers une liquéfaction du langage qui me fait trembler comme la menace d'on ne sait quelle catastrophe[1]. »

L'expérience le prouve : la lucidité critique d'Adrienne Monnier s'accompagne d'une perspicacité psychologique qui lui sera plus d'une fois utile dans son métier. Pour employer une expression bien à elle : on voyait dans son regard que ses yeux « avaient tué la marionnette ». Cette clairvoyance, Adrienne l'exerçait avec tout le monde, sans distinction, et dans toutes ses activités. Joyce n'y échappera pas plus que les autres. Autrement dit, ce que Sylvia Beach peinait tant à reprocher au « grand homme », Adrienne le lui signifiera sans mollir. L'occasion se présentera peu de temps après la séance de 1931, lorsque Joyce, inquiet pour ses droits et évoquant une possible association avec l'éditeur Jack Kahane, prévenait la libraire : « Dans mon cas il faut toujours aller jusqu'au bout[2]. » Le surlendemain, Adrienne envoyait à Joyce une réponse d'anthologie :

> Vous aviez demandé à Sylvia s'il n'y avait pas de royautés à toucher sur l'édition française. Nous avons vendu 20 ex. en avril et, depuis le début de mai, 4 ex.

1. *Les Gazettes*, p. 264.
2. Lettre de James Joyce à A. Monnier, 17 mai 1931, citée par Ellmann, *Joyce*, II, p. 301.

— La publication d'Anna Livie Pétontintamarre a, comme je le pressentais un peu, ralenti la vente.

Gide, qui est venu me voir l'autre jour et qui a parlé assez longuement de vous, disait qu'il y avait bien, en effet, de la sainteté dans votre cas, que la façon dont vous meniez certaines expériences littéraires *jusqu'au bout*, c'est le cas de le dire, montrait le plus grand désintéressement ; que vous étiez, à coup sûr, bien peu soucieux de succès et d'argent.

Ce que Gide ne sait pas — et nous mettons là-dessus un voile, comme le fils de Noé —, c'est que vous êtes, au contraire, très soucieux de succès et d'argent. Vous voulez que les autres aussi aillent jusqu'au bout ; vous les menez, par rudes étapes, jusqu'à je ne sais quel Dublingrad dont ils n'ont cure, ou plutôt, vous essayez de les mener.

Le bruit court dans Paris que vous êtes *gâté*, que nous vous avons perverti avec d'immenses louanges et que vous ne savez plus ce que vous faites. Et pourtant il n'y a pas un seul de vos Septante, à commencer par Léon-Saint-Pierre [Paul Léon], qui n'avoue en tous lieux, en tous temps, qu'il ne comprend absolument rien à Anna Livie.

Mon opinion personnelle est que vous savez très bien ce que vous faites, *en littérature*, et que vous avez bien raison de le faire, surtout si ça vous amuse, la vie n'est pas si drôle dans cette vallée de larmes, comme dit Mme Bloom. Mais c'est folie que de vouloir gagner de l'argent, à tout prix, avec votre nouvelle œuvre. Je ne dis pas que vous ne pouvez pas en gagner, tout est possible, mais c'est très peu sûr. Les trois plaquettes qui ont été publiées par Crosby Gaige, Harry Crosby et Kahane ne se sont guère vendues qu'aux deux tiers, pour le mieux aux trois quarts. Tout le monde, dans ce genre d'affaires, le sait. De telles éditions ne peuvent marcher que par la spéculation, et la spéculation ne peut pas s'exercer quand il n'y a pas un marché frénétique, ou à peu près.

Nous n'avons pas la moindre envie, Sylvia et moi,

de nous associer avec Kahane. Les temps sont durs, et ce n'est pas fini. Nous voyageons maintenant en troisième classe et bientôt nous nous accrocherons sous les trains. [...]

Dites mes meilleures amitiés à Madame Joyce et à Lucia, et croyez, cher Monsieur Joyce, à ma très grande et très fidèle admiration[1].

Aucun doute, Adrienne allait, elle aussi, jusqu'au bout. À plus forte raison qu'à aucun moment, dans cette relation à trois entre Joyce et ses éditrices, les mots jetés avec tant de franchise de part et d'autre n'eurent raison de leur étrange association. Il y eut des froids, des invectives, des tempêtes, des dissensions, des colères tout juste maîtrisées, des lettres assassines mais jamais au point de provoquer une rupture sans retour. Joyce, dans un soupir las, mit la lettre de côté. L'incident était clos et leur commerce reprit comme si de rien n'était... Deux mois plus tard, Joyce, depuis l'Angleterre où il travaillait à la « réduction » expérimentale de son texte, écrivait à Adrienne Monnier sur un ton badin : « J'ai réduit A.L.P. dans le Basic English d'Ogden avec l'aide de lui et de son secrétaire. Et cette langue a un vocabulaire de seulement 850 mots. Un autre petit tour de force. Elle est vraiment élastique cette petite dublinoise et aussi belle en tutu qu'en robe de gala. / O, O, O mais vraiment / Anna Livie est bonne garçonne. / Cordialement vôtre[2]. »

Adrienne Monnier n'est pas plus rancunière. Pour preuve, elle ne comptera ni son temps ni son énergie pour tenter de résoudre le conflit du piratage

---

1. IMEC, Lettre d'A. Monnier à James Joyce, 19 mai 1931.
2. *Id.*, Lettre de James Joyce à A. Monnier, Londres, 31 juillet 1931.

de *Ulysses* qui, à la fin de l'année 1931, tourmente encore Joyce et *Shakespeare and Company*. Une copie clandestine du livre, parfaitement fidèle à l'original (même typographie, même couverture, mêmes mentions de l'éditeur et de l'imprimeur), circule alors aux États-Unis, lésant les parties en toute impunité. Sans grand espoir, mais dans une prose irréfutable, elle écrit à Paul Claudel, ambassadeur de France à Washington, pour lui exposer la situation — tout en lui rappelant, presque distraitement, que Sylvia Beach est la fille d'un pasteur bien connu en Amérique... Bel effort sans résultat, sinon de provoquer le refus de Claudel qui, légalement, prétend ne rien pouvoir faire et termine par ces mots célèbres : « Quant au caractère inoffensif au point de vue religieux de la production de M. Joyce (qui d'ailleurs n'a rien à voir avec la présente lettre) vous me permettrez de sourire. L'*Ulysses* comme le *Portrait* est plein de blasphèmes les plus immondes où l'on sent toute la haine d'un renégat — affligé d'ailleurs d'une absence de talent vraiment diabolique[1]. »

Adrienne n'est pas au bout de ses peines. Car une troisième guerre se prépare : la vente des droits d'*Ulysse* à Gallimard.

À la vérité, bien malin serait celui qui pourrait dire à quand remontent les premières batailles feutrées entre La Maison des Amis des Livres et la Nouvelle Revue française, la petite sœur et la grande. Car les deux maisons, amies dès l'origine, défendent les mêmes auteurs, partagent les mêmes idées, travaillent à l'occasion main dans la main — mais en

1. BLJD, Lettre de Paul Claudel à A. Monnier, Washington, le 28 décembre 1931.

se surveillant du coin de l'œil. Leur différence d'envergure interdit de les qualifier de véritables rivales. Mais le petit poisson (poisson-pilote, dans bien des cas) n'a pas peur du gros.

Entre Adrienne Monnier et Gaston Gallimard, le courant, semble-t-il, passe mal. Et ce, malgré leur « entente cordiale » de toujours. Dès 1917, Adrienne est l'une des premières à souscrire au cercle des « Bibliophiles de la Nouvelle Revue Française[1] » (son inscription porte le n° 5) quand Gaston Gallimard, sans être un habitué, passe à la librairie, où son nom figure sur les registres la même année pour s'être porté acquéreur de *Ninon de Lenclos* et d'*Odes et Prières* de Jules Romains[2]. Il participe aux séances de *La Maison des Amis des Livres*, s'y rend vers 1919 pour une réunion informelle sur un vaste programme de librairies-bibliothèques de prêt dont l'Odéonie aurait été le centre, rêve un temps caressé par Adrienne.

Ces échanges de bons procédés n'en font pas pour autant de bons amis. En juillet 1922, au sujet d'une affaire qui reste à élucider et dont Joyce était peut-être déjà l'enjeu (*Dedalus* et *Ulysses* avaient été refusés par Jacques Rivière), Gaston se défend auprès d'Adrienne : « Mais puisque vous m'en donnez l'occasion, laissez-moi vous dire que je n'ai jamais été votre ennemi. Je me souviens que ce mot a été prononcé par vous lors de notre dernier entretien. Mais il n'a changé ni mes sentiments, ni ma conduite. / Pourquoi serais-je votre ennemi ? Nos goûts, nos amitiés, nos efforts sont les mêmes, et si nos ambitions sont encore les mêmes, elles ne peu-

---

1. IMEC, Lettre de Gaston Gallimard à A. Monnier, 10 septembre 1917.
2. *Id.*, Livre de comptes VI, mars 1917.

vent cependant se nuire... au contraire. Et c'est avec
cette conviction que je vous prie de croire à l'estime
que j'ai pour votre œuvre[1]. »

Un homme va se charger de polir ces anicroches
et d'établir un lien plus subtil entre les deux maisons : Jean Paulhan. Les messages et les négociations, désormais, passeront par lui. À la mort du
Navire d'argent, il tentera, sans succès malgré sa
prévenance, de récupérer la revue et surtout la
« Gazette » d'Adrienne, en garantissant à la directrice de *La Maison des Amis des Livres* une indépendance à laquelle elle ne croit guère. Dans le
post-scriptum d'un billet dont il lui demande la
confidentialité, il précise : « Je vois quelques obstacles, venant de vous ou de Gaston Gallimard (mais
les derniers ne me semblent pas insurmontables)[2]. »
Il parviendra néanmoins à attirer Adrienne Monnier
à la *NRF*, où elle donnera pendant quelque temps
son « Air du mois », chronique sur la vie culturelle à
Paris.

Quand l'affaire *Ulysse* commence-t-elle ? Dès le
7 décembre 1921, jour de la séance Joyce rue de
l'Odéon ? L'année suivante, lorsque la *NRF* publie
la conférence de Larbaud mais refuse les fragments
traduits qui seront perdus ? Avant la parution du
volume en français, en tout cas, dans une parenthèse glissée par Jean Paulhan, à la fin d'une lettre
de 1927, proposant à Adrienne : « (Gaston G. est
tout prêt à prendre *Dedalus*. Je vous en prie, songez à me donner, pour lui, des propositions pré-

1. BLJD, Lettre de Gaston Gallimard à A. Monnier, 20 juillet 1922. Le 27, Gallimard renchérissait : « Je pense comme
vous qu'il serait souhaitable que nous nous expliquions une
bonne fois. [...] J'irai vous voir dès mon retour et je suis certain que nous saurons nous mettre d'accord. »
2. *Id.*, Lettre de J. Paulhan à A. Monnier, 15 avril 1926.

cises sur *Ulysse*. Ou voulez-vous le voir, ou que nous venions tous deux?)[1]» L'effervescence autour du projet joycien diffuse un climat plus électrique, si bien que Gaston prend lui-même la plume pour préciser : «Vous souvenez-vous que vous m'avez très aimablement offert de publier l'édition courante d'*Ulysse* de Joyce? Je n'ai pas besoin de vous redire que je suis très fier et très impatient de m'employer à faire connaître cet ouvrage[2].» Adrienne répond, se dit prête à le rencontrer prochainement. Mais il n'y aura pas de suites. Nouveau rendez-vous manqué.

En 1929, quelques semaines avant la parution d'*Ulysse* en France, Gaston Gallimard confirme, dans un repentir embarrassé, qu'il est toujours sur les rangs : «Je traîne comme un remords et un regret de n'avoir pas été encore vous parler au sujet de Joyce. Mais notre prochain déménagement nous prend beaucoup de temps[3].» Ces tergiversations finissent par irriter Adrienne, qui passe cette fois par Paulhan pour y mettre un terme bien dans sa manière : «Vous savez que j'ai décidé de garder *Ulysse*. Donc, inutile que Gaston Gallimard me fasse une offre et inutile que je lui fasse une demande. Joyce est ravi de ma décision, Sylvia plus encore[4].»

La première édition d'*Ulysse* épuisée, Adrienne Monnier passera contrat avec J. O. Fourcade en 1930 pour une deuxième livraison en coédition, puis en retirera une troisième à la seule Maison des Amis des Livres en octobre de la même année. Au début

1. *Id.*, s. d. [1927].
2. Archives Gallimard, Lettre de Gaston Gallimard à A. Monnier, 30 septembre 1927.
3. Archives Gallimard, Lettre de Gaston Gallimard à A. Monnier, 18 janvier 1929.
4. IMEC, Lettre d'A. Monnier à J. Paulhan, 20 avril 1929.

de l'année 1931, Paulhan revient à la charge, presse Adrienne de lui faire une proposition. Elle lui remet alors une note récapitulative sur deux volets : à droite, les frais de rachat du stock à Fourcade et de recouverture, à gauche le détail de sa proposition à Gallimard, soit 95 000 francs. Le document vaut surtout pour la mention des ventes du livre entre novembre 1930 et février 1931 : 120 exemplaires en novembre, 67 en décembre, 72 en janvier[1]. On est loin de l'exploitation sauvage suspectée et dénoncée par Larbaud. Mais, là encore, la négociation va une nouvelle fois échouer. Gallimard trouve le prix beaucoup trop élevé et refuse. Paulhan repart au charbon, s'excuse, prend des gants. Adrienne feint de s'étonner : « Pourquoi être navré ? Si la NRF n'achète pas *Ulysse* et me le laisse, ce sera pour le mieux, tout au moins en ce qui me concerne. C'est toujours ce qui arrive qui est le mieux. Puisque vous me le demandez, je laisse encore jusqu'à samedi 28 à Gaston Gallimard pour réfléchir. Sans réponse de lui, à cette date, je conclurai qu'il renonce[2]. » Il renoncera, en effet.

En 1933, le stock s'écoule toujours, lentement, à *La Maison des Amis des Livres*. La crise économique touche la librairie au même titre que les autres commerces. Adrienne Monnier se voit même contrainte de réduire de moitié les droits d'auteur d'Auguste Morel, qui passent de 5 à 2,5 %. Depuis 1930, le traducteur s'était retiré à Belle-Île-en-Mer, où il cultivait une modeste ferme. Dégoûté par les « mauvais procédés des collaborateurs et du milieu Monnier », il avait décidé de « tout envoyer promener » et ne voulait plus entendre parler de cette affaire « hors

---

1. HRC, Box 1, Note d'A. Monnier à J. Paulhan, février 1931.
2. IMEC, Lettre d'A. Monnier à J. Paulhan, 24 février 1931.

série ». Dans cette aventure, Larbaud avait, selon lui, tiré toute la couverture à lui : « On m'a fait pour finir une si belle vacherie, concluait-il non sans ironie, que j'en suis devenu vacher pour le reste de mes jours [1]. » Adrienne, qui savait les difficultés économiques de Morel, était embarrassée de prendre une telle décision. Mais elle-même vivait « depuis deux ans au jour le jour ». Par ailleurs, elle précisait : « Les négociations avec la NRF sont complètement interrompues depuis plusieurs mois. Elles se présentaient, d'ailleurs, non pas comme une cession honorable, mais comme un véritable *solde*, avec perte notable sur la somme versée par moi à Fourcade pour le rachat de l'édition et abandon total de mes droits sur les éditions futures [2]. »

En fait de soldes, c'est à une braderie que va finalement donner lieu la vente d'*Ulysse* à Gallimard, en 1937. Adrienne Monnier a rabattu ses prétentions de plus des deux tiers. Elle demande désormais 30 000 francs pour le rachat des plombs et des exemplaires (1 500 exemplaires à 10 francs, quand le prix fort était de 90 francs). « Cette somme lui semble raisonnable, écrit Paulhan à Gallimard, car elle a eu de grands frais et beaucoup de travail et d'ennuis pour mener à bonne fin cette édition. (Toutefois je pense qu'elle est prête à discuter. Il faudrait lui faire une proposition) [3]. » Mais Gaston, encore, renâcle et fait une contre-proposition inadmissible. Cette fois, Paulhan sort l'argument décisif, dans une

1. IMEC, Notes rassemblées par Auguste Motel, recopiées par Maurice Saillet d'après le Catalogue de vente n° 128 de la Librairie A. Bellanger, 6 et 8 passage Pommeraye, lot 458.
2. IMEC, Lettre d'A. Monnier à Auguste Morel, 18 octobre 1933.
3. Archives Gallimard, Note de Jean Paulhan à Gaston Gallimard, s. d. [1937].

note intitulée, comme dans un roman d'espionnage,
« Affaire Joyce », déposée sur le bureau du directeur : « Cher Gaston, / Naturellement, je n'ai parlé
de rien à Adrienne Monnier. À moins que nous ne
tenions à nous brouiller avec elle. Douze mille au
lieu de trente mille, cela aurait l'air d'une simple
plaisanterie. / Il n'y avait rien d'urgent, il y a quatre
mois. Mais je sais qu'en ce moment Denoël tâche
d'avoir *Ulysse*. Devons-nous faire un effort ? Il faudrait offrir au moins vingt mille. Ou renonçons-y[1]. »
Denoël ! Denoël qui lui avait ravi Céline, qui avait
manqué d'un cheveu le Goncourt pour *Voyage au
bout de la nuit*. Il fallait agir.

Pour cette tentative qui menaçait sérieusement d'être la dernière, ce fut Germaine Paulhan,
qu'Adrienne aimait beaucoup, qui fut envoyée en
émissaire, son mari ayant sans doute renoncé à
marchander encore. Elle établit les conditions
avec la libraire, qui accepta de céder le tout pour
22 000 francs, payables en trois fois... Adrienne
demanda à ce que fussent maintenus les droits de
Joyce (8 % sur la première édition, 5 % depuis), de
Larbaud (2,5 % à partir de la deuxième édition) et
de Morel (9 % pour la première édition, puis 5 %
ramenés à 2,5), Stuart Gilbert n'ayant jamais rien
réclamé, et recommanda de garder l'imprimeur
Durand qui avait toujours été correct. Le 17 avril,
Gaston Gallimard écrivait à James Joyce combien
il se réjouissait de la nouvelle, par un euphémisme

---

1. Archives Gallimard, Note de Jean Paulhan à Gaston Gallimard, s. d., « mardi » [1937]. Une note de l'Imprimerie
Moderne, datée du 5 février 1937 et conservée dans le même
dossier, signale que Gaston Gallimard s'était renseigné sur les
prix pratiqués dans le commerce des plombs : « Prix du métal
des clichés pour un livre de 870 pages [...] : 548 K de plomb
au cours de ce jour : 3 480 frs. »

goûteux : « Il y a très longtemps que je désirais enrichir le fonds de la Nouvelle Revue française de la traduction d'*Ulysse* publiée par Mademoiselle Adrienne Monnier[1]. » Les premiers exemplaires d'*Ulysse* sous la couverture Gallimard paraîtront en décembre 1937. En réalité, il s'agissait des derniers exemplaires de la troisième édition de La Maison des Amis des Livres, recouverts du sigle de la NRF, afin d'écouler le reliquat du stock...

En faisant entrer *Ulysse* dans son catalogue, les espérances de Gallimard étaient grandes — à raison. Elles provoquèrent un curieux retour de manivelle dans les études joyciennes, dont eut à pâtir Stuart Gilbert, qui avait envoyé à la même époque sa magistrale étude à la NRF. Le rapport du comité de lecture, rédigé par Ramón Fernandez, indiquait en effet : « STUART GILBERT. Étude analytique de l'*Ulysses* de Joyce, à laquelle Joyce a participé lui-même. Commentaire à la fois analytique et critique fait avec beaucoup de clarté. C'est un livre qui peut remplacer la lecture d'*Ulysse*, et qui peut nuire à la vente de celui-ci. C'est très bien fait. (Fernandez) à refuser[2]. » *James Joyce's « Ulysses » : A Study* (1930) paraîtra finalement en français chez Knopf, en 1952.

En 1946, Adrienne Monnier, une dernière fois, s'adresse à Gaston Gallimard afin qu'il « bonifie » le pourcentage d'Auguste Morel, qui vivait alors dans le plus grand dénuement. Mais Gaston Gallimard ne répondra jamais, exacerbant par ce geste (ou cette absence de geste) les rapports difficiles, manifeste-

---

1. Archives Gallimard, Lettre de Gaston Gallimard à James Joyce, 17 avril 1937.
2. BLJD, Copie du rapport jointe à une lettre de J. Paulhan à A. Monnier, 16 mai 1937. Paulhan ajoutait : « Cela me paraît assez insensé. »

ment réduits à un opportunisme de circonstance, qu'il eut à entretenir avec Adrienne Monnier. Les inimitiés personnelles ou les incompatibilités d'humeur n'expliquent pas seulement une telle sécheresse. Les relations entre la NRF et La Maison des Amis des Livres ne parviennent jamais à sortir, malgré l'appartenance à une même « famille d'esprit » (ou plutôt à cause d'elle), d'une forme de lien incestueux et de concurrence tacite, nécessairement déloyale eu égard à leurs poids économiques respectifs. Sans Adrienne Monnier et Sylvia Beach, la prestigieuse maison de la rue Sébastien-Bottin n'eût compté, entre autres auteurs, ni Ernest Hemingway, ni James Joyce à son catalogue. Elle les aurait sans aucun doute « rattrapés » à un moment ou un autre, par d'autres moyens. Reste que les « découvreurs », les « découvreuses » en l'espèce, si elles sont utiles, à la longue agacent : les précurseurs finissent par avoir l'air arrogants. Une méfiance réciproque baignera toujours les relations entre l'Odéonie et la NRF, dirigée par « ce Gaston Gallimard », comme l'appelait Sylvia Beach. Même Jean Paulhan, personnalité pourtant gracieuse, ne réussira pas à dissiper tous les malentendus. Maurice Saillet rapportera à ce sujet d'éclairants commentaires, aussi orientés fussent-ils dans la bouche d'un homme qui devait sa carrière à Adrienne Monnier et nourrissait à son endroit une indéfectible affection :

> En ce qui concerne le degré d'amitié qui pouvait exister entre A.M. et Paulhan, je sais que celui-ci n'a jamais été reçu par A.M. en même temps que Fargue et Larbaud (à part les séances publiques ou semi-publiques qui réunissaient un assez grand nombre de personnes) et qu'A.M. cessa complètement de le rece-

voir du jour où sa femme, avec laquelle elle avait d'ex-
cellents rapports, fut immobilisée par la maladie.

Sans trop vouloir vous mettre les points sur les i, je
dois tout de même vous dire qu'A.M. avait quelques
bonnes raisons de tenir un peu à distance le rédacteur
en chef d'une revue dont, en 1931, M. Gaston Gallimard était toujours le directeur. Pour n'être que... sentimentale, la concurrence de la Maison des Amis des
Livres agaçait fort les bureaux de la nrf. Car Valéry,
Claudel, Gide, Schlumberger, Fargue, Larbaud et
beaucoup d'autres, jusqu'à la retraite d'A.M., aimaient
bien cette boutique où, grâce à sa bibliothèque de prêt
modèle, ils pouvaient être en rapports directs avec
leurs lecteurs, rapports hors commerce et sans
« salades », ce qui n'était pas toujours le cas en d'autres
lieux. Et puis, ils se plaisaient en compagnie d'A.M. [1].

Si la réalité n'était peut-être pas aussi contrastée,
Maurice Saillet pointe ici un trait important : le petit
cercle d'une Odéonie artisanale avait un charme
ignoré en Gallimardie.

Lorsque le même Maurice Saillet, en 1959, proposa à Gallimard *Rue de l'Odéon*, recueil d'une
richesse sans rivale sur la vie littéraire de l'entre-
deux-guerres, le manuscrit fut refusé mais accueilli
par Albin Michel, qui continue à le commercialiser.
En 1996, Gallimard racheta, plus de quarante ans
après sa mort, *Les Gazettes*, d'Adrienne Monnier.
Pour les faire entrer directement en poche, dans une
très jolie collection au titre rêveur : « L'Imaginaire ».

1. IMEC, Lettre de Maurice Saillet à J. P. L. Segonds,
1ᵉʳ novembre 1972.

CHAPITRE VI

L'AVÈNEMENT
DES TALONS PLATS

> *Aujourd'hui tout est changé et la manie*
> *d'écrire a supprimé complètement les sexes.*
> *Mettez une plume dans la main robuste et*
> *calleuse d'un homme ou dans la main fine*
> *et potelée d'une femme et immédiatement —*
> *ô prodige ! — il n'y a plus ni homme ni*
> *femme, il n'y a plus que des écrivains !*
>
> « Chronique printanière :
> les femmes qui écrivent »,
> *L'Écho.*

L'Odéonie, monde construit et rêvé par deux femmes, serait-elle le royaume exclusif des « grands hommes » ? Force est de le constater : pas une anecdote, pas un épisode de son histoire qui ne signale la présence écrasante, le rôle, l'action, voire les caprices autoritaires d'écrivains, dont la liste prestigieuse se décline presque entièrement au masculin. Difficile, pour autant, de suspecter Adrienne Monnier et Sylvia Beach de misogynie. La première répète à l'envi « honorer les déesses », la seconde s'est engagée dans la lutte féministe avec ardeur, dans une entre-deux-guerres qui voit l'invention de la « femme moderne » et le triomphe de la « garçonne ».

Mais quelle fut leur action concrète en faveur d'une
visibilité des femmes dans l'espace littéraire?

Certes, La Maison des Amis des Livres éditera
Raymonde Linossier (sous le pseudonyme des
Sœurs X) ou Gisèle Freund, mais de séances, point
qui ne soient consacrées à une écrivaine, pas
même Madame Colette, quand *Shakespeare and
Company* invitera la seule Edith Sitwell, sans songer à Marianne Moore, H. D., amies intimes de la
maison, ou Djuna Barnes, en qui Sylvia Beach voit
l'une des «personnalités les plus marquantes [...]
les plus fascinantes du Paris anglo-saxon de ces
années vingt[1]», toutes trois grandes recluses, il
est vrai. La discrétion excessive de beaucoup
d'entre elles explique en partie certaines absences
et autres désertions, qui rendent les rencontres difficiles : Bryher renonça par timidité à assister à la
fête donnée en l'honneur de sa revue *Life & Letters
to-day*; Claude Cahun se déroba au moment d'être
présentée à Philippe Soupault; Elizabeth Bishop,
l'une des plus grandes poétesses américaines,
refusa de même à la dernière minute, prise de
panique, de participer à une réunion avec Joyce et
Gide — elle regardera plus tard ce rendez-vous
manqué comme «l'une des histoires les plus tristes
de [s]a vie[2]».

Ces arguments, pour n'être que psychologiques,
étayent néanmoins une sociologie de l'époque : si
leur place se creuse et s'affirme dans la vie culturelle, les femmes peinent encore à s'imposer, *à
elles-mêmes* autant qu'aux autres, dans l'activité
publique. Il n'est pas anodin, d'ailleurs, que les
deux femmes à faire l'objet de réceptions officielles

1. *S & C*, p. 126.
2. Fitch, p. 359.

en Odéonie furent Bryher et Victoria Ocampo, et que *les deux* aient demandé à cette occasion que fût passée sous silence leur œuvre poétique personnelle, pour ne privilégier que les auteurs découverts grâce à leur qualité d'intermédiaires, de revuistes, francophiles et *go-between* entre deux univers, à l'image d'Adrienne et de Sylvia. La réussite des deux libraires ne tenait-elle pas, elle aussi, à cette expérience plus ou moins consentie de l'effacement, simultanément désiré par elles et imposé par des personnalités comme Fargue ou Joyce qui « occupaient le terrain » et exigeaient l'attention de tou(te)s ? Pour reprendre les mots de Pierre Bourdieu : « La logique paradoxale de la domination masculine et de la soumission féminine, dont on peut dire à la fois, et sans contradiction, qu'elle est *spontanée et extorquée*, ne se comprend que si l'on prend acte des *effets durables* que l'ordre social exerce sur les femmes (et les hommes), c'est-à-dire des dispositions spontanément accordées à cet ordre qu'elle leur impose[1]. » Toute l'habileté d'Adrienne Monnier et de Sylvia Beach consistera à se maintenir en équilibre sur ce terrain meuble : amadouer, dans une complicité complaisante, les « grands hommes » pour promouvoir plus efficacement leur « génie », tout en amenant, sans avoir l'air d'y toucher, les femmes sur le devant de la scène, ne serait-ce que par leur exemple modélisant.

Théâtre de lumière et d'ombres mêlées, l'Odéonie s'accorde dès le début au féminin pluriel : à l'exception notable de Maurice Saillet, arrivé sur le

---

1. Pierre Bourdieu, *La Domination masculine*, Seuil, « Points Essais », 2002, p. 59 (première édition : Seuil, 1998).

tard en 1938 à *La Maison des Amis des Livres*,
Adrienne Monnier et Sylvia Beach travaillent au
jour le jour avec un réseau d'assistantes, de collaboratrices, de traductrices (Hélène Malvan, Marcelle Auclair), de photographes (Claude Cahun
et Suzanne Malherbe, Berenice Abbott, Gisèle
Freund) et de mécènes (Bryher, Helena Rubinstein, Anne Morgan, Natalie C. Barney). Cette
attribution des rôles, coutumière dans une société
qui accorde volontiers aux femmes les petits travaux, les métiers naissants et la liberté des grandes
fortunes, d'emblée cependant signale une forme
discrète de solidarité, dont les sources remontent
aux origines familiales d'Adrienne Monnier et de
Sylvia Beach.

Malgré leurs différences sociales marquées, les
deux libraires sont nées dans des familles de filles,
sans héritier mâle, filles qui, fait remarquable à
l'époque, ont toutes une profession : Marie Monnier
est une brodeuse réputée, Cyprian Beach, après ses
débuts d'actrice (Belle-Minette, dans le *Judex* de
Louis Feuillade, c'est elle), ouvrira un restaurant en
Californie, quand sa sœur Holly finira par diriger la
Croix-Rouge en Italie. Dans les deux cas, leurs mères
tiennent le gouvernail et militent pour l'affranchissement de leur progéniture : Eleanor Beach finance
les débuts de *Shakespeare and Company*, Philiberte
Monnier forme Adrienne à la culture, l'encourage à
pousser ses études jusqu'au brevet supérieur et l'engage en toutes circonstances à privilégier les femmes
comme les méthodes parallèles ou alternatives. En
1939, alors qu'elle souffre d'étouffements, « Phi » se
décide à consulter la Faculté. Mais pas n'importe
qui : « Elle s'est tout de même résolue à voir un
docteur de Paris, raconte Adrienne à Sylvia, et naturellement, ce sera *une* docteur, *homéopathe*, et se

servant du *pendule*. Et si ça réussit, tu iras te faire penduler aussi [1]. »

Si Adrienne subit l'empire de sa mère qu'elle étend volontiers à son entourage, Sylvia préfère au contraire se dégager de l'influence familiale, précisément par mesure de salubrité : « Je pense que beaucoup de sommeil, de nourriture, de travail et d'exercice en plein air, et sans doute le fait de voir sa famille le moins possible, est la seule façon d'être en bonne santé [2] », déclare-t-elle dans sa grande sagesse. Pour autant, les deux cadettes Beach ne renoncent pas à réformer l'idéologie de parents encore trop puritains et conservateurs : « Cyprian m'écrit qu'elle est en train de convertir mon père au Socialism, Communism, Sovietism, écrit-elle à Adrienne en 1920. Déjà il avait été converti au Féminism. As-tu remarqué sur le journal que l'État du Tennessee a voté pour le suffrage des femmes ce mois-ci, ce qui fait que les deux tiers des States Legislature l'ont voté et le suffrage devient universel dans notre pays. Hurrah [3] ! » Des deux libraires, Sylvia sera toujours la plus active idéologiquement dans le combat pour une « âme libre dans un corps libre », slogan prôné par *La Lutte féministe* qu'elle soutient. Mais dans la pratique, on le verra, Adrienne, bien qu'ambiguë sur le sujet, se montrera

---

1. Princeton, Box 47, Lettre d'A. Monnier à S. Beach, 12 août 1939. Dans une lettre de 1917, Philiberte demande déjà si Adrienne « a maigri ou grossi, si elle est devenue encore plus "magnétique" » (IMEC, 25 septembre 1917).

2. *Id.*, Box 233a, Lettre de S. Beach à Harriet Shaw Weaver, 7 juillet 1922. « I think that plenty of sleep, food, work and outdoor exercise and perhaps to see one's family as little as possible is the only way to be healthy. »

3. HRC, Box 2, Lettre de S. Beach à A. Monnier, datée de l'« Hôtel Regina, Rapallo, August 23rd 1920 ».

sans doute plus adroite à « manœuvrer » pour imposer sa personnalité — leur comportement respectif
face à Joyce en est déjà un exemple — et faciliter
l'accès des femmes à la littérature.

Au-delà des contextes familiaux particuliers, un
plus vaste mouvement touche la société tout entière.
En France, le lycée s'est ouvert aux filles depuis
1880, date des premières bibliothèques munici-
pales qui vont révolutionner les habitudes de lecture. Deux ans plus tard, la Ligue française pour le
droit des femmes voit le jour, avec Victor Hugo
pour président d'honneur[1]. Qu'elles militent pour
une émancipation collective ou une libération individuelle, les femmes sortent du rang et diffusent
leurs idées à l'image de Marguerite Durand, fondatrice, en 1897, de *La Fronde* (le premier numéro
est tiré à 200 000 exemplaires) ou de Cécile Brunschvicg, porte-parole d'un suffragisme qui résiste
en France malgré les succès remportés en Europe et
aux États-Unis[2]. En littérature, des femmes comme
Colette ou Anna de Noailles conquièrent la reconnaissance publique, quand Marie Curie force le respect du monde scientifique international.

La Première Guerre mondiale allait marquer un
clivage décisif. Les femmes remplacent les hommes
partis au front, dans le travail ou la famille. Même
si l'occupation des places vacantes n'a qu'un temps,
la brèche est creusée : entre 1911 et 1931, la France
est passée de 2,7 millions de femmes actives sala-

1. Michèle Riot-Sarcey, *Histoire du féminisme*, La Découverte, « Repères », 2002, p. 61.
2. La France où le droit de vote pour les femmes fut accordé
en 1944, arrive en effet loin derrière la Norvège (1913), le
Danemark (1915), l'Angleterre et la Suède (1918), l'Allemagne
(1919), la Belgique et les États-Unis (1920). *Id.*, p. 78.

riées à 7,9 millions. Parmi elles, une bonne moitié de célibataires.

Adrienne Monnier et Sylvia Beach ouvrent boutiques au cœur de cette période d'expansion et, très vite, deviennent des symboles pour les amies des livres. Pour des raisons différentes : Adrienne l'alchimiste a trouvé la première «le lieu et la formule», elle a inventé un modèle de librairie et une nouvelle conception du métier, quand la célébrité de *Shakespeare and Company* est d'abord attachée à l'œuvre de Joyce et au monde anglophone. Espaces intimes et publics uniques à Paris, les deux maisons, fortement imprégnées par la personnalité de leurs directrices, et donc par nature «inimitables», sont néanmoins devenues des espaces de projection, qui excitent et découragent l'émulation dans le même mouvement.

Adrienne Monnier, surtout, focalise l'attention de ses contemporaines. Dès 1917, un article de Louise Faure-Favier sur «Les femmes et la guerre : éditeurs et libraires [1]» commence par mettre en scène un libraire de la rive droite censé refléter la mentalité de ses confrères, qui hausse les épaules et «roule des yeux furieux» à l'idée que «par leur nervosité et leur esprit brouillon» les femmes ne «viennent gâcher le métier»! La journaliste traverse alors la Seine, entre dans la librairie de la rue de l'Odéon pour demander «Monsieur Monnier» et, lorsqu'elle voit une jeune fille s'avancer, feint de s'étonner : «Ainsi il y a une femme libraire. Il est vrai qu'elle a coupé ses cheveux. Mais ses yeux rient et elle a une

---

1. Louise Faure-Favier, «Les femmes et la guerre : éditeurs et libraires», 4 mars 1917. Une copie dactylographiée de cet article, conservée à l'IMEC, indique que l'article avait paru dans *Le Siècle*, *Paris-Midi* et *L'Action*.

petite bouche bien féminine », petite bouche qui
parle longuement des joies de la profession et de la
défense des auteurs modernes. C'est dire combien
le cas d'Adrienne Monnier est encore exceptionnel.
À plus forte raison que la jeune libraire a créé sa
maison de toutes pièces : elle ne remplace ni frère,
ni père, ni mari parti au front, à l'inverse de sa
voisine Suzanne Figuière, qui gère la maison d'édition de son mari depuis 1914. Trois ans plus tard,
Eugène Figuière, toujours mobilisé mais en correspondance régulière avec sa femme, lui accorde
quelques « initiatives », qui lui permettent de se
montrer « accueillante aux femmes de lettres » et
d'envisager la réédition des *Peintres cubistes* de
Guillaume Apollinaire...

L'armistice signé, la presse se fait plus largement
encore l'écho de l'action d'Adrienne Monnier qui,
quatre ans à peine après l'ouverture de *La Maison des Amis des Livres*, prend l'allure d'une politique ambitieuse, suggère un plus vaste dessein.
La libraire milite avant tout pour que ses collègues
connaissent les livres afin de les commercialiser
intelligemment, pratique apparemment rare à une
époque où « le » libraire ressemble à une caricature
de barbon marmonnant et passif, rivé à sa caisse :
« C'est du moins l'idée que je m'efforce d'inculquer à
un groupe de jeunes filles que sollicite mon exemple.
S'il m'était possible de les mettre, dans Paris, à la
tête d'un certain nombre de librairies comme la
mienne, peut-être la République des lettres chère à
M. Émile Bergerat n'aurait-elle rien à y perdre, et
mes amies tout à y gagner [1]. »

---

1. « Une amie des livres », *La Liberté*, 17 juin 1919. Quelques
jours plus tôt, dans son *Introduction à quelques œuvres*, conférence prononcée le 30 mai 1919 à l'occasion d'une séance orga-

La lecture, vecteur de progrès, rend sa dignité au commerce du livre et à celui de l'esprit, que les femmes auraient tout avantage à cultiver. Mais, attention, foin des mondanités : Adrienne, c'est essentiel, *travaille* à diffuser le savoir. C'est pourquoi elle insistera toujours sur l'aspect très ingrat de sa tâche, la noircissant presque à dessein afin de la dépouiller d'un romantisme bavard qui convient mieux aux cercles littéraires des «dames» de la rive droite : «Que de jeunes filles, que de femmes m'ont enviée, ont rêvé de mon sort ! soupire-t-elle dans ses Souvenirs. Quelques-unes ont tenté d'ouvrir boutique comme moi. Elles ont presque toujours été découragées au bout de peu de temps. Elles ont vu qu'il ne s'agissait pas simplement de faire salon, mais qu'il y avait un gros boulot, un tas de corvées dont certaines fort matérielles. Des rangements, des paquets, des comptes... On est sans cesse envahi par la poussière et sa paperasse[1].»

La même année 1919, deux grands articles paraissent sur «L'amie des livres», confirmant la place inédite qu'elle occupe dans ce Paris littéraire. Le premier a tout, déjà, d'une consécration : il est signé de la grande Rachilde, dans le *Mercure de France*. L'auteure de *Monsieur Vénus* raconte avoir surpris un jour la jeune Adrienne, alors que tonnait la grosse Bertha dans la capitale, dans sa boutique, «*les deux*

---

nisée par *La Maison des Amis des Livres* au théâtre du Gymnase, Claudel précisait au sujet d'Adrienne : «Notre amie a compris en effet, la première, qu'entre un livre et une livre, je dis un livre imprimé et une livre, par exemple, de beurre, il y avait tout de même une certaine différence que les détaillants de papier à lire n'étaient pas arrivés jusqu'à ce jour a comprendre.» Repris dans *Mercure de France*, n° 1109, *op. cit.*, p. 97.

1. *Rue de l'Odéon*, p. 40.

index dans les oreilles, penchée sur un grand livre,
elle révisait ses comptes ». Et Rachilde d'exhorter
ses congénères : « Femmes de lettres, femmes du
monde, vous qui rêviez jadis de vivre dangereuse-
ment, au moins dans vos romans de chevet [...] je
ne vous blâme pas. Pourtant que pensez-vous de
cette enfant se bouchant les oreilles, histoire de
conserver la paix intérieure ?... » La description du
personnel insiste de même sur l'originalité d'une
organisation du travail féminin : « À côté d'elle, bon-
dissant, en jeune chatte capricieuse et familière, on
voit Mlle Hélène, *qui va en réassortiment*. [...]
Il faut la voir pénétrer dans le sombre hôtel du
Mercure de France où elle effare Messieurs les
employés, et se camper devant eux pour dire, du
ton pointu de Souris l'Arpète : "Enfin, quoi ? Cette
réimpression de la *Vie des martyrs*, c'est pour
quand ? Non, ce n'est pas une vie ! Les clients de
notre maison n'aiment pas attendre. Je pense que
les vôtres sont kif kif la même espèce !..." Et son
chignon brun, ébouriffé, arrive à peine à la hauteur
du comptoir, car Mlle Hélène va sur ses quatorze ans
et a de très petits pieds [1]. »

Le second est signé d'une inconnue, Claude Cahun
qui, pour l'occasion, joue sur l'ambiguïté de son
prénom pour parler au masculin aux lecteurs pro-
vinciaux de *La Gerbe*, organe nantais dirigé par son
père, Maurice Schwob, frère du Marcel des *Vies
imaginaires* :

> J'arrivais encore tout poussiéreux de Province. Je
> passais devant La Maison des Amis des Livres, et je
> prêtais déjà aux libraires parisiens des intelligences

---

1. Rachilde, « L'amie des livres », *Mercure de France*, 1er janvier 1919, p. 173.

supérieures ! (J'avais généralisé trop vite, et je tiens aujourd'hui Mlle Monnier pour exceptionnelle.)

Ce premier matin-là, je m'arrêtai fasciné : mes auteurs favoris, certains livres naguère introuvables... J'entrai. [...] Et j'observais d'une oreille attentive le prodigieux savoir de celle qui me répondait, et me questionnait à son tour :

« Avez-vous lu... ceci... cela ?

— Non.

— Comment ! Non ? Mais ce sont des chefs-d'œuvre qu'il faut connaître. »

Et, comme nous nous dévisagions mutuellement, s'établit une sympathie tacite qui nous ouvrit la bouche en même temps :

Moi, disant mon admiration. Elle, m'offrant les privilèges de sociétaire au cercle très fermé des Amis des Livres.

Pour acheter, changer des livres ; avec, puis sans prétextes, je retournai souvent chez Mlle Monnier. Je la vis en maintes circonstances, bonne pour ses amis, active et combative ; complaisante aux étrangers, leur indiquer, ne pensant qu'à l'intérêt du client, à quelles maisons rivales s'adresser ; dure aux méchants, aux imbéciles, refuser sa vitrine aux prétentieux sans talent, s'inquiétant peu de leurs noms ou de leurs gloires influentes — honnête toujours. D'une honnêteté excessive, si bien qu'il me vint un doute qu'elle fût libraire[1].

L'énergie d'Adrienne Monnier force le respect de ses congénères. Les femmes en font une héroïne, les hommes saluent son initiative, à l'image du redouté Edmond Jaloux (« Si chaque ville possédait une Adrienne Monnier, la crise du livre serait, en partie, conjurée[2] ») même si la plupart de ses confrères pré-

1. Claude Cahun, « Aux Amis des Livres », *La Gerbe*, février 1919, p. 147-148.
2. Edmond Jaloux, « La semaine littéraire », *L'Éclair*, 29 avril 1920.

fèrent cantonner l'entreprise à l'image plus conventionnelle et inoffensive du salon littéraire où, « à toutes les époques, on trouve des néophytes pour suivre docilement les avis exprimés d'une voix expérimentée ou qui tombent d'une jolie bouche[1] ». Ainsi Félix Vandérem se félicite-t-il de ce « nouveau centre de direction littéraire qui, déjà prospère en 1919, a recruté en 1920 un plus grand nombre encore d'adeptes, féminines » mais ne peut s'empêcher d'ironiser aussitôt avec condescendance : « Et chaque soir, c'est dans la petite boutique les five o'clock les plus choisis, où les fins propos remplacent les rôties et le thé, et où nos élégantes s'initient en causant à ce qui se fait de plus neuf en lettres. Que toutes comprennent et sentent pleinement les beautés où elles participent, je n'en jurerais pas. Mais n'est-ce pas chez elles un mérite nouveau que cette soif de s'instruire qui les mène si loin de la rue de la Paix et dans des parages littéraires parfois si abrupts[2] ? » La plupart des articles de presse, par antiphrase, disent aussi cela : Adrienne Monnier, ni salonnière, ni égérie, ni muse, rôles auxquels, faute d'imagination, on essaie de la raccrocher, invente son métier hors des traditions dévolues aux femmes. À la fin de sa carrière, on s'étonnait encore, à l'instar d'un Max-Pol Fouchet tout ébaubi, que la libraire n'eût « rien du bas-bleu, ni de la précieuse : rien de ces "intellectuelles" dont la langue est un coupe-papier[3] ».

À l'époque de la création de sa maison, la librairie

---

1. J. B., « Salons littéraires ». *Le Temps*, 8 septembre 1920.
2. Félix Vandérem, « Bilan de fin d'année », *Fémina*, 1er janvier 1921.
3. Max-Pol Fouchet, « Une vie bien choisie », *Mercure de France*, 1er mars 1954, p. 492.

signifie souvent aussi l'édition. Le lancement des *Cahiers des Amis des Livres* à partir de 1920 et la publication de quelques plaquettes à tirage limité assoient encore davantage la réputation d'Adrienne Monnier, qui montre qu'aux femmes tout est possible. Son exemple n'a pu qu'encourager Elvire Choureau qui fonde en 1922 *L'Artisan du Livre* au 22, rue Guynemer, rendez-vous de Duhamel, Valéry et Colette, ou Marcelle Lesage, dont la boutique ouvre place Dauphine. D'autres se spécialisent, comme Eugénie Droz, qui inaugure en 1924 sa librairie historique au 25 de la rue de Tournon, édite des bibliographies savantes et la revue *Humanisme et Renaissance*, ou Odette Lieuter, qui se consacre aux ouvrages de théâtre et de cinéma rue Bonaparte[1]. La rive gauche des femmes modernes est-elle en passe de damer le pion à ces messieurs de la rive droite ?

L'exemple de Sylvia Beach fait aussi des émules. Lorsque en 1924 elle part à travers la France relancer la vente de *Ulysses*, elle constate avec satisfaction que la réputation de l'Odéonie dépasse les frontières de la capitale, comme elle le confie à son « chère vieux bouq d'Adrienne » (*sic*) : « À Cannes, il y a "Les Beaux Livres" dirigé par une femme très intelligente, Madeleine Berthier. Elle te connaît bien et m'a dit que tu avais fait une entreprise admirable et que tu avais des idées étonnantes. J'ai remarqué qu'elle essayait un peu de t'imiter... un brin. Presque tous les libraires ont fait bon accueil au prospectus et savaient ce que c'était que *Ulysses*. Mais d'après les livres français et anglais qu'ils ont,

---

1. Anne Sauvy, « La littérature et les femmes » *in* Roger Chartier et Henri-Jean Martin, *Histoire de l'édition française*, t. IV, Fayard, 1991, p. 278-279.

le public de Côte d'Azur doit avoir des tendances anti-cerveauliques [1]. »

Sur les rayonnages des librairies, Henri Bordeaux, Paul Bourget et Pierre Loti, c'est un fait, triomphent sans peine d'Apollinaire, de Gide, de Valéry ou de Joyce, dont le succès reste, lui, limité à l'Odéonie. La tâche d'Adrienne et de Sylvia est donc doublement ardue : s'imposer, en tant que femmes, dans un milieu de lettrés très fermé tout en réformant à la fois leur métier et le goût d'une clientèle trop paresseuse. Considèrent-elles pour autant faire « œuvre de féminisme », comme le soupçonnent quelques journalistes inquiets ? Sylvia Beach ne le renierait sûrement pas, Adrienne Monnier prend, elle, des distances prudentes avec un mouvement dont elle craint, dans sa méfiance coutumière des révolutions, les débordements et les excès. Une seule exception confirmera cette règle, le jour où elle acceptera de s'engager, à la demande de Louise Weiss, en faveur du droit de vote pour les femmes, en 1926 [2].

---

1. HRC, Box 2, Lettre de S. Beach à A. Monnier, Monte Carlo, 3 janvier 1924.
2. Cet engagement, à l'époque, n'allait pas de soi. Louise Weiss elle-même témoignait : « Les paysannes restaient bouche bée quand je leur parlais du vote. Les ouvrières riaient, les commerçantes haussaient les épaules, les bourgeoises me repoussaient, horrifiées » (cité dans Georges Duby et Michelle Perrot, *Histoire des femmes en Occident*, t. 5, « Le XXᵉ siècle », Perrin, « Tempus », p. 192. Première édition : Plon, 1992). La décision d'Adrienne Monnier, qui est à prendre en conséquence, fut motivée par sa traduction de *La Huitième Présidence* de Walt Whitman, publiée dans *Le Navire d'argent* : « Moi, je n'oublierai jamais l'émotion extraordinaire qu'il m'a donnée et qui dure encore. J'étais toute plongée dans cette émotion quand j'ai rencontré l'autre soir, à un dîner du Pen Club, Louise Weiss qui m'a demandé si je voulais participer à un mouvement pour le vote des femmes ; bien que je ne me sois jamais occupée de féminisme, j'ai répondu avec enthou-

Lorsqu'on l'interroge sur ses convictions, Adrienne Monnier réfute appartenir au « parti féministe », mais reconnaît volontiers, avec ce sens de la litote qui lui est propre, faire à la librairie du « féminisme pratique[1] ». Qu'est-ce à dire ? L'exercice de sa profession lui a tout d'abord permis de faire quelques observations. Elle rappellera ainsi que, longtemps, les femmes ont été regardées comme des ennemies naturelles des livres, en grande partie à cause d'une éducation privée d'incitations intellectuelles, puis de l'attitude des hommes qui les préfèrent à s'occuper des soins du ménage. Si elle se félicite des bienfaits de l'instruction publique et de ses conséquences sur les mœurs, la clientèle du roman, essentiellement féminine, peine encore à franchir le pas pour des raisons économiques[2]. Restent les abonnements, qu'elle est précisément l'une des rares à proposer, précisant, jamais à court de flèches à l'endroit des mondaines : « Les femmes qui prennent un abonnement sont cultivées, sans exception, ou, pour des raisons de milieu, font semblant de l'être[3]. »

Les registres de *La Maison des Amis des Livres*

siasme, et ma foi, je ne m'en dédis point » (Lettre d'A. Monnier à Valéry Larbaud, 12 février 1926, *in* Valery Larbaud, *Lettres...*, *op. cit.*, p. 260).
1. Jeanne Vuilliomenet, « Portraits de femmes : Adrienne Monnier », *Le Mouvement féministe*, n° 313, Genève, 6 septembre 1929.
2. « Les Amies des Livres », *Dernières gazettes*, p. 179-183.
3. *Rue de l'Odéon*, p. 247. Elle précisa ailleurs : « Il y a toujours beaucoup de jeunes filles dans cette librairie : ce sont pour la plupart des étudiantes qui ont un abonnement de lecture. On les voit par deux ou par trois tourner autour des casiers dont elles tirent tel ou tel livre avec les petits rires et les cris légers des baigneuses qui entrent dans l'eau » (*id.*, p. 81).

confirment qu'Adrienne a tiré les conséquences de son expérience et mené, trente ans durant, un combat feutré, sans tapage, pour amener les femmes à la «vraie littérature». Les statistiques sont difficiles à établir (beaucoup d'abonnements s'interrompent, reprennent) mais un constat s'impose : une majorité de femmes composent son cabinet de lecture. Adrienne Monnier dirige à l'évidence habilement leurs choix, par des recommandations discrètes mais efficaces. Dès 1916, elle notait à la fin d'un carnet de comptes, preuve de son intérêt précoce pour le sujet : «Il y a 2 catégories de femmes, une lit Prévost, Bourget, Loti, Farrère, Hervieu, Bataille, Dourday, l'autre lit Péguy, Claudel, Jammes, très peu Gide[1].» La tendance, au fil des ans, s'infléchira, on s'en doute, vers le second groupe.

Encouragées par la libraire, les clientes peuvent aussi, en Odéonie, se rendre compte qu'elles sont nombreuses, célibataires, actives, à prendre la liberté de s'intéresser au livre d'avant-garde, participer à des discussions, et y trouver du plaisir. Les amies d'Adrienne, fidèles de la boutique, ont pour la plupart un métier et ne gardent pas la langue dans leur poche : l'avocate Raymonde Linossier, sa sœur le docteur Alice Ardouin, Thérèse Bertrand-Fontaine, première femme nommée médecin des Hôpitaux en 1930, Marthe Lamy, médecin et chef de laboratoire, des artistes comme Marie Laurencin ou Burgin, la chanteuse Jane Bathori, contribuent à donner une autre image du fief des «grands hommes». En 1920, Henri Hoppenot donnait déjà cette jolie description de la librairie, dont il reconstituait, rêveur, l'atmosphère, depuis son poste de Téhéran : «Il est cinq heures chez vous et Louis Aragon entre, en hésitant

1. IMEC, Livre de comptes III, 10 juin-24 août 1916.

et flexible. Il y a déjà Fargue et ces femmes intellectuelles, sans silence et sans renoncement[1]. »

Dans le commerce du livre, la place des femmes se fortifie. La presse cite souvent Mademoiselle Monnier aux côtés de Mademoiselle Perrin, qui a repris la maison d'édition paternelle, ou de Mademoiselle Choureau, fondatrice de l'Alliance du Livre avec Georges Duhamel et présidente du Syndicat des libraires[2]. En 1948, *La Semaine de Suzette* titrait « Votre avenir, Mesdemoiselles : Les libraires », dans le cadre d'une enquête sur « les métiers que peuvent faire les jeunes filles[3] », à titre de commerce honnête et valorisant.

La première après-guerre s'étonnait d'un phénomène, la seconde entérine un état de fait. Adrienne est régulièrement a appelée à faire des « causeries » sur sa vie professionnelle, passée à la légende, Sylvia Beach accepte de témoigner à l'Elizabethan Club de Yale, non sans une certaine fierté caustique : « Il paraît que les seules femelles qui ont eu ce privilège sont Katherine Ann Porter, Edith Sitwell et Mlle Bitch[4] » (*sic*). Ce détail suffirait à pointer une

1. Lettre d'Henri Hoppenot à A. Monnier, Téhéran, 2 février 1920, *in* Monnier-Hoppenot, *Correspondance, op. cit.*, p. 18.
2. Voir notamment : Hélène Gosset, « Les femmes au travail : la librairie et l'édition », *L'Œuvre féministe*, 16 mai 1934 ; Marius Richard, « Deux femmes de livres : Mlles G. Choureau et Adrienne Monnier », *La Liberté*, 10 février 1938.
3. *La Semaine de Suzette*, 29 janvier 1948. La tendance s'était déjà amorcée avant guerre : voir Marie Gevers, « Sensibilité féminine/La librairie », *Cassandre*, 9 mars 1935.
4. HRC, Box 2, Lettre de S. Beach à A. Monnier, 10 mars 1953. Une lettre d'Adrienne à Sylvia, datée de juin 1951, conservée à Princeton (Box 41), confirme : « Cet après-midi, je vais à la Société des Femmes ayant des professions (je ne sais plus le titre exact) [...]. Je dois faire une petite causerie sur ma vie de libraire. Je vais improviser, et toc ! »

différence entre la mentalité française et le monde
anglo-saxon : tandis que la première reste cantonnée
à parler de son *métier* dans le cadre de sociétés spé-
cifiques, la seconde, qui pourtant n'a rien écrit, est
assimilée à des écrivaines, pour livrer son expérience
dans l'une des plus prestigieuses universités d'Amérique. Les deux rives de l'Odéonie, tout au long de
leur existence, offriront une illustration paradigmatique de cet écart de conceptions au sein du monde
des lettres.

Dans le Paris de l'entre-deux-guerres, la colonie
américaine, et particulièrement les femmes, montre
la voie. À *Shakespeare and Company*, Iris Tree,
Djuna Barnes, Gertrude Stein, Willa Cather, Natalie C. Barney, Elizabeth Bishop, Janet Flanner,
Katherine Ann Forter, Anaïs Nin ou les Britanniques Bryher et Nancy Cunard prouvent que les
lectrices écrivent *aussi*. William Carlos Williams
se souviendra : « C'étaient les femmes, toutes les
femmes, depuis le type commercial genre Soirée-
de-Paris et boudoir jusqu'à Flossie [Martin] elle-
même, qui me fascinaient à Paris. Les hommes se
contentaient de leur servir de repoussoirs, depuis
les futiles surréalistes français du jour, jusqu'à
moi qui me tenais en retrait[1]. » Sur ce petit bout
de terre américaine nichée en Odéonie, les échanges
se font sans distinction de milieux : Nancy Cunard
l'éditrice, Janet Flanner la journaliste, Bryher
l'écrivaine, Berenice Abbott la photographe, Nina
Hamnett l'artiste, Emma Goldman l'anarchiste
appartiennent à cette même communauté, qui
voit la jeune nouvelliste Kay Boyle solliciter très
simplement Sylvia Beach pour un emploi d'assis-

---

1. William Carlos Williams, *Autobiographie, op. cit.*, p. 260.

tante ou de vendeuse[1] — pratique guère envisageable en France, où la République des lettres interdit tacitement le mélange des genres. Et lorsque l'on se reporte à la liste des *Amis de Shakespeare and Company*, c'est pour dénombrer 40 femmes (dont Mrs Joyce *sans Mr*, Natalie C. Barney, Victoria Ocampo, etc.) sur ses 60 membres.

L'Amérique, à raison, s'étonne. Où sont les écrivaines dans le pays qui autorise la publication de *Ulysses* et permet aux femmes de vivre comme bon leur semble? «J'étais amusée et intéressée de voir dans votre lettre à Adrienne que vous auriez aimé voir quelles femmes seraient invitées, s'il y en avait, écrit Sylvia Beach à Bryher, au moment de préparer la fête pour *Life & Letters to-day*. Tous ont des épouses et seront accompagnés par elles, très sympathiques pour la plupart. Mais à part les deux brillantes exceptions de Colette et d'Adrienne Monnier, je suis incapable de mentionner une seule femme écrivain de talent en France aujourd'hui. C'est la vérité vraie. Il y a quelques écrits sur l'amour et les dernières modes dans les journaux, et les femmes françaises sont si intelligentes, mais leur talent ne s'exerce pas pour l'heure dans l'écriture. Cela n'a rien à voir avec les Anglaises et les Américaines. Étrange, n'est-ce pas[2]? » Quelques mois plus

---

1. Princeton, Box 187, Lettre de Kay Boyle à S. Beach, 2 décembre 1927.
2. Yale, Beinecke, Bryher Papers, Series I, Box 2, folder 89, Lettre de S. Beach à Bryher, 21 septembre 1935. «I was amused and interested to see in your letter to Adrienne that you would have liked to see what women were being invited, if any. All have wives and will be accompanied by them, and very fine wives they are, mostly. But aside from the two brilliant exceptions of Colette and Adrienne Monnier, I can't mention a single woman writer in France today who is any good. That's

tard, Sylvia Beach, qui a eu vent de la création
d'une revue par Tristan Tzara, soupire encore :
« Je remarque encore la chose habituelle ici :
aucune femme dans les environs. Elles laissent les
hommes s'occuper de tout et ne trouvent rien à y
redire[1]. »

Absences, timidité, résignation, habitude, empêchement ? Malgré la multiplication des « femmes de
lettres » dans la société, rares sont encore les grandes
plumes qui percent dans la foule. Il y a eu d'immenses succès commerciaux (Gyp, *Le Mariage de
Chiffon*, 1894), des écrivaines d'exception (Anna de
Noailles, auteur du *Cœur innombrable*, première

---

the plain truth. There are some few writing about love and the
latest fashions in the papers, and French women are so clever,
but their talents at present don't run to writing. There is
nothing to compare with the English and American women
writers. Strange, isn't it ? » Notons ici que les égards marqués
par Adrienne Monnier et Sylvia Beach pour les femmes des
grands hommes les distinguaient de beaucoup d'autres,
comme le confirme Maurice Saillet. « Je puis vous certifier
ceci, qui n'a rien de confidentiel : lorsque AM et Sylvia Beach
recevaient leurs amis chez elles (appartement et non librairie),
à la différence de bien des dames qui reçoivent leurs "grands
hommes" en célibataires, elles invitaient aussi leurs compagnes — ou leurs amies du moment » (IMEC, Lettre de Maurice Saillet à J.P.L. Segonds, 1ᵉʳ novembre 1972). De son côté,
Sylvia Beach s'étonnait toujours de l'énergie d'Alice Toklas à
occuper les épouses quand Gertrude parlait aux écrivains.
Tout en réprouvant la cruauté du procédé, elle avouait : « Je
ne pouvais cependant m'empêcher d'être très amusée par la
technique anti-épouse déployée par Alice. Chose curieuse,
cette technique s'appliquait seulement aux épouses, les
femmes non mariées ne subissant pas le même sort » (*S & C.*,
p. 39).
1. Yale, Beinecke, Bryher Papers, Series I, Box 3, folder 90,
Lettre de S. Beach à Bryher, 13 janvier 1936 : « I notice the
usual thing here : there are no women around the place. They
let the men run everything and have no say about it. »

femme commandeur de la Légion d'honneur en 1931 ; Judith Gautier, première femme à entrer à l'académie Goncourt en 1911), des comètes comme la poétesse parisienne d'origine anglaise Renée Vivien (1877-1909). Mais, dans les années 1920 et 1930, ce ne sont pas les romans de Rachilde ou de Lucie Delarue-Mardrus qui peuvent combler les précipices qui les séparent d'une Colette (dont les premières œuvres, ne l'oublions pas, étaient signées Willy), sans parler de la distance d'où une Virginia Woolf les regarde. Les œuvres de Marguerite Yourcenar, Simone de Beauvoir, Nathalie Sarraute, visiteuses occasionnelles ou régulières de *La Maison des Amis des Livres*, n'ont pas encore atteint leur pleine maturité, tandis que Jeanne Galzy, Maryse Choisy, Louise de Vilmorin, Marie Noël commencent à se faire connaître.

Il y aussi Elsa Triolet, Gisèle Prassinos. Adrienne Monnier ne les goûte guère. De la dernière, « phénomène » de quatorze ans plébiscitée par les surréalistes, elle dira seulement, en 1942 : « Ce petit prodige a maintenant vingt-deux ans, elle n'écrit plus, apparemment, et s'occupe avec passion des enfants retardés. Comme on voit, tout a bien tourné[1]. » Elle préfère Marguerite Audoux, lancée par le succès de *Marie-Claire* (1910), et bien plus tard reconnaîtra à Béatrix Beck « le plus beau tempérament littéraire féminin qui se soit manifesté depuis Colette », précisant : « Elle est comique par son tranchant dans le flou, par la façon dont surgit à travers une émotion éperdument féminine l'esprit viril comme un diable hors de sa boîte[2]. »

L'Odéonie n'a-t-elle pas été pourtant le terrain rêvé

---

1. *Les Gazettes*, p. 315.
2. *Dernières gazettes*, p 12.

où les Françaises lettrées auraient pu s'épanouir et
s'inspirer de leurs sœurs d'outre-Atlantique ? On sait
les efforts presque désespérés de Sylvia Beach pour
établir des passerelles entre les deux rives et ce, sans
distinction de sexe. Sans doute a-t-elle obtenu les
mêmes résultats que Natalie C. Barney qui, en 1926,
espérait encore auprès de Gertrude Stein : « L'autre
nuit au "Caméléon", je me suis rendu compte à quel
point les *femmes de lettres* françaises connaissent
peu les anglaises et les américaines et vice versa. J'aimerais bien établir une meilleure *entente* et souhaite
donc organiser ici, cet hiver et ce printemps, lectures
et présentations qui permettraient à nos sœurs spirituelles de s'apprécier les unes les autres[1]. »

En France, l'entraide, que l'on dirait aujourd'hui
« communautariste », n'a jamais été vertu cardinale.
Au nom de l'individualisme, de la liberté d'opinion,
de l'indépendance d'esprit, on se méfie des groupes,
des partis, des mouvements dans lesquels, inévitablement, des scissions se transforment en irréversibles fractures. La pluralité y gagne, les différences
de couleurs enrichissent un tableau sans cesse accru
de nuances. Mais, faute de cohésion, l'émancipation
des minorités s'en trouve freinée d'autant — la patrie
de la Révolution a tôt fait de retourner sous le joug
du monarque.

« Adrienne Française » ne manque pas à la tradi-

---

1. Yale, Beinecke, Stein Papers, Box 97, folder 1842, Lettre
de Natalie C. Barney à Gertrude Stein, 16 décembre 1926.
« The other night au "Caméléon" I realized how little the
French "femmes de lettres" know of the English and American and vice versa. I wish I might bring about a better
"entente" and hope therefore to organize here this winter and
this spring, readings and presentations that will enable our
mind-allies to appreciate each other. »

tion. Elle admet que ce serait « *nice* » d'attribuer
« pour une fois » la bourse Beowulf à une femme
(Françoise Hartmann), mais lorsqu'elle se réjouit
que Dominique Rolin ait vu son récit primé par
Mesures, c'est pour ironiser aussitôt sur un soupçon qu'elle sent peser et préfère avancer la première
pour mieux s'en protéger : « Comme on m'attribue
Mesures, on va voir là le fruit de mon féminisme
ardent [1]. » Au vrai, une question reste en suspens :
sa solidarité de lectrice s'arrêterait-elle là où sa vie
personnelle d'écrivaine commence ?

Le cas d'Adrienne Monnier jouit d'un privilège
particulier dans l'étude d'une sociologie littéraire :
il est absolument singulier en ceci qu'elle a réussi
un coup de force en montant une librairie pion-
nière et sans rivale ; il est absolument caractéristique en ce qu'il révèle des préjugés d'une époque à
l'égard des femmes qui écrivent. Autrement dit,
son itinéraire, ses combats et même *ses propres
contradictions* vont idéalement servir à expliquer et
à répondre, tout du moins en partie et *de l'intérieur*,
à l'inlassable questionnement sur le rôle et la place
accordés aux femmes dans la littérature en France.

Le XXIe siècle nous enseigne ceci : qui songerait
aujourd'hui, sans se couvrir de ridicule, à contes-
ter la présence, l'envergure d'écrivaines, de philosophes, de psychanalystes femmes et de comparer
leurs mérites à ceux de leurs homologues masculins ? De Simone Weil à Hélène Cixous en passant
par Marguerite Duras, Nathalie Sarraute, Simone
de Beauvoir ou Françoise Dolto, la liste est longue
et implacable. Or, leur place n'a pas fleuri *ad abs-
tracto* sur le terreau de la scène intellectuelle. Elles
appartiennent, délibérément ou non, à un mouve-

---

1. IMEC, Lettre d'A. Monnier à Jean Paulhan, 7 juillet 1936.

ment qui a vu, des progrès de l'instruction publique
à la libération des mœurs, les bastions tomber un
à un et les femmes conquérir, lentement et avec
méthode, le champ clos du savoir.

L'orée du XXᵉ siècle, s'il se prépare à cet avènement dont il sent les frémissements, résiste de
toutes parts. En 1909, Apollinaire, dans un article
intitulé « La littérature féminine jugée par deux
hommes », s'interrogeait prudemment : « La place
très importante qu'a prise la femme dans la littérature contemporaine provoque la curiosité de la
critique masculine. On ne se moque plus du bas-bleu,
on tente de l'expliquer [1]. » De fait, depuis le XIXᵉ siècle
et l'élaboration du statut de la femme auteur, les
études se multiplient [2]. La seule année 1909 voit
trois ouvrages être publiés sur la question, dont celui
de Jules Bertaud, *La Littérature féminine d'aujour-*
d'hui qui s'ouvre sur cette confession : « Ayons le courage de l'avouer dès la première page de ce livre : le
succès de la littérature féminine actuelle a été fou-
droyant, il nous a tous surpris, il nous a tous morti-
fiés, il nous a tous un peu humiliés [3]. »

Les hommes, et parmi eux de nombreux psychiatres penchés sur les pulsions morbides de
« l'intellectuelle », s'efforcent de comprendre, de
décortiquer un phénomène commercial irrésistible
mais insaisissable. René Lalou, qui fut accusé de
subir l'ascendant d'Adrienne Monnier dans son
Histoire de la littérature française (1922), consacre

---

1. Guillaume Apollinaire, « La littérature féminine jugée par
deux hommes », *Les Marges*, juillet 1909, repris dans *Œuvres*
en prose complètes, II, Gallimard, « Bibliothèque de la
Pléiade », 1991, p. 929.
2. Voir Christine Planté, *La Petite Sœur de Balzac*, Seuil,
« Libre à elles », 1989.
3. Cité dans *Histoire de l'édition française*, *op. cit.*, p. 270.

ainsi un chapitre au « roman féminin ». Il cite Lucie
Delarue-Mardrus, Séverine, Marguerite Audoux,
Rachilde, Colette. La plupart pâtissent de commentaires peu amènes, comme Natalie C. Barney qui a
droit à une note pour ses « maximes dont l'ingéniosité verbale sent un peu trop l'"ouvrage de dame"
et des réflexions sur l'amour qui, révolutionnaires
pour un puritanisme anglo-saxon, paraîtront moins
originales au lecteur français [1] ».

Talentueuse ou non, là n'est pas le propos : la
femme, par nature, est systématiquement renvoyée aux limites de sa condition. C'est aussi ce que
nous enseigne Remy de Gourmont, dans une petite
étude parue trois ans plus tard au titre pourtant
prometteur : *Les Femmes et le Langage*. Pour l'auteur des *Lettres à l'Amazone*, si la femme « est le langage même », elle est « le langage élémentaire, le
langage utile ; son rôle n'est pas de créer, mais de
conserver [2] » et de transmettre à ses fils ce savoir,
d'ordonner leur joyeux babil afin qu'ils deviennent
poètes, conteurs, philosophes, théologiens ou mora-
listes, et honorent en retour les Muses et les mères.
Car l'essentiel est bien dans la *nature* biologique des
femmes. Médecins et psychiatres le confirment.
Dans *Femmes damnées*, le docteur Henri Drouin
analyse en 1929 quelques « cas » comme ceux de la
marquise de Sévigné, George Sand ou Marthe
Hanau — la fameuse « Banquière » —, pour observer que leur « œuvre » est née d'un vide affectif, d'une
absence de mari, d'une appétence sexuelle ou au
contraire d'une frigidité supposée, de tendances
saphiques, autant de carences et de névroses qu'on

1. René Lalou, *op. cit.*, p. 611.
2. Remy de Gourmont, *Les Femmes et le Langage*, chez
Madame Lesage, 1925, p. 37-38.

ne peut raisonnablement souhaiter aux femmes. Leur équilibre et leur «épanouissement» personnel ne sont-ils pas plus souhaitables que ces désordres, aussi productifs soient-ils?

Le catalogue des ouvrages visant à décourager les femmes, inépuisable, répète invariablement les mêmes arguments : la femme s'égare à travailler, se trompe, plonge la famille dans le désordre, mine les bases de la société et perd son âme. En 1940, la femme intelligente, sans même parler de ses aptitudes à la création, est encore une incongruité dans l'esprit du plus grand nombre : «Vous me réconciliez avec la notion "femme", déclare Maurice Sachs à Adrienne Monnier, parce que vous êtes femme *et* intelligente sans être homme. C'est rarissime[1].»

C'est muni de ces viatiques qu'il faut traverser l'histoire des mentalités de l'entre-deux-guerres. Sans oublier ce détail capital : à part quelques féministes radicales, les femmes les plus progressistes, sous le poids d'un discours archaïque très intégré, avalisent elles-mêmes encore, peu ou prou, le principe de leur inaptitude à la conceptualisation et aux systèmes de pensée. Leur conformation physiologique, leur complexion nerveuse, les exigences de la maternité hérissent *par nature* les bornes d'une émancipation souhaitable mais fatalement limitée.

En 1930, *Les Nouvelles littéraires* lancent une grande enquête sur le sujet à la mode : «Les femmes dans la société contemporaine». Une quasi-unanimité rassemble acteurs et actrices de la vie culturelle interrogés. Mme Turot, active fondatrice de *L'Européen*, revue économique et littéraire, adhère au jugement de Paul Valéry qui considère les femmes

1. BLJD, Lettre de Maurice Sachs à A. Monnier, Caen, 23 février 1940.

étrangères à l'art abstrait, leur «animalité» les destinant *de fait* à la procréation. Mais alors, comment faire bouger les catégories et autoriser leur affranchissement? L'alternative qu'elle suggère passerait ni plus ni moins par l'invention d'un «troisième sexe» : «les mâles», «les femelles» et «les autres, que j'appelle les talons plats, vaqueront aux travaux matériels et intellectuels. Il y a un bel avenir pour les talons plats. Mais, quant à accaparer l'art tout entier, non. La femme est tellement subjective[1]!» Si elle ne peut tout à fait sortir du sexe qui l'enferme, la femme a néanmoins la liberté de rompre avec les apparences qui la contraignent et qui, aussi bien pratiquement que symboliquement, gênent son accès au monde du travail. Les «talons plats» et les «cheveux courts» ne sont pas tant une mascarade de l'évolution, un pis-aller ou un faux-semblant, mais bien les instruments et les tremplins du progrès. La femme n'est pas incitée à *singer* l'homme, elle est appelée à se construire une nouvelle identité, à inventer sa modernité en transcendant les genres. Bref, la «talons plats» a tout de la lesbienne.

Comment, en effet, ne pas voir dans la proposition de Mme Turot l'écho, même involontaire, d'une autre théorie du «troisième sexe», plus célèbre, énoncée par les pionniers de la sexologie pour désigner les homosexuel(le)s et qui avait au début du XXᵉ siècle un fort retentissement en Europe[2]? Le premier à avoir avancé l'existence d'un «troisième

---

1. Jean Larnac, «Les femmes dans la société contemporaine», *Les Nouvelles littéraires*, 22 mars 1930.
2. Pour une synthèse de la question, voir Neil Miller, *Out of the Past, Gay and Lesbian History from 1869 to the Present*, New York, Vintage Books, 1995, et pour une étude plus approfondie : Didier Éribon, *Réflexions sur la question gay*, Fayard, «Histoire de la pensée», 1999.

sexe » ou « sexe intermédiaire » fut le juriste allemand Karl Heinrich Ulrichs (1825-1895). Son hypo-
thèse visait à décriminaliser l'« inversion » (une
âme de femme dans un corps d'homme ou une âme
d'homme dans un corps de femme) en prouvant
qu'elle était innée : l'embryon humain posséderait à
l'origine les deux sexes mais n'en développerait
qu'un, *physiquement et mentalement* ; les inverti(e)s
ne parviendraient pas à arrêter le développement
mental de leur hermaphrodisme. Ses travaux seront
à la base des études scientifiques à venir qui récu-
péreront un concept à double tranchant, à des fins
scientistes pour *soigner* les inverti(e)s (comme le
psychiatre Richard Krafft-Ebbing dans sa *Psycho-
patologia sexualis* en 1886, décrivant des centaines
de cas, du sadisme au fétichisme en passant par
« l'instinct sexuel antipathique », son terme pour
l'homosexualité) ou au contraire militantes et dépé-
nalisantes, comme le docteur Magnus Hirschfeld
(1868-1935), instigateur du premier Institut de la
Science sexuelle à Berlin et pourfendeur du célèbre
« paragraphe 175 » criminalisant l'homosexualité en
Allemagne. De nombreux Britanniques s'illustreront
dans cette seconde catégorie, à l'image de Havelock
Ellis (1859-1939), auteur d'un monumental *Studies
in the Psychology of Sex*, premier livre à militer pour
l'acceptation de l'inversion, notamment féminine,
phénomène naturel dans une société fondamentale-
ment bisexuelle, ou encore d'Edward Carpenter
(1844-1929), socialiste et féministe, défenseur d'un
« troisième sexe » ou « sexe intermédiaire » défini à
la lumière d'une communauté « d'émotions et de
tempéraments ».

Eu égard à Adrienne Monnier et Sylvia Beach, lesbiennes sortant « talons plats » occupées à des « tra-

vaux intellectuels et matériels » et qui plus est amies de Havelock Ellis, l'intuition du « troisième sexe » de Mme Turot ne manquait pas de sel, même si son audace s'arrêtait devant la conquête de « l'art tout entier » et se rabattait sur les frontières de la traditionnelle subjectivité féminine. Une prudence analogue caractérisait les propos de Cécile Brunschvicg, longtemps secrétaire générale de l'Union française pour le suffrage des femmes (UFSF), également sollicitée pour les besoins de l'enquête : « Si la femme a de grandes qualités d'adaptation, de finesse, de sensibilité, si elle pénètre plus que l'homme dans le détail des questions, elle semble moins propre que lui à l'invention », concédait-elle. Toutes ces réflexions, suscitées par la naissance du phénomène de la « littérature féminine » — concept destiné à avoir la riche postérité que l'on sait —, butaient toujours sur la même interrogation : l'art a-t-il un sexe ? Non, répondait énergiquement André Maurois, relayé par une Colette qui, plus engagée qu'à l'accoutumée, assurait : « Il n'y a aucune différence de nature entre l'homme et la femme. »

Une dernière « personnalité » du monde des lettres se détachait du groupe : Adrienne Monnier, à qui le journaliste accordait une large place dans son article. La libraire déclarait notamment :

> Lorsque j'étais toute jeune fille, je ne doutais de rien. Je n'imaginais pas que les femmes pussent trouver un obstacle à leurs aspirations, de quelque nature qu'elles fussent. Particulièrement en littérature, je mettais la femme de l'avenir sur le même pied que l'homme.
> — Et aujourd'hui ?
> — Aujourd'hui, c'est différent. [...] Je commence à savoir ce que c'est que créer. Parallèlement, je commence à savoir ce qu'est la femme, aussi. Et je pense qu'en somme les usages, les lois et les coutumes

relatifs aux femmes sont fort sages dans leur ensemble
et qu'ils ont suivi la nature à la lettre. [...] Jamais,
jusqu'alors, le génie créateur ne s'est révélé chez une
femme. Jamais, même, une femme n'a conçu une
œuvre parfaite. Sans même rechercher, parmi les
femmes écrivains, des génies aussi vastes que Shakespeare, Goethe ou Cervantès, on s'aperçoit qu'on n'y
rencontre ni un Balzac, ni un Stendhal. On a souvent
remarqué [...] que si la femme donnait la vie animale,
l'homme, lui, donnait la vie spirituelle. La remarque
montre bien l'antinomie des deux créations. Je ne
crois pas qu'elles puissent coexister. L'on ne peut
prétendre qu'à l'une ou à l'autre, mais pas aux deux[1].

L'intervention d'Adrienne Monnier s'avère d'autant plus précieuse qu'elle trace en filigrane le
cheminement d'une pensée, l'évolution de ses
conceptions : son idéalisme de jeune fille s'est
manifestement brisé sur les écueils de l'expérience.
Son raisonnement, teinté d'amertume, doit-il déjà
être entendu comme le résultat de ce « retour à
l'ordre » dans la société, dont la crise de 1929 va
consacrer l'amorce symbolique pour les historiens ?
La fin de son intervention suggère autre chose : si la
femme donne « la vie animale » et l'homme « la vie
spirituelle », il n'est dit nulle part que la femme *ne
pouvait pas* avoir accès à la seconde si elle le *déci-
dait*. Résignée à une forme de déterminisme biologique, Adrienne ne s'interdit à aucun moment de le
transgresser[2]. Mais il faut pour cela avoir recours à

1. *In*, Jean Larnac, « Les femmes dans la société contemporaine », art. cité.
2. Notons ici que la construction de ce déterminisme biologique théorisé par les sexologues, s'il ne favorise pas l'émancipation des femmes en général, constitue en revanche pour
les homosexuelles le point de départ d'une nouvelle réflexion

un thème qui lui est cher et qui est au cœur de son système philosophique : le renoncement. Or, comme tous les mystiques, elle ne regarde pas le renoncement comme une frustration, malgré l'impression diffusée par l'interview, mais comme une force : Adrienne Monnier a renoncé au mariage (un très vague et bref projet, sur lequel on a très peu d'informations, l'avait promise à un certain Jean Tournier dans sa jeunesse) ainsi qu'à la maternité, ce qui, à l'époque, représentait un choix difficile et un combat de tous les instants. Mais la libraire va plus loin : il ne suffit pas de dissocier l'œuvre spirituelle du lien matrimonial et de la procréation, il faut encore l'affranchir de toutes les formes d'amour terrestre. Ainsi poursuit-elle : « Avez-vous remarqué que Colette atteint au génie véritable dans les dernières pages de *La Naissance du jour* ? Eh bien, si elle touche au génie, c'est qu'elle exprime là son détachement de l'amour[1]. »

Tout le personnage d'Adrienne Monnier en tant que femme, écrivaine, libraire et lesbienne s'articule autour de cette aspiration au retranchement, prix de sa liberté et de sa créativité, dont la littérature serait l'axe directeur, comme une réponse à la définition de Mallarmé : « Sait-on ce que c'est qu'écrire ? Une ancienne et très vague mais jalouse pratique, dont gît le sens au mystère du cœur. Qui l'accomplit, intégralement, se retranche[2]. » Celle que l'on

---

sur la transgression et l'élaboration de la notion de genre (*gender*). Autrement dit, ce qui fonctionne *contre* les femmes peut fonctionner *pour* les lesbiennes.

1. *In* Jean Larnac, « Les femmes dans la société contemporaine », art. cité.

2. Stéphane Mallarmé, *Œuvres complètes*, Gallimard, « Bibliothèque de la Pléiade », 1984, p. 481.

n'appelait pas impunément «la nonne des lettres» et qui prétendait que les livres, auxquels elle devait «tout», l'avaient gardée «de la révolte et de la plainte» n'avait-elle pas choisi de placer en tête de son premier recueil, *La Figure*, un poème intitulé «Comme la religieuse ancienne»?

> Comme la religieuse ancienne
> Qui trouvait en elle sa règle
> Et qui, aidée par ses compagnes,
> Établissait une maison
> Moitié ferme et moitié couvent,
> J'ai fait ainsi ma Librairie [1].

Plutôt que d'en appeler à un hypothétique «troisième sexe», Adrienne Monnier procède par *annulation* mieux que par adjonction. L'espace littéraire n'est *ni* masculin, *ni* féminin, *ni* intermédiaire : c'est le royaume idéal et chaste du neutre. Aussi faut-il prendre garde à ne pas mésinterpréter ses jugements «contre» la nature féminine, ses limites et ses faiblesses supposées, car ils ne s'appliquent qu'aux femmes qui ont *choisi* de s'y soumettre, ce qui n'était pas son cas, accréditant ainsi la fameuse conclusion de Monique Wittig : «Les lesbiennes ne sont pas des femmes», c'est-à-dire ne sont pas objets ou sujets du pouvoir hétérosexuel auquel elles se sont soustraites. C'est toute sa production et son parcours qu'il faut relire à l'aune de ce prisme. Rien d'étonnant, donc, à ce que dans une gazette donnée par exemple à *Vendredi* elle affirme que les femmes ne sauraient pas faire rire : «La nature les oblige à vivre surtout par le cœur, c'est-à-dire par cette par-

---

1. Adrienne Monnier, *Les Poésies*, Mercure de France, 1962, p. 9.

tie de l'intelligence qui est étroitement liée au corps. [...] Oui, la femme est terriblement liée à la matière. Rien n'est plus difficile pour elle que de voir le monde avec *détachement*, condition essentielle du comique[1]. » Preuve par l'exemple : Adrienne était très drôle.

Avant de parvenir à cette hauteur de vue, Adrienne a été une jeune fille nourrie de rêves symbolistes et d'ardents désirs. Très tôt « appelée » par la poésie, mais aussi accaparée par son travail de libraire, elle se débattit longtemps dans un dilemme classique : la littérature ou l'action, la parole ou l'écrit ? Son cœur balance. L'un des tout premiers témoignages remonte à 1918, alors qu'elle remercie sa sœur Marie d'une « confession » qu'elle lui a faite et qui va peut-être l'aider à exprimer des idées qu'elle sent dans sa tête « impatientes de sortir » et qu'elle ne peut « fixer sur le papier » : « Je suis comme quelqu'un qui mettrait toutes ses richesses dans un train et qui laisserait sa maison vide et sans ornements. Peut-être suis-je faite pour être seulement dans le train de l'action et peut-être mes paroles, messagères qui passent, aident-elles les autres à produire des œuvres durables et fécondes ! Et pourtant je sens que j'ai tort d'entretenir cette idée qu'il est inutile d'écrire, je le sens parce que cela flatte mon orgueil et ma paresse[2]. » Trois semaines auparavant, elle écrivait pourtant à Jules Romains : « J'écarte, d'ailleurs, de mon esprit le tourment d'écrire ; je sais tellement que ce tourment serait pour moi vain et stérile et je me sens tellement mieux organisée pour

1. *Les Gazettes*, p. 159-160. C'est moi qui souligne.
2. IMEC, Lettre d'A. Monnier à sa sœur Marie Monnier, 27 mai 1918.

l'action[1] ! » Ce qu'elle dit à sa sœur tendrement aimée et à l'écrivain qu'elle admire dépend évidemment du destinataire. Son désarroi n'en est pas moins palpable.

Bien des années plus tard, en 1926, elle publie dans *Le Navire d'argent* une « Lettre à un jeune poète » (sans connaître celle de Rilke...) où elle revient à la fois sur ses ambitions, ses échecs et la fameuse « nature féminine » : « Oserai-je vous parler de moi-même ? Comme vous, je suis, pour mon bonheur et mon malheur, attirée par la poésie. Mais sans doute parce que je suis femme, c'est-à-dire d'essence passive, habituée depuis plusieurs siècles à faire peu de cas de mon esprit et de ses "chétives productions", comme disait Hroswitha, il m'est donné plus de désintéressement, peut-être, qu'il n'en est donné à la plupart de mes frères. Comme vous, j'ai fait des poésies dès l'âge de neuf ans, comme vous, j'ai souffert un martyre, vers la vingtaine, alors que les revues auxquelles j'envoyais mes vers, je ne dirai même pas les refusaient, ç'aurait été tout de même une consolation de recevoir une de ces lettres qui commencent par la formule : "J'ai lu vos vers avec beaucoup d'intérêt, mais..." Non, comme à tant d'autres, on ne me répondait même pas[2]. »

Le style a changé, et l'on sent bien dans le ton que le détachement est à l'œuvre. Mais si Adrienne s'autorise tant d'humilité et de franchise publique, c'est aussi parce que, dans l'intervalle, la directrice de *La Maison des Amis des Livres* et du *Navire d'argent*,

1. Lettre d'A. Monnier à Jules Romains, Paris, 6 mai 1918, *Correspondance Adrienne Monnier-Jules Romains*, I-*1915-1919, op. cit.*, p. 27
2. « Lettre à un jeune poète », *Le Navire d'argent*, avril 1926, p. 45-46.

personnalité du Tout-Paris littéraire, a obtenu un succès et la reconnaissance de ses pairs avec *La Figure*, en 1923, et qu'elle s'apprête à confirmer ce coup d'essai avec *Les Vertus*, alors chez l'imprimeur... Dès 1922, André Gide, à qui elle envoyait ses vers, ne la confortait-il pas ? « Oh ! / Déjà je les sais par cœur. Ils m'enchantent ; me ravissent. Je les habite éperdument.— Parole ! je suis très épaté [1]. »

À la sortie de *La Figure*, galerie de « portraits en vers » des piliers de l'Odéonie (Fargue, Joyce, Romains, Claudel, Valéry), un concert de louanges s'est abattu sur le bureau d'Adrienne Monnier. Pierre André-May, Georges Duhamel, Roger Martin du Gard, Paul Morand (« Votre encre est d'un beau noir, comme ce lait [2]... »), Jean Paulhan, Max Jacob (« Il y a de l'inspiration dans votre cas : je veux dire du surnaturel [3] ») saluent la nouvelle venue et l'amie. Mais les hommages dépassent la sphère privée.

D'emblée, *La Figure* se retrouve en lice pour le prix du Nouveau Monde, finalement attribué à Raymond Radiguet pour *Le Diable au corps*, par 4 voix contre 3 au *Bon apôtre* de Philippe Soupault [4]. Ce dernier ne ménage d'ailleurs pas ses éloges pour sa rivale d'un jour, malgré sa détestation de Jules Romains, dans *La Revue européenne* : « Elle a voulu être la fidèle disciple de M. Romains. Admirons cette docilité. Mais ce livre me plaît précisément parce qu'il échappe, malgré l'auteur, à toute classification unanimiste. Les poèmes se découpent et se

1. BLJD, Lettre d'André Gide à A. Monnier, 22 juillet 1922.
2. *Id.*, Lettre de Paul Morand à A. Monnier, 12 mai 1923.
3. *Id.*, Lettre de Max Jacob à A. Monnier, 27 mai 1923.
4. Le jury était composé de fidèles de l'Odéonie : Jean Cocteau, Jean Giraudoux, Bernard Faÿ, Max Jacob, Jacques de Lacretelle, Paul Morand, Valery Larbaud.

détachent, plus vivants et plus nets, hors du cadre.
Toute la spontanéité de Mlle Monnier fait éclater
l'écorce et lui fait reprendre contact. Ces portraits
sont gais (sauf celui de Romains bien entendu), ils
sont aussi ressemblants[1]. » Cet article arrive après
celui de René Crevel dans *Les Nouvelles littéraires*,
qui vantait « l'art subtil des sépias[2] » mis au service
des ces figures poétiques et celui du *Times Literary
Supplement*[3].

À trente et un ans, Adrienne a donc « sauté le pas »
et n'a pas à le regretter. Son talent, réel, a été officiellement reconnu par ceux-là mêmes qui auraient
pu se contenter de manifestations cordiales et préférer que la librairie reste « à sa place » de vestale,
d'où elle les honorait. Avec *Les Vertus*, deuxième
recueil paru en 1926, où Adrienne libère le vers
avec une modernité plus audacieuse, le coup d'essai
se transforme en coup de maître. Valery Larbaud
ne mâche pas ses mots : « *La Figure* était un beau
début ; ceci vous classe désormais comme Poète, et
quand on parle de la Poésie française contemporaine, il faut dire, à présent : "Adrienne Monnier"
comme en parlant de la Poésie américaine il faut
dire : "Marianne Moore". Une anthologie de la poésie contemporaine ne peut plus se faire sans vous[4]. »
L'écrivain pousse l'enthousiasme jusqu'à convaincre
Paulhan, impressionné par le recueil, « chose violente, et rude[5] », d'en prendre quelques-uns pour la
NRF. Jean Schlumberger dit les avoir lus avec « res-

1. Philippe Soupault, « Chroniques », *La Revue européenne*,
1ᵉʳ décembre 1923.
2. René Crevel, *Les Nouvelles littéraires*, 17 novembre 1923.
3. *The Times Literary Supplement*, 30 août 1923.
4. Lettre de Valery Larbaud à A. Monnier, 5 juillet 1926, *in*
Valery Larbaud, *Lettres...*, *op. cit.*, p. 287.
5. BLJD, Lettre de Jean Paulhan à A. Monnier, s. d. [1926].

pect, éblouissement et jalousie[1] », Supervielle ren-
chérit : « Ces belles pages détachent des liens, nous
enlèvent d'obscures menottes. Et on se sent délivré
après vous avoir lue, de je ne sais quels remords. [...]
Vous avez commencé à nous donner le meilleur miel
de vous-même[2]. » Quel poète peut-il alors se targuer
d'une si prestigieuse unanimité, qui excède de beaucoup la politesse traditionnelle des habitués de la
librairie ?

En 1932, elle publie *Fableaux*, ouvrage indéfinissable dédié « À Sylvia », suite de poèmes en
prose peuplés de femmes primitives et domi-
natrices « à la langue multifide », de veuves omni-
potentes, d'hommes saouls, de sorcières et de
bossues, évoluant dans une atmosphère médiévale
et inquiétante proche des tableaux de Breughel,
le peintre favori d'Adrienne. Certains de ces textes
avaient paru dans *Le Navire d'argent*, tel « Homme
buvant du vin » (1er juin 1925), traduit par Jolas
dans *transition* (septembre 1927), ou dans la *NRF*,
tels « La servante en colère » (1er avril 1927) ou
« Vierge sage » (1er novembre 1929) traduit en espagnol par Marcelle Auclair pour la revue *Sintesis*
(avril 1929).

Mais cette fois, Adrienne Monnier opte pour
la publication de son livre sous le pseudonyme
asexué de J.-M. Sollier (patronyme de sa mère). Ce
choix suggérerait-il que la libraire entendait défier
la critique par cet artifice ? C'est ce que prétendit
Gisèle Freund qui, dans un recueil d'entretiens,
assura que *Fableaux* avait été considéré comme un

---

1. *Id.*, Lettre de Jean Schlumberger à A. Monnier, s. d.,
[1926].
2. *Id.*, Lettre de Jules Supervielle à A. Monnier, 30 septembre 1926.

« chef-d'œuvre » jusqu'à ce que Fargue révélât la véritable identité de l'auteur. Après quoi, les éloges auraient immédiatement cessé. « À l'évidence, poursuivait-elle, Adrienne leur était plus utile en sa qualité d'éditeur qu'en tant qu'écrivain. Son visage, ses lèvres extraordinairement minces exprimaient bien son amertume [1]. » N'en déplaise à Gisèle Freund, Adrienne Monnier publiait ses textes sous le nom de Sollier, au su de tous, depuis 1925. Les archives et sa correspondance personnelle le confirment encore : de Jean Paulhan à Walter Benjamin, d'André Gide à Roger Martin du Gard, il n'y avait pas un écrivain sur la place de Paris qui ne fût au fait du vrai visage de Sollier, dont les *Fableaux* étaient édités par La Maison des Amis des Livres...

Qu'Adrienne Monnier ait cherché un éditeur et n'ait pas trouvé preneur en raison de sa trop forte identification à la librairie, comme l'évoque rapidement Katherine Ann Porter dans l'une de ses lettres [2], voilà qui paraît en revanche nettement plus plausible. Si la directrice de *La Maison des Amis des Livres* souffre d'un handicap qui est aussi sa force, c'est bien d'être assimilée à la chapelle de l'Odéonie. Les années 1930, années d'amertume en effet, ouvrent une période difficile : après une traduction épuisante, *Ulysse* vient de paraître mais Gallimard ne rachète pas les droits ; les affaires vont mal ; la préparation du catalogue de sa bibliothèque de prêt l'a laissée exsangue ; et en tant qu'auteure, Adrienne n'est pas parvenue à se dégager de l'em-

---

1. Gisèle Freund, *Portrait. Entretiens avec Rauda Jamis*, Des Femmes, 1991, p. 57.
2. IMEC, Lettre de E. D. Pressley et Katherine Ann Porter à A. Monnier, 14 août 1933. K. A. Porter avait traduit les « Vierges folles » en anglais.

prise de sa maison ni à gagner l'indépendance, le *détachement* nécessaire à la création.

Des petits signes, distillés ici et là, indiquent les efforts sans relâche d'Adrienne Monnier pour s'extraire, se singulariser et trouver son intégrité propre d'écrivaine. Ses textes littéraires, ses âpres discussions avec Paulhan, même par métaphores, disent cette quête de visibilité et de liberté. Paulhan veut supprimer un passage des « Vierges folles » avant publication dans la *NRF* ? Adrienne y consent, bien que ce long épisode eût été destiné à faire « oublier les garçons ». Car, ajoute-t-elle, en parlant de Sollier à la troisième personne, « dans sa pensée, on devait surtout *voir* les filles[1] ». L'un de ses poèmes en prose les plus émouvants, « Chien-espace », repris dans une édition postérieure de *Fableaux* (1960), ne donne-t-il pas la mesure de ses contradictions internes et du poids de l'immobilité ? « Sois l'espace. Fuis. Vers le nord, vers le sud, vers le couchant, vers le levant. Fuir partout, c'est rester en place. Fuyard captif, ici, à la chaîne. Tu pourras quitter le fond de toi-même. Tu pourras partir[2]. »

Quelles qu'aient été les conditions d'élaboration et de publication de *Fableaux*, les lettres de félicitations se suivent. De Giono (« c'est en vie depuis la première ligne jusqu'à la dernière[3] ») à Benjamin (qui se propose de traduire certains extraits pour la gazette de Francfort[4]), les amis sont au rendez-vous. La presse

1. IMEC, Lettre d'A. Monnier à J. Paulhan, 1er avril 1930.
2. Adrienne Monnier, *Fableaux*, Mercure de France, 1960, p. 103.
3. BLJD, Lettre de Jean Giono à A. Monnier, 3 novembre 1932.
4. IMEC, Lettre de Walter Benjamin à A. Monnier, 20 juin 1932. « Vierge sage » paraîtra dans une traduction de Benjamin dans *Kölnische Zeitung* du 8 novembre 1932.

aussi, bien que des bémols, qui tiennent *justement* à
l'assimilation de Sollier à l'Odéonie, tintent dans le
concert de louanges. Le début de l'article de Jean
Cassou dans *Les Nouvelles littéraires* entend manifestement désamorcer la polémique en suggérant
que derrière Sollier se cache un personnage bien
connu des lettres françaises qui a « fondé une petite
chapelle, dont certains s'irritent », mais pour se
déclarer d'emblée partisan de tels « clubs », riches et
vivants. L'essentiel, rappelle l'écrivain, réside dans
son œuvre, ces *Fableaux*, « sortes de monologues rus-
tiques d'une vérité infiniment drôle et qui renouvel-
lent certains tours de force de Max Jacob, avec, par
leur exubérance, quelque chose de joycien[1] ».

Fableaux sera le dernier recueil proprement littéraire d'Adrienne Monnier, ce qui porte à trois opuscules son œuvre poétique complet. Sa production est
respectée et encouragée, mais demeure trop chétive
pour s'imposer. La libraire se retrouve en réalité
prise en quelque sorte dans un piège de femme
mariée : la famille *ou* le travail se traduit pour elle
par *La Maison des Amis des Livres* ou la création
personnelle. Ce qui revient à dire : l'œuvre des autres
ou la sienne propre. Par nécessité matérielle mais
par manque de confiance aussi, malgré les glorieux hommages déposés par des écrivains dont le
« génie » l'écrasait, elle renonça à la poésie, qui l'exal-
tait pourtant, afin de parachever ce qu'elle pres-
sentait comme son œuvre véritable et invisible, qui
lui avait offert des tourments, de grandes joies et
lui avait assuré sa place dans l'histoire littéraire —
sa librairie. Sa sagesse de « sainte », indifférente et
détachée, ne parvint pas à calmer la douleur inté-

---

1. Jean Cassou, « Poésie », *Les Nouvelles littéraires*, 25 juin
1932.

rieure de cette petite démission, qui garda un goût de défaite et de désillusion. En 1946, elle écrivait encore à Bryher : « Je souffre beaucoup d'être toujours dans les affaires. J'aurais voulu me retirer dès la fin de la guerre pour me consacrer à des travaux purement littéraires — c'est impossible, étant donné l'instabilité monétaire[1]. »

Submergée par les tâches quotidiennes, Adrienne n'abandonne pas totalement les projets d'écriture. Un espace lui reste, plus souple, moins « ambitieux » peut-être que la très noble poésie, mais dans lequel elle excelle : la chronique, ou plutôt la « gazette », mot passé de mode dont elle redore le blason avec éclat. Textes courts, incisifs, ses gazettes ne sont pas tant des critiques sur la vie culturelle que des points de vue développés à la première personne, avec une parfaite économie de moyens et un dédain pour l'esprit de sérieux qui souligne d'autant mieux l'élégance et la complexité de sa pensée. Le trait d'humour ne verse jamais dans la cruauté du pamphlet, la perspicacité s'arrête (presque) toujours avant la rosserie.

Toute sa vie, Adrienne Monnier collabora à des revues, à commencer par la sienne, où elle inaugure le principe de la gazette, repris en 1938 sous forme de petite plaquette autonome à couverture gris-rose, sous le titre : *La Gazette des Amis des Livres*, une publication irrégulière qui, pendant ses seize mois d'existence, comptera jusqu'à sept cents abonnés. Elle en rappela d'ailleurs les origines dans le premier numéro, sous forme d'adresse à ses lecteurs : « Cette gazette, ne vous semble-t-il pas qu'elle a toujours un peu existé ? En 1925, quand je parlai pour la pre-

1. IMEC, Lettre d'A. Monnier à Bryher, 15 décembre 1946.

mière fois à Paul Valéry de mon projet de faire *Le Navire d'argent*, il me regarda, puis, fixant un point au-delà, il me dit : "Non, Monnier, ce n'est pas une revue qu'il faut faire, vous devriez publier une sorte de bulletin"[1]. »

Dans l'intervalle, la libraire a donné à *Vendredi*, à la *NRF*, au *Figaro littéraire*, à *Verve*, des « articles » inassimilables au journalisme traditionnel, où elle hume « l'air du temps », convie à une promenade dans le Paris des théâtres et du spectacle, s'arrête sur un tableau en suivant le fil d'un rêve vagabond. Dès la fermeture du *Navire*, Paulhan a compris l'originalité du principe, dont il veut derechef faire profiter la *NRF*. Ses infimes précautions pour y attirer Adrienne Monnier suggèrent bien, d'ailleurs, l'orgueil que la libraire attachait à sa trouvaille : « Bien entendu, la question n'est pas que vous entriez à la nrf, mais que vous y entriez avec tous les honneurs, qui vous sont dus. Alors, il y aurait une décision assez simple, qui peut être prise entre vous et moi : / Donnez-moi quelques souvenirs, quelques réflexions; ce qui pourrait être les fragments d'une gazette (mais nous ne dirions pas : "Adrienne Monnier donnera pour toujours sa gazette etc." Et pour le reste, nous attendrons que Gide vienne vous dire : je vous en prie...)[2]. » Mais il était trop tôt. Adrienne, défaite par l'échec commercial de sa revue, rechigne à passer si vite au concurrent, ce qui lui eût sans doute laissé un goût de capitulation face à Gallimard.

Paulhan ne perdait rien pour attendre. En 1935, il parvient à séduire l'administratrice de *Mesures*, qui

1. *Les Gazettes*, p. 165.
2. BLJD, Lettre de J. Paulhan à A. Monnier, s. d. [21 avril 1926].

s'engage à donner son « Air du Mois » à la *NRF*,
rubrique créée deux ans plus tôt où s'illustreront
Benda, Drieu, Audiberti... Fière, elle ne cède pas
« son » titre malgré des demandes répétées, mais le
principe et la qualité restent les mêmes. Après un
premier texte sur Fernandel, Paulhan s'essaie de
nouveau : « Pourquoi ne gardez-vous pas le titre de
"la gazette" ? Surtout, surtout, songez aux prochains. Il me semble que vous êtes déjà toute la
raison, et le sel de l'Air du Mois. Ne nous abandon-
nez plus jamais[1]. » Gide s'enthousiasme : « Quoi !
vous aimez Fernandel... Quelle joie ! je me dilate en
vous en entendant parler si bien. [...] Tout ce que
vous en dites est si juste, si "dans le sens". [...] C'est
excellent. On a envie de vous dire : Merci[2]. » La
pertinence d'Adrienne Monnier, sa concision et ses
traits d'esprit qui excèdent le simple sens de la formule lui vaudront ses plus beaux compliments. Gide
est un inconditionnel. Ici il vante la sagacité de
ses réflexions, là « le naturel » de ses phrases — et
l'hommage n'est pas mince venant de l'auteur de *Si
le grain ne meurt*. En 1939, il lui écrivait encore
depuis Nice : « Je ne connaissais pas ce Cranach
merveilleux. Quant à vous, mieux je vous connais,
plus je vous aime. La formule est banale, mais pas
le sentiment de votre dévoué / André Gide[3]. »
  La collaboration d'Adrienne Monnier à la *NRF*,

1. BLJD, Lettre de J. Paulhan à A. Monnier, s. d. [février
1935]. Dans un entretien radiophonique diffusé le 2 juin 1947,
Adrienne Monnier revint sur ce refus de céder sa *Gazette* à la
NRF, et conclut : « Et puis, il y a des cabrioles qu'on fait
bien chez soi mais qu'on ne ferait pas chez les autres » (INA,
n° d'enregistrement 430 D 184).
  2. BLJD, Lettre d'André Gide à A. Monnier, Cuverville,
24 janvier 1935.
  3. *Id.* Lettre d'A. Gide à A. Monnier, 27 novembre 1939.

c'était fatal, n'aura qu'une durée limitée. Déçue dans ses ambitions de poète, la libraire se crispe d'autant sur le bastion qui lui reste. Dès 1936, elle adresse à Germaine Paulhan, apparemment préposée aux affaires délicates, ses « griefs d'*auteur* ». Adrienne estime que son travail est « mis en cave » dans la revue, s'étonne de n'avoir pas vu son nom mentionné parmi les chroniqueurs dans une publicité de fin d'année, se juge mal payée et réclame « *au moins* 100 frs », somme d'ailleurs considérée comme « ignoblement modeste ». Ce sursaut se justifie peut-être mieux par ce constat amer : « Il est vrai que vous me faites une grande réclame en tant qu'administratrice, mais l'un ne remplace pas l'autre, loin de là [1] ! »

Jusque dans ses articles, Adrienne Monnier souffre de cette image de « cheville ouvrière », cantonnée à des tâche ingrates, dans laquelle on l'enferme, au détriment d'une créativité dont elle exige la reconnaissance. Jean Paulhan s'irrite et lui répond dès le lendemain, pour lui reprocher en retour ses retards et l'injustice de ses griefs, décochant finalement, au sujet d'un article non passé et reporté : « Que vous dire ici, sinon qu'un tel retard peut chaque mois se produire, et pour chacun de nous ; que Gide, Valéry, et tous nos amis l'acceptent à l'ordinaire fort bien ; enfin que votre fâcherie m'a laissé le sentiment (assez pénible) que votre collaboration à la n.r.f. forcément ne durerait pas, qu'il fallait la prendre pour un bienfait passager qui va brusquement manquer ; que sans doute vous étiez un auteur bien plus orgueilleux que ne le sont à l'ordinaire les auteurs (je ne l'entends pas du tout comme un défaut), et le

---

1. IMEC, Lettre d'A. Monnier à Germaine Paulhan, 21 février 1936.

reste[1]. » Dont acte. Les parties se réconcilient, mais en 1937 Adrienne cesse définitivement de collaborer à la *NRF*.

Elle reprend ses billes et publie l'année suivante « sa » *Gazette*, au rythme où elle l'entend. La guerre et, à nouveau, le manque de moyens l'obligeront à s'arrêter en mai 1940. Rétive à se laisser embrigader, Adrienne se retrouve toujours dans le même piège : comment garder son indépendance et faire valoir ses idées, tout en se passant d'une grande structure, organisée, sans laquelle, inévitablement, les projets sont condamnés à court terme, faute d'une diffusion efficace ? *Le Navire d'argent*, sa *Gazette* et son œuvre poétique, tous publiés sous le label de La Maison des Amis des Livres et à tirage limité, eurent à souffrir de ce syndrome : le respect de la profession mais l'ignorance du public.

Adrienne Monnier donnera encore occasionnellement des articles à des revues et des journaux, mais de grands projets, point. En 1953, deux ans après avoir quitté ses activités de libraire, sous l'emprise de rhumatismes articulaires, elle se décide à réunir en volume ses chroniques, éditées chez Julliard par Maurice Nadeau. Elle avoue à Bryher : « Mes *Gazettes* doivent paraître à la fin de la semaine prochaine. Je suis beaucoup plus émue que je ne voudrais[2]. »

Le succès est triomphal. Jamais Adrienne n'a obtenu autant d'articles sur sa production. La reconnaissance excède le cercle intime des amis, la grande presse participe à l'hommage : *L'Observateur d'aujourd'hui, Paris-Presse, Franc-Tireur, Marie-France*

1. BLJD, Lettre de J. Paulhan à A. Monnier, s. d., [février 1936].
2. IMEC, Lettre d'A. Monnier à Bryher, 19 novembre 1953.

mêlent leur voix à *L'Écho d'Alger*, *La Dépêche tuni-
sienne* comme au *Mercure de France* et aux *Nouvelles
littéraires*. La « grande époque » de *La Maison des
Amis des Livres* révolue, il semble que le public
découvre soudain l'envergure de son travail et de son
parcours. Les survivants témoignent. Gide, Prix
Nobel en 1947, est mort en 1951. Roger Martin du
Gard se souvient : « Gide vantait toujours "le *style*
d'Adrienne Monnier" : c'est bien vrai que c'est "un
style", et un modèle de style ! (Pour les mêmes raisons que celui de Diderot : la simplicité sans banalité jamais ; une distinction naturelle qui peut tout se
permettre ; l'esprit qui guide la main ; l'intention qui
justifie le choix de chaque mot, le tour de chaque
phrase — cela crée, entre le lecteur et vous, un
contact incessant, une complicité savoureuse, qui
fait de sa lecture une sorte d'échange, vivant comme
une conversation...) [1]. » Les plus jeunes, comme
Michel Leiris, « sympathisent » d'emblée avec le
livre.

Dans un entretien à *France-Soir*, Adrienne confie :
« Je n'écris plus qu'à grand-peine [...]. Si elle m'a
enrichie de mille choses, la fréquentation des
écrivains, trente-six ans durant, m'a épuisée. Pas
celle de Gide, ni celle de Valéry, mais celle de
Fargue par exemple. Ah ! les poètes sont ter-
ribles [2] ! » L'article titrait : « Témoin de quarante
années de vie littéraire, Adrienne Monnier commence à publier ses souvenirs. » *Les Gazettes* ne
sont pas des Mémoires. Mais un parfum de nostalgie des « bons vieux jours » flotte dans l'atmosphère.

1. BLJD, Lettre de Roger Martin du Gard à A. Monnier,
9 décembre 1953.
2. *France-Soir*, 4 décembre 1953.

Tout le monde d'ailleurs, à Paris, la pousse à écrire son autobiographie. L'exercice lui paraît « monstrueusement difficile [1] ». Elle penche plutôt pour une histoire de sa librairie. *Rue de l'Odéon*, recueil posthume de textes déjà publiés ou inédits, en tiendra lieu en 1960.

Dans son entourage, certains fidèles se plaisent à penser qu'Adrienne, désormais libre, va produire une œuvre littéraire de plus grande envergure, dont la maturation avait été empêchée par les contraintes de la librairie. Roger Martin du Gard la soupçonne d'« accumuler des "posthumes [2]" », Saint-John Perse, depuis Washington où lui arrivent les rumeurs de Paris, la presse : « J'ai toujours souhaité que vous puissiez donner votre œuvre littéraire, car il y a en vous un bel écrivain, de bonne lignée, et d'une belle indépendance de jugement, qui ne sacrifiera jamais aux artifices du jour le libre et large mouvement que la vie tient en vous [3]. »

Mais Adrienne, souffrant de la maladie de Ménières — dérèglement de l'oreille interne provoquant acouphènes et grondements de « forge » continuels —, décide le 16 juin 1955 d'absorber des barbituriques. Elle laisse ce mot : « Je mets fin à mes jours : ne pouvant plus supporter les bruits qui me martyrisent depuis huit mois, sans compter les fatigues et les souffrances que j'ai endurées ces dernières années. / Je vais à la mort sans crainte, sachant que j'ai trouvé une mère en naissant ici et que je trouverai une mère également dans l'autre

---

1. IMEC, Lettre d'A. Monnier à Bryher, 8 juillet 1954.
2. BLJD, Lettre de Roger Martin du Gard à A. Monnier, 12 août 1949.
3. *Id.*, Lettre de Saint-John Perse à A. Monnier, 10 janvier 1954.

vie[1]. » Elle meurt à l'hôpital Cochin le 19, sans avoir repris connaissance. Son enterrement aura lieu dans la plus stricte intimité, au cimetière de Bagneux[2].

Le Monde du 29 juin livre, dans son « Carnet », une nécrologie d'une trentaine de lignes : « Ses amis ont annoncé avec une discrétion excessive la mort de Mlle Adrienne Monnier. » Le lendemain, *Combat* s'interroge : « Était-elle une femme ? Son rôle n'a rien de commun avec celui que joua Mme de Caillavet par rapport à Anatole France. Il consista, non à "lancer" des auteurs, mais à détruire leur solitude et à ne reconnaître aucun intermédiaire valable entre celui qui écrit et celui qui lit autre que le livre. » Étranges conclusions : ni égérie ni salonnière, Adrienne, privée de toute identité, est devenue la figure même de l'effacement.

Beaucoup se souviennent, témoignent et tentent de définir « l'œuvre » d'Adrienne Monnier. Elle tient, semble-t-il, à une adresse : « Je crois [...] qu'elle continuera d'appartenir à la rue de l'Odéon comme la rue de l'Odéon, à cause d'elle, appartiendra à l'histoire des lettres. Car l'œuvre d'Adrienne Monnier ne saurait être limitée aux quatre livres et plaquettes publiés sous son nom ou sous le pseudonyme de J.-M. Sollier : elle a les dimensions d'une petite bibliothèque choisie et durable[3] », écrit Pascal Pia.

Hantée par le catalogage, les bibliographies, la liste des savoirs, Adrienne Monnier laisse donc une image mieux qu'une trace, le souvenir d'un concept

1. IMEC, s. d. [mai 1955]. Reproduit dans *Rue de l'Odéon*, p. 256.
2. Sa sépulture fut par la suite transférée de la 64ᵉ division du cimetière de Bagneux au petit cimetière de Montlognon (Oise) où sa sœur Marie s'était fait inhumer en 1976 et Maurice Saillet en 1990.
3. *Rue de l'Odéon*, p. 21.

et d'une bibliothèque idéale plus qu'une œuvre tangible. Et dans la mémoire de ceux qui l'ont connue, l'écho d'une voix qui résonne jusque dans ses textes, «autre degré de la causerie, effective ou intérieure[1]». Faire pénétrer la conversation dans la littérature, faire exister l'écrit par la parole : ce double mouvement était sa marque de fabrique. Lorsqu'il reçut *Les Gazettes*, Jean Amrouche, qui tenait le livre pour l'un des meilleurs ouvrages de critique jamais publiés, perça le mystère : «J'aime tendrement ce que vous dites, et la façon dont je vous entends prononcer les mots. Vous êtes là. Et je suis dans le livre[2].» Gide l'avait saisi le premier : «Je ne sais pas comment vous faites pour garder, dans votre écriture, un ton de voix si parfaitement naturel; plus même que dans la conversation. [...] À vous lire, je reprends goût à la vie[3].»

Car Adrienne Monnier avait, selon une expression sans doute trop banale pour lui convenir, «le sens du bonheur», que sa présence «magnétique» rendait bien. Femme volontairement détachée, elle gardait pourtant un lien constant avec la terre, ne serait-ce que par sa passion de la gastronomie, art qui «équilibrait fort bien, ajoutait-elle, l'activité littéraire». Or, entre les nourritures spirituelles et les nourritures terrestres, la parole, encore, parvenait à nouer les fils de toutes ses préoccupations. Solange Lemaître se souviendra que, lors d'un dîner en compagnie de Sylvia Beach, Léon-Paul Fargue, Jean Prévost, Marcelle Auclair et Francis Poulenc, Adrienne

1. Raymond Schwab, «Les poésies d'Adrienne Monnier», *Mercure de France*, n° 1109, *op. cit.*, p. 53.
2. BLJD, Lettre de Jean Amrouche à A. Monnier, 6 décembre 1953.
3. *Id.*, Lettre d'André Gide à A. Monnier, Nice, 8 février 1940.

les subjugua tous par l'un de ces « moments », habilement mis en scène, dont elle avait le secret : « Elle se mit à analyser d'une façon très poétique les mets qu'on lui servait, leur découvrant une vertu vivifiante si subtile qu'il nous sembla manger une nourriture destinée aux anges. Pourtant, à la fin du repas, elle nous montra, caché sous son pain, un morceau de je ne sais plus quoi, fourré aux champignons, qu'elle avait aimé et choisi de garder pour "la bonne bouche", expression bien à elle signifiant qu'elle voulait le déguster avant le dessert. Tout le monde l'approuva et nous nous remîmes à goûter de ce farci aux champignons dont malheureusement il ne restait guère[1]. » Adrienne avait plus d'un tour dans son sac.

Dans l'équilibre périlleux *entre* la parole et l'écrit où elle se maintint, dans cet espace fragile du dialogue et de l'échange, elle tenta, par les séances à la librairie, l'art de la conversation ou ses *Gazettes*, de lier deux mondes : les livres et les êtres. Tentative fugace, exercice condamné à disparaître avec elle. On l'oublia. En 1975, le *Figaro littéraire* consacrait un article à une libraire de trente ans, Marie-Thérèse Bouley, sous le titre : « Une nouvelle Adrienne Monnier[2] ». Elle avait fait scandale à Strasbourg pour avoir consacré une de ses vitrines au surréalisme et venait de reprendre *Le Divan*, à Saint-Germain-des-Prés, où elle avait accroché au mur des photographies de Michel Tournier et de Philippe Sollers. Lorsque Jean Chalon, qui l'interrogeait, évoqua *La Maison des Amis des Livres*, la

1. Solange Lemaître, « Parler d'Adrienne... », *Mercure de France*, n° 1109, *op. cit.*, p. 46.
2. Jean Chalon, « Une nouvelle Adrienne Monnier », *Figaro littéraire*, 16 août 1975.

jeune femme confessa n'avoir jamais entendu parler d'Adrienne Monnier, dont elle aurait pourtant pu méditer avec profit cette maxime, prononcée à la fin de sa vie : « J'aime beaucoup être femme. C'est si difficile[1]. »

---

1. Maria Craipeau, « Adrienne Monnier : "J'ai eu une vie magnifique" », *Franc-Tireur*, 18 avril 1954.

CHAPITRE VII

VIRAGOS ET CHIROMANCIENNES
AUX CHEVEUX COURTS

*Virago : ce mot péjoratif se dit d'une
femme d'allure masculine; il est littéraire.*

Le Robert,
Dictionnaire historique de la langue française,
sous la direction D'ALAIN REY.

En 1924 paraissait dans *Les Nouvelles littéraires*
un entrefilet non signé, intitulé « Chiromancie »,
qui disait ceci : « Les fidèles de la rue de l'Odéon, où
Adrienne Monnier d'un côté et Sylvia Beach de
l'autre convient les foules descendantes et montantes [...], auraient pu voir l'autre jour André Gide,
qui, les mains en coupe, attendait anxieux l'arrêt
d'une chiromancienne aux cheveux courts : on avait
dit à l'auteur de *Paludes* qu'aux amis des livres [...]
se révèlent les destins : il avait donc couru en hâte
chez Adrienne Monnier qui se mit à lire dans ses
paumes comme dans un livre, et montra un tel don
de divination que bientôt, disent certains, la boutique *moitié ferme moitié couvent* [...] va devenir un
peu aussi antre à prédictions[1]. » Entre oracle et
voyante tapie dans son repaire, Adrienne l'extralu-

1. « Chiromancie », *Les Nouvelles littéraires*, 15 mars 1924.

cide, pythie et herméneute tout ensemble, perce donc l'avenir des lettres comme le secret des âmes. On ironise, mais on se méfie un peu : il y a de la sorcière chez cette femme-là.

Adrienne Monnier ne s'en cache pas : elle aime les sciences occultes, s'intéresse à l'astrologie et à la magie blanche, s'adonne à la chiromancie, croit aux rêves prémonitoires. Comme dans tout, elle y met autant de sérieux que d'humour. En 1934, à la mort de Hindenburg et au lendemain de la prise du pouvoir par Hitler, elle écrit à ses parents pour les informer d'une vision surgie dans son sommeil, plus révélatrice de son idéologie pacifiste et de son ironie que de ses dons de prophète :

> À propos de dictateurs, j'ai rêvé cette nuit que Mussolini était venu déjeuner avec nous, ici, aux Déserts où il était de passage. Il se trouvait (détail que nous avions toujours ignoré) qu'il avait été élevé jusqu'à l'âge de sept ans par la tante Josette et c'était pour revoir, pieusement, les lieux de son enfance qu'il était venu aux Déserts. Le déjeuner était des plus cordiaux ; je regardais les lignes de sa main, naturellement, et je voyais qu'il garderait le pouvoir jusqu'à l'âge de soixante ans où il ferait une très grave maladie qui l'obligerait à se retirer ; il n'en mourrait pas mais il ne s'en remettrait jamais complètement. Quand il était pour nous quitter, je l'ai embrassé en lui disant : « Monsieur Mussolini, faites-nous la paix, je vous en prie. » « C'est entendu », qu'il m'a répondu[1].

À la même époque, elle prête sa paume au docteur Charlotte Wolff, dont les études physiologiques sur la main humaine et ses significations

1. IMEC, Lettre d'A. Monnier à ses parents, 4 août 1934.

connaîtront un immense succès. Sa main «dodue, bien en chair avec ses monts bien développés» indiquant «un tempérament violent, capable d'émotions passionnées» est classée dans la catégorie des spiritualistes et intellectuelles. Les proportions de la paume par rapport à des doigts trop courts, assure la scientifique, vont de pair «avec son penchant pour les plaisirs culinaires»[1]. Sa créativité est d'abord liée à une puissante intuition, qualité relevée dans son thème astral, dont Adrienne, née sous le signe du Taureau, commande l'étude en 1947. L'astrologue anonyme, qui manifestement connaissait bien la directrice de *La Maison des Amis des Livres* dont la librairie est citée à plusieurs reprises, décrypte dans le ciel son «besoin impérieux et puissant de jouer un rôle sur le plan humain de la diffusion de la connaissance et du savoir», son désintéressement, son exigence personnelle et son dévouement à une action concrète, pour conclure par cet euphémisme savoureux : «Les relations masculines ont pu être parfois une source de déceptions ou de peines profondes, et la conjonction Lune/Mercure/Soleil en Sextil avec Vénus montre également la part importante, dans l'existence, des amitiés féminines d'un niveau supérieur[2]. »

Point n'est besoin d'avoir recours aux boules de cristal pour le savoir : Adrienne aime la connaissance, la cuisine et les femmes, dans un hédonisme

---

1. Princeton, Box 2, folder 2. Traduction par Sylvia Beach d'un extrait du livre du Dr Charlotte Wolff, *Studies in Hand Reading*, Londres, Chatto & Windus, 1936.
2. IMEC, Thème astral et interprétations, daté du 16 juin 1947.

qui la rapproche d'une autre «sorcière» aux cheveux courts, Colette[1]. Sa description de son déjeuner avec l'auteur du *Blé en herbe*, confiée aux
lecteurs des *Gazettes*, souligne d'ailleurs volontiers
le parallèle :

> Je fais un peu de chiromancie. Vous pensez bien
> qu'il n'y a rien à apprendre à Colette, mais j'étais
> curieuse de voir ses mains. La forme générale est puis-
> sante et harmonieuse. Les lignes sont très bonnes. La
> ligne de tête, dans la main gauche, indique une ten-
> dance au mysticisme qui a été combattue au profit de
> la raison. Naturellement, la ligne de destinée est
> superbe. Le mont de Vénus est bien ce qu'on pouvait
> prévoir, il indique une riche sensualité : avec un mont
> pareil on peut communier avec toutes les choses de ce
> monde. Mais le pouce, quel pouce extraordinaire chez
> une femme ! Que de violence ! «Madame Colette, lui
> dis-je, vous avez un pouce de chef de pirates. » Elle rit.
> « C'est vrai, dit-elle, je suis terriblement violente, j'ai
> souvent eu envie de tuer. J'aime les couteaux, les
> lames, pas les revolvers, ça fait un bruit absurde, non,
> la lame muette, bien effilée. » « Eh bien, dis-je, nous
> avons de la chance que cette belle violence soit passée
> dans votre art »[2].

Mysticisme, sensualité, violence : les deux femmes, jusque dans leur goût du music-hall, leur
méfiance du féminisme et leur indépendance
farouche, ont plus d'un point commun. Elles fré-
quentent à l'occasion les mêmes cercles, mais n'ap-

1. Adrienne aurait notamment pu dire avec elle : « Si vous
n'êtes pas capable d'un peu de sorcellerie, ce n'est pas la peine
de vous mêler de cuisine » (Colette, « Le poisson au coup de
pied », *in Prisons et paradis*, *Œuvres*, III, Gallimard, «Bibliothèque de la Pléiade», p. 696).
2. *Les Gazettes*, p. 315-320.

partiennent pas nécessairement au même système social et intellectuel. Trop semblables de tempérament sans doute pour être intimes, elles se verront de loin en loin, comme si le Soleil avait parfois rendez-vous avec la Lune, sans nouer jamais d'amitié véritable, mais avec le même respect complice et amusé.

Si l'arsenal des prédictions ne pénètre qu'une réalité sue, il nous enseigne en revanche que l'intérêt affiché d'Adrienne pour l'occultisme épaissit l'énigme de son personnage, renforce une marginalité qu'elle ne dédaignait pas de mettre en scène. Montrer, cacher, révéler, voiler, démystifier... Au cœur de ce mouvement pendulaire loge sa relation à une part essentielle de son identité et de son intimité, qu'elle ne dissimule ni ne proclame : à l'image de beaucoup de lesbiennes de l'époque, Adrienne Monnier, sans honte ni fierté, exerce par rapport à l'homosexualité une politique pour laquelle elle aurait pu reprendre à son compte la fameuse devise de l'armée américaine — « *Don't ask, don't tell* ».

Cette neutralité de principe est monnaie courante dans un Paris que l'on aurait tort de considérer comme un paradis pour la liberté de toutes les mœurs, même si aucune loi, au contraire de l'Allemagne ou de l'Angleterre, ne criminalise l'homosexualité en France et que les lieux de rencontres fleurissent dans toute la capitale : le bal de Magic City, rue Cognacq-Jay, réservé aux invertis deux fois par an, demeure le plus célèbre ; il y a aussi celui de la salle Wagram, dite Notre-Dame de Lesbos, celui de la Montagne Sainte-Geneviève ou de la rue de Lappe, inévitablement surnommée rue de Loppe par Willy dans son livre *Le Troisième Sexe*. Les travestis ont leurs boîtes de nuit comme les

lesbiennes, qui se retrouvent au *Monocle*, boulevard Edgar-Quinet, et au *Fétiche*, à Montmartre, où
« la patronne elle-même, pour donner le ton, porte
veston au-dessus de sa jupe, cravate, manchettes et
faux-col, masculins, bien entendu. Cheveux courts
— non pas à "la garçonne", mais mieux, à "la
garçon" [1]. » Si Adrienne et Sylvia ne répugnent pas
à s'encanailler dans quelque bal costumé en compagnie de Jacques Benoist-Méchin, ou se laissent
entraîner en spectatrices par Robert McAlmon
dans le Montparnasse des noctambules, elles s'arrêtent, semble-t-il, aux frontières de la compro-
mission. Le barman du *Bricktop* à Montmartre
s'étonnait ainsi de n'avoir jamais vu Sylvia Beach
dans un bar alors que, comme elle le lui confiait
elle-même un jour : « Nous avons toujours servi les
mêmes clients, toi, Jimmie, avec des boissons, moi,
avec des livres [2]. »

Dans ce Paris des années folles dont Brassaï a
livré les secrets, les poses, les attitudes et les pano-
plies, les enfants de Sodome et Gomorrhe auraient
donc droit de cité. Mais le monde de la nuit n'est

1. *Fantasio*, 15 octobre 1924, cité par Gilles Barbedette et
Michel Carassou, *Paris Gay 1925*, Presses de la Renaissance,
1981. Voir également : Florence Tamagne, *Histoire de l'homosexualité en Europe : Berlin, Londres, Paris, 1919-1939*, Seuil,
2000.
2. « It is perhaps remarkable that the leaders and organizers
of Montparnasse were largely women, from the famed Kiki to
the inspired Sylvia Beach, who, as far as I know, never ente-
red a bar in her life, though, as she told me once, "we have
always served the same clients, you, Jimmie, with drinks, I
with books" » (James Charters, *This Must Be the Place*, New
York, Lee Furman Inc, 1927, cité dans le livre de Robert McAlmon, *Being Geniuses Together*, 1920-1930, revu, avec des chapitres additionnels et une nouvelle postface de Kay Boyle,
Londres, Hogarth Press, 1984, p. 49 et note).

pas celui du grand jour et, contrairement à une idée reçue, l'homophobie reste bien vivace dans les années 1920. *Inversions*, la première revue homosexuelle, fondée le 15 novembre 1924, est interdite après cinq livraisons. En 1926, la grande enquête lancée par la revue *Les Marges* prouve que les intellectuels eux-mêmes répugnent à voir se développer le thème de l'homosexualité en littérature, dans la crainte d'une propagation des mœurs « antiphysiques » dont Proust et Gide incarneraient les thuriféraires. Les réactions sont énergiques : le mépris, la moquerie, l'injure dominent. Maurevert en appelle à des méthodes radicales : « Le jour où une saine et brave Française chassera d'un salon, en lui mettant la main sur la figure, une "gousse" par trop voyante ou une "tapette" ostentatrice, les mœurs changeront d'un coup. Et les hommes feront les lois. » Mauriac s'indigne et ne recule devant rien : « Beaucoup de ces malades, qui ne se connaissaient pas, se connaissent aujourd'hui grâce à Gide et à Proust. Beaucoup qui se cachaient ne se cacheront plus. [...] Nous ne saurions en ces matières admettre la compétence d'aucun autre tribunal que la Sainte Inquisition. » Léon Werth épingle « la cuistrerie *tata* », Ambroise Vollard prend saint Paul au pied de la lettre (« que ce mot ne soit jamais prononcé parmi vous »), Gérard Bauer accuse l'auteur de la *Recherche* d'avoir été « le messie de ce petit peuple ». Cassou élude, Rachilde tempère. Seul Drieu La Rochelle livre une longue réponse nuancée. Parmi les témoignages, le lesbianisme est à peine évoqué ou, alors, censuré : André Billy demande au directeur de la revue de supprimer de sa réponse ce passage bien anodin : « Laissez-moi mettre à part l'homosexualité féminine, pour laquelle tous les hommes ont de la curiosité, voire de la sympathie, il me semble [1]... »

Dans cette atmosphère où soufflent le froid et le chaud, il y a bien sûr des poches de liberté, des modèles, des couples célèbres (Gertrude Stein et Alice B. Toklas, Colette et Missy, H. D. et Bryher, Janet Flanner et Solita Solano, Margaret Anderson et Jane Heap) qui autorisent pour la première fois à penser qu'une vie amoureuse au grand jour entre deux femmes est envisageable, possible — notons que beaucoup sont expatriées et donc plus libres de vivre comme bon leur semble. Natalie C. Barney, avec Liane de Pougy, Renée Vivien ou Romaine Brooks, donne le *la* dans son « Académie des Femmes » de la rue Jacob où fraye le Tout-Paris lesbien, d'Élisabeth de Clermont-Tonnerre à Djuna Barnes en passant par Lucie Delarue-Mardrus, Mina Loy, Violette Murat, etc. Mais comme la nuit n'est pas le jour, l'univers restreint des cercles mondains n'est pas celui du travail et toutes les « femmes de la rive gauche » n'ont pas les mêmes impératifs. À l'intersection de plusieurs mondes, Adrienne Monnier et Sylvia Beach, amies de Gide, ouvertes avec mesure aux chapelles du saphisme chic et aux trépidations nocturnes du *gay Paris*, creusent ici leur originalité : elles sont libraires, c'est-à-dire des commerçantes, assimilées à une moyenne bourgeoisie soumise à un comportement social et professionnel qui a ses codes et ses réserves. « La

---

1. « L'homosexualité en littérature », *Les Marges*, 15 mars 1926. Le dossier autographe de l'enquête a récemment fait l'objet d'une vente publique. Quelques informations supplémentaires figurent dans la notice du catalogue *Livres illustrés modernes. Manuscrits & Lettres autographes, XIX*e *et XX*e *siècles*, Paris, Drouot, vendredi 18 octobre 2002, Renaud-Giquello, commissaires-priseurs, p. 44-45.

légendaire tolérance française a un prix qui est la discrétion[1] » : c'est à la lumière de cette formule qu'il faut relire toute l'histoire, individuelle et commune, d'Adrienne Monnier et de Sylvia Beach pour saisir, sous la cendre du non-dit, leur audace singulière.

Avant de former un couple institué avec Sylvia Beach, Adrienne Monnier sut tôt reconnaître son attirance pour les femmes et pour une en particulier : Suzanne Bonnierre, sa « camarade » d'adolescence pour qui elle nourrit une passion dont le souvenir devait rester vif jusqu'à la fin de sa vie. En 1953, deux ans avant sa mort, la libraire, qui rédigeait ses *Souvenirs de Londres*, se trouva contrainte de prévenir Sylvia Beach : « Cette dix-septième année était si loin et ça m'a remué tant de choses d'y repenser. Je me demande si tu aimeras ça, it's a little bit queer you know ; j'ai parlé de mon admiration d'alors pour les Préraphaélites[2]. » Le recours si rare chez elle à l'anglais prend ici tout son poids, le double sens de *queer* (signifiant à la fois bizarre et homosexuel) ayant l'avantage d'indiquer la nature de son malaise. Car en fait de préraphaélites dont les visages se confondaient « avec celui d'Éros », c'est bien de Suzanne Bonnierre qu'il s'agit dans cette évocation tendre de sa jeunesse.

À l'époque où elle écrit, Adrienne, âgée de soixante et un ans et retirée des affaires, reconnaît tranquillement dès la première page de son texte : « Parmi mes compagnes d'études, il y avait une jeune fille qui s'appelait Suzanne et qui ressemblait

1. Christine Bard, *Les Femmes dans la société française du XXᵉ siècle*, Armand Colin, 2001, p. 126.
2. Princeton, Box 47, Lettre d'A. Monnier à S. Beach, 10 avril 1953.

étrangement à une figure de Rossetti, celle-là même
qu'il peignait dans tous ses tableaux, avec une
bouche fortement modelée et un long cou renflé à
la base — beau visage qui eût été viril sans la
douce animalité du regard et de la chevelure. Pou-
vais-je ne pas m'éprendre de cette figure[1] ? » La
réponse, contenue dans la question, est par la suite
complaisamment étayée. «Amour de tête», par trop
«littéraire» et plutôt «malheureux», son lien avec
Suzanne Bonnierre n'en conserve pas moins toutes
les caractéristiques violentes et fondatrices du premier amour. Adrienne, soumise à sa compagne dont
le profil androgyne la fascine, emploie tous les
stratagèmes classiques de la femme éprise pour se
rapprocher de l'objet de sa passion.

C'est ainsi qu'elle la suit à Londres en 1909, où
Suzanne a décidé d'aller apprendre l'anglais. Détail
déterminant : l'initiation d'Adrienne Monnier au
monde anglo-saxon ne date pas, comme on le croit
souvent, de sa rencontre avec Sylvia Beach mais
bien de son escapade avec Suzanne Bonnierre. Pour
elle, Adrienne déploie toutes les ruses. «Ce n'est
pas sans difficulté que j'étais arrivée à persuader
mes parents, mon père surtout, de l'utilité de ce
voyage. Je n'avais jamais jusque-là montré de dispositions pour l'étude de la langue anglaise, si peu
que j'avais dû apprendre l'italien en quelques mois
pour pouvoir passer mon brevet supérieur. Il m'avait
fallu, après l'examen, leur démontrer à longueur de
journée que, sans la connaissance de l'anglais, je ne
parviendrais pas à bien gagner ma vie. De Suzanne,
naturellement, il ne fut jamais question[2]. » Pour elle
toujours, celle qui prétendait ne pas lire la langue de

1. *Rue de l'Odéon*, p. 189-190.
2. *Id.*, p. 191.

Shakespeare poussa l'effort jusqu'à écrire au dos
d'une carte postale représentant *The Bower Meadow*
(La Tonnelle des prés) de Rossetti : « I have received
your good letter. My Suzanne it is I, now, who am
sad for having grieved you. You know well, my Belo-
ved, that I shall always love you more than anything
in the world. I have been too cruel, I feel it. Forgive
me, my sweet friend. / Oh ! Would you have the kind-
ness to inquire about "l'École Guilde". I should be
very pleased to know how the courses are managed
and what is their price. / Adieu, my Love[1]. »

   Combien de temps cette relation dura-t-elle ? Voilà
qui est difficile à préciser. Toujours est-il qu'en 1915,
c'est avec Suzanne qu'Adrienne ouvre *La Maison
des Amis des Livres*. Couple sentimental ou professionnel, les deux jeunes femmes sont conviées
ensemble — Paul Fort, dans ses invitations, ne men-
tionne pas l'une sans l'autre quand Jules Romains
remarque : « Elle avait en ce temps-là, comme associée, une autre jeune fille qui, visiblement, subissait
son empire, recevait ses consignes spirituelles, par-
ticipait de son mieux à l'état d'exaltation contrôlée
où la Littérature maintenait Adrienne[2]. » Le rapport
a changé : Adrienne, maîtresse chez elle, est désormais « la patronne », titre qu'elle s'attribue en par-

----

   1. IMEC, Carte postale d'A. Monnier à Suzanne Bonnierre,
28 novembre 1910. « J'ai reçu ta bonne lettre. Ma Suzanne,
c'est moi, maintenant, qui suis triste de t'avoir chagrinée. Tu
sais bien, ma bien-aimée, que je t'aimerai toujours plus que
tout au monde. J'ai été trop cruelle, je le sens. Pardonne-moi,
mon adorable amie. / Oh ! Aurais-tu la gentillesse de te ren-
seigner à propos de "l'École Guilde". Je serais très heureuse
de savoir comment les cours sont organisés et quel est leur
prix. / Adieu, mon Amour. »
   2. Jules Romains, « Adrienne Monnier », *Mercure de France*,
n° 1109, *op. cit.*. p. 61.

lant d'elle-même, et tient sa compagne sous son influence, dans le monde qu'elle domine et qui la construit, celui des livres.

Période enivrée, où le tourbillon des sentiments et des idées projette Adrienne dans un univers magique et confus. En 1917, dans un probable mouvement de fougue, elle évoque un projet éphémère de mariage avec un certain Jean Tournier, dont le nom revient dans les registres de la librairie mais dont aucune lettre ni aucun document personnel n'est resté[1]. L'année suivante, Adrienne semble toujours chercher son identité dans une ambiguïté lyrique qui, à vingt-quatre ans, caractérise sa vie amoureuse. Elle envoie à Rachilde des violettes, fleurs symboliques des lesbiennes, sur lesquelles elle dépose un baiser, tout en entretenant avec Pierre Haour un amour compliqué. Ce jeune industriel, ami de Fargue, a signé en janvier 1918 avec Adrienne un contrat de « société en commandite simple » intitulée A. MONNIER & Cie, afin d'organiser les abonnements, les publications et les expositions de *La Maison des Amis des Livres*. Très vite, il est devenu plus qu'un associé comme nous l'apprend Adrienne, qui soupire auprès de sa sœur Marie : « N'ai-je pas l'amour de Pierre Haour qui est peut-être le compagnon envoyé par le ciel ! Il est venu pour m'aider dans mes tâches les plus pressantes. Ah ! Il y a quelques années, que je me serais empressée de le saluer comme le vrai et définitif amour[2] ! » Mais pour l'heure, ses projets d'union sont compromis :

1. La seule mention de ce projet de mariage est évoquée dans une lettre à Jules Romains d'avril 1917. Voir *Correspondance Adrienne Monnier-Jules Romains*, I. 1915-1919, in *Bulletin des amis de Jules Romains*, n° 75-76, *op. cit.*, p. 20.
2. IMEC, Lettre d'A. Monnier à Marie Monnier, 27 mai 1918.

Pierre Haour est marié et catholique. Les lettres qu'il lui envoie disent autant son attachement que ses scrupules, déchiré qu'il est entre les commandements de Dieu et l'élan qui le porte vers « son » Adrienne. Cet impossible amour mourra avec lui, en 1920, date à laquelle la société sera dissoute.

Lorsque Adrienne Monnier fait la connaissance de Sylvia Beach, en 1916, son esprit est encore trop porté au tourment pour reconnaître d'emblée la compagne de sa vie. Suzanne Bonnierre est toujours à ses côtés, Pierre Haour va bientôt troubler le jeu. Un signe, pourtant, marque l'événement : c'est parce que Sylvia avait les cheveux courts qu'Adrienne fit aussitôt couper les siens. « À l'époque, précisera-t-elle, c'était follement osé, surtout de la part d'une "commerçante". [...] Je note ici, à la volette, que les premières femmes qui portèrent les cheveux coupés, en 16, 17, furent des professeurs[1]. » Adrienne n'aime rien tant que les pièges de la rhétorique : ce qu'elle feint de noter « à la volette », en passant, demande toujours que l'on s'y arrête.

On se figure mal, aujourd'hui, le bouleversement produit dans les mentalités lorsque les premières femmes osèrent se couper les cheveux. Bien plus que le port du pyjama en vogue ou l'abandon du corset, le symbole de la chevelure « sacrifiée », vécu comme un rejet revendiqué de la féminité, menaçait la société entière et provoquait dans les familles d'irréversibles discordes. Lancée avant guerre à Paris par la danseuse Caryathis (« la belle excentrique », future Mme Jouhandeau) ou la comédienne Ève Lavallière, obligées de se rajeunir pour correspondre à certains rôles, la mode se diffusa d'abord dans les milieux mondains de la capitale et parmi

---

1. *Rue de l'Odéon*, p. 53.

les intellectuelles. Le 30 mai 1917, Paul Morand note
que, depuis quelques jours, « toutes s'y mettent :
Mme Letellier [Marthe Letellier, ex-femme du propriétaire du *Journal*] et Coco Chanel, têtes de file,
puis Madeleine de Foucault, Jeanne de Salverte,
etc. [1] » Cécile Sorel n'y a pas résisté : « Avec ses cheveux, de loin, elle faisait encore grand siècle, mais
aujourd'hui elle a l'air d'un vieux Louis XIV à qui on
a enlevé sa perruque [2] », regrette Cocteau, qui prétend que les cheveux sont centralisés pour être
revendus au profit des mutilés... Renoncer à la chevelure, perdre un membre au champ d'honneur : les
deux offrandes se répondent sur l'autel de la guerre.

Paris observe les progrès de cette nouvelle folie et
plaisante, mais lorsque le phénomène gagne les pro-
vinces, c'est l'effroi et le drame. Au début des années
1920, la rubrique des faits divers des journaux allait
s'emparer d'un sujet qui avait poussé un père à tuer
sa fille pour avoir accompli le geste fatal, un autre à
poursuivre en justice en 1925 le coiffeur qui avait
opéré sans sa permission et certains maris à séques-
trer leurs femmes pour les empêcher de céder à la
tentation [3]. Qu'avaient donc à craindre les hommes
de la coupe « aux enfants d'Édouard », « à la Jeanne
d'Arc » ou « à la garçonne » ? Les cheveux courts ne
rendaient pas seulement *visible* le désir d'affranchissement des femmes : ils ouvraient la porte à une
insupportable confusion des genres, dont l'intégrité
de façade avait jusque-là matérialisé les rapports traditionnels entre les sexes et, par un étrange renver-

---

1. Paul Morand, *Journal d'un attaché d'ambassade*, 1916-
1917, *op. cit.*, p. 253.
2. *Id.*, p. 254.
3. Mary Louise Roberts, *Civilization Without Sexes. Reconstructing Gender in Postwar France, 1917-1927*, Chicago et
Londres, The University of Chicago Press, 1994, p. 63.

sement de l'image à l'identité, les fondaient. Les cheveux longs *faisaient* la femme : leur disparition entraînerait immanquablement celle de leur être sexuel, prélude au chaos social.

Symbole de la « décadence des mœurs » de l'entre-deux-guerres, la coupe garçonne — par allusion au roman sulfureux de Victor Margueritte paru en 1922 —, voire le crâne rasé, était aussi un moyen d'identification et de reconnaissance des lesbiennes entre elles. Élisabeth de Clermont-Tonnerre s'y décide, Gertrude Stein, en la voyant, l'imite aussitôt. Le geste d'Adrienne Monnier se lit dans le même sens, comme une réponse, un écho, un signe de connivence adressé à Sylvia Beach. Geste fort en pleine guerre où les femmes remplacent les hommes au front, geste audacieux pour une « commerçante » qui confirmait implicitement les mœurs dont on la soupçonnait en privé, geste d'appartenance aussi à un milieu intellectuel d'avant-garde où, parmi les « professeurs », s'accroît le nombre des « talons plats » et des militantes, symbole d'autant plus fort enfin qu'il touche la tête, la met en quelque sorte à nu comme si la chevelure, mascarade d'une féminité illusoire et atrophiante, avait jusque-là empêché le cerveau de s'exprimer et de se développer : en 1919, Adrienne Monnier est devenue dans la presse « la jeune demoiselle aux cheveux courts mais aux idées longues [1] ».

Si toutes les femmes qui portent cheveux courts ne sont pas lesbiennes, toutes les lesbiennes (ou presque) se sont fait couper les cheveux. Or, dans le cas d'Adrienne Monnier, dont la sexualité est à l'époque perceptible pour les initiés mais encore mal

---

1. Louise Faure-Favier, « Les belles librairies », *L'Œuvre littéraire*, juillet 1919.

fixée dans son esprit, il n'est pas exagéré de dire que
sa décision, motivée par une Sylvia Beach dont tout
le monde s'accorde à remarquer l'allure « mannish »
ou « boyish »[1] (masculine ou garçonnière), est un
premier pas vers l'affirmation de soi, ce que l'on
appellerait aujourd'hui la sortie du « placard », « traduction consacrée de *closet*, qui désigne l'espace, le
lieu (social et psychologique) dans lequel sont enfer-
més les gays et les lesbiennes qui dissimulent leur
homosexualité[2] ». La suite de l'histoire le prouvera :
c'est grâce à Sylvia Beach et au couple qu'elle va former avec elle au grand jour qu'Adrienne Monnier
trouvera et assumera une identité qu'elle ne parvenait pas à vivre pleinement avec Suzanne Bonnierre.
Le parallèle entre ses deux grands amours a même
quelque chose de troublant, comme si le second
venait accomplir et couronner le premier, transformer l'essai inabouti de sa jeunesse.

Il n'est pas anodin que la comparaison s'ouvre sur
le problème de la langue : Suzanne initia Adrienne
à la langue anglaise, Sylvia lui ouvrit les portes de la
littérature anglo-saxonne. La symétrie s'insinue jusqu'au physique. Lorsque Adrienne raconte les débuts
de sa maison, elle précise : « Cette librairie est tenue
par deux jeunes filles : une, grasse, aux joues roses,
plutôt blonde, très communicative, c'est Mademoiselle Monnier. L'autre, grande, plutôt brune, très

---

1. Ces remarques dépassent la sphère privée. Ainsi peut-on
lire dans *The New York Times Book Review* du 18 novembre
1928 : « Sylvia Beach is efficient and manlike in demeanor,
wearing tailord suits. » (« Sylvia Beach est efficace et masculine dans son maintien, portant costume tailleur. »)
2. Didier Éribon, *Réflexions sur la question gay, op. cit.*,
p. 75 n. L'auteur poursuit : « Faire son *coming-out* (sous-
entendu : *out of the closet*) signifie donc cesser de cacher (en
français, donc, "sortir du placard"). »

réservée, c'est Mademoiselle Bonnierre[1]. » Or, que nous apprend Sylvia Beach, à l'heure où elle trouve son premier local rue Dupuytren pour y installer *Shakespeare and Company*? « Naguère une blanchisserie, me fit remarquer Adrienne en me montrant les mots "gros" et "fin" inscrits de chaque côté de la porte. Adrienne, qui était un peu forte, se plaça sous le mot "gros" et me dit de me placer sous "fin". "C'est vous et moi", me dit-elle[2]. » Mais il y a plus. En 1917, Suzanne avait décidé de créer une librairie de prêt rue Dupuytren sur le modèle de *La Maison des Amis des Livres*. Sylvia Beach va donc occuper, par un véritable phénomène de transsubstantiation, *affectivement* et *professionnellement*, la place de Suzanne Bonnierre qui s'engagera par écrit, le 4 septembre 1919, « à ne jamais faire le commerce des livres étrangers en langue étrangère tant qu'elle exercera son commerce de librairie 8, rue Dupuytren » et « à ne jamais fonder dans les 5e et 6e arrondissements aucune librairie ayant pour but l'abonnement ou la vente des livres étrangers tant que Miss Sylvia Beach occupera le local situé 8 rue Dupuytren[3] ».

Bientôt mariée à Gustave Tronche, administrateur de la NRF, Suzanne Bonnierre disparaîtra de l'univers des deux libraires, dont la relation amoureuse peut désormais s'épanouir. Sur leurs trente-cinq ans de vie commune, Adrienne Monnier et Sylvia Beach ont laissé une correspondance pléthorique dont les absences, les « vides », sont aussi riches d'enseignement que les éléments conservés. Comment expli-

1. *Rue de l'Odéon*, p. 79.
2. *S & C*, p. 22.
3. Princeton, Box 63, folder 3, Accord conclu entre Suzanne Bonnierre et Sylvia Beach.

quer, en effet, qu'entre 1919 et 1923, soit les années
fondatrices de leur amour et des premiers feux de
la passion, aucune lettre d'Adrienne Monnier à
Sylvia Beach ne nous soit parvenue (ce qui n'est pas
le cas à l'inverse)? On imagine mal Sylvia détrui-
sant de son propre chef ces précieux témoignages,
sinon sur la demande expresse d'Adrienne qui
entendait bien contrôler la postérité, par ses choix
et ses suppressions : si elle conserva en revanche
les lettres de Pierre Haour et toutes (?) celles de
Sylvia, Adrienne ne laissa aucune trace de lettres de
Suzanne Bonnierre ni de Gisèle Freund, qui occupa
son appartement durant quatre ans et voyagea
avec elle à Venise et en Allemagne... Cette sélec-
tion invisible n'est évidement pas le fruit du
hasard : Adrienne n'a pas été surprise par la mort ;
elle classa dûment, avant son suicide, toutes ses
archives, afin de léguer à l'Histoire « sa » version
d'une vie privée dont elle désirait préserver l'intimité et le mystère.

Que nous dit donc la lecture des documents
sauvegardés ? Que, de 1917 à 1955, les centaines
de lettres échangées entre Adrienne Monnier et Sylvia Beach demeurent le meilleur témoignage de
leur attachement. L'enthousiasme des débuts ressemble à celui de toutes les histoires d'amour passionné, où l'on s'inquiète sans cesse pour l'autre.
Depuis Rapallo, Sylvia se préoccupe à l'été 1920 du
sort d'Adrienne partie dans le Jura : « My darling
Adrienne, [...] Je reste sans nouvelles et j'espère que
tu n'es pas tombée dans une de ces écrevisses [*sic*]
au cours de tes promenades sur les hauteurs mon-
tagneuses. C'est alarming ! Surtout repose-toi bien,
reste en plein air jour et nuit et ne pense à rien du
tout excepté à moi. » Et lorsqu'elle évoque sa passion
pour la mer, elle ajoute : « Quand je dis que j'aime

la mer — ce n'est pas vrai. Je n'aime que toi mon Adrienne à moi. / Ta Sylvia[1]. » Chaque jour, une nouvelle lettre vient dire sa flamme, comparer les semaines de séparation à des siècles. À son retour, Sylvia informe aussi Adrienne des affaires parisiennes : « Hier Larbaud est venu me voir et m'a raconté tant de choses intéressantes. [...] Déjeuner avec ce Gaston Gallimard chez Duval. Lettres qu'il a reçu au sujet de *Erewhon*, etc. Je te dirai tout cela jeudi prochain. (Mercredi réservé pour te dire que je t'aime). Ce pauvre Larbaud a un rhume et mal aux pieds to boot connais-tu cette expression ? C'est la même chose que into the bargain ou as well. Mon Adrienne je t'adore. Encore 4 jours — à peu près 100 heures. J'espère que tu as une assurance sur ta vie parce que tu risqueras d'étrangler avec le "bear hug" que je te donnerai à notre prochaine rencontre. Prépare-toi — get ready — ma pauvre Adrienne[2]. » De la passion à la tendresse, de l'amour à l'affection, le fil de leur relation ne sera jamais rompu, malgré les quelques entailles au contrat d'origine, notamment à l'arrivée de Gisèle Freund.

L'absence de documents sur la relation d'Adrienne Monnier et de Gisèle Freund, sinon peut-être en mains privées[3], s'explique au moins pour deux raisons : la première voulait sans doute épargner à Sylvia Beach des révélations pénibles, la seconde, surtout, nia toujours farouchement avoir eu plus que de l'affection « filiale » pour Adrienne, de seize ans

1. HRC, Box 2, Lettre de S. Beach à A. Monnier, « Hôtel Regina, Rapallo, August 23rd 1920 ».
2. HRC, Box 2, Lettre de S. Beach à A. Monnier, « Paris, September 4th 1920 ».
3. L'ayant droit de Gisèle Freund, à qui j'ai écrit à deux reprises pour éclaircir certains points qui n'avaient rien à voir avec la vie privée, n'a pas souhaité me répondre. (*N.d.A.*)

son aînée[1]. La vérité de leur lien, dont la dimension amoureuse ou sexuelle demeure en soi somme toute sans intérêt fondamental, est ici moins en cause que leurs efforts pour le banaliser ou le minimiser. Pourquoi, en effet, s'acharner à édulcorer une rencontre si forte et si déterminante dans leurs vies respectives ? Comme en proie à une accusation honteuse, Gisèle Freund s'évertua toujours en public à prendre ses distances avec le souvenir d'Adrienne Monnier. En 1991, elle affirmait même : « Ce n'est pas Adrienne Monnier, comme on continue à le dire de manière erronée, qui m'a présentée aux cercles d'écrivains et d'artistes de l'époque. J'en connaissais déjà beaucoup avant même d'avoir rencontré Adrienne[2]. »

Étudiante en sociologie partie de Francfort à l'arrivée de Hitler au pouvoir, Gisèle Freund, sans argent ni relations, maîtrisant mal le français, avait vingt-cinq ans lorsqu'elle arriva à Paris en 1933. Si son talent ne date pas de sa visite à *La Maison des Amis des Livres*, en mars 1935, comment ne pas admettre que sa carrière y prit sa naissance et son essor ? Adrienne Monnier entreprit d'abord de traduire (et, pour le lecteur familier du style d'Adrienne, probablement de réécrire) et de publier sa thèse sur l'histoire de la photographie au XIXe siècle. Par ailleurs, les très nombreuses lettres de recommandation (à Breton, Sartre, Valéry, Gide, Paulhan, etc.) conservées à l'IMEC attestent bien qu'elle l'introduisit auprès de la grande majorité de ses prestigieux clients, dont Gisèle Freund fera

1. Gisèle Freund est née en 1908 et non en 1912 comme beaucoup de dictionnaires continuent de l'indiquer. Cette date fictive avait-elle été mise en circulation par l'intéressée elle-même, qui affirmait par ailleurs avoir vingt ans d'écart avec Adrienne, née en 1892 ?
2. Gisèle Freund, *Portrait. Entretiens avec Rauda Jamis*, *op. cit.*, p. 43.

les portraits en couleur, projetés lors de séances particulières dans la librairie, rebaptisée pour l'occasion « Studio des Amis des Livres ». Mais surtout, Adrienne, profitant d'un voyage de Sylvia Beach aux États-Unis durant l'été 1936, décida d'héberger Gisèle Freund chez elle, au 18, rue de l'Odéon. À son retour, Sylvia Beach fut mise devant le fait accompli et contrainte de s'installer dans l'appartement situé au-dessus de *Shakespeare and Company* — elle y vivra jusqu'à la fin de ses jours —, tout en venant prendre régulièrement ses repas avec Adrienne et Gisèle... Cette dernière vécut au n° 18 jusqu'en 1940, date de son départ pour la zone libre. En quatre ans de vie commune, elle prétendra pourtant n'être entrée qu'une fois dans la chambre d'Adrienne et ne pas se souvenir de son décor, détail qui défie toute probabilité raisonnable, l'énergie à défendre ce type de précision ayant en général pour effet de rendre au contraire « suspect » ce qui, sans cela, serait passé pour anodin et naturel.

De son côté, Adrienne Monnier observe la plus scrupuleuse réserve et se garde bien de parler, sinon en termes professionnels, de « l'amie qui partage sa maison », comme Marguerite Yourcenar désignait Grace Frick. En 1938, elles partent ensemble en voyage à travers la France puis l'Allemagne, sont reçues « superbement » pendant trois jours par les parents de Gisèle. De Weimar, Adrienne envoie à Sylvia une carte postale représentant le Shakespeare Denkmal, comme pour forcer l'interprétation du destin et peut-être soulager quelque peu sa culpabilité : « Je suis venue à Weimar pour voir Goethe et qui est-ce que je rencontre ? Mr. Shakespeare [1]. »

Quoi qu'il en fût, Gisèle Freund, à l'écho des

1. Princeton, Box 47, Carte postale d'A. Monnier à S. Beach, 30 juin 1938.

rumeurs, s'offusqua : « Je ne peux pas non plus passer sous silence mon indignation sur ce que les gens ont écrit des relations entre Adrienne, Sylvia et moi. Ils ont raconté n'importe quoi. Comme si seules les histoires d'amour, en particulier physiques, pouvaient lier les individus entre eux ! Sylvia et Adrienne se connaissaient depuis longtemps. Leur amitié était profonde et leur collaboration professionnelle d'une fertilité incroyable [1]. » Soit. Pour sauvegarder les apparences, Gisèle Freund contracta un mariage blanc avec le meilleur ami d'un cousin d'Adrienne — ce qui lui valut ironiquement d'être reçue par Joyce qui, après avoir rechigné, accepta d'être photographié lorsqu'il apprit son nom, signe du ciel : Mme Gisèle Bloom...

La configuration affective entre Adrienne et Sylvia avait changé, mais leur « couple » officiel perdurait. Pour tous leurs amis, qui se gardaient de commenter cette nouvelle organisation (à part Maurice Saillet, qui détestait Gisèle Freund, la soupçonnait de diffuser des « souvenirs imaginaires » et l'appelait « la Patagouine [2] », en référence à son séjour en Argentine), les deux libraires formaient un duo inséparable, éternel, capable de dompter toutes les turbulences. Gisèle Freund partie, Sylvia Beach ne réintégra pas l'appartement du 18, rue de l'Odéon puisque, au fond, rien n'avait changé : le mode de vie n'était finalement qu'une formalité pratique négligeable en regard de sentiments dont rien ni personne ne pouvait altérer la profondeur et la durée. À la mort d'Adrienne, Katherine Ann Porter peinait encore à les penser l'une sans l'autre, ainsi qu'elle l'avouait à

---

1. Gisèle Freund, *Portrait, op. cit.*, p. 57.
2. Princeton, Noel Riley Fitch Papers, Box 12. Lettre de Maurice Saillet.

Sylvia, « même si, précisait-elle, vous êtes si distinctes comme individus et comme amies dans mon esprit[1] ». Les témoignages concordent tous sur cet aspect très particulier de la « paire » sentimentale et du « partnership » professionnel qu'elles formaient, sorte d'« association de bienfaitrices » (comme l'on dit des « associations de malfaiteurs »), d'alliance dont chaque partie avait su conserver l'intégrité de sa personnalité et une rigoureuse indépendance.

Ce talent à être ensemble sans s'agréger ni se confondre s'applique dans la vie, en société, au travail comme en famille. Leurs parents respectifs, qui préfèrent sans doute éviter les questions inutiles, ne les invitent jamais l'une sans l'autre et n'oublient jamais de demander des nouvelles de l'amie. Très vite, Philiberte Monnier commence ses lettres par « Ma Lilon [surnom d'Adrienne dans le cercle familial], Ma Sylvia », assimilant l'Américaine à une troisième fille. En 1926, Clovis, son mari, plus réservé mais tout aussi bienveillant, remercie « Mademoiselle Sylvia » pour le mandat envoyé qui va lui permettre d'achever les travaux de la maison destinée aux deux femmes, à Rocfoin, près de Maintenon (Eure-et-Loir) où les parents d'Adrienne se sont retirés[2]. Les photographies de la propriété, composée de trois corps de ferme indépendants disposés en U, indiquent en effet qu'à chaque couple (Clovis et Philiberte, Marie Monnier et son mari Paul-Émile Bécat, Adrienne et Syl-

---

1. *Id.*, Sylvia Beach Papers, Box 223, Lettre de Katherine Ann Porter à S. Beach, 6 février 1956.
2. IMEC, Lettre de Clovis Monnier à S. Beach, 18 novembre 1926. Clovis Monnier, grand lecteur sensible aux conseils de Sylvia, ajoute : « Tout en lisant *Gens de Dublin*, j'invoque la divinité Pomone qu'elle soit favorable aux trente-deux arbres fruitiers sans oublier la divinité des fleurs qui m'est inconnue. »

via) était attribué un bâtiment officialisant leur lien,
dans une communauté respectueuse de l'intimité de
chacun. Les deux libraires s'y rendaient les week-
ends et n'hésitaient pas à y convier occasionnellement
leurs proches, comme Jean Giono. D'autres clichés
signalent la visite de l'élégant révérend Beach, un
peu raide dans son costume trois pièces, ou de James
Joyce, œillet à la boutonnière, affectant une pose non-
chalante sur un banc aux côtés de Clovis Monnier.

Adrienne la sédentaire ne se rendit jamais aux
États-Unis, voyage long et coûteux, mais nul doute
qu'elle y aurait été pareillement la bienvenue. Lorsque Sylvia allait retrouver sa famille outre-Atlantique, elle n'omettait pas d'ajouter en marge de ses
lettres : « Mon père envoie son love à sa fille
Adrienne [1]. » Le pasteur confiait par ailleurs une
grande admiration pour l'auteur de *La Figure*, qu'il
n'hésitait pas à qualifier d'« œuvre d'un génie », poussant même l'audace pour le moins étrange jusqu'à
s'assimiler à Adrienne dans le poème dédié à Sylvia :
« Vous dites ce que j'aurais pu dire à propos d'elle, de
sa relation et de sa place dans ma vie. Certainement
dans "mon étoile a retrouvé la tienne". Vous dites si
justement d'elle qu'elle est "vive, exacte, neuve en sa
grâce", et cela l'exaltera à savoir non seulement ce
qu'elle est pour vous, mais aussi pour moi [2]. »

---

1. HRC, Box 2, folder 5, Lettre de S. Beach à A. Monnier,
22 août 1936.
2. HRC, Box 2, folder 4, Lettre de Sylvester Beach à A. Monnier, « Board of Directors / The Theological Seminary of the
Presbyterian Church USA, Princeton, New Jersey / June 22,
1923 ». « You say what I would if I could say about her in her
relation and place in my life. Surely in her "mon étoile a
retrouvé la tienne". Truly you say of her that she is "vive,
exacte, neuve en sa grâce", and it will unduly exalt her to know
what she is to you, not only, but to me also. »

Sans ambiguïtés pour la sphère privée, le couple de libraires évitait les démonstrations dans la vie publique, où la discrétion de Sylvia Beach n'avait rien à envier à celle d'Adrienne. Mais, moins organisée, l'Américaine laissa derrière elle une multitude d'indices et de documents qui permettent de recomposer sa vision de l'homosexualité et l'histoire des mœurs de l'entre-deux-guerres. Physiquement d'abord, l'allure de Sylvia Beach s'apparente plus visiblement à l'image des lesbiennes de l'époque qu'une Adrienne en robe grise et poulaines. Cheveux courts, tailleur droit avec veste en velours garnie de poches et large cravate nouée autour du cou, chaussures plates, Sylvia intrigue les Parisiennes. Le costume s'est pourtant nuancé, sans doute pour les convenances de l'activité commerciale : les photographies de sa jeunesse ou de ses vacances, en Serbie, en Touraine ou en Savoie, la montrent plus souvent en pantalon, avec casque colonial et bottes montantes.

Féministe militante, Sylvia Beach avait sans doute moins à craindre que d'autres pour sa « réputation », la publication d'*Ulysses* l'ayant définitivement classée parmi les femmes les plus hardies de sa génération, jusqu'à être traitée de « vicious virago » par l'éditeur pirate Samuel Roth. Son éducation puritaine et une réserve native lui commandèrent néanmoins d'opérer des coupes sombres dans son manuscrit sur l'histoire de *Shakespeare and Company*, sans que l'on sache ce qui relève de sa volonté propre ou d'une décision de son éditeur. Élevée par une mère qui lui fit promettre de ne « jamais se laisser toucher par un homme [1] », avouant avoir toujours été effrayée par l'autre sexe et justifiant ainsi ses années de bonheur avec Adrienne qui la surnommait « Fleur de

---

1. *Brouillon de Mémoires*, cité par Fitch, p. 367.

Presbytère », Sylvia Beach oscillait entre pudeur et
fascination pour tout ce qui touchait à la sexualité[1].
La présence continuelle de Joyce à la librairie devait
brouiller un peu plus les cartes dans le regard des
autres. Sylvia s'en amusera dans ce passage (auto?)
censuré de ses Mémoires : « Naturellement, l'éditrice
de *Ulysses* était supposée conduire pleinement sa vie,
sexuellement parlant. [...] Tout le monde "savait" que
M. Joyce était mon amant, et les homosexuels
n'avaient pas de mal à concilier cela avec le "fait" que
j'étais aussi une des leurs », ajoutant dans la marge :
« Particulièrement parce que mon tailleur strict,
adopté pour les commodités de la vie professionnelle, semblait assez caractéristique des tendances à
l'inversion[2]. »

1. Jean Prévost, volontiers provocateur, l'avait bien compris. Il offrit ainsi à Sylvia Beach deux petits contes érotiques
homosexuels, « Désirable boa » et « L'amoureuse des pieuvres »,
dont on ne citera que le second : « Je ne veux pas de vous, m'a
dit la femme brune ; j'aime mieux les pieuvres ; elles seules ont
assez de bras pour multiplier leurs étreintes, pour dompter
les secousses de notre volupté, cependant qu'elles nous regardent de leurs gros yeux sans mensonge, qui savent voir à
travers l'eau de la mer et à travers les yeux des femmes sen-
sibles. / Elles vous sont supérieures, soit que posées sur notre
visage, et leurs bras mêlés à nos tresses, elles épuisent l'eau de
notre bouche, soit qu'appliquées à notre sexe, elles sucent avec
dévouement et lenteur l'irritation, les venins et les tourments
de l'amour. / Mais cependant, si vous voulez, descendez avec
moi dans la piscine de ma pieuvre ; il est bon d'être trois, et
ses tentacules sauront mieux nous unir » (Princeton, Box 224).
2. Princeton, Box 168, folder 1. Brouillon de Mémoires.
« Naturally the publisher of *Ulysses* was supposed to lead a full
life, sexually speaking. [...] Everyone "knew" that Mr. Joyce
was my lover, and homosexuals had no difficulty in reconci-
ling that with the "fact" that I was also one of them. » Dans la
marge : « Particularly as my strictly tailored costume, adopted
for convenience in a business life, seemed quite indicative of
inverted tendancies [*sic*]. »

Les brouillons accumulés et écartés par Sylvia Beach tournent la plupart du temps autour du même sujet. Elle expurgera ainsi son texte de notations sur Gide et sa passion pour les petits garçons, «bien moins innocente que celle de Lewis Carroll pour les petites filles», sur Djuna Barnes toujours «avec Thelma Wood qu'elle adorait et sur laquelle elle veillait avec cette chaleur qui lui était propre», sur Berenice Abbott capable de décommander un rendez-vous professionnel au dernier moment «parce qu'elle avait été persuadée par quelque dame de s'envoler avec elle pour Vienne», ou sur les soirées de Natalie C. Barney où elle rencontrait «des nuées de femmes en smoking et faux cols ou telle colonelle chinoise[1]». Elle laissera néanmoins dans la version définitive ses souvenirs de la beauté époustouflante de Mina Loy et de ses deux filles, d'une Natalie C. Barney «plus qu'attirante», ou l'expression de certains regrets comme celui de n'avoir pas été présente «dans le salon de "l'Amazone" avec l'auteur de *The Well of Loneliness* (*Le Puits de solitude*), roman dans lequel Radclyffe Hall arrive à la conclusion que tous les problèmes de couples d'invertis seraient résolus s'ils étaient unis devant l'autel[2]».

Sa fréquentation des expatriées américaines assimilées au Tout-Paris lesbien, qui constituait une part non négligeable de sa clientèle, devait nécessairement auréoler sa librairie d'un parfum de soufre dont

1. Princeton, Box 166, folder 1. Brouillons de Mémoires. Djuna Barnes : «She was usually with Thelma Wood whom she adored and looked after in the warmhearted way she had.» Berenice Abbott : «A sitter would turn up at an appointment for a portrait and find that Berenice had been persuaded by some lady to join her in a plane to Vienna.» Natalie Barney chez qui elle voyait «bunches of women in sort of tuxedos and high collars or else a Chinese woman colonel».
2. *S & C*, p. 128.

elle s'accommodait avec humour. L'année 1928, date de la sortie du *Puits de solitude* et du procès qui s'en-suivit, concomitante de la parution de *Ladies Alma-nack* de Djuna Barnes, marque le sommet de cette effervescence. Sylvia Beach est obligée de constituer une liste d'attente pour qui veut emprunter le livre de Radclyffe Hall, interdit aux États-Unis et en Angle-terre, quand celui de Djuna Barnes se vend à mesure des arrivages. La libraire s'excuse même de ne pou-voir satisfaire les commandes de Natalie C. Barney, qui a prêté ses traits à des personnages des deux livres : « Oui, vous êtes bien l'héroïne de tous les livres remarquables de cette saison[1]. »

Si Sylvia Beach s'autorise quelques clins d'œil ou parle en confiance à certaines lesbiennes de ses amies, elle observe à la librairie une rigoureuse pru-dence et s'efforce de garder son sérieux en toutes cir-constances, comme en ce jour de 1920 où elle raconte à Adrienne : « Je fais des tites affaires. Jeudi près de 50 frs, ce matin un chèque de Miss Spink pour 28 frs et deux abonnements déjà. L'abonné n° 1 avait telle-ment l'allure d'un homme que j'ai fait sa carte avec Monsieur dessus. Ce n'est qu'à son départ que je me suis aperçu que c'était une personne féminine. » Elle précise en marge : « Tu penses, si jeune Irma qui était ici en ce moment a rit ! Aux larmes. J'avais dit Mon-sieur tout le temps[2]. » Quelques années plus tard, elle

1. Fitch, p. 279. « Yes, you are the heroine in all the out-standing books this season. » Sylvia Beach fait peut-être ici un jeu de mots intraduisible, *outstanding* signifiant à la fois « remarquable » et « en souffrance ».
2. HRC, Box 2, folder 4, Lettre de S. Beach à A. Monnier, 4 septembre 1920. Vérification faite dans les registres conser-vés à la Princeton Library (Box 62, registre 2), l'abonnée n° 1 fut inscrite sous le doux nom de « M. Ottocar » ; elle réapparut l'année suivante sous son identité corrigée de « Mlle Ottocar »...

respecte toujours la même politique, en répondant de son mieux à une Anglaise qui, après avoir passé en revue tous les « queer books » des rayonnages de *Shakespeare and Company* (*Ladies Almanack*, *The Well of Loneliness*, *Memoires of Love* de Bessie Bruer, *Extrodinary Women* de Compton Mackenzie) lui demanda d'un air contrit : « Auriez-vous quelque chose de plus au sujet de CES INFORTUNÉES CRÉATURES[1] ? » L'anecdote lui donne le titre d'un petit texte particulièrement explicite, naturellement censuré, « Ces infortunées créatures : ma vie et mes amours », où elle confirme à quel point sa boutique était devenue à Paris un espace de référence et de projection : « Les lesbiennes s'attroupaient pour contempler ma personne et marquer leur sympathie sans ambiguïté pour moi et ma librairie[2]. »

Respectueuses des précautions d'usage et obéissantes à une circonspection de bon aloi, il semble qu'Adrienne Monnier et Sylvia Beach n'aient jamais recherché explicitement, dans un cercle plus restreint, la complicité des femmes partageant leur sexualité. La tranquille évidence de leurs relations suffisait à leur sens de la probité : sans se cacher, ni se dissimuler derrière des mariages de fiction comme leurs amies H. D. et Bryher[3], elles répu-

1. Princeton, Box 168, folder 1. « Have you anything more about THOSE UNFORTUNATE PEOPLE ? »
2. *Ibid.* « Lesbians flocked to contemplate my person and to mark their unmistakable sympathy for me and my bookshop. » Le titre « Those Unfortunate Creatures : My life and Loves » fait évidemment référence au livre « scandaleux » de son ami Franck Harris, *My Life and Loves*.
3. Hilda Doolittle se maria à vingt-quatre ans à l'écrivain Richard Aldington dont elle divorça et Bryher épousa successivement Robert McAlmon et Kenneth McPherson, lui-même

gnaient à s'afficher ou même à gagner la connivence
de leurs compagnes, à l'image d'une flamboyante
Natalie C. Barney. Loin d'être un critère de rapprochement, l'homosexualité paraît presque avoir été au
contraire un motif de retenue, voire de méfiance,
destiné à éviter toute assimilation à un clan ou à une
coterie, regardée comme réductrice. Violette Leduc
l'apprit à ses dépens, comme nous l'indique ce passage sans indulgence de *La Bâtarde* :

> Sylvia Beach venait chez son amie Adrienne Monnier
> et repartait en coup de vent. Son corps mince, son
> tailleur strict, son visage puritain sans fard, sans âge,
> me changeaient en adolescente pantelante. Elle s'en
> allait la jupe étroite, le talon plat. Adrienne Monnier
> avait fait des débuts modestes au *Mercure de France* ;
> elle m'en parla ; et aussi de ses vieux parents, des pom-
> miers normands. Je perdis la tête ; la semaine suivante
> je me renfrognai parce qu'elle recevait une dame fortu-
> née avec la même amabilité. Sa souplesse me choquait.
> Je me renfrognai plusieurs fois. [...] D'année en année,
> je m'attristai dans sa librairie. Je vibrais à vide. Je
> devins lugubre, plaignarde, larmoyante ; c'était de l'ona-
> nisme sentimental. Adrienne Monnier aura eu pitié.
> Débordée, faisant des sacrifices pour soutenir son cabi-
> net de lecture — elle vendait peu de livres —, elle prit
> une jeune fille désagréable pour l'aider. Je devins tra-
> gique. Alors elle m'emmena dans l'arrière-salle réservée
> aux privilégiés, elle me demanda le sujet de mon cha-

---

homosexuel. Rappelons que le climat anglo-saxon, fortement-
marqué par la censure et le procès de Radclyffe Hall, demeurait beaucoup moins tolérant qu'à Paris. Voir à ce sujet,
Cassandra Laity, « Lesbian Romanticism : H.D.'s Fictional
Representations of Frances Gregg and Bryher », introduction
à *Paint it Today* de H.D., New York et Londres, New York University Press, 1992. En 1956, le *New Haven Register* du 16 septembre présentait encore Bryher comme « une parente
éloignée » de H.D. avec laquelle elle visitait les États-Unis...

grin. Je tombai à ses pieds, sous Tolstoï et Dostoïevski, je balbutiai des fadaises compliquées près de sa longue jupe grise. Elle posa sa main sur ma tête, elle voulut me consoler. Son employée entra, Adrienne Monnier plus vive que l'éclair retrouva sa dignité. Sa gêne à cause d'une collégienne demeurée, sa transfiguration pour une employée raide comme la justice me dégoûta, m'emmerda. Je pris *Le Chiendent* de Raymond Queneau, je lus le livre, je le rapportai, je ne réapparus pas[1].

Bien sévère pour le réflexe d'Adrienne Monnier, Violette Leduc, quoique lucide sur la lassitude provoquée par son comportement, laisse surtout entendre que la libraire s'imposait, dans le cadre de son activité professionnelle, une discipline et des limites que l'on serait bien en mal de lui reprocher. Sa générosité à écouter le désarroi et à calmer le transport des jeunes filles enivrées par l'Odéonie indique *aussi*, dans sa sagesse, une patience peu commune. Claude Cahun, qui confessait une admiration sans bornes pour la directrice de *La Maison des Amis des Livres*, malgré les critiques sans aménité qu'elle portait sur ses textes jugés « gratuits », savait reconnaître sa « bienveillance » et son exceptionnelle « façon de faire crédit au monde »[2]. Bienvenues dans les deux librairies, Claude Cahun et son amie Suzanne Malherbe, assistantes bénévoles au début de *Shakespeare and Company* dont elles firent les premières

1. Violette Leduc, *La Bâtarde*, Gallimard, « L'Imaginaire », 1996, p. 233 (première édition : Gallimard, 1962). Précisons que Violette Leduc se trompe lorsqu'elle dit qu'Adrienne aurait fait ses débuts au Mercure de France, où elle ne put jamais entrer, à son grand regret. Elle aura sans doute confondu le vœu d'Adrienne avec la réalité.
2. BLJD, Lettre de Lucie Schwob à A. Monnier, 23 juillet 1926.

photographies, avaient compris l'essentiel : l'Odéonie
était une œuvre ; le travail seul en ouvrait les portes.

Dans le cercle des intimes, Adrienne Monnier
acceptait de recueillir les confidences de nombre de
bisexuelles ou de lesbiennes de son temps : Marie Laurencin lui prête ses mains pour y lire son destin, Georgette Leblanc est l'une des rares à s'adresser à elle par
un « ma chérie », Jane Bathori lui raconte ses amours
avec Julita en Argentine, Dora de Alvear lui demande
d'être sa directrice de conscience à l'heure où elle
tombe sous les charmes de Véra mais s'étonne de son
refus lorsqu'elle veut la remercier de son soutien par
un geste trop spectaculaire, déplorant : « Je vous avais
en effet offert, en toute amitié, une petite auto et je ne
comprends pas comment vous avez pu en conclure
que cela vous créerait envers moi des obligations qui
pourraient porter atteinte à votre liberté[1]. »

Plutôt que d'attiser son énergie, les demandes
émanant d'un hypothétique réseau lesbien pro-
voquaient davantage sa réserve et il est très peu
probable qu'Adrienne Monnier, sous prétexte de
solidarité, ait accédé à des demandes comme celle
du prince Ghika lui offrant de reprendre à bon
prix le « tendre stock[2] » des 225 exemplaires en
souffrance d'*Idylle saphique*, roman de sa femme
Liane de Pougy, ou celle de la duchesse de Clermont-
Tonnerre désireuse d'annoncer la sortie d'une
traduction des poèmes d'Edgar Poe par Lucie
Delarue-Mardrus, en ouverture de la première
séance consacrée à Paul Valéry en 1922... Au-delà
de l'évidence — l'entraide dépend exclusivement
du talent littéraire —, il y a chez Adrienne une réelle
volonté de n'être jamais soupçonnée de céder à des

1. *Id.*, Lettre de Dora de Alvear à A. Monnier, 20 août 1927.
2. *Id.*, Lettre du prince Ghika à A. Monnier, 27 avril 1921.

préférences d'ordre privé. Son entourage en est conscient. En 1949, Roger Martin du Gard se félicite auprès de la libraire, qui s'enthousiasme pour le roman de Dorothy Bussy : « Je savais bien qu'*Olivia* saurait vous plaire, et pour ses vrais mérites[1] » — sous-entendu : pour la qualité du texte et non pour son propos, centré sur l'amour entre deux femmes.

La distance têtue que maintient Adrienne avec Natalie C. Barney demeure l'exemple le plus symptomatique de cette ligne de conduite dont rien ne l'écarte. L'Amazone, qui déploie auprès de « Sa Librairie », titre dont elle affuble drôlement la directrice de *La Maison des Amis des Livres*, toutes les ruses de la séduction voire de la flatterie, ne parviendra jamais à l'amadouer. On devine, à travers leur correspondance, ce qui, dans la légèreté et l'approximation de l'Américaine, devait irriter la commerçante, habituée à plus de tact et de méthode : Natalie C. Barney lui propose des masses de revues qui l'« encombrent », préfère envoyer son chauffeur récupérer ses commandes plutôt que de se déplacer en personne auprès de sa « voisine un peu lointaine[2] » (il ne faut pas plus de cinq minutes à pied pour passer de la rue Jacob à la rue de l'Odéon...), lui demande quelques « pages choisies » de Jules Romains plutôt que de s'attaquer à l'œuvre, oublie les titres des livres réservés ou l'échéance de sa cotisation... Leur collaboration, condamnée d'avance, aurait pourtant pu être efficace dans certaines circonstances, comme en 1923, à l'époque où germe

1. BLJD, Lettre de Roger Martin du Gard, Nice, 12 août 1949. Roger Martin du Gard était le traducteur de ce roman de Dorothée Bussy qui, à quatre-vingt-quatre ans, publiait son premier roman, sans nom d'auteur.
2. *Id.*, Lettre de Natalie C. Barney à A. Monnier, 5 juin 1923.

l'idée d'un comité de soutien à Paul Valéry, démuni depuis la mort de M. Lebey dont il était le secrétaire. Natalie C. Barney lance le projet d'un groupement d'« Amis des Belles Lettres » s'engageant à souscrire chaque année en faveur du poète et devenir ainsi « les actionnaires d'un cerveau[1] ». Adrienne Monnier et Sylvia Beach sont libraires et non mécènes, d'où cette réponse pour le moins sèche à l'Amazone, qui a l'avantage de mettre les points sur les *i* :

> Chère miss Barney,
> Sylvia Beach me passe les documents que vous lui avez fait tenir cet après-midi et me prie de vous répondre. Elle est très touchée que vous ayez pensé à elle pour être secrétaire de votre groupement d'amis de P. V. Elle ne peut accepter cet honneur, elle et moi ayant l'intention de former un groupement comme le vôtre, mais sur des bases différentes. Nous avions déjà pensé, il y a six mois, à une entreprise de ce genre, nous en avions même parlé à Arthur Fontaine, à Valery Larbaud et à d'autres personnes. Ce qui nous a arrêté dans notre projet, c'est que nous n'avons pas vu le moyen de réunir d'une façon sûre une somme suffisante pour faire vivre le poète, mais puisque vous avez maintenant l'admirable idée de créer un mouvement qui s'imposait d'ailleurs, nous allons reprendre nos efforts. Nous ne pensons pas qu'il soit possible de fusionner avec vous, nos amis étant plutôt des artistes et des universitaires sans grande ressource qui ne pourraient participer dans la mesure que vous avez fixée. Il faut que vous vous occupiez *vous-même* de votre groupe, nous nous occuperons du nôtre[2].

1. IMEC, Bulletin de souscription « À Bel Esprit Belles Lettres » pour 30 actions de 500 francs, soit 15 000 francs annuels.
2. BLJD, Lettre d'A. Monnier à Natalie C. Barney, 16 mars 1923.

On ne saurait être plus clair : les deux femmes ne jouent pas dans la même cour. Ce jugement cinglant ne décourage pas l'égérie de la rue Jacob qui, quelques mois plus tard, espère encore attirer Sylvia et Adrienne libérée de *Commerce* dans un projet de revue bilingue. Adrienne, qui songe déjà à un *Navire d'argent* indépendant, accepte de la rencontrer mais, peine perdue, l'entreprise n'aboutira pas[1].

Depuis les années 1980, les études sur l'entre-deux-guerres et les *Femmes de la rive gauche*, titre du livre pionnier de Shari Benstock, le premier à mettre en relief des personnalités jusque-là complètement négligées, ont popularisé l'idée selon laquelle les lesbiennes du Paris de la modernité constituaient un « réseau » dont l'homogénéité et les modalités, comme on peut le constater, demandent à être discutées. La mise en valeur d'un pouvoir d'influence fondé sur une communauté de mœurs, suggérant l'existence d'une « franc-maçonnerie » ou d'un quelconque « lobby » — image qui fait par ailleurs le lit du discours homophobe —, exige en effet autant de nuances que de nouveaux éclairages, à puiser aux sources des archives. L'exemplarité du couple Adrienne Monnier-Sylvia Beach, au cœur de l'avant-garde franco-américaine, démontre bien que l'histoire des mentalités s'avère autrement plus complexe, y compris dans le regard porté sur l'homosexualité et l'évolution des mœurs. Car, de même

---

1. La volonté de faire comprendre que la littérature est affaire de travail et non de mondanités s'exprime jusque dans la réponse d'Adrienne au rendez-vous fixé par Natalie Barney : « J'irai chez vous cet après-midi, très exactement de 5 à 6, car j'ai des rendez-vous avant et après cette heure. J'ai vu l'imprimeur, je vous raconterai. / En vive sympathie » (Lettre d'A. Monnier à Natalie C. Barney, 14 novembre 1924).

que les libraires évitent de s'agréger à un réseau, elles entendent bien garder leur autonomie par rapport à une littérature qui construit le sujet homosexuel ou le vitupère. Sylvia ironise sur *Le Puits de solitude*, Adrienne, qui se vantait à la librairie de ne faire « aucune concession au PPP (Parti pédéraste de Paris)[1] », tranche net, avec une désinvolture qui cadre mal avec son honnêteté coutumière : « D'après la presse, *Sodome et Gomorrhe* me paraît emmerdant et insupportablement tarabiscoté, pire que du Cocteau qui, lui, est franchement migrainatique [...] Et ça n'a même pas le charme d'être équivoque ; il s'agit simplement de "l'abîme" qui sépare les sexes[2]. »

À l'inverse, ou plutôt dans le même ordre d'idées, l'homophobie prosélyte et la raideur idéologique d'un Claudel ne seront jamais aux yeux d'Adrienne Monnier un mobile de controverse, tout du moins jusqu'à son rejet sans appel d'*Ulysse* et son refus de prêter son concours dans l'affaire du piratage. Le point est à souligner, car la haine aveugle du poète pour l'inversion[3], quand bien même isolée de son

---

1. Lettre d'A. Monnier à Henri Hoppenot, 16 janvier 1928, *in* Monnier-Hoppenot, *Correspondance, op. cit.*, p. 52-53.
2. IMEC, Lettre d'A. Monnier à Maurice Saillet, 21 octobre 1943.
3. Citons, à titre d'exemple, ce propos de Claudel dans *Comedia* du 17 juin 1925 : « Quant aux mouvements actuels, pas un seul ne peut conduire à une véritable rénovation ou création. Ni le *dadaïsme*, ni le *surréalisme* qui ont un seul sens : pédérastique. » En privé, Claudel professait la même hargne, notamment dirigée à l'encontre de Gide. Adrienne rappellera que, lors d'un déjeuner, brandissant une crêpe flambée au bout de sa fourchette, Claudel jura que Gide finirait ainsi en enfer (*Dernières gazettes*, p. 144). Il faut croire que la menace ne fut pas entendue : quelques jours après la mort de Gide, en 1951, était placardé dans un hall de la Sorbonne ce télégramme supposément signé de Gide, à l'adresse de Mauriac : « Peux te dissiper. L'enfer n'existe pas. Préviens Claudel. »

œuvre littéraire, atteint des extrémités difficilement conciliables avec les lois élémentaires d'une amitié dont pouvait se prévaloir Adrienne, qui avalisait avec la même indifférence des injures capables de la toucher personnellement. Ainsi de cette lettre où, selon une méthode insidieuse éprouvée, Claudel feint d'ignorer la vie privée de la libraire et, même, ses liens avec la *NRF* de Gide :

> Ma chère Adrienne,
> La Revue «Intentions» m'a demandé ma collaboration en se recommandant de vous et cela a suffi pour que je lui envoie ce que j'ai jusqu'à présent refusé à d'autres. Je lui donne une série de petits poèmes sur la Muraille intérieure de Tokyo.
> Mes rapports avec la *NRF* ne s'améliorent pas et je serais heureux de sortir de cette boîte, surtout depuis ses dernières publications pédérastiques qui me causent un profond dégoût. Vous devriez monter une maison d'édition, je tâcherais de me désengallimarder et je vous donnerais mes livres.

Et Claudel d'insister dans sa culpabilisation en post-scriptum : «J'entre à *Intentions* sur votre garantie : mais si cette revue se met à oublier des malpropretés dans le genre de la *NRF*, j'en sortirai aussitôt[1]. »

Le silence opposé par Adrienne Monnier à ce type de menaces ne vaut pas pour autant consentement à une idéologie qu'elle préfère traiter par le mépris. Ses textes personnels, où les figures de Wilde[2] et de

---

1. BLJD, Lettre de Paul Claudel à A. Monnier, 21 février 1923.

2. Dans «Le Mercure vu par un enfant», Adrienne écrit notamment : «C'est d'avant 1900 que date la Défense d'Oscar Wilde par Hugues Rebell qui paraît timide aujourd'hui, et naïve, mais qui était bouleversante alors : il proposait d'aller mettre le feu à la prison de Petonville, comme on l'avait fait pour la Bastille en 1789 » (*Rue de l'Odéon*, p. 185).

Whitman sont évoquées avec une tendresse sans mélange, et ses jugements sur l'œuvre de Gide témoignent mieux de sa vision des choses.

Si aucun document ne subsiste sur sa lecture de *Corydon*, on sait par déduction que le livre lui déplut souverainement. Plaidoyer pour la pédérastie grecque, l'ouvrage de Gide, paru en 1924 (treize ans après une publication sous le manteau à quelques exemplaires), péchait surtout par sa misogynie assumée, dénonçant ici «l'exaltation de la femme dans l'art» comme «l'indice de la décadence», la cantonnant là au seul rôle d'épouse et de mère. Irritée, Adrienne envoya le volume à Larbaud, qui préféra le défendre par principe : «Il est possible qu'il ne soit pas des meilleurs de Gide, mais ne croyez-vous pas qu'il va être attaqué et dénigré par des *laïcs*, et qu'alors notre devoir est de le défendre[1]?» Quelques jours plus tard, malgré les critiques qu'il formule (si «le chapitre darwinien est assez amusant», le «développement sur les Grecs est banal», le tout ayant «l'aspect d'un traité moral qui s'adresse "aux masses" plutôt qu'aux "chers indifférents"»), il persiste : «En tout cas je continue à désapprouver votre sévérité : considérez que c'est une chose comme l'article qu'il a écrit, pendant la guerre, en faveur des réfugiés belges, ou quelque chose dans ce genre-là; et qu'enfin il n'a pas fait là œuvre d'écrivain, mais de moraliste, et de moraliste pour école primaire : / Demandez à la sodomie / La vigueur qui vous manque encore / etc[2].» Il

---

1. Lettre de Valery Larbaud à A. Monnier, 28 juin 1924, *in* Valery Larbaud, *Lettres..., op. cit.*, p. 167.
2. *Id.*, p. 170-171. À la fin de sa lettre, Larbaud cite ce souvenir : «Autrefois, dans un bal de la mi-carême, à Montpellier, j'ai vu un très bel étudiant déguisé en Pierrot, et qui s'était accroché deux lettres en papier doré sur le dos : P D. Voilà de la propagande!»

n'empêche : Adrienne est arrêtée par le simplisme de Gide, tout comme Sylvia Beach qui dénonce un livre «absurde» et revient quelque temps plus tard sur le sujet auprès de sa mère : «Ses derniers livres ne sont pas bons et *Corydon* n'est parvenu qu'à le rendre ridicule. Il est jaloux de Joyce et a essayé d'influencer les gens ici contre lui, mais sans succès, j'en ai peur[1].»

L'évocation de Joyce n'est pas anodine : lorsque paraît le monologue de Molly, sans ponctuation ni accentuation, dans le numéro de *Commerce*, Adrienne note : «Gide venait de publier *Corydon* ; nous disions en riant que Pénélope était une "hideuse femelle" sans accents[2].» Aucun doute n'est permis : l'avant-gardisme d'une défense de l'homosexualité, si maladroite soit-elle, se brise aux yeux des libraires sur la modernité littéraire plus «féministe» de *Ulysse*.

Plus que le choix de son sujet, c'est bien le traitement de Gide qui est ici en cause. Pour Adrienne — et à raison —, l'autobiographe se montrait autrement plus efficace que l'essayiste. *Si le grain ne meurt* la conquiert cette fois sans réserve : «Je suis contente, au-delà de toute espérance. Vos Mémoires dissipent jusqu'au plus petit malentendu, et bénis soient les malentendus qui vous ont forcé de vous livrer tout entier[3].» Son enthousiasme la pousse même à un geste inhabituel d'hommage «public» original au courage de Gide, comme le révéla, avec un humour

---

1. Princeton, Box 19a, folder 26, Lettre de S. Beach à sa mère, 13 juillet 1925. «His last books are no good and *Corydon* only made him ridiculous. He is jealous of Joyce and has tried to influence people here against him, but unsuccessfully I fear.»
2. *Rue de l'Odéon*, p. 162.
3. BLJD, Lettre d'A. Monnier à André Gide, 9 novembre 1926.

involontaire, Georges Duhamel dans son *Journal*.
L'écrivain s'était retrouvé par hasard assis à côté
d'Adrienne à la Comédie des Champs-Élysées. La
conversation s'engagea alors sur *Si le grain ne meurt* :

> « Ne parlons pas de l'écrivain, dis-je, ce livre est pro-
> bablement le meilleur de ses livres à ce point de vue ;
> mais je dois vous avouer que tout ce qui touche, là-
> dedans, à l'homosexualité m'indispose et surtout
> m'intéresse peu ».
> Là-dessus A. M. devint pressante, me priant de dire
> ce qui me gênait dans cette peinture de l'homosexua-
> lité. Elle devint si pressante que, finalement, agacé, je
> répondis à mi-voix par égard pour nos voisins : « Ce
> qui me gêne ? Tout, et, par exemple, la merde. »
> Je croyais l'argument sans réplique. Rien n'est sans
> réplique. « Ah ! s'écria ma voisine d'une voix si forte
> que tout le théâtre l'entendit, vous confondez la
> pédérastie et la sodomie[1] ! »

La même année, Adrienne revient par écrit sur
l'audace salutaire de Gide, dans un article pour *Le
Navire d'argent*, où elle analyse ses deux sujets de prédilection, poésie et mysticisme. Comme elle a haussé
la voix au théâtre, son incise a valeur d'engagement
personnel : « On peut être épicier avec mysticisme,
comme Chesterton l'a compris dans un épisode du
Napoléon de Notting Hill. On peut être pédéraste avec
mysticisme, Gide le prouve amplement[2]. » L'asser-

---

1. Georges Duhamel, *Le Livre de l'amertume. Journal 1925-
1956*, Mercure de France, 1983, p. 309. Duhamel croit bon
d'ajouter : « Il me fallut prendre la peine d'expliquer que j'étais
médecin, que je ne faisais pas la confusion incriminée et que
certaine scène d'Alger, où figure un nommé Daniel B. et que
Gide modestement décrit en simple spectateur, est "proprement" du domaine de la sodomie merdoyante. »
2. *Les Gazettes*, p. 49.

tion mérite attention, si l'on veut bien considérer la définition donnée par Adrienne du mysticisme : « Tendance à concevoir le Bien ou un Bien suprême et à s'identifier à lui[1]. » Mieux que de la science, l'homosexualité relève bien d'une éthique dont Gide, à travers ses livres et sa vie, a incarné la modernité[2].

Rétive à se soumettre elle-même à l'autobiographie, Adrienne encourage volontiers les autres à se livrer à l'exercice de la confession. Elle approuve Gide, engage Claude Cahun dans ce sens. Ses propres tentatives, par bribes, dans ses gazettes ou quelques souvenirs, témoignent d'un effort constant pour être au plus près de soi-même, dans la vérité sans fard de ses inclinations. Rien ne la hérisse comme le soupçon d'hypocrisie, le faux-semblant et les demi-mots, la mascarade. Simone de Beauvoir, dont *L'Invitée* n'a pas l'heur de plaire à la libraire, en fera les frais sans le savoir : « Cette Simone, écrit Adrienne à Maurice Saillet, tu parles d'une fausse gousse et d'une fausse tout ; elle pose à la grande âme et à la grande conscience et ce n'est qu'une

1. *Les Gazettes*, p. 48.
2. On peut regretter qu'Adrienne Monnier n'ait pas développé cette idée. En 1953, elle écrivait à Bryher au sujet de Gide : « Vous avez raison quand vous dites qu'il ne fait pas partie du pur courant littéraire de notre époque ; en effet, il n'a jamais eu le souci du modernisme dans la forme — pas plus que Valéry d'ailleurs, mais Valéry a beaucoup de trouvailles dans son classicisme, alors que Gide n'a que des "incidences". En somme, Gide n'a été un moderne que sur le plan moral ; il voulait que sa morale fût en accord avec la vérité scientifique, mais il s'est servi de la science plutôt qu'il ne l'a servie. Je vous dis tout cela trop vite ; il faudrait beaucoup réfléchir et, en fait, bien que je pense souvent à Gide, je n'ai jamais pu réfléchir profitablement à son sujet ; chaque fois qu'on croit le tenir d'un côté, il fuit d'un autre côté » (IMEC, Lettre d'A. Monnier à Bryher, 18 mars 1953).

bourgeoise comme tant d'autres. Ses prétentions philosophiques sont rikiki comme un petit chapeau mal seyant[1]. » Adrienne préférait la belle « lucidité » de Sartre, avec lequel elle s'entretint à plusieurs reprises sur l'homosexualité, la prostitution, et Jean Genet, dont il lui recommanda la lecture : « Il venait de lire le manuscrit de *Le* [*sic*] *Miracle de la Rose*, se souviendrait la libraire, il en était tout à fait emballé. "Vous verrez, me dit-il, c'est le *Moby Dick* de la pédérastie"[2]. »

L'intérêt marqué d'Adrienne Monnier pour l'homosexualité masculine et, on le verra plus loin, les problèmes de genre et de l'androgynie, sa liberté de ton, ses échanges avec Gide constituent un corpus original dans une époque où les femmes prenaient très rarement la parole sur la question. La sérénité du couple qu'elle formait avec Sylvia Beach offrait par ailleurs, en toute connaissance de cause, une proie facile à ses détracteurs. La période dorée de *La Maison des Amis des Livres* et de *Shakespeare and Company* révolue, les recueils de Mémoires allaient se succéder pour égratigner ici et là une identité sexuelle qui, manifestement, ne pouvait être regardée qu'à la lumière du fantasme ou de la dénégation.

La première flèche part de William Carlos Williams qui, dans son *Autobiography* parue en 1947, n'épargne aucune lesbienne de ses « amies ». Depuis Lausanne où elle s'est retirée avec Bryher, H. D. engage les deux libraires à ne surtout pas lire l'ouvrage, mis au feu « dans la meilleure tradition » : « Entre autres choses, écrit la poétesse, H.D.

1. IMEC, Lettre d'A. Monnier à Maurice Saillet, 21 octobre 1943.
2. *Id.*, Adrienne Monnier, « Relations avec Sartre ».

A BRISÉ un très heureux mariage entre R[obert] McA[lmon] et "la fille de Sir John Ellerman". Bryher hait ce genre de publicité — et Oh chérie — cela s'est passé il y a longtemps, si longtemps. Pauvre Berenice [Abbott], ivre sur le plancher, pauvre Clotilde incapable de s'asseoir à cause de vertiges ou autres — des pages et des pages ainsi, un compte-rendu dégoûtant sur la distinguée Natalie Clifford [Barney], aucune de nous n'a été épargnée... mais d'une certaine façon, après un premier mouvement de rage, j'ai commencé à rire — et le livre mourra certainement de sa mort naturelle, si nous l'ignorons superbement[1]!» Sage conseil, qu'Adrienne applique à la lettre en se contentant de hausser les épaules à la lecture de ce passage la concernant, qui confine au délire :

> Bien différente de Sylvia, elle était très française, très solide, et ses appétits terrestres, d'après ce qu'elle nous dit, étaient tels qu'elle donnait l'impression d'être enfoncée dans la glaise jusqu'aux genoux. Je ne sais plus comment on en vint à parler de Breughel, dont elle adorait les grotesques — le poisson qui en avale un autre, lequel est lui-même en train d'en avaler un troisième. L'idée que les porcs crient pendant qu'on les abat la remplissait d'aise, dit-elle. Elle

1. Princeton, Box 193, Lettre de H.D. à A. Monnier et S. Beach, 21 décembre 1947. «Among other things, H.D. BROKE UP a very happy marriage between one R. McA. and "Sir John Ellerman's daughter". Bryher hates that sort of thing advertised — and Oh dear — it was all so long, so long ago. Poor Berenice, drunk on the floor, poor Clotilde unable to sit down for dizziness or something — reams and reams of it, a disgusting account of distinguished Natalie Clifford, none of us are forgotten... but somehow, after the first rage, I began to laugh — and the book will certainly die a natural death, if we leave it severly alone!»

n'avait que mépris pour l'animal et la violente attirance qu'elle exerçait sur Sylvia, toujours habillée en
homme, était étrange. Adrienne ne faisait quartier à
aucun homme. Une fois, dans un taxi, Bob [McAl-
mon] l'avait prise dans ses bras et embrassée ; alors,
elle planta ses dents dans ses lèvres avec une telle
force qu'il crut qu'elle en arracherait un morceau
avant de lâcher prise. Elle était cependant d'une gentillesse sans défaut [1].

L'image du « monstre » cachée derrière chaque
homosexuelle (malgré une phrase de conclusion
pour le moins contradictoire) ne peut répondre qu'à
une seule alternative : la haine des hommes ou
l'amertume d'avoir été victime de leur indifférence.
Attaquée ou déniée, la sexualité de la lesbienne reste
en tout état de cause l'objet d'une accusation désho-
norante. Marcelle Auclair, la veuve de Jean Prévost,
pleine de « bonne volonté » dans son désir de
« laver » la réputation d'Adrienne de tout soupçon,
ne fera qu'apporter de l'eau à ce moulin dans ses
Mémoires :

> Chère Adrienne ! Si elle portait de longues jupes,
> c'était pour cacher ses énormes jambes. Elle a beau-
> coup souffert de ne pas être aimée d'amour. Elle eût
> voulu que Jules Romains, Fargue, Jean Prévost
> soient amoureux d'elle. Or Romains était marié,
> Fargue, du dernier bien avec sa sœur Rinette, et Jean
> faisait la cour à ses plus jolies clientes : « Et moi,
> rien ! » disait-elle avec humour. C'est pourquoi je
> n'ai jamais vraiment cru à ce qu'on a conté des rap-
> ports entre Sylvia Beach et elle. Je ne l'imagine pas
> lesbienne [2].

1. William Carlos Williams, *Autobiographie, op. cit.*, p. 228.
2. Marcelle Auclair et Françoise Prévost, *Mémoires à deux voix, op. cit.*, p. 130.

Sylvia Beach n'est pas en reste. En 1980, Maria Jolas n'hésitait pas à mettre les migraines de Sylvia Beach sur le compte, là encore, de son « amertume » à n'avoir pas su conquérir le cœur de Joyce et jugeait la lettre de mise au point d'Adrienne auprès de l'écrivain (*cf. supra*, p. 267-269), encore inédite, comme une lettre « de rupture » et « la preuve, si besoin était, que le cœur saphique peut, aussi bien qu'un autre, héberger des monstres aux yeux verts [1] ».

Entre la sorcière sanguinaire et la vierge délaissée, il semble donc que la place de la lesbienne soit littéralement innommable, introuvable, et ne puisse correspondre qu'à une figure « en creux » née de la frustration, impression renforcée par la vieille antienne d'une sexualité impensable sans phallus selon laquelle « il ne peut rien se passer » entre deux femmes — rappelons que tout le monde « savait » que Sylvia était amoureuse de Joyce et Adrienne de Fargue. En 1972, Maurice Saillet, las, était encore contraint de remettre les pendules à l'heure auprès de J. P. L. Segonds, éditeur de la correspondance entre Larbaud et Fargue, qui, selon la rumeur, se seraient brouillés à cause des « beaux yeux d'Adrienne Monnier » : « Il m'est assez pénible d'avoir à revenir sur la calembredaine des "beaux yeux d'A. M." dont vous vous êtes fait le rapporteur.

---

1. Maria Jolas, « The Joyce I Knew and the Women aroud Him », *The Crane Bag*, n° 4, 1980, p. 85. « In other words, a letter giving proof, if proof were needed, that the Sapphic heart can harbour monsters with eyes as green as any other. » Le monstre aux yeux verts désigne la jalousie, par allusion au vers d'*Othello* de Shakespeare, prononcé par Iago : « Beware, my lord, of jealousy ; it is the green-ey'd monster which doth mock the meat it feeds on. »

[...] Des milliers de gens savent, pour avoir fréquenté leurs librairies, ou pour l'avoir lu dans nombre d'ouvrages français et étrangers où il en est plus ou moins question, qu'A. M. et Sylvia Beach vivaient ensemble, et qu'il n'y avait pas de place, entre elles, pour un autre amour. (Que ne l'avez-vous demandé à Schlumberger — qui ne les recevait jamais l'une sans l'autre, à Paris comme à Braffy)[1]. » Plus récemment, la très scrupuleuse biographe de Sylvia Beach, appelée à s'expliquer dans le cadre des *Gay and Lesbian Studies*, peinait encore à admettre, en l'absence de *preuves formelles*, que la sexualité de la libraire ait pu être « physiquement exprimée » (malaise qui, notons-le, n'effleure jamais les exégètes lorsqu'il s'agit de relations entre hommes et femmes) : « Dans le cas de la vie sexuelle de Beach — sur laquelle j'avais des indices mais pas de "témoins" [sic] — j'ai dû établir la vérité à partir de ces indices[2]. »

Le discours hétérosexuel ne construit pas seulement *a posteriori* cette position sociale impossible d'une lesbienne désincarnée : il la précède et il la fonde. Toute leur vie, Adrienne Monnier et Sylvia Beach, en prise au regard extérieur et aux lois tacites de la bienséance, se sont soumises tant bien que mal à cet espace étroit, à la fois recherché et imposé, dans le refus du prosélytisme comme de l'opacité, qui correspond idéalement à ce qu'Eve Kosofsky Sedgwick a appelé le « *glass-closet* », ce placard en

1. IMEC, Lettre de Maurice Saillet à J. P. L. Segonds, 1er novembre 1972.
2. Noël Riley Fitch, « The Elusive "Seamless Whole" : A Biographer Treats (or Fails to Treat) Lesbianism », *Lesbian Texts and Contexts : Radical Revisions*, Karla Jay et Joanne Glasgow éd., New York et Londres, New York University Press, 1990, p. 65.

verre où les homosexuel(le)s vivent dans un «*open secret* [1]», un secret ouvert, ni proclamé ni tu, sorte d'oxymore intégré de la grammaire des comportements marginaux. Les multiples pistes qu'elles auront ouvertes pour s'affirmer dans ce climat méritent, à ce titre, d'être versées au crédit de leur singulière témérité.

1. Eve Kosofsky Sedgwick, *Epistemology of the Closet*, Berkeley et Los Angeles, University of California Press, 1990. Voir notamment : « The spectacle of the closet », p. 228.

CHAPITRE VIII

L'INVENTION DU NEUTRE

Si je puis vous louer, Vertus,
que le monde à jamais m'efface,
que mon âme s'éteigne en moi
et s'allume dans vos prunelles,
que je reste grise et pareille
aux porteurs de corps vieillissants.

ADRIENNE MONNIER,
Les Vertus.

L'Odéonie s'explore, se lit, se décrypte ; elle a ses
lois, ses coutumes, ses codes. Et une couleur fétiche
qui la dit tout entière, celle de Paris, des rues et des
immeubles, qui est aussi celle de la devanture et des
murs peints de *La Maison des Amis des Livres* : le
gris, teinte intermédiaire par excellence, entre le noir
de l'encre et le blanc de la page. Symbole de la
sobriété et de la discrétion, le gris est aussi la couleur de la longue jupe d'Adrienne qui, en 1936, se
justifiait de son habillement, considéré comme l'emblème de son tempérament, à un journaliste du *Chicago Tribune* : « Le gris est la couleur des villes et des
structures. Il représente l'activité et la force. Le bleu
est le symbole de la tranquillité et le blanc du pur
état de grâce spirituelle. Ces vêtements sont ma per-

sonnalité et je les porterai toujours[1]. » Les photographies d'Adrienne jeune fille, la taille prise dans
des robes inspirées de tissus Sécession, posant dans
de larges chemises à rayures mordorées et coiffée de
chapeaux fantaisistes, montrent qu'elle n'a pas toujours opté pour cet uniforme. « On a souvent parlé
de son manque de coquetterie, rappelle François
Caradec. Mais je ne crois pas que c'était cela. Sa robe
de chanoinesse était l'équivalent de la blouse grise
des commerçants[2]. » En entrant dans les lettres, la
libraire est entrée dans un ordre religieux de
l'échange dont elle donne d'emblée le ton : Adrienne,
éminence grise au service de la matière grise, règne
sur cet univers de la pénombre savante.

Indistincte, immémoriale, « sa » couleur a vertu
d'humilité. Elle rassemble mystiques et poètes,
désigne ceux qui, comme son modèle Alfred Valette,
« sont attentifs et patients dans les petits travaux
sans lesquels les grands ne sont pas possibles ; ceux
dont la flamme dure longtemps parce qu'ils la recou-
vrent prudemment de cendre[3] ». Les plus subtils des
modernes en ont saisi les nuances, les traces quotidiennes et ténues, à l'image d'un Reverdy devant
lequel Adrienne s'incline : « Ses poèmes ont apporté
un nouveau style d'émotion accordé avec le cubisme
des villes : formes uniformes aux couleurs neutres,
sombres, de bâtiments publics. Le noir, c'est le noir
et la nuit. Le blanc : lumière cruelle des murs de

---

1. Wambly Bald, « La vie de bohème (as lived on the left
bank) », *Chicago Tribune*, 21 avril 1936. « Gray is the color of
cities and structures. It represents activity and strength. Blue
is the symbol of tranquillity and white of the pure state of spi-
ritual grace. These clothes are my personality and I shall
always wear them. »
2. Entretien de l'auteure avec François Caradec, 2 avril 2002.
3. *Rue de l'Odéon*, p. 35.

plâtre... neige... froid. Le gris, tant de gris, est poussière infinie. L'âme féminine du poète, amie des
larmes, s'est émue à jamais de la poussière contre
quoi luttent les femmes, chaque jour, à corps perdu.
Poussière, fatigue même, devant qui l'homme au
corps vertical est sans défense [1]. »

Ceux qui se souviennent d'Adrienne Monnier, de
« sa personne si avenante et vive, comme un doux
nuage gris teinté de rose [2]... », ont fixé la silhouette
d'une femme droite au milieu du « clair univers des
livres », « mélange de rusticité et d'aristocratie »,
« presque toujours vêtue de gris et à peine plus
sombre que son royaume [3] », décor composé à son
image, dans un halo entre transparence et opacité,
où elle a recouvert tous les volumes de papier cristal plutôt que de les estampiller, « coutume barbare,
disait-elle, qui les fait ressembler à des bêtes marquées pour l'abattoir [4] ». Faire de l'indistinction du
spectaculaire, de l'uniformisation une originalité : la
gageure n'est pas mince. Politique pesée, réfléchie,
qu'« Adrienne Française » rattache à une tradition
nationale où l'on domine parce que l'on évite de se
faire remarquer : « La Cuisine et la Mode de France
règnent sur le monde pour des raisons assez semblables : elles s'attachent avant tout au *ton sur ton* ;
elles veulent être fines, discrètes, nuancées, riches de
substances et économes de moyens [5]. »

Adrienne aime se fondre pour mieux se détacher ;
son humilité n'a d'égale que son orgueil. Paradoxe

1. *Id.*, p. 89.
2. René Char, « Au revoir, Mademoiselle », *Mercure de
France*, n° 1109, *op. cit.*, p. 29.
3. Siegfried Kracauer, « Rue de l'Odéon », *Mercure de France*
n° 1109, *op. cit.*, p. 26-28.
4. *Rue de l'Odéon*, p. 225.
5. *Dernières gazettes*, p. 175. C'est moi qui souligne.

admis par l'intéressée qui n'a pas son pareil, dans sa
librairie, pour se rendre invisible et demeurer au
centre de toute chose : « Au fond, je suis un être
très peu individuel, mais doué d'une forte personnalité, vraiment un être collectif[1]. » Dame souris
dans sa « petite boutique grise », au cœur de la cité
et de ses fumées, jouant de l'effacement et de ses illu-
sions entre camaïeu et fondu enchaîné, Adrienne
Monnier fait un choix qui n'a rien de passif, ce
qu'avec Roland Barthes on pourrait nommer « le
Désir de Neutre[2] ».

La librairie n'en livre pas seulement l'impression
au premier coup d'œil : toute sa vie, Adrienne a été
hantée par cette notion infiniment complexe de
neutre, ni masculin ni féminin, qui échapperait au
sexuel et qui correspond idéalement à deux figures
obsédantes chez elle, l'androgyne et l'écrivain. Bien
plus que l'homosexualité, c'est bien le « genre »
qu'elle place au cœur de ses préoccupations et qu'elle
traque dans les contraintes d'une langue qui n'admet
pas de troisième terme. En français en effet, « un
être », « une personne », « un enfant » peuvent indif-

1. Lettre d'A. Monnier à Henri Hoppenot, 23 avril 1928, *in*
Monnier-Hoppenot, *Correspondance, op. cit.*, p. 55. Par « être
collectif », Adrienne fait bien sûr référence à la doctrine unanimiste de Jules Romains, soucieuse de tendre à l'universel.
2. Roland Barthes, *Le Neutre. Cours au Collège de France
(1977-1978)*, texte établi, annoté et présenté par Thomas Clerc,
Seuil/IMEC, 2002, p. 261. Dans sa présentation, Barthes précisait en effet que plutôt que « Le Neutre », « l'intitulé authentique » de son cours aurait pu être : « Le Désir de Neutre ». Car,
ajoutait-il, le neutre « ne correspondait pas forcément à
l'image plate, foncièrement dépréciée qu'en a la Doxa, mais
pouvait constituer une valeur forte, active ». « Force et activité » : ce sont précisément les deux mots employés par
Adrienne Monnier pour caractériser le gris.

féremment désigner hommes ou femmes, filles ou
garçons. Mais la grammaire impose que le mot lui-
même soit précédé d'un article déterminant, masculin ou féminin. Comment déjouer ce paradigme ?

Pour contourner l'obstacle, ou plutôt combler
cette carence, Adrienne danse d'un pied sur l'autre,
cherche des alternatives, déguise sa rhétorique. En
1914, se plaignant d'être désœuvrée aux Annales, un
an avant l'ouverture de sa librairie, elle déclare : « Il
me semble que j'aimerais bien être un homme pour
aller à la guerre[1]. » Adrienne ne veut pas changer de
sexe biologique. Mais comment accéder aux possi-
bilités et aux qualités traditionnellement dévolues
aux mâles sans changer, même momentanément,
d'identité ou de genre ? La société qui envoie les
hommes au front et les pare des vertus de l'action
est la même qui érige l'hétérosexualité en norme.
Comment dès lors faire partager à ses lecteurs son
émoi devant *Les Hasards heureux de l'escarpolette* de
Fragonard admiré à Londres, sinon en passant par
ce subterfuge de la substitution ? « En voyant la
malicieuse figure de la dame qui se balance et,
comme une rose épanouie, l'envolée des volants de
ses jupes roses, j'éprouvai autant de ravissement, je
pense, que n'importe quel fils d'Albion[2]. » *Je pense* :
Adrienne feint de supposer une équivalence entre le
désir d'un homme et le sien propre pour une femme,
qu'elle se retient d'exprimer pleinement par décence
mais aussi par obéissance à une convention sans
laquelle sa phrase perdrait de son *sens* érotique.

La langue n'adopte pas seulement les contraintes
sociales, elle en intègre et en reproduit aussi les hié-

1. IMEC, Lettre d'A. Monnier à Henriette Charasson,
27 novembre 1914.
2. *Rue de l'Odéon*, p. 201.

rarchies de valeurs. Car il est bien des situations où le féminin, catégorie usuellement dépréciée, « sonne mal » — les polémiques sur la féminisation des noms de fonctions et les résistances à faire entrer dans l'usage des appellations comme madame « la » ministre, etc., en ont encore donné la preuve. Ce qui est vrai de notre époque l'est plus encore de l'entre-deux-guerres. Par défaut, Adrienne va ainsi recourir à divers procédés « masculinisants », vantant ici le cerveau « viril » de Raymonde Linossier, considérant Bryher comme « un chic type[1] », ou admettant là être « un bon vivant » parce que « ça ne va pas : une bonne vivante[2] ». « Patronne », apparemment, ça ne va pas non plus : Jean Prévost préfère commencer ses lettres à Adrienne par un plus valorisant « cher patron et ami », quand Valéry s'adresse *d'égal à égale* à la libraire par un sonnant et fraternel « Monnier ». La sphère du travail demeure symboliquement le bastion des hommes, quand bien même il est occupé et énoncé par des femmes : Sylvia Beach emploie l'expression « man's work » pour évoquer son métier et se désigne elle-même dans ses lettres à sa famille comme « the tired working man » (« le travailleur fatigué »).

Le choix du pseudonyme d'Adrienne, J.-M. Sollier, patronyme de sa mère, et sa façon d'en user ramassent de façon exemplaire toutes ces préoccupations. L'énigme du prénom limité à deux initiales, jamais dévoilée, interdit *a priori* de figer l'identité sexuelle de l'écrivain. Henri Hoppenot, qui s'amusait de ce

1. IMEC, Lettre d'A. Monnier à Bryher, 12 juin 1952. « Vous êtes vraiment ce qu'on appelle ici "un chic type" — tellement gentille, tellement subtile qu'on ne peut imaginer qu'il existe un être tel que vous. »
2. *Rue de l'Odéon*, p. 76.

mystère, écartait néanmoins d'emblée la possibilité que ce fût une femme, à en croire sa variation taquine autour de l'auteur, tantôt appelé «Joseph-Mathurin Sollier», tantôt «Jules-Mathieu»[1]. Adrienne nous le confirme : Sollier est un homme («Sollier est très content de votre lettre, oui, qu'il est content que vous ayez aimé ses *Vierges folles*, il n'était pas sans inquiétudes[2]», écrit-elle à Paulhan), mais un homme qui ne parle *jamais* à la première personne. Si Adrienne fait le choix d'un pseudonyme masculin, commodité sociale éprouvée dans le passé par Aurore Dupin (George Sand), Marie d'Agoult (Daniel Stern) ou les sœurs Brontë (Currer, Ellis, et Acton Bell), désireuses de pénétrer un univers où les hommes ont plus de crédit, elle maintient cependant fermement l'écart : «il» n'est pas «je». Ici, point de substitution ni de confusion mais bien dédoublement, qui donne lieu à ce genre de mise en scène cocasse : «Je suis tout à fait contente que *La Servante en colère* vous plaise, écrit-elle encore à Paulhan ; je n'ai pas besoin de vous dire, n'est-ce pas, que Sollier serait très flatté de voir son texte imprimé dans la Nouvelle Revue française, après avoir joué l'esprit fort quelque temps, il s'est décidé à m'avouer ce sentiment[3].»

Adrienne construit une figure d'écrivain comme elle crée son personnage de libraire. Car s'il y a le «il» de Sollier, il y a le «elle» de Monnier, voire un «nous» royal, deux formules auxquelles elle a très souvent recours dans ses textes autobiographiques.

---

1. Lettre d'Henri Hoppenot à A. Monnier, 9 juin 1932, *in* Monnier-Hoppenot. *Correspondance, op. cit.*, p. 70-71.
2. IMEC, Lettre d'A. Monnier à Jean Paulhan, 1er avril 1930.
3. IMEC, Lettre d'A. Monnier à Jean Paulhan, 18 octobre 1926.

Ces transmutations de l'identité, dont aucune sans doute n'est satisfaisante, Adrienne Monnier les explore, les retourne, les manipule. Elles trahissent toutes son refus à être enfermée, son désir d'échapper à toutes les assignations, à l'instar d'Alice qui invente le jeu du «faisons semblant» («let's pretend») et propose à sa sœur : «Faisons semblant d'être des rois et des reines.» Mais la sœur, «férue d'exactitude», avait prétendu le simulacre impossible attendu qu'elles n'étaient que deux. Alice en avait finalement été réduite à dire : "Eh bien, *toi*, tu seras l'une des reines, et *moi* je serai tout le reste"[1]. »

Camper tous les rôles et habiter tous les sexes, n'est-ce pas n'appartenir à aucun? Multiplier, n'est-ce pas finalement annuler, au point où l'infini rejoint le néant, l'«être collectif» l'individu? Disciple unanimiste, Adrienne proposait de l'individualisme cette définition éloquente, liant partout et nulle part : « C'est une illusion vraie, quelque chose comme les espaces interplanétaires dans lesquels baignent les corpuscules de l'atome[2]. » Un rêve personnifie cette illusion vraie : l'androgyne. À dix-huit ans, elle découvre dans le *Mercure de France* du 16 avril 1910 la «Théorie plastique de l'androgyne» du Sâr Péladan, «écrit ravageur, estime-t-elle, qui n'a peut-être pas cessé ses ravages. J'en fus personnellement impressionnée au suprême degré, au degré qui me fit mépriser ma forme féminine et comprimer mes seins, comme une religieuse ou comme une amazone[3] ». Or, qu'est-ce que l'androgyne, nous dit

1. Lewis Carroll, *De l'autre côté du miroir*, Aubier-Flammarion, édition bilingue, traduction d'Henri Parisot, 1971, p. 55.
2. Lettre d'A. Monnier à Henri Hoppenot, 23 avril 1928, *in* Monnier-Hoppenot. *Correspondance, op. cit.*, p. 55.
3. *Rue de l'Odéon*, p. 186.

Barthes, sinon le Neutre qui aurait déjoué, trans-
cendé, déplacé le paradigme de la génitalité ? « Un
mélange, un dosage, une dialectique, non de
l'homme et de la femme [...], mais du masculin et du
féminin. » Figure « de l'extase, de l'énigme, du rayonnement doux, du souverain bien [1] », l'androgyne a le
visage des anges préraphaélites dont Adrienne col-
lectionne les reproductions, celui de Suzanne Bonnierre qui en incarne à ses yeux le « type presque
parfait [2] ».

Toute sa vie, Adrienne Monnier va s'attacher à
dompter ce conflit d'une binarité sexuelle essentia-
liste, sur laquelle l'androgyne a remporté la victoire
idéale. Ses multiples textes, sur le théâtre, le spectacle, la poésie, ne sont jamais si enthousiastes que
lorsqu'elle parvient à débusquer une réconciliation
des contraires, un mariage de l'eau et du feu, une
résolution des extrêmes. Si « hommes... c'est une
espèce, ce n'est pas un genre [3] », « femmes » mérite
tout autant d'être reconsidéré selon des « types »
transcendants dont la mythologie et la littérature
nous ont livré les modèles canoniques (Muses,
nymphes, princesses, Vénus, Pythie, Méduse,
Pucelle) et dont, Valéry, écrivain, c'est-à-dire asexué,
s'est fait le chantre. Adrienne l'en félicite : « Non, pas
de femmes chez Valéry, comme chez les purs poètes
qui ont toutes les muses qu'ils veulent et, par
ailleurs, c'est Faust qui le dit après les autres, en tant
que *personnes superlatives*, ne sont *d'aucun sexe, ou
de tous les deux* [4]. » Ici, elle salue Gide, ange et bête
tout ensemble (« Et lui de tous le plus sage, / Plus

1. Roland Barthes, *Le Neutre, op. cit.*, p. 242-244.
2. *Rue de l'Odéon*, p. 79.
3. *Les Gazettes*, p. 206-209.
4. *Id.*, p. 343.

qu'eux habile à jouir / Des biens du double héritage[1] »), là elle applaudit l'actrice Marie Dubas dont
elle admire les épaules viriles et l'allure garçonnière,
Gavroche, sous ses robes de petite fille modèle : « Ce
garçon manqué est une femme prodigieusement
réussie, une femme charmante et comique en même
temps, autant dire un merle blanc[2]. »

Rien n'enchante la « nonne des lettres » comme le
travestissement et ce qui touche à ce que l'on appellerait aujourd'hui le transgenre. Alec Guinness, sacré
« roi de l'humour », parvient au sommet de son art
lorsqu'il joue Lady Agatha dans *Noblesse oblige*, film
dans lequel il tient huit rôles : « On aurait aimé la
voir davantage ; sa seule façon de marcher en féministe résolue vous mettait en jubilation[3]. » Qu'elle se
rende à une exposition des dessins de Steinberg, où
« la meilleure trouvaille est celle de la cow-girl, à la
fois vamp et Vénus de Lespugue arborant le costume
des mâles sur ses énormes appâts[4] », ou critique la
littérature populaire du XIXe siècle friande de
« femmes pédérastes » et d'« hommes lesbiens »[5],
c'est toujours le même dualisme vaincu, comme
annulé, qui provoque sa plume et ses louanges[6].
Rien d'étonnant donc à ce que dans l'arrière-bou-

---

1. *Les Poésies*, p. 18.
2. *Les Gazettes*, p. 161-162.
3. *Dernières gazettes*, p. 77.
4. *Id.*, p. 83.
5. *Les Gazettes*, p. 182.
6. Quitte à forcer la comparaison, comme lorsqu'elle établit
un parallèle entre saint Bernard et Julien Sorel : « Ce croyant
et cet athée ne se ressemblent pas tant qu'ils ne font partie du
même ensemble. Une lumière pareille les baigne et les fait
paraître comme contenus l'un dans l'autre. Leur vertu commune, c'est la discrétion. / La discrétion dont, sans doute,
dépendent le goût et la mesure. Le goût français, la mesure
française... » (*Les Gazettes*, p. 272).

tique de *La Maison des Amis des Livres*, réservée aux
sociétaires et aux privilégiés, Adrienne ait laissé sa
« signature » sur un paravent où l'on peut lire :
« Qu'ils sont gentils, les oiseaux, / Quand ils nagent
au fond des eaux/ Qu'ils sont mignons, les poissons / Quand ils volent dans les buissons[1]. »

En pratique, toutes les occasions, tous les pièges
sont bons pour creuser le doute sur son identité
d'écrivain (J.-M. Sollier) et même de libraire, dont le
papier à en-tête la signale comme « A. Monnier ». Sa
rencontre avec Jules Romains, dans les premiers
mois de *La Maison des Amis des Livres*, en donne
l'éclatante illustration. Adrienne racontera plus tard
lui avoir envoyé un billet qui « disait à peu près ceci :
"Il y a au 7 de la rue de l'Odéon une librairie qui
aime vos œuvres." ». Et poursuit son récit :
« (Comme vous voyez, je n'étais ni homme ni femme,
mais libraire.) / Il vint peu de temps après (il portait encore la barbe) et demanda : Monsieur Monnier. Ah! que je fus contente de n'avoir pas laissé
deviner mon sexe[2]. » Comme l'écriture, comme la littérature, la librairie lui offre cet espace de l'indiffé-
renciation pure, parfaite, immatérielle où les sexes
comme les sexualités sont abolis. Ni homme, ni
femme, ni lesbienne au sens où les sexologues voulaient la cantonner, Adrienne, masculine et féminine, est Librairie.

Pour originales qu'elles soient, cette conception et

1. Lucie Mazauric, *Ah Dieu! que la paix est jolie*, Plon, 1972,
p. 83.
2. *Rue de l'Odéon*, p. 53. La phrase exacte est : « Il y a rue
de l'Odéon une Librairie qui vous aime bien. Peut-être passe-
rez-vous un jour devant elle. » Lettre d'A. Monnier à Jules
Romains, fin 1915 ou début 1916, *Correspondance Adrienne
Monnier-Jules Romains*, I. *1915-1919*, in *Bulletin des amis de
Jules Romains*, n° 75-76, *op. cit.*, p. 19.

cette mise en pratique, en exercice, du neutre ne sont pas pour autant un souci solitaire. Berenice Abbott, agacée par les révélations sur sa vie privée contenues dans un essai sur la photographie des années 1920, ne déclarait-elle pas à son auteur, comme si travail et sexualité étaient incompatibles : « Je suis photographe, pas lesbienne[1] » ? En pénétrant dans l'espace de la création, les femmes de l'entre-deux-guerres et notamment les lesbiennes n'entendent pas, contrairement à une idée reçue, *s'affirmer en tant que telles*, forer leur particularisme et constituer un « réseau » : elles briguent, ni plus ni moins, l'universalité du statut d'artiste, débarrassé de toutes spécifications, dont seule l'activité esthétique mérite d'être soumise à jugement. Claude Cahun installe cette même ambition de « brouiller les cartes » au cœur d'*Aveux non avenus* : « Masculin ? Féminin ? Mais ça dépend des cas. Neutre est le seul genre qui me convienne toujours. S'il existait dans notre langue on n'observerait pas ce flottement de ma pensée. Je serais pour de bon l'abeille ouvrière[2]. » Or, quel parallèle Adrienne Monnier emploie-t-elle dans sa préface à *Beowulf* de Bryher, en évoquant la société d'outre-Manche ? « La retenue dans les mœurs n'est pas tant naturelle aux Anglais qu'elle ne leur est fortement apprise, en vue du meilleur rendement social — *comme les ouvrières dans les ruches sont asexuées*. Les noms des choses, dans la langue anglaise, ne sont ni au féminin ni au

1. Lettre de Berenice Abbott à Kaucyila Brooke, 3 juin 1985. Kaucyila Brooke, « Roundabout », in *The Passionate Camera : Photography and Bodies of Desire*, Deborah Bright (éd.), Londres et New York, Routledge, 1998, p. 130-131. « I am a photographer, not a lesbian. »
2. Claude Cahun, *Aveux non avenus*, Éditions Carrefour, 1930, p. 176.

masculin, ils n'ont pas de genre, ce qui est beaucoup plus sensé et beaucoup plus reposant[1]. »

Si Adrienne Monnier et ses congénères n'ont pas inventé l'idée du neutre, elles lui donnent à cette époque une lumière, une énergie inaccoutumées. De valeur péjorative, assimilée à la fadeur, au manque, voire à l'échec, le neutre devient l'axe et l'instrument d'une libération, ordonne la nomenclature d'un espace créatif. Dans un roman d'Alice Stronach publié en 1901, l'une des protagonistes suppliait une amie, vivant en communauté avec d'autres femmes qui travaillaient : « Ne sois pas l'une d'elles, ma chérie. Ne sois pas une neutre[2]. » L'inquiétude de la Belle Époque devant une émancipation des femmes vécue comme une neutralité stérilisante s'est transformée en une réalité vivante et constructrice des Années folles.

À la notion de neutre et d'androgyne répondent chez Adrienne Monnier deux obsessions corollaires : l'absence de corps et la présence obnubilante de la figure. Son premier recueil de poésies, précisément intitulé *La Figure*, revient de façon lancinante sur ces questions où la tête, siège de l'esprit, en appelle à l'oubli de la matière. Comme un chant en canon, chaque poème dédié à un écrivain reprend la même partition :

1. Bryher, *Beowulf*, préface d'Adrienne Monnier, traduit par Hélène Malvan, Mercure de France, 1948, p. 14-15, repris dans *Dernières gazettes*, p. 195-202. C'est moi qui souligne. Il n'est pas anodin non plus que dans « Notre amie Bryher », Adrienne fasse cette remarque : « Son vêtement, impossible d'en parler ; il ne se distingue absolument par rien ; tout y est neutre à l'extrême. J'ai simplement envie, quand je la vois, de brosser son béret, comme pour Sylvia » (*Les Gazettes*, p. 266).

2. Alice Stronach, *A Newnham Friendship*, Londres, Blackie, 1901, p. 385. « Don't be one of them, dear friend. Don't be a neutral. »

Jules Romains :

Ombres pressées en mémoire
Qui me demandez un corps,
Retournez dormir encore !

Paul Valéry :

Un corps triste et pesant qu'il défait comme sable
Et s'oublie immortel en un royaume écrit

Luc Durtain :

Corps ouvert, cœur défait, et l'âme qui éclate
Dans la ville livrée aux nuits chirurgiennes

Paul Claudel :

Mais lui, Claudel, doit produire
La moitié haute du corps, Celle qui remplit sans cesse.

Hantise d'autant plus spectaculaire qu'Adrienne, physiquement, malgré sa petite taille, habite une silhouette massive, que sa longue jupe aux plis généreux accuse et noie dans un même mouvement qui fascine son entourage. Aux yeux émus de Sylvia Beach : « Elle était si bien en chair, et cette immense jupe la faisait plus en chair encore. C'était absolument magnifique qu'elle s'augmente comme cela[1]. » Dans le souvenir de Michel Cournot, au contraire : « Adrienne ressemblait à ces objets que les Russes mettent sur les théières pour les tenir au chaud. Avec sa robe évasée, comme pour cacher un corps qui, de fait, devenait absent, elle incarnait un

1. Cité par Jackson Mathews, « My Sylvia Beach », *Mercure de France*, n° 1198-1199, *op. cit.*, p. 26.

mystère[1]. » À défaut d'être parvenue à comprimer
ses seins et se tailler les contours d'un androgyne
auxquels la nature ne la prédisposait pas, Adrienne
décide donc de renoncer à une féminité caricaturale
par un habillement monacal, informe, dématériali-
sation seule capable d'autoriser la pleine reconnaissance de l'esprit et de la créativité. Habit « neutre »
en somme, qu'elle compare volontiers à la soutane
des prêtres dont elle observe le passage dans la rue
Saint-Sulpice, et qui met le corps en suspens,
comme une parenthèse creusée dans la phrase de sa
personnalité. Ce faisant, Adrienne s'inscrit aussi
dans une tradition ancestrale, où l'occupation physique des femmes dans l'espace se limite autant
qu'elle se diffuse, et qui trouve un écho frappant
dans les observations de Pierre Bourdieu à propos
de la société kabyle : « Comme si la féminité se mesurait à l'art de "se faire petite" [...], les femmes restent
enfermées dans une sorte d'enclos invisible [...] limi-
tant le territoire laissé aux mouvements et aux dépla-
cements de leurs corps (alors que les hommes
prennent plus de place avec leur corps, surtout dans
les espaces publics). Cette sorte de confinement est
assurée pratiquement par leur vêtement qui (c'était
encore plus visible à des époques plus anciennes) a
pour effet, autant que de dissimuler le corps, de le
rappeler continuellement à l'ordre (la jupe remplis-
sant une fonction tout à fait analogue à la soutane
des prêtres), sans avoir besoin de rien prescrire ou
interdire explicitement [...][2]. »

Adrienne ignore le corps, l'objet, mais se fixe sur
la figure humaine, « sujet des sujets[3] », mystère inlas-

1. Entretien de l'auteure avec Michel Cournot, 12 avril 2002.
2. Pierre Bourdieu, *La Domination masculine*, *op cit.*, p. 47.
3. *Les Gazettes*, p. 256.

sablement déchiffré. Dans les années 1920, la modernité lui donne l'occasion d'explorer pleinement sa passion par le biais de la photographie. Comme l'écrivain le photographe écrit, mais avec la lumière. Nombreux sont d'ailleurs ceux qui voulaient à l'origine se consacrer à la littérature : Gisèle Freund en avait formé le projet — elle y renoncera sur les conseils d'Adrienne Monnier —, comme Brassaï, Kertesz, Moholy-Nagy, ou Walker Evans qui voyait dans la photographie « le plus littéraire des arts graphiques[1] », en raison de ses qualités d'éloquence, de vivacité, de grâce, d'économie et de style, de structure et de cohérence. De multiples échanges marquent la solidarité et la connivence des deux professions. Alfred Stieglitz, chef de file de la photographie d'avant-garde américaine, publie le premier texte de Gertrude Stein en avril 1912 dans *Camera Work*, Cocteau diffuse les photogrammes de Man Ray, Breton exige que tous les livres illustrés le soient par la photographie, quand Eudora Welty, qui publiait des nouvelles illustrées par ses propres images, décide à la fin des années 1930 de se consacrer à la seule écriture.

La Maison des Amis des Livres, tapissée de portraits d'écrivains à touche-touche du sol au plafond, est une exposition permanente. Pour la plupart, ce sont des photographies noir et blanc, en gros plan sur le visage, ou des dessins du beau-frère d'Adrienne, Paul-Émile Bécat, peintre académique qui a soumis à son crayon ou son burin les traits de tous les grands auteurs de l'Odéonie, saisis à la manière ingresque : Romains nonchalamment assis,

1. *Literature and Photography, Interactions 1840-1990*, A cntical anthology, Jane M. Rabb éd., Albuquerque, University of New Mexico Press, 1995, p. xlii.

trônant au-dessus de la porte séparant la librairie de l'arrière-boutique, Larbaud placide, Fargue avec son air de faune, Claudel au front de taureau. Les écrivains, à l'occasion, posent devant l'objectif dans la boutique. Clara Malraux, venue demander de l'aide à Adrienne Monnier afin de réunir des signatures pour faire libérer son mari arrêté en Indochine, eut la désagréable surprise de tomber sur l'une de ces séances. « Dans sa robe grise de nonnain de Lesbos [*sic*], Adrienne Monnier nous accueillit à peine, ne nous écouta pas du tout, occupée qu'elle était à disposer, avec le soin qu'on accorde à un bouquet de fleurs, un Paul Valéry docile, afin que la photo qu'on allait tirer de lui ne laissât point ignorer le lieu où il se trouvait. Après une attente d'une vingtaine de minutes, ne voyant pas approcher le moment où le cérémonial prendrait fin, consciente qu'il eût mieux valu agir autrement mais m'en sentant incapable, je m'éloignai[1]. »

Quelles que soient ses intentions — dont la sournoiserie est apparemment à mettre sur le compte de sa sexualité —, Adrienne Monnier n'a pas inauguré la tradition des portraits d'écrivains, dont les bustes ou les gravures garnissent de longue date bibliothèques et cabinets de lecture : elle l'a portée, dans sa librairie, à son acmé, son point de saturation à

1. Clara Malraux, *Nos vingt ans*, II. *Le Bruit de nos pas*, Grasset, 1966 p. 246. Cette description d'une lesbienne sournoise se double du vieil anathème assimilant les homosexuel(le)s à des traîtres et à des opportunistes. Elle poursuivait ainsi son récit : « Des années plus tard, après le Goncourt d'André Malraux je crois, Adrienne Monnier, sous je ne sais quel prétexte, vint nous rejoindre dans la loge, qu'un peu vedettes, mon compagnon et moi occupions. Je me levai et partis. Celui pour qui je m'étais battue — mais qui n'avait pas assisté à mon combat — l'accueillit avec bonne grâce. »

une époque où la photographie, qui connaît une formidable expansion, n'a pas encore de galerie spécialisée pour l'accueillir à Paris — la première, *Le Chasseur d'images* de François Tuefferd, ouvrira en 1937[1]. Dans l'intervalle, les librairies ouvrent leur porte au huitième art : la librairie *Six* de Mick Verneuil, *La Plume d'or* de Marcelle Schmitt, *Au Portique* de Marcelle Berr de Turique, *La Pléiade* de Jacques Schiffrin sont de celles-là. Mais chez Adrienne, point de paysages, de natures mortes ou de compositions savantes : rien ne la distrait de l'énigme du visage.

À la librairie, la figure, ou plutôt sa représentation, assure la présence par procuration des auteurs, montre la face cachée des livres. La libraire leur attribue un pouvoir magique, la prégnance d'une réalité à peine différée. Italo Svevo vient de sortir à l'instant ? Non, il est toujours là, sagement accroché au mur, sous les yeux d'Adrienne qui contemple le miracle : « Quand je le regarde, il m'apparaît comme la figure d'un des dieux lares de ma maison, et aussi de toute la *casa* littéraire. / Esprit familier, maître des secrets autant que les grands dieux, mais cantonné dans les tâches modestes et primordiales. Grâce à lui, le seuil est clair, l'âtre est nettoyé de ses cendres, le moindre coin sans poussière ; les serviteurs sont actifs et satisfaits, les disputes n'ont pas

---

1. Des tentatives éphémères avaient vu le jour auparavant, comme *Au Sacre du Printemps* de Jean Slivinsky où exposa Berenice Abbott en 1926, ou le *Cinéma Studio 28*, où l'on vit Florence Henri en 1928. À ce sujet, voir : Christian Bouqueret, *Les Femmes photographes de la nouvelle vision en France 1920-1940*, Marval, (catalogue de l'exposition Hôtel de Sully, Paris, 3 avril-7 juin 1998 ; musée Nicéphore Niepce, Chalon-sur-Saône, 19 juin-13 septembre 1998 ; musée de l'Ancien Évêchés, Évreux, octobre-novembre 1998), 1998.

de gravité et servent même de passe-temps, les époux
se supportent sans ennui ; tout ce qui est dû est payé
comptant[1]. » Le portrait de l'écrivain serait-ce donc
l'écrivain ? Ses ondes plutôt, son âme prise dans le
révélateur, arrachée au fixateur. Michaux en devine
le danger et met Adrienne en garde : « De grâce, ne
mettez pas mon portrait au mur. Si jamais j'attra-
pais en Égypte un rien du secret des Pharaons, je
vous assure... Il... vous ferait du mal[2]. »

Aux yeux d'Adrienne Monnier, le portrait photographique sera d'autant plus surnaturel dans ses
effets qu'il est réaliste dans son traitement. Cette
conception naturaliste de l'art allait trouver son
point d'application idéal lorsque Adrienne choisirait
d'explorer « le pays des figures » avec Gisèle Freund
pour « ramener vivants [...] les gens du langage ».
« Oui, poursuit-elle, mon voyage avec Gisèle Freund
a été une grande aventure. D'autant plus qu'elle est
une fière photographe et qu'elle n'escamote rien,
elle[3]. »

Montrer les hommes *tels qu'ils sont*, dans leur intégrité physionomique, avec leurs défauts et leurs faiblesses, dans le respect d'une authenticité aussi
absolue que vaine : le projet place les deux femmes
à l'opposé des recherches surréalistes qui décons-
truisent les anatomies, exposent « le corps en mor-

---

1. *Dernières gazettes*, p. 168.
2. Lettre d'Henri Michaux à A. Monnier, 13 juillet 1947.
Adrienne Monnier - Henri Michaux, *Correspondance, op. cit.*,
p. 20. En octobre 1946, un dessinateur s'était inspiré de la photographie de Gisèle Freund pour faire un portrait de Michaux
dans *Combat*. Mécontent, Michaux avait demandé à Adrienne,
par l'intermédiaire de sa femme, de faire enlever le portrait de
la librairie. C'était pour lui rappeler sa promesse qu'il lui écrivit ce mot.
3. *Les Gazettes*, p. 278-279.

ceaux » (des poupées de Bellmer aux extrapolations de Man Ray) et exploite « l'animalité de l'homme[1] » par tous les *artifices* que la modernité met à leur disposition. Cet « informe » du corps, qui place la question de genre au cœur des préoccupations surréalistes, aurait pourtant dû séduire Adrienne Monnier. Mais la libraire a déplacé le problème, ou plutôt l'a poussé à sa dernière extrémité : plus que l'informe, c'est l'éradication pure et simple du corps qu'elle demande à la photographie, la décapitation qu'elle invoque. La vérité dont elle est en quête ne siège que dans les seules parties mises à nu de sa propre personne : la tête et les mains, dont « la chiromancienne aux cheveux courts » aime pareillement lire les lignes et décrypter les traits.

Le portrait photographique expose ce que la littérature s'acharne à occulter, constitue la part autobiographique que la fiction déguise. Pas question, dans ces conditions, de mélanger les torchons et les serviettes : quand Michaux déclare vouloir faire du « fantomisme » dans ses toiles, autre version de l'informe, afin de révéler non pas les traits du visage mais le « double intérieur » de l'homme, Adrienne proteste de cette dommageable confusion des genres : « Si on brouille les attributions des Muses, où ira-t-on[2] ? » Chacun à sa place.

La couleur, dont Agfa et Kodak maîtrisent le procédé à partir de 1938, entre par la grande porte dans cette promotion réaliste de la figure photographiée. Destinée à la culture populaire, à la publicité et au photojournalisme, la couleur, en

1. Rosalind Krauss, *Le Photographique. Pour une théorie des écarts*. Macula, 1990, p. 68.
2. Adrienne Monnier - Henri Michaux, *Correspondance*, *op. cit.*, p. 36.

pénétrant dans «la petite boutique grise» de
l'avant-garde odéonienne, jette une nouvelle
lumière sur la collaboration d'Adrienne Monnier et
de Gisèle Freund. En conclusion de sa thèse, Gisèle
Freund ne déclarait-elle pas, en effet, dans le sillage
du Walter Benjamin de *L'Œuvre d'art à l'ère de sa
reproductibilité technique* ou du Valéry de *La
Conquête de l'ubiquité* : «Le rôle historique de la
photographie réside dans le fait qu'elle a démocra-
tisé définitivement le portrait. Il n'est plus le mono-
pole des classes régnantes. La photographie, en le
vulgarisant, l'a rendu accessible à toutes les
couches sociales [1]»?

La séance du dimanche 5 mars 1939 à *La Maison
des Amis des Livres*, invitant à une projection de
«Portraits d'écrivains réalisés au moyen de la
photographie en couleurs par Gisèle Freund», va
inaugurer et autoriser superlativement cette démo-
cratisation de la sphère inabordable de la littérature, en établissant un point de contact entre des
écrivains invisibles, immatériels, et les lecteurs-
spectateurs. Les «victimes» des deux femmes
sont toutes des hommes : Claudel, Gide, Valéry,
Fargue, Martin du Gard, Romains, Supervielle,
Schlumberger, Aragon, Breton, Cassou, Éluard,
Giono, Grenier, Guilloux, Malraux, Caillois, Nizan,
Rougemont, Sartre — dont Mauriac, qui venait
d'être épinglé par ce dernier dans la *NRF*, dira à l'ex-
tinction des feux : «Il a *deux* mauvais œil [2]»... Polis
mais sincères, ils sortiront tous «horrifiés» de cette
séance où leur humanité sans retouches avait

---

1. Gisèle Freund, *La Photographie en France au XIXᵉ siècle.
Essai de sociologie et d'esthétique*, La Maison des Amis des
Livres, 1936, p. 144.
2. IMEC, Adrienne Monnier, «Relations avec Sartre».

épousé pour la première fois les dimensions d'un grand écran[1].

En réconciliant la culture « noble » avec le public par le biais de la technique, Adrienne n'offre pas seulement une nouvelle facette de son statut d'intermédiaire : elle accrédite le fait que *La Maison des Amis des Livres* est bel et bien un *espace de projection*, au propre comme au figuré, où chacun est libre de s'identifier, de se propulser sur un écran en couleurs, dans un ailleurs tangible. Adrienne n'*expose* pas ses relations ; elle projette un devenir, tout entier dans ce paradoxe : la figure de l'écrivain est unique *et* reproductible.

De l'autre côté de l'Atlantique, au 12 de la rue de l'Odéon, le décor de *Shakespeare and Company* ressemble à s'y méprendre à celui de *La Maison des Amis des Livres*. Mêmes murailles de livres, même disposition serrée de figures d'écrivains dans leurs cadres, même table au centre de la pièce, mêmes chaises paillées. L'œil attentif sait pourtant d'entrée de jeu qu'on n'est pas chez Adrienne Monnier mais bien chez Sylvia Beach. Le drapeau américain et le portrait de Lincoln qui sépare la librairie de son arrière-boutique ne signalent pas seulement que l'on a franchi la frontière. Il y a autre chose, comme un frémissement imperceptible, un désordre, une souplesse, un flottement dans cette atmosphère animée de fleurs et d'animaux domestiques — Lucky le chat noir, Teddy le fox-terrier, un perroquet, un poisson

---

1. « Ils ont tous hurlé ! » se souviendra Gisèle Freund, qui datait la séance au 17 février 1939, ce qu'aucun document à l'IMEC n'atteste. Michel Guerrin, « La mort de Gisèle Freund, la photographe qui aimait les écrivains », *Le Monde*, 1ᵉʳ avril 2000.

pékinois ont animé les lieux. L'énergie y est différente : «Les photographies semblaient être toutes
des instantanés, remarquera Hemingway, et même
les auteurs défunts y semblaient encore pleins de
vie[1]. » Depuis la crise, pourtant, la boutique est souvent vide. Mais les visiteurs ne sont pas intimidés.
En 1934, Walter Benjamin raconte à Gretel Adorno :
«Elle a ici dans le quartier une bibliothèque de prêt
de livres anglais. Simplement, du moins d'après elle,
il n'y a plus d'Anglais. De fait, sa boutique était parfaitement silencieuse et j'avais tout loisir de regarder au calme de beaux portraits et manuscrits de
Walt Whitman, Oscar Wilde, George Moore, James
Joyce et d'autres, qui décorent ses murs[2]. »

De la rue Dupuytren à la rue de l'Odéon, les années
passant, *Shakespeare and Company* s'est façonné son
visage. Dès le départ, Sylvia Beach a résisté aux
conseils appuyés d'Adrienne qui lui recommandait
de peindre ses murs dans un « battleship grey[3] » (gris
cuirassé) à ses yeux inadéquat, auquel elle préféra la
rugosité de matières comme la toile à sac beige, le
velours d'un rideau rouge passé et des kilims au sol.
De même, elle a insisté, malgré la réprobation de son
amie, pour accrocher en devanture une enseigne en
tôle peinte à l'effigie de William Shakespeare, dont
on retrouve la silhouette tenant un crâne sur le heur-
toir en cuivre de la porte. À l'intérieur, deux dessins
de William Blake, des lettres de Wilde reçues d'un
ami et deux pièces manuscrites de Whitman héritées

1. Ernest Hemingway, «Paris est une fête », in *Œuvres
romanesques*, II, *op. cit.*, p. 762.
2. Lettre de Walter Benjamin à Gretel Adorno, nº 231, Paris,
3 mars 1934. Walter Benjamin, *Correspondance, 1929-1940*, II,
op. cit., p. 110.
3. Princeton, Box 19, Lettre de S. Beach à sa mère, 27 août
1919.

d'une tante qui, jeune fille, était allée rendre visite
au poète de Camden, complètent un décor qui fait
la part belle aux objets, comme ce buste de Shakespeare en faïence coloriée offert par lady Ellerman,
la mère de Bryher, ou ce petit régiment de cadets de
Westpoint en plomb, donnés par Valery Larbaud
afin qu'ils montent la garde...

Plus ludiques, les murs de la librairie s'ornent
néanmoins pour l'essentiel, à l'image de *La Maison
des Amis des Livres*, de portraits d'écrivains, où les
homosexuels sont à l'honneur : Oscar Wilde a droit
à trois photos aux côtés de Whitman, de Gide et d'un
dessin représentant Havelock Ellis, spécialement
commandé à Paul-Émile Bécat par Sylvia qui,
depuis sa rencontre avec le sexologue, correspondait
régulièrement avec lui — désargenté, celui-ci avait
proposé à la libraire, pour payer son exemplaire de
Ulysses, de lui envoyer les six volumes de ses *Studies
in the Psychology of Sex*, dont elle deviendrait la
dépositaire à Paris. Des classiques aux modernes, on
retrouve Benjamin Franklin, Emerson, Poe, Haw-
thorne, Melville, Thoreau, Twain, James, Williams,
McAlmon, Pound, Hemingway, Lawrence, Joyce,
Bryher, H.D., Djuna Barnes, Nancy Cunard, Katherine Ann Porter, Kay Boyle, Marianne Moore, auxquels s'ajoutent des personnalités du cinéma
(Charlot), des hommes de théâtre (Gordon Craig, qui
a dessiné l'ex-libris de Sylvia), ou des musiciens
comme Antheil. Mais la disposition varie selon ses
humeurs. En 1924, lorsque Sylvia apprend que le
groupe de la *Transatlantic Review* songe à monter
une librairie anglo-saxonne quai d'Anjou, elle retire
d'autorité leurs photographies des murs par mesure
de rétorsion. *Exeunt* Bill Bird, McAlmon, Ford — et
même Hemingway. Après explications, excuses et
surtout renoncement au projet, ils réintégreront

leurs places sur les cimaises[1]. En 1938, autre changement : les femmes sont séparées des hommes. À l'intersection des deux sexes, comme un symbole du partage des eaux, Sylvia Beach a accroché les portraits des deux génies « asexués » de sa constellation affective : Adrienne Monnier et James Joyce.

On le constate : le neutre est moins le souci de Sylvia Beach que celui de la mise en scène. Et le studio auquel elle confie les portraits de ses amis n'a pas les préoccupations naturalistes de Gisèle Freund : « Man Ray et son élève Berenice Abbott, qui fut un moment son assistante, étaient les portraitistes attitrés de "la Bande". Leurs photographies couvraient les murs de la librairie. Être "fait" par Man Ray et Berenice Abbott signifiait que vous "étiez quelqu'un"[2] », rappellera-t-elle dans ses Mémoires. Sylvia Beach y envoyait régulièrement « ses » auteurs pour des portraits officiels ou de simples souvenirs personnels, accumulant chez elle des centaines et des centaines d'images. À sa mort, vingt et un ans après la fermeture de la librairie, Maurice Saillet, qui découvrira cet immense stock en désordre à côté d'albums vides, confiera à Bryher : « Sylvia remettait, mois après mois, de les remplir et, il faut le dire, donnait une place excessivement importante aux documents iconographiques par rapport aux archives et manuscrits[3]. »

---

1. Princeton, Box 19a, Lettre de S. Beach à sa mère, 4 novembre 1924. Sylvia Beach fût toujours sur le qui-vive concernant la concurrence, qu'il s'agît des activités de la librairie américaine de la rive droite ou d'autres projets d'implantation, comme celui de la librairie Gallimard qui tenta, en 1932, de créer un département anglais.

2. *S & C*, p. 125.

3. HRC, Box 4, Lettre de Maurice Saillet à Bryher, 23 novembre 1962.

« Être quelqu'un », se distinguer, sortir de la foule, se faire un nom et une image : à *Shakespeare and Company*, les écrivains aux visages d'acteurs hollywoodiens dont les portraits animent les coulisses attendent de monter en scène et de jouer leur rôle dans l'espace littéraire. Certains déjà se distinguent, dans des œuvres où, singulièrement, un mot revient avec insistance dans les titres : James Joyce (*A Portrait of the Artist as a Young Man*), Robert McAlmon (*Portrait of a Generation*), Ezra Pound (*Three Portraits and Four Cantos*). Le biographique et le photographique font ici œuvre commune, dans un souci de théâtralisation réaliste dont Berenice Abbott, qui a songé un temps à être comédienne et sculptrice (elle fut l'élève de Bourdelle à la Grande Chaumière) et dit se rattacher à la grande tradition réaliste américaine, de Mark Twain a Sherwood Anderson, livre les exemples les plus spectaculaires. Fonds bloqués, vues frontales, peu d'accessoires, sinon, justement, des masques (Janet Flanner, Jean Cocteau), comme un rappel des vanités de l'illusion naturaliste.

Contrairement à Man Ray qui, selon elle, photographiait les femmes comme de jolis objets, elle « les veut fortes, structurées, conscientes, intelligentes : ce qui nous donne ces regards directs, plantés dans nos yeux, ces poses volontaires, ces corps habitant des vêtements masculins avec tranquillité ou défi[1] ». Sylvia Beach lui commandera directement son propre portrait, le plus « romantique » sans doute de la série, où la libraire, sorte de statue moderne, pose en ciré noir, de trois quarts, les mains sur les

---

1. *Atelier Man Ray, Berenice Abbott, Jacques-André Boiffard, Bill Brandt, Lee Miller, 1929-1935*, catalogue de l'exposition du musée d'Art moderne, 2 décembre 1982-23 janvier 1983, Centre Pompidou, Philippe Sers éditeur, 1982, p. 6.

hanches et le visage fermé. En 1980, dans un entretien où elle évoquait ce Paris des années 1920 devenu mythique, Berenice Abbott ferait cette confidence étonnante, comme pour justifier la puissance de ses images : « People were more *people* [1]. » Mais être « des gens » ne suffit pas. Man Ray, qui estimait que William Carlos Williams était si beau que « les résultats étaient automatiquement satisfaisants [2] », n'a jamais eu connaissance de l'avis de l'intéressé, qui supplia Sylvia Beach : « S'il te plaît, déchire cette photo de moi aux yeux doux de ton mur et enterre-la derrière quelque encyclopédie. C'est tellement typique du travail de Mann Ray [*sic*] ! Il devrait se contenter de prendre des photos de Marcel [Duchamp], une chaque année, l'une plus triste que l'autre, moi, je ne suis pas français. Dieu, au secours [3] ! »

Une France ton sur ton, neutre et discrète, contre une Amérique flamboyante, cinématographique ? Et si l'Odéonie était ce point fragile de jonction entre deux univers, deux guerres qui, comme un précipité chimique, ramasserait tous les espoirs du vieux monde et d'une génération dite « perdue » dans un dernier soubresaut de l'Histoire ? Un espace de performance, en somme, où l'on jouerait un instant sa vie, sa carrière et ses dernières cartes ?

1. *New York Times*, 16 novembre 1980. « Les gens étaient plus *des gens*. »
2. Man Ray, *Self Portrait*, 1963, cité dans *Literature & Photography, Interactions 1840-1990*, *op. cit.*, p. 263.
3. Princeton, Box 235, Lettre de William Carlos Williams, s.d. « 8 octobre ». « Please tear that sweet eyed photo of myself from your wall and bury it behind some Encyclopedia. It is too typically the work of Mann Ray [*sic*] ! He should only take pictures of Marcel, one every year and each sadder than the other, I am not French. God help me ! »

CHAPITRE IX

RIDEAU !

> *L'aleph, ce lieu borgésien où le monde entier est simultanément visible, est-il autre chose que l'alphabet ?*
>
> GEORGES PEREC,
> *Espèces d'espaces.*

En 1921, André Gide envoyait un billet à Adrienne Monnier pour lui recommander un jeune Anglais fraîchement débarqué à Paris qui n'osait franchir les portes de l'Odéonie sans introduction : « Je crois qu'il croit que la maison des amis des livres est un club secret où ne pénètrent que les initiés. Mystiquement il a raison[1]. » Espace public offert aux passants et au hasard des rencontres, la librairie a cependant tout du cénacle, de la « paroisse » et du « sanctuaire » (Roger Martin du Gard) réservés à une élite que la jeunesse brûle d'approcher. Elle se tient ferme sur cette crête délicate qui l'apparente à une scène, un théâtre de la vie littéraire, ouvert à des apprentis spectateurs désireux d'y acheter leur place.

---

1. BLJD, Lettre d'André Gide à A. Monnier, s. d. « Vendredi matin » [1921]. Il s'agissait de Peter Colefax, fils de l'illustre lady Colefax.

Une chose est sûre : on n'entre pas à *La Maison des Amis des Livres* sans un battement de cœur. Claude Roy, Pascal Pia, Bryher : tous et toutes ont décrit l'émotion intense de leur première visite. Au carrefour de l'Odéon, une appréhension ralentit déjà le pas du visiteur qui, vaincu par la timidité et la crainte de *n'être pas à la hauteur*, songe à rebrousser chemin. Mais il se raisonne et se ravise, s'enhardit, poursuit sa montée ; arrivé devant la vitrine, il fait une pause, reprend son souffle en scrutant les titres exposés d'un air absorbé, gagne la porte et finalement s'élance. Le seuil dépassé, les trois coups sont frappés : la pièce peut commencer.

Michel Cournot était encore adolescent lorsqu'il traversa le Rubicon :

> À seize ans, prononcer un nom à voix haute chez le libraire touche au drame. C'est plus qu'un vote, plus qu'un manifeste. Ce garçon poussa la porte, les joues en feu, il avait sur la question des idées nettes. Il dit : « Je voudrais *Maldoror* », les yeux dans les yeux, et c'était comme s'il eût dit : « Racine je t'emm..., et vous aussi Mademoiselle, pendant que j'y suis. » Mademoiselle ne broncha pas devant cet extrémiste, prit *Maldoror* sur l'étagère, calme comme la boulangère prenant un paquet de levure, appuya le doigt sur ses lunettes, examina l'exemplaire un peu sur toutes ses coutures, demanda cinq minutes pour l'empaqueter, cinq bonnes minutes, car elle avait égaré les gros ciseaux noirs, plaça le paquet sur la table, mit ses yeux bleus dans le visage du garçon, des yeux qui disaient : « Il faudrait peut-être songer à vous remettre, jusqu'ici voyez-vous la chose s'est passée sans accident[1] ».

Ce personnage de druidesse placide qui en a vu d'autres, Adrienne l'a composé de longue date. Elle

---

1. Michel Cournot, cité dans *Rue de l'Odéon*, p. 19.

sait, pour avoir été cette jeune fille qui n'entrait pas sans trembler dans l'orbe du Mercure de France, où elle était prête à se faire engager ne fût-ce que pour « balayer [1] », la force d'aimantation de l'astre littéraire sur ses satellites et comment tout à la fois attiser et contenir les ardeurs de cette attraction. Dès 1925, *La Maison des Amis des Livres* figurait déjà dans un roman comme l'un de ces lieux initiatiques où l'on ne pénètre que fébrile et plein d'espoir : « Jean était entré chez mademoiselle Monnier pour acheter un Montesquieu, car il avait perdu le sien. C'était la première fois qu'il se trouvait dans une librairie, et il éprouvait le trouble, le secret ravissement des jeunes protestants, la première fois qu'ils vont dans un dancing [2] », écrit Pierre Girard, dans *Curieuse métamorphose de John*, itinéraire d'un banquier qui abandonne sa carrière pour se consacrer à la lecture.

Pour les jeunes filles anxieuses d'approcher le cercle magique de *La Maison des Amis des Livres*, happer quelques bribes de conversations échappées de la librairie revient à dérober une part de feu, l'écho du secret des dieux : « On surprenait parfois leurs discussions avec la dame du logis. C'était comme une prime à l'abonnement [3] », dira fort à propos Lucie Mazauric, jeune « archivaste-paléogriphe »

1. « Comme tous les jeunes gens, j'étais absolue et il me semblait que je trahissais la cause même de la littérature en restant avec les gens arrivés, alors qu'il y avait tant de belle grosse besogne à faire, rive gauche. / J'aurais accepté, je crois, de balayer les bureaux du Mercure », *Rue de l'Odéon*, p. 33.
2. Pierre Girard, *Curieuse métamorphose de John*, Éditions du Sagittaire (Simon Kira), « Les Cahiers nouveaux », 1925, p. 47.
3. Lucie Mazauric, *Ah Dieu ! que la paix est jolie*, *op. cit.*, p. 82. Lucie Mazauric fut attachée au Louvre dès 1926. Elle épousa André Chamson, écrivain, conservateur à Versailles, au Petit Palais puis directeur des Archives nationales, autre familier de la librairie.

(Fargue) destinée à devenir conservatrice des archives des Musées nationaux. Mais personne, mieux que Violette Leduc, n'a saisi à la fois la palette de sensations provoquées par des visites riches de promesses et l'habileté calculée d'une directrice très consciente de son pouvoir. Cela, dans une admirable description :

> Poupine, majestueuse et campagnarde, les cheveux raides, bruts, blonds, argentés, coupés au-dessous d'un bol renversé, le teint frais, la joue mauve à cause d'un peu de poudre blanche sur la pommette rose, le front étroit, l'œil perçant, la voix lente, Adrienne Monnier vêtue strictement, monacalement, étrangement — oui, une avalanche d'adverbes — d'une longue robe de bure grise serrée à la taille, tombant jusqu'aux pieds, froncée, imposait le Moyen Âge, la Renaissance, l'Irlande, la Hollande, les Flandres, les passions élisabéthaines. Tiens, une paysanne d'un autre siècle, se disait-on en entrant. Mon cœur battait plus fort aussitôt que j'arrivais carrefour de l'Odéon. [...] Je m'encourageais près de la vitrine à gauche de la porte : le tabernacle de l'avant-garde, le ciboire transparent de *La Jeune Parque*, du *Cimetière marin*. La vitrine centrale était éclectique avec les meilleures nouveautés, les meilleures revues. Je n'étais pas la seule à la dévorer. L'ensemble blanc, tiré de rouge, se composait surtout des livres édités chez Gallimard. J'entrais, je donnais mon bouquet à Adrienne Monnier. Elle traînait un moment sur mon nom, je rendais le prêt. Elle me faisait des compliments devant peu de monde, elle m'en faisait moins devant beaucoup de monde. Elle me disait que mon tailleur anguille lui plaisait, que je lisais les meilleurs livres. Ma fièvre de collégienne montait. Elle cherchait ma fiche, elle semblait faire de la dentelle avec les centaines d'autres parce que ses mains étaient petites et potelées. Sa table ressemblait à celle des joueurs de cartes de Cézanne. Elle la quit-

tait le moins possible. Je me désolais pour elle, pour son travail fastidieux de fiches à tenir. Le silence de la librairie était parfois pénible à supporter. Je tombai, sans exagération, dans un abîme de surprise la première fois que j'entendis Adrienne Monnier : «Gide, hier soir, ici, avec quelques amis, nous a lu...» La confidence était trop forte. Adrienne me permettait d'entrevoir un monde interdit que je n'imaginais pas[1].

Très vite, Adrienne a compris que la vie littéraire est *aussi* un jeu, que ses manigances, ses coups d'éclat, ses «grands moments» comme ses plus subtils éblouissements relèvent de la composition. Elle aime à citer la phrase de Swift : «Le monde est une comédie pour celui qui pense et une tragédie pour celui qui sent[2].» Elle s'aguerrit sans tarder aux malices de la direction d'acteurs. D'autant que, dès l'origine, *La Maison des Amis des Livres* s'est posée sur l'échiquier parisien non seulement comme un lieu stratégique mais comme un espace de performances, rythmées par des séances et des lectures publiques.

Enfant, Adrienne adorait le théâtre. Ses premiers souvenirs la laissent éperdue de bonheur : *Ruy Blas* à la Comédie-Française la transporte; à douze ans, elle admire Antoine dans le rôle du roi Lear; à quatorze, elle découvre De Max jouant dans *Jules César* à l'Odéon. En 1909, sa mère lui envoie de l'argent en cachette de son père à Londres, où elle a projeté de voir *L'Oiseau bleu* de Maeterlinck, afin qu'elle soit «à la hauteur de l'événement[3]». Tous ces noms gravés dans sa mémoire reviendront dans l'histoire de sa librairie : elle demandera une lecture à De Max lors de la séance consacrée à Claudel, elle reverra *L'Oi-*

1. Violette Leduc, *La Bâtarde, op. cit.*, p. 230-231.
2. *Rue de l'Odéon*, p. 77.
3. *Id.*, p. 208.

seau bleu avec l'ancienne compagne de l'auteur, Georgette Leblanc, au théâtre Réjane. Quant à l'Odéon, il devait superlativement couronner son vœu d'avoir une boutique dans une rue « à une extrémité de laquelle se trouvât un bâtiment public[1] ». Les acteurs admirés deviendront des habitués fidèles : en 1921, Charles Dullin, inscrit à *La Maison des Amis des Livres* par l'intermédiaire d'Antonin Artaud, découvrira le *Volpone* de Ben Jonson grâce aux cinq volumes sur le théâtre élisabéthain qu'Adrienne est allée lui chercher dans sa bibliothèque personnelle. D'années en années, les hommes de théâtre viennent grossir sa clientèle : Jacques Copeau, Pierre Bertin, Roger Blin, Louis Jouvet, Jean-Louis Barrault (à qui Adrienne consacrera une *Gazette*), Jean Vilar, dont elle a salué *Le Prince de Hambourg* et *La Mort de Danton*. Un an avant sa mort, elle espérait voir l'avènement de la carrière de Gérard Philipe et fondait des espoirs sur un jeune premier, Michel Piccoli.

D'une manière générale, tout ce qui « fait spectacle » la captive, de *Meurtre dans la cathédrale* de T. S. Eliot à l'ouverture du rayon « Chiens et Chats » à la Samaritaine. Les soirées qu'elle ne consacre pas à son poulet rôti partagé entre amis le sont à l'Alhambra, à l'ABC, au Vieux-Colombier, à l'Atelier, au Châtelet, au cirque, à Luna Park comme aux Folies-Bergère ou au Casino de Paris, où elle se penche avec un intérêt tout particulier sur « la ravissante évolution du nu féminin[2] ». Le music-hall et l'opéra, le jazz et les concerts classiques : sa curiosité n'a pas de bornes. Elle s'initie aux inventions de Kurt Weill, applaudit la *Revue nègre* de Joséphine Baker, dont les « contorsions fabriquent tout un

1. Cité par Sylvia Beach, *S & C*, p. 69.
2. *Les Gazettes*, p. 110.

sabbat grouillant de tentations narquoises[1] », partage l'enthousiasme de Larbaud et de Fargue pour
Dranem, reconnaît que Maurice Chevalier qui
« mignotait trop » a acquis, avec le temps, une
sagesse digne de Montaigne (*sic*). Plus que l'art du
metteur en scène, la figure du comédien la fascine
d'abord, et singulièrement celle des comiques :
« Mais les meilleures viandes peuvent être gâtées
par de mauvaises sauces. C'est un grand problème
qu'une réussite de théâtre[2] », admet-elle dans une
évocation de Noël-Noël. Elle en retrouve certains au
cinéma, où elle se rend avec régularité, notamment
pendant la guerre. Dans un agenda de l'été 1940, on
trouve cette notation : « Hier soir *Quasimodo* avec
Charles Laughton. *Atroce* et prodigieux. On pourrait
en être malade, en avorter, etc.[3] » Comme en littérature, les « grands hommes » ont sa préférence :
Vittorio De Sica, Marlon Brando, Michel Simon,
Jean Gabin, Pierre Fresnay et bien sûr Charlot.
La Ruée vers l'or la laisse coite : « Qu'en dire ? Les
commentaires sont inutiles. On en est réduit aux :
Vous vous souvenez de ça, et de ça, et de ça[4] ?... »

   Est-ce à dire qu'aux femmes serait réservé le
théâtre de la vie ? Voir. Le couronnement d'Elizabeth II d'Angleterre, auquel elle assiste sur l'invitation de Bryher après mille hésitations à s'y rendre,
la jette dans un tourbillon d'excitations. Michel Leiris l'encourage à faire un récit circonstancié de
cette « cérémonie qui se range elle aussi parmi les
choses fascinantes et doit être classée, évidemment ! en bonne place dans la rubrique "grand

1. *Id.*, p. 14.
2. *Id.*, p. 127.
3. *Trois agendas*, p. 25 [8 mai 1940].
4. *Les Gazettes*, p. 15.

opéra"[1] ». Dont acte, dans les *Lettres nouvelles*, en
juillet 1953, où Adrienne écrit : « Ce n'est pas irrévé-
rence de ma part d'appeler acteurs : la Reine, l'Ar-
chevêque et tous ceux qui les entouraient ; l'endroit
de la cathédrale où s'accomplit le sacre est appelé
theater, et l'on sait le nombre de répétitions qu'il a
fallu pour arriver à une représentation impeccable.
Le fait que ce fût une reine, et non un roi, augmentait l'intérêt et l'émotion, surtout chez les femmes[2]. »

Or, en Odéonie, le *theater* n'est pas comme on le
croît le monument public dont la colonnade blanche
ferme la rue mais bien *La Maison des Amis des Livres*,
où trône, mise soignée, diction précise, celle qu'à
Paris l'on surnomme « Adrienne Découvreur[3] ». En
1920 déjà, un journaliste de *L'Opinion* rapportait de
sa visite à la librairie cet éloquent récit : « J'ai voulu
voir Mlle Monnier, dont on parle tant. [...] Vous avez
remarqué, assise en un fauteuil et qui parle gravement, une personne blonde aux yeux bleus. Le visage
a l'éclat du teint et celui de la bonté, qui est plus dif-
fus et rayonnant. Vous l'entendez qui prononce de
grandes belles paroles et des petits mots techniques.
[...] Les groupes de visiteurs sont disposés autour
d'elle de telle manière, et de telle manière leurs
regards, qu'elle paraît bien ce qu'elle est ici : le centre
des choses. Et ce directeur en jupons, pour soutenir
son discours, a de gentils mouvements du bras, légers
et doux : ceux d'une enfant[4]. » Modestie de la pose

1. BLJD, Lettre de Michel Leiris à A. Monnier, 16 mai 1953.
2. *Dernières gazettes*, p. 68.
3. En référence, bien sûr, à Adrienne Lecouvreur (1692-
1730), actrice française, dont le Petit Larousse nous dit : « Elle
fut une des premières tragédiennes à s'exprimer de façon naturelle et nuancée. »
4. Eugène Marsan, « Mademoiselle Monnier, libraire »,
L'Opinion, 7 février 1920.

mais pensée forte : Adrienne parle « comme Minerve en personne » et subjugue son auditoire.

Trente-quatre ans plus tard, retirée des affaires, elle retrouve la même aisance devant les caméras de télévision où elle est venue parler de la sortie de ses *Gazettes* en volume : « Sur l'écran des appareils, Mlle Monnier fut parfaite. Quel naturel ! s'écriaient les opérateurs [1]. » Les enregistrements radiophoniques qui nous sont parvenus de la voix claire et mélodieuse d'Adrienne, conservés à l'INA, attestent du même talent : bien qu'elle lise ses notes, son discours a le ton du dialogue improvisé.

Le talent de conteuse d'Adrienne Monnier et son sens de la mise en scène ont souvent assimilé *La Maison des Amis des Livres* à un salon littéraire. Erreur tentante. Adrienne est une femme, certes, elle accueille des écrivains dont la silhouette hante également les salons de la duchesse de La Rochefoucauld, la princesse Eugène Murat, la duchesse de Clermont-Tonnerre, la princesse de Polignac ou celui de la fameuse Mme Mühlfeld, qui recevait allongée sous des fourrures dans sa « chambre jaune », pour masquer un corps difforme couronné par une tête ravissante qui lui avait valu le surnom de « la belle otarie » : Maurice Martin du Gard, André Gide, Jacques-Émile Blanche, Léon-Paul Fargue, Jean Cocteau, Paul Valéry, Henry de Montherlant, François Mauriac, Paul Morand sont de ceux-là [2]. Ces dames ont leur jour — le vendredi pour Mme Mühlfeld — comme Adrienne qui a choisi le sien, le mercredi, pour réunir de la mi-octobre à la

1. Max-Pol Fouchet, « Une vie bien choisie », art. cité, 1er mars 1954, p. 491.
2. À ce sujet, voir : Laure Rièse, *Les Salons littéraires parisiens du Second Empire à nos jours*, Toulouse, Privat, 1962.

mi-juin, entre 17 et 20 heures, « quelques personnes — vrais écrivains et vrais lettrés[1] » — précision un peu naïve mais qui dit bien l'exigence d'Adrienne à ne pas voir confondues mondanités et littérature sérieuse.

La Maison des Amis des Livres n'est pas un salon pour plusieurs raisons : espace public, la « petite boutique grise » ne propose aucun des « charmes » d'un décor privé et des brillantes réceptions où le champagne et les petits fours entraînent le tour des discussions vers des régions légères, où l'on fait mouche par un trait d'esprit, une remarque piquante, avec du chic, quand l'Odéonie privilégie le débat, quitte à hausser le ton. L'art de la conversation n'est pas celui de la « causerie », mot plus rugueux qu'Adrienne affectionne, et les « femmes du monde » ne s'habillent pas de robes de bure. Sans être étanches, les deux mondes ne sont pas sur la même longueur d'ondes, quand bien même ils partagent les mêmes intérêts. Hélène de Wendel, issue d'une des « 200 familles » les plus fortunées de France, demeure aux yeux de la bienveillante Sylvia Beach une amie « magnifique à regarder et surtout intelligente », mais : « en tant que cliente, comme toutes les "femmes du monde", elle nous coûte, à Adrienne et à moi, beaucoup d'argent. Elle ne paie simplement pas une facture. Je lui ai prêté de nombreux livres et passé de nombreuses années à les récupérer dans ma bibliothèque[2]. » Traductrice sous le pseudonyme

---

1. IMEC, Fiches d'abonnés et cartons d'invitation.
2. Beinecke, Bryher Papers, Series I, Box 3, folder 92, Lettre de S. Beach à Bryher, 28 janvier 1948. « [She] is beautiful to look at and is intelligent beside. But as a customer, like all the "femmes du monde", she costs Adrienne and me quite a lot of money. She simply will not pay a bill. I have lent her many

d'Hélène Malvan, qui plus est femme divorcée, Hélène de Wendel, malgré ses expériences, persistait à ignorer les contraintes du monde du travail, réalité quotidienne et revendiquée en Odéonie. À cet endroit précis loge la frontière infranchissable entre deux univers.

Le salon littéraire, surtout, est à cette époque un phénomène de la rive droite : la princesse de Polignac reçoit avenue Henri-Martin, Mme Mühlfeld rue Galilée puis rue Georges-Ville, etc. Or « Mme Monnier, nous dit Robert Kanters, est farouchement "rive gauche" [1] ». Qu'est-ce à dire ? Élevée dans le XIᵉ arrondissement, Adrienne a d'abord emménagé rue Rodier (IXᵉ), pour habiter ensuite la bien-nommée place du Commerce (XVᵉ). Son installation rue de l'Odéon, boutique et appartement, consacre donc sa définitive traversée de la Seine — un symbole. Elle a valeur de manifeste. « La rive gauche m'appelait et, maintenant encore, elle ne cesse de m'appeler et de me retenir. Je n'imagine pas que je puisse jamais la quitter, pas plus qu'un organe ne peut quitter la place qui lui est assignée dans le corps [2]. » À quelles voix Adrienne a-t-elle succombé ? À celles de la création, des trépidations de la vie intellectuelle dont le siège se partage entre le Saint-Germain-des-Prés des éditeurs, le Quartier latin des étudiants et le Montparnasse des artistes. La rue de l'Odéon occupe le cœur de ce triangle d'or, dont on aurait tort de croire qu'il est, en 1915, la place la plus courue de Paris. L'Odéonie a le charme des quartiers

---

books and spent many years getting them back to my library. » Hélène Malvan avait notamment traduit *Beowulf* de Bryher, paru au *Mercure de France* en 1948, avec une préface d'Adrienne Monnier.

1. Robert Kanters « Journal d'une bourgeoise de Paris », *Preuves*, mars 1954.

2. *Rue de l'Odéon*, p. 39.

« bohème », où l'on se loge et se restaure à peu de frais, le calme d'une rue de province, mais reste une région excentrique et excentrée. En 1924, un article du *Publisher's Weekly* spécifiait encore que « Miss Beach » n'avait pas situé sa boutique dans les environs les plus « commodes » de la capitale [1], mais qu'elle comptait sur la réputation de sa maison pour que les clients fissent l'effort de venir jusqu'à elle.

Comme il y a les Anciens et les Modernes, le vieux monde et le nouveau, les conservateurs et les progressistes, il y a à Paris, aussi schématique que soit ce type de distinctions, la rive droite des salons littéraires et la rive gauche des intellectuels. Les librairies n'y respirent pas le même parfum : la vénérable maison Blaizot n'est pas l'avant-gardiste *Maison des Amis des Livres*, tout comme *Shakespeare and Company* se distingue de la « damn idiotic » *American Library* qui refuse de s'abonner à *The American Mercury* et qu'Ezra Pound se propose de boycotter dans un définitif : « And DAMN the right bank pigs, anyhow [2]. » Les théâtres non plus n'y versent pas dans le même répertoire. En introduction à une séance Fargue en 1920 en présence de Réjane, dont ce serait la dernière sortie publique, Adrienne, non sans une certaine affectation, avec ce mélange d'orgueil et d'humilité un peu forcée, remercierait la comédienne « d'avoir quitté un moment les grandes salles dorées de la rive droite pour venir, dans notre petite maison grise, prêter son art à un poète que nous aimons », tout en ayant soin de préciser que le public présent était « le plus averti de France et, sans

1. E. Morrill Cody, « Shakespeare and Company — Paris », *Publisher's Weekly*, 12 avril 1924. « Miss Beach has not located her shop in a particularly convenient neighborhood... »
2. Princeton, Box 224, Lettre d'Ezra Pound à S. Beach, 27 avril [1926]. « Et MERDE aux porcs de la rive droite, n'importe comment. »

aucun doute du monde entier[1] »... En migrant rive
gauche, Adrienne donnait ainsi « corps » à son projet :
appartenir à un « milieu », celui du *Mercure de France*,
rue de Condé, et de la *NRF*, alors rue Madame. Certains écrivains élus de l'Odéonie s'y rendront à pied de
chez eux : Larbaud et Hemingway de la rue du Cardi-
nal-Lemoine, Gertrude Stein de la rue de Fleurus —
ou même Gide, de la plus lointaine rue Vaneau.

Si *La Maison des Amis des Livres* a certains attri-
buts du salon littéraire, elle n'en a ni la fonction ni
l'organisation. Elle se rapproche davantage du
concept anglo-saxon de « poetry bookshop » qui fit la
gloire de Bloomsbury, où l'on ne sert pas de « rafraî-
chissements excepté les paroles et les écrits de la fête
de l'esprit[2] ». Larbaud le premier en comprit l'essence, comme en témoigne cette belle dédicace du
« Domaine anglais » de *Ce vice impuni, la lecture* :

À MISS SYLVIA BEACH
ET À MADEMOISELLE ADRIENNE MONNIER
grâce à qui, dans notre Paris,
se perpétuent en se combinant
la tradition de l'hôtel de Rambouillet
et celle de ces « boutiques divines »
dont il est question
aux dernières pages de ce livre,
écrites longtemps avant
la fondation de *Shakespeare and Company*
et de *La Maison des Amis des Livres*.
L'auteur reconnaissant,
V. L.

1. IMEC, Notes d'introduction à la séance Léon-Paul
Fargue, 25 mars 1920.
2. « The house of the friends of books », *Daily Mail*, 13 juin
1919 : « It is not a café and no refreshments are served there
except the intellectual feast of the printed and spoken word. »

Le dernier chapitre de son livre, « Un manuel littéraire d'Arnold Bennett », évoque en effet ces librairies londoniennes d'un genre particulier, « ce qu'ont été, chez nous, la boutique de Léon Vanier et celle de *La Plume* : ces chères et charmantes boutiques où on entrait le cœur battant, en pensant que Verlaine peut-être, ou Moréas, venait d'en sortir (on n'osait même pas songer à une rencontre, à une présentation) ». À peu de chose près, son propos peut en effet s'appliquer à l'Odéonie : « (On a beau voir bien des nullités et des mensonges et des soi-disant livres d'avant-garde, sur les rayons — c'est si facile, de paraître « avant-garde » —, il y a là, malgré tout, l'air des grandes choses, l'atmosphère et la température favorable au développement de la poésie.) Il y a surtout les photographies : Wells, Chesterton, Shaw, Bennett[1]. »

Adrienne s'est-elle attardée dans ces « boutiques divines » lors de son séjour de neuf mois à Londres ? C'est plus que probable, bien qu'elle n'ait jamais revendiqué de modèles institués dont sa librairie eût pu être l'héritière. Tous ses habitués pourtant ont tenté de trouver une définition à ce laboratoire d'idées sans exemple : Paul Valéry se réclamait de « l'Académie Monnier[2] », Maurice Martin du Gard

1. Valery Larbaud, *Ce vice impuni, la lecture. Domaine anglais*, édition revue et complétée par Béatrice Mousli, Gallimard, 1998, p. 199. Comme le précise Béatrice Mousli dans son introduction (p. 22), la dédicace à Sylvia Beach et Adrienne Monnier figure sur l'édition publiée par Albert Messein, en 1925. En 1936, Larbaud, brouillé avec les libraires, la remplaça dans la réédition chez Gallimard par « À la mémoire d'Arnold Bennett, amateur et connaisseur excellent des lettres françaises, ami fidèle et bienfaiteur constant. V. L. »
2. IMEC, Lettre de Paul Valéry à A. Monnier, 3 août 1939.

évoquait « une petite île où tout passe[1] », Claudel un
« paradis de bouquins », Prévert « une baraque
foraine, un temple, un igloo, les coulisses d'un
théâtre, un musée de cire et de rêves », et même un
jardin, « un jardin ni fait ni à faire, un insolite et
mystérieux parterre de lierre et d'orties », où l'on « ne
dit pas : "Tout ça, c'est de l'horticulture !", comme
d'autres disent : "Tout ça, c'est de la littérature"[2] ».
D'autres, en prenant du recul voient plus loin : « J'ai
quitté Paris et l'Odéon, c'est-à-dire deux fois Paris[3] »,
avoue Paul Morand, quand Jean Schlumberger
reconnaît : « Plus on s'éloigne, plus on s'aperçoit que
la rue de l'Odéon est un des centres du monde, et
que c'est une bien belle rue[4]. »

Cet espace a son histoire, il a aussi sa géométrie,
découpée comme au théâtre entre scène et coulisses,
loges et gradins. Dans sa « profession de foi » rédigée en 1920, Adrienne parlait de sa boutique comme
d'une « véritable chambre magique », un « lieu de
transition entre la rue et la maison[5] », posant d'emblée la librairie dans le royaume des lieux intermédiaires qui, comme le paradis, s'approchent par
cercles successifs.

Il y a d'abord la vitrine, jonction entre le monde
extérieur et le monde intérieur, dont la matérialité
sépare les corps mais dont la transparence unit d'un
regard. « C'était une vitrine sans fond, se souvient
François Caradec, ce qui était exceptionnel à

1. Maurice Martin du Gard, « La paroisse de l'Odéon » *Nouvelles littéraires*, 1ᵉʳ mars 1924.
2. Jacques Prévert, *Mercure de France*, n° 1109, *op. cit.*,
p. 14-15.
3. BLJD, Lettre de Paul Morand à A. Monnier, 27 avril 1929.
4. HRC, Box 2, folder 8, Lettre de Jean Schlumberger à
A. Monnier et S. Beach, 11 avril 1933.
5. *Rue de l'Odéon*, p. 219-220.

l'époque, où l'on ne pouvait jamais voir ce qui se passait dans un magasin depuis la rue[1]. » Ici, point de barrière entre la commerçante et les passants : chacun est libre d'observer le manège de l'autre, si bien que le spectacle est double, de chaque côté de l'aquarium. Adrienne jette un œil distrait sur le passage des gens et des voitures, a même une perspective sur *Shakespeare and Company*, dont elle surveille les allées et venues. Les premières rencontres se sont souvent nouées autour de ce moment crucial où la libraire captait les émotions d'un poète, d'un écrivain, à sa physionomie. Vers 1920, Adrienne possède le code : « Je savais déjà reconnaître les hommes de lettres à leur façon de regarder la vitrine ; celle de Valéry était la plus discrète que j'eusse encore vue : il regardait en homme qui a bien "tué la marionnette", mais l'œil disait la littérature, il la disait même singulièrement, par la nature de ses rayons... comment dire ?... l'esprit valéryen me souffle le mot : cathodiques[2]. »

La vitrine, c'est aussi l'appât, l'affirmation publique des goûts d'Adrienne, sa politique en faveur de la littérature moderne et la première marche de la reconnaissance pour les écrivains soucieux d'être adoubés par le temple de la rue de l'Odéon. « Préparez une grande place dans votre vitrine et faites-moi une petite place dans votre cœur[3] », lance Jean Cocteau, qui l'a bien compris, sans se douter que l'inverse eût été peut-être plus précieux.

À cette intersection commence un jeu dont les règles parfois varient, comme lorsque Adrienne

---

1. Entretien de l'auteure avec François Caradec, 2 avril 2002.
2. *Rue de l'Odéon*, p. 119.
3. BLJD, Lettre de Jean Cocteau à A. Monnier, Le Piquey, 7 septembre 1918.

décide de disposer sur le trottoir quelques boîtes de livres d'occasion, dressant ainsi une étape supplémentaire sur le parcours du combattant. « La première fois que nous avons fait cet étalage, nous étions émus jusqu'à l'angoisse et, la dernière pile arrangée, nous nous sommes sauvés précipitamment dans l'arrière-boutique, comme si nous avions fait une mauvaise niche aux passants ; nous regardions par l'entrebâillement du rideau ce spectacle extraordinaire pour nous qu'était la formation d'un petit groupe devant nos livres ; les visages apparus derrière la vitrine nous faisaient tantôt pouffer de rire, tantôt frémir d'appréhension ; si ces gens-là allaient entrer, nous adresser la parole[1] ! »

Comme une actrice attend d'entrer en scène, Adrienne observe la pièce avant d'y prendre part. Ce théâtre a ses coulisses : l'arrière-boutique, qu'un rideau sépare de la librairie. L'étoffe sera par la suite remplacée par une petite barrière articulée dont le bandeau signalera : « Pièce réservée aux sociétaires », spécifiant que seuls les abonnés et quelques privilégiés sont autorisés à passer la frontière. Le cœur stratégique de ce dispositif reste la librairie elle-même, rectangle court de taille modeste, garni de murailles de livres, où quelques assistantes s'affairent, perchées sur des escabeaux. Adrienne en occupe le centre, derrière une table encombrée des fichiers, de courrier et de piles d'ouvrages « entrants » ou « sortants ».

Le charme de l'endroit tient à sa simplicité et à toute absence d'affectation. Car cette boutique — c'est une part de son secret — n'a pas l'air d'un commerce. Elle est ouverte à l'heure du déjeuner, fait rarissime à l'époque et commodité explicitement

---

1. *Rue de l'Odéon*, p. 223.

destinée à celles et ceux dont l'emploi du temps est dicté par les horaires du travail. L'ambiance y est différente : Jean Amrouche a l'impression d'entrer dans « une de ces salles de campagne où l'air sent le miel et les fruits [1] ». Aux yeux d'Eisenstein, familier des deux rives, l'impression d'intimité s'étend à la rue de l'Odéon tout entière qui lui donne le sentiment de se trouver dans le large couloir « d'une pension de famille » : « C'est le calme qui crée cette illusion. / L'absence totale de taxis et de calèches. De piétons, même. / Et surtout, sans doute, les silhouettes de deux femmes. / Chacune d'elles se tient dans le rectangle de sa porte, de biais l'une par rapport à l'autre. / Et elles parlent, élevant à peine la voix, comme les gens qui bavardent dans le corridor commun, sortant un instant le nez de leur chambre [2]. »

Ces deux chambres « magiques », comme on le dit des lanternes qui projettent des ombres animées sur les murs, dressent des tréteaux invisibles lors de « séances » à la librairie, dont le principe s'inspire des performances organisées par des groupes comme *Lyre et Palette*, rue Huyghens, ou *Art et Action*, fondé par M. Autant et Mme Lara (les parents du futur cinéaste Claude Autant-Lara) qui donnent une nouvelle énergie à l'activité culturelle au tournant de la Première Guerre mondiale. Lectures publiques, causeries, soirées musicales, expositions [3] : la vie de l'Odéonie est ponctuée par ces

---

1. Jean Amrouche, « Adrienne Monnier écrivain ». *Mercure de France*, n° 1109, *op. cit.*, p. 34.
2. *Rue de l'Odéon*, p. 16.
3. On trouvera la liste complète des séances de *La Maison des Amis des Livres* et de *Shakespeare and Company* dans la Chronologie, en fin de volume.

« happenings » connexes à l'activité littéraire et commerciale, dont ils sont le pouls.

À tout seigneur, tout honneur : Jules Romains inaugure une longue série avec sa lecture d'*Europe* en 1917. Adrienne loue des chaises et dégage l'espace qui peut accueillir un maximum de cent personnes assises. Mais la plupart du temps, la salle est bondée, on s'y presse, on y étouffe. Le héros du jour s'installe à sa table, l'assistance disposée en U autour de lui — homme-tronc, dont le corps disparaît et dont la voix seule résonne à l'abri des livres.

Les témoignages de première main de ces séances demeurent assez rares. La soirée consacrée à Francis Jammes, en 1919, bénéficia néanmoins des précisions utiles d'un journaliste de *L'Éclair* : « Dès neuf heures moins le quart la boutique était pleine de jeunes hommes qui y étaient entrés le chapeau à la main et de femmes silencieuses (spectacle singulier et vraisemblablement unique à Paris). Aucune décoration spéciale. [...] Dans un coin un petit espace avait été réservé au poète : une chaise devant une petite table nue et sur cette petite table, deux bougies, comme sur les autels improvisés par les missionnaires. [...] M. Francis Jammes parut. Deux jeunes filles, vestales de la maison, vinrent allumer les bougies sur la petite table. Leurs cheveux étaient blonds et coupés. » L'auteur lut vingt-quatre sonnets inédits, devant une assistance recueillie, avec cette élocution nette et chantante qui lui faisait marquer toutes les liaisons, « à l'ancienne [1] ». Et le journaliste de conclure : « On sortit de l'oasis, l'âme rafraîchie

---

1. Madeleine Milhaud se souvient notamment que Jammes disait « le toit-t-en-pente » comme s'il se fût agi d'un seul mot. Entretien de l'auteure avec Madeleine Milhaud, 17 octobre 2001.

d'avoir vu couler cette âme fraîche. Après quelques mots à voix basse, on se retrouva dans la rue. Il y avait comme une brise : le ciel paraissait plus bleu et plus haut [1]. »

Une gravité baigne l'atmosphère de ces célébrations, dont on aura compris qu'elles tiennent autant de l'événement littéraire que de la messe, avec officiant, enfants de chœur, et son inénarrable « dame patronnesse » en sa « chapelle » de la rue de l'Odéon. Adrienne ne le renie pas, au contraire, liant volontiers rituel laïc et sacré : « Une représentation théâtrale est un mystère dans tous les sens du mot. C'est l'opération peut-être majeure par laquelle une société prend conscience d'elle-même et assure non seulement son maintien, comme dans les cérémonies religieuses, mais encore son renouvellement [2]. »

Tant de componction n'est pas du goût de tous. Daniel Halévy, venu à *La Maison des Amis des Livres* le 12 avril 1919 pour la première séance consacrée à Paul Valéry, s'étonne de cette assistance « pénétrée d'être où elle est » : « Que cette jeunesse n'est pas neuve ! » s'exclame-t-il, comparant le public aux parterres de l'Art hermétique fin-de-siècle qui se pressait aux concerts de Franck et Debussy, aux drames de Maeterlinck et d'Ibsen. Les vers du maître, vus par Fargue puis par Gide, lui apparaissent « sans préciosité éclatante, sans emphase, beaux sans somptuosité » malgré leur obscurité. « Mais tout de même : quel art étrange, et qu'il est triste, ce secret qu'il enferme ; et quelle élite étrange, celle-ci qui m'entoure ! Je ne lui conteste pas ce nom qu'on lui donne, qu'elle se laisse donner. Oui, c'est une élite.

1. Régis Gignoux, « À travers Paris : découverte d'une oasis », *L'Éclair*, 31 mars 1919.
2. *Rue de l'Odéon*, p. 74.

Mais comme elle est étroite, et elle-même triste, malgré ces gentils visages que je lui vois[1]. » À la sortie, l'historien rencontre Jean-Louis Vaudoyer. Le couperet tombe : « Tu as raison d'écrire à *La Vie parisienne* », lui dit-il.

Daniel Halévy l'a sûrement bien senti : ce public recueilli mesure à chaque instant l'importance de l'événement auquel il participe. Mais ce serait se montrer bien sévère que de réduire ces séances à des réunions de jeunes gens vieux avant l'âge, pétris d'autosatisfaction. N'oublions pas que Valéry, à l'époque, est encore peu connu. Que d'autres noms, d'une jeunesse bien vivante et plus turbulente, animent aussi la vie de l'Odéonie. En février de la même année, Jean Cocteau n'est-il pas venu lire *Le Cap de Bonne-Espérance* ? Le poète aurait, il est vrai, habilement manœuvré pour parvenir à ses fins. À Adrienne, il aurait dit d'abord : « Gide voudrait que je lise le *Cap* rue de l'Odéon. » Puis à Gide, il courut confier : « Adrienne Monnier aimerait beaucoup que je lise le *Cap* rue de l'Odéon en votre présence. Vous viendrez, n'est-ce pas ? » La libraire commenterait plus tard : « Nous vîmes presque tout de suite, Gide et moi, que nous avions été ficelés. Nous en fûmes moins fâchés qu'amusés et nous décidâmes de laisser faire, d'autant plus qu'il ne s'agissait pas d'une grande séance, mais d'une lecture presque intime, un après-midi, dans l'arrière-boutique[2]. »

---

1. Daniel Halévy, *Journal*, inédit, « samedi soir » [12 avril 1919], collection particulière.
2. *Rue de l'Odéon*, p. 103. Irritée par le côté « enfant gâté » de Cocteau, Adrienne n'aimait pas le poète mais savait reconnaître son talent avec discernement : « C'est un poète assurément, plus en prose qu'en vers, à mon sens. Il a un style bien à lui, avec une fausse virginité capiteuse, alors qu'en poésie versifiée, ses artifices, du fait qu'ils sont renforcés par l'arti-

Les futurs surréalistes, encore en faveur au tout début des années 1920, n'ont-ils pas fait eux aussi leurs armes lors de séances plus confidentielles, où Éluard vint lire *Les Animaux et leurs hommes* et Breton *Les Champs magnétiques* ? Certaines séances, en effet, ne font pas l'objet d'invitations imprimées ou de programmes : les « soirées apaches » ou « Guili-Guili » (du nom d'un magicien en vogue) organisées par Léon-Paul Fargue, la lecture de *Impressions d'Afrique* de Raymond Roussel par André Gide font partie de ces moments improvisés et plus intimes. Et que dire des séances Joyce, en 1921 et 1931, véritables coups de tonnerre dans le monde des lettres modernes ? Sans compter les performances musicales, comme le *Socrate* d'Erik Satie, dont la première représentation « semi-publique » eut lieu à *La Maison des Amis des Livres*, le 21 mars 1919, après sa création chez la princesse de Polignac, commanditaire de l'œuvre. Présenté par Cocteau, interprété par la soprano Suzanne Balguerie et le compositeur au piano, *Socrate* fut applaudi par une salle bondée composée de figures familières comme Valéry, Gide, Claudel, mais aussi Derain, Braque et Picasso, Stravinsky et la plupart des jeunes musiciens qui constituaient le Groupe des Six [1] : on est loin des odeurs d'encens, des autels

---

fice initial des vers, sont portés à un point entêtant. Personnellement, il me donne la migraine. Il se peut que je sois injuste, mais à partir du moment où vous avez la migraine, il est difficile d'être juste. » Ou encore : « Ce n'est jamais lui qui monte le premier sur la brèche, mais c'est toujours lui qui plante le drapeau, et ma foi, il faut bien qu'il y en ait un pour le faire » (*id.*, p. 100-101).
    1. Michael de Cossart, *Une Américaine à Paris. La princesse Edmond de Polignac et son salon, 1865-1943*, traduit de l'anglais par Jean-Claude Éger, Plon, 1979, p. 154-155.

Rideau!

431

et des mines compassées. L'année suivante,
Adrienne, amie de Poulenc et de Germaine Taille-
ferre, mettra encore la musique contemporaine à
l'honneur dans ses rapports avec la littérature avec
l'audition d'*Alissa* de Darius Milhaud, d'après *La
Porte étroite* d'André Gide, pièce chantée par Jane
Bathori.

Très nombreuses entre 1919 et 1922, les séances
de *La Maison des Amis des Livres* deviendront par la
suite beaucoup plus sporadiques, jusqu'à être espa-
cées parfois de plusieurs années. Paul Valéry, qui
compte pour lui seul quatre séances (un record, suivi
de Romains, Fargue, Larbaud et Claudel), marquera
de sa présence les noces d'argent de la librairie, le
1er mars 1941, par une lecture chez Adrienne d'un
inédit : *Mon Faust*[1]. Sur les photos, commentées par
Maurice Saillet, on reconnaît la femme et le fils du
poète, «Raymond Queneau qui se marre», Solange
Lemaître, la «crinière d'Honegger». En tout, une
quarantaine de personnes, dont Henri Thomas ou
Daniel Halévy qui, vingt ans plus tard, ne boude pas
son plaisir... Certains sont même furieux de n'être
pas invités. Drieu La Rochelle avoue à la libraire :
«J'étais vexé que vous ne m'ayez pas convié à cette
rare fête. Mais je pensais que j'étais puni justement
de mon peu d'assiduité d'antan. / Tout le monde m'a

1. Fixée d'abord à l'automne 1940 à la librairie (inaugurée
en 1915), la séance eut finalement lieu en mars 1941 chez
Adrienne Monnier, qui répugnait à demander quoi que ce fût
aux autorités d'occupation. Desnos, alors critique littéraire à
Aujourd'hui et ne pouvant y assister, avait envoyé une «cour-
riériste» et un photographe, pour «faire une fleur à la
patronne» et «faire chier les collabos», selon ses propres
termes. L'article, intitulé «L'esprit veille chez Adrienne Monnier», parut le 3 mars 1941, sous la signature de Monique
Blondell (IMEC, Dossiers littéraires).

dit que c'était important [1]. » Malgré la guerre, les soucis, les privations, le ralentissement des affaires, un
goûter de quarante personnes chez Adrienne continue de « faire » l'événement — la presse même s'en
fait l'écho. La libraire n'a pas perdu la main : l'Odéonie est toujours « l'endroit où ça se passe ».

Le discernement d'Adrienne Monnier en matière
de littérature et de musique ne s'étend manifestement pas aux arts plastiques. Mis à part l'acquisition
d'un petit tableau futuriste, *Trois lanciers italiens* de
Gino Severini, et de quelques Michaux, gages de
l'amitié, le goût de la libraire va d'abord à l'art figu-
ratif le plus conventionnel, au « rendu », aux qualités artisanales des œuvres et au métier de l'artiste.
Elle en convient d'ailleurs sans façons : « Je me
demande si ce n'est pas Tériade qui va me convertir
à la peinture actuelle. Car je continue d'y être rétive.
J'essaie de lui expliquer mon cas comme à un médecin [2]. » L'art abstrait, surtout, « chantier pour la haute
couture, pour la publicité, pour l'ameublement [3] », la
laisse froide. Comme à la photographie, Adrienne
demande à la peinture, au dessin, de rendre les
visages, les expressions, la vérité de l'âme. Les expositions de *La Maison des Amis des Livres* témoignent
toutes de cette passion pour la figuration académique : les dessins de la Suissesse E. M. Burgin, les
pastels de Simon Bussy ou les aquarelles d'un certain Cornilleau peuvent bénéficier de préfaces prestigieuses, leur œuvre ne s'en perdra pas moins dans

1. BLJD, Lettre de Pierre Drieu La Rochelle, 14 mars 1941.
Adrienne Monnier soupçonnait Drieu d'avoir écrit un article
vengeur, sous le titre « Prostitution » et le pseudonyme transparent de Saint-Gilles, dans le journal *Le Fait*, ce qu'il démen-
tit.
2. *Les Gazettes*, p. 258.
3. *Id.* p. 260.

les sables. Une mention particulière doit être accordée aux broderies de sa sœur tendrement aimée, Marie Monnier, redécouvertes par le musée de Beauvais en 1992, à la faveur d'une donation, et qu'Adrienne exposa régulièrement. Mais ce monde étrange, onirique, sorti d'un « fil à broder nos rêves » (Jean Tardieu), aurait-il eu l'attention de Paul Valéry, Jean Prévost, Léon-Paul Fargue sans la présence et le rayonnement d'Adrienne ? L'un de ces « tableaux à l'aiguille », trois têtes de femmes dont les visages progressivement s'effacent, semble donner une réponse dans la mise en valeur de la figure centrale, la plus lumineuse, où il est loisible de reconnaître les traits de la libraire. Il est intitulé « La mère et la fille », comme si Philiberte, Adrienne et Marie formaient un trio interchangeable où la divinité protectrice n'est pas forcément la mère biologique.

De tous les arts, celui qui exige une performance, un jeu vivant retient d'abord Adrienne. Elle partage cet engouement avec Sylvia Beach. Dès leur rencontre, les deux femmes courent aux représentations dont Paris est prodigue, assistent ensemble à la fameuse première des *Mamelles de Tirésias*, en 1917. Deux ans plus tard, l'Américaine ne choisit-elle pas d'inscrire le nom du plus grand dramaturge anglais en devanture de sa boutique pour ouvrir le sillage d'une « Company » moderne ? La passion de Sylvia pour Shakespeare remonte à l'enfance ; elle lui sera toujours fidèle. À la librairie, son œuvre complet est toujours disponible, son visage se répète de l'enseigne aux murs, du papier à lettres aux petites cartes destinées à rappeler à l'ordre les abonnés retardataires, qui figurent un Shakespeare stylisé s'arrachant les cheveux à l'idée de ne pas voir réapparaître les volumes... L'un des très rares articles de Sylvia Beach, qui n'aimait pas écrire, ne sera-t-il pas consacré au « théâtre élisabéthain[1] » ? Son étude, parue dans *Correspondance*, revue mensuelle éditée par L'Atelier de Charles Dullin, trahit même, entre les lignes, une forme d'identification à ces troupes de saltimbanques poursuivies par la censure et le pouvoir, comme Joyce put l'être en son temps. Lorsque la Gestapo arrête Sylvia Beach en 1942, elle n'a qu'une heure pour jeter ses affaires dans un sac, où elle enfouit en hâte une bible... et deux volumes des œuvres de Shakespeare[2].

La librairie annonce d'emblée la couleur. Ici, l'on vend, dans l'ordre : « Poetry, Plays, Novels, Essays, Works on art and the theater, Reviews ». Parmi ces dernières figure en bonne place *The Mask*, la revue d'Edward Gordon Craig publiée entre 1908 et 1929. Sylvia en avait acquis la collection complète en 1921, un an après leur première rencontre à Rapallo. L'homme de théâtre, qui avait proposé une interprétation révolutionnaire de *Hamlet* en 1897, y élaborait ses conceptions théoriques d'un « théâtre total », de l'éclairage, de la direction d'acteurs, réservant au magazine *Marionnettes* une autre de ses passions — marionnettes dont il offrit un jeu à Sylvia Beach, qu'un importun lui vola. Ce « great genius » lui dessina même son ex-libris : Shakespeare et Sylvia, face à face, le premier s'inclinant avec respect devant la seconde. En 1941, la libraire dépensa toute l'énergie dont elle était capable pour faire libérer

---

1. Sylvia Beach, « Le théâtre élisabéthain », traduit par Adrienne Monnier, *Correspondance*, n° 3, décembre 1928, p. 17-48.
2. HRC, Box 3, folder 3, Sylvia Beach, « Inturned », texte dactylographié sur son internement à Vittel.

Gordon Craig, soupçonné d'être d'ascendance juive par les autorités allemandes, et y parvint[1]. Sans doute eut-elle une pensée émue pour son ami, en 1949, lorsqu'elle fêta chez elle la parution aux États-Unis d'*Un barbare en Asie* dans sa traduction, en couronnant la soirée par une représentation de *Chaînes*, pièce d'Henri Michaux « jouée » par des marionnettes...

Une autre revue d'avant-garde est mise en valeur sur les tables de *Shakespeare and Company* : *Close Up*, premier magazine consacré au cinéma, fondé par Bryher en 1927 avec son mari Kenneth Mac-Pherson. Sylvia assure la liaison avec Paris, renseigne Bryher sur le film de Marc Allégret sur le Congo, sur Jean Renoir, l'encourage à demander des articles à Gertrude Stein, Dorothy Richardson ou Havelock Ellis. La revue s'éteint en 1933, mais les deux femmes continuent de correspondre sur le septième art comme sur le théâtre (d'Anouilh à Claudel, d'Artaud à Feydeau).

Ce rôle de liaison, de *go-between* que Sylvia exerça toute sa vie dans son métier, elle le mit encore à l'œuvre à l'arrivée de King Vidor à Paris. Le cinéaste cherchait un roman à adapter. Elle lui proposa aussitôt le premier livre d'André Chamson, *Les Hommes de la route*, et se fit leur interprète durant de nombreuses séances de travail pour l'élaboration du scénario. Mais, rappelé un jour aux États-Unis, Vidor s'excusera et ne réapparaîtra plus. Lorsque à partir des années 1950, elle se rendra plus régulièrement à New York, ce sera pour se désoler, déjà ! de voir le cinéma tué par la télévision. Une nouvelle invention l'enthousiasme néanmoins : le Cinérama qui, comme elle le précisera avec ses mots, n'a rien à voir

1. Fitch, p. 403.

avec le cinéma en relief. « Ce n'est pas l'espace qu'on regarde avec des lunettes, écrit-elle ainsi à Maurice Saillet, mais une vaste scène où les sons, les couleurs, les personnes et tout ce qui est autour sont comme dans la vie, et au lieu d'être assis dans son fauteuil vous êtes mêlés à ça. L'illusion est si forte que vous criez en montagnes russes, et vous vous mêlez à la foule à Venise où l'eau est mouillée. Quant à leur tour en avion au-dessus du Grand Canyon, Montagnes Rocheuses, prairies, etc. — c'est for-for-for-mi-dable[1] ! »

Les personnes et tout ce qui est autour sont comme dans la vie : ce cri du cœur est bien celui d'une femme qui, trente ans durant, plutôt que de rester *assise dans son fauteuil*, se battit comme un beau diable pour faire de son échoppe une scène vivante et spontanée de la littérature contemporaine. Plus réservée qu'Adrienne et sans doute moins « composée », Sylvia Beach n'essaie pas tant de se fabriquer un personnage que de participer pleinement au monde réel. Elle préfère l'action à la performance. Les séances données à la librairie par *Les Amis de Shakespeare and Company* sont d'emblée placées sous le signe de l'échange (il s'agit de sauver la librairie de la faillite) plus que du coup d'éclat, même si la venue de T. S. Eliot en 1936 lui apparaît comme « un événement historique[2] ». De même, lorsque le chanteur Paul Robeson vient à Paris, c'est dans son

1. HRC, Box 3, folder 9, Lettre de S. Beach à Maurice Saillet, 1ᵉʳ avril 1953.
2. Princeton, Box 194, Lettre de S. Beach à T. S. Eliot, 24 avril 1936 : « I can hardly believe that such a historic event is really approching. It is most kind of you, Mr. Eliot, to come. » (« J'ai du mal à croire qu'un tel événement historique approche vraiment. C'est vraiment très aimable à vous, M. Eliot, de venir. »)

appartement, en petit comité, que Sylvia le reçoit pour une fête en son honneur — un piano sera livré pour l'occasion au quatrième étage du 18, rue de l'Odéon... Les commentaires d'Adrienne sur ces séances publiques ou privées laissent d'ailleurs entendre que, sur le trottoir d'en face, l'ambiance devient plus détendue, même lorsque Valéry lit son *Narcisse* : « Comme au café-concert, plusieurs spectateurs réclamèrent après : *Le Cimetière marin, Le Cimetière marin*. Mais c'est à Joyce qui demanda impérativement *Le Serpent* que satisfaction fut donnée. Et que de satisfaction aussi à nous tous. Valéry, qui affirme volontiers qu'il n'a pas l'art de lire, lut son *Serpent* de façon si parfaite — non pas en acteur, mais en auteur, oui, tout l'auteur était présent — que, maintenant encore, quand nous y songeons, le cœur nous bat dans la tête. » Quand vient le tour de Jean Schlumberger, l'assistance retrouve « l'air des salons du dix-huitième siècle où se tenaient les plus aimables commerces de l'esprit », tandis que Paulhan, lisant les *Fleurs de Tarbes*, déploie toutes les séductions d'« un charmeur de serpent[1] ».

Scène, tremplin, lieu de rencontres informelles, *Shakespeare and Company* a vocation de faire connaître l'Amérique à la France et d'intégrer les écrivains contemporains dans le fil d'un héritage littéraire. L'exposition consacrée à Walt Whitman, en 1926, entrait de plain-pied dans cette politique. Elle se doublait, efficacité et sens des réalités obligent, d'un mobile pratique et militant : contribuer à l'érection d'un monument dédié au poète à New York. Éditions originales de *Leaves of grass*, manuscrits, photographies attirèrent une centaine de visiteurs, dont un livre d'or a gardé les noms : toute l'Odéonie

---

1. *Les Gazettes*, p. 133.

était présente, de Claude Cahun à Ezra Pound. Et, bien sûr, James Joyce, accompagné de sa famille au complet, qui lança — c'était fatal — la réplique idéale : « I'm going to Stratford-on-Odeon [1]. »

Des *Mamelles de Tirésias* de Guillaume Apollinaire en 1917 aux *Mouches* de Jean-Paul Sartre, pièce représentée en 1943, le Paris de l'entre-deux-guerres a connu cet âge d'or d'une littérature qui « faisait spectacle » et créait l'événement. Du surréalisme à l'existentialisme, en marge des projecteurs, l'Odéonie aura été un autre théâtre, l'une de ces scènes alternatives qui autorisaient tous les croisements, des hommes et des mouvements, de la France et de l'Amérique, où l'écriture et la lecture trouvèrent une forme originale d'application. Un lieu de passage, en somme, où, dans le décor neutre d'une librairie, par la grâce de deux interprètes, deux traductrices des langues et des passions, s'est joué, trente-cinq ans durant, le répertoire vivant des idées.

1. Fitch, p. 231. Par allusion à Stratford-upon-Avon ou Stratford-on-Avon, berceau de Shakespeare où se trouve le Shakespeare Memorial Theatre.

ÉPILOGUE

> *L'être humain qu'était Adrienne sera, je l'espère, étudié de près, un jour ou l'autre. Elle était « mystérieuse comme tout le monde », selon la parole de Maeterlinck, mais sensiblement plus que tout le monde.*
>
> JULES ROMAINS,
> « Adrienne Monnier »,
> *Mercure de France.*

> *Il y a vraiment quelque chose d'aérien en elle sa vivacité, son énergie, sa simplicité, sa lucidité en font un oiseau échappé d'une anthologie grecque.*
>
> CYRIL CONNOLLY
> à propos de Sylvia Beach,
> *Mercure de France.*

Ici s'achève le voyage en Odéonie, après trois ans de pérégrinations, de lectures, d'impressions, de rencontres. Voyager est un art difficile. Où s'arrêter, quelles étapes privilégier, quand revenir, où poser ses bagages dans la fatigue du retour ? Et quels souvenirs garder, quelle image fixer sous le flot des paysages, des événements, des noms, des émotions ? J'ai cédé à une dernière tentation, banale, irrésistible, en

allant interroger les tombes de Sylvia Beach et
d'Adrienne Monnier. La première voulait voir ses
cendres reposer auprès de la seconde. La famille n'a
pas respecté son vœu. Sylvia est donc revenue dans
la ville de son enfance, Princeton, banlieue propre à
deux heures de New York, pour être enterrée aux
côtés de son père. Sur le plan du cimetière, à dix
minutes de la prestigieuse université qui conserve
ses archives personnelles, on indique l'emplacement
de cette discrète gloire locale, dont une petite pierre
tombale blanche, usée, perpétue le nom. L'inscription, avec le temps, s'est presque effacée. Mais la
lumière éclatante d'un jour de juin, qui rendait l'air
brillant, en soulignait malgré tout le relief. À l'autre
bout de l'Atlantique, le vrai, plus large infiniment
que le fleuve Odéon, le ciel du petit cimetière de
Montlognon (Oise), à quarante-cinq minutes de
Paris, entre Senlis et Ermenonville, a la couleur du
monde d'Adrienne — il est gris, comme cette dalle
sans croix ni ornement qui indique que la libraire
repose désormais avec sa sœur, auprès de Maurice
Saillet.

Les cimetières ne délivrent aucun message, sinon
celui qu'on leur prête. Princeton, Montlognon : les
tombes des deux libraires restent à la périphérie ;
elles disent la sobriété et l'effacement, où il est loisible de lire le secret de leur vie et de leur action,
dévouées à la littérature vivante. À la mort
d'Adrienne, un journal argentin s'interrogeait :
« Mais qui était Adrienne Monnier ? se demanderont
quelques lecteurs peu au fait de ce que l'on pourrait
appeler "la littérature invisible"[1]. » Dans le numéro
du *Mercure de France* consacré à Sylvia Beach peu

1. « Adrienne Monnier y los Argentinos », *La Nación*,
23 octobre 1955.

après sa disparition, Cyril Connolly, qui voyait en l'Américaine « une Bostonienne rebelle », renchérissait pourtant : « Ces deux femmes semblaient avoir toujours régné d'une manière invisible, comme Godot [1]... » L'invisibilité n'est pas une fatalité. Si ce livre eut une ambition, ce fut de mettre deux femmes de l'ombre en pleine lumière, au risque de contredire leur volonté.

Car une question insidieuse, entêtante, demeure : quelle part Adrienne Monnier et Sylvia Beach ont-elles prise *elles-mêmes* dans le silence qui pèse sur leur action ? L'héritage d'une tradition culturelle qui impose aux femmes de « se faire petites » et de se cantonner à la marge — dans la cuisine, en somme, dont Adrienne avait su faire son royaume efficace et secret — doit-il compter, *aussi*, avec une politique personnelle de discrétion qui aurait été la condition de la réussite de leur entreprise ? Cette humilité, à la fois exigée par la « domination masculine » et volontaire, n'était-elle pas une forme plus subtile de pouvoir, celui, pour aller vite, des éminences grises, qui laissent les « grands hommes » occuper physiquement l'espace public pour mieux régner en coulisses ? L'un n'empêche pas l'autre. En déposant, comme le fit l'une, sa correspondance littéraire dûment classée à l'université française et, comme le fit l'autre, ses archives à Princeton, Adrienne Monnier et Sylvia Beach confièrent à la postérité le soin de juger.

Par leur énergie, leur intelligence des situations et des êtres, Adrienne Monnier et Sylvia Beach nous lèguent un trésor simple : la création, exercice irréductiblement solitaire, a besoin de la créativité des autres pour advenir. La publication d'*Ulysse*

---

1. Cyril Connolly, « A rendez-vous for writer », *Mercure de France*, n° 1198-1199, *op. cit.*, p. 165.

demeure bien sûr le chapitre le plus complexe et le plus éclatant du livre de leur vie. Son histoire, depuis la première rencontre avec l'écrivain jusqu'au rachat des droits par Gallimard dix-sept ans plus tard, souligne surtout à quel point les solutions alternatives peuvent triompher, à force de passion et de détermination, des conventions et des institutions établies. Sylvia Beach face à James Joyce, La Maison des Amis des Livres face à la NRF : il y a, sous-jacente à une solidarité productive et fertile, une lutte sourde qui évoque celle de David contre Goliath. Or, si la légende privilégie aujourd'hui la victoire du premier sur la grossièreté du second, Adrienne Monnier et Sylvia Beach sont à peu près oubliées des dictionnaires et des manuels — la grosse biographie consacrée à l'Américaine, en 1987, n'ayant jamais été traduite en français. Pourquoi ?

L'histoire des « personnages intermédiaires » reste à faire. Adrienne Monnier et Sylvia Beach, faut-il le rappeler ? étaient deux femmes, libraires, et qui s'aimaient. Or, en France, l'histoire des femmes, depuis les travaux pionniers de Michelle Perrot, est récente, comme celle de la librairie et de l'édition [1]. La création de l'IMEC (Institut Mémoires de l'édition contemporaine), en 1988, est ainsi venue combler un besoin, ce dont tous les historiens des pratiques culturelles conviennent aujourd'hui. Quant aux *Gay & Lesbian Studies*, venues des États-Unis, elles émergent lentement, sous l'impulsion, notamment, de Didier Éribon, dont les *Réflexions*

1. Citons notamment les travaux de Roger Chartier et Henri-Jean Martin (*Histoire de l'édition française*, 4 vol., Fayard, 1989-1991) et ceux de Pascal Fouché (*L'Édition française depuis 1945*, Cercle de la Librairie, 1998) lequel vient de mettre en ligne une très précieuse chronologie de l'édition française au XXᵉ siècle : http ://www.edition-fr.com

sur la question gay ont creusé une brèche dans les études françaises.

Le chantier est donc ouvert. Il doit compter avec de nombreuses embûches : les résistances de l'Université, d'abord, qui peine à accorder un espace aux disciplines nouvelles, et les lourdeurs de la recherche devenue, dans nos bibliothèques et nos centres d'archives, un véritable parcours du combattant. À la bibliothèque littéraire Jacques-Doucet (ouverte quatre jours par semaine, de 14 à 18 heures), il faut pour être admis se munir au préalable de l'autorisation des ayants droit de tous les correspondants (plusieurs centaines, dans le cas d'Adrienne Monnier, dont il faut retrouver les héritiers) afin de pouvoir consulter... un maximum de cinq cotes par jour — contre trois, il est vrai, au département des manuscrits occidentaux de la Bibliothèque nationale. Les photocopies ne sont pas autorisées. À la BnF, l'indigence des fonds anglo-américains impose de traverser l'Atlantique (ce que je pus faire grâce aux Missions Stendhal) pour se rendre aux États-Unis, où l'accueil et l'efficacité des institutions laissent rêveur. De tels travaux demandent donc une disponibilité presque totale et un sévère acharnement. L'assistance, aussi, de bibliothécaires souvent diligents, autres « intermédiaires » susceptibles de faciliter votre tâche par quelques gestes permettant de contourner les rigueurs d'un règlement sans rapport avec la réalité du travail.

Passage de l'Odéon s'est donc construit *en creux*, sur le désir de deux libraires à demeurer dans la pliure de la page et contre l'empêchement institutionnel, afin de faire parler des archives difficilement accessibles sur des femmes qui préféraient la sobriété de l'action aux récits complaisants, *Rue de l'Odéon* et *Shakespeare and Company* demeurant deux guides fort précieux mais lacunaires.

Que nous disent aujourd'hui ces milliers de documents ? Que les deux libraires ont bâti une œuvre impalpable, fondée sur l'échange et la réciprocité, la circulation des savoirs et des langues. Or, quoi de plus mouvant, de plus insaisissable que la modestie d'une œuvre *à deux*, au milieu de « grands » autres ? Comme Rachilde et Valette, Eugène et Maria Jolas, Misia Sert et Thaddée Natanson, Margaret Anderson et Jane Heap, Adrienne Monnier et Sylvia Beach, complètement dissemblables, parfaitement en accord, appartiennent à l'histoire de ces couples d'intermédiaires dont l'histoire est rendue, de fait, doublement complexe dans son identification.

D'un bâtiment, on retiendra le nom de l'architecte, plus rarement celui des maçons. Pierre à pierre, elles ont pourtant échafaudé une scène nécessairement provisoire, destinée à disparaître avec elles. L'entreprise demandait suffisamment d'orgueil pour exister — Adrienne n'en manquait pas — et un « don de soi » dont elles étaient toutes deux prodigues. Aux yeux de Lewis Galantière, les prestigieux amis d'Adrienne Monnier pouvaient avoir délivré au monde « une considérable contribution », ils n'en demeuraient pas moins « impuissants à rivaliser en offrandes avec une femme » qui « donnait tout et ne prenait rien » et « dont le cœur était plus grand que tous les leurs combinés [1]. ». Maurice Saillet, lui, évoquait la générosité de Sylvia en la comparant à celle de Margue-

---

1. Lewis Galantière, « Paris News Letter », *New York Tribune*, France, 29 juillet 1923. « And what is intensely interesting to observe in Adrienne Monnier's friendships is that she gives everything and takes nothing. Most of her friends have given a great deal to the world, but they are powerless to match in gifts a woman who has only to translate her passion into action to become a donor, whose heart is greater than all of theirs combined. »

rite de Valois, dont Richelieu disait superbement qu'« elle ne fit jamais don à personne sans excuse de donner si peu, et le présent ne fut jamais si grand qu'il ne lui en restât toujours un désir de donner davantage, si elle en eût eu le pouvoir ; et, s'il semblait quelquefois qu'elle départît ses libéralités sans beaucoup de discernement, c'est qu'elle aimait mieux donner à une personne indigne, que manquer de donner à quelqu'un qui l'eût mérité[1] ».

Adrienne Monnier et Sylvia Beach ont été payées de retour, en laissant à ceux qui les ont connues, ou qui ont deviné leur action, un souvenir fort, ému, qui devait perdurer au-delà de leur grande époque. Dans les dernières années de *La Maison des Amis des Livres*, un adolescent de quatorze ans, échappé du lycée, se risqua à pousser la porte de la librairie dont il avait tant entendu parler. Mais à peine entré, interdit face à une dame en robe grise et un monsieur sérieux, il ne sut quoi dire. « Eh bien, que désirez-vous jeune homme ? » Il bredouilla quelques mots, repartit. Revenu au lycée, il confia d'un air docte et un peu mystérieux à ses camarades — car il avait reconnu le monsieur sérieux : « Je suis allé rue de l'Odéon. Paul Valéry m'a dit de grandes choses[2]. » Cet adolescent s'appelait François Nourissier, sa mémoire de l'événement reste intacte.

Cette aura de l'Odéonie s'étend au-delà des noms célèbres attachés à l'histoire des deux maisons. Leur action quotidienne en faveur de la lecture et de la découverte de la littérature contemporaine touchait une foule d'inconnus pour qui un geste, un conseil,

1. Maurice Saillet, « Mots et locutions de Sylvia », *Mercure de France*, n° 1198-1199, *op. cit.*, p. 78.
2. Entretien de l'auteure avec François Nourissier, 22 octobre 2002.

a pu un jour se révéler déterminant. Beaucoup auraient pu dire avec Jacques Benoist-Méchin, lorsqu'il reçut en 1932 le catalogue de la bibliothèque d'Adrienne qu'elle avait mis dix-sept ans à mettre au point : « J'ai relu avec bouleversement les pages de l'Introduction qui m'ont rappelé les temps — déjà lointains — où, au milieu de souffrances que tu ne soupçonnais peut-être pas, tu m'as apporté quelques-uns des dons les plus précieux de l'esprit. Plus encore : c'est à la vie de l'esprit elle-même que tu m'as éveillé, et dans beaucoup de mes soucis et de mes projets actuels, je découvre encore souvent des choses que je te dois[1]. » L'hommage de Leslie Katz à Sylvia Beach ne fut pas moins vibrant : « La personne qui peut apporter à une profession "ordinaire" une vocation vraie et un dévouement lui restitue son essence. Lincoln fut un homme politique, Melville un marin, Thoreau un campeur. Sylvia Beach fut libraire. [...] Sa carrière, sa vie n'ont pas été une leçon ; elles eurent le style d'une œuvre d'art[2]. »

Une langue « où la formation humaine l'emporte sur la formation scolaire[3] », un style, une présence : Adrienne Monnier et Sylvia Beach ont donné tout cela à l'histoire littéraire, c'est-à-dire ce qui fait sa matière, le tissu même de son développement et de ses plus beaux espoirs.

---

1. BLJD, Lettre de Jacques Benoist-Méchin à A. Monnier, 26 octobre 1932.
2. Leslie Katz, « Meditations on Sylvia Beach », *Mercure de France*, n° 1198-1199, *op. cit.*, p. 88.
3. Saint-John Perse, « Pour Adrienne Monnier », *Mercure de France*, n° 1109, *op. cit.*, p. 11-12.

CHRONOLOGIE

Cette chronologie a été établie à partir des archives de l'IMEC (et notamment des travaux de Maurice Saillet), de Princeton, et des deux ouvrages de référence sur Adrienne Monnier et Sylvia Beach : *Adrienne Monnier & la Maison des Amis des Livres. 1915-1951*, textes et documents réunis et présentés par Maurice Imbert et Raphaël Sorin, IMEC Éditions, 1991, et la biographie de Noel Riley Fitch, *Sylvia Beach and the Lost Generation. A History of Literary Paris in the Twenties and Thirties*, New York et Londres, W.W. Norton & Company, 1983.

Les séances, auditions, lectures, conférences et autres causeries citées se sont toutes tenues à *La Maison des Amis des Livres*, sauf indication contraire.

1882. Mariage de Sylvester W. Beach, pasteur, né en 1852, avec Eleanor (dite Nellie) Orbison, née en 1864 à Rawalpindi (Inde), de parents missionnaires.

1887. 14 mars : Naissance de Nancy (dite Sylvia) Woodbridge Beach, à Baltimore (Maryland). Sylvia Beach est la deuxième enfant d'une famille de trois filles qui compte Mary (dite Holly) Hollingsworth Beach, née le 17 juin 1884, et Eleanor (dite Cyprian) Elliot Beach, née le 23 avril 1893.

1888. La famille Beach déménage à Bridgeton (New Jersey).
2 juin : Mariage de Clovis Monnier, « employé des Postes », né le 24 juin 1859 à Lect (Jura), avec Phi-

liberte Sollier, née le 25 avril 1873 à Lyon (Rhône), sans profession.

1892. 26 avril : Naissance d'Adrienne Monnier à Paris.

1894. 7 février : Naissance de Marie Monnier à Paris.

1902. Sylvester Beach est appelé à assister le révérend de l'église presbytérienne des Américains de Paris. Les Beach restent trois ans dans la capitale française et rentrent à Princeton (New Jersey) en 1905, où Sylvester Beach a été nommé pasteur grâce à son ami Thomas Woodrow Wilson, président de l'Université et futur Président des États-Unis en 1913.

1907. Sylvia Beach fait de fréquents voyages en Europe jusqu'à son installation définitive à Paris en 1916.

1909. Adrienne Monnier obtient le brevet supérieur, diplôme sanctionnant la fin des études supérieures. En septembre, elle part pour Londres retrouver Suzanne Bonnierre, une amie de classe dont elle est éprise. Elle reste neuf mois en Angleterre, d'abord comme dame de compagnie puis comme professeur de français.

1911. Adrienne Monnier trouve un poste d'institutrice dans une école privée à Montmartre et apprend la sténo afin de devenir secrétaire littéraire, poste qu'elle occupe bientôt au journal de l'Université des Annales fondée par Yvonne Sarcey. Elle y rédige le courrier des lecteurs et quelques comptes-rendus littéraires jusqu'en 1915.

1913. Novembre : Clovis Monnier est victime d'un très grave accident de chemin de fer à Melun, alors qu'il est en service dans le fourgon postal. Il donnera l'intégralité de son indemnité (10 000 francs) à sa fille Adrienne pour qu'elle réalise son rêve : ouvrir une librairie.

1915. 15 novembre : Ouverture de *La Maison des Amis des Livres*, 7, rue de l'Odéon, Paris, VIe.

1916. C'est l'année de toutes les rencontres : Jules Romains, Léon-Paul Fargue, André Breton, Louis Aragon, Pierre Albert-Birot, Pierre Reverdy, Max Jacob, Blaise Cendrars, Guillaume Apollinaire, Paul Léautaud deviennent des habitués de la librairie.
5 décembre : Sylvia Beach franchit le seuil de *La*

Maison des Amis des Livres pour la première fois et prend un abonnement pour un mois qu'elle renouvellera jusqu'à son départ pour la Serbie.

1917. 1ᵉʳ mars : Lecture d'*Europe*, par Jules Romains.

12 février : Harriet Shaw Weaver publie en volume et à ses frais *A Portrait of the Artist as a Young Man* de James Joyce, dont elle avait fait paraître des extraits dans sa revue *The Egoist* depuis 1914. Elle compte procéder de même pour *Ulysses*.

15 mars : le lendemain de ses trente ans, Sylvia Beach prend une carte de sociétaire (n° 18) pour un an à *La Maison des Amis des Livres*.

1918. 21 janvier : Adrienne Monnier s'associe avec Pierre Haour. Raison sociale : A. MONNIER & Cie. La société sera dissoute le 1ᵉʳ décembre 1920, après la mort de Pierre Haour.

7 février : Publication de *Bibi-la-Bibiste* par Les Sœurs X... [Raymonde Linossier], sans mention d'éditeur [La Maison des Amis des Livres].

Mars : parution des premiers fragments de *Ulysses* de James Joyce dans *The Little Review* dirigée par Margaret Anderson et Jane Heap à New York.

26 mai : Adrienne Monnier note dans son calepin : « jour où les petites américaines ont déjeuné », en référence à Sylvia et à sa sœur Cyprian.

Au cours de l'été, Jean Paulhan demande à Adrienne Monnier les deux premiers numéros de *Dada* parus à Zurich qu'elle vient de recevoir et qu'elle s'apprête à retourner à l'envoyeur. C'est par ces deux numéros que Breton et Aragon auront connaissance du mouvement dada.

Sylvia Beach part dans les Balkans comme volontaire de la Croix-Rouge en Serbie.

1919. 17 janvier : Séance Léon-Paul Fargue, avec le concours du pianiste Ricardo Viñes (interprétant les *Gnossiennes* de Satie), du comédien Jean Yonnel et d'Adrienne Monnier (lecture de *Tancrède* et de *Pour la musique*).

20 février : Lecture du *Cap de Bonne-Espérance*, par Jean Cocteau.

21 mars : Audition de *Socrate*, d'Erik Satie, avec

Suzanne Balguerie. Première représentation « semi-publique » après sa création, en version pour piano et soprano solo, chez la princesse de Polignac. La première représentation publique, le 7 juin 1920, sera un échec.

28 mars : Lecture de *La Vierge et les Sonnets*, par Francis Jammes.

12 avril : Séance Paul Valéry, avec causerie de Léon-Paul Fargue et lectures par André Gide (« La pythie »), Léon-Paul Fargue (« La Jeune Parque »), André Breton (« Été ») et Adrienne Monnier (« Aurore »).

30 mai : Séance Paul Claudel, organisée au théâtre du Gymnase, avec Marguerite Moreno, Ève Francis, Jean Hervé, Jean Yonnel et Édouard De Max.

Hiver : Création d'une « antenne » indépendante de la librairie par Renée Lancelle dans le XVIᵉ arrondissement, *Les Amis des Livres du XVIᵉ*, 33, rue de l'Assomption (59, avenue Mozart). Une autre « société de lecture », intitulée *Les Amis des Livres*, naîtra au Caire, « filiale de la librairie d'art Stavrinos & Cie ».

17 novembre : Revenue de Serbie en France en juillet, Sylvia Beach, après avoir renoncé à ouvrir une librairie française à Londres, fonde à Paris, 8, rue Dupuytren (VIᵉ), *Shakespeare and Company*, librairie-bibliothèque de prêt de langue anglaise conçue sur le même modèle que *La Maison des Amis des Livres*.

Septembre : Mariage de Suzanne Bonnierre avec Gustave Tronche, administrateur de la *NRF*.

1920. 13 janvier : Conférence de Georges Duhamel, *Guerre et littérature*.

11 février : Audition d'*Alissa* (1913) de Darius Milhaud, d'après *La Porte étroite* d'André Gide, avec Jane Bathori et l'auteur.

15 février : Publication de *La Maison des Amis des Livres*, profession de foi d'Adrienne Monnier.

9-31 mars : Exposition des « Aquarelles » du peintre Cornilleau. Présentation d'André Gide.

16 mars : Première visite de Gertrude Stein et Alice B. Toklas à *Shakespeare and Company*.

25 mars : Deuxième séance Léon-Paul Fargue, avec lectures par André Gide, Francis de Miomandre, Jacques Porel, Adrienne Monnier et Réjane, déjà malade et dont ce devait être la dernière apparition publique.

Avril : Adrienne Monnier crée la collection *Les Cahiers des Amis des Livres*, dont les 6 numéros sortiront tous au cours de l'année. Dans l'ordre, il s'agit de :

• Paul Claudel, *Introduction à quelques œuvres* (publication de la conférence faite le 20 mai 1919 au théâtre du Gymnase).

• Georges Duhamel, *Guerre et littérature*.

• Francis Thompson, *Une antienne de la terre*, poème traduit de l'anglais pour la première fois, annoté par Auguste Morel et précédé d'une notice biographique sur Francis Thompson, par Mr Wilfrid Meynell.

• Luc Durtain, *Georges Duhamel*, avec un portrait par Paul-Émile Bécat.

• Paul Valéry, *Album de vers anciens, 1890-1900* (poèmes déjà publiés, à part deux pièces inachevées et une page de prose sur l'art du vers).

• Valery Larbaud, *Samuel Butler*.

11 juillet : Dîner chez André Spire au cours duquel Sylvia Beach rencontre James Joyce pour la première fois.

12 juillet : James Joyce, domicilié 5, rue de l'Assomption (Paris, XVIe), souscrit un abonnement d'un mois à *Shakespeare and Company*.

3 novembre : Conférence de Valery Larbaud sur Samuel Butler.

26 novembre : Lecture de « Le Voyage des amants », poème inédit, par Jules Romains.

1921. 9 février : Conférence de Georges Duhamel, *Pourquoi nous aimons un poète*, avec le concours de Blanche Albane.

14-21 février : Procès à New York contre *The Little Review*, accusée d'obscénité pour avoir publié des extraits de *Ulysses* de James Joyce. Verdict : Margaret

Andersen et Jane Heap, les deux directrices, échappent de peu à la prison mais doivent verser 100 dollars d'amende. *Ulysses* est interdit aux États-Unis.

10 avril : James Joyce écrit à Harriet Shaw Weaver : « J'ai accepté la proposition que m'a faite *Shakespeare and Company*, une librairie d'ici [...]. Ils m'offrent 66 % de bénéfice net. »

13 avril : Séance consacrée à l'œuvre de Henry J.-M. Levet, ·avec la participation de Léon-Paul Fargue et Valery Larbaud.

26 avril : Inauguration de l'exposition des « Tableaux, dessins, lithographies » de C. F. Winzer.

18 mai : Deuxième séance Paul Valéry, *Dialogue sur l'architecture* ; lectures de poèmes, par André Gide, Léon-Paul Fargue, Adrienne Monnier et Jean Yonnel.

28 mai : Deuxième séance Paul Claudel ; textes lus par Léon-Paul Fargue, Jules Romains, Adrienne Monnier, Ève Francis et Édouard De Max.

27 juillet : Sylvia Beach quitte le 8, rue Dupuytren pour le 12, rue de l'Odéon où elle a installé *Shakespeare and Company*.

Décembre : Ernest Hemingway, introduit par Sherwood Anderson, rencontre Sylvia Beach et prend un abonnement à *Shakespeare and Company*.

7 décembre : Séance consacrée à James Joyce. Conférence de Valery Larbaud et lecture des premiers fragments d'*Ulysse* traduits en français par Larbaud, Benoist-Méchin et Fargue. Le carton d'invitation précise : « Nous tenons à prévenir le public que certaines pages qu'on lira sont d'une hardiesse d'expression peu commune qui peut très légitimement choquer. / Cette séance étant donnée au bénéfice de JAMES JOYCE, le droit d'admission sera, exceptionnellement, de 20 francs par personne. Nous serions particulièrement reconnaissants envers les personnes qui voudraient bien dépasser la somme fixée. »

1922. 1er février : Sylvia Beach va chercher le premier exemplaire de *Ulysses* à la gare de Lyon et le dépose chez James Joyce. L'imprimeur Darantière avait mis les bouchées doubles pour que le livre fût prêt le jour de l'anniversaire de l'auteur, le 2 février. Un mois après sa sortie, l'édition ordinaire des 750 exemplaires est épuisée.

Février : En collaboration avec Henri Girard, Adrienne Monnier ouvre un local sur cour, *La Bouquinerie des Amis des Livres*, destiné à la vente des exemplaires d'occasion.

31 mai : Causerie de Paul Valéry sur *Les Idées* d'Edgar Poe. C'est la première fois que Valéry prend la parole en public.

1923. Avril : Publication de *La Figure*, premier recueil de poèmes d'Adrienne Monnier, à La Maison des Amis des Livres.

29 mai : Troisième séance Jules Romains, avec lectures par l'auteur et par Adrienne Monnier.

Rencontre avec Saint-John Perse, dont Adrienne Monnier portera le manuscrit d'*Anabase* à Jacques Rivière pour publication dans la *NRF* et que l'auteur lui donnera une fois le volume paru. Lecture en petit comité du poème dans l'appartement d'Adrienne, au 18 de la rue de l'Odéon.

1924. Été : parution du premier numéro de la revue *Commerce*, sous la direction de Paul Valéry, Léon-Paul Fargue et Valery Larbaud, dont la publication s'arrêtera en 1932. Administration : Adrienne Monnier, pour le premier numéro seulement. Brouille avec Léon-Paul Fargue. Le numéro 2 paraît le 5 janvier 1925 ; le siège de la revue a été transféré chez Ronald Davis, 160, rue du faubourg Saint-Honoré.

1925. Mai-décembre : séjour de Francis Scott Fitzgerald à Paris.

1er juin 1925-mai 1926 : *Le Navire d'argent*, revue mensuelle de littérature et de culture générale dirigée par Adrienne Monnier.

1926. 14-15 mai : Vente de la bibliothèque personnelle d'Adrienne Monnier à l'Hôtel Drouot pour combler le déficit de sa revue *Le Navire d'argent*.

Juin : Publication du recueil *Les Vertus*, poèmes d'Adrienne Monnier, à La Maison des Amis des Livres.

19 juin : Première représentation au Théâtre des Champs-Élysées de *Ballet mécanique*, de George Antheil, composé dans la chambre que louait Sylvia Beach au musicien, au-dessus de *Shakespeare and Company*, sur le piano prêté par Adrienne. La pièce musicale, enrichie de multiples sons (sifflets, coups de marteau, klaxon, sonneries électriques, etc.) provoqua un tollé général.

15 décembre 1926-25 janvier 1927 : Exposition Paul-Émile Bécat.

1927. Affaire du piratage de *Ulysses* par Samuel Roth, qui entend publier le livre en revue et le vendre sous le manteau à sa guise. Sylvia Beach mobilise toute la communauté littéraire.

16 mai-15 juin : Exposition Marie Monnier. Préface du catalogue par Léon-Paul Fargue.

22 juin : Mort d'Eleanor Beach, la mère de Sylvia, à l'Hôpital américain de Paris, par absorption massive de barbituriques.

7 juillet : Publication de *Pomes Pennyeach*.

1929. Février : Publication d'*Ulysse* par James Joyce, « Traduit de l'anglais par M. Auguste Morel assisté par M. Stuart Gilbert. Traduction entièrement revue par M. Valery Larbaud avec la collaboration de l'Auteur », à La Maison des Amis des Livres.

27 juin : Déjeuner *Ulysse* à l'hôtel Léopold des Vaux-de-Cernay pour fêter la sortie du livre.

10-30 juin : Exposition « Quelques pastels » de Simon Bussy.

Préface de Jean Schlumberger.

Septembre : Publication de *Littérature* par Paul Valéry, à La Maison des Amis des Livres.

1930. Mars-juin : Exposition Marie Monnier.

15 mai : Lecture par Jean Schlumberger de fragments d'un roman inédit, *Saint-Saturnin*.

16 décembre 1930-15 janvier 1931 : Exposition de la peintre suissesse Élisabeth Mary Burgin.

1931. 7 janvier : Lecture d'Edith Sitwell à *Shakespeare and Company*.

26 mars : Deuxième séance consacrée à James Joyce. Conférence d'Adrienne Monnier, « James

Joyce et le public français ». Fragments de « Anna
Livia Plurabelle » lus en anglais par Joyce (audition
d'un enregistrement) ; présentation de la traduction
de « Anna Livia Plurabelle », par Philippe Soupault
(l'un des sept traducteurs avec Samuel Beckett,
Alfred Péron, Paul Léon, Ivan Goll, Eugène Jolas et
Adrienne Monnier) et lecture de fragments traduits
en français par Adrienne Monnier.
Publication de *Moralités* par Paul Valéry, à La Maison des Amis des Livres.
Adrienne Monnier et Sylvia Beach sont contraintes
de vendre leur automobile pour des raisons économiques.

1932. Publication du *Catalogue critique de la Bibliothèque
de prêt qu'elle a composée entre 1915 et 1932* par
Adrienne Monnier. *Fableaux*, de J.-M. Sollier [pseu-
donyme d'Adrienne Monnier], à La Maison des Amis
des Livres.

1933. 6 décembre : À la suite d'un procès en révision à
New York, *Ulysses* de James Joyce peut désormais
être publié aux États-Unis.

1934. Janvier : Un mois après la levée de l'interdiction,
Ulysses paraît aux États-Unis chez Random House.

1935. 15 janvier : Parution du premier numéro de la revue
trimestrielle *Mesures*, dont la publication s'arrêtera
en 1940. Comité de direction : Henry Church, Bernard Groethuysen, Henri Michaux, Jean Paulhan,
Giuseppe Ungaretti. Administration : Adrienne
Monnier jusqu'en 1937, puis José Corti.
Mars : Gisèle Freund entre pour la première fois à
La Maison des Amis des Livres, pour acheter *Puissances de Paris* de Jules Romains, remarqué en
vitrine.

1936. À l'initiative d'André Gide, un comité de soutien, *Les
Amis de Shakespeare and Company*, a été créé pour
aider Sylvia Beach dans ses difficultés financières.
Les séances ont lieu dans la librairie. Les premières
seront :
• 1er février : lecture d'André Gide.
• 29 février : Paul Valéry (*Alphabet* et *Fragments de
Narcisse*).

- 28 mars : lecture de Jean Schlumberger.
- 9 mai : lecture de Jean Paulhan (*Les Fleurs de Tarbes*).
- 6 juin : lecture de T. S. Eliot (*The Waste Land* et fragments de *The Four Quartets*, à paraître).

1er juillet : Séance de la revue *Mesures*. Lecture de leurs œuvres par Jacques Audiberti, Henri Calet, Charles-Albert Cingria, René-Jean Clot, René Daumal, Georges Limbour, Henri Michaux, Georges Pelorson, Francis Ponge, A. Rolland de Renéville, J.-M. Sollier (Adrienne Monnier) et Jean Paulhan.

Durant l'été, Sylvia Beach part pour un grand voyage aux États-Unis. À son retour, elle se voit contrainte de déménager et d'intégrer le petit appartement au-dessus de sa boutique, car Adrienne abrite désormais Gisèle Freund chez elle.

Publication de *La Photographie en France au XIXe siècle* par Gisèle Freund, à La Maison des Amis des Livres.

1937. 30 janvier : Lecture de fragments des *Hommes de bonne volonté* et de *L'Homme blanc* par Jules Romains à *Shakespeare and Company*.

Février : Adrienne Monnier vend les derniers exemplaires et les droits d'*Ulysse* de James Joyce aux éditions Gallimard.

30 avril : Lecture d'André Maurois à *Shakespeare and Company*.

12 mai : Lectures d'Ernest Hemingway (« Fathers and Sons », extrait de *Winner Take Nothing*) et de Stephen Spender (*Poèmes*) à *Shakespeare and Company*.

2 juillet : Séance consacrée à la revue *Life & Letters to-day* à *Shakespeare and Company*.

Août : Nomination d'Adrienne Monnier au grade de chevalier dans l'ordre national de la Légion d'honneur.

Sylvia Beach entame la rédaction de ses Mémoires.

1938. Janvier 1938-mai 1940 : *La Gazette des Amis des Livres*, rédigée par Adrienne Monnier et par les Amis des Livres, paraît six fois par an et n'est vendue que par abonnement.

Publication de *Paris 1900* par Bryher, traduction par Sylvia Beach et Adrienne Monnier, à La Maison des Amis des Livres. Adrienne Monnier rencontre Maurice Saillet, qui lui a écrit sur les conseils d'André Gide. Il deviendra son assistant l'année suivante et le restera jusqu'à la cession de la librairie.

Juin : Sylvia Beach est nommée au grade de chevalier dans l'ordre national de la Légion d'honneur.

1939. 5 mars : Première projection des portraits d'écrivains en couleurs réalisés par Gisèle Freund à *La Maison des Amis des Livres*.

1940. 16 novembre : Mort du révérend Sylvester Beach.

1941. 13 janvier : Mort de James Joyce à Zurich.

1er mars : À l'occasion des noces d'argent de la librairie, lecture de *Mon Faust*, par Paul Valéry, dans l'appartement d'Adrienne Monnier, au 18, rue de l'Odéon.

Décembre : Un officier allemand, venu deux fois demander un exemplaire de *Finnegans Wake* que Sylvia Beach refuse de lui vendre, menace de confisquer tous ses livres. En deux heures, Sylvia Beach déménage tout le contenu de la librairie. *Shakespeare and Company* ne réouvrira jamais.

1942. Août : Sylvia Beach est arrêtée à Paris en tant qu'Américaine, ennemie de l'occupant. Elle passe plus de six mois dans un camp d'internement à Vittel.

1943. Juin : Adrienne Monnier ferme la bibliothèque de prêt. Bien que les affaires marchent au ralenti, elle poursuit son activité de libraire durant toute la période de la guerre qu'elle passe sans encombres, *a priori* sans être inquiétée par la censure ni les autorités d'occupation. Elle profite de ses relations avec des diplomates (Henri Hoppenot et Saint-John Perse notamment) pour sauver ou faire libérer de nombreux écrivains juifs, parmi lesquels Arthur Koestler, Walter Benjamin, Siegfried Kracauer.

1944. 28 avril : Mort de Clovis Monnier à l'Haÿ-les-Roses, d'une tumeur de la langue.

26 août : Hemingway « libère » la rue de l'Odéon.

4 octobre : Mort de Philiberte Monnier à Paris.

1946. 7 octobre : Séance Victoria Ocampo, avec projection de photographies en couleurs de Gisèle Freund sur l'Argentine.

1948. Adrienne Monnier songe sérieusement à se séparer de la librairie. Elle demande 12 millions de francs pour le fonds.

1951. Avril : Sylvia Beach donne 5 000 livres de littérature américaine issus de sa bibliothèque de prêt à l'American Library in Paris. Après sa mort en 1962, et contre sa volonté maintes fois exprimée, il fut question de donner également à l'American Library la partie anglaise de sa collection. Grâce à Jackson Mathews et à Howard C. Rice, assistant bibliothécaire à Princeton et ancien lecteur d'anglais à la Sorbonne, la partie anglaise (environ 5 000 volumes) fut versée à l'Institut d'études anglaises dépendant de la Sorbonne.
Juin : Épuisée, déjà malade, Adrienne Monnier cède le bail de *La Maison des Amis des Livres* à Jean-François et Noémie Chabrun.

1953. Octobre : Les Chabrun cèdent à leur tour le bail de la librairie à Jacques et Janine Lamy. Adrienne Monnier continue de recevoir un appointement mensuel et peut s'inscrire aux Assurances sociales. *Les Gazettes d'Adrienne Monnier (1925-1945)*, recueil de ses chroniques et articles, paraît chez René Julliard, par les soins de Maurice Nadeau (rééditions : Mercure de France, 1961 ; Gallimard, « L'Imaginaire », 1996).

1955. 16 juin ? : Atteinte de la maladie de Ménières (dérèglement de l'oreille interne), Adrienne Monnier, épuisée par ses vertiges et les acouphènes, décide d'abréger ses souffrances en absorbant des barbituriques. Elle laisse ce mot : « Je mets fin à mes jours : ne pouvant plus supporter les bruits qui me martyrisent depuis huit mois, sans compter les fatigues et les souffrances que j'ai endurées ces dernières années. / Je vais à la mort sans crainte, sachant que j'ai trouvé une mère en naissant ici et que je trouverai une mère également dans l'autre vie. »
19 juin : Mort d'Adrienne Monnier à l'hôpital

Cochin, où elle avait été transportée dans le coma. Elle laisse ce testament, daté du 2 mai 1955 :

« Ceci est mon testament :

Moi, Adrienne Monnier, je désire être incinérée civilement.

Je lègue à ma sœur, Madame Marie Monnier-Bécat, tous mes biens mobiliers et immobiliers, Sous réserve qu'elle lègue, à sa mort, à l'Université de Paris :

1° ma correspondance littéraire

2° les livres dédicacés à mon nom

3° les portraits d'écrivains de Paul-Émile Bécat

J'aimerais que, lorsque ma sœur aura fait son choix parmi les volumes que je possède en édition courante, le reste aille, dès maintenant, à la Bibliothèque Municipale du sixième arrondissement.

Je désire que les quatre broderies dont elle est l'auteur et dont elle m'a fait don aillent prendre place, à sa mort, dans les Musées de Paris où les voyait par avance notre ami Léon-Paul Fargue. »

Par ailleurs, elle charge Maurice Saillet de s'occuper de la publication de ses écrits non réunis en volume.

24 juin : Obsèques d'Adrienne Monnier au cimetière parisien de Bagneux dans la plus stricte intimité. La sépulture sera par la suite transférée au cimetière de Montlognon, près de Senlis (Oise), où Adrienne repose désormais aux côtés de sa sœur.

1956. Publication de *Ulysses in Paris* par Sylvia Beach (Harcourt & Brace), extrait de ses Mémoires à paraître.

1957. *Souvenirs de Londres. Petite suite anglaise*, par Adrienne Monnier, Mercure de France.

1958. La Lockwood Memorial Library de l'université de l'État de New York, à Buffalo, achète la collection d'archives de Sylvia Beach sur Joyce pour 55 510 dollars. À soixante et onze ans, Sylvia Beach connaît pour la première fois l'aisance.

1959. 11 mars : Ouverture de l'exposition « Les écrivains américains et leurs amis », organisée à partir des archives de *Shakespeare and Company*.

Publication à New York de *Shakespeare and Com-*

pany par Sylvia Beach, chez Harcourt & Brace. Ses Mémoires paraîtront en français sous le même titre, mais dans une version abrégée, au Mercure de France, en 1962.

1960. *Trois agendas* d'Adrienne Monnier (1921, 1940, 1955), hors commerce, texte établi et annoté par Maurice Saillet.
Rue de l'Odéon. Mémoires d'une libraire et de sa librairie, par Adrienne Monnier, Albin Michel (réédition 1989).

1961. *Dernières gazettes et écrits divers*, par Adrienne Monnier, Mercure de France.

1962. *Les Poésies d'Adrienne Monnier*, Mercure de France.
6 octobre : Maurice Saillet découvre Sylvia Beach morte dans son appartement du 12, rue de l'Odéon, terrassée par une embolie. D'après le médecin, la mort fut instantanée et sans souffrances.

1976. 30 avril : Mort de Marie Monnier à Montlognon (Oise).

1990. 13 août : Mort de Maurice Saillet.

BIBLIOGRAPHIE

Tous les livres cités ont été publiés à Paris, sauf mention contraire.

SOURCES PRIMAIRES

Beinecke Library, Yale University, New Haven (Connecticut). Fonds Bryher, H. D., Eugène et Maria Jolas, James Joyce, Gertrude Stein.

Bibliothèque littéraire Jacques-Doucet, Paris. Fonds Adrienne Monnier et André Gide.

Bibliothèque nationale de France, Département des manuscrits occidentaux, Paris. Fonds Paul Valéry.

Archives Gallimard, Paris.

Harry Ransom Humanities Research Center, University of Texas, Austin (Texas). Fonds Maurice Saillet.

Institut Mémoires de l'édition contemporaine, Paris et Caen. Fonds Adrienne Monnier et La Maison des Amis des Livres.

Lockwood Memorial Library, University of the State of New York, Buffalo (New York). Fonds Sylvia Beach-James Joyce.

New York Public Library, Berg Collection, New York.

Princeton Library, Department of Rare Books and Manuscripts of Princeton University, Princeton (New Jersey). Fonds Sylvia Beach et Noel Riley Fitch.

SOURCES IMPRIMÉES

I. Adrienne Monnier

1. Œuvre

Livres

La Maison des Amis des Livres, hors commerce, 15 février 1920.

La Figure, La Maison des Amis des Livres, 1923.

Les Vertus, La Maison des Amis des Livres, 1926.

Vierges folles (sous le pseudonyme de J.-M. Sollier), NRF, 1931.

Catalogue critique de la Bibliothèque de prêt qu'elle a composée entre 1915 et 1932, I. « *Littérature française et culture générale* », La Maison des Amis des Livres, 1932.

Fableaux (sous le pseudonyme de J.-M. Sollier), La Maison des Amis des Livres, 1932. Nouvelle édition Mercure de France, 1960.

Les Gazettes d'Adrienne Monnier (1925-1945), René Julliard, 1953. Nouvelle édition Mercure de France, 1961, puis Gallimard, « L'Imaginaire », 1996.

Souvenirs de Londres. Petite suite anglaise, Mercure de France, 1957.

Trois agendas (1921, 1940, 1955), Hors commerce, 1960.

Rue de l'Odéon, Albin Michel, 1960. Nouvelle édition 1989.

Dernières gazettes, Mercure de France, 1961.

Les Poésies d'Adrienne Monnier (*Les Figures*, *Les Vertus*, Deux poèmes, Poésies diverses, avec une lettre de Valery Larbaud), Mercure de France, 1962.

Divers

Bryher, *Beowulf*, préface d'Adrienne Monnier, traduit par Hélène Malvan, Mercure de France, 1948.

Correspondances

Monnier, Adrienne - Hoppenot, Henri et Hélène, *Correspondance*, établie et présentée par Béatrice Mousli, Éditions des Cendres, 1997.
Monnier, Adrienne - Michaux, Henri, *Correspondance*, établie et présentée par Maurice Imbert, La Hune, 1995.
Monnier, Adrienne - Romains, Jules, « Correspondance I (1915-1919) », présentée par Sophie Robert, in *Bulletin des Amis de Jules Romains*, n° 75-76, automne 1995, p. 5-66, et « Correspondance II (1919-1947) », n° 77-78, printemps 1996, p. 7-70.
Larbaud, Valery, *Lettres à Adrienne Monnier et à Sylvia Beach, 1919-1933*, correspondance établie et annotée par Maurice Saillet, IMEC Éditions, 1991.

2. *Sur Adrienne Monnier et* La Maison des Amis des Livres

Adrienne Monnier, Saint-John Perse et les Amis des Livres, exposition de photographies de Gisèle Freund, Fondation Saint-John Perse, Aix-en-Provence, 1998.
Bibliothèque particulière d'Adrienne Monnier, éditions originales et grands papiers d'auteurs contemporains, dédicaces, autographes, vente des 14 et 15 mai 1926, Hôtel Drouot. Commissaire-priseur : Me Édouard Giard. Paris, Giraud-Badin, 1926.
« Le souvenir d'Adrienne Monnier », numéro spécial du *Mercure de France*, n° 1109, 1er janvier 1956.
Gilbertas, Andrée, *Adrienne Monnier*, mémoire de l'Académie des sciences, belles-lettres et arts de Savoie, 1990.
Imbert, Maurice et Sorin, Raphaël (textes et documents réunis et présentés par), *Adrienne Monnier & la Maison des Amis des Livres. 1915-1951*, IMEC Éditions, 1991.
McDougall, Richard, *The Very Rich Hours of Adrienne Monnier. An Intimate Portrait of the Literary and Artistic Life in Paris between the Wars*, New York, Charles Scribner's Sons, 1976 (traduction des principaux textes d'Adrienne Monnier, avec introduction et commentaires).

II. Sylvia Beach

1. Œuvre

Sylvia Beach n'est l'auteur que d'un recueil de Mémoires. La version américaine différant sensiblement de la version française, il est préférable de se reporter aux deux :

Shakespeare and Company, New York, Harcourt, Brace & Company, 1959.
« *Shakespeare and Company* », traduit de l'américain par George Adam, Mercure de France, 1962.

Les deux versions reprennent en partie un texte écrit par Sylvia Beach, publié précédemment et dont les deux versions, également, varient :

« "Ulysses" à Paris », *Mercure de France*, n° 1041, mai-août 1950, p. 12-29.
Ulysses in Paris, New York, Harcourt, Brace & Company, 1956.

2. *Sur Sylvia Beach et* Shakespeare and Company

Les Écrivains américains à Paris et leurs amis, 1920-1930, Centre culturel américain, mars-avril 1959.
« Sylvia Beach », numéro spécial du *Mercure de France*, n° 1198-1199, août-septembre 1963.
FITCH, Noel Riley, *Sylvia Beach and the Lost Generation. A History of Literary Paris in the Twenties and Thirties*, New York et Londres, W. W. Norton & Company, 1983.

III. Bibliographie générale

1. *Livres et catalogues*

Atelier Man Ray, Berenice Abbott, Jacques-André Boiffard, Bill Brandt, Lee Miller, 1920-1935, catalogue de l'exposition du musée d'Art moderne, 2 décembre 1982-23 janvier 1983, Centre Pompidou, Philippe Sers éditeur, 1982.

Marie Monnier ou le Fil à broder nos rêves, catalogue d'exposition du musée des Beaux-Arts de Beauvais, octobre 1992-janvier 1993.

ALBERTINE, Susan, *A Living of Words : American Women in Print Culture*, Knoxville, The University of Tennessee Press, 1995.

ALDRICH, Robert et WOTHERSPOON, Garry, *Who's Who in Gay and Lesbian History*, 2 vol., New York et Londres, Routledge, 2001.

ANDERSON, Margaret, *My Thirty Years' War*, Westport, Connecticut, Greenwood Press, 1971.

ANGLÈS, Auguste, *André Gide et le premier groupe de La Nouvelle Revue française*, 3 vol., Gallimard. 1978-1986.

ASSOULINE, Pierre, *Gaston Gallimard. Un demi-siècle d'édition française*, Balland, 1984.

AUBERT, Jacques (sous la direction de), *James Joyce*, Cahiers de l'Herne, 1986.

BADELSPERGER, Fernand, *La Littérature française entre les deux guerres*, Sagittaire, 1943.

BANTA, Melissa et SILVERMAN, Oscar A., *James Joyce's Letters to Sylvia Beach*, Oxford, Plantin, 1990.

BARBEDETTE, Gilles et CARASSOU, Michel, *Paris Gay 1925*, Presses de la Renaissance, 1981.

BARD, Christine, *Les Femmes dans la société française au XXᵉ siècle*, Armand Colin, 2001.

— *Les Filles de Marianne. Histoire des féminismes, 1914-1940*, Fayard, 1995.

— *Les Garçonnes. Modes et fantasmes des Années folles*, Flammarion, 1998.

BARROT, Olivier et ORY, Pascal (sous la direction de), *Entre-deux-guerres. La création française 1919-1939*, François Bourin, 1990.

BARTHES, Roland, *Le Neutre. Cours au Collège de France (1977-1978)*, texte établi, annoté et présenté par Thomas Clerc, Seuil/IMEC, 2002.

BEAUVOIR, Simone de, *Mémoires d'une jeune fille rangée*, Gallimard, 1958.

BELL, David *et al.*, *Pleasure Zones : Bodies, Cities, Spaces*, Syracuse University Press, 2001.

BENJAMIN, Walter, *Correspondance, 1929-1940*, II, Aubier, 1979.

« Journal parisien », traduit de l'allemand par Robert Kahn, *Po&sie*, n° 79, Éditions Belin, 1er trimestre 1997.

BENSTOCK, Shari, *Femmes de la rive gauche. Paris 1900-1940*, Éditions des Femmes, 1987.

BÉRAUD, Henri, *La Croisade des longues figures*, Éditions du Siècle, 1924.

BILLY, André, *Histoire de la vie littéraire : l'époque contemporaine*, Taillandier, 1956.

BOUQUERET, Christian, *Les Femmes photographes de la nouvelle vision en France 1920-1940*, Marval, 1998.

BOURDIEU, Pierre, *La Domination masculine*, Seuil, 1998.

BRETON, André, *Œuvres complètes*, III, Gallimard, « Bibliothèque de la Pléiade », 1999.

BRISSET, Laurence, *La NRF de Paulhan*, Gallimard, 2003.

BRYHER, *The Heart of Artemis : a Writer's Memoirs*, Harcourt, Brace & World, New York, 1962.

— *Two Novels : Development* and *Two Selves*, Introduction by Joanne Winning, The University of Wisconsin Press, 2000.

BUGDEN, Franck, *James Joyce and the Making of « Ulysses »*, Bloomington, University of Indiana Press, 1960.

BUTLER, Judith, *Gender Trouble. Feminism and Subversion of Identity*, New York et Londres, Routledge, 1999.

— *Bodies that matter*, New York, Routledge, 1993.

CAHUN, Claude, *Écrits*, édition présentée et établie par François Leperlier, Éditions Jean-Michel Place, 2002.

CARVALLO, Fernando (textes réunis et présentés par), *L'Amérique latine et La Nouvelle Revue française, 1920-2000*, Gallimard, « Les Cahiers de la nrf », 2001.

CASTLE, Terry, *The Apparitional Lesbian. Female Homosexuality and Modern Culture*, New York, Columbia University Press, 1993.

CHAR, René, *Dans l'atelier du poète*, Gallimard, « Quarto », 1996.

CHARTIER, Roger et MARTIN, Henri-Jean, *Histoire de l'édition française*, IV, *Le livre concurrencé, 1900-1950*, Fayard/Cercle de la Librairie, 1991.

CHAUNCEY, George, *Gay New York; Gender, Urban Culture,*

and the Making of the Gay Male World, 1890-1940, New York, Basic Books, 1994.

CLINE, Sally, *Radclyffe Hall, A Woman Called John*, Woodstock et New York, The Overlook Press, 1997.

COURRIÈRE, Yves, *Prévert*, Gallimard, 2000.

COWLEY, Malcolm, *A Second Flowering : Works and Days of the Lost Generation*, New York, The Viking Press, 1973.

DAIX, Pierre, *Aragon*, Flammarion, 1994.

— *La Vie quotidienne des surréalistes, 1917-1932*, Hachette, 1993.

DARANTIÈRE, Maurice, *Les Années 20*, présenté par Jean-Michel Rabaté, Ulysse fin de siècle, 1988.

DÉCAUDIN, Michel, *La Crise des valeurs symbolistes*, Toulouse, Privat, 1960.

DROT, Jean-Marie et POLAD-HARDOUIN, Dominique, *Les Heures chaudes de Montparnasse*, Hazan, 1999.

DUBY, Georges et PERROT, Michelle (sous la direction de), *Histoire des femmes en Occident. V. Le XXᵉ siècle* (sous la direction de Françoise Thébaud), Plon, 1992.

DUHAMEL, Georges, *Le Livre de l'amertume, Journal 1925-1956*, Mercure de France, 1983.

ELLMANN, Richard, *Joyce*, 2 vol., Gallimard, 1962.

ÉRIBON, Didier, *Réflexions sur la question gay*, Fayard, « Histoire de la pensée », 1999.

FADERMAN, Lilian, *Surpassing the Love of Men. Romantic Friendship and Love Between Women from the Renaissance to the Present*, New York, Quill William Morrow, 1981.

FARGUE, Léon-Paul - LARBAUD, Valery, *Correspondance, 1910-1946*, texte établi, présenté et annoté par T. Alajouanine, Gallimard, 1971.

FERRERO, Léo, *Paris, dernier modèle de l'Occident*, Éditions Rieder, 1932.

FLANNER, Janet, *Paris Was Yesterday, 1925-1939*, éd. par Irving Drutman, San Diego-New York-Londres, Harcourt, Brace & Jovanovich Publishers, 1988.

FORD, Hugh, *Published in Paris : L'édition américaine et anglaise à Paris, 1920-1939*, IMEC Éditions, 1996.

FORD, Hugh et MORRILL CODY, E., *Women of Montparnasse*, New York, Cornwall Books, 1984.

FOUCAULT, Michel, *Dits et écrits*, 4 vol., Gallimard, 1994.

FOUCHÉ, Pascal, *L'Édition française sous l'Occupation, 1940-1944*, II, Bibliothèque de littérature française contemporaine de l'université de Paris-VII, 1987.

FRAISSE, Geneviève, *Les Femmes et leur histoire*, Gallimard, 1998.

FREUND, Gisèle, *La Photographie en France au XIXᵉ siècle. Essai de sociologie et d'esthétique*, La Maison des Amis des Livres, 1936.

— *Mémoires de l'œil*, Seuil, 1977.

— *Trois jours avec Joyce*, Denoël, 1982.

— *Itinéraires*, Albin Michel, 1985.

— *Portrait, Entretiens avec Rauda Jamis*, Des Femmes, 1991.

— *Photographie et société*, Seuil, 1974.

FREUND, Gisèle et CARLETON, V. B., *James Joyce in Paris : His Final Years*, New York, Harcourt, Brace & World, 1965.

FUSS, Diana, *Insidelout, Lesbian Theories, Gay Theories*, New York et Londres, Routledge, 1991.

GARCIN, Jérôme, *Pour Jean Prévost*, Gallimard, 1994.

GHEERBRANT, Bernard, *À la Hune. Histoire d'une librairie-galerie à Saint-Germain-des-Prés*, Adam Biro/Centre Georges-Pompidou, 1988.

GIDE, André, *Journal, 1926-1950*, II, Gallimard, « Bibliothèque de la Pléiade », 1997.

GILBERT, Sandra M. et GUBAR, Susan, *No Man's Land. The Place of the Woman Writer in the Twentieth Century*, vol. 2 : « Sexchanges », New Haven et Londres, Yale University Press, 1989.

GIOCANTI, Stéphane, *T. S. Eliot ou le Monde en poussières*, J.-C. Lattès, 2002.

GIRARD, Pierre, *Curieuse métamorphose de John*, Éditions du Sagittaire (Simon Kra), « Les Cahiers nouveaux », 1925.

GOUJON, Jean-Paul, *Léon-Paul Fargue*, Gallimard, 1997.

GREEN, Julien, *Jeunes années*, Seuil, 1992.

GRODEN, Michael (sous la direction de), *The James Joyce Archives*, 63 vol., New York, Garland, 1977-1980.

HAEDENS, Kléber, *Une histoire de la littérature française*, Gallimard, 1954.

HEBEY, Pierre (édition établie et présentée par), *L'Esprit NRF, 1908-1940*, Gallimard, 1990.

HEMINGWAY, Ernest, *Paris est une fête*, in *Œuvres romanesques*, II, Gallimard, « Bibliothèque de la Pléiade », 2002.

HUDDLESTON, Sisley, *Paris salons, cafés, studios*, Philadelphie et Londres, J. B. Lippincott Company, 1928.

HURTIG, Marie-Claude, KAIL, Michèle et ROUCH, Hélène (coordonné par), *Sexe et genre. De la hiérarchie entre les sexes*, CNRS Éditions, 2002.

IMBERT, Maurice, *J. O. Fourcade, libraire-éditeur*, 1996.

JANSITI, Carlo, *Violette Leduc*, Grasset, 1999.

JAY, Karla et GLASGOW, Joanne (éd.), *Lesbian Texts and Contexts, Radical Revisions*, New York et Londres, New York University Press, 1990.

JOLAS, Eugène, *Man of Babel*, avec des notes et une introduction d'Andreas Kramer et Rainer Rumold éd., New Haven et Londres, Yale University Press, 1998.

— *Sur Joyce*, Plon, 1990.

JOYCE, James, *Œuvres*, I et II, édition publiée sous la direction de Jacques Aubert, Gallimard, « Bibliothèque de la Pléiade », 1995.

KASPI, André et MARÈS, Antoine (sous la direction de), *Le Paris des étrangers*, Imprimerie nationale, 1989.

KIME SCOTT, Bonnie, *Joyce and Feminism*, Indiana, Indiana University Press ; et Brighton, The Harvester Press Limited, 1984.

KOSOFSKY-SEDGWICK, Eve, *Epistemology of the Closet*, Berkeley et Los Angeles, University of California Press, 1990.

KRAUSS, Rosalind, *Le Photographique. Pour une théorie des écarts*, Macula, 1990.

LALOU, René, *Histoire de la littérature contemporaine*, Crès, 1922.

LARBAUD, Valery, *D'Annecy à Corfou, Journal 1931-1932*, Éditions Claire Paulhan-Éditions du Limon, 1998.

— *Valbois-Berg-op-Zoom-Montagne Ste-Geneviève, Journal 1934-1935*, Éditions Claire Paulhan-Éditions du Limon, 1999.

LARBAUD, Valery - RAY, Marcel, *Correspondance, 1899-1937*, tome III (1921-1937), Gallimard, 1980.

LARBAUD, Valery - STOLS, A. A. M., *Correspondance, 1925-1951*, Éditions des Cendres, 1986.

LEBLANC, Frédéric, *Libraire : un métier*, L'Harmattan, 1998.

LEDUC, Violette, *La Bâtarde*, Gallimard, 1964.

LEPERLIER, François, *Claude Cahun, l'écart et la métamorphose*, Éditions Jean-Michel Place, 1992.

LEVIE, Sophie, *Commerce 1924-1932 : une revue internationale moderniste*, Fondazione Camillo Caetani, 1989.

LIDDERDALE, Jane et NICHOLSON, Mary, *Dear Miss Weaver*, Londres, Faber & Faber, 1970.

LINOSSIER, Raymonde (sous le pseudonyme des sœurs X), *Bibi-la-Bibiste*, La Maison des Amis des Livres, 1918 (rééd. La Violette noire, 1991).

LOTTMAN, Herbert R., *La Rive gauche*, Seuil, 1981.

McALMON, Robert, *Being Geniuses Together, 1920-1930*, éd. revue avec des chapitres additionnels et une nouvelle postface de Kay Boyle, Londres, Hogarth Press, 1984.

MARTIN DU GARD, Maurice, *Les Mémorables, 1918-1945*, Gallimard, 1999.

MALRAUX, Clara, *Nos vingt ans*. II. *Le Bruit de nos pas*, Grasset, 1966.

MAZAURIC, Lucie, *Ah Dieu ! que la paix est jolie*, Plon, 1972.

MERCANTON, Jacques, *Ceux qu'on croit sur parole. Essais sur la littérature européenne*, t. II, Lausanne, Éditions de l'Aire, 1985.

MILLER, Neil, *Out of the Past. Gay and Lesbian History from 1869 to the Present*, New York, Vintage Books, 1995.

MOUSLI, Bétrice, *Valery Larbaud*, Flammarion, 1998.

NADEAU, Maurice, *Grâces leur soient rendues. Mémoires littéraires*, Albin Michel, 1990.

NÉRET, Jean Alexis, *Histoire illustrée de la librairie et du livre français*, Lamarre, 1953.

NOTH, Ernst Erich, *Mémoires d'un Allemand*, Julliard, 1970.

NOURISSIER, François (iconographie choisie et commentée par), *Un siècle nrf*, Gallimard, « Album de la Pléiade », 2000.

PARIS, Jean, *James Joyce par lui-même*. Seuil, « Écrivains de toujours », 1957.

PATTERSON, William Patrick, *Ladies of the Rope. Gurdjieff's Special Left Bank Women's Group*, Fairfax, Californie, Arete Communications Publishers, 1999.

PLANTÉ, Christine, *La Petite Sœur de Balzac*, Seuil, « Libre à elles », 1989.

POUND, Ezra, *The Selected Letters of Ezra Pound to John Quinn, 1915-1924*, Timothy Materer (éd.), Durham et Londres, Duke University Press, 1991.

Lettres de Paris, introduction et notes de Jean-Michel Rabaté, Ulysse fin de siècle, 1988.

POUND, Ezra - JOYCE, James, *Lettres d'Ezra Pound à James Joyce*, avec les essais de Pound sur Joyce, présentées et commentées par Forrest Read, Mercure de France, 1970.

POWER, Arthur, *Entretiens avec James Joyce et souvenirs de James Joyce par Philippe Soupault*, Belfond, 1979.

PRÉVOST, Françoise et AUCLAIR, Marcelle, *Mémoires à deux voix*, Seuil, 1978.

PUTNAM, Samuel, *Paris was Our Mistress*, New York, The Viking Press, 1947.

RABATÉ, Jean-Michel, *James Joyce*, Hachette, 1993.

RABB, Jane M. (éd.), *Literature and Photography. Interactions 1840-1990, A critical anthology*, Albuquerque, University of New Mexico Press, 1995.

RIOT-SARCEY, Michèle, *Histoire du féminisme*, La Découverte, « Repères », 2002.

ROBERTS, Mary Louise, *Civilization Without Sexes : Reconstructing Gender in Postwar France, 1917-1927*, Chicago et Londres, University of Chicago Press, 1994.

ROGER, Philippe, *L'Ennemi américain., Généalogie de l'antiaméricanisme à la française*, Seuil, « La Couleur des idées », 2002.

ROUDINESCO, Élisabeth, *Jacques Lacan. Esquisse d'une vie, histoire d'un système de pensée*, Fayard, « Histoire de la pensée », 1993.

ROY, Claude, *Moi je*, Gallimard, 1969.

SACHS, Maurice, *Au temps du Bœuf sur le toit*, La Nouvelle Revue critique, 1939.

SATIE, Erik, *Correspondance presque complète*, réunie et présentée par Ornella Volta, Fayard/IMEC, 2000.

SOUPAULT, Philippe, *Mémoires de l'oubli, 1914-1923*, Lachenal et Ritter, 1981.

SPERBER, Manès, *Ces temps-là*, 3 vol., Calmann-Lévy, 1979.

SPIELBERG, Peter, *James Joyce's Manuscripts and Letters at the University of Buffalo : A Catalogue*, Buffalo, État de New York, University of Buffalo Press, 1962.

TAMAGNE, Florence, *Histoire de l'homosexualité en Europe, Berlin, Londres, Paris, 1919-1939*, Seuil, 2000.

TATE, Allen, *Memoirs and Opinions, 1926-1974*, Chicago, Swallow, 1975.

THIRION, André, *Révolutionnaires sans révolution*, Robert Laffont, 1972.

VAN RYSSELBERGHE, Maria, *Les Cahiers de la Petite Dame. III. 1937-1945*, Gallimard, 1975.

WAWRZYCKA, Jolanta W. et CORCORAN, Marlena G. (éd.), *Gender in Joyce*, University Press of Florida, 1997.

WEISS, Andrea, *Paris était une femme*, Anatolia, 1996.

WIHELM, J. J., *Ezra Pound in London and Paris, 1908-1925*, The Pennsylvania State University Press, 1990.

WILLIAMS, William Carlos, *Autobiographie*, Gallimard, 1973.

WISER, William, *The Crazy Years : Paris in the Twenties*, Londres, Thames & Hudson, 1990.

— *The Twilight Years : Paris in the Thirties*, Londres, Robson Books, 2001.

WOOLF, Virginia, *Une chambre à soi*, Robert Marin, 1951.

2. *Revues et principaux articles*

« The American Latin Quarter of Paris », *New York Herald*, new year number, 1922.

« Une amie des livres », *La Liberté*, 17 juin 1919.

« Enquête sur l'homosexualité en littérature », *Les Marges*, mars et avril 1926, rééd. Cahiers Gai-Kitsch-Camp, 1993.

« Homosexualités », *Actes de la recherche en sciences sociales*, n° 125, décembre 1998.

« James Joyce and Homosexuality », *James Joyce Quarterly*, vol. 31 n° 3, Oklahoma, University of Tulsa, printemps 1994.

« Témoin de quarante années de vie littéraire, Adrienne Monnier commence à publier ses souvenirs », *France-Soir*, 4 décembre 1953.

J. B., « Salons littéraires », *Le Temps*, 8 septembre 1920.

BALD, Wambly, « La vie de bohème (as lived on the left bank) », *Chicago Tribune*, 21 avril 1936.

Bird, William, « A French subscription », *New York Sun*, 22 avril 1936.

Bishop, Edward L., « The "Garbled History" of the First-edition *Ulysses* », *Joyce Studies Annual 1998*, Austin, University of Texas Press.

Bonnefoi, Geneviève, « Adrienne Monnier abandonne sa librairie mais ne quitte pas la rue de l'Odéon », *Combat*, 28 juin 1951.

Cahun, Claude, « Aux Amis des Livres », *La Gerbe*, février 1919.

« Entretien avec François Caradec », *Histoires littéraires*, revue trimestrielle consacrée à la littérature française des XIXᵉ et XXᵉ siècles, n° 8, oct.-nov.-déc. 2001.

Morrill Cody, E., « Shakespeare and Company — Paris », *Publisher's Weekly*, 12 avril 1924.

Craipeau, Maria, « Adrienne Monnier : "J'ai eu une vie magnifique" », *Franc-Tireur*, 18 avril 1954.

Thomas Davis, Michael, « Jacques Lacan and Shakespeare and Company », *James Joyce Quarterly*, vol. 32, nᵒˢ 3 et 4, Oklahoma, University of Tulsa, printemps et été 1995.

Faure-Favier, Louise, « Les belles librairies », *L'Œuvre littéraire*, juillet 1919.

« Les femmes et la guerre : éditeurs et libraires », 4 mars 1917.

Fouchet, Max-Pol, « Une vie bien choisie », *Mercure de France*, 1ᵉʳ mars 1954.

Galantière, Lewis, « Paris News Letter », *New York Tribune*, 29 juillet 1923.

Imbert, Maurice, « *Ulysses* entre dans la littérature française », *Histoires littéraires*, n° 6, avril-mai-juin 2001, p. 7.

Jolas, Eugène, « Rambles through Literary Paris », *Chicago Tribune*, Sunday Magazine, 24 août 1924.

Jolas, Maria, « The Joyce I Knew and the Women aroud Him », *The Crane Bag*, n° 4, 1980.

Jones, Alfred Haworth, « *Ulysses'* American Odyssey », *American History Illustrated*, vol. XVII, n° 3, mai 1982.

Kanters, Robert, « Journal d'une bourgeoise de Paris », *Preuves*, mars 1954.

Larnac, Jean, « Les femmes dans la société contemporaine », *Les Nouvelles littéraires*, 22 mars 1930.

LLONA, Victor, « La traduction d'*Ulysse* », *Europe*, n° 78, 15 juin 1929.

MARSAN, Eugène, « Mademoiselle Monnier, libraire » *L'Opinion*, 7 février 1920.

RACHILDE, « L'amie des livres », *Mercure de France*, 1er janvier 1919.

RAINEY, Lawrence, « Consuming Investments : Joyce's *Ulysses* », *James Joyce Quarterly*, vol. 33 n° 4, été 1996.

REYNOLDS, Mary T., « Joyce and Miss Weaver », *James Joyce Quarterly*, vol. 19, n° 4, été 1982.

VUILLIOMENET, Jeanne, « Portraits de femmes : Adrienne Monnier », *Le Mouvement féministe*, n° 313, Genève, 6 septembre 1929.

WALTON LITZ, A., « The Last Adventures of *Ulysses* », *Princeton University Library Chronicle*, vol. XXVIII, n° 2, hiver 1967.

WALBERG, Patrick, « Adrienne Monnier », *Critique*, n° 164, janvier 1961.

ZILBOORG, Caroline, « Letters Across the Abyss : The H.D.-Adrienne Monnier Correspondence », *Sagetrieb, A Journal Devoted to Poets in the Imagist/Objectivist Tradition*, vol. 8, n° 3, hiver 1989.

INDEX DES NOMS DE PERSONNES

Blake, William : 140, 155, 242, 247, 403.
Blanche, Esprit et Émile : 13.
Blanche, Jacques-Émile : 114, 417.
Blavatsky, Hélène : 189.
Blin, Roger : 414.
Bogart, Humphrey : 159.
Bonnefoy, Yves : 21, 66, 73.
Bonnierre, Suzanne : 31, 341, 342, 343, 345, 348, 349, 350, 389, 448, 450.
Bordeaux, Henri : 294.
Bouley, Marie-Thérèse : 330.
Bourdieu, Pierre : 283, 395.
Bourget, Paul : 294, 296.
Boyle, Kay : 140, 150, 152, 298, 299, 338, 404.
Brando, Marlon : 415.
Braque, Georges : 430.
Brassaï (Gyula Halasz, dit) : 338, 396.
Brecht, Bertolt : 63, 130.
Bremond, abbé : 70.
Breton, André : 11, 28, 49-58, 61, 62, 66, 82-85, 89, 95, 150, 166, 167, 352, 396, 401, 430, 448-450.
Breughel, Pieter : 317, 375.
Brion, Hélène : 198, 199.
Brion, Marcel : 227.
Brisson, Mme (Sarcey, Yvonne) : 30, 448.
Brontë, Charlotte : 140.
Brontë, les sœurs (cf. Bell) : 387.
Brooke, Kaucyila : 392.
Brooks, Romaine : 340.
Bruer, Bessie : 361.

Brunschvicg, Cécile : 286, 309.
Bryher (Winifred Ellerman, dite) : 19, 66, 71, 126, 131, 135, 139, 141, 151, 154, 157, 177, 203, 282-284, 298-300, 321, 325, 327, 340, 361, 362, 373-375, 386, 392, 393, 404, 405, 410, 415, 418, 419, 435, 457.
Bugden, Franck : 194, 227.
Bullrich, Eduardo : 133.
Burgin, Elisabeth Mary : 296, 432, 454.
Bussy, Dorothy : 365.
Bussy, Simon : 432, 454.
Butler, Samuel : 43, 164, 451.
Butts, Mary : 152.

Cahun, Claude (Lucie Schwob, dite) : 45, 60, 61, 85, 139, 282, 284, 290, 291, 363, 373, 392, 438.
Caillavet, Mme de : 328.
Caillois, Roger : 64, 134, 401.
Calet, Henri : 117, 456.
Camus, Albert : 66.
Caradec, François : 29, 30, 382, 423, 424.
Carpenter, Edward : 193, 308.
Carroll, Lewis : 153, 167, 359, 388.
Caryathis (Élise Jouhandeau, née Claire Toulemon, dite) : 345.
Cassou, Jean : 28, 157, 254, 320, 339, 401.

246, 250, 255, 256, 258, 264, 278, 279, 283, 297, 315, 318, 326, 329, 344, 376, 377, 397, 401, 412, 415, 417, 420, 421, 428, 430, 431, 433, 448-454, 459.

Farrère, Claude : 296.

Faulkner, William : 94.

Faure-Favier, Louise : 287, 347.

Faÿ, Bernard : 315.

Fernandez, Ramón : 109, 277.

Feydeau, Georges : 435.

Figuière, Eugène : 288.

Figuière, Suzanne : 288.

Fitzgerald, Francis Scott : 12, 21, 164, 174, 234, 241, 453.

Flanner, Janet (dite Genêt) : 12, 70, 241, 298, 340, 406.

Fontaine, Arthur : 366.

Ford, Ford Madox : 149, 203, 404.

Forel, Auguste : 193.

Fort, Paul : 51, 114, 343.

Foucault, Madeleine de : 346.

Fouchet, Max-Pol : 292, 417.

Fourcade, J. O. : 273, 274, 275.

Fraenkel, Théodore : 50.

Fragonard, Jean-Honoré : 385.

Francis, Ève : 450, 452.

Franck, César : 428.

Franklin, Benjamin : 404.

Fresnay, Pierre : 415.

Freud, Sigmund : 85.

Freund, Gisèle : 27, 64, 100, 120, 122, 129, 132, 282, 284, 317, 318, 350-354, 396, 399, 401, 402, 405, 455-458.

Frick, Grace : 353.

Gabin, Jean : 415.

Gaige, Crosby : 268.

Galantière, Lewis : 444.

Gallimard, Gaston : 5, 17, 19, 39, 41, 55, 64, 65, 70, 73, 74, 78, 83, 87, 88, 93, 104, 106, 112, 117, 130, 143, 145, 162, 166, 169, 172, 173, 186, 197, 201, 223, 256, 257, 259, 262, 270-279, 304, 311, 318, 322, 336, 351, 363, 405, 412, 422, 442, 456, 458.

Galzy, Jeanne : 301.

Gautier, Judith : 301.

Genet, Jean : 65, 374.

Ghika, prince : 364.

Gide, André : 12, 13, 21, 26, 28, 32, 35, 45, 49, 52, 55, 62, 65, 70, 74, 78-81, 88, 93, 94, 101, 106, 115, 123, 128, 130, 134, 139, 140, 142, 150, 157, 163, 175-177, 183, 211, 219, 223, 247, 255, 264, 268, 279, 282, 294, 296, 315, 318, 322-324, 326, 329, 333, 339, 340, 352, 359, 368-374, 389, 401, 404, 409, 413, 417, 421, 428-431, 450-452, 455, 457.

Gilbert, Sandra M. : 195.

Gilbert, Stuart : 227, 250,

Malherbe, Suzanne : 139, 284, 363.
Mallarmé, Stéphane : 32, 56, 82, 228, 311.
Malraux, André : 28, 397, 401.
Malraux, Clara : 397.
Malvan, Hélène (Hélène de Wendel, dite) : 284, 393, 419.
Man Ray (Emmanuel Rudnitsky, dit) : 400, 405-407.
Mann, Thomas : 223, 407.
Margueritte, Victor : 236, 347.
Marinetti, Filippo Tommaso : 124.
Marsden, Dora : 189.
Martin du Gard, Maurice : 417, 422, 423.
Martin du Gard, Roger : 55, 93, 318, 326, 327, 365, 401, 409.
Massary, Jacques de : 38, 96.
Mathews, Jackson : 159, 394, 458.
Matisse, Henri : 23.
Maupassant, Guy de : 13, 146.
Maurevert, Georges : 339.
Mauriac, François : 28, 114, 175, 339, 368, 401, 417.
Maurois, André : 166, 175, 176, 309, 456.
Maurras, Charles : 85.
Mazauric, Lucie : 391, 411.
McAlmon, Robert : 139, 141, 151, 152, 156, 157, 211, 218, 227, 338, 361, 376, 404, 406.
McPherson, Kenneth : 361.
Melville, Herman : 140, 167, 404, 446.
Mercanton, Jacques : 199, 200.
Merleau-Ponty, Maurice : 63.
Meynell, Wilfried : 451.
Michaux, Henri : 12, 14, 23, 28, 29, 49, 56, 61, 64, 68, 70, 95, 116, 134, 157, 161-163, 165, 399, 400, 432, 435, 455, 456.
Michelet, Jules : 60.
Milhaud, Darius : 84, 431, 450.
Milhaud, Madeleine : 84, 208, 427.
Miller, Henry : 231, 307, 406.
Miomandre, Francis de : 133, 451.
Miró, Joan : 150.
Missy (Mathilde de Morny, dite) : 340.
Moholy-Nagy, Laszlo : 396.
Monnier, Clovis (père d'A. M.) : 355, 356, 447, 448, 457.
Monnier, Marie (sœur d'A. M.) : 74, 105, 143, 284, 313, 328, 344, 355, 433, 448, 454, 459, 460.
Monnier, Philiberte (née Sollier, mère d'A. M.) : 22, 31, 74, 107, 284, 285, 355, 433, 457.
Monro, Harold : 138.

396, 401, 427, 431, 448, 449, 451-453, 455, 456.
Rosenbach, A. S. W. : 221.
Rossetti, Dante Gabriel : 32, 342, 343.
Roth, Samuel : 223, 234, 357, 454.
Rougemont, Denis de : 401.
Roussel, Raymond : 29, 430.
Roy, Claude : 73, 74, 81, 410.
Rubinstein, Helena : 177, 284.
Ruysbroeck, Jan van (dit Ruysbroeck l'Admirable) : 81.

Sachs, Maurice : 117, 166, 306.
Sade, marquis de : 51.
Sage, Robert : 227, 375.
Saillet, Maurice : 24, 44, 63, 66, 67, 88, 93, 97, 98, 130, 157, 159, 161, 178, 242, 243, 252, 253, 275, 278, 279, 283, 300, 328, 354, 368, 373, 374, 377, 378, 405, 431, 436, 440, 444, 445, 447, 457, 459, 460.
Saint-Exupéry, Antoine de : 111.
Saint-John Perse (Alexis Saint-Leger Leger, dit) : 17, 72, 87, 101, 107, 114, 155, 163, 164, 166, 174, 327, 446, 453.
Saint-Pol Roux (Pierre Paul Roux, dit) : 140.
Salles, Georges : 64.
Salmon, André : 52.

Salverte, Jeanne de : 346.
Sand, George (voir Dupin).
Sarcey, Yvonne (voir Brisson).
Sarraute, Nathalie : 12, 63, 301, 303.
Sartre, Jean-Paul : 13, 64-66, 70, 93, 94, 165, 352, 374, 401, 438.
Satie, Erik : 42, 430, 449.
Savitsky, Ludmila : 182, 183.
Schiffrin, Jacques : 398.
Schlumberger, Jean : 28, 176, 279, 316, 317, 378, 401, 423, 437, 454, 456.
Schmitt, Marcelle : 398.
Schmitz, Ettore : (voir Svevo, Italo).
Schmitz-Svevo, Livia : 169.
Schure, Édouard : 75.
Schwob, Lucie (voir Cahun).
Schwob, Marcel : 45, 60.
Schwob, Maurice : 290.
Segonds, J. P. L. : 279, 300, 377, 378.
Sert, Misia : 444.
Séverine : 305.
Severini, Gino : 432.
Sévigné, marquise de : 305.
Shakespear, Dorothy : 149.
Shakespeare, William : 136, 139, 144, 163, 173, 193, 214, 215, 235, 310, 343, 353, 377, 403, 404, 433, 434, 438.
Shaw, George Bernard : 149, 185, 188, 212, 213, 219, 222, 240, 243, 285, 422, 449, 452.

REMERCIEMENTS

Un livre est toujours une aventure collective. S'il m'est impossible de remercier toutes celles et tous ceux qui, de près ou de loin, ont accompagné ce travail durant près de trois ans, qu'il me soit permis de citer quelques noms indissociables de son élaboration, à commencer par celui de Georges Gottlieb, en charge du fonds Adrienne Monnier à l'IMEC, à qui je voudrais dire en tout premier lieu ma reconnaissance et mon amitié.

Que toutes celles et tous ceux qui m'ont aidée d'un mot, de leurs informations ou leurs encouragements, de leurs conseils et relectures attentives, pour m'avoir autorisée à consulter des archives ou livré leurs témoignages, soient également remerciés : Arlette Albert-Birot, Pierre Amrouche, Pierre Bergé, Chantal Bigot, Professeur Boccon-Gibot, Aube Breton-Elléouët, Jean-François Brisson, François Caradec, Miriam Cendrars, François Chapon, Renée Claudel-Nantet, Anne-Véronique de Coppet, Olivier Corpet et toute l'équipe de l'IMEC, Michel Cournot, Jean-Pierre Dauphin, Vincent David, Fred B. Dennis, Sylvie Durbet-Giono, Catherine Facerias, Joëlle Faure, Hélène Favart, Bertrand Filliaudeau, Laurent de Freitas, Antoine Gallimard, Francine Genin, Catherine Gide, Catherine Gonnard, Jean-Pierre Halévy, Thierry Haour, Michel Haurie, Stéphane Hessel, Dominique Hoffet, Maurice Imbert, Jean Jamin, Isabelle Jan, Gabriel Jardin, Foulques de Jouvenel, Pierre Lartigue, Tirza True Latimer, Élisabeth Lebovici, Sylvie Lorant, Serge Malausséna, Madeleine Milhaud,

Patrick Modiano, Maurice Nadeau, François Nourissier, Martine Ollion, Gérard Pareysis, Claire Paulhan, Jacqueline Paulhan, Yves Peyré et toute l'équipe de la Bibliothèque littéraire Jacques-Doucet, Micheline Phankim, Francesco Rapazzini, Jean Ristat, Olivier Rony, Baba de Rothschild, Perdita Schaffner, Gina et Romana Severini, Rosine Jean Seringe, Andrée Tainsy, M. Terras, Agathe Valéry-Rouart, Élisabeth Verrière, Béatrice Vierne, Isabelle Weygand, ainsi que tous les ayants droit des correspondants d'Adrienne Monnier et de Sylvia Beach qui préfèrent garder l'anonymat.

Ce livre a vu le jour grâce également aux Missions Stendhal et aux encouragements d'Yves Mabin, que je remercie tout spécifiquement. Cette aide m'a permis de me rendre aux États-Unis, où j'ai travaillé dans les meilleures conditions sur les archives de Sylvia Beach, dont l'essentiel est dispersé entre quatre grandes bibliothèques universitaires : Manuscripts & Rare Books Library (Princeton University, Princeton, New Jersey), Lockwood Memorial Library (University of the State of New York, Buffalo, New York), Harry Ransom Humanities Research Center (Austin, Texas), Beinecke Library (Yale University, New Haven, Connecticut). Que tous mes interlocuteurs américains trouvent ici l'expression de ma gratitude, et notamment : Linda Ashton, Charles Greene, Annalee Pauls et Meg Rich.

Enfin, j'aimerais dire ici tout ce que ma réflexion doit au séminaire « Sociologie des homosexualités » de l'École des hautes études en sciences sociales, animé par Françoise Gaspard et Didier Éribon, dont le travail pionnier fut particulièrement stimulant.

CRÉDITS DES ILLUSTRATIONS
DU CAHIER PHOTOS

© Fonds Adrienne Monnier/IMEC

- p. 1 : Adrienne Monnier dans sa librairie.
- p. 3 : Au bal des 4 z'arts, mars 1923. Sylvia Beach, Jacques Benoist-Méchin et Adrienne Monnier.
- p. 4 (bas) : Registre des premiers abonnés à la bibliothèque de prêt de *La Maison des Amis des Livres*.
- p. 5 (haut) : André Breton et Théodore Fraenkel dans la librairie d'Adrienne Monnier en 1916 ou 1917. Photo d'Adrienne Monnier.
- p. 5 (bas) : Les fiches de Jean-Paul Sartre et de René Crevel dans le fichier d'abonnés de *La Maison des Amis des Livres*.
- p. 6 (haut) : Suzanne Bonnierre.
- p. 6 (bas) : Carnet de comptes de *La Maison des Amis des Livres* (1916).
- p. 8 (haut) : La devanture de *La Maison des Amis des Livres*.
- p. 8 (bas) : Adrienne Monnier, Marie-Louise et Irma à *La Maison des Amis des Livres*.
- p. 9 (haut) : Francis Poulenc et Raymonde Linossier.
- p. 13 (haut) : Adrienne Monnier et Sylvia Beach (affiche bibliothèque particulière...).
- p. 13 (bas) : Adrienne Monnier coupant les cheveux de Sylvia Beach à Rocfoin.
- p. 14 (bas) : Déjeuner «Ulysse», le 27 juin 1929.

© Beinecke Rare Book and
Manuscript Library, Yale University

- p. 10 (bas) : Portrait de Bryher.

© Carlton Lake Collection
Harry Ransom Humanities Research Center
The University of Texas at Austin

- p. 16 : Adrienne et Sylvia Beach dans la cuisine.

© Princeton University Library.
Sylvia Beach Papers. Manuscripts Division.
Department of Rare Books and
Special Collections.
Princeton University Library

- couverture : L'ère des potassons : Valery Larbaud, Léon-Paul Fargue, Marie Monnier, Sylvia Beach, Adrienne Monnier, à la foire d'Orsay, vers 1920.
- p. 2 : Portrait de Sylvia Beach, 1919.
- p. 7 : Sylvia Beach et James Joyce.
- p. 9 (bas) : Carton représentant Shakespeare qui s'arrache les cheveux.
- p. 10 (haut) : À Rocfoin, dans l'Eure, chez les parents d'Adrienne Monnier.
- p. 11 (haut) : Ezra Pound photographié par Sylvia Beach.
- p. 12 (haut) : Myrsine et Hélène Moschos, employées à *Shakespeare and Company*, Sylvia Beach et Ernest Hemingway en 1928.
- p. 12 (bas) : Sylvia et Adrienne à *Shakespeare and Company*, dans les années trente.
- p. 15 (bas) : Sylvia Beach et Harriet Shaw Weaver, en 1961.

Autres ©

- p. 4 (haut) : Louis Aragon, dans la librairie d'Adrienne Monnier en 1916 ou 1917. Photo DR.
- p. 11 (bas) : Jules Romains par Paul-Émile Bécat. Photo DR.
- p. 14 (haut) : Paul Valéry lisant *Mon Faust*, 1er mars 1941. Photo DR.
- p. 15 (haut) : La distribution des cadeaux envoyés par l'Argentine. Photo Jean-Marie Marcel.

DU MÊME AUTEUR

PALAIS DE LA NATION, Flammarion, 1992.

PARIS DES ÉCRIVAINS, Éditions du Chêne, 1996.

L'EXPÉDITION D'ÉGYPTE, avec Nicolas Weill, Gallimard, « Découvertes Gallimard », 1998.

LA MAISON DU DOCTEUR BLANCHE : Histoire d'un asile et de ses pensionnaires, de Nerval à Maupassant, Jean-Claude Lattès, 2001 (Goncourt de la biographie, Prix de la critique de l'Académie française).

PASSAGE DE L'ODÉON, Fayard, 2003 (Folio n° 4226).

COLLECTION FOLIO

3851. Maurice G. Dantec	*Laboratoire de catastrophe générale.*
3852. Bo Fowler	*Scepticisme & Cie.*
3853. Ernest Hemingway	*Le jardin d'Éden.*
3854. Philippe Labro	*Je connais gens de toutes sortes.*
3855. Jean-Marie Laclavetine	*Le pouvoir des fleurs.*
3856. Adrian C. Louis	*Indiens de tout poil et autres créatures.*
3857. Henri Pourrat	*Le Trésor des contes.*
3858. Lao She	*L'enfant du Nouvel An.*
3859. Montesquieu	*Lettres Persanes.*
3860. André Beucler	*Gueule d'Amour.*
3861. Pierre Bordage	*L'Évangile du Serpent.*
3862. Edgar Allan Poe	*Aventure sans pareille d'un certain Hans Pfaal.*
3863. Georges Simenon	*L'énigme de la Marie-Galante.*
3864. Collectif	*Il pleut des étoiles...*
3865. Martin Amis	*L'état de L'Angleterre.*
3866. Larry Brown	*92 jours.*
3867. Shûsaku Endô	*Le dernier souper.*
3868. Cesare Pavese	*Terre d'exil.*
3869. Bernhard Schlink	*La circoncision.*
3870. Voltaire	*Traité sur la Tolérance.*
3871. Isaac B. Singer	*La destruction de Kreshev.*
3872. L'Arioste	*Roland furieux I.*
3873. L'Arioste	*Roland furieux II.*
3874. Tonino Benacquista	*Quelqu'un d'autre.*
3875. Joseph Connolly	*Drôle de bazar.*
3876. William Faulkner	*Le docteur Martino.*
3877. Luc Lang	*Les Indiens.*
3878. Ian McEwan	*Un bonheur de rencontre.*
3879. Pier Paolo Pasolini	*Actes impurs.*
3880. Patrice Robin	*Les muscles.*
3881. José Miguel Roig	*Souviens-toi, Schopenhauer.*
3882. José Sarney	*Saraminda.*
3883. Gilbert Sinoué	*À mon fils à l'aube du troisième millénaire.*
3884. Hitonari Tsuji	*La lumière du détroit.*
3885. Maupassant	*Le Père Milon.*
3886. Alexandre Jardin	*Mademoiselle Liberté.*

4003. William Faulkner	*Le domaine.*
4004. Sylvie Germain	*La Chanson des mal-aimants.*
4005. Joanne Harris	*Les cinq quartiers de l'orange.*
4006. Leslie kaplan	*Les Amants de Marie.*
4007. Thierry Metz	*Le journal d'un manœuvre.*
4008. Dominique Rolin	*Plaisirs.*
4009. Jean-Marie Rouart	*Nous ne savons pas aimer.*
4010. Samuel Butler	*Ainsi va toute chair.*
4011. George Sand	*La petite Fadette.*
4012. Jorge Amado	*Le Pays du Carnaval.*
4013. Alessandro Baricco	*L'âme d'Hegel et les vaches du Wisconsin.*
4014. La Bible	*Livre d'Isaïe.*
4015. La Bible	*Paroles de Jérémie-Lamentations.*
4016. La Bible	*Livre de Job.*
4017. La Bible	*Livre d'Ezéchiel.*
4018. Frank Conroy	*Corps et âme.*
4019. Marc Dugain	*Heureux comme Dieu en France.*
4020. Marie Ferranti	*La Princesse de Mantoue.*
4021. Mario Vargas Llosa	*La fête au Bouc.*
4022. Mario Vargas Llosa	*Histoire de Mayta.*
4023. Daniel Evan Weiss	*Les cafards n'ont pas de roi.*
4024. Elsa Morante	*La Storia.*
4025. Emmanuèle Bernheim	*Stallone.*
4026. Françoise Chandernagor	*La chambre.*
4027. Philippe Djian	*Ça, c'est un baiser.*
4028. Jérôme Garcin	*Théâtre intime.*
4029. Valentine Goby	*La note sensible.*
4030. Pierre Magnan	*L'enfant qui tuait le temps.*
4031. Amos Oz	*Les deux morts de ma grand-mère.*
4032. Amos Oz	*Une panthère dans la cave.*
4033. Gisèle Pineau	*Chair Piment.*
4034. Zeruya Shalev	*Mari et femme.*
4035. Jules Verne	*La Chasse au météore.*
4036. Jules Verne	*Le Phare du bout du Monde.*
4037. Gérard de Cortanze	*Jorge Semprun.*
4038. Léon Tolstoï	*Hadji Mourat.*
4039. Isaac Asimov	*Mortelle est la nuit.*

Composition et impression Bussière
à Saint-Amand (Cher),
le 14 juin 2005.
Dépôt légal : juin 2005.
Numéro d'imprimeur : 510013-052308/1.
ISBN 2-07-031627-0./Imprimé en France.